À PROPOS DE L'AUTRICE

Après avoir passé des années à lire compulsivement tout livre à sa portée, Sophie Dabat a commencé à écrire à l'âge de 20 ans, un premier roman resté ébauche depuis – comme la plupart des premiers romans. Mais le virus des livres s'est emparé d'elle et c'est une quinzaine de romans aujourd'hui qui sont nés sous sa plume, de la fantasy urbaine pour adultes à de la dystopie pour adolescents, en passant par des romances érotiques – pour adultes aussi…

La conquête du Viking

Collection : VICTORIA

HARPERCOLLINS FRANCE
83-85, boulevard Vincent-Auriol, 75646 PARIS CEDEX 13
Service Lectrices — Tél. : 01 45 82 47 47 - www.harlequin.fr
ISBN 978-2-2804-7117-6 — ISSN 2493-013X

Composé et édité par HarperCollins France.
Imprimé en mars 2023 par CPI Black Print (Barcelone)
en utilisant 100% d'électricité renouvelable.
Dépôt légal : avril 2023.

MIXTE
Papier issu de sources responsables
FSC® C159065
FSC www.fsc.org

Pour limiter l'empreinte environnementale de ses livres, HarperCollins France s'engage à n'utiliser que du papier fabriqué à partir de bois provenant de forêts gérées durablement et de manière responsable.

SOPHIE DABAT

La conquête du Viking

Victoria

HARLEQUIN

Chapitre 1

La côte était déchiquetée comme une dentelle, délicate et aérienne, malgré la hauteur des falaises et leur aspect abrupt et acéré. Bjorn admirait le paysage tout en l'examinant d'un œil circonspect. Malgré son regard perçant, aiguisé par des saisons à inspecter des villes à conquérir, des remparts à forcer, des itinéraires à tracer, il ne se lassait pas de la beauté de ces terres si différentes de son Vestfold[1] natal.

Chez lui, le paysage était plat, la seule différence entre la surface de l'eau et celle des terres qui s'y enfonçaient étant la hauteur des arbres qui parsemaient le littoral comme autant de récifs vert sombre, délimitant la lisière entre liquide et solide. Épicéas, aulnes et peupliers bordaient la côte au relief doux, brisant les vents qui, sinon, auraient sillonné les champs régulièrement inondés. Ici, tout était bien plus lumineux, plus sec, tout en étant plus chaleureux. Le soleil brillait plus fort, le ciel était plus bleu, la mer était plus profonde. Distraitement, Bjorn se demanda si, là aussi, les femmes

1. Comté norvégien situé au sud du pays, voisin du Buskerud, autrefois indépendant.

étaient plus belles. Mais non, c'était impossible. Aucune beauté ténébreuse de cette terre de Galice ne pouvait se comparer aux visages éclatants de fraîcheur des jeunes Norvégiennes, avec leurs cheveux pâles semblables à la couleur du soleil bas.

Il repensa avec émotion à Hedda, son amie d'enfance et fiancée. À son retour de cette expédition, Hedda et lui se marieraient. Cette union ne l'enthousiasmait guère, même si un lien très fort le rattachait à la jeune femme. Mais ce lien était plus fraternel que romantique. Hedda avait été élevée avec lui dans la halle de Gudrœd Bjornsson[1], le père de Bjorn et roi du Vestfold, confiée à ce dernier à l'âge de cinq ans lors de leurs fiançailles. Gudrœd, suite à sa difficile accession au trône, grâce à Haakon Haraldsson[2], dit le Bon, avait demandé cette tutelle pour lier son fief à celui du jarl Mikke de Buskerud, afin que son second fils Bjorn en hérite après sa mort. En effet, Bjorn n'étant pas l'aîné, le trône du Vestfold devrait revenir à son frère Harald Grenske[3], successeur en titre de Gudrœd. Celui-ci avait d'ailleurs bien fait de prévoir cette union, car il était décédé

1. Gudrœd Bjornsson est un roi viking du Vestfold, tué en 968 par le roi Harald à la Pelisse grise dans sa tentative d'unifier la Norvège.

2. Haakon Ier, dit le Bon, est le troisième roi de Norvège. Il est à l'origine de la première tentative de christianisation de la Norvège, et de l'unification du Noël chrétien.

3. Harald Grenske est le fils historique de Gudrœd Bjornsson et lui succède (de manière très courte) sur le trône de Vestfold.

quelques mois plus tôt, juste avant le départ de Bjorn dans cette expédition, et Harald avait aussitôt récupéré la couronne, sommant son cadet de partir réclamer son propre fief sous peine d'être chassé de sa halle.

Il avait fallu toute la persuasion du jarl Mikke, le jarl de Buskerud et père de Hedda, pour que Bjorn ne soit pas chassé du Vestfold et puisse prendre la mer en catastrophe afin de rejoindre l'expédition danoise et normande. Bjorn était parti sous les yeux orageux de Harald et ceux, éplorés, de Hedda, accrochée au bras de son père. Bjorn, pourtant, avait toujours été fortement lié à son aîné. Ils avaient beau avoir été élevés séparément, Harald étant sous la tutelle de Hroi le Blanc[1], qui régnait dans les hauteurs du Grenland, ils avaient conservé une profonde affection l'un pour l'autre, née d'une complicité due à des années de batailles, de rivalité et de larcins commis ensemble, et il avait fallu tout le pouvoir d'un trône pour les mettre en compétition. Bjorn aurait préféré rester. Il n'ambitionnait pas de conquérir le Vestfold, une Couronne ne lui étant d'aucune appétence, mais il savait que conserver ce titre de roi que son frère affectionnait tant lui serait très difficile, pour ne pas dire impossible, et il aurait aimé demeurer à ses côtés pour lui apporter sa force et son soutien. Il ne pouvait maintenant se fier qu'aux rumeurs entendues lorsqu'il avait fait halte, avec sa trentaine de

1. Personnage historique ayant également existé, bien qu'étant peu référencé.

navires, aux deux tiers composés de *knörr*[1] de charge et d'un tiers, à la tête, de *längskip*[2] de guerre, dans les terres du comte de Normandie, Richard dit sans Peur[3], troisième suzerain de la nouvelle colonie danoise sur les terres franques. Apparemment, Harald était persécuté par les fils d'Éric Hache sanglante[4] et sur le point de fuir son fief pour s'installer en Oppland ou en Suède. Bjorn regrettait cette décision. Il ne doutait pas qu'avec son aide, Harald aurait pu garder le contrôle sur leurs terres natales. Mais il n'était que le cadet et ne pouvait

1. Les *knörr* sont les navires de charge les plus grands destinés à naviguer en pleine mer et capables d'affronter toutes les intempéries — ou presque. Ils accueillent un équipage de quarante à soixante-dix hommes et naviguent presque uniquement à la voile, les quatre à six paires de rames ne servant qu'aux manœuvres délicates dans les ports.

2. Les *längskip* sont les vaisseaux de guerre. Plus légers que les *knörr* et dotés de vingt à trente bancs de nage, leurs flancs sont protégés par des alignements de boucliers et ils comportent entre soixante et cent marins.

3. Richard Ier de Normandie, dit Richard sans Peur, est le troisième duc de Normandie et le descendant direct de Rollon, à l'origine de la maison de Normandie. À l'époque, les ducs de Normandie ne portaient pas ce titre et avaient conservé celui de « jarl ».

4. Éric Ier, second roi de Norvège, était réputé pour sa soif de pouvoir et de conquête, ce qui l'a notamment poussé à décapiter ses dix-huit frères, à l'exception de celui qui deviendra Haakon Ier (le Bon). Rappelé d'Angleterre par les vassaux d'Éric, mécontents de son règne, Haakon a fini par lui succéder sur le trône de Norvège, qu'Éric n'a jamais réussi à récupérer malgré de nombreuses tentatives. Il eut huit fils de son union avec la princesse Gunnhild, dont les quatre derniers régnèrent conjointement sur la Norvège sous l'égide de leur aîné survivant Harald (II).

imposer ses choix à son aîné, aussi avait-il accepté cette décision d'aller conquérir sa propre fortune, dans l'espoir de revenir un jour épouser Hedda pour régner sur le Buskerud une fois Mikke décédé.

Il n'en était pas ravi. Malgré ou suite à leur lien quasi fraternel, il ne ressentait aucun amour ni désir pour elle. Il savait, pour avoir vu ses parents se fréquenter avec hargne, puis indifférence, les dégâts que pouvait causer une union sans amour. Gudrœd avait été uni à Ågot à l'âge de trois ans. Ils ne s'étaient néanmoins rencontrés que douze ans plus tard, lors des quinze ans de la jeune fille, juste après qu'elle était devenue femme. Gudrœd en avait alors vingt-cinq, et l'impatience de s'unir, l'appréhension de connaître enfin sa future épouse et la peur l'avaient rendu malhabile et pressé, et leur mariage avait vite tourné au désastre. Les craintes de la nouvelle épousée s'ajoutant à ses principes chrétiens rigoristes qui l'opposaient aux goûts hédonistes de Gudrœd, les jeunes gens s'étaient retrouvés ennemis.

La naissance tardive de Harald, puis celle de Bjorn, suivie ensuite de dix autres enfants, dont seulement trois filles avaient survécu, avaient transformé leur mariage en véritable calvaire. Ågot et Gudrœd vivaient séparément, l'épouse du roi de Vestfold préférant se confiner dans la petite église qu'elle avait fait construire sur l'unique éminence de la ville pour continuer à pratiquer la foi que son père, proche du roi de Norvège, Haakon Haraldsson, lui avait enseignée. Entourée de quelques prêtres missionnaires, elle passait ses journées à prier et à se mortifier dans l'espoir que son ascèse rebute enfin son époux qui continuait à l'honorer malgré ses réticences.

De son côté, Gudrœd avait toujours refusé de se lier à

la nouvelle foi du dieu unique, prétendant que si le culte que Haakon avait tenté d'instaurer s'était vu réfuter par son successeur Harald Eriksson, c'était donc une fausse religion qui provoquerait le courroux du panthéon viking, à commencer par Odin le Sage, dont le nom ne signifiait pas « fureur » pour rien. Il en tenait pour preuve les nombreuses fausses couches et décès d'enfants d'Ågot et était très fier que ses deux fils aient choisi de se rattacher à la même foi que lui. C'était pour lui une autre raison d'avoir choisi Hedda comme épouse pour Bjorn : son ami et rival Mikke vénérait les nombreux dieux vikings comme lui et avait imposé sa religion à toute sa famille, et Hedda n'avait pas dérogé à la règle. Bjorn et elle, il n'en avait jamais douté, auraient une progéniture saine et nombreuse, et leur règne à Buskerud serait marqué par la prospérité et la gloire. Harald, quant à lui, avait été uni très tôt à Åsta Gudbrandsdatter[1], fille du jarl d'Oppland – où Harald envisageait d'ailleurs de se réfugier, étrange coïncidence vu que les deux époux ne s'entendaient guère suite aux nombreuses aventures de Harald.

Bref, Bjorn doutait de son mariage à venir. Il aimait beaucoup Hedda… mais pas comme ça. Pour avoir eu plusieurs maîtresses, qu'il avait toujours courtisées avec honneur et respect, mû par un désir sincère et une affection inébranlable, il n'envisageait pas Hedda de la

1. Épouse historique de Harald Grenske. Ce dernier fut assassiné par la duchesse polonaise, puis reine de Suède, puis du Danemark, Sigrid Storråda, qu'il voulait épouser et qui l'a fait périr dans l'incendie de son château pour dissuader ses prétendants. À sa mort, Åsta retourne dans son Oppland natal pour y donner naissance au fils de Harald, Olad, qui deviendra roi de Norvège, puis se remarie avec Sigurd Syr, roi du Ringerike, et devient chrétienne.

sorte et se sentait incapable de l'honorer. Il aurait eu l'impression de partager le lit de sa sœur Gunnhild, qui avait, comme Hedda, tout juste dix-neuf ans. Elles partageaient, d'ailleurs, le même teint clair et les mêmes longs cheveux dorés, qu'elles aimaient tresser en deux nattes épaisses tombant jusqu'à leurs reins, les parsemant souvent de fleurs printanières qu'elles allaient cueillir ensemble. Toutes deux aimaient tisser et coudre, broder de superbes motifs sur leurs robes et s'occuper de leur foyer, aidant à gérer la maisonnée à la place d'Ågot, qui ne s'en préoccupait guère. Hedda ferait une très bonne épouse, Bjorn n'en doutait pas. Mais pas pour lui.

Pour l'instant, il n'avait pas réussi à s'en ouvrir à Mikke. Il se réjouissait juste que Hedda, avant son départ, soit retournée au Buskerud pour préparer leur futur foyer à son arrivée. Il aurait craint pour sa sécurité et sa vie si elle était restée au Vestfold après la fuite, qu'il savait imminente, de son frère Harald. Qu'étaient devenues, d'ailleurs, ses trois sœurs, si Harald avait laissé leur halle aux mains des fils d'Éric de Norvège ? Soit elles étaient parties avec lui, livrées aux périls de la mer et des aventures, soit elles étaient restées à la merci des conquérants, certainement pour épouser certains d'entre eux et leur assurer une certaine légitimité sur le Vestfold.

Pauvre Gunnhild[1], pauvre pauvre Gudrod, malheureuse Silje ! Des trois, Silje, la plus jeune, qui avait à peine quatorze ans, était sa préférée. Douce et pensive, elle aimait la nature et les animaux, et passait son temps à s'occuper des enfants de tout le monde dans la halle. Il

1. Contrairement à Harald Haakon, Gudrœd, Åsta, et les nombreux rois vikings mentionnés, les personnages de Bjorn, ainsi que ses sœurs, sa mère et ses anciennes maîtresses sont fictifs.

refusait de l'imaginer, si jeune, aux mains violentes des pillards venus des mers. Il savait, même s'il refusait de se prêter à de tels actes, ce dont les hommes, après une dure traversée et aiguillonnés par l'ardeur des combats, étaient capables lorsqu'ils rencontraient des femmes aussi belles que vulnérables. Il avait toujours demandé à ses équipages de respecter au maximum les prisonnières lors de leurs raids, mais… ce n'était pas possible. Pris par la fièvre des pillages et la frénésie du sang, privés de leurs compagnes depuis des lunes, ils devenaient des bêtes en rut, aussi violents dans leur virilité que les *berserkir*[1] dans les batailles, et il savait que tenter de les modérer le priverait de toute autorité sur eux. Aussi faisait-il contre mauvaise fortune bon cœur et se contentait-il, pour sa part, de ne pas céder à ses instincts. Il était fier de pouvoir dire que toutes ses conquêtes, bien que finalement pas si nombreuses, avaient toujours été consentantes.

Il y avait eu Helga, la belle Helga aux longues mèches dorées, qui s'occupait de ses ruches dans les champs de son père lorsqu'il l'avait rencontrée durant une partie de chasse, et qu'il avait fréquentée l'été de ses seize ans, jusqu'à ce que le père de celle-ci lui fasse épouser un fermier voisin.

1. Terme de vieux norrois (berserkr au singulier, berserkir au pluriel) signifiant « fou furieux », ou « peau d'ours », désignant une caste de guerriers qui, vraisemblablement, consommaient des plantes hallucinogènes pour acquérir une force et une rage irrépressible au combat, les rendant insensibles à la peur comme à la douleur, ce qui faisait qu'ils étaient quasiment invincibles et étaient redoutés de leurs alliés comme de leurs ennemis. Certaines études interprètent leur caste comme étant des guerriers souffrant de troubles psychologiques suite aux combats et venant à se prendre pour des animaux enragés.

Puis il avait étanché son cœur blessé dans les bras d'Astrid, pelletière renommée, veuve d'un chasseur devenu célèbre pour avoir vaincu armé d'un simple couteau un ours qui avait semé la terreur en forêt durant un hiver. Il n'avait pas eu autant de chance contre la meute de loups qui avait dévasté plusieurs troupeaux l'année suivante, et Astrid, devenue veuve, avait pris la suite de son commerce et tanné les peaux des bêtes qui avaient dévoré son homme, pour les offrir à Gudrœd en échange de sa protection. Quand Bjorn, alors âgé d'à peine dix-sept ans, avait croisé le regard doré de la pelletière courageuse, un feu nouveau l'avait parcouru et il l'avait poursuivie avec acharnement, jusqu'à ce qu'elle finisse dans sa couche, presque un an plus tard. C'était Astrid qui lui avait tout appris, et lorsqu'elle avait décidé de s'en aller pour la Normandie, dix-huit mois plus tard, afin de s'installer à la cour de Richard sans Peur, il avait failli la suivre, comme elle le lui avait demandé, et seule sa loyauté envers son père, son frère et sa fiancée l'avait retenu.

Il avait revu Astrid en début d'année, lors de sa halte à la cour de Richard. La jeune femme était plus plantureuse que jamais et affichait fièrement, outre les fourrures qu'elle maniait toujours, un ventre proéminent, dû aux œuvres du chevalier normand qu'elle avait épousé quelques mois plus tôt.

Ensuite, il y avait eu Solveig et Liv, des jumelles servantes nouvelles venues à la halle de Gudrœd, qui lui avaient annoncé d'emblée qu'elles partageaient tout, et rêvaient d'épouser un futur jarl. Elles avaient constitué un divertissement bienvenu après le départ d'Astrid, mais il les avait délaissées lorsqu'il avait compris que leurs intentions étaient inébranlables, et que seul son statut comptait pour elles. Elles étaient si impitoyables dans leur convoitise qu'il avait même craint, durant quelques semaines, pour la vie de Hedda.

Ensuite, échaudé par cette expérience, il était resté presque deux ans sans oser approcher une femme, préférant tenter de nouer un lien autre que fraternel avec Hedda. La dernière à avoir fait chavirer ses sens avait été une guerrière, Ingebjørg, une *skjaldmö*[1] venue de Buskerud à la demande de Mikke pour veiller sur Hedda, suite à la menace de plus en plus pressante qu'Éric faisait peser sur le Vestfold. C'était Hedda elle-même, en toute innocence, qui avait signalé à Bjorn qu'Ingebjørg s'intéressait à lui. Lui, qui n'avait plus jeté un regard à une autre femme depuis longtemps, de peur de tomber dans un autre piège, avait considéré la guerrière pour la première fois. Grande et bien charpentée, au corps rendu fort et fier par le maniement des armes et l'endurance acquise par des journées passées à s'entraîner à la hache et au lourd bouclier rond, elle avait éveillé en lui de nouveaux sentiments. En elle, il n'avait pas vu une conquête de plus, une fleur délicate à cueillir ou une prédatrice avide de pouvoir et de titres. Ingebjørg avait l'honnêteté et le courage d'un combattant, la force de conquérir ce qu'elle désirait, et la même ardeur au lit qu'elle en manifestait au combat. Elle avait été son égale. Ils étaient restés ensemble plus d'un an, et leur lien de plus en plus croissant lui avait fait remettre en doute son union avec Hedda. Il n'envisageait pas de garder Ingebjørg comme concubine après avoir épousé Hedda. Même si la pratique était courante, il trouvait que cela causerait

1. Terme de vieux norrois pour qualifier les *shieldmaiden*, les guerrières vikings connues pour se battre avec un bouclier.

honte et préjudice aux deux femmes, et le déshonorerait. Mais il ne pouvait se résoudre à la quitter. Ce dilemme lui avait causé de nombreuses nuits sans sommeil, malgré les bras rassurants d'Ingebjørg. Jusqu'à ce que le choix lui soit arraché. Lors d'une expédition, la jeune femme avait reçu une mauvaise flèche dans la manche de sa broigne, au creux du coude. Malgré les soins acharnés de la *völva*[1] et ses prières, malgré les sacrifices qu'il avait faits à Frigg, déesse de l'Amour et de la Guérison, la blessure s'était infectée et, après plusieurs jours en proie à la fièvre et au délire, sa plaie suppurante lui occasionnant des souffrances atroces, Ingebjørg avait fini par choisir d'en finir avec ce calvaire et avait mis fin à ses jours, se sachant condamnée. Bjorn l'avait découverte empalée sur sa propre épée, dans leur chambre, encore vêtue de la tunique de soie rouge, dont le tissu précieux avait été rapporté de Miklagård[2], la grande cité aux bords de la mer Noire, et qu'il lui avait offerte suite à un voyage d'affaires à Kaupang[3], la plus importante ville commerçante du Vestfold. Le tissu écarlate semblait juste humide, mais il avait su tout de

1. La *völva* était, pour les Vikings, à la fois une prêtresse, sorcière, prophétesse et guérisseuse. Seule à même de parler pour les dieux et de communiquer avec eux, elle était dépositaire du savoir ancestral et accompagnait toutes les expéditions pour assurer la protection des navigateurs.

2. Nom que les Vikings donnaient à Byzance, ancienne appellation de Constantinople.

3. Plus ancienne ville-marché de Norvège, déjà un grand avant-poste de commerce dans le Vestfold à l'époque viking. La ville a été abandonnée au milieu du xe siècle. Elle rivalise en ancienneté avec Tønsberg, fondée avant 871.

suite que le souffle de la vie, si faible eut-il été ces derniers jours, avait quitté Ingebjørg.

Il avait tellement pleuré qu'il avait cru en mourir, et, voyant sa peine, Hedda avait fini par lui demander quel lien les liait, et il lui avait avoué la vérité, que, dans son innocence de jeune fille noble, elle ignorait. Dire que sa fiancée avait été blessée avait été un pléonasme, mais, tout à sa douleur, il n'en avait eu cure. Depuis, il s'en voulait de son honnêteté, mais en même temps il ne regrettait pas ses confidences. Le fardeau, depuis le début, était lourd à porter, tout seul, et il préférait finalement que Hedda sache à quoi s'en tenir de leur union. Qu'elle n'en espère pas trop de lui et ne s'attende pas à une passion romanesque de sa part. Il ne s'en sentait pas le courage. Ingebjørg avait été tout pour lui, et il n'imaginait pas éprouver un jour une telle passion, un tel respect, un tel… oui, un tel amour, pour quelqu'un.

Il avait même envisagé de s'en ouvrir à Mikke, le père de Hedda, afin d'annuler ces fiançailles, mais il ne s'y était pas risqué. Depuis la mort de son père, Bjorn s'était pourtant beaucoup rapproché de son futur beau-père, qu'il considérait comme un ami et un mentor. Mais il avait peur de le blesser, et de s'attirer les foudres de Gudrœd, qui devait le regarder depuis la halle d'Odin.

Bjorn soupira et reporta son attention sur la côte de Galice. Hedda attendrait son retour. Avec un peu de chance, cette expédition changerait son cœur et son esprit et, quand il reviendrait à Buskerud, les bras chargés de présents et les cales de ses drakkars regorgeant de richesses, il aurait enfin fait son deuil d'Ingebjørg et serait impatient de revoir sa fiancée et de s'unir à elle, et tout se passerait bien.

Oui, c'était ça. Cette expédition, qui était partie depuis le début de l'année, mêlant drakkars danois, norvégiens et normands, durait depuis déjà presque une année. Entre-temps, ils auraient eu tous deux le temps de se languir l'un de l'autre et ne se verraient plus comme des frère et sœur. Ce serait mieux.

Un grondement sourd attira son attention, et il leva les yeux vers le ciel d'un bleu éblouissant.

Sauf que l'azur si vif qu'il lui en avait blessé les iris n'affichait plus cette teinte irréelle, mais une nuance grise, qui s'assombrissait de seconde en seconde. Des rouleaux d'un noir violacé avançaient à l'horizon, et Bjorn comprit qu'un grain menaçait.

Il fronça les sourcils.

Cela arrivait-il souvent, en Galice, qu'un orage survienne à une telle vitesse, ou les dieux manifestaient-ils leur courroux d'une quelconque offense ? Il se demanda s'il fallait quérir la *völva* pour qu'elle interroge les divinités sur les causes de leur ire, puis il se ravisa.

Apaiser les Ases attendrait. L'urgence était de trouver un abri pour ses navires. La côte crénelée et les falaises abruptes répercutaient les rafales avec une rage féroce et ne lui offriraient qu'un refuge temporaire. Pire encore, si les vents le poussaient vers le littoral, leurs fragiles esquifs de bois, bâtis pour la vitesse et la maniabilité, se briseraient sur les récifs et rien n'en subsisterait, ni hommes ni embarcations.

Ils devaient accoster au plus vite et monter les navires en hauteur sur la grève sablonneuse pour les protéger des vagues dévorantes.

Avec un grand geste pour rameuter ses hommes les plus près, il héla Olaf, son second et capitaine du drakkar de tête, pour lui donner ses consignes. Olaf, qui ne payait pas de mine avec sa stature élancée et sa taille réduite, qu'il tentait de compenser avec une couronne de tresses rousses hirsutes et une grande barbe, hélas clairsemée, n'en était pas moins un navigateur expérimenté et un guerrier très doué, plus habile à l'esquive et à la parade, mais qui épuisait des adversaires bien plus forts que lui par une rage et une résistance à toute épreuve.

— Tu as vu cette tempête qui s'annonce, chef ? lança aussitôt le marin éprouvé, jetant un regard méfiant aux rouleaux sombres qui étaient presque sur eux, poussés par un vent de plus en plus fort.

Les vagues aussi étaient devenues plus grosses, ballottant les légers drakkars comme des fétus de paille sur la mer rendue trouble par les courants. Entre les flots bleu marine et le ciel anthracite, l'horizon, autrefois clair et lumineux, paraissait d'encre, et annonçait une fin de journée sous le signe d'une nuit tempétueuse.

— Elle ne présage rien de bon, déclara Bjorn en secouant la tête. Fais dire aux guetteurs de chercher une anse, une crique, n'importe quel endroit un peu protégé, pour que nous puissions y passer la nuit. De préférence proche et retiré. M'est avis que cet orage va nous clouer ici pour plusieurs jours.

— J'y vais de ce pas. Les nuages approchent vite, il ne nous reste que peu de temps, vu comme ça noircit.

Bjorn hocha la tête et partit au pas de charge en direction de la poupe, pour guider le barreur. Ce dernier, un vétéran des expéditions qui participait là à sa dernière navigation avant de rester protéger le fief avec les anciens et les femmes, devait regretter d'avoir insisté pour accompagner son prince. Comme tous les autres, il risquait de ne jamais revenir, mais dans son cas, il ne profiterait ni des richesses engrangées lors d'une vie entière de voyages ni d'une vieillesse paisible bien méritée après des décennies en mer.

En le voyant approcher, Snorre haussa une main pour le saluer, et la mit en porte-voix.

— Où allons-nous, chef ? Nous ne pourrons pas continuer bien loin de la sorte, j'ai du mal à tenir le cap ! hurla-t-il par-dessus les rafales qui allaient en s'amplifiant.

— Rapproche-toi de la côte, mais pas trop, je soupçonne des récifs. Je viens de faire mander des hommes en vigie pour guetter les écueils, mais garde l'œil ouvert.

L'homme hocha la tête et appuya une hanche sur la barre perpendiculaire fixée au manche de rame à grosse pelle qui servait de gouvernail, et orienta le bateau vers le littoral. Le navire, récalcitrant à changer de cap par ce mauvais temps, s'inclina aussitôt sur le flanc. La rame émergeait presque totalement de l'eau dans les creux des vagues, fixée au plat-bord *steorbord*[1] du *längskip* par un système de supports latéraux placés entre les boucliers.

Aussitôt, la grande voile carrée rayée de rouge et blanc se gonfla davantage. Ils étaient à présent de profil par rapport à l'axe du vent, presque à la perpendiculaire, et le navire accéléra de façon spectaculaire. Bjorn lança un regard alarmé au tissu qui menaçait de se déchirer et hurla à deux hommes de prendre quelques ris en haut de la vergue pour réduire la surface de toile. Deux marins aux barbes autrefois soigneusement tressées et à présent

1. Le terme *steorbord* désigne le côté arrière droit du navire, où était souvent fixé ce gouvernail-aviron de direction. Aujourd'hui, on appelle la droite, dans le vocabulaire maritime international, « tribord », et la gauche « bâbord ».

emmêlées et bousculées par les rafales se ruèrent vers les cordages. Ils commencèrent à tirer sur les écoutes pour rabattre les pans de tissu, mais ceux-ci, tendus à l'extrême par la force de la tempête qui ne cessait de gronder, luttèrent contre les mesures humaines.

L'orage semblait ne cesser de forcer. Le ciel était devenu noir et bas, et les vagues, encore douces quelques instants auparavant, faisaient à présent plus de la hauteur de deux hommes, et les drakkars, qui s'éloignaient les uns des autres, disparaissaient dans les creux de la houle. Bjorn, pourtant habitué aux grains et aux colères de la mer, commençait à s'inquiéter. Un ouragan aussi subit était dangereux : les hommes, épuisés par la longueur de la traversée, ne connaissaient ni cette côte ni ses dangers, et ils risquaient d'être drossés sur les récifs s'ils ne réagissaient pas assez vite. En outre, s'ils se séparaient, ils pouvaient se retrouver à la merci des navires ennemis, voire de ne jamais retrouver le reste de la flotte, même s'ils possédaient, à bord de chaque embarcation, l'équipement nécessaire pour s'orienter.

Aux aguets, il hurla à l'homme de tête de souffler dans sa corne pour indiquer aux autres vaisseaux de se rapprocher au maximum du sien pour demeurer en vue. Il devait protéger ses marins. Tous dépendaient de lui et comptaient sur son esprit d'initiative pour rester en vie, unis, et les ramener à Tønsberg, la capitale du Vestfold. Quant à lui, il voulait rentrer, certes, mais il voulait rentrer victorieux, les cales pleines d'or, de butin et de prisonniers. Il voulait rentrer la tête haute et fier de lui, afin de pouvoir se rallier à son frère et lui assurer son soutien, et non être une charge supplémentaire, un fardeau qu'il rejetterait.

Soudain un cri d'alerte trancha avec le rugissement de la tempête, attirant son attention. Il pivota juste à temps pour voir une lame encore plus haute que les précédentes apparaître devant la proue en forme de dragon de son *längskip*. Les hommes devant lui, affairés à rentrer les rames pour éviter qu'elles ne soient emportées par le fond, se recroquevillèrent en boule au pied des bancs pour se protéger, mais deux d'entre eux, figés de stupeur ou de crainte, demeurèrent debout, à regarder l'immense montagne d'eau se rapprocher, se rapprocher… jusqu'à s'abattre sur le navire, submergeant la proue et emportant tout avec elle.

Le barreur à côté de Bjorn tourna les talons, délaissant son poste, et courut se mettre à l'abri – abri provisoire, puisque, devant la force des éléments, rien ne résisterait à une telle déferlante.

Bjorn lança un appel pour prévenir ses marins de s'accrocher à tout ce qu'ils pouvaient. Suivant leur exemple, il attrapa au vol un bout, la fin d'une écoute, et se l'enroula autour de la taille avant de la passer autour de la barre.

Son homme d'équipage avait peut-être déserté, mais lui ne flancherait pas. Il devait donner l'exemple, il devait sauver sa flotte, ses hommes. Sa vie ne comptait pas. Seuls comptaient celles qui lui étaient confiées et son honneur. Avec un nouveau cri lorsque l'eau déferla à ses pieds, le faisant basculer, il lança un dernier regard à l'étrave de son navire… et ne vit rien. Tout était sous l'eau. La vague avait submergé la coque, engloutissant les bancs, noyant la cale, avalant la base du mat et tous ses cordages, faisant glisser les hommes qui, les uns après les autres, étaient emportés vers les plats-bords auxquels les boucliers ronds étaient accrochés, protégeant habituellement les hommes des coups ennemis, mais incapables de les protéger contre les assauts de la mer.

Ils devaient avoir de quelque manière offensé Njörd, dieu de la Mer et des Vents, pourtant bienveillant d'habitude envers les marins. À moins que ce ne soit Ægir qui soit en train de les mettre à l'épreuve. Contrairement à l'ancien chef des Vanes, protecteur des pêcheurs, et auquel ils avaient rendu hommage et offert de nombreux animaux en sacrifice, le géant Ægir était dangereux et adorait envoyer ses neuf filles, les vagues, pour détruire les vaisseaux humains qui s'aventuraient sur son territoire liquide. S'ils l'avaient mis en colère, il ne cesserait son ire qu'une fois la flotte annihilée. D'un regard désespéré, Bjorn chercha la *völva* pour l'appeler à l'aide. Tora saurait quoi faire. Paniqué, luttant contre le flux marin de plus en plus fort, qui le faisait vaciller sur ses pieds, il l'appela, mais sa voix se perdit dans les hurlements du vent. Autour de lui, son *längskip* était déjà à demi englouti. S'il ne parvenait pas à redresser la situation très vite, le navire coulerait. Il fallait qu'il rectifie le cap, qu'il parvienne à se placer face au vent et à redresser l'étrave pour que l'eau, qui alourdissait le vaisseau, s'écoule par les plats-bords et cesse de les entraîner vers le fond. Il poussa de toutes ses forces sur la barre, utilisant le poids de son corps pour presser, sans cesser de chercher Tora. La femme était sa plus vieille amie. Bien que plus âgée que lui, presque aussi vieille que Snorre, le barreur fugitif, elle était plus courageuse que bien des hommes, et encore plus sage. C'était elle qui l'avait consolé lorsque Hedda l'avait humilié, à l'âge de cinq ans, en hurlant en pleine halle, devant le siège cérémoniel de son père, qu'elle ne voulait pas épouser un « gamin rachitique » comme lui.

C'était Tora qui avait fait tout son possible pour sauver Ingebjørg suite à sa blessure. C'était Tora qui lui avait dit qu'épouser Hedda, malgré leurs réticences à tous les deux, serait la meilleure solution pour eux deux, leur assurant protection, titre, statut et considération. C'était Tora qui était sa confidente, son mentor, son amie et son guide spirituel. Elle saurait quoi faire.

Alors qu'il sentait ses forces diminuer, il se raidit encore plus sur la barre et tenta de la redresser pour redonner plus de stabilité au navire. Mais, épuisé et inquiet, son geste fut plus brusque que prévu et, au lieu de guider le *längskip* face au vent, il le fit basculer dans l'autre sens, et la proue fit une embardée dangereuse. L'eau, qui submergeait la cale, se rua dans l'autre sens, ruisselant sur le bois et entraînant tout avec elle. Cordages, objets non arrimés, pièces de bois, tout fut emporté, créant autant d'obstacles et de projectiles dangereux pour les hommes qui, accrochés aux bancs et taquets, se préservaient de leurs murs. Bjorn perçut des cris désespérés. Il vit Snorre, qui s'était réfugié derrière le mât, lâcher prise et être balayé en direction des plats-bords avec l'eau. Il tendit le bras pour tenter de l'attraper au passage, mais échoua. Il n'en voulait pas au vieux marin de sa désertion. Il comprenait, même, et tenait autant que lui à le ramener à bon port, à sa femme et à sa ferme. Mais il le vit perdre pied, basculer et se faire plaquer contre les bordées, le visage grimaçant en une expression de peur et de douleur.

Puis il tourna la tête, alerté par un calme soudain.

C'est là qu'il vit.

La vague.

La plus grande, la plus immense vague qu'il eût jamais vue. Celle-là était à coup sûr l'une des filles d'Ægir, les précédentes n'étaient que des prémices, des avant-goûts de celle-ci. Nimbée d'une couronne de mousse d'un blanc glorieux, tranchant avec la noirceur de l'horizon et le bleu marine de l'eau, elle dominait le navire et avançait comme un ours en pleine charge, colossale, meurtrière, féroce. Il eut le temps d'adresser une dernière prière à Njörd pour qu'il apaise la mer, à Odin pour qu'il protège ses hommes ou les entraîne dans sa halle s'ils périssaient, à Freya, fille de Njörd, pour qu'elle intervienne auprès de son père et soigne les blessés. Car il y en aurait. Il y aurait aussi des morts, il le savait. Ils auraient même de la chance si certains survivaient à ce désastre.

Puis la fille d'Ægir engloutit le monde. Elle avala tout avec l'appétit de Geri[1], le chien glouton gardant les portes de Hel.

Bjorn sentit la vague l'écraser, l'arracher à la barre, le soulever de son support tout en l'entraînant dans son ventre. Il fut à la fois malmené, retourné, torturé, étouffé, broyé et écartelé par la force liquide qui emplit sa bouche, sa gorge, ses poumons, l'empêchant de respirer, l'empêchant d'y voir, l'empêchant de vivre.

En l'espace de quelques secondes, il perdit tout sens du haut et du bas, toute notion d'air libre, de respiration, de survie. Il lutta, se débattit, tentant de s'accrocher à quelque chose de solide, de demeurer à la surface de l'eau, même s'il ignorait s'il était tombé à la mer ou se débattait encore dans les entrailles de son navire englouti. Il tenta d'ouvrir les yeux, mais la force de l'eau lui scellait les paupières, lui

1. Geri, en vieux norrois, signifie « le glouton ». Avec Gif, ce chien garde les portes du royaume de Hel. C'est également le nom de l'un des loups d'Odin.

brûlait les poumons, lui remplissait l'estomac, l'entraînait comme un fétu de paille soulevé par le vent.

Puis tout disparut.

Malgré ses efforts, il ne put résister plus longtemps et fit une ultime prière pour le repos de son âme auprès de Rán la ravisseuse, souveraine de l'empire des morts au fond de la mer, là où les noyés aboutissaient. Avec un peu de chance, elle l'épargnerait, si elle avait reçu aujourd'hui son quota de victimes. Puis il pensa à ses hommes. Qu'il était égoïste de sa part de souhaiter survivre au détriment de ses marins. Il tenta de songer à eux, mais la douleur et la peur étaient trop fortes. Il allait mourir, il le savait, et son instinct de survie primait. Face à l'échéance inéluctable, le désir de respirer, de se battre, d'aimer encore surpassait son honneur et sa loyauté envers ceux qui lui avaient été confiés.

Et, enfin, sur ce constat déplorable, il abandonna la lutte. Il n'était pas assez fort, pas assez noble, pas assez courageux. Il ne méritait pas de vivre.

Alors il s'abandonna à Rán et cessa enfin de respirer, laissant l'eau l'engloutir et lui apporter l'oubli.

Chapitre 2

La tempête avait surgi avec une célérité étonnante pour ce début d'été habituellement doux et chaud. D'ordinaire, les orages, certes violents et accompagnés de pluies abondantes, dominaient au printemps et à l'automne, période à laquelle Iria demeurait dans le palais familial à León, la capitale du royaume de Galice et León. Cette ville était plus pratique que l'ancienne cité d'Oviedo, tant pour le commerce avec l'Espagne musulmane et la France, que pour des raisons religieuses, en raison de sa position dans la Vía de la Plata, l'ancienne route romaine, et de sa proximité avec le chemin des pèlerins, de plus en plus nombreux, qui se rendaient en foule prier sur le tombeau de saint Jacques, que l'on avait découvert moins de deux siècles plus tôt[1].

Mais Iria n'aimait pas León. La ville avait beau être propre et riche en divertissements comme en paysages pittoresques, elle était loin de la mer, et Iria adorait la mer.

1. Le tombeau de saint Jacques aurait été « retrouvé » en l'an 813, grâce à un « champ d'étoiles » qui aurait orienté les pèlerins, générant aussitôt un très fort afflux de croyants. « Compostelle », *Compostela* en galicien, vient d'ailleurs du latin *Campus stellae*, signifiant « champ d'étoiles ».

Ses sorties de prédilection se situaient toujours ici, sur la Costa da Morte, la côte de la mort, nommée ainsi en raison des nombreux naufrages qui émaillaient son histoire. Son paysage était déchiqueté et sauvage, alternant des plages immenses, des falaises abruptes, une végétation dense et des sanctuaires magiques, notamment celui de la Virxe da Barca, que les croyants venaient souvent prier après être allés se recueillir sur le tombeau de saint Jacques.

Iria s'y rendait souvent, mais elle préférait encore errer sur le littoral, prenant garde aux tempêtes subites qui pouvaient frapper à n'importe quel moment, venues des profondeurs du bout du monde. Le Cabo Fisterra était d'ailleurs tout proche, signalant, comme son nom l'indiquait, la fin des terres. Son granit sombre, à peine nimbé de vert à la belle saison, était le point le plus occidental du royaume, et l'endroit où la terre rejoignait la mer. Iria aimait s'y percher et laisser son regard errer sur l'immensité liquide, rêvant aux dragons et aux créatures fantasmagoriques qui, selon les prêtres, hantaient le gouffre bordant le monde.

Mais aujourd'hui la jeune fille était plus inquiète qu'émerveillée. Le front noir qui avançait à l'horizon se rapprochait à une vitesse effrayante, et elle savait qu'elle n'aurait pas le temps de retourner à pied à Noia, où sa tante, la nonne Elvira Ramírez, lui avait intimé l'ordre de s'installer. Elvira assurait la régence au nom de son frère cadet, le jeune roi Ramire de León. Elvira n'aimait guère Iria, bâtarde de douze ans plus vieille que le roi, et qui risquait non seulement de s'opposer à elle sur ses décisions politiques, mais était en outre susceptible d'épouser un noble qui briguerait le trône.

Elvira l'expédiait fréquemment sur la Costa da Morte,

certainement dans l'espoir que l'encombrante jeune femme y trouve la mort, que ce soit suite au climat délétère de cette côte sauvage, ou par la faute d'une agression due aux manants devenus naufrageurs et pillards, ou aux marins ayant survécu à la fin de leur navire et prêts à détrousser toute âme vagabonde pour récolter quelques sous susceptibles de leur acheter un sauf-conduit vers leur port d'attache. Et, en effet, l'endroit était aussi spectaculaire qu'effrayant. La Costa da Morte méritait bien son nom. Ses reliefs escarpés se reflétaient dans la mer aux nombreux écueils et récifs, et les pics acérés des falaises déchiquetaient tout navire qui s'y aventurait de trop près. Les tempêtes, aussi violentes que subites, ne faisant qu'amplifier le phénomène. Mais Iria aimait ce lieu sauvage et indompté. Elle y trouvait un écho à sa propre nature que l'ascèse, les prières et mortifications infligées par sa mère et ses ecclésiastiques n'avaient pas réussi à dompter.

Malgré les réticences paternelles, dès que le temps le permettait, elle franchissait, en voiture confortable, les deux cent quarante lieues qui séparaient le château de Noia de Santiago de Compostela. Le trajet, sans tenir compte des potentielles intempéries, nécessitait vingt heures de route, auxquelles il fallait ajouter des pauses toutes les deux heures pour le repos des chevaux, et une nuit à Luaña, dont la paroisse était tenue par des moines chrétiens. Ces établissements, certes récents, faisaient partie des remparts religieux dressés par les souverains du royaume de Galice et León contre les Maures, qui dominaient le bas du pays depuis plusieurs décennies. La reconquête, comme on l'appelait, s'éternisait, et le calife de Cordoue, Al-Hakam II, qui régnait depuis six ans à la suite de son père, luttait bec et ongles pour préserver son fief ; il avait d'ailleurs réclamé quelques années plus tôt les dix forteresses promises à son père et avait déclaré très vite la guerre aux royaumes chrétiens. La prise de San Esteban de Gormaz, en Castille, en 963 l'avait conduit à la victoire, et la paix précaire signée en 966, deux ans plus tôt, n'avait pas suffi à apaiser les anciennes rancœurs. Mais Iria ne s'en souciait guère. Elle savait que, quoi qu'elle en pense, Elvira ne lui demanderait jamais ni son avis ni son aide pour protéger son trône. Elle n'était après tout qu'une femme, et une bâtarde qui plus est. Jamais Iria n'aurait son mot à dire, que ce soit en politique ou même pour choisir son mari. Elle le savait et l'acceptait, mais cela lui semblait injuste, tout comme cette obligation de prier chaque jour qu'on lui imposait, tout comme ces lourdes jupes et ce corsage empesé qui l'étouffait, tout comme ces cohortes de dames de compagnie et de soldats censés l'accompagner partout. C'était d'ailleurs pour cette raison qu'elle aimait tant ces promenades en solitaire. En se levant à l'aube, bien avant les matines et le réveil de ses femmes de chambre, elle pouvait emprunter la tenue la plus discrète de ses servantes et se faufiler hors du château de Noia pour se glisser dans les écuries et seller elle-même Dores, sa jument, dont le nom mêlait le mot galicien pour « dolores », la douleur d'avoir perdu ses parents si jeunes, et « dorada », la couleur dorée qui caractérisait à la fois la peau de la jeune fille et la robe de sa monture. Aujourd'hui, Iria avait laissé Dores à l'orée du site qu'elle souhaitait visiter, craignant que l'animal ne se brise les jambes dans le grand fossé et les trous qui parsemaient l'entrée du Castro de Baroña. Cela faisait des mois qu'elle ne s'y était pas rendue, préférant longer la

Ría de Muros y Noia par le nord pour profiter des villages de pêcheurs pittoresques du bord de mer, explorant les habitations à deux étages aux balcons proéminents et aux arcades colorées, jusqu'à la ville fortifiée de Muros, dont les remparts dominaient la Ría, comme pour abriter son cœur, la Curro da Praza, la place principale, où le gouverneur avait tenté bien des fois de l'inviter, sans qu'Iria accepte, Elvira le lui ayant fermement interdit pour des raisons politiques. Elle demeurait donc en général sur la jetée, longeant le port abrité par les monts Costiña et Rebordiño, avant de se rendre à Louro, pour admirer les bols gravés de Laxe das Rodas qui remontaient aux anciens hommes, avant la naissance du fils de Dieu.

Elle savait que se recueillir sur ce site remontant à plusieurs millénaires était un péché, mais elle ne pouvait s'en empêcher, se sentant une affinité avec ce culte solaire qui l'attirait tant, elle qui aimait le soleil et sa chaleur, jusqu'à en avoir la peau marquée.

Les deux spirales sculptées dans le granit, accompagnées de sept cercles concentriques dans des coupes, la fascinaient à tel point qu'elle pouvait rester des heures à les contempler, jusqu'à ce que le crépuscule tombe et qu'elle reparte en hâte, consciente que si elle s'attardait sur le site païen, les soldats de sa tante viendraient la chercher et qu'il lui serait interdit de revenir. C'était pour cette raison qu'aujourd'hui, elle s'était dirigée vers le sud de la Ría, pour renouer avec le Castro de Baroña, un site tout aussi païen que le Laxe das Rodas, mais encore plus grand et secret. Elle n'y était plus allée depuis l'année précédente, quand sa rencontre avec un naufragé armé d'un couteau l'avait si effrayée qu'elle avait fui à cheval, poussant Dores à galoper à travers le relief accidenté de la péninsule, au risque de l'y blesser.

Aujourd'hui, guérie de sa crainte et équipée d'un petit canif qui, s'il ne la protégeait guère, la rassurait, elle s'y aventurait de nouveau pour explorer ce site exceptionnel. Iria ignorait qui l'avait construit, tant il était vieux et incompréhensible à son éducation chrétienne, mais elle aimait les motifs à étages des remparts dont il ne restait plus que la base, le creux sombre du grand fossé extérieur plus large que trois hommes, et les successions de fondations ovales en pierre gris clair qui jouxtaient d'immenses escaliers extraordinaires, hauts comme des gradins, qui montaient au nord, protégeant des vagues et du vent ce qui avait dû être des habitations.

Un peu plus haut, le panorama exceptionnel avait dû être réservé pour des demeures plus prestigieuses, ou un édifice religieux, mais, faute de fortifications et d'entretien, les éléments avaient dû détruire toute trace de l'œuvre humaine. En errant au milieu de ces ruines, Iria se sentait une affinité avec les gens qui avaient construit cet endroit, qui y avaient vécu et y étaient morts. Ils devaient être plus proches de la nature qu'elle, plus libres, plus… heureux. L'année dernière, suite à son aventure périlleuse avec le vagabond étranger, elle s'était assise, après sa visite au sommet du Castro, sur la plage de l'Área Longa de Baroña pour profiter de sa nature vierge et intouchée. Là, la mer de sable doré était protégée par les monts qui bordaient la péninsule de Barbanza, et les rochers brun foncé encadraient l'étendue descendant en pente douce jusqu'à la mer.

Mais aujourd'hui, l'Área Longa n'avait plus rien d'un refuge, du havre de paix serein qu'elle appréciait tant. Les nuages étaient à présent presque sur elle et menaçaient de l'ensevelir. Elle ne rentrerait pas à temps. Dores aussi était trop loin, attachée à un poteau de pierre à l'orée du site, abritée par un mur ancien semi-écroulé, broutant certainement le ballotin d'orge qu'elle avait emporté pour la contenter.

Elle guetta autour d'elle. Sur sa tête, la pluie commençait à alourdir sa coiffe de lin délicatement brodée. Sa crépine protégeait ses épais cheveux châtains, mais le tissu ajouré ne tarderait pas à se détremper et elle regrettait de ne pas avoir enfilé de pelisson entre sa chainse et sa cotte, n'ayant pas pensé qu'elle en aurait besoin en début d'été. La capuche de velours bordée de létice[1], dépassant de sa cotte par le col rond, l'aurait aidée à mieux supporter le mauvais temps qui s'annonçait.

Paniquée, elle observa la bordure de la plage en quête d'un abri. Vu la vitesse à laquelle l'averse se densifiait, elle n'aurait même pas le temps de remonter le sentier escarpé menant au Castro : sous l'effet du ruissellement, le sol de terre ne tarderait pas à se transformer en torrent, et elle risquait, si elle s'y aventurait, de se retrouver emportée par l'ardeur de l'eau et entraînée dans l'océan, où elle rejoindrait les légions des monstres marins et âmes perdues des noyés.

D'une main décidée, elle remonta le bas de sa cotte pour protéger la laine sobre de la boue qui commençait à s'amonceler autour des patins de bois qu'elle avait enfilés par-dessus ses chaussures fines et ses chausses de laine grise. La tenue n'avait aucune valeur, et aucun lien avec les nombreuses cottes de soie, de mousseline, de damasquin

1. Fourrure blanche luxueuse issue de la belette des neiges.

ou satin qui s'entassaient dans les coffres venus avec elle. Mais elle n'avait aucune envie de gâcher une bonne tenue aussi pratique et confortable que celle-ci, d'autant plus que la servante à qui elle l'avait empruntée serait certainement punie si elle se montrait dans une vêture aussi délabrée. En outre, Iria aurait du mal à rentrer au château en tout anonymat si elle s'y présentait attifée comme la pire des souillons, et cela l'empêcherait de renouveler ses excursions. De toute façon, n'ayant ni rechange ni abri, elle risquait fort de passer les prochaines heures, voire la nuit, dans ces vêtements détrempés et ne souhaitait guère attraper la mort.

Soudain, elle repéra une encoche plus sombre dans le relief gris clair des rochers. Était-ce une grotte ou un renfoncement qui la protégerait du pire des intempéries ? Elle commença à s'y diriger, peinant pour progresser contre les bourrasques qui menaçaient de la renverser au sol.

En l'espace de quelques minutes, la pluie éparse s'était transformée en véritable déluge et le ciel était devenu noir, hurlant sa colère comme si les nuées célestes cherchaient à s'emparer des pécheurs venus hanter un site païen. Durant quelques secondes, Iria se demanda si ce n'était pas la réalité. Dieu cherchait-Il à la punir de s'être aventurée à l'insu de tous, et surtout des prêtres, en cet endroit maudit ? Son âme était -elle damnée ? Allait -elle finir à l'image des hérétiques musulmans qui avaient causé la mort de son père ?

Sanche Ier était mort d'un empoisonnement deux ans plus tôt, et même si personne n'avait pu châtier de coupable, il se murmurait sur toutes les lèvres que le commanditaire de ce meurtre n'était autre que l'infâme

Al-Hakam II[1], successeur de son ancien allié, qui espérait conquérir encore plus de la Galice. Depuis le décès de Sanche, Iria craignait de finir de la même façon que lui. Elle savait que Al-Hakam n'avait aucune raison de vouloir sa mort, mais elle avait aussi conscience qu'Elvira, sa tante, la détestait, et que Teresa Ansúrez, la veuve de Sanche et mère de Ramire, la haïssait encore plus. Même si Teresa était aussi pieuse que belle et charitable, elle abhorrait la bâtarde de feu son mari comme la preuve de l'infidélité et l'hérésie de celui-ci. Elle craignait en outre qu'Iria ne soit aussi ambitieuse et manipulatrice qu'elle estimait que sa génitrice l'avait été et redoutait qu'elle tente de détrôner son demi-frère.

Iria était née en 949, avant que Sanche monte sur le trône, et il avait à l'époque été bien plus svelte et entreprenant, et, dénué de tout pouvoir comme de possibilité d'accession au pouvoir, avait compensé son manque d'influence à la cour de Galice en accumulant les conquêtes au sein de la noblesse. Multipliant les voyages pour le compte de son père, le roi Ramire II, il s'était immiscé dans les cours de Navarre où son oncle García II régnait, de Castille sous l'égide du comte Ferdinand Gonzáles, et c'était là qu'il avait rencontré la jeune et belle Lupa, fille illégitime d'un proche de Ferdinand, et qui espérait certainement entrer dans la royauté de Galice par l'intermédiaire de cette liaison.

Iria était issue de ce rapprochement, mais, contrairement

1. Al-Hakam II est devenu calife de Cordoue en octobre 961, succédant à son père Abd al-Rahman. Ce dernier avait conclu un pacte (déjà passé avec Ordoño III, le demi-frère de Sanche Ier, en 956) et avait récupéré dix forteresses en échange de son intervention pour assurer le trône de Galice et León à Sanche.

à ce que Lupa avait espéré, Sanche ne l'avait pas épousée en apprenant sa grossesse. Le jeune Sanche, alors à peine âgé de quatorze ans tandis que Lupa en avait presque vingt et était déjà considérée comme vieille fille, avait aussitôt fui pour revenir en Galice, alerté par la rumeur de l'abdication imminente de son père. Il n'avait pas eu le temps d'assister à la naissance de sa fille, qui avait dû être une déception pour Lupa, qu'il avait renversé son demi-frère Ordoño à peine celui-ci monté sur le trône, et était devenu roi. Ordoño avait récupéré sa couronne sans tarder après une lutte sans merci contre Abd al-Rahman III sous les murs de León, mais il était mort à l'automne suivant. Sanche lui avait succédé sans difficulté et avait découvert sa paternité juste après, quand Lupa était apparue à sa cour armée d'un nourrisson braillard et indigné des rigueurs du voyage, pour réclamer un mariage, un château et une rente. Sanche lui avait accordé les trois : une union avec Dieu sous la forme de vœux religieux imposés, un château ressemblant à un monastère rigoureux dans les confins les plus reculés de la Galice, et une fortune payée à la révérende mère du lieu pour qu'elle accepte d'accueillir la fille perdue qu'était devenue Lupa. Le bébé était étonnamment resté à la cour de Galice, et Sanche, sans que quiconque sache pourquoi, l'avait protégée et éduquée comme si elle avait été légitime.

Malgré le manque d'amour et de tendresse dont il avait fait preuve, étant plus homme de guerre et politique que doté de la fibre paternelle, Iria lui était profondément reconnaissante de la bonté qu'il lui avait témoignée, consciente que la plupart des hommes, d'autant plus des rois, n'auraient pas été aussi conciliants avec une bâtarde issue d'une liaison aussi encombrante. Il l'avait fait vivre dans le palais royal, entourée des meilleurs précepteurs, et elle avait été dotée de toutes les aménités qu'elle pouvait souhaiter. Toutes, sauf la liberté. Elle savait, pour avoir toujours entendu Elvira et Teresa le lui répéter avec méchanceté, qu'elle était destinée à épouser le noble ou le commerçant qui plairait à son père ou à elles pour servir les intérêts du royaume. Avec un peu de malchance, ajoutaient-elles souvent, elle serait même liée à un Maure, pour assurer la paix. Iria redoutait ce destin plus que tout. Elle craignait d'être contrainte à s'incliner devant un infidèle pour le servir et lui obéir, forcée de renier sa foi, son pays et toutes ses croyances au gré des lubies hérétiques d'un infidèle, qui l'emmènerait au loin et la priverait de tout ce qu'elle connaissait et aimait. Elle porterait ses rejetons démoniaques, serait soumise à ses pulsions perverses et devrait lui obéir jusqu'à la fin de ses jours, interdite de toute sortie, de toute prière, de tout loisir, de toute liberté.

Avec un signe de croix, à la fois pour se protéger de la tempête et de ce sort funeste dont on la menaçait, elle continua sa progression en direction de l'anfractuosité qu'elle avait repérée.

Soudain, un son atroce, mélange de hurlements de terreur, de grincement de bois déchiqueté et de grondement de tonnerre, la fit s'arrêter net au début des rochers. Elle était en lisière de la plage, plus proche des pierres que du sable, et put faire halte sans s'enfoncer dans le sol souple et humide. Elle pivota sur ses talons, sentant ses chausses de laine détrempées glisser dans ses patins de bois qui s'étaient emplis d'eau. Elle craignit un instant de se briser la cheville, mais parvint à se rattraper de justesse sur un rocher acéré, se déchirant la peau au passage. La douleur faillit lui arracher un léger cri, mais elle se mordit la lèvre pour le retenir. Au fil des ans et des châtiments corporels imposés par Elvira et Teresa, renforcés par les précepteurs qui détestaient avoir à éduquer une fille, illégitime qui plus est, elle avait appris à dissimuler sa rancœur, sa douleur et sa peine. Mieux que quiconque à la cour, elle savait masquer ses sentiments pour afficher une expression sereine de piété et d'acceptation, courbant l'échine pour ne pas laisser son âme ployer. Ses opinions et ses émotions lui appartenaient d'autant mieux que personne ne les connaissait.

Puis elle vit la mer.

L'océan était démonté, les vagues monumentales plus hautes que plusieurs hommes déferlant sur le rivage comme autant de chevaux déchaînés, avalant le littoral de sable pour frôler la base des rochers où elle s'était réfugiée.

Et là, au loin, juste devant elle, un bateau était en perdition.

Il était même perdu.

Elle savait déjà qu'aucune action humaine ne pourrait sauver cette fragile embarcation de bois et les hommes qui s'y trouvaient. Elle savait même qu'aucun n'y survivrait. De chaque côté de la plage de l'Área Longa de Baroña se trouvaient des aspérités granitiques à fleur d'eau, qui créaient une dentelle aussi belle que mortelle. Les pics de roche affleuraient la surface, moussant en une écume blanche irréelle sur la surface bleu marine, et la traversant comme des aiguilles dangereuses en une mâchoire de pierre qui attendait le geste divin pour se refermer sur les navires imprudents qui viendraient s'en rapprocher de trop près.

Et le vaisseau était près, trop près. Poussé par la tempête, sa voile rectangulaire déchirée battant en lambeaux rouge et blanc, ballotté par les vagues et poussé par les rafales, il ne pouvait plus rien faire et errait, impuissant, comme un jouet d'enfant aux prises avec un chien furibond.

Elle voyait même les marins à bord tenter d'enrayer le désastre, mais elle savait qu'ils étaient perdus. Un par un, elle les vit disparaître au fil des lames qui dévastaient la coque. Elle entendit leurs hurlements et les vit se débattre et tenter de s'agripper aux rames emmêlées, aux bordées arrachées, aux espars descendus pour réduire la surface de voile. Puis ils disparaissaient en mer avec un dernier cri étranglé, noyés aussitôt ou emmenés par le fond.

Demain, ou un autre jour, leurs corps réapparaîtraient sur la grève, bouffis et déjà défigurés par les crabes, poissons et autres créatures marines inconnues.

Elle ne serait plus là pour les voir.

Soit elle les aurait rejoints et ses longues mèches brunes se mêleraient à leurs tresses claires, soit elle aurait regagné le palais de Noia et cette aventure ne serait plus qu'un désagréable souvenir.

Elle savait également que ce navire en perdition n'était pas galicien. Sa silhouette était trop étrangère, ses boucliers, alignés le long des plats-bords, trop ronds et ornés de motifs et couleurs inhabituelles, ses marins trop grands, trop blonds, trop massifs. Sans entendre leur langue, elle savait qu'il devait s'agir de ces envahisseurs venus du Nord, qui se surnommaient Normands ou Danes, selon leur pays barbare d'origine.

Elle devait fuir.

Si jamais certains de ces hommes survivaient, ils n'auraient d'autre préoccupation que d'assurer leur survie, et elle représentait une otage d'importance.

Fuir ou se cacher.

Avec une détermination née de la peur, elle se retourna et s'élança en direction de la cachette qu'elle avait repérée. Avec un peu de chance, celle-ci serait plus profonde qu'elle ne l'avait imaginé et elle pourrait s'y dissimuler pour attendre la fin de la tempête et s'abriter des regards d'éventuels survivants. Avec la pluie, aucun marin ne pourrait discerner son refuge depuis la plage et elle ne serait pas démasquée.

Elle continua à progresser, escaladant les rochers en tenant sa chainse et sa cotte d'une main, s'aidant de l'autre pour s'agripper aux aspérités et ne pas risquer une chute qui pourrait lui coûter la vie, ou du moins une blessure grave. Elle avait déjà vu des servantes, et même des nobles dames, encombrées par leurs robes longues et empesées, trébucher dans les escaliers et finir avec une cheville ou une jambe cassée qui ne guérissait jamais complètement. Dans le meilleur des cas, elles restaient boiteuses et finissaient au couvent, dans le pire, leur plaie s'infectait et elles mouraient dans d'atroces souffrances, les chants et psalmodies des prêtres ne parvenant pas à étouffer leurs gémissements et cris de douleur.

Avec un frisson de peur, elle grimpa encore plus haut. La grotte était à peine au-dessus, quelques pas plus haut, mais les roches étaient rendues glissantes par la pluie et les algues, et elle peinait à monter.

Puis elle y parvint, les doigts tachés des fientes des goélands et les cheveux emmêlés lui fouettant le visage. Cela faisait longtemps qu'elle avait perdu sa coiffe, et sa crépine ouvragée peinait à retenir sa lourde chevelure.

Mais cela n'avait plus d'importance. Elle était en sécurité. Le reste – son retour, les conséquences de son excursion, son cheval – attendrait. Elle avait atteint son but : survivre, et elle réalisait en cet instant que cela seul comptait.

Elle murmura une prière rapide, plus pour se rassurer que pour remercier une quelconque entité supérieure, et s'effondra sans le moindre égard pour son rang et sa tenue sur le sol rocheux tapissé d'algues brunes séchées que le vent avait poussées là.

Puis la fatigue et la peur eurent raison d'elle et elle se laissa aller en arrière, s'allongeant sans le moindre remords sur l'épaisse couche de posidonies mortes, et elle s'endormit là en quelques secondes, ignorant les hurlements de la tempête qui rageait d'avoir perdu une victime de plus.

Quand elle se réveilla, Iria fut aveuglée par la lumière qui tombait droit sur elle.

Le soleil.

Elle cligna des yeux, éblouie, incapable de se rappeler ce qu'elle faisait là.

Puis tout lui revint en mémoire, ses souvenirs portés par la brise marine et les relents du varech qui crissait sous son poids à chacun de ses mouvements.

Elle avait les paumes et le bout des doigts douloureux, les pieds trempés, et l'impression qu'un *cuelebre*[1] avait élu domicile dans son crâne.

Mais la tempête avait péri. Un soleil éclatant brillait dehors, et les hurlements du vent avaient laissé place au

1. Animal emblématique d'Asturies, le royaume voisin du royaume de Galice et León. Il consiste en un mélange entre un dragon et un serpent, et est chargé de veiller sur le trésor des Asturies. L'emblème actuel de la Galice, réputée pour son haut lieu de pèlerinage de Compostelle, est la coquille Saint-Jacques, mais elle n'était pas encore aussi célèbre qu'à l'époque actuelle.

doux murmure d'un ressac apaisé. Elle se demanda si Dores avait survécu à l'ouragan. Sa jument était certes dans un lieu à l'abri des vagues et de la mer, derrière un muret et avec un ballotin de céréales, mais elle était habituée à dormir dans une écurie confortable et protégée, et risquait en plus d'avoir été victime des pillards qui écumaient cette côte.

Avec sa détermination habituelle, Iria s'imposa de penser à autre chose et décida de la marche à suivre pour se sortir de cette situation déplorable. Tout d'abord, elle devait se sécher, trouver quelque chose à manger, puis essayer de récupérer sa jument et rentrer à Noia en priant pour que personne n'ait découvert son absence. Ce dernier point serait le plus délicat. Une escapade de quelques heures soit ne se voyait pas soit demeurait impunie, mais, passé ce délai, il lui serait plus difficile de cacher son forfait. Ses dames de compagnie auraient découvert et rapporté sa disparition, et des hommes auraient été envoyés à sa recherche.

La nuit venant, tous les soldats du château auraient été lancés à ses trousses et des éclaireurs expédiés dans la campagne environnante pour retrouver sa trace – ou son cadavre. Son seul espoir était que les caméristes et ses gardes du corps, craignant un juste châtiment, n'aient dissimulé sa fugue. L'autre possibilité était qu'Elvira et Teresa, satisfaites de sa perte, aient préféré ne dépêcher personne pour la retrouver, espérant que l'intruse qui menaçait – selon elles – le règne de Ramire n'ait disparu une bonne fois pour toutes et que son cadavre réapparaîtrait quelque temps plus tard, pour que l'on puisse la produire en place pour servir d'exemple aux filles imprudentes et autres bâtardes ambitieuses.

Elle ne les laisserait pas faire. Elle ne mourrait pas, ne leur offrirait pas ce plaisir. Elle reviendrait au château, inventant une anecdote invraisemblable pour justifier son absence – elle réciterait des prières supplémentaires à la messe pour se faire pardonner son mensonge – et reprendrait sa place à la cour en digne pion qu'elle était des manigances politiques de sa famille.

Parfois, elle aurait aimé être une étrangère en pays étranger. Sans responsabilités, sans contraintes, sans attentes ni brimades. Mais ce n'était pas possible. Telle était sa vie, tel était son lot, et elle devrait le boire jusqu'à la lie.

Avec un soupir mêlant résignation et effort, elle se releva, faisant fi de ses courbatures, et s'étira jusqu'à ce que ses doigts frôlent le plafond rocheux de la grotte. Il était bas au début, l'entrée lui imposant de se courber pour passer, puis se haussait ensuite jusqu'à faire presque deux fois la taille d'un homme. Elle n'avait pas exploré le fond, tant par fatigue que par peur de déranger une bête sauvage, mais elle n'avait pas entendu de bruit inquiétant et avait remarqué l'absence d'ossements comme de reliefs de nourriture – la caverne aurait également pu servir de refuge à des naufragés ou des pillards.

Puis elle retourna au grand air.

Aussitôt, elle fut frappée par l'aspect de la plage.

Le sable était constellé de déchets. Des fragments de bois, des lambeaux de tissu, des cordages emmêlés dans lesquels des corps humains étaient encore emprisonnés, des tonneaux éventrés, des débris inidentifiables mêlés aux fragments trop identifiables.

Iria hésita longtemps à se rapprocher, de peur de défaillir devant la vision atroce des noyés. Elle savait, pour avoir assisté, de loin, à plusieurs pillages, qu'il y avait également un risque pour sa sécurité : les naufrageurs ne tarderaient pas à apparaître pour récupérer leur butin de l'épave… et des défunts. Sans la moindre pitié ni conscience chrétienne, ils dépouilleraient la carcasse des navires jusqu'à l'os et feraient de même avec les hommes qui avaient péri dans la tempête. Après leur passage, les chairs seraient exhibées sans scrupule, dépourvues de la moindre pudeur, du moindre atour, du moindre bijou, jusqu'aux ornements religieux qui étaient censés les protéger.

Puis elle fronça les sourcils et avança d'un pas.

Les débris sur la plage confirmaient sa première impression : ces malheureux n'étaient pas chrétiens, loin de là. La proue de leur bateau, qui gisait à présent à quelques pas d'elle, s'ornait d'une sculpture de dragon, et plusieurs boucliers colorés, dispersés sur la plage, comportaient des motifs qu'elle reconnut comme des runes, cet alphabet étrange, à la fois commercial et religieux, que les hommes du Nord utilisaient. Des Danois. Pillards, commerçants, négociants, voyageurs et explorateurs, et surtout conquérants et esclavagistes. Issus des pays nordiques, ils avaient déjà émigré dans la Francie occidentale de Lothaire, où ils avaient fondé un duché de Normandie indépendant, au grand dam des monarques francs qui avaient dû accepter cette « protection » dont ils se seraient bien passés. Pour ce qu'Iria avait appris grâce à ses précepteurs, leur royaume comprenait plusieurs contrées nordiques, le tout jeune Danemark, uni et doté d'un roi à peine dix ans plus tôt[1], la Norvège, sous l'égide de son souverain Harald Gråfell, deuxième

1. Harald « à la Dent bleue » a uni le Danemark en 958 et est considéré comme le premier roi de ce pays.

du nom, et une multitude de petits royaumes tout autour. Mais, outre la Francie occidentale, ils s'étaient répandus jusqu'à Byzance, jusqu'aux terres glacées aux confins du monde, dans la Rus' de Kiev, et s'enhardissaient depuis quelques années jusqu'aux côtes de Galice, en quête de terres plus riches et ensoleillées.

Elle s'avança d'un pas supplémentaire.

Un mouvement venait d'attirer son attention.

Non, ce n'était pas un pillard déjà à l'œuvre. Il s'agissait probablement d'une vague qui avait fait remuer un bras, une éclisse, un bout de voile.

Puis le mouvement se répéta, et elle se rapprocha un peu plus, intriguée.

Elle savait que ce n'était pas prudent. Si c'était un animal, il risquait de l'attaquer. Si c'était un naufrageur, il risquait de l'attaquer. Si c'était un survivant, il risquait de l'attaquer.

Elle fit un nouveau pas et, cette fois, se mit à courir vers l'homme.

Car c'était bien un être humain qui avait bougé. Piégé par les cordages qui le ligotaient à la structure de son navire, il devait probablement sa vie aux planches auxquelles il était attaché, même si, à présent, c'étaient ces débris qui, emportés vers la mer par les vagues refluantes, menaçaient de causer sa perte. Trop faible pour se dégager et se hisser plus loin sur la grève, hors de portée de l'eau, il repoussait d'un bras désespéré les bouts de bois qui l'entouraient afin de se frayer un chemin vers le haut, vers les roches, loin de l'étendue liquide qui avait déjà échoué une fois à l'engloutir.

Seul, il n'y parviendrait pas, Iria le savait. Et malgré elle, malgré les dangers et les risques dont elle avait conscience, elle ne pouvait se résoudre à l'abandonner. Quelque chose en elle l'attirait vers ce survivant qui avait défié la mer et refusait de se laisser vaincre une fois de plus.

Parvenue jusqu'à lui, elle fit halte et l'observa un instant.

Elle n'avait jamais contemplé d'homme pareil.

Il était… rayonnant comme le Christ sur Sa croix.

Malgré son teint blafard, presque verdâtre, dû aux épreuves qu'il venait de traverser, ses cheveux souillés d'algues et de sable, collés à sa peau par paquets foncés d'eau, malgré ses vêtements déchirés d'où, par plusieurs vilaines plaies, suintait un sang rouge vif, il lui faisait l'effet d'un messie venu lui annoncer le jugement dernier.

Ses yeux.

Ils l'appelaient.

Elle ne savait même pas s'ils la fixaient ou si, aveuglés de soleil ou de peur, ils la traversaient sans la voir, mais ils étaient rivés à elle et la pétrifiaient par leur teinte exceptionnelle. Un bleu, un vert, une couleur comme elle n'en avait jamais vu, à la fois si claire et si vive qu'elle semblait ne pas appartenir à la race humaine et pouvoir lire en elle comme dans les Saintes Écritures. Dans ce visage aux traits mats et burinés, certainement par des jours et des jours de navigation sous un soleil de plomb, ils étincelaient comme deux pierres précieuses à la pureté incomparable.

Puis l'homme ouvrit la bouche.

— *Greiða*[1]…, dit-il, suivi d'un autre mot qu'elle ne comprit pas davantage.

Les consonances ressemblaient à ce qu'elle avait entendu

1. Ce mot de vieux norrois, la langue primitive (mais très complexe) des Vikings, signifie « aider ».

des dialectes nordiques des émissaires qui s'étaient arrêtés à la cour de León, et à ceux des prisonniers que Teresa et Elvira avaient souhaité entendre avant de les faire exécuter.

Un barbare du Nord donc. Mais elle ignorait ce qu'il lui voulait. Probablement de l'eau, de l'aide. À moins qu'il ne veuille qu'elle l'achève.

De peur qu'il ne s'agisse de menaces et qu'il ne tente de s'en prendre à elle, elle recula d'un pas et se pencha pour se saisir d'une planche parsemée d'imposants clous, qu'elle brandit devant elle.

D'une main fébrile, l'homme lui fit signe et secoua la tête. Puis il se remit à parler.

— *Adiuva… adiuva me*[1].

Du latin, cette fois. Une langue qu'elle comprenait et parlait à la perfection, pour l'avoir apprise presque en même temps que son galicien natal.

Cet homme ne lui voulait donc aucun mal, il l'appelait au secours.

Elle hésita une fois de plus.

Que pouvait-elle faire ? Que risquait -elle, en outre, si elle lui portait assistance ?

Dans le meilleur des cas, elle lui offrait quelques instants de survie avant qu'il ne soit achevé par les naufrageurs qui ne tarderaient plus. Et, ce faisant, elle se mettait elle aussi en danger. Jamais elle n'aurait la force de le hisser jusqu'à sa grotte…

Mais elle ne pouvait le laisser là. Et à peine s'était-elle fait cette réflexion qu'un cri lointain, une sorte de piaillement qui ressemblait fort à celui d'un oiseau, mais n'en était pas un, la fit pivoter sur ses talons, aux aguets.

1. « Aidez-moi. »

Les pillards ne tarderaient plus.

Elle n'atermoya pas davantage.

Sans perdre une seconde de plus, elle s'attaqua à dégager les planches qui s'appesantissaient sur les jambes de l'homme. Elle parvient à repousser la première sans difficulté, mais l'autre lui posa plus de souci. De nouveau, elle jeta un regard en arrière. Là, sur les corniches, des silhouettes semblables à des fourmis venaient d'apparaître.

Elle se ramassa sur elle-même, prête à courir se mettre à l'abri. Mais une main la saisit au poignet, la faisant sursauter. Elle reporta les yeux sur l'homme qui l'avait attrapée avec une force stupéfiante, au vu de sa situation.

Il la fixait derechef de son regard inquisiteur, et comme la première fois, elle se sentit faiblir. Avec résolution, il secoua la tête et, d'un signe du menton, désigna ses jambes.

— *Libera me.*

Elle pinça les lèvres, jeta un dernier coup d'œil aux naufrageurs qui avaient entamé la descente de la falaise, puis lâcha sa planche cloutée pour empoigner les espars à deux mains et dégager le plus vite possible les membres de l'homme.

Sans cesser de la scruter, comme s'il craignait qu'une fois libérée de l'emprise de ses iris, elle ne cesse de l'aider et se sauve, l'inconnu commença à l'aider, d'abord faiblement, puis avec plus d'efficacité au fur et à mesure qu'il regagnait en liberté de mouvement.

Elle dégagea d'abord ses jambes, puis son torse, qu'une grosse poutre écrasait, et enfin son bras droit, qui était demeuré enseveli sous une toile rouge alourdie d'eau et de sable depuis le début.

Chaque fois qu'elle dévoilait une partie de son corps, elle craignait de découvrir des blessures qui auraient condamné son naufragé, mais, chaque fois, elle poussait un soupir de soulagement : il n'en était rien. Apparemment, les planches qui l'avaient sauvé de la noyade l'avaient également protégé de toute avanie supplémentaire, agissant certainement comme un bouclier contre d'autres pièces de bois.

Enfin, au bout de plusieurs minutes d'efforts conjugués et alors qu'Iria commençait à craindre une arrivée des pillards, qu'elle ne voyait plus, car ils avaient disparu derrière les rochers qui faisaient comme une crête autour de la plage, elle finit d'ôter les derniers débris, et l'homme, tel un fauve sortant de sa tanière, s'extirpa de son linceul de sable.

Il se remit sur ses pieds d'un bond, titubant quelques secondes de faiblesse et clignant des yeux comme s'il craignait d'être aveuglé ou de s'évanouir d'épuisement, puis il s'ébroua.

Comme un chien.

Le mouvement le prit des jambes, puis remonta son corps, jusqu'à ce qu'il secoue la tête, faisant voler sa crinière dorée, autrefois tressée, mais à présent en bataille, et faisant gicler, avec ses mèches blondes, autant de débris et de gouttes d'eau salée que s'il avait caché un trésor dans ses cheveux.

Le phénomène était si inattendu et l'image si cocasse qu'elle ne put réprimer un rire. D'abord léger, puis irrépressible, le son jaillit de sa gorge et coula comme des perles.

Surpris, l'homme se figea en plein mouvement et la toisa d'un regard outré. Son indignation muette était si palpable qu'elle redoubla d'hilarité, avant de l'imiter pour lui faire comprendre à quel point il était ridicule. Puis elle aboya pour compléter sa démonstration.

L'homme afficha une mine furibonde, puis sa bouche se tordit en une grimace narquoise, et un aboiement très ressemblant résonna.

Un sourire complice les réunit, puis le silence. Ils se regardèrent dans les yeux, sans parler, sans se toucher, sans bouger.

Lentement, l'homme leva une main et, d'un geste précautionneux, comme s'il craignait de l'effaroucher, la porta à son visage où il caressa sa joue avec une sorte de tendresse.

Puis il s'inclina devant elle.

— *Gratias tibi, princeps*[1].

Iria fronça les sourcils.

Comment pouvait-il savoir qu'elle était une princesse ?

Puis l'homme dut comprendre son désarroi, car il tendit le bras vers la mer et ajouta :

— *Princeps maris.*

Princesse de la mer.

Une façon élégante de lui témoigner sa gratitude quant à son sauvetage des eaux, trouva-t -elle. Mais, alors qu'elle s'apprêtait à lui expliquer qu'il n'était pas si loin de la vérité, des cris beaucoup trop proches retentirent.

Aussitôt, l'homme se campa en position d'attaque, les jambes écartées et fléchies, les mains au niveau de son torse, prêtes à saisir un adversaire ou à le repousser, le visage tendu en une grimace offensive.

Elle remarqua une seconde plus tard qu'il s'était décalé pour s'interposer entre elle et l'origine du hurlement. Il voulait la protéger.

Mais il ne pourrait pas.

1. « Merci à toi, princesse. »

Iria connaissait bien ce dont les naufrageurs étaient capables. Ils étaient aussi bestiaux que des charognards, et ne craignaient ni la justice humaine ni la colère divine. Devant deux obstacles à leur mission de pillage, ils n'hésiteraient pas à les égorger, et le titre d'Iria ne suffirait pas à les sauver.

Sans hésiter, elle posa une main sur le bras de son inconnu.

Il bondit aussitôt, comme s'il allait l'attaquer, puis se détendit un peu en constatant que c'était elle.

D'un geste pressant, elle lui indiqua la grotte d'où elle était venue et lui fit signe de l'y accompagner.

Il hocha la tête après avoir examiné un instant le flanc de falaise où se dissimulait le refuge, presque invisible de là où ils se trouvaient, et lui prit la main pour l'entraîner dans cette direction.

En l'espace d'une minute, ils avaient disparu dans le ventre de roche et regardaient, cachés derrière une aspérité protectrice, apparaître sur la plage les premiers pillards.

Chapitre 3

Bjorn n'en revenait pas de sa chance.

Non seulement il avait échappé à la tempête, mais il avait survécu à ce naufrage sans blessure et avait été secouru in extremis par la plus belle créature qu'il eût jamais vue.

Lorsqu'il avait ouvert les yeux, il avait d'abord cru avoir été sauvé des griffes de Ran la ravisseuse. Il se souvenait avoir eu les poumons emplis d'eau, avoir été englouti dans les débris de son navire, lié à sa barre, et d'avoir finalement cessé de lutter en sentant ses membres s'engourdir, ses yeux se fermer, sa gorge se remplir d'eau. Et là, il était paralysé, la bouche regorgeant de sable et de sel, et le corps prisonnier de ce qui devait être le filet dans lequel Ran capturait ses victimes.

Mais… Ran pouvait -elle ressembler à Manni, la fille de la déesse Sol, reine du soleil ? Manni devait en effet ressembler à cette créature aux longs cheveux d'un brun doré si chaleureux qu'il rêvait de plonger les mains dedans pour en sentir la texture et enfouir son nez dans leur épaisseur parfumée. Manni devait avoir ces yeux aux couleurs du miel de chêne que Helga, sa première amante, lui avait fait découvrir. Manni devait posséder ce corps généreux aux formes à la fois souples et féminines, faites pour ployer dans les bras d'un homme, et cette peau mate, teintée par le soleil de sa mère, claire et délicieuse comme une crème bise.

Puis la réalité l'avait frappé de plein fouet. Il avait froid. En fait, il était transi, mouillé, il avait du sable dans la bouche, les membres douloureux comme s'il avait été roué de coups, sa tête lui lançait, et sa nuque reposait sur une sorte de pointe caillouteuse qui menaçait de lui rompre les os.

Si c'était le châtiment que Ran lui réservait, il était particulièrement pervers. Et Manni n'avait rien à faire dans le royaume englouti de la femme d'Ægir. D'ailleurs, Manni ne le regarderait pas de cet air à la fois apeuré et méfiant, et ne le menacerait pas d'une planche semée de clous qu'il croyait bien avoir été un espar de son propre navire, au vu de sa forme. Il avait donc compris avoir survécu au naufrage de son *längskip*. Le temps que ce fait s'imprègne dans son cerveau, il avait assimilé d'autres réalités tout aussi affligeantes : il était peut-être seul, désarmé et à la merci d'une inconnue, qui n'était probablement que l'avant-garde d'une troupe de voleurs, ou la première d'une horde de pillards comme il en errait souvent aux abords des côtes et des récifs. Qui plus est, il avait perdu sa flotte, ses hommes, son équipement… bref, tout ce qui faisait de lui un Viking, le fils du roi Harald, et tout ce qui était censé assurer sa réussite dans cette mission cruciale pour son avenir. Il n'avait pas paniqué, son cerveau aguerri aux décisions de guerre rapides et vitales le poussant à réfléchir à ses options pour déterminer la meilleure solution.

Se faire une alliée de cette femme. Se libérer de ses

liens. Récupérer des armes, retrouver ses hommes, si certains avaient survécu, se procurer des vivres, un navire, reprendre sa route et accomplir son but. Ce serait plus difficile que prévu, mais il réussirait. L'échec n'était pas une option pour lui.

Il était donc passé à l'action. Ignorant la peur, la douleur, l'obstacle de la langue et l'épuisement qui le faisait tituber, il avait incité la jeune femme à l'aider à se dégager et s'était remis debout. Il avait ignoré son rire humiliant quand elle l'avait comparé à un chien, conscient qu'il ne devait pas s'aliéner la seule personne susceptible de l'aider. Et il avait bien fait.

Il avait vite compris, en la voyant paniquer devant l'arrivée de nouveaux venus, à coup sûr des naufrageurs ou des pillards, qu'elle ne faisait pas partie de leur groupe. Par conséquent, elle était une alliée. Ce sentiment s'était confirmé lorsqu'elle l'avait entraîné dans une grotte, certainement où elle avait passé la tempête, s'était-il dit en la voyant s'enfoncer sans crainte dans l'anfractuosité où elle s'était installée d'un air plus confiant pour s'asseoir sur le varech sec qui comportait un creux, là où elle avait dû dormir.

Ils y étaient restés durant un bon moment, regardant les pillards progresser sur la plage à pas prudents, courbés en deux et appuyés sur de longs bâtons, dont ils se servaient pour fouiller les débris et creuser le sable à la recherche de butin enfoui.

Bjorn eut un coup au cœur en voyant deux d'entre eux, deux femmes, d'après leurs amples robes brunes et grises, resserrées à la taille par des ceintures de laine auxquelles étaient accrochés des crucifix qui faisaient piètre mine sur ces charognards, ainsi que plusieurs outils, se baisser pour ôter ses habits à l'un de ses compagnons.

De loin, il eut du mal à le reconnaître, puis, quand les femmes le soulevèrent pour lui ôter sa broigne et son torque d'or, il fut pris d'un accès de rage. Ce bijou, il l'avait lui-même offert à Snorre, son barreur, pour fêter ses cinquante ans, juste avant leur départ. Il se le rappelait bien, pour avoir demandé au forgeron de graver les initiales de l'homme dessus, ainsi qu'un drakkar stylisé, pour signifier tout son respect pour les compétences de l'homme à qui il allait confier la direction de son navire de tête.

Snorre ne méritait pas de finir comme ça. Certes, il avait déserté son poste, mais cette tempête avait été l'incarnation de la colère d'Ægir, et n'importe quel homme aurait paniqué face à l'ire du dieu des Mers, qui plus est quand Snorre était prêt à rester à Tønsberg pour passer plus de temps avec sa femme et ses enfants. Il aurait voulu pour lui une fin de vie digne, entouré de ses descendants, assis à une place respectable dans la halle des rois du Danemark, ou à cultiver ses terres. Pas de mourir ainsi, noyé, sur une plage inconnue, pour être dépouillé de ses derniers biens par des femmes qui n'avaient pas plus de pitié que de morale.

Un rugissement résonna à ses oreilles, et il sentit ses poings se crisper, cherchant machinalement la garde de son épée. Mais ses doigts se refermèrent sur le vide. Il était désarmé. Cette constatation désespérante le ramena à la réalité. C'était lui qui avait grondé sa rage. Il était impuissant à rendre les derniers hommages à Snorre, tout comme il avait été impuissant à sauver ses hommes. Mais il pouvait au moins empêcher ces pillardes de déshonorer son corps.

Il regarda la grève, comptant le nombre de naufrageurs. Ils n'étaient finalement pas si nombreux, à peine une demi-douzaine, dont une majorité de femmes et de jeunes, qui ne lui opposeraient pas grande résistance. Il lui suffisait de s'emparer d'un de leurs bâtons, et…

Une main délicate mais à la force étrange se posa sur son bras. Ses muscles se tendirent, faisant gonfler le tissu mouillé de sa chemise qui lui collait à la peau. Stupéfait par ce contact auquel il ne s'attendait pas, il pivota en se ramassant sur lui-même, prêt à attaquer l'intrus qui le menaçait.

Il se redressa, forçant ses poings à se relâcher.

C'était la jeune femme qui l'avait guidé jusqu'ici, lui sauvant certainement la vie. Dans sa frustration et sa rage, il avait complètement oublié sa présence à ses côtés. Voyant son air paniqué, il se força à recomposer son visage. Il dépendait d'elle pour le moment, il ne devait pas la brusquer ou lui faire peur, sinon elle risquait d'alerter les pillards.

Avec difficulté, il avala sa salive et secoua la tête pour lui indiquer qu'il s'était ressaisi. Il esquissa un geste en direction de la plage, puis montra le bijou qu'il portait encore autour de son cou, à la forme très proche de celui qu'avait porté Snorre, et désigna de nouveau celui-ci, qui était à présent presque totalement dévêtu.

Devant lui, la jeune femme hocha la tête, affichant un air triste qui lui fit comprendre qu'elle avait saisi sa réaction et sa douleur. Elle posa de nouveau une main compatissante sur son bras, qu'il ne repoussa pas cette fois. Au contraire, son contact lui fit du bien.

Elle comprenait. Elle partageait sa peine.

Une boule monta dans sa gorge, qu'il s'empressa de refouler. Il ne devait pas pleurer.

Il n'avait pas pleuré depuis bien longtemps, depuis, très exactement, qu'il avait trouvé le corps sans vie d'Ingebjørg. Depuis, plus rien ne lui avait arraché une larme, ni la mort de son père, ni le rejet de son frère, rien. Mais là, ses hommes étaient morts. Pire, ils étaient dépouillés, déshonorés, et lui était impuissant.

De nouveau, une rage folle le saisit et il eut toutes les peines du monde à la refouler. Crispant les poings contre ses cuisses pour s'empêcher de chercher une arme, il reporta son attention sur la jeune femme qui lui faisait face.

Elle était un peu plus jeune que lui, assez pour que ses formes soient encore teintées des rondeurs de l'enfance, mais suffisamment femme pour l'attirer. Elle avait des vêtements simples, peut-être ceux d'une domestique, mais quelques détails lui indiquaient que ce n'était pas ses habits normaux. Sa coiffure était trop lustrée, trop apprêtée, et ses cheveux trop longs pour une servante qui aurait eu peu de temps pour se parer. Ses mains étaient trop lisses, trop propres, et ses ongles nets comme ceux d'une noble dame. Elle avait les oreilles percées, ce qu'une serve n'aurait pas eu, et des bijoux en or, à la délicatesse éthérée, les ornaient avec élégance. Malgré les apparences et sa solitude – quelle noble dame passait la nuit dehors, en pleine tempête, et qui plus est sans une escorte digne de ce nom, des gardes, des dames de compagnie ? –, elle n'était ni servante ni esclave. Peut-être était-ce la maîtresse d'un aristocrate local, voire sa fille, sortie en cachette pour rejoindre un amant de passage et surprise par le mauvais temps ?

Quoi qu'il en soit, elle était jeune et belle, elle était là, et il avait besoin de détourner son esprit de la profanation qui se déroulait quelques pas plus loin, sur la plage.

Sans réfléchir davantage, uniquement désireux de se prouver qu'il était encore en vie et capable de savourer les plaisirs de l'existence, il posa ses mains en coupe autour du visage de l'inconnue et l'attira à lui. Il inclina la tête et, sans hésiter, posa sa bouche sur celle de la jeune femme.

Tout d'abord, surprise, elle ne résista pas et resta immobile, le laissant savourer son goût à la fois sucré et exotique, la souplesse de ses lèvres, leur moelleux offert, la douceur de sa peau. Puis, enhardi et enivré par la sensation, il fit glisser sa bouche le long de sa joue, faisant courir ses mains sur ses épaules, puis dans son dos, pour la serrer contre lui, presser son corps gracile aux formes tentantes contre le sien, dur et musclé, et l'embrassa le long de sa mâchoire, sous l'oreille, dans le cou, partout où un peu de chair dorée était révélée.

Sa peau était douce comme de la soie, au goût de miel, chaude et lisse, tentante, offerte, irrésistible.

Il croisa son regard.

Ce n'était pas un regard passif ou enivré de désir.

Elle était… furieuse. Devant son air interloqué, elle étrécit les paupières et lui indiqua, d'un coup de menton, la plage où œuvraient toujours les pillards.

Message reçu, elle n'avait pas crié, elle ne s'était pas débattue, de peur d'attirer leur attention. Mais elle n'en pensait de toute évidence pas moins.

Puis elle tira sa main, qu'elle avait laissée derrière son dos.

C'est là qu'il vit qu'elle tenait un petit poignard, qu'elle avait caché depuis le début dans les plis de sa tenue. Sur la plage, quelques instants plus tôt, la panique avait dû lui faire oublier, mais là, elle s'était ressaisie et s'en serait certainement servie pour l'égorger s'il était allé plus loin.

Il leva les mains en l'air pour indiquer qu'il ne tenterait rien de plus et recula d'un pas supplémentaire. Puis il lui adressa un sourire contrit.

Il n'aimait pas abuser des femmes, et c'était exactement ce qu'il venait de faire. Mais, même s'il avait regagné le contrôle de son esprit – à défaut de celui de son corps –, il s'en voulait d'avoir ainsi cédé à ses pulsions et perdu le contrôle. Embarrassé par la protubérance qui devait certainement être visible et le gênait dans ses mouvements, il fit un pas de plus en arrière et essaya de la masquer d'une main désinvolte.

Hélas, son interlocutrice devait être aussi observatrice que prudente, car ses yeux se baissèrent aussitôt sur son bassin, et elle afficha un air à la fois choqué et horrifié.

Visiblement, elle savait de quoi il s'agissait, ce qui confirma en partie sa première supposition ; il ne s'agissait pas là d'une jeune vierge innocente issue d'une bonne famille. Celle-ci l'aurait protégée, et elle aurait tout ignoré des choses de la chair. À coup sûr, c'était une maîtresse ou une courtisane, à moins qu'elle ne soit tout simplement la pensionnaire en fuite d'une maison close. Non. Elle ne l'aurait pas repoussé dans ce cas. Il en revenait donc à une amante égarée ou une infidèle. Et il brûlait d'envie de l'allonger sur une couche confortable, de la dévêtir, de la voir frissonner de froid et de pudeur, de l'embrasser, de découvrir son corps de ses lèvres, de la sentir vibrer sous sa bouche et…

À cette idée, son sexe s'éveilla de plus belle et, cette fois, il comprit qu'il serait vain de tenter de cacher son érection.

Mais un son lui coupa son envie tout net.

Un aboiement.

De nouveau, la jeune femme l'avait comparé à un chien en imitant le bruit de l'animal et, cette fois, ce n'était pas seulement parce qu'il s'était secoué comme un vulgaire canidé, mais parce qu'elle le réduisait à un animal victime de ses pulsions.

À deux reprises, elle recommença, veillant à ne pas le faire trop fort pour ne pas attirer l'attention des pillards, mais l'effet n'en fut pas moins dévastateur.

Vexé et titillé dans son amour-propre, Bjorn en perdit tout désir et son sexe reprit presque aussitôt sa taille réglementaire.

D'un regard courroucé, il réduisit la jeune femme au silence, puis reporta son attention sur l'arme qu'elle tenait. Était-il possible qu'il la lui dérobe pour tenter d'intervenir et empêcher les dernières humiliations à ses hommes ?

Mais, alors qu'il réfléchissait à cette perspective, un autre son l'arracha à ses réflexions.

Un cri. Non, plusieurs.

Des voix connues, graves et rauques, qui s'invectivaient et hurlaient en vieux norrois des insultes qui lui étaient tout aussi familières. Il reconnut le timbre graveleux de Wulf, l'un de ses meilleurs guerriers. Piètre marin, le malheureux avait en effet failli se noyer suite à une chute dans un lac gelé durant son enfance, et en avait depuis gardé une peur panique de l'eau et de la mer. Son courage néanmoins était tel qu'il avait refusé un poste prestigieux comme membre de la garde rapprochée de Gudrœd pour affronter sa peur à bord d'un drakkar. Il pouvait ainsi passer des lunes entières en expédition, malade à en mourir à chaque coup de vent un peu fort, mais refusant envers et contre tout de rester à terre. Certains, dont Bjorn, soupçonnaient également que le caractère tyrannique de son épouse, Sigrid, l'incitait à s'en éloigner autant que possible, quitte à affronter sa terreur.

Mais Wulf n'était pas seul. Sa voix, aux imprécations familières, se mêlait à celle d'Olaf, beaucoup plus aiguë, mais tout aussi véhémente, tandis qu'une troisième, si basse qu'elle en ressemblait à un grondement de tonnerre, menaçait les pillards du courroux d'Odin s'ils ne déguerpissaient pas au plus vite. Torgeir. Il ne manquait plus que son frère Dagfinn et le quatuor le plus belliqueux de son *längskip* serait réuni.

Le soulagement faillit lui tirer les larmes qu'il avait réprimées quelques instants plus tôt.

Ses hommes étaient en vie. Du moins quelques-uns, et pas des moindres.

Son second et capitaine, son guerrier le plus fort, ses rameurs les plus endurants. L'espace d'un instant, il se demanda si la chance l'aiderait au point d'avoir sauvé Tora, sa *völva*, et Leif, son charpentier. Avec eux à ses côtés, il pourrait conquérir le monde, même en repartant de zéro comme c'était le cas.

Puis il les vit apparaître, et cette fois, c'est sûr, l'émotion lui noua la gorge. Ils étaient là, en chair et en os. Dépenaillés et amochés, les vêtements trempés et en lambeaux, leurs crinières d'habitude soigneusement coiffées et leurs barbes tressées hirsutes et plaquées à leur peau par l'eau de mer qui les avait raidies comme des casques roux, blonds, gris. Mais ils étaient vivants.

Et, de toute évidence, ils brûlaient d'en découdre.

Ils s'étaient d'eux-mêmes campés dans leur position de combat : Wulf, soumis à son capitaine Olaf à bord, menait la marche, en meneur qu'il était, tandis que les trois autres le suivaient en ordre, le second de Bjorn juste derrière lui, tandis que Torgeir et Dagfinn, qui accompagnait donc bien son frère, fermaient les rangs en progressant côte à côte.

Ils avaient pour partie perdu leurs armes, mais cela ne les arrêtait pas. Wulf s'était équipé d'un fragment imposant de rame qui constituait une lance meurtrière, avec son bout déchiqueté aux arêtes acérées, tandis que Torgeir et Dagfinn brandissaient pour l'un une hache qu'il avait fabriquée avec une longueur de verge à laquelle il avait fixé un caillou tranchant grâce à une corde, et pour l'autre une barre métallique qui avait autrefois servi à arrimer les boucliers au plat-bord. Seul Olaf avait réussi à sauvegarder son équipement et tenait dans ses poings crispés les deux scramasaxes courts qui ne le quittaient jamais et qu'il avait fait forger lorsqu'il avait été nommé second de Bjorn.

Ensemble, ils formaient un quatuor impressionnant, et Bjorn sentit son courage et sa fierté renaître à leur vue. Il n'était plus un naufragé impuissant, perdu et vulnérable. Il n'était plus seul, démuni et désespéré. Il était un prince viking, il était le chef d'une flotte, certes modeste mais puissante, et il n'était pas sans ressources ni vaillance. Il avait traversé une épreuve, mais il avait survécu, et il vaincrait, comme il l'avait toujours fait.

Soudain, un mouvement à sa gauche attira son attention et il détourna les yeux de la vue satisfaisante de ses hommes qui se ruaient à l'assaut des pillards.

Sa sauveteuse. L'inconnue qui s'était moquée de lui, l'avait traité de chien, l'avait repoussé.

Elle allait voir ce qui… Non, elle ne verrait rien.

Parce qu'elle était en train de se sauver.

Elle avait profité de ce que son attention s'était reportée sur ses hommes pour s'écarter discrètement de lui et l'avait contourné pour s'esquiver de la grotte et entamer la descente par le côté le plus abrupt de la falaise, là où sa légèreté et son agilité lui conféraient un avantage indéniable sur lui.

Elle n'était pas loin, à peine quelques pas, et il s'élança à sa poursuite. Dans cette direction, qu'elle avait dû méditer avant de l'emprunter, personne ne pourrait les voir, ni les naufrageurs ni ses hommes, et, si elle parvenait à atteindre le bas de l'éminence, elle pourrait disparaître à revers sur la plage, dissimulée par la crête de roche qui faisait comme une échine de dragon encerclant le littoral. Il traversa le seuil de la caverne et se posta devant l'aplomb qu'ils avaient gravi quelques minutes plus tôt… puis il s'arrêta.

Ses hommes ou cette femme ?

S'il la suivait, il s'enfonçait dans cette terre inconnue, à la poursuite d'une inconnue, sans la moindre garantie de survie, de victoire, de succès. Il se condamnait à l'échec. Et pour quoi ? Pour rattraper une femme qui n'avait rien à lui apporter à part une possible rançon, et encore.

Alors que ses hommes avaient besoin de lui et qu'il leur devait sa loyauté.

Le choix était vite fait.

Il considéra la jeune fille qui continuait sa descente avec célérité, puis se tourna vers ses hommes et se dirigea vers eux, le cœur lourd.

Il ne saurait jamais qui était cette femme, pourquoi elle l'avait aidé. Pourquoi elle portait des vêtements de servante alors qu'elle n'en était pas une, pourquoi elle avait passé la nuit seule dans cette grotte, pourquoi elle avait la beauté de Hnoss[1], le port altier de Frigg[2], le courage de Freyja[3] et se sauvait devant lui.

Il se détourna avec résolution et entama la descente, s'efforçant de ne pas se faire repérer par les pillards qui, de leur côté, avaient vu surgir les rescapés et s'amassaient en groupe devant les débris du naufrage, prêts à défendre ce qu'ils considéraient à présent comme leur propriété légitime.

Ils allaient apprendre à leurs dépens que même perdus en terre inconnue, désarmés et après avoir subi un désastre, les Danois ne s'avouaient pas vaincus.

Il parvint en bas des rochers et s'élança sur le sable, cherchant du regard une pierre, une poutre, n'importe quoi qui lui permettrait de se défendre et d'attaquer.

Puis son regard croisa celui de la fille.

De l'autre côté d'une petite éminence rocheuse qui la dissimulait jusqu'à la poitrine, elle s'agrippait aux pierres aiguisées, sans souci pour ses mains fragiles, et le scrutait sans ciller. L'espace d'un instant, il se demanda si son visage doux n'affichait pas comme une expression de regret, voire d'espoir. Regrettait -elle sa fuite ? Aurait-elle eu envie de le connaître ?

Il ralentit, puis s'arrêta. De nouveau, son désir d'aller la retrouver le tracassait, tout comme sa conscience lui intimait de rejoindre ses hommes. Mais son choix était déjà fait.

Il appartenait à ses guerriers, à ses navires, à son peuple. Il appartenait au trône du Vestfold, à son frère et roi, à

1. Fille de Freyja et Odr, à la beauté sublime.

2. Femme d'Odin, qui connaît le destin de chaque être.

3. Déesse de l'Amour… et de la Guerre.

son nom. Il ne renierait pas ses allégeances. Il ne l'avait jamais fait et ne le ferait jamais. Un second fils n'avait ni héritage ni titre à faire valoir, il n'avait que son nom et son honneur à sauvegarder. Sans eux, il n'était plus rien. Et, même s'il n'avait pas eu cette éthique, il se devait à ses hommes et sa loyauté leur était entière. Même pour une femme, si belle fût -elle, il ne les laisserait pas tomber.

Malgré tout, il cessa de marcher et se tourna entièrement vers elle. Avec un sourire doux, afin de ne pas l'effrayer davantage, il porta sa main à son cœur et s'inclina profondément en guise de salut et de remerciement. S'il ne pouvait apprendre son nom et lui donner le sien, s'il ne pouvait la connaître et lui faire part de sa gratitude, il pouvait néanmoins le lui faire comprendre. Il n'était ni indifférent ni ingrat, et il imaginait bien le courage qu'il avait fallu à cette inconnue vulnérable et fragile pour venir au secours d'un homme qui aurait pu être un criminel, un barbare, un pillard.

En se relevant, il croisa le regard de la jeune femme et, cette fois, il sut y avoir lu des sentiments. Étonnement, gratitude, curiosité. Elle était aussi intriguée par lui qu'il l'était par elle.

Mais il n'y aurait rien. Ou peut-être. Seules les Nornes[1] le leur révéleraient.

Avec un dernier sourire, il hocha la tête et lui souffla un baiser de loin.

Elle plissa les lèvres et mima un aboiement, puis se tortilla comme un animal heureux remuerait de la queue.

Un chien, encore et toujours.

1. Les Nornes sont les divinités qui règnent sur le destin des habitants des neuf mondes du panthéon nordique, l'équivalent des Parques.

Il esquissa un petit rictus narquois, ne parvenant plus à s'irriter de son insolence, et se détourna enfin pour rejoindre ses hommes à vive allure.

Lorsqu'il parvint à leur niveau, ils ne ralentirent pas ni ne firent mine d'avoir conscience de sa présence. Mais dans le regard d'Olaf, en deuxième position, il lut le soulagement et la joie que son capitaine avait de le voir sain et sauf, prêt à reprendre le combat et à les mener à la victoire. Seul Torgeir, le plus démonstratif de ses hommes, lui adressa un signe de tête lorsqu'il se pencha pour ramasser un espar doté de clous qui lui servirait d'arme. Ce n'était pas un substitut idéal, la pièce de bois étant à la fois trop courte et trop lourde, loin de correspondre à son saxe favori qui devait à présent gésir dans les profondeurs marines, mais cela ferait des dégâts, et c'était tout ce qui comptait.

La machine de guerre danoise était lancée. Le quatuor qui courait à leur droite, un peu à l'écart pour ne pas briser leur formation, ciblait la demi-douzaine de pillards qui s'étaient amassés face à eux, à quelques foulées de distance, tapis comme des charognards déterminés à défendre leur butin.

Soudain, alors qu'ils n'étaient plus qu'à quelques pas de leurs adversaires, un ululement résonna sur la plage, semblable au cri que pousserait Níðhǫggr[1] si un ennemi s'attaquait à Yggdrasill. Une dizaine de silhouettes hérissées

1. Le serpent ou dragon enroulé autour des racines de l'arbre qui relie les neuf mondes. Níðhǫggr est censé mastiquer et détruire les êtres coupables de viol, meurtre et traîtrise, mais aussi protéger l'arbre sacré — à moins que ce ne soit Yggdrasill qui protège les mondes de Níðhǫggr en le retenant prisonnier…

de lances, de fourches et de piques se dressait sur la crête rocheuse en lisière de la plage.

Les renforts arrivaient, mais à l'avantage des locaux.

Bjorn hésita une seconde, sans ralentir l'allure. À côté de lui, ses hommes s'étaient raidis, mais eux aussi ne laissaient transparaître aucune peur. Ils étaient des Vikings, ils ne craignaient ni homme, ni dieux, ni ennemi. Ils ne reculeraient pas devant un combat, aussi inégal qu'il soit. Car si, quelques instants plus tôt, Bjorn s'était dit qu'à cinq guerriers chevronnés contre une demi-douzaine de paysans et pêcheurs faméliques, ils ne craignaient rien, l'arrivée de cette force belliqueuse, si roturière fût -elle, changeait la donne. La bataille se jouerait donc à trois contre deux. Mais ils avaient leur chance. Malgré les avanies, la fatigue et le désavantage, ils vaincraient. Car ils n'avaient pas le choix.

Le choc fut brutal.

L'ennemi s'était campé devant les débris des vaisseaux et n'entendait pas reculer. Ils affrontèrent l'assaut danois en tendant leurs perches et fourches devant eux, comme pour les embrocher. Mais cette tactique était familière aux guerriers du Nord, qui parèrent les épieux d'un revers de leurs armes improvisées, habitués à manier des boucliers autrement plus lourds et massifs.

Puis ce fut le massacre.

Les Danois n'attendirent pas que les renforts galiciens soient parvenus au niveau de leurs adversaires, profitant de cet éloignement pour décimer l'avant-garde des pillards. Le petit groupe de femmes et d'enfants fut renversé, piétiné, embroché par les espars. Bjorn asséna un coup de taille à une femme pour lui arracher la faux qu'elle tenait comme une lance et dont le grand tranchant aurait pu sans difficulté le couper en deux si elle l'avait manipulée correctement. Avec un cri de rage, son assaillante se pencha pour ramasser le manche incurvé dans le sable, évitant de ce fait le nouvel assaut de Bjorn, qui espérait faire subir à la femme le même sort qu'à son outil. Pour avoir déjà vu des gens se battre à la faux, il savait que cette grande lame courbe pouvait abattre des hommes aussi facilement que des épis de blé. Il n'attendit pas que la femme se relève. Profitant de ce qu'elle piétinait dans le sable à la recherche de son arme, il lui envoya un coup de pied qui la fit basculer en arrière et avança de plus belle, la piétinant sans scrupule pour continuer sa progression en direction des nouveaux assaillants, qui arrivaient en courant sur la plage.

Ceux-ci étaient plus nombreux, et visiblement plus aguerris que le premier groupe. Ces derniers n'avaient dû être que les premiers membres d'un village tout proche dont les femmes et les enfants étaient affectés à la tâche de récupérer les débris des naufrages. Les hommes se campaient en renfort sur les hauteurs, pour n'intervenir qu'en cas de besoin. Malgré leurs vêtements bruns et gris de grossière facture, ils étaient mieux équipés que les précédents et se ruaient à l'assaut avec une détermination qui indiquait qu'ils ne lâcheraient pas prise facilement.

Bjorn serra les dents et, après un coup d'œil en arrière pour vérifier que ses hommes s'étaient eux aussi débarrassés de leurs adversaires, reprit sa progression. Derrière lui, Olaf avait abattu, de deux revers de ses scramasaxes, ses ennemis, un vieillard aidé d'un gamin qui devait être un petit-fils, et venait de bousculer une femme âgée qui tentait de lui opposer une résistance futile. Wulf finissait de retirer son espar acéré des entrailles de l'homme bedonnant qui lui faisait face et se retrouvait à présent plié en deux, les mains tenant avec difficulté ses intestins qui menaçaient de tomber au sol. Le guerrier le repoussa d'un coup de pied et l'enjamba pour poursuivre sa progression et se poster aux côtés de son chef.

Seuls Torgeir et Dagfinn étaient encore aux prises avec des opposants, une nuée d'enfants, le plus âgé n'atteignant que leur ventre, mais dont la taille réduite les rendait difficiles à atteindre. Torgeir faisait des moulinets avec sa hache artisanale, tandis que Dagfinn tentait de fracasser les crânes échevelés des gosses à l'aide de sa barre métallique, ne parvenant à toucher sa cible mobile qu'un coup sur trois. Bjorn envisagea un instant de leur venir en aide, pour se ruer ensuite à l'assaut tous ensemble, mais les nouveaux arrivants se rapprochaient, et mieux valait ne pas leur laisser l'avantage de les encercler.

Soudain, alors qu'il reprenait sa progression, une pensée inquiétante faillit le figer sur place.

La femme.

Elle s'était enfuie dans cette direction. Les pillards l'avaient-ils vue ? Découverte ? Capturée ?

Non, impossible.

Cette idée lui donnait des haut-le-cœur. Elle devait avoir fui en longeant la falaise et grimper à l'abri en profitant de ce que les rochers hauts la dissimulaient.

La pensée de retrouver, après ce combat, son cadavre dans le sable, aux côtés de ces pillards, lui coupa le souffle.

Puis il se força à se focaliser sur l'assaut.

L'urgence était de vaincre ses ennemis, de survivre, de réunir ses hommes, leurs provisions, et de reprendre leur expédition. Cette inconnue, si mystérieuse, si fascinante, si attirante fût -elle, n'était qu'une distraction à laquelle il n'avait pas droit. Il y aurait d'autres femmes, d'autres inconnues qui ne le resteraient pas, d'autres prisonnières.

Il y aurait des filles de jarls, des filles de ducs, des filles de comtes et de princes, qu'il capturerait ou séduirait, qu'on lui offrirait en tribut ou en rançon, en hommage ou en alliance. Celle-ci demeurerait un souvenir qui le hanterait peut-être longtemps, un fantasme inassouvi, une image qui le titillerait durant les longues nuits de solitude. Mais il devait la chasser de son esprit. Sans doute, s'efforça-t-il de croire, que s'il l'avait vraiment connue, s'il l'avait eue dans ses bras, dans sa couche, aurait -elle perdu tout attrait à ses yeux.

Mais il en doutait.

Alors qu'il se faisait cette réflexion, un éclair luisant devant ses yeux l'arracha à ses pensées et le fit revenir au présent. Devant lui, un mastodonte, plus fait de gras que de muscles, mais tout aussi dangereux, s'était campé dans le sable, les jambes écartées, faisant balancer un fléau de bois[1] dont la partie mobile pourrait aisément lui briser les membres ou lui défoncer le torse. Il guetta les mouvements de la masse mobile. Celle-ci oscillait au bout de sa hampe, battant l'air avec un sifflement. Si elle le touchait, il aurait le souffle coupé, des côtes enfoncées, voire se ferait arracher son arme improvisée si son adversaire savait s'en

1. Le fléau de battage, destiné à égrener les récoltes, existe depuis l'époque gréco-romaine et consiste en une hampe en bois à laquelle est fixée une masse (en bois aussi) mobile. Contrairement à cet outil agricole, le fléau d'armes, inspiré du fléau paysan, comporte aussi un manche de bois, mais la masse qui y est rattachée par une chaîne est métallique et souvent hérissée de piques. Cette arme date du XIe siècle et permettait de contourner les armes offensives comme les épées, de désarmer l'adversaire, voire de passer par-dessus un bouclier.

servir – et il ne doutait pas qu'un paysan saurait manier un fléau de battage. Conscient qu'au moindre écart il risquait d'être déséquilibré, il reporta son attention sur les yeux de son adversaire. Celui-ci, dont la barbe hirsute poivre et sel lui mangeait la moitié du visage, était doté d'un gros nez porcin et de petits yeux sombres renfoncés dont la lueur mauvaise lui rappela l'air vicieux d'un ours qu'il avait affronté, autrefois, et qui lui avait donné du fil à retordre. L'animal, acculé, avait bien failli lui arracher un bras lors d'une seconde d'inattention. Bjorn avait fini par vaincre en utilisant…

Il réprima son sourire.

Ce qui avait marché avec l'ours fonctionnerait avec ce plantigrade humain.

Il continua à scruter son adversaire. Celui-ci semblait hésiter, intrigué par son immobilité. Il avait dû penser que Bjorn, emporté par son élan et son désir de ne pas faire traîner l'affrontement, se ruerait à l'assaut sans attendre, comme l'avaient fait Wulf et Olaf, qui étaient déjà en train d'en découdre avec deux adversaires chacun. Mais non. Bjorn ne les imiterait pas. Il savait que cet homme représentait un ennemi dangereux, et il ne voulait pas risquer une blessure qui l'incapaciterait sur le long terme et mettrait son expédition en péril. Il ne lâcha plus le paysan monumental des yeux, guettant chaque plissement de paupières, chaque étrécissement, chaque crispation de sa bouche à demi dissimulée derrière des poils gras souillés de salive. Puis, soudain, il sut.

L'homme allait attaquer. Un pli, à la commissure de ses lèvres, lui indiquait son intention, l'imminence de l'assaut.

Eh oui, le fléau avait changé de mouvement. La

masse oscillait comme la queue d'un skogkatt[1] en colère. Bien que peu présents, ces chats autrefois sauvages de Norvège, commençaient à être appréciés dans les halles les plus riches du Danemark, et Ågot, la mère de Bjorn, en avait reçu un du roi Haakon de Norvège en présent de mariage. L'animal était mort depuis longtemps, mais Bjorn se rappelait encore sa terreur de ce félin à peine apprivoisé qui ne tolérait que la main de sa maîtresse et battait furieusement de sa queue touffue dès que quelqu'un s'approchait d'elle. Le fléau s'agitait à l'identique, fouettant l'air avec vivacité.

Et cela ne manqua pas. D'un coup, le paysan abattit sa masse en un geste étonnamment vif pour sa stature, sans même bouger un pied tant son assise était stable. La pièce de bois fendit l'air avec un sifflement sourd, visant la tête dénudée de Bjorn. Mais celui-ci n'était plus là. Il s'était jeté au sol, faisant passer son espar clouté dans sa main droite, la plus habile et la plus forte, tout en portant l'autre au sol pour s'équilibrer.

Son mouvement avait été trop rapide et il faillit s'effondrer, mais il avait vu juste : emporté par le poids de son fléau, peu fait pour des gestes aussi amples et brusques, le paysan avait pivoté sur lui-même et ne le regardait plus. Bjorn en profita pour ramasser une poignée de sable et

1. Le skogkatt est le chat que l'on nomme aujourd'hui « Norvégien ». De taille imposante et au poil angora, il est le fruit d'une évolution naturelle et a toujours vécu dans les pays scandinaves. Connu depuis l'époque viking, seuls les spécimens les plus robustes ont survécu, au début, au climat rigoureux de la Norvège, donnant lieu à une race particulièrement grande, forte et résistante. Il n'en est pas moins un animal très affectueux et sociable, une fois domestiqué, et extrêmement loyal à sa famille.

d'algues, qu'il lui projeta au visage. Même si la hauteur de son adversaire l'empêcha d'atteindre correctement ses yeux, comme il l'avait espéré, l'homme en reçut néanmoins un peu dedans, ainsi que dans la bouche et les narines. Il se mit à tousser et éternuer, lâchant son fléau pour se frotter les paupières, ce qui ne fit qu'aggraver son irritation.

Sans attendre, Bjorn se redressa et lui décocha un coup de pied magistral dans les parties. Son adversaire se plia en deux et, cette fois, Bjorn l'acheva. Il n'eut même pas à viser. La tête de l'homme s'était abaissée à son niveau, et il lui suffit de lui asséner un coup d'estoc dans le cou avec la pointe de son espar. Un geyser de sang jaillit de la gorge déchiquetée de l'homme. Celui-ci poussa un râle, étouffé par la rumeur des combats aux alentours. Bjorn, sachant que son ennemi n'était pas encore mort, ne détourna pas son attention de lui. Un adversaire de cette taille pouvait encore lui donner un coup fatal avant de tomber à terre. Par précaution, il lança un autre assaut, visant cette fois la tempe. Son espar s'écrasa sur le côté du visage de l'homme et les clous s'enfoncèrent dans sa chair, défonçant tout le pourtour de sa face. Cette fois, ce fut un râle d'agonie qui surgit des lèvres, en même temps qu'un jet de sang mêlé de salive. L'homme s'effondra à genoux, puis à plat ventre, et ne bougea plus.

Bjorn ne se laissa pas distraire par cette victoire plus facile qu'il ne l'avait prévu. Toujours accroupi, il regarda rapidement autour de lui.

Torgeir et Dagfinn avaient fini par venir à bout de leur troupe d'assaillants miniatures et les avaient rejoints, luttant contre un groupe de cinq adversaires, tous des hommes. Ils ne semblaient pas en difficulté. Un rictus leur retroussant les lèvres de manière carnassière, ils avaient l'air de s'amuser plus que de se battre. Ils avaient toujours joui du combat, du massacre et du sang. Bjorn les appréciait pour cela, tout en regrettant leur acharnement qui faisait presque d'eux des fanatiques. Ils aimaient tellement se battre qu'ils ne cessaient, quand ils n'étaient pas en expédition, de déclencher des rixes, profitant de chaque jeu, de chaque bière, de chaque dissension pour provoquer un affrontement qui, souvent, finissait mal. C'étaient des guerriers de valeur, des marins vétérans, mais difficiles à canaliser.

De leur côté, Olaf et Wulf venaient de se débarrasser de trois paysans armés eux aussi d'armes d'appoint, d'anciens outils agricoles améliorés pour achever des blessés. Ne restaient plus que trois pillards qui demeuraient en arrière, hésitant visiblement entre fuir et porter secours à leurs compagnons. Bjorn ne leur laissa pas le temps de se décider. Avec un rugissement de rage, il se porta à leur rencontre, son espar sanguinolent dans une main et la faux dérobée à son ennemi dans l'autre. Il ne savait pas manier cet outil et ne comptait pas l'utiliser, mais sa vue les ferait certainement défaillir de peur. Ces roturiers la reconnaîtraient. Ils sauraient à qui il l'avait prise, ils verraient son arme sanglante, et ils comprendraient que s'il avait vaincu leur chef, il n'aurait aucun mal à les abattre comme des fétus de paille.

Le combat reprit.

Déjà, les forces étaient plus équilibrées, bien que toujours en défaveur des Danois. La plupart des assaillants du premier groupe de pillards avaient été décimés, et de leurs renforts, seuls restaient quatre ennemis. Ceux-ci étaient déjà éprouvés d'avoir vu leurs compagnons être abattus et, s'ils luttaient avec l'énergie du désespoir, leurs mouvements étaient plus désordonnés et leur détermination avait pâti de la chute de leurs proches.

Puis, enfin, il ne resta plus aucun adversaire debout.

Hors d'haleine, tenant à la main son espar encore sanglant, et dont une partie des pointes avait été brisée dans la chair de ses ennemis, Bjorn se trouvait au milieu de la plage constellée de corps et de débris. Mais les cadavres n'étaient plus seulement ceux des siens. Les vêtements gris et bruns des naufrageurs parsemaient ceux des marins défunts, et leur vue lui rappela qu'il devrait faire le tri afin d'offrir à ses hommes les derniers hommages.

De nouveau, il se demanda s'il retrouverait d'autres survivants. Si, par chance, il verrait apparaître, aujourd'hui ou demain, les voiles carrées de quelques autres drakkars, ou si ses compagnons et lui étaient les seuls survivants de leur petite flotte.

Il se tourna vers ses amis.

Olaf, Wulf, Torgeir et Dagfinn étaient toujours debout, échevelés comme il devait l'être et le souffle court. En temps normal, une échauffourée de ce genre n'aurait pas suffi à les épuiser, mais, après les rigueurs de la tempête, il était normal qu'ils fussent à bout de forces.

Maintenant que le danger immédiat était passé, il devait veiller sur eux.

Avec un hochement de tête déterminé pour leur affirmer son approbation, il se rapprocha d'eux, enjambant les corps sans même les regarder.

— Beau travail. Et maintenant, on passe à la suite.

Olaf acquiesça sans tarder.

— Je vais désigner un homme pour récupérer du bois et faire du feu. Cette grotte où tu étais, elle est sûre ?

Bjorn opina et la désigna.

— Vide, protégée et peu visible, elle sera parfaite pour nous abriter le temps qu'on se remette en route.

— Et les autres ? demanda Torgeir en portant un regard triste sur les corps disséminés entre les fragments de bois, de tissu et de pièces marines.

— Puisque c'est toi qui t'en soucies, c'est toi qui t'en charges. Rassemble les corps, dispose-les et récupère tout ce qui pourrait nous être utile dessus. Nous allumerons un bûcher ce soir pour leur dire adieu.

— Cela ne risque pas d'attirer des ennemis ? s'inquiéta Dagfinn en désignant les hauteurs de la falaise du menton.

— Si, mais je pense qu'on a éliminé les naufrageurs les plus proches. On va disposer leurs corps autour du site en guise d'avertissement. Je doute que quiconque vienne nous chercher des noises après ce que nous leur avons fait.

Tous hochèrent la tête en chœur.

Puis Bjorn se ravisa.

— En fait, non, je vais m'en charger en personne. C'étaient mes hommes, c'est à moi de veiller sur eux. Torgeir, tu vas aller reconnaître les environs. Ton frère à l'ouest, toi à l'est. Emportez des corps des pillards avec vous, faites des allers-retours, et postez-les aux bords de la falaise, en haut, pour alerter les éventuels locaux que la zone est malsaine pour le moment. Puis inspectez les environs et rapportez du gibier si vous en trouvez. Toi, Olaf, je voudrais que tu fouilles le littoral aussi loin que possible avant que la nuit tombe, pour récupérer tout ce que tu peux dans les navires, et repérer s'il y a une crique abordable au cas où certains de nos drakkars auraient pu s'abriter durant la tempête. Reviens avant la nuit. Wulf, je te charge de fouiller la carcasse du navire, ainsi que la plage jusqu'à la falaise, et de rapporter à la grotte tout ce qui pourrait nous être utile. Tu pourras commencer à préparer un feu discret. Faites attention et ne tardez pas ; je vous veux tous ici quand la lune sera levée.

Les hommes se redressèrent, l'air fier et rassuré. Avoir un chef qui savait ce qu'il faisait et leur donnait les ordres qu'ils attendaient restaurait la confiance qui leur avait manqué suite aux derniers événements. C'était pour ça qu'il était leur prince, c'était pour ça qu'ils étaient ses subalternes. Ils étaient nés et éduqués pour obéir. Il était né et éduqué pour commander, et il ne faillirait pas.

Tout comme il ne dirait pas que s'il tenait à s'occuper d'inspecter les corps sur la plage, c'était tout autant pour dénombrer les défunts et les noyés que s'assurer que son inconnue n'était pas au nombre des morts. Cette idée le tracassait. Presque autant que le fait qu'il ne parvienne pas à s'ôter cette femme de l'esprit. Ce n'était pas normal. Il ne la connaissait pas, après tout. Et, en y réfléchissant, elle n'avait rien d'exceptionnel. Ce n'était pas une beauté subjuguante. Ce n'était pas non plus une princesse ni une reine, sans quoi elle n'aurait pas été libre d'aller et venir en toute quiétude comme ça, encore moins de passer une nuit dehors sans que personne parte à sa recherche. Ce n'était pas non plus une *skjaldmö* comme l'avait été Ingebjørg, dont le souvenir demeurait vif dans son esprit, tant pour sa flamme que son ardeur au combat. Qu'avait -elle donc qui le fascinât ainsi ? Rien. Mais le fait était là : alors qu'il aurait dû se consacrer à ses hommes, à ses navires, à sa survie, il ne parvenait qu'à revoir son visage délicat devant ses yeux, à se réimaginer la flamme dans ses iris, à fantasmer de plonger les mains dans ses cheveux d'acajou.

En secouant la tête de dépit, voire de résignation

devant cette obsession incompréhensible, il fit signe à ses hommes de s'atteler aux tâches qu'il leur avait énoncées et se mit lui-même au travail sans tarder.

Cette femme était et demeurerait un mystère. Son attirance pour elle aussi, tout comme son indifférence pour Hedda resterait énigmatique pour lui. Il n'en accomplirait pas moins son devoir, que ce soit envers ses guerriers, envers le trône du Vestfold, ou envers sa fiancée. Dans sa vie, il n'y avait de place pour aucune distraction, encore moins une distraction susceptible de provoquer sa mort ou celle des hommes qui avaient placé leur foi en lui.

Avec un soupir contrarié devant la rébellion de ses pensées, il retourna vers la plage et entreprit de fouiller, planche après planche, voile après voile, cordage après cordage, les vestiges de son vaisseau afin d'en tirer le moindre débris qui pourrait leur être utile, et d'en dégager les corps qui y étaient ensevelis.

Il retrouva d'abord une personne qui lui était familière, Gudrun. Celle-ci était l'une des quelques femmes qui accompagnaient l'expédition et avait argué de son attachement à son époux, un marin dénommé Sveinn, comme de ses talents pour improviser n'importe quel repas à partir de ce qu'on lui apportait pour embarquer. Gudrun, malgré les réticences de Bjorn au début à l'idée d'avoir une bouche de plus à nourrir incapable de se battre, s'était révélée un atout pour la flotte. En effet, quels que soient les provisions et le nombre de ventres affamés, elle était capable de fournir en peu de temps un repas consistant si ce n'est savoureux. Elle était en outre très douée pour rapetasser les tissus endommagés les plus récalcitrants, comme les voiles et, petit avantage supplémentaire, était dotée d'une très belle voix qui réchauffait les cœurs le soir, après le dîner, quand tous aspiraient à un moment de sérénité après une journée de navigation. Malgré son âge, presque la cinquantaine, et un physique banal, usé par de nombreuses grossesses menées à terme – ses deux derniers fils, Aren et Ole, participaient d'ailleurs à cette expédition comme rameurs et guerriers –, Gudrun s'était avérée un atout indéniable lors de cette expédition et le symbole du courage des femmes danoises. Lorsqu'il vit son visage apparaître sous une voile qui lui faisait comme un linceul de sang, Bjorn se renfrogna et pria Hel de ne pas découvrir bientôt les corps du reste de cette famille unie qu'il avait appréciée. Perdre Gudrun était triste, mais il espérait encore que les autres Magnusson ne seraient pas présents sur le brasier funéraire de ce soir.

Il tira le corps de la femme un peu plus haut, hors de portée de l'eau et des crabes, puis retourna à l'endroit où il l'avait trouvée pour continuer sa quête.

D'autres corps suivirent.

D'abord Aren, le cadet Magnusson, tout proche de celui de sa mère. Il se demanda même, vu la proximité des dépouilles, s'ils n'avaient pas été dans les bras l'un de l'autre lors du naufrage avant d'être séparés par la furie des éléments. Aren n'avait que quinze ans et c'était sa première expédition. Une deuxième perte à déplorer. Puis ce fut le tour de deux autres marins qu'il connaissait de vue pour avoir hésité à les engager. Ils ne venaient pas de Tønsberg, et il n'avait pas eu envie d'embarquer des guerriers qu'il n'avait pas vus en action et dont la fiabilité n'avait pas encore été éprouvée. Mais il ne le saurait jamais. Il comprit donc que d'autres navires avaient sombré dans la tempête. Cette nuit avait été un véritable désastre. Y avait-il eu seulement d'autres survivants ? Pourvu que ses quatre hommes et lui ne soient pas les seuls à avoir atteint la terre ferme.

Puis d'autres encore. Des hommes qu'il connaissait, qu'il avait appréciés pour certains, d'autres qui n'étaient que des visages vaguement familiers, des silhouettes aux côtés desquelles il s'était battu au coude à coude. Une femme. Jeune, cette fois. Visiblement une guerrière, au vu du bouclier encore accroché à son dos, qui avait dû la faire sombrer très vite au fond de l'eau. Son visage, bouffi et gonflé, avait déjà été en partie dévoré par les poissons et les crabes, et il s'en voulut de ne même pas se rappeler son nom.

Il était parvenu au milieu de la plage, devant le corps de Snorre, que les pillards avaient commencé à déshabiller. Il se pencha dessus pour remettre en place sa broigne, qui avait été en partie enlevée. Il ne laisserait pas son barreur demeurer plus longtemps dans cette posture indigne. Mais, alors qu'il tirait sur la pièce de cuir bouilli pour la rabattre sur le ventre de l'homme, lui accordant un dernier geste de respect avant de pouvoir lui adresser son adieu officiel, quelque chose le retint. Tout d'abord, il ne sut pas quoi tant c'était subtil. Il s'arrêta dans son geste, hésita. Non, il avait rêvé. Puis cela recommença. Il se pencha de plus près et passa une main glacée sous le nez de Snorre.

Oui, c'était bien cela. Sa paume humide et froide d'embruns avait senti un courant d'air chaud, plus léger que le souffle d'un nourrisson, si éthéré qu'il crut avoir rêvé. Mais cela se reproduisit une seconde plus tard, puis encore une autre. Et, quand il posa la main sur le ventre rebondi et flasque de son barreur, ce ne fut pas une rigueur cadavérique ni le ballonnement des cadavres gonflés de gaz et d'eau des noyés qui le surprit, mais le rythme presque imperceptible d'une respiration.

Snorre vivait.

Snorre vivait ?

Oui. Son souffle vital ne l'avait pas quitté. Son vieux barreur, malgré ce qu'il avait traversé, malgré l'âge et l'épuisement de la tempête, respirait encore. Il s'accrochait à la vie.

Et, Odin lui en soit témoin, il l'aiderait à continuer et l'accompagnerait, dût-il respirer à sa place !

Sans hésiter, Bjorn héla ses camarades, puis s'effondra à genoux aux côtés de son compagnon et lui inclina la nuque en arrière pour dégager sa gorge, emprisonnée dans les replis de sa chemise de coton trempée, qui lui faisait comme une gangue, et l'épaisseur rigidifiée de sel de sa broigne de cuir. Il lui essuya le visage, désireux de ne pas le laisser se sentir étouffé par les mèches de cheveux qui s'enroulaient autour de son cou à la façon d'un garrot, et lui tapota les joues. Il envisagea durant un instant de poser sa bouche sur la sienne pour lui donner son propre souffle, mais il réalisa pour finir que son ami n'en avait pas besoin. Snorre respirait tout seul et, à présent qu'il lui avait facilité la tâche en lui libérant la gorge, il le faisait de mieux en mieux. Il le sentait à chaque inspiration, son souffle devenait plus fort, plus régulier. Il resta ainsi quelques instants à savourer la sensation de résurrection, d'espoir, que la survie du vieil homme lui insufflait. Autour de lui, ses autres guerriers étaient arrivés et se taisaient. Eux aussi avaient compris et le laissaient profiter de cet instant magique, montant la garde en silence pour le laisser veiller leur compagnon.

Au bout d'une vingtaine d'inspirations, Snorre toussa.

Tous se raidirent, s'attendant à ce que le vieillard exhale une dernière fois, mais, au lieu de sombrer dans Helheim, le barreur ouvrit les yeux. Son regard, si clair qu'il en paraissait presque aveugle, erra quelques instants. Il papillota des paupières, incapable de soutenir la lumière crue de ce soleil presque blanc, puis ses iris se fixèrent sur Bjorn. Celui-ci hocha la tête et adressa un sourire à son compagnon.

— Je suis là, Snorre. Nous sommes avec toi. Tu as survécu.

Snorre toussa. Puis il roula sur le côté et vomit sans cesser de tousser, chaque quinte lui faisant rejeter des jets d'eau salée mêlée de bile. Il éructa longuement, se vidant le ventre et les poumons, incapable de faire autre chose. Enfin, au bout d'une éternité, il s'essuya les lèvres d'un revers de main parcheminée et, enfin, s'assit.

Le petit groupe le regarda hésiter, laisser ses yeux errer sur la plage derrière eux, prendre en compte les débris de leur navire, les corps de leurs compagnons regroupés, proprement alignés, ceux de leurs assaillants en partie délaissés. Quelques-uns avaient disparu, emportés par Torgeir et Dagfinn pour servir d'épouvantails aux environs. Quand Snorre leva la tête et remarqua les croix que les frères danois avaient dressées en haut de la falaise, ornées de crucifiés qui avaient déjà cessé de respirer lorsqu'ils avaient été hissés sur les planches issues de leur *längskip*, en un simulacre de leur dieu, Bjorn le vit écarquiller les yeux. Il toussa de nouveau, et le prince se demanda si c'était une réelle quinte ou un rire dissimulé. Il avait toujours apprécié cet humour noir chez Snorre, capable de percevoir l'ironie d'une situation désespérée ou de rire de la pire mésaventure, y compris la leur.

Quand leurs regards se croisèrent, il comprit que son barreur avait apprécié leur allusion à la divinité martyre. Puis Snorre baissa la tête de nouveau.

— Mon prince, je… je suis désolé, marmonna-t-il d'une voix rendue graveleuse par le sel et l'eau avalés. Je vous ai trahi. J'ai fui mon navire, j'ai fui la tempête, j'ai fui le combat.

Bjorn le saisit par le bras et serra doucement pour lui signifier sa compréhension.

— Et Ægir t'a déjà amplement châtié pour ta défection. Tu es humain, mon ami, et les humains sont faillibles. Ton retour parmi nous est une source de joie et non de sanction.

— Vous voulez… que je reste ? hésita Snorre. Vous ne craignez pas que je vous fasse une nouvelle fois défaut ?

— Je te connais depuis ma naissance, et tu ne m'as jamais fait défaut jusqu'à cette tempête suscitée par Ægir lui-même. N'importe quel homme a le droit d'avoir peur devant la colère du dieu des Mers. Même moi, j'ai eu peur. Même moi, j'ai cru mourir. Même moi, j'ai désiré m'enfuir.

— Mais vous ne l'avez pas fait.

— Non, mais le résultat a été le même : notre *längskip* a fait naufrage, mes hommes sont morts, notre expédition est éparpillée, ruinée, brisée. Sans avoir fui, j'ai fait défaut à mes hommes, et la faute demeure mienne. Je ne t'en veux pas. À partir de maintenant, regardons vers l'avenir et tentons de tirer le meilleur parti de ce qu'il nous reste. Es-tu d'accord ?

Après un instant d'hésitation, Snorre hocha la tête. Il mit encore plus de temps à oser lever les yeux vers lui, et quand Bjorn croisa son regard, il vit que celui-ci était devenu plus vif, mais également plus brillant. Le vieil homme avait réellement cru que son prince le bannirait, voire le tuerait pour sa faute. Sa gorge se noua. Était-il un chef si sévère et impitoyable que ses propres hommes craignaient qu'il ne les tue pour un instant de faiblesse ? Puis il comprit. Ce n'était pas par peur de lui que Snorre retenait ses larmes. C'étaient des pleurs de soulagement, de honte, de fatigue, de crainte. Snorre était humain.

Il lui saisit la main et l'attira à lui pour le serrer avec force dans ses bras.

Puis il se releva, l'entraînant avec lui, le soutenant sans lui faire la honte de le montrer faible sur ses jambes devant leurs compagnons. Snorre dut comprendre son geste, car son bras s'enroula autour de ses épaules et son poing se crispa sur le tissu de sa chemise, dans son dos, en une accolade bourrue grâce à laquelle il se raccrochait à lui.

Bjorn parcourut leur petit groupe du regard.

— Et vous, êtes-vous d'accord ?

Sans une hésitation cette fois, tous hochèrent la tête et se rapprochèrent pour asséner à Snorre qui des bourrades, qui une tape sur l'épaule, qui un signe fraternel.

Enfin, dès qu'il fut sûr que le vieil homme était ragaillardi, Bjorn le lâcha et inspecta les environs du regard. Torgeir et Dagfinn avaient bien travaillé : la plage avait été parsemée de croix et de morceaux de cadavres pour avertir de leur présence. Au vu de leur mise en scène, seules les âmes les plus aguerries oseraient franchir cette barrière macabre. Olaf n'était pas encore revenu, et Bjorn jeta un coup d'œil au soleil pour estimer l'heure de son coucher. Pour l'instant, il se rapprochait de l'horizon, mais la nuit mettrait encore un bon moment avant de disparaître. Il hocha la tête.

— Vous avez fait du bon travail. Snorre, je veux que tu accompagnes Wulf jusqu'à la grotte que nous avons trouvée. Je te charge de trier ce qu'il nous a rapporté, selon son utilité, et d'alimenter le feu pour qu'il ne s'éteigne pas, sans pour autant qu'il produise trop de fumée. Comme ça, Wulf pourra repartir en quête d'équipement et de bois. Je veux la plus grosse réserve possible, pour que nous ne risquions pas de tomber à court de sitôt. Torgeir et Dagfinn, vous allez vous porter à la rencontre d'Olaf et l'aider à rapporter des vivres. Soyez prudents, mais n'hésitez pas à user de vos armes si besoin. Notre présence ici doit demeurer la plus discrète possible, nous ne sommes pas en position de force. Si vous trouvez d'autres survivants de notre expédition, répartissez-les selon leur état : les plus forts en éclaireurs, les autres ici, pour servir de sentinelles. Est-ce clair ?

Tous hochèrent la tête.

Wulf se rapprocha de Snorre et lui tendit la main pour le soutenir, mais le vieil homme repoussa son bras d'une tape méprisante.

— Je sais très bien pourquoi notre prince me confie la tâche la plus facile, mon garçon. Je lui en suis reconnaissant, mais ne rajoute pas à cette indignité l'insulte de me tenir le bras comme si j'étais grabataire. Je peux encore marcher tout seul !

Et il le prouva en partant, certes à allure lente, mais la tête haute et le dos raide, en direction de la grotte. Bjorn faillit ricaner en le voyant se pencher pour récupérer une longue branche de bois flotté sur la plage et la faire tournoyer au-dessus de sa tête comme s'il s'agissait d'une lance. Sauf qu'un instant plus tard l'arme s'était transformée en béquille pour aider le vieillard à progresser sans trébucher tant il était fatigué. Ce geste d'orgueil le rassura. Snorre était plus fort qu'il n'en avait l'air, et si son corps le trahissait, ce serait sa fierté qui le pousserait à s'accrocher.

Avec un petit sourire, il repensa à la jeune femme qui avait eu presque la même attitude en sa compagnie. Malgré sa peur, sa fatigue et son physique délicat, elle avait fait preuve d'un courage et d'une vanité presque disproportionnés. Une vraie Danoise. Non, une reine.

Cette pensée incongrue le traversa sans qu'il l'ait prévu, et un sursaut le parcourut quand il réalisa le tour que ses réflexions avaient pris.

Encore elle !

Décidément, il ne parvenait pas à se l'ôter de l'esprit. C'en devenait maladif.

Avec un soupir énervé, il secoua la tête pour chasser cette intruse de son cerveau, ou du moins la reléguer à sa juste place, dans un recoin où elle ne le perturberait plus, et réfléchit à la suite des événements.

Il devait continuer à recenser les morts.

Puis leur préparer une cérémonie funéraire.

Puis s'occuper des vivants.

Il n'avait pas le temps de penser à une femme, si fascinante fût-elle.

Mais une ultime réflexion s'empara de lui alors qu'il reprenait le chemin de la grève, en direction du cadavre le plus proche, qu'il n'avait pas encore identifié.

Cette femme était peut-être une intruse dans son cerveau, mais lui était un intrus dans son pays.

Et, lui non plus, il ne se laisserait pas chasser de là.

[illegible]

[illegible]

[illegible]

[illegible]

[illegible] Mais [illegible]

[illegible]

[illegible]

[illegible]

Avec [illegible]

[illegible]

Il [illegible]

Puis [illegible]

[illegible]

[illegible]

[illegible]

Chapitre 4

Trois jours plus tard, Bjorn se redressa et examina la plage.

La situation avait énormément évolué, songea-t-il avec satisfaction.

Autour de lui, le littoral grouillait d'activité. À présent, il n'était plus question de passer inaperçus. Il n'aurait de toute façon pas été possible de cacher la présence de presque mille cinq cents marins, hommes et femmes confondus, sur ce petit bout de Galice. Même si leurs navires, les vingt-deux *knörr* qui avaient survécu à la tempête et les quatre *längskip* qui les accompagnaient, avaient échappé aux regards, les sorties qu'ils effectuaient dans les environs, à la rame en cabotage comme à pied sur la terre ferme, pour récupérer assez de vivres pour nourrir tout ce monde les auraient forcément dénoncés.

Mais en même temps la situation n'avait pas tant évolué que ça.

Ils étaient toujours coincés ici.

Ils étaient toujours démunis, épuisés, à demi affamés et incapables de repartir.

Et il ne parvenait toujours pas à penser à autre chose que l'inconnue du premier jour.

Et cela l'énervait plus que tout.

Alors qu'il aurait dû se soucier de reprendre la mer et poursuivre leur but, il ne songeait qu'à retrouver cette femme et lui soutirer ses secrets. Chaque jour, dès qu'il ouvrait les yeux, il revoyait son regard de braise, ses cheveux d'acajou, sa peau de miel, son sourire à la fois hautain et moqueur, sa façon de dissimuler sa peur sous une façade de bravoure comme elle avait caché son couteau dans son dos. Et la nuit, il la voyait dans le plus simple appareil, dans ses bras, et lui en elle.

Elle l'obsédait, il n'y avait pas d'autre mot pour ce qu'il ressentait.

Et il commençait à craindre que tant qu'il ne l'aurait pas retrouvée, cette obsession ne s'effacerait pas.

Non, en fait, ce n'était pas ça. Il commençait surtout à redouter que même si leurs routes se recroisaient un jour, cela ne suffirait pas à apaiser sa curiosité et sa flamme envers elle. Et, plus que l'énerver, cela finissait par l'effrayer. Il n'avait jamais éprouvé une telle obsession pour une femme et il s'efforçait de se rassurer en se disant que c'étaient les circonstances de leur rencontre, ajoutées au mystère qu'elle représentait et au symbole de ce pays à conquérir qu'elle incarnait, qui le poussait à vouloir la retrouver.

Mais jusqu'à présent il n'avait pas cédé à ses pulsions et s'était cantonné à donner des ordres depuis la plage, et organiser ses marins pour anticiper les réparations de leurs navires et prévoir leur départ.

Cela ne tarderait plus. Ils devaient reprendre la mer.

Mais pour cela il leur fallait des vivres et des richesses à échanger.

Donc, demain, il embarquerait sur le plus grand des *längskip* qui avait bravé la tempête, et qui était devenu son navire de tête, et il mènerait une première expédition un peu plus loin, à la recherche d'un site fertile à piller pour se réapprovisionner. La région était connue pour être très chrétienne, riche en monastères, églises, villes seigneuriales et de pèlerinage. Sans nul doute il trouverait un lieu à saccager pour emplir leurs cales et leurs poches.

Il avait décidé de continuer leur progression vers le sud, en longeant la côte, et cette première expédition permettrait de repérer les dangers que représentait ce littoral découpé de falaises et d'écueils.

Demain.

Ils partiraient demain, si le temps le permettait.

Avec un sourire, il se redressa et mit une main en visière pour guetter les hommes et femmes qui œuvraient sur la plage devant lui. En l'espace de ces trois jours, la plage de sable fin couronnée de lignes acérées de roches s'était transformée en un vrai village de fortune.

Les navires étaient restés en mer, juste devant, et tous avaient débarqué en sautant des plats-bords une fois assez près de la terre ferme. Ceux au sol avaient fait la chaîne pour débarquer les premiers sacs de provisions qui avaient servi à ravitailler les survivants arrivés tout d'abord, puis certains abris des vaisseaux avaient été démontés pour former des tentes plus grandes, groupées, afin d'abriter des groupes plus conséquents de marins. Hommes et femmes mélangés, sans souci d'intimité ni de promiscuité. Nul n'avait protesté, nul n'avait eu de geste déplacé. Tous savaient que pour l'instant seule comptait la survie et tous avaient œuvré en ce sens sans rechigner à la tâche.

Dès le lendemain, une cinquantaine de tentes avaient vu le jour, poussant dans la nuit comme autant de champignons, pour abriter chacune plusieurs dizaines de personnes, certes un peu serrées, mais cela permettait de se tenir chaud. Chaque nouveau navire arrivant avait suscité en lui un sursaut de gaieté et d'espoir. Chaque voile rouge et blanche apparaissant à l'horizon signifiait des proches ou des compatriotes de retour, des vivres supplémentaires, des bras armés pour se protéger, des nouvelles.

Des feux brûlaient en permanence à l'entrée de chaque tente, pas trop loin pour éviter que des maladroits ou étourdis ne tombent dedans, et des marmites avaient été accrochées au-dessus sur des trépieds faits de bois pour faire bouillir de savoureux ragoûts de poisson et de légumes du cru, rapportés par les chasseurs en plus de leurs prises. Des vêtements séchaient, suspendus entre les tentes par de longues cordes tendues.

Et surtout, un peu partout, assis par terre, sur des pierres, des bûches, des trépieds, à l'entrée des abris ou en plein soleil pour les plus hardis, hommes et femmes s'affairaient à préparer leur départ. Certaines réparaient les voiles qui avaient souffert, d'autres ravaudaient les habits déchirés, faisaient des épissures pour renforcer des cordages effilochés, fabriquaient des flèches à partir du bois glané ici et là, aiguisaient des épées. D'autres tannaient le cuir et la peau des proies abattues par les chasseurs, fabriquaient des chaussons solides pour marcher sur les roches acérées, confectionnaient de nouvelles broignes pour remplacer celles qui avaient sombré en mer ou avaient été déchirées en étant drossées contre les récifs, sauvant la vie de leur porteur. Une partie des marins s'épuisait à réparer les dégâts sur les navires les plus abîmés, qui avaient été tirés un peu plus en hauteur sur la plage pour qu'ils soient recalfatés et leurs panneaux manquants remplacés. Des boucliers rutilants étaient peints, des artisans façonnaient des lances tandis que d'autres durcissaient des épieux dans des feux. Personne n'était inutile ou inactif.

Tora avait organisé les survivants mieux qu'il n'aurait pu le faire. Longtemps il avait craint que sa *völva* n'ait pas survécu au naufrage, mais pour une fois la chance lui avait souri : deux jours après la tempête, il avait envoyé deux hommes explorer la côte un peu plus au nord, plus loin que les autres éclaireurs n'étaient allés, en direction de cette langue de mer qui s'enfonçait dans les terres comme un fjord, qu'ils avaient dépassée sans s'y engager la veille de la tempête. Cette zone était séparée de leur plage par de hautes crêtes de falaises dentelées, et il avait préféré attendre que leur groupe soit plus en forme et soudé avant d'envoyer des hommes dont ils auraient besoin s'y aventurer. Mais, contrairement à ce qu'il avait craint, Frode et Aksel étaient revenus sains et saufs, avec de nouveaux survivants, dont Tora.

Ils l'avaient trouvée consciente, mais affaiblie, dans une ferme qu'ils espionnaient pour décider si elle valait la peine d'être pillée ou non. Alors qu'ils comptaient le nombre d'hommes valides susceptibles de la défendre, ils avaient eu la surprise de voir Tora, appuyée au bras d'une jeune fille, sortir de la demeure principale pour prendre l'air, son visage tiré et blême témoignant de ce qu'elle avait traversé. Ils avaient aussitôt remarqué une longue plaie qui striait son visage, mais, en dehors de cette marque récente des avanies, elle semblait saine et sauve. C'était ce qui les avait motivés à se présenter en amis et non l'épée à la main. Ils avaient bien fait : non seulement la ferme se composait d'une fratrie de cinq jeunes hommes grands et forts – les enfants du couple d'origine, qui auraient donné du fil à retordre aux deux guerriers –, mais Tora, dès qu'ils avaient réussi à faire comprendre aux habitants qu'ils voulaient parler à leur invitée, leur avait expliqué que ces gens, qui vivaient loin de tout et coupés du monde, l'avaient recueillie alors qu'elle errait sur la lande, ayant quitté la plage de crainte d'être attaquée par des naufrageurs, et l'avaient soignée sans hésiter. Une fois la barrière de la langue franchie, Frode et Aksel avaient fait comprendre aux fermiers qu'ils ne leur feraient aucun mal, en remerciement des bons soins prodigués à leur *völva*, et étaient repartis avec des vivres et un cheval, cédés en échange de quelques bijoux que Tora les avait poussés à donner. La *völva*, fatiguée, avait fait le chemin du retour sur la bête, tandis que les guerriers se relayaient pour l'escorter et monter la garde.

En cours de route, ils avaient également retrouvé Inge et Kjeld, qui n'étaient autres que des cousins éloignés de Tora, et constituaient sa garde depuis leur enfance. Les deux guerriers, de cheveux aussi clairs que leur aînée, bien que les siens soient à présent plus que grisonnants, avaient une dizaine d'années de moins qu'elle et la vénéraient à l'image d'une déesse. Ayant été élevés avec elle, ils la considéraient à la fois comme une sœur, une mère et une guide spirituelle, et auraient été prêts à mourir pour la défendre. Après avoir été drossés à la côte lors de la tempête, ils s'étaient aussitôt mis à sa recherche, convaincus qu'elle devait être en vie, et n'avaient cessé d'écumer la côte et les sentiers depuis, refusant de s'éloigner du lieu où ils supposaient qu'elle se trouvait. Seul le hasard les avait empêchés de découvrir l'endroit où elle avait été recueillie et soignée.

Bjorn sourit. Quand il les avait vus arriver, Frode et Aksel en tête, Inge tenant la bride du cheval de trait robuste que montait Tora, et Kjeld fermant la marche, chargé des vivres que la völva avait négociés pour eux, il avait compris qu'ils étaient sauvés. Le retour de Tora en bonne santé redonnerait aux siens courage et foi en l'avenir. Tora les guiderait, les rassurerait, invoquerait les dieux pour eux.

Ils survivraient.

C'était là leur force : même dans l'adversité, même alors que le sort s'acharnait contre eux et que le monde entier les aurait dits perdus, les Danois savaient s'entraider, surmonter les épreuves, tirer le meilleur parti de leur environnement et de leur savoir pour se relever.

Demain, ils partiraient, et il serait fier de prouver au monde entier et à Ægir qu'il n'était pas si facile d'exterminer des Danois.

Ils étaient partis à cinq navires, trois *knörr* et deux *längskip,* dont celui de Bjorn. Le but n'était pas d'alerter la Galice tout entière de leur présence, même si, à ce stade, leur flotte, quoique rapetissée, avait déjà dû attirer l'attention sur la baie où ils s'étaient établis. Mais Bjorn espérait que les locaux mettraient un peu de temps à prévenir leurs suzerains de leur passage. Outre le fait que cela risquait de leur causer des soucis – puisqu'ils recevraient sans tarder la visite des forces armées seigneuriales, avec les menaces de pillages et de viols inhérents à leur présence –, cela attirerait aussi l'attention sur leurs pratiques de naufrageurs ou les empêcherait de les perpétrer. Bref, il pensait avoir un répit d'au moins une lune pour regarnir ses cales et reprendre le cours de leur expédition.

En attendant, il cabotait le long de la côte déchiquetée de

Galice, ayant rabattu les voiles trop typiques des längskip pour progresser uniquement à la rame, les knörr n'étant dotés que de six paires de rames pour pallier l'absence de vent, pas assez puissantes pour manœuvrer ailleurs que dans les ports. Les dreki de leur proue ne manqueraient pas de les signaler comme étrangers, mais ils demeuraient assez loin des falaises pour que l'on ne les voie pas trop. En outre, ne pas s'approcher trop près leur évitait le risque d'accrocher leur étrave sur les écueils à fleur de vagues, même si le faible tirant d'eau de leurs vaisseaux, prévus pour naviguer tant en mer profonde que sur le lit superficiel des rivières, minimisait cette possibilité.

Durant leur expédition, qu'il espérait ne pas durer plus d'une demi-douzaine de jours, il avait ordonné au reste de sa flotte de finir de réparer leurs drakkars. Heureusement, il avait anticipé qu'une telle mésaventure pourrait se produire, bien que pas à une telle échelle. En conséquence de quoi, chaque vaisseau avait été muni de plusieurs tonneaux de goudron de pin[1], dont ils se servaient pour calfater les coques. Les bordages à clin[2] qui n'avaient pas été abîmés par la tempête seraient regarnis

1. L'huile de goudron de pin est un produit naturel très ancien utilisé pour protéger le bois immergé ou enterré. Il est également connu sous le nom de « goudron de Norvège », et provient de la carbonisation du pin, avant d'être mélangé à de l'huile de lin.

2. Le bordage à clin est une technique d'assemblage des bordés de la coque d'un navire : les bordés (les planches) composant la coque se recouvrent longitudinalement, et les interstices bouchés avec de l'étoupe enduite de goudron, technique nommée calfatage, et qui doit être refaite régulièrement ou en cas d'avarie. Cette façon d'entretenir ou de réparer un bateau en bois est toujours utilisée de nos jours.

d'étoupe dans leurs interstices, avant d'être étanchés et protégés de l'humidité comme des coquillages par cette huile épaisse et incolore qui éviterait au bois de pourrir ou de s'arracher sous l'effet des courants et des animaux qui s'y accrochaient.

Ne connaissant pas la géographie de cette contrée, il n'avait pas de but précis, mais escomptait tomber assez vite sur une bourgade assez riche, un petit castel ou un édifice religieux prometteur, qui leur offrirait des richesses en sus des vivres espérés. En outre, ces prises leur permettraient certainement de capturer des otages de valeur, nobles, bourgeois aisés et influents, ou ecclésiastiques érudits ou fortunés, auxquels ils pourraient extorquer des informations cruciales pour leur expédition avant de les échanger contre monnaie sonnante et trébuchante, ou des passe-droits auprès du souverain local.

Durant ce temps, les autres membres de l'expédition avaient pour mission d'étendre leur champ d'action autour de leur camp de fortune pour recueillir plus de vivres. Dans cette région, le gibier ne foisonnait pas, mais les fermes étaient nombreuses, quoique rustiques. Les bovins n'étaient pas gras et massifs, contrairement à ceux du Danemark ou de la Normandie, mais les chèvres, moutons et volailles paissaient en toute liberté, tandis que d'étonnants troupeaux de taureaux noirs et cornus plutôt nerveux erraient dans les herbes rases, se nourrissant sans sourciller de cette végétation épineuse et buissonnante qui ne rebutait pas non plus les chèvres. Ils en avaient fait leurs choux gras, profitant de l'absence de bergers pour orienter les animaux vers leur crique, où ils avaient construit des enclos avec les restes de bois trouvés çà et là pour les y parquer. Une bonne partie avait déjà été abattue et découpée, pour être mise à sécher et reconstituer les réserves de viande. Le sel omniprésent les conserverait tandis que leurs peaux serviraient à confectionner des chausses, broignes et de nouvelles tentes, celles existantes ne suffisant pas à héberger la multitude de marins à terre.

Malgré leurs prévisions, les pertes durant la tempête avaient été nombreuses, de nombreuses voiles avaient été arrachées par les bourrasques, des bancs désolidarisés des ponts, des ballots, sacs et tonneaux emportés par les lames, et les quelques animaux vivants issus des réserves d'origine ou des pillages balayés par les vagues. Malgré leur habitude des conditions de vie rude, les Danois manquaient de tout et aspiraient à plus de confort. Aussi avaient-ils été nombreux à se porter volontaires pour cette expédition, conscients que non seulement ils auraient plus d'espace et d'équipement à bord, mais ils souffriraient moins de la promiscuité et profiteraient plus vite des prises. Qui plus est, ils avaient une nette préférence pour l'élément liquide, l'aventure, l'incertitude et la frénésie des batailles. Rester sur la terre ferme à égorger les animaux, réparer les tissus et monter la garde convenaient certes à certains d'entre eux, mais la majorité se languissait de retrouver leur vie d'errance et d'inconnu.

Aussi Bjorn avait-il sélectionné les plus hardis et téméraires de ses guerriers pour l'accompagner dans cette expédition. Il ne tenait pas, en outre, à les laisser trépigner sur place, sans sa surveillance pour les discipliner, au risque de déclencher des débordements dans son camp. Il y avait également une possibilité non négligeable qu'ils finissent, par lassitude ou désœuvrement, par quitter les limites qu'il avait fixées, à trois lieues de leur plage. Cela ne faisait pas beaucoup, en une journée, un homme pouvait facilement en parcourir le double, voire plus en cas d'urgence, mais comme il tenait à ce que ses compagnons rentrent au camp chaque soir, avec une bonne marge de manœuvre pour ne pas risquer de se retrouver seul et au loin en territoire inconnu, il avait donné pour ordres de ne pas se déplacer à moins de trois personnes ensemble, et pas plus loin que cette distance, qu'ils pouvaient parcourir en trois heures sans se fatiguer.

Cela limitait néanmoins leur champ d'action : les fermes aux alentours avaient beau être nombreuses, certainement par nécessité, pour ravitailler les villes environnantes et les monastères, ainsi que les nombreux pèlerins qui se rendaient au tombeau du nouveau saint dont tout le monde parlait, leurs ressources n'étaient pas inépuisables et ils les avaient déjà presque toutes pillées. D'où la nécessité d'élargir leur cercle de recherches et de reprendre leur navigation au plus vite.

Il avait décidé de mettre le cap au sud, pour profiter de cette expédition pour établir un périmètre plus grand où ils se sentiraient en sécurité, et faire progresser les bateaux plus vite sur cette zone, sans risquer de les envoyer par le fond.

Au bout d'une demi-journée de cabotage, Bjorn en était parvenu à une première conclusion : le relief de cette contrée était décidément aussi escarpé et découpé que ce qu'ils avaient déjà parcouru. La côte devant eux était à l'identique, dessinant des criques et des baies parsemées d'îles et îlots, de falaises plongeant dans la mer, d'à-pics rocheux aussi dangereux que la mâchoire d'un dragon dormant sous la surface, prêt à engloutir les marins trop téméraires pour reculer devant sa gueule grimaçante.

Un peu plus tôt, ils avaient dépassé un cap proéminent,

en forme de pointe, derrière lequel des dunes s'étiraient comme un havre doré, encerclé par de nouvelles collines escarpées où une verdure éparse, d'un vert vif, le disputait à des roches claires, presque blanches. Sans doute que le soleil ardent de cette contrée chaude cuisait la terre, l'empêchant de faire pousser une végétation plus sombre et plus épaisse. Ici, tout n'était que sécheresse, ciel d'un bleu aveuglant et relief dentelé. Il en peinait à croire à l'existence de cette tempête aussi subite que violente qui avait décimé sa flotte.

Mais il n'en demeurait pas moins prudent. Malgré son impression de sécurité, due à ce temps si inhabituel pour lui, il savait que ce grain pouvait très bien se reproduire, sans plus de signes avant-coureurs, et il ne voulait pas en faire les frais une seconde fois. Aussi restait-il sur ses gardes, prêt à donner l'ordre de regagner la terre ferme au plus vite au moindre nuage menaçant.

À l'horizon, une immense baie au relief acéré se dessinait devant eux, ouvrant sa gorge en une invitation à venir entrer à l'intérieur, à venir glaner ses richesses. Au plus profond, il devinait l'embouchure d'un fleuve ou d'une rivière, trop éloignée pour être visible, et quelques minces lignes de fumée indiquaient la présence de villages ou de fermes. Sur la rive opposée, si distantes qu'elles en étaient presque invisibles, nimbées d'une brume laiteuse, deux presqu'îles se découpaient, reliées au continent par de fins lambeaux de terre émergée. Étaient-elles habitées ou leurs habitants craignaient-ils une crue subite ou des intempéries qui engloutiraient leur domaine ?

Il hésita un instant à s'y diriger. Fondre sur des fiefs aussi isolés était tentant, tout comme la perspective de s'aventurer à l'intérieur des terres via le cours d'eau, mais c'était également très risqué. Pour s'engager là-dedans, ils devraient longer la côte et seraient à la merci de flèches ou d'appareils défensifs, même si ceux-ci n'étaient pas courants. Il ne connaissait pas assez le peuple de ces contrées pour courir un tel danger.

De ce fait, il préféra couper à travers la mer pour se diriger vers le cap opposé de cette baie, en direction d'une autre pointe rocheuse après laquelle, à quelque distance, de minuscules îles se détachaient de l'immensité liquide.

Ce n'est qu'en se rapprochant, après presque quatre heures de navigation sans écueil ni mauvais temps, qu'il commença à distinguer un motif différent en haut des collines devant lui.

Un bâtiment ! et pas des moindres : ses remparts, bien que bas, s'élevaient de manière massive, régulière, découpant le relief naturel de l'horizon comme une ligne droite au milieu de courbes.

Aucun doute n'était possible, ce complexe de bâtiments, au sommet d'une colline perchée au milieu d'une excroissance de terre qui s'enfonçait dans la mer comme la tête d'un dragon, ne pouvait être qu'un bastion seigneurial, ou appartenant à la religion du Crucifié.

Au tout début, Bjorn avait cru à une forteresse, tant sa position semblait dominante, inexpugnable, mais la multitude de croix qui couronnait chaque angle des remparts et l'absence de soldats comme de réelles fortifications l'avait fait douter.

Puis il avait remarqué d'autres détails, au fur et à mesure de leur approche furtive : il n'y avait pas de tour de guet, pas de créneaux destinés à verser de l'huile bouillante sur des assaillants, ou les cribler de flèches. Pas de pont-levis. Les alentours du complexe étaient envahis d'arbustes, de végétation verdoyante, de cailloux couverts de mousse, et les pentes de la colline au sommet de laquelle il trônait étaient luxuriantes et témoignaient d'une vie abondante. Cela indiquait à la fois la présence de plusieurs sources ou cours d'eau, contrairement aux environs plus arides, et la confiance des occupants du lieu. Ils ne s'inquiétaient pas d'une attaque ni d'une invasion, et se préoccupaient surtout de l'abondance de leur domaine.

Bjorn fit accoster leurs navires sans que personne ne les repère – du moins, à ce qu'il voyait.

Il n'aperçut aucun enfant s'égayer comme un rat affolé, aucune femme s'enfuir en hurlant, aucun homme prendre ses jambes à son cou. Personne ne sonna de ces maudites cloches qui résonnaient dès qu'un guetteur remarquait leur approche, et aucune porte monumentale ne se referma là-haut.

Ils débarquèrent, de l'eau à mi-cuisses, tirèrent les cinq navires sur la mince plage qui longeait les bois dès le début de la montée, et s'enfoncèrent dans la végétation dense sans tarder.

C'était le principe même de leurs raids : apparaître à l'insu de tout le monde, attaquer rapidement, repartir chargés de trésors sans que personne n'ait eu le temps de réagir ni ne puisse les suivre.

Sur la terre ferme, ils étaient sauvages, intrépides, imprévisibles. En mer, ils étaient invincibles.

Bjorn esquissa un sourire féroce, une main écartant les broussailles devant lui, l'autre près de sa taille, prête à dégainer son poignard – avec ces arbres emmêlés, user de son épée lui serait impossible. Qui plus est, il l'avait perdue durant le naufrage et, comme bon nombre de ses compagnons, n'en avait pas retrouvé. C'était ce qui leur manquait le plus : des armes. Ils avaient donc gardé leurs instruments de fortune, composés d'espars glanés sur la plage sur lesquels ils avaient fixé qui des clous, qui des pièces métalliques empruntées à d'autres équipements. Ces confections étaient à la fois laides, lourdes et peu pratiques, mais ils avaient suffisamment de hargne et d'expérience pour combler cette lacune au détriment de leurs adversaires. Et, avec un peu de chance, cette expédition leur permettrait de récupérer de quoi s'équiper convenablement.

Ils continuèrent à monter, les uns derrière les autres, en marchant dans leurs pas.

À mi-parcours, un premier petit torrent les surprit. Malgré la certitude que cette étendue était abondamment irriguée, ils ne s'attendaient pas à croiser une telle fraîcheur dans cette contrée aride. Sous la futaie d'un vert profond, un ru vif dévalait un lit de pierre, bordé de bouleaux et de saules, d'aulnes beaucoup plus bas que ceux du Danemark, mais également plus feuillus. Ils le traversèrent sans difficulté après s'être abreuvés. L'eau ne leur montait même pas aux genoux, mais sa rapidité faillit les pousser à jouer dedans comme durant leur enfance, mais un sifflement abrupt de Bjorn rappela les hommes à l'ordre.

Ils reprirent leur ascension, franchirent une arche de pierre envahie de mousse.

Derrière, le sommet de la colline avait été dégagé et la futaie laissait place à une herbe rase, plus jaune, car le soleil n'était plus adouci par les canopées pour laisser l'humidité imprégner le sol.

C'est là qu'ils purent étudier le complexe plus à leur aise.

Cette fois, c'était sûr, c'était un monastère ou une

abbaye. Le bâtiment rectangulaire, à deux niveaux bas, était couronné de tuiles sur une charpente à la pente douce – nul besoin, dans cette région, d'une forte inclinaison pour faire glisser la neige –, le tout surmonté d'une ébauche de clocher en bois. Cette structure principale dardait ses pannes vers le ciel et ne comportait pas encore de couverture. De même, l'aile ouest du complexe, construite en bois plus foncé, n'avait pas encore été dotée de porte ni de menuiseries. Il s'agissait visiblement d'un édifice récent, encore en cours de finition.

Bjorn se demandait si les ouvriers seraient toujours présents en renfort pour défendre les moines ou moniales, ou si c'était les religieux eux-mêmes qui érigeaient leur demeure.

Puis il haussa les épaules.

Quelle que fût la réponse à cette question, des maçons et charpentiers, certes plus rudes et habitués aux travaux de force que les ecclésiastiques qui ne savaient qu'ânonner leurs prières au moindre danger, ne représenteraient pas une grande menace face à une horde de plus de trois cents guerriers brûlant de l'envie d'en découdre.

Il aurait plutôt du mal à modérer ses hommes, lassés de la navigation et avides de carnage et de prendre leur revanche sur ce destin qui les avait malmenés.

Ils contournèrent le bâtiment pour l'encercler, Bjorn répartissant ses marins autour du complexe pour l'attaquer par tous les fronts. Lui-même se gardait l'entrée principale. C'était là probablement qu'il y aurait le plus de gardes – s'il y en avait. Quand il parvint à l'orée du bois entourant la prairie, face aux doubles battants monumentaux encadrés de pierre grise, il lut l'inscription gravée sur le panneau de bois surmontant la croix devant la grille relevée.

« Mosteiro de Santa María da Armenteira[1]. »

Il fronça les sourcils.

Cette langue lui était inconnue.

Mais avec sa sauveteuse, il avait réussi à communiquer en latin. Parviendrait-il ici aussi à deviner le sens de ces mots ? « Mosteiro ». Cela ressemblait fort au *monasterium* dont les prêtres parlaient parfois, et cela correspondait à ce qu'il imaginait. Un monastère. Quant à « Santa María », c'était une évidence. Seul le dernier terme le laissait perplexe. Puis il secoua la tête. Quelle importance. C'était un monastère, qui plus est de belle taille. Cela augurait de nombreuses richesses. Un sourire carnassier joua brièvement sur ses lèvres. Finalement, ses hommes n'étaient pas les seuls à ronger leur frein. Lui aussi brûlait d'en découdre.

Après avoir vérifié d'un coup d'œil que tous étaient à leur poste et prêts à se lancer à l'assaut, il guetta un instant de plus.

Plus d'allées et venues, les alentours étaient dégagés. À cette heure de la journée, peu avant la descente du soleil dans le ciel, les religieux devaient être rassemblés dans leur église inachevée pour réciter une des innombrables prières qui rythmaient leurs journées. Bjorn essaya de se rappeler l'ordre de ces offices qu'Ågot, sa mère, lui avait infligés quand il était enfant. Elle les nommait laudes, à une heure indécente du matin, quand le soleil n'était pas

1. Le monastère d'Armenteira a été fondé plus tard, en 1149, par le chevalier dom Ero, de l'ordre des Cisterciens, qui aurait laissé s'écouler trois cents ans sans s'en apercevoir en recevant une vision du paradis céleste suite à sa prière à la Vierge.

encore levé, puis prime, un peu plus tard, tierce, en milieu de matinée juste après ses études avec ses précepteurs et avant son entraînement aux armes, ce qui lui donnait encore plus hâte d'en finir avec ces mortifications. Ensuite il y avait sexte, quand son estomac grondait de faim, none, un peu après, quand il était bien repu et ne rêvait que de s'endormir sur son siège ou de partir au grand air galoper avec Svend, le cheval Jutland massif et trapu que son père lui avait offert pour sa dixième année. Svend aurait dû être un étalon de guerre comme les affectionnaient les plus grands guerriers, mais il était plus petit que ses pairs, trop petit pour être monté au combat, où sa taille aurait désavantagé son cavalier. Mais il était parfait pour un enfant. Bjorn l'avait adoré, à la fois pour le prestige qu'il lui conférait, le plaisir qu'il prenait à leurs sorties, et le caractère à la fois doux et loyal de sa monture. Mais il n'avait le droit de monter Svend que lorsqu'il avait excellé à ses cours… et fait les prières imposées par Ågot. Quand bien même il ne partageait pas sa foi.

C'était le seul point sur lequel son père avait cédé : malgré leur manque de conviction comme de motivation, ses fils étudieraient la foi chrétienne. Sans doute Ågot avait -elle espéré qu'au fil des litanies, récitations et mortifications, la piété leur viendrait. Mais les années avaient passé, et Harald et lui n'avaient fait que haïr de plus en plus ces contraintes et messes basses qui leur étaient imposées ; eux qui rêvaient de chevaucher au grand air, naviguer jusqu'à l'horizon, combattre aux côtés d'Odin et être emmenés à son festin par les plus belles walkyries. Dès qu'ils avaient été assez grands, ils avaient l'un comme l'autre affirmé leur croyance en le panthéon danois et arboré avec fierté leur bracelet symbolisant leur attachement à la culture et aux dieux vikings. C'était Tora elle-même, alors *völva* de leur père, qui leur avait remis le précieux bijou en une grande cérémonie. Ågot avait pleuré ; Gudrœd lui-même avait essuyé une larme, mais Bjorn ne s'y était pas trompé : si son père avait été fier de lui, sa mère, en revanche, pleurait de désespoir.

Il reporta son attention sur le bâtiment, certain à présent que les moines ou moniales y priaient. Il s'en souvenait, à présent. À cette heure-ci, ils célébraient les vêpres dans leur église. Mais, pour la première fois de leur vie peut-être, ils ne sonneraient pas l'angélus. Ce serait Bjorn lui-même qui ferait tinter les cloches au bon moment pour éviter que l'absence du carillon ne souligne la perte de ce fief chrétien.

Avec un hochement de tête déterminé, il indiqua à ses hommes de partir à l'assaut et s'élança avec eux.

Le combat ne dura guère.

À vrai dire, il n'y eut pas de réel combat.

C'était un monastère féminin, et les seuls hommes qui s'y trouvaient étaient des esclaves, quelques serviteurs, deux curés et une petite dizaine d'ouvriers qui étaient en train de mouler des tuiles de terre cuite sur leurs cuisses pour les faire sécher au soleil. Aucun d'eux n'avait livré bataille. Les ouvriers dans la cour, qui les avaient découverts en premier, s'étaient levés en catastrophe et avaient fui en hurlant, piétinant leur argile, trébuchant ou glissant dedans, certains tombant dessus pour ne plus se relever, déjà décapités par les assaillants qui avaient des épées, ou assommés par les autres.

Dans la petite église à l'angle sud-ouest de l'emprise rectangulaire, les deux prêtres étaient en train d'accomplir leur office. Lorsque la porte intérieure donnant sur le cloître par lequel les hommes s'étaient engouffrés était tombée, ils s'étaient figés en pleine action, l'un d'eux les bras levés au ciel pour présenter son petit disque de pain insipide, l'autre laissant tomber son gobelet au sol, où il avait rebondi dans un tintement clair.

Les Danois avaient profité de la stupéfaction générale pour encercler tout le monde. Les moniales n'étaient pas nombreuses, à peine une cinquantaine de religieuses, mais compte tenu de la richesse de la région et de son importance chrétienne et politique, Bjorn ne doutait pas qu'elles fussent presque toutes d'origine noble, et que leurs proches – ou leurs supérieurs catholiques –, payeraient pour les récupérer. Il y avait également une vingtaine de toutes jeunes filles, sans nul doute des pensionnaires que leurs parents avaient envoyées ici pour parfaire leur éducation, ce qui apparemment se faisait de plus en plus, à la fois pour assurer la pureté de cette progéniture loin des tentations et turpitudes du monde, et garantir leur instruction.

Bjorn ne s'y intéressa pas. Après avoir donné des directives bien précises à ses hommes sur ce qu'il fallait faire des prisonnières – à savoir, ne pas les souiller ni les violenter –, il s'était lui-même affairé à parcourir le reste du complexe pour s'assurer qu'aucun renfort ne risquait de les prendre à revers, puis à en débusquer les richesses. La santé et l'honneur des captives, en fait, ne l'intéressaient guère. Il n'aimait ni prendre des femmes par la force ni les faire souffrir, mais c'était la loi de la guerre et les risques des pillages. Si les parents, proches et tuteurs de ces femmes s'étaient préoccupés de leur sécurité et de leur vertu, ils auraient dépêché des gardes pour veiller sur elles. Mais il ne voulait pas que la marchandise soit détériorée, et des prisonnières dépucelées, éborgnées ou brisées ne seraient pas échangées, ni même vendables au marché des esclaves. Personne n'en voudrait.

Lorsqu'il parcourut les cellules autour du patio, là où un déambulatoire aux colonnes de bois abritait une allée couverte de voûtes basses, il découvrit des voyageurs, certains fourbus ou endormis, d'autres encore assez alertes pour dégainer leurs armes et se défendre.

Mais après leurs voyages et séparés des autres, dans des chambres aussi confinées et sans espace de repli, ces quelques guerriers n'avaient offert qu'une maigre résistance. Bjorn avait toutefois lancé un ordre précis aux hommes qui le suivaient : ceux-là auraient de la valeur. Ces pèlerins étaient soit des hommes d'Église importants, soit des nobles assez riches pour pouvoir faire un tel voyage, soit des émissaires étrangers. Ceux qui savaient se battre pourraient enrichir la garde d'un seigneur ou d'un chef de guerre lointain, de l'autre côté de la Méditerranée, ou représenter le clou d'un spectacle. Les autres pourraient servir de monnaie d'échange ou être vendus contre leur poids en or.

Quand la horde danoise revint à ses cinq navires, la nuit était tombée tant ils avaient passé de temps dans le monastère. Comme Bjorn l'avait prévu, il avait lui-même sonné la cloche avant de repartir, mais la route, qui avait été si rapide à l'aller, s'était faite sous la lumière de la lune et à faible allure tant ils étaient chargés. Tous portaient des ballots de pièces d'or et d'argent, des coffres emplis des bijoux des voyageurs, des sacs de vivres, des jambons, des tonnelets de bon vin ou d'hydromel, des sachets d'épices.

Et derrière eux, trébuchant dans les liens qui les ralentissaient, une longue file de prisonniers les suivaient, eux-mêmes porteurs de ce qui avait fait leur fierté : leurs armes, leurs tissus fins, leurs livres enluminés, leurs objets de culte. Les hommes étaient à droite, les femmes à gauche. Celles-ci portaient toujours leur robe de bure blanche et le scapulaire noir qui les faisait ressembler à des mouettes, mais si elles ne semblaient pas avoir été maltraitées, Bjorn remarqua dans la pénombre que leurs voiles leur avaient souvent été arrachés, dévoilant des cheveux parfois très courts, chez les nonnes plus âgées, parfois longs et soigneusement tressés pour les jeunes filles. Il n'en vit pas davantage, hormis que la plupart étaient brunes.

Cela lui rappela sa mystérieuse inconnue.

Où était-elle ? qu'était-elle devenue ? avait-elle regagné son château ou son manoir ?

Durant un instant, en voyant une femme trébucher et esquisser un mouvement de recul paniqué en apercevant un guerrier danois massif se rapprocher d'elle, il eut un élan de pitié.

Son inconnue aurait pu se retrouver parmi elles, victime d'étrangers sanguinaires et impitoyables, condamnée à un destin de misère, de peur, de violence.

Soudain, le mode de vie ancestral de son peuple lui parut barbare et cruel.

Puis il se rasséréna.

C'était ainsi. Peut-être lui-même, un jour, se retrouverait-il du mauvais côté d'une épée ou au bout d'une corde, tiré vers un avenir incertain. C'était la loi de la guerre…

Seules les Nornes décideraient pour lui.

Après être parvenu sur la petite plage bordée d'arbres dans laquelle Bjorn avait ordonné de faire accoster leurs navires, il réfléchit quelques instants et décida finalement de leur faire passer la nuit sur place.

Ils ne connaissaient pas assez la côte et le climat pour tenter une navigation de nuit après une journée de mer et de pillage. Ils étaient fatigués, ils avaient faim, soif, envie de célébrer ce premier triomphe, certes facile, mais bienvenu après ces épreuves, et non de passer des heures à guetter récifs et grains à bord.

Il porta sa corne à sa bouche et sonna deux coups brefs. Ses hommes connaissaient ce signal et se détendirent aussitôt. Il n'eut même pas besoin de donner d'ordres supplémentaires ; chacun s'affaira sans tarder à sa tâche assignée. Ceux qui menaient les prisonniers les firent s'arrêter, se regrouper dix par dix, et les entravèrent. Ils iraient se soulager plus tard et mangeraient encore après, quand leurs ravisseurs auraient pu le faire en premier. Le butin fut immédiatement emporté à bord des navires, où il serait plus facile à protéger, tandis que les éclaireurs partaient en quête de bois pour le feu et que d'autres récupéraient des provisions dans leur prise de la journée pour leur préparer un repas qui, sans être un festin, réchaufferait les corps et les cœurs. Bien entendu, des tonneaux furent roulés au centre de la grève et mis en perce.

Personne ne serait ivre ce soir, ils étaient après tout en territoire ennemi et devaient également se méfier de leurs captifs, qui chercheraient peut-être à s'évader pour certains. Mais cela ne signifiait pas non plus de se priver de toute boisson.

Bjorn, quant à lui, fit la tournée de ses capitaines pour faire le compte des morts et des blessés, et s'assurer que tout allait bien. Il tenait également à ne pas tarder à répartir les premières récompenses. Le butin serait bien évidemment partagé en justes parts à leur retour, mais il était normal que ceux qui avaient risqué leur vie bénéficient d'un gain immédiat supplémentaire. Il en profita pour donner quelques directives complémentaires, dont une qui lui tenait particulièrement à cœur : interdiction de molester les prisonniers. Toute conduite dangereuse serait bien sûr à châtier, mais il se refusait à ce que les femmes soient violées, les hommes maltraités – et inversement. Bien sûr, si l'un de ses marins demandait à s'approprier un captif, cela serait ouvert à négociation et, si c'était lui qui lui avait passé les fers aux pieds, il serait en outre prioritaire. Mais la valeur de son tribut serait déduite de sa part, et toute blessure qui serait infligée à une prise et diminuerait sa valeur marchande, serait compensée par une ponction sur le paiement du Danois impliqué.

Bjorn avait établi cette règle suite à sa première expédition sur les conseils de Tora. La *völva* s'était plainte à lui d'avoir passé énormément de temps, durant le retour, à devoir soigner des prisonniers blessés, malmenés, rudoyés ou molestés, surtout des femmes. Elle avait fait valoir l'argument non négligeable de la perte pécuniaire qui en résultait lorsqu'une femme ne pouvait plus être vendue comme vierge, d'un combattant auquel il manquait une main, d'un prisonnier fiévreux ou incapable de marcher suite à de trop nombreux coups de fouet, etc. Bjorn avait été sensible à ce raisonnement et, s'il n'en avait pas parlé à ses hommes, il avait longuement discuté avec Tora. Il n'aimait pas infliger de souffrances inutiles et se rappelait ce que Tora lui avait dit : « Au jeu de la guerre, tu gagnes ou tu perds. Ne traite pas tes prisonniers comme tu risques d'être traité un jour. » Cela s'appliquait également aux esclaves et aux serviteurs. Quand il avait pris conscience du nombre de domestiques dans la halle du roi du Vestfold, il en avait conclu qu'en cas de rébellion, mieux valait demeurer un maître respecté et apprécié, et non un tyran que l'on s'empresserait d'occire ou d'empoisonner.

Un jour, il en avait parlé à son frère, mais Harald lui avait reproché son sentimentalisme et sa sensiblerie. Comme leur père, son aîné prônait les anciennes valeurs, la fermeté et le respect dû à son rang. Il n'avait rien voulu entendre quand Bjorn avait essayé de lui expliquer la différence entre dureté et cruauté, et que l'on pouvait se faire obéir sans violence ni brutalité excessive.

Il l'avait par la suite constaté dans la manière dont Harald traitait ses vassaux, voire ses conquêtes : il prenait, il asservissait, il conquérait et imposait. La notion de consentement, de compromis, de douceur lui était étrangère. Lors de sa relation double avec Solveig et Liv, les deux servantes qui avaient succédé dans son lit à Astrid, sa première maîtresse, il avait entendu nombre de plaintes que les domestiques s'échangeaient, loin de l'oreille des maîtres, sur les agissements de Harald envers les femmes de la maisonnée. Il n'avait rien dit.

Après tout, même si cela le gênait, sans qu'il comprenne vraiment pourquoi, c'était dans l'ordre des choses. Ces femmes étaient des prisonnières, des biens que l'on échangeait, achetait, vendait, et leurs maîtres, ou toute personne libre, avait le droit de les rudoyer à loisir, même s'il était dommage de dégrader de la marchandise de valeur.

Jusqu'au jour où Solveig était venue le retrouver dans sa chambre avec la joue meurtrie, une vilaine ecchymose qui souillait son teint clair, gonflait son œil et balafrait son sourcil d'une plaie croûteuse rougeâtre. Elle avait refusé de lui dire qui l'avait maltraitée de la sorte, mais il avait clairement reconnu, sur sa tempe, l'empreinte d'une grosse bague qu'Ågot, sa mère, avait offerte à Harald suite à sa première chasse. Elle représentait son trophée, un gros sanglier gras, qui était depuis devenu son emblème. Malgré son insistance, malgré le nom de son frère, qu'il lui avait chuchoté à l'oreille en promettant de la veiller sur elle, elle n'avait rien dit, secouant la tête avec insistance, et s'était ensuite affairée à lui changer les idées de la plus persuasive manière.

Il avait découvert la vérité par hasard, le lendemain matin, en voyant Liv, la jumelle de Solveig, qui le servait avec un empressement empreint de crainte. Liv aussi portait des traces de coups. Une forme de main, rouge, flétrissait sa gorge pâle, comme si quelqu'un avait cherché à l'étrangler. Quand il lui avait bloqué le passage, la jeune femme s'était empourprée et avait baissé les yeux sur le plateau qu'elle portait, marmonnant une phrase d'excuse, avant de le contourner pour rejoindre Harald qui réclamait son gruau et sa bière avec force cris. Bjorn l'avait rejoint, avait balayé le repas devant lui, que Liv venait de poser sans en renverser une miette et avait réclamé des comptes. Harald avait été stupéfait par ce coup d'éclat. Cette femme était une serve quelconque, destinée à servir les demandes et les plaisirs, et elle lui avait plu. Il l'avait prise sans autre question. Nul n'avait le droit de la lui refuser. Ni sa sœur la veille, qui avait été corrigée pour avoir tenté de s'interposer, ni son frère à présent, à qui il adviendrait le même sort s'il lui prenait la mauvaise idée de s'insurger. Harald s'estimait même bon prince : sachant que son cadet requérait souvent les faveurs de ces deux femmes, il lui en avait laissé l'une des deux pour lui tenir compagnie, se contentant d'une seule.

Ce jour-là, le premier repas de la journée avait failli se transformer en rixe. Bjorn, furibond, s'était jeté sur son frère, l'avait plaqué dos à la table et avait commencé à le rouer de coups de poing. Il s'était acharné sur lui, ne lui laissant ni le temps ni le loisir de répliquer. Harald, bien que plus grand, plus âgé et plus fort que lui, n'avait pu résister à son assaut forcené. Il avait fallu trois hommes pour maîtriser Bjorn, qui, sans cela, ne se serait arrêté qu'une fois son frère à terre et inconscient.

Pour son acte, il avait été fouetté le midi même. Gudrœd, leur père et suzerain, avait ordonné à Harald de choisir et d'appliquer le châtiment pour cette offense. Harald avait même été plutôt clément et s'était contenté d'une douzaine de coups de fouet. Il aurait pu en exiger le double, voire le triple. Mais, malgré leur opposition et leur rivalité pour ces femmes, il tenait plus à son frère qu'à une vulgaire servante. Après avoir administré la sentence, il avait tendu la main à Bjorn, accroché à un poteau de chêne au centre de la halle, blême et les lèvres serrées pour ne pas hurler de douleur, et l'avait pris dans ses bras, veillant à ne pas toucher la peau maltraitée.

— Ne nous battons pas pour une paire de fesses, avait-il dit en prenant les spectateurs à témoin. Notre lien vaut plus que des serves. À l'avenir, ne t'interpose pas entre mes désirs et moi, et tout ira bien entre nous.

Solveig l'avait ensuite soigné, dans sa chambre. La servante aussi lui avait fait des remontrances, entre deux applications de baume au miel, renforcé de camomille et de millepertuis. Elle avait conforté les dires du futur roi : cela ne servait à rien de se battre pour elles, c'était leur lot, elles y étaient résignées et ne voulaient pas qu'il soit blessé, puni ou maltraité pour elles, d'autant plus que, s'il continuait de la sorte, elles seraient juste vendues ailleurs et soumises à un sort qui serait peut-être pire.

Bjorn avait appris la leçon. Il ne s'était plus jamais interposé entre son frère et une femme, mais il avait résolu, en son for intérieur, que jamais il ne se comporterait de la sorte et ferait tout son possible pour empêcher les hommes sous ses ordres d'imiter Harald.

Il s'y était tenu sans fléchir depuis, malgré la réprobation de ses hommes lorsqu'il imposait modération et retenue en expédition.

Il comprenait néanmoins que lors d'un pillage certains de ses guerriers, emportés par la fièvre du combat et l'échauffement des sens, puissent faire leur une femme sur le champ de bataille. C'était fréquent, voire inéluctable. Même lui avait parfois, en découvrant une prisonnière dénudée, été traversé de pulsions subites. Il avait résisté, conscient que s'il cédait à l'appel de ses désirs, il serait pétri de remords ensuite. Mais il comprenait que ses hommes n'étaient, justement, que des hommes. Cependant, ce qui se passait sur le site d'une mise à sac devait y rester. Ensuite, une fois les armes remises au fourreau, il exigeait de ses subordonnés d'obéir à ses ordres. Et ses capitaines avaient pour mission de les faire respecter.

Il réclama donc un compte précis des prisonniers et de leur état, et d'en tenir une charte scrupuleuse afin d'éviter tout débordement.

Puis il vérifia l'établissement de leur campement.

En l'espace de peu de temps, tout avait été achevé : les abris sommaires pour passer la nuit, les feux encerclés de pierres et couverts de marmites, à la fois pour préparer le repas et dissimuler flammes et fumée, les piles de bois pour tenir la nuit, les prisonniers bien organisés, les réserves dressées et ordonnées.

Avec satisfaction, il hocha la tête à l'intention de ses seconds pour leur signaler son contentement et se rapprocha des tonneaux préparés au centre du regroupement. Prenant une corne dans le tas qui avait été dressé juste à côté, il la plongea dans le liquide sombre et la leva haut, puis en prit une grande gorgée.

Il manqua de cracher.

Ce n'était pas la bière à laquelle il s'était attendu.

C'était... l'hydromel le plus délicieux, le plus sucré et le plus goûteux qu'il eut jamais savouré.

Les boissons danoises étaient certes fort bonnes, et il avait déjà eu l'occasion de prendre en bouche des alcools forts ou légers, amers ou doux, parfumés ou lourds, mais celui-ci lui était inconnu. Il reconnaissait les arômes intenses du miel et des épices, qui lui étaient familiers, mais un goût doux-amer supplantait le sucre naturel. Ce n'était ni un condiment, ni de la mélasse, ni quoi que ce soit qu'il eut jamais eu en bouche. Il fronça les sourcils et consulta Knut, l'homme qui avait fait rouler les tonneaux jusque-là. Ce dernier, un guerrier qu'il connaissait de vue pour l'avoir engagé en Normandie, après avoir perdu deux marins dans une rixe avec les gardes personnels de Richard, le comte de ces terres, haussa les épaules. Knut était jeune, à peine vingt ans, mais Richard lui avait confié que c'était le fils aîné de l'un de ses plus fidèles jarls, et qu'il était aussi doué aux armes que loyal et compétent. Jusque-là, Bjorn n'avait pas eu de raison de douter de lui.

— Qu'est-ce que c'est ?

Knut haussa les sourcils.

— Je me suis permis de goûter, pour m'assurer que ce

n'était pas ce vin aigre que les moines chrétiens servent parfois à la populace pour leurs cérémonies, afin de se garder leur bon vin pour eux. C'est effectivement très bon. J'ai demandé à un prisonnier ce qu'ils mettaient dedans, pour lui donner ce goût étrange.

— Et c'est… ?

— Des oranges, apparemment. Un fruit typique de régions chaudes, comme des pommes, mais très juteux et un peu acide. Ils mettent aussi ce qu'ils appellent du citron, qui est comme l'orange, mais jaune et encore plus piquant.

Bjorn hocha la tête. Des oranges et des citrons. Il connaissait ces fruits, pour avoir eu, à une ou deux reprises, l'occasion d'en voir à la cour de son père, lorsque des marchands étaient venus proposer des produits exotiques. Mais ces denrées avaient une telle valeur que les enfants n'y goûtaient jamais.

— Avons-nous d'autres tonneaux de ce vin ?

— Une vingtaine. Toute la production de ce monastère. D'après ce que j'ai compris, ces moniales fabriquaient ce vin, du fromage, et élevaient des abeilles pour leur miel et les produits qui en sont dérivés : de la cire, des bougies, des parfums. Autant de choses que nous pourrons négocier royalement.

Ou garder pour nous, songea Bjorn, en replongeant sa corne, déjà vide, dans le tonneau.

Il adressa un signe de remerciement à Knut, puis résolut de s'en tenir à ces deux cornes. Il devait montrer l'exemple à ses hommes et il tenait à garder la tête froide.

Il leur adressa ensuite un discours de félicitations, puis les exhorta à la modération pour la soirée, et leur souhaita ensuite de profiter du repas qui s'ensuivait. Il dépêcha une dizaine de guerriers pour monter la garde autour du camp, et ordonna aux autres de les relayer afin de maintenir une surveillance permanente. Enfin, il désigna le *náttmál*[1].

Celui-ci était prêt et fumait au-dessus des feux. Il reconnaissait les odeurs. Il y avait du ragoût de poisson séché aux herbes, mijoté dans du bouillon de légumes, des poulets mis à la broche, et des pains plats, que tous ses hommes savaient préparer rapidement à partir de la farine prise dans les pillages, cuits sur des pierres plates, ainsi que du gruau agrémenté de miel et de fruits séchés. Cela suffirait amplement. La majorité des vivres récoltés aujourd'hui servirait à ravitailler le reste de l'expédition et à regarnir leurs cales pour la suite de leur voyage. Sans se rationner, ils devaient faire attention.

Il prit une écuelle et la tendit à l'homme chargé de servir des louches de brouet devant la marmite la plus proche. Ce dernier remplit son récipient sans sourciller ni lui accorder un regard supplémentaire et passa au suivant.

Bjorn alla s'asseoir à l'écart et plongea sa cuillère de bois dans la soupe épaisse, puis la porta à sa bouche. Il était si affamé qu'il faillit se brûler en avalant la première gorgée, mais cela ne l'arrêta pas. Ce n'est qu'une fois un peu rassasié qu'il commença à savourer sa nourriture. Ce n'était pas dans ses habitudes de manger à toute allure comme ça, mais il avait vraiment faim. Néanmoins, il finit par remarquer que son ragoût était délicieux. Le poisson lui était connu : du hareng séché, certainement issu des réserves qui avaient survécu au naufrage. Le

1. Le repas du soir chez les Vikings. C'est aussi leur second repas de la journée, par opposition au *dagmál*, le repas du matin.

bouillon avait assoupli la chair et adouci le goût du sel dans lequel l'animal avait longtemps baigné. Puis il y avait les légumes. Des carottes, des panais, du ravis, du céleri, ainsi que d'autres qui l'étonnèrent par leur goût étrange. Il se releva et se rapprocha d'un groupe de prisonnières.

En le voyant se diriger vers elles, les plus proches reculèrent sur leurs fesses pour s'écarter et se blottirent les unes contre les autres, l'air apeuré.

Se rappelant qu'il n'avait pu communiquer avec son inconnue, il fit l'effort de parler en latin. C'étaient des moniales, elles devaient connaître cette langue.

— Qu'est-ce que ceci ? demanda-t-il en tendant son écuelle.

La femme à l'avant des autres avait une quarantaine d'années et un visage avenant, malgré des cheveux tondus presque à ras et des sourcils épais. Son front haut et son nez patricien dénotaient certainement une origine noble, tout comme les lèvres fines, bien dessinées, qui lui conféraient un air hautain. En l'entendant parler, elle se raidit et carra les épaules avec arrogance.

— C'est du ragoût, répondit -elle d'un ton rogue qui sous-entendait qu'il était un barbare inculte.

— Je le sais. Quels sont ses… *ingrédients* ? reprit-il après avoir cherché le mot qui n'était pas fréquent dans les prières de sa mère.

La femme inclina le cou avec réticence pour inspecter le contenu du bouillon.

— Fèves, poivrons, feuilles de navet, cardons, fenouil.

Il fronça les sourcils. Il ne connaissait pas la moitié de ces légumes. Néanmoins, tout cela était délicieux.

— Vous savez cuisiner ?

La question sembla surprendre la femme, car elle afficha un air interloqué avant d'esquisser une moue méprisante.

— Notre monastère est autonome, nous mangeons ce que nous faisons pousser, et ce que nous préparons.

— Était, la reprit Bjorn d'un ton sec.

— Pardon ?

— Votre monastère était autonome. Il n'existe plus.

L'orgueil de la prisonnière sembla se dégonfler comme une panse de brebis farcie que l'on aurait fendue en deux – Bjorn avait goûté ce plat lors d'un voyage dans le royaume d'Écosse, à la cour du roi Cináed[1], pour discuter de sa soumission douteuse au souverain anglais. Il avait trouvé ça immonde, pire que le *lutefisk*[2] norvégien, qu'Ågot, qui avait longtemps vécu à la cour d'Haakon, lui avait fait découvrir.

Cependant, Bjorn n'apprécia pas de voir cette femme visiblement noble se recroqueviller de la sorte devant lui.

— Vous a-t-on maltraitées ?

— Pas pour le moment, marmonna la captive.

— Le craignez-vous ?

— Évidemment.

En effet, sa question était bête. Mais il tenait à savoir comment on le considérait.

— Vous ne le serez pas. Ne résistez pas, ne vous rebellez pas, ne vous évadez pas, et vous ne subirez aucune brimade.

1. Le roi Cináed mac Máel Coluim est connu sous le nom de Kenneth II d'Écosse.

2. Le *lutefisk* est une spécialité norvégienne de morue trempée dans de l'eau froide, puis placée à macérer dans de la soude et remise ensuite dans de l'eau froide jusqu'à prendre la consistance d'une gelée avant d'être cuisiné. Un vrai régal !

— Nous ne serons pas humiliées, dénudées, examinées et vendues ? se gaussa la femme avec un regain de courage.

— Bien sûr que si, vous êtes des esclaves. Mais vous ne subirez aucune violence inutile de notre part.

Avec raideur, l'ancienne nonne hocha la tête.

— Je dirai à mes compagnes de… coopérer.

— C'est une bonne chose. Je vais dire à mes capitaines de vous affecter à la cuisine dès notre retour au camp. Je veux que vous nous décriviez les denrées comestibles de la région, que l'on puisse survivre et s'alimenter sans puiser dans les réserves. Je veux connaître la faune et la flore locale, reconnaître les plantes sauvages et la façon de les préparer pour ne pas s'empoisonner.

— Vous nous demandez de vous aider ! s'indigna la femme.

— Oui. Il en va de votre propre survie. Plus vous serez utiles, mieux vous serez traitées.

De nouveau, la captive sembla s'affaisser sur elle-même. Puis elle se redressa avec une mimique qui rappela l'inconnue à Bjorn. Il lui vint une idée. Après tout, ce couvent était assez proche de l'endroit où ils s'étaient rencontrés, et elle ne venait assurément pas d'une ferme.

— Y a-t-il parmi vos moniales une jeune femme d'environ dix-huit ou vingt ans, brune, avenante, avec des formes plaisantes et… la langue bien pendue ?

La femme ouvrit des yeux étonnés.

— Nous faisons vœu de silence, et nos pensionnaires sont encouragées à ne pas bavarder inutilement. Pour le reste… toutes nos résidentes correspondent à cette description, à l'âge près. Pourquoi ?

— Pour rien.

Il se détourna de la prisonnière. C'était bête. Il ne

reverrait plus sa belle inconnue. Elle resterait au rang d'un rêve, un fantasme, une rencontre hors du temps qui lui laisserait à jamais un goût doux-amer, comme cette orange dans l'hydromel.

Il décida de s'offrir une nouvelle corne de ce breuvage pour diluer la déception subite qui lui alourdissait le cœur.

Chapitre 5

Iria s'efforçait de se faire discrète. Ce n'était pas difficile : elle était une prisonnière parmi d'autres, une captive en robe blanche et noire, et rien ne la distinguait de ses compagnes. Mais, contrairement à elles, elle avait déjà rencontré l'un de leurs assaillants, et elle craignait à présent d'être reconnue.

Son mystérieux naufragé faisait partie du groupe de barbares qui avait attaqué et pillé leur monastère trois jours plus tôt, et elle s'estimait plutôt chanceuse d'avoir été embarquée dans un autre vaisseau que le sien, car elle ne doutait pas qu'il l'aurait aussitôt identifiée.

Elle l'avait reconnu dès le premier instant où il était apparu dans la nef de leur petite chapelle, en plein Magnificat, qu'elle préférait de loin aux lectures et à ses répons. Un brouhaha certain avait troublé la liturgie à plusieurs reprises, incitant les pensionnaires et invités temporaires, dont elle faisait partie, à cesser de prêter attention à la mère supérieure qui leur ordonnait le silence et au prêtre qui récitait les chants, mais personne n'avait imaginé que, d'un coup, la double porte menant à la travée centrale serait enfoncée, laissant surgir une horde de pillards.

Elle avait reconnu son naufragé tout de suite. Il avait repris de la prestance et n'en était que plus beau. Malgré les armes dont il était équipé, et la meute de guerriers enragés qui l'accompagnait et s'était éparpillée dans l'allée en rugissant, elle n'avait pas eu peur.

Il s'était arrêté dans l'encadrement de la porte, illuminé par les derniers rayons du soleil qui filtraient depuis le patio, ses lueurs dorées faisant de sa chevelure blonde un casque d'or. Ses yeux bleus étincelaient, et ses bras un peu écartés de son corps, qui tenaient une épée et une hache, lui avaient donné la posture d'un saint guerrier. Saint Georges, peut-être, qui avait terrassé le dragon de la lointaine île d'Irlande, ou saint Martin le Miséricordieux, qui avait combattu avec les Romains avant de se convertir.

Mais non. Ce combattant étranger, malgré sa blondeur et son apparence divine, n'était ni un saint ni un martyre, il n'était même pas chrétien. Si elle devait l'apparenter à une figure liturgique, c'était à n'en pas douter Lucifer, l'ange déchu, que la beauté et la séduction n'avaient pu sauver du courroux de Dieu lorsque son ambition avait causé sa chute.

C'était lui, et il avait causé la chute de son monastère.

Iria s'en voulait mortellement de cette fugue qui avait brisé sa vie.

Lorsqu'elle était repartie de la plage, pour fuir les naufrageurs, elle s'était ruée vers la cachette où elle avait attaché Dores, sa jument, priant pour qu'elle s'y trouve toujours. Et, pour cette fois, la chance l'avait suivie : Dores l'attendait sagement. Son sac de grains était terminé et elle était trempée, mais le muret derrière lequel elle paissait l'avait protégée du gros de la tourmente et les pillards, passant par des sentiers détournés, ne l'avaient pas trouvée.

Iria était montée dessus en catastrophe et, faisant fi des aspérités du terrain, était rentrée au château à bride abattue.

Mais là, la chance l'avait désertée : ses dames de compagnie avaient très vite découvert qu'elle avait découché et avaient averti par pigeon voyageur sa tante Elvira et Teresa, sa marâtre.

La réponse de celles-ci n'avait pas tardé. Enfermée dans sa chambre dont les fenêtres avaient été scellées, et deux gardes du corps postés devant sa porte, Iria avait appris son châtiment dès le lendemain : Elvira et Teresa, sous le nom de Ramire, son demi-frère, l'expédiaient au monastère de Santa María da Armenteira et elle y ferait pénitence durant une année entière.

La fin de la lettre témoignait du but réel de cette sentence : « Nous espérons que le Tout-Puissant, dans Sa miséricorde, vous accordera la foi afin que vous prononciez vos vœux dans les meilleurs délais. »

En parallèle, elle avait reçu un autre message, de Ramire, cette fois. Le jeune garçon avait dû user de ruse pour parvenir au pigeonnier malgré la surveillance dont il faisait l'objet par sa mère et sa tutrice, et user de corruption pour circonvenir le responsable des animaux afin qu'il accepte de transmettre son mot.

Très chère sœur, accepte. Je prie pour que tu voies le danger dans lequel tu te trouves et accueilles le Seigneur en toi. Lui seul peut à présent te protéger, je suis impuissant.

Par amour pour moi, veille sur ta vie.

Ramire.

Iria avait alors compris.

Sa dernière transgression avait fait comprendre à Elvira et Teresa que ses frasques ne s'arrêteraient pas à quelques fugues et chevauchées de nuit. Elles devaient la croire capable de comploter, attenter à la vie de son frère, chercher à le renverser ou s'allier à un quelconque rival pour obtenir un titre, voire un trône.

Elles craignaient pour leur position, elles craignaient pour Ramire, et elles ne reculeraient devant rien pour écraser le danger qu'elle représentait. Ou qu'elles imaginaient qu'elle représentait.

Car elle ne nuirait jamais à son frère. Elle l'aimait trop.

D'ailleurs, elle savait pertinemment que Ramire serait, s'il accédait un jour à la couronne sans l'influence de sa mère et de sa tante, un bien meilleur souverain qu'elle ne pourrait l'être. Elle était trop impulsive, trop entêtée, trop indépendante pour consacrer sa vie et ses forces à dénouer les intrigues de cour et survivre à ses complots.

Le couvent, la prière, les vœux.

Tout cela lui répugnait, mais pas plus qu'un époux.

Mais se marier, même si c'était avec un inconnu, aurait été un moindre mal. Au lieu d'être dépendante du bon vouloir – et surtout de la cruauté et du mépris – de sa tante et de sa belle-mère, elle le serait d'un époux qui serait peut-être plus bienveillant, et qu'elle aurait des chances de circonvenir – même si elle ignorait comment. Elle serait plus autonome, aurait la gestion de son château, de son fief, les clés du domaine pour aller et venir comme bon lui semblerait, et ne serait plus soumise à cette surveillance permanente qui l'épuisait et lui donnait l'impression d'être une étrangère dans sa propre maison. Le monastère, en revanche, lui interdirait tout cela.

Elle ne se marierait jamais, n'aurait jamais d'enfant, ne connaîtrait jamais la joie d'être mère, grand-mère, entourée d'une famille. Elle aurait le crâne tondu, ne pourrait plus partir pour de longues chevauchées avec sa jument – on ne lui permettrait même pas de la garder –, ni sortir savourer la riche vie sociale de León, ni la nature sauvage de Galice. Elle n'ouvrirait la bouche que pour réciter des prières et confesser les rares péchés qu'elle pourrait faire dans ce lieu confiné, ne verrait que les faces revêches et aigries des nonnes, et prendrait de l'âge entourée de vieilles filles comme elle, à faire pousser des légumes, s'occuper des chèvres, des poulets et des abeilles, à retourner la terre, affiner les fromages, préparer de l'hydromel et du vin qu'elle n'aurait pas le droit de goûter, s'userait les yeux sur des livres de prières. Elle mourrait ainsi, coupée du monde et ignorante de lui, ignorée de tout et de tous.

Quelle idée insupportable.

Mais elle n'avait pas eu son mot à dire.

Au petit matin, après une nuit blanche passée à ruminer son triste sort et à chercher des échappatoires inexistantes, la porte de sa chambre s'était ouverte sans avertissement sur l'intendante du château, une femme aussi rébarbative que rubiconde qui ne l'avait jamais aimée. Iria avait appris par hasard que Catuxa avait autrefois été une jouvencelle avenante et souriante, du même âge que son père Sanche, dont elle avait été une compagne de jeux avant que l'âge et les titres ne les éloignent. Ils avaient même eu, d'après Mencia, la sœur cadette de Catuxa, qui travaillait en cuisine, mais était beaucoup plus joviale et aimable que son aînée, une aventure. Sanche ne s'était pas attardé, mais Catuxa ne l'avait jamais oublié et, dans son cœur, l'avait érigé en prince charmant. Elle n'avait jamais pris de mari et s'était attachée à son épouse Teresa comme à une sainte, renforçant la haine que celle-ci vouait à la fille naturelle de son époux comme si c'était elle qui avait été trompée.

Aussi, en découvrant Catuxa sur le seuil de sa chambre, Iria avait compris que son sort était scellé. Elle ne pouvait plus fuir. Elle n'échapperait pas au couvent.

Catuxa avait esquissé un sourire mesquin.

— Je suis là pour vous aider à préparer vos bagages, jeune insolente, mais ce sera vite fait : vous n'aurez nul besoin de vos fanfreluches et bijoux au couvent. Nul doute que d'autres les porteront avec plus de grâce et de noblesse que la fille d'une parvenue.

Iria n'avait rien répliqué. Malgré une coquetterie de jeune femme tout à fait normale, elle n'était pas du genre à accumuler les colifichets et atours dispendieux, et préférait les promenades au grand air aux bals et festins de la cour. Mais il ne servait à rien de le souligner. Tout comme il était inutile de rappeler à Catuxa que l'intendante ne profiterait pas non plus de ses affaires, qui seraient certainement réparties entre ses dames de compagnie, qui iraient parer d'autres nobles avec. De toute façon, la grosse domestique au teint couperosé n'aurait pu les porter tant sa stature était large.

Iria s'était détournée d'elle pour se poster à la fenêtre.

— Faites donc. Je vous accompagnerai quand bon vous semblera.

Quitte à être exilée, autant le faire avec dignité. C'était le seul atour qu'on lui autorisait.

Mais cette résolution n'avait pas duré longtemps.

Elle avait suivi l'intendante dans les dédales du château et jusque dans la cour sans protester ni se débattre, mais, quand elle avait découvert la voiture, elle n'avait pu résister à la vague de panique qui l'avait submergée. Toute notion de fierté et d'honneur l'avait désertée, et elle avait poussé un long hurlement avant de tourner les talons et de prendre la fuite en direction de l'écurie.

Son refuge. Si elle y parvenait, elle pourrait monter Dores et se sauver avec elle.

Elle n'avait eu d'autre pensée. Elle ignorait de quoi elle aurait vécu, comment elle se serait nourrie, logée et protégée, elle qui avait toujours eu à sa disposition des serviteurs et de l'argent, mais rien de ces contingences matérielles ne l'avait effleurée. Seule la perspective d'échapper à ce destin funeste l'avait incitée à jeter toutes ses forces dans cette course folle.

Elle n'était pas allée bien loin.

Catuxa ne s'était pas donné la peine de la poursuivre. Un sourire mesquin aux lèvres, elle s'était contentée de pousser un sifflement strident.

Durant une seconde, Iria s'était affolée, craignant que l'intendante n'ait rameuté l'ancienne meute de Sanche. Son père avait été, avant de devenir vieux, malade et obèse, amateur de chasse et entretenait avec prédilection un groupe d'alanos[1] noir et feu dont il vantait les mérites pour traquer le gros gibier. Mais le vieux Sanche les avait également dressés pour monter la garde et s'attaquer sans pitié aux intrus et criminels. Il leur avait parfois même fait achever des condamnés, et elle savait, pour les avoir vus

1. Les alanos sont l'une des plus anciennes races de chiens d'Espagne. Proches du bulldog, ils étaient très appréciés pour la guerre, la chasse et la protection du bétail. Le roi de Castille et de León Alfonso XI parle d'eux dans son livre *Libro de la Montería* en 1350.

à l'œuvre, qu'une fois lancés sur une proie, ils ne feraient preuve d'aucune pitié, même si Sanche avait pris soin de faire reconnaître et accepter ses enfants aux mâtins. Heureusement, ce ne furent pas les féroces prédateurs qui apparurent devant elle, mais un trio de gardes aux couleurs de Galice. Sans réfléchir, poussée par la panique tant des chiens que de son avenir, elle s'était ruée droit dans leurs bras, et ce n'est que lorsqu'ils l'eurent saisie par la taille et les épaules qu'elle avait réalisé s'être jetée dans la gueule du loup.

Elle s'était mise à hurler et se débattre, lançant les jambes et les bras en tous sens dans l'espoir de se libérer, mais les hommes ne firent que raffermir leur prise sur elle. En l'espace de quelques secondes, elle avait été soulevée comme un sac de farine, ramenée devant la voiture et jetée dedans dans le moindre ménagement, sous l'œil satisfait de Catuxa.

Iria avait atterri au fond du véhicule et s'était recroquevillée dans l'angle le plus éloigné, sur le plancher, sanglotant de manière irrépressible. Catuxa, la voyant dans cet état, avait penché sa silhouette massive dans l'encadrement de la portière et tendu le bras. La jeune femme avait esquissé un mouvement de recul, mais, plaquée contre la paroi arrière, ne pouvait aller plus loin. L'intendante avait attrapé son collier, le dernier présent de son père avant sa mort, et le lui avait arraché. Plus que sa valeur, qui était pourtant non négligeable, c'était le symbole qui avait dévasté Iria. Ce bijou, en or massif, se composait d'un torque strié sur lequel de petites gouttes dorées s'échelonnaient sur toute sa longueur. Des motifs de coquilles Saint-Jacques ornaient la partie la plus large du torque, à l'avant. Son frère Ramire avait reçu en présent son jumeau. Iria le portait en permanence, hormis lors de ses escapades, et possédait des boucles d'oreilles assorties.

Elle les avait d'ailleurs conservées, et si le collier avait été trop lourd et volumineux pour qu'elle le cache, les boucles gisaient dans la poche interne de sa chainse, une petite cachette qu'elle avait cousue elle-même dans les replis du tissu pour dissimuler quelques pièces ou de menus objets auxquels elle tenait. Elle n'avait jamais imaginé qu'un jour cette précaution enfantine lui deviendrait aussi précieuse, mais, en cet instant, elle s'était félicitée d'avoir pris cette mesure, en voyant la mine triomphante de Catuxa qui examinait son butin. À son cou ne restait plus que la petite croix d'or que sa mère lui avait donnée à sa naissance et qui, au revers, était gravée avec son nom et son lignage, afin que nul n'oublie que bâtarde ou non, elle demeurait fille de roi.

— Là où tu vas, je doute qu'un tel bijou te soit nécessaire, *princesse*, avait -elle craché d'un ton méprisant. Te connaissant, tu t'en servirais pour acheter les faveurs de quelque moniale ou tenter de t'enfuir. Il me sera bien plus utile.

— Tu peux me voler tous les bijoux que tu veux, vieille femme, avait grondé Iria, se surprenant elle-même par la haine dans sa voix. Cela ne te rendra ni plus jeune, ni plus belle, ni plus aimable. Tu finiras ta vie comme tu l'as commencée, dans la misère et la solitude, haïe et méprisée de tous, sans famille ni personne qui t'aime.

Furibonde de cette rébellion qu'elle n'avait pas imaginée de la part de sa victime, l'intendante s'était penchée en avant, prête à asséner une gifle à la prisonnière, mais sa stature volumineuse l'avait empêchée de se pencher plus avant, et elle avait manqué de se retrouver coincée dans l'encadrement de la porte. Elle s'en était dégagée avec une secousse et s'était efforcée de reprendre contenance, tandis qu'Iria émettait un rire cruel.

L'anecdote, aussi sordide fût-elle, l'avait tirée de sa panique et de sa prostration, et même si elle se détestait d'avoir cédé tant à la peur qu'à la haine qui la submergeait à présent, elle était contente d'avoir recouvré ses moyens. Avec le maximum de dignité qu'elle avait pu invoquer, elle s'était redressée dans la voiture, avait lissé les plis de la robe de voyage que Catuxa lui avait ordonné d'enfiler, et s'était assise sur le siège inconfortable en affichant sa mine la plus hautaine.

Catuxa lui avait jeté un regard noir. La vieille femme n'avait aucune envie de laisser partir sa victime sans une dernière pique, mais elle ne savait plus quoi dire. Faute de trouver une nouvelle brimade à lui adresser, elle avait claqué la porte de la voiture avec une vigueur inutile et avait intimé au cocher de se mettre en route sans tarder. Il fallait que la prisonnière soit remise au monastère au plus vite, il en allait de l'âme de cette fille perdue.

Catuxa aurait été si heureuse de la voir aujourd'hui, songea Iria avec amertume.

Prisonnière de barbares, esclave, condamnée à une vie de violence, de brutalité, de servitude. Sans nul doute l'intendante n'avait imaginé un tel destin pour son souffre-douleur, mais Iria savait qu'elle en aurait fait ses délices.

Mais Iria ne s'avouait pas vaincue.

Depuis son arrivée au monastère, elle était parvenue par miracle à conserver ses boucles d'oreilles, consciente que si elle réussissait à échapper à la surveillance des sœurs, leur valeur lui permettrait d'acheter sa liberté. Elle ne pourrait jamais les revendre à leur juste prix, son statut de femme et l'absence de toute lettre de recommandation comme de parent ou de chaperon attirerait la méfiance des joailliers, mais elle n'avait jamais douté être capable d'en circonvenir un plus cupide que les autres qui lui en offrirait un bon prix. Grâce à cet argent, elle pourrait s'acheter quelques tenues appropriées, quelques nuits dans une auberge correcte, et chercher une place comme dame de compagnie ou servante dans un lieu convenable. Ce ne serait pas la vie qu'elle avait espérée, mais ce serait mieux que celle de moniale coupée du monde.

Sauf que cet espoir s'était évanoui avec l'irruption des barbares dans son monastère.

Iria ne savait même pas pourquoi elle se cachait de son naufrageur. Il était évident que c'était un chef parmi eux, peut-être même leur chef à tous, à voir comment les autres venaient le trouver au moindre prétexte et guettaient le moindre de ses faits et gestes pour obéir. Il devait être un prince, un chef de guerre, un… elle ne savait quoi. Mais elle doutait que leur proximité superficielle, lors de leur rencontre, lui vaudrait la moindre mansuétude si elle venait à se faire connaître de lui.

Elle craignait qu'il ne voie seulement en elle une noble dont il pourrait tirer une rançon ou revendre à bon prix, ou une servante dont il userait et abuserait selon son bon plaisir. Elle n'avait pas manqué de remarquer les regards qu'il avait jetés à son corps durant leur bref échange. Elle ne s'en était pas offusquée. À la cour de Ramire, et même avant, lorsque Sanche était encore en vie et qu'elle n'était qu'une toute jeune fille à peine sortie de l'enfance, les hommes la regardaient déjà de la sorte. Elle avait toujours mis cela sur le compte de son ascendance, de la dot que son père avait promis de lui donner, des liens avec la famille royale qu'une union avec elle pourrait garantir.

Mais les yeux du naufragé lui avaient dit autre chose. Il ignorait tout d'elle. Il ne connaissait ni son héritage, ni son sang, ni son statut. Il avait posé sur elle des iris emplis de désir, de défi, de passion. Il l'avait vue comme une simple femme, et la convoitise qui avait fait briller ses prunelles l'avait intriguée, avant de faire naître en elle une flamme inconnue. Des idées étranges l'avaient traversée. Des visions d'étreinte, de peau contre peau, de caresses et de baisers, s'étaient immiscées dans son esprit.

Elle ne savait pas exactement ce qui se passait entre un homme et une femme lorsqu'ils se retrouvaient seuls dans la chambre nuptiale, mais elle avait entendu les servantes s'échanger des confidences sur tel ou tel valet d'écurie, tel garde ou tel courtisan amateur de marivaudage. Elle avait vu des couples s'embrasser et se serrer l'un contre l'autre dans des recoins discrets des couloirs, derrière des tapisseries, au détour d'un escalier ou d'une stalle, parfois même dans une pièce déserte lors d'un banquet – et ce n'étaient pas forcément des gens de petite extraction, ni même des personnes liées par les nœuds sacrés du mariage. Elle avait surpris Teresa, la veuve de Sanche, faire sortir au petit matin un de ses cousins de sa propre chambre alors qu'elle se rendait dans les cuisines quémander un verre de lait chaud.

Elle s'était même demandé si, compte tenu de la recrudescence des mesquineries de sa tante juste après, celle-ci n'avait pas remarqué sa présence et cherchait à lui faire payer d'avoir découvert son secret. Bien qu'ignorant tout de l'acte charnel, dont elle connaissait le but procréateur et le tabou religieux, elle était consciente que Teresa prenait des risques en accueillant dans son lit un homme qui n'était pas son mari, et qu'elle aurait pu s'en servir contre elle. Mais elle avait cru que Teresa la connaissait assez pour savoir que jamais elle ne lui aurait causé ce genre de tort.

Outre le fait qu'elle ne pensait pas que sa parole aurait assez de poids pour peser dans un procès pour adultère, elle craignait le mal que cela ferait à son demi-frère Ramire, qu'elle adorait, et dont la légitimité aurait pu elle aussi être remise en cause, si la probité de sa mère était attaquée. Et, de toute façon, elle estimait qu'elle n'avait pas à causer la perte d'une femme pour de simples raisons éthiques. Teresa était une femme adulte, responsable et intelligente, qui veillait constamment au bien du royaume et de son fils, malgré son antipathie épidermique avec sa belle-fille, et Iria se refusait à lui faire du mal sans véritable raison.

Ses pensées revinrent à son naufragé, qui était en fait, hélas, le chef d'une bande de pillards.

Ce jour-là, au lieu de le sauver, elle aurait mieux fait de prendre une des grosses pierres qui jonchaient la grève et de lui écraser le crâne. Elle se serait peut-être épargné ce sort funeste. Mais là aussi, elle savait qu'elle n'aurait jamais pu faire ça. Elle n'était pas femme à vouloir la mort des gens.

Elle baissa les yeux sur ses mains liées par une corde et soupira.

Il fallait qu'elle trouve moyen de s'échapper. Plus elle restait ici, plus elle risquait d'être reconnue par son naufragé, et sa condition pouvait alors empirer. En l'état, elle était juste une prisonnière comme les autres, à laquelle on n'accordait que peu d'attention. Si elle devenait la fille illégitime de Sanche, la sœur du roi actuel, elle deviendrait une otage de valeur, une prisonnière de premier rang, et toute tentative d'évasion deviendrait impossible. Tout comme, si par miracle, son frère parvenait à convaincre sa mère et sa tante de l'échanger contre une véritable fortune – ce qui avait peu de chances de se produire –, elle serait ensuite soumise à une telle surveillance que même le monastère, voire le cloître, deviendrait une résidence de luxe et de liberté.

Ses options se réduisaient donc à une seule : demeurer anonyme et profiter de la moindre faille chez les barbares pour prendre la poudre d'escampette.

Elle regarda autour d'elle si une ouverture était possible.

Elle faisait partie d'un groupe d'une dizaine de femmes de tout âge, composé de cinq pensionnaires un peu plus jeunes qu'elle, trois novices d'un peu plus de vingt ans, et de deux moniales, dont une d'âge presque canonique. Elle les connaissait toutes très peu, ayant passé les premiers jours après son arrivée confinée dans la cellule où on l'avait enfermée, ne sortant que pour les offices et manger. Elle n'avait pas échangé un mot avec quiconque, hormis la mère supérieure – et encore, il s'était plus agi d'un monologue, que celle-ci lui avait asséné pour lui rappeler ses torts et lui enjoindre l'obéissance, l'humilité et la résignation. Iria n'avait eu d'autre choix que d'opiner et d'obtempérer. Aujourd'hui, elle s'en repentait. Elle aurait dû se battre, hurler, protester, et faire tout son possible pour s'échapper, de nouveau, avant que ce drame ne se produise.

Elle devait fuir.

Elle regarda une fois de plus autour d'elle.

Fuir.

Les guerriers ne se méfiaient visiblement que peu des

groupes de femmes. Toute leur attention se portait sur les quelques hommes, à peine une trentaine : essentiellement des ouvriers, quelques ecclésiastiques, et une poignée de pèlerins qui avaient eu le malheur de demander l'hospitalité au monastère. C'étaient eux qui représentaient une véritable menace et qui étaient réellement surveillés.

Elle poussa un soupir prudent et étrécit les yeux.

Son idée se précisait.

Non seulement elle devait fuir, mais elle devait le faire alors qu'ils étaient encore à terre, et à proximité de cette région qu'elle connaissait. Ensuite, elle serait trop loin, perdue, sans ressources.

Elle pinça les lèvres. La première occasion serait la bonne.

Celle-ci ne tarda finalement pas à se produire.

Après une matinée passée à guetter tout changement dans la routine des pirates, Iria remarqua que les guerriers nordiques semblaient plus actifs, sur le qui-vive.

Le départ se préparait.

Ils embarquèrent d'abord le restant des provisions qu'ils avaient laissées sur la page pour se sustenter, puis les réserves qu'ils avaient établies durant leur bref séjour ici : des animaux vivants, du poisson et de la viande salés et séchés, des denrées périssables récoltées lors de quelques expéditions dans les alentours – légumes, baies, fruits secs, quelques sacs de céréales qu'elle supposait volés à des charrettes de paysans détroussés, etc. Ils avaient également profité de cette halte pour faire cuire une partie des farines qu'ils avaient volées au monastère en de grandes galettes, préparées sur des pierres chauffées et plus facilement transportables et consommables sans devoir retourner à terre.

Malgré elle, leur efficience l'émerveillait. Elle découvrait que ces marins, qu'elle avait supposés barbares et désorganisés, étaient en fait particulièrement actifs, ordonnés et avisés. Ils n'avaient quasiment jamais besoin qu'on leur donne des ordres pour savoir ce qu'ils devaient faire, et chacun s'affairait du matin au soir à ses tâches sans surveillance ni supervision.

Mais ils n'avaient prévu une chose, qui allait leur coûter cher : elle n'était pas aussi inoffensive et impuissante qu'ils l'imaginaient, et leur négligence avec les femmes ferait sa bonne fortune.

Une fois les provisions embarquées, les Nordiques firent ensuite monter dans leurs vaisseaux les prisonniers. Évidemment, les hommes, plus aguerris et belliqueux que les femmes, seraient moins susceptibles de s'évader ou d'organiser une rébellion une fois entravés et confinés à bord de navires en pleine mer.

Cela ne prit que quelques minutes. Puis ce fut au tour des femmes.

Le groupe d'Iria était le dernier. Elle vit monter les moniales et novices par petits groupes affolés, poussées par les guerriers qui riaient entre eux de la maladresse et de la peur palpable des prisonnières, qui savaient qu'une fois à bord, elles seraient perdues. Plusieurs d'entre elles tentèrent de se sauver et se débattirent. Elles n'allèrent pas loin. Reliées à leurs compagnes par des liens serrés, entravées par leurs longues robes et étouffées par leurs voiles, elles ne pouvaient ni courir ni nager, et les combattants les rattrapèrent sans difficulté. La seule qui parvint à sauter d'un navire, profitant de ce qu'on l'avait détachée, arriva à nager jusqu'à la plage et à faire quelques pas pour être aussitôt rattrapée par une sorte de corde à trois brins au bout desquels des pierres étaient fixées. Le guerrier qui avait porté cette arme étrange l'avait fait tournoyer au-dessus de sa tête avant de la lancer vers les jambes de la fugitive, où les liens s'étaient enroulés tandis que les roches qui les lestaient lui heurtaient les tibias, lui arrachant un cri de douleur et la faisant tomber. Iria s'était demandé si, avec plus de force, l'arme n'aurait pas pu lui briser les os. La précision du lancer et l'immobilisation immédiate de la fuyarde lui firent songer qu'elle devrait chercher un lieu plus escarpé pour éviter d'être traquée par un tel instrument.

Elle attendit son tour.

Il ne tarda pas.

Une fois les autres groupes embarqués, seul un vaisseau restait vide de prisonnières et, forcément, c'est vers elles que les guerriers se dirigèrent. Elle distingua aussitôt leur chef. C'était un homme grand et fort, bien que ne possédant pas le charisme et la beauté de « son » naufragé. Celui-ci était plus grand et trapu, et était muni d'une hache d'aspect si lourd qu'elle se demanda comment il faisait pour la manier. Il portait une broigne très épaisse renforcée de clous en étoiles, et une barbe très longue, d'un blond foncé presque brun, tressée en plusieurs nattes reliées entre elles par des anneaux d'os et de bronze. Ses cheveux, un peu plus foncés, étaient rasés sur les tempes, révélant des tatouages d'une écriture inconnue qui se répandait jusque sur ses joues, son front et son menton.

Détail étrange qui la terrorisa : l'homme avait les dents bleues, presque noires, qu'il adorait visiblement exhiber lors de rires et de sourires carnassiers.

Une des prisonnières de son groupe, ayant eu un mouvement de recul en le voyant se rapprocher de leur groupe, se vit d'ailleurs gratifier d'un grognement bestial de cet homme, qui éclata ensuite d'un rire cruel en la voyant se recroqueviller sur elle-même avec un cri de terreur devant son aspect.

Il aimait faire peur. Elle devrait s'en méfier.

Une à une, les captives furent forcées de se remettre debout, puis placées en rang. Encadrées par un trio de guerriers mutiques, elles prirent le chemin de l'eau et s'arrêtèrent juste devant, bloquées par les vagues qui venaient s'échouer sur le sable.

Iria songea que si elle ne parvenait pas à s'échapper, c'était peut-être la dernière fois qu'elle foulait le sol de sa terre natale.

Puis les prisonnières furent détachées l'une de l'autre. Une par une, les guerriers les attrapèrent par le coude et leur firent pénétrer l'eau pour les acheminer vers les navires qui attendaient à peu de distance.

Iria guetta la procédure pour repérer une faille.

Les bateaux les plus proches avaient un très faible tirant d'eau, car même les femmes, quelle que soit leur taille, ne s'engageaient dans la mer que jusqu'au-dessus des genoux avant de grimper à bord. Les navires, au nombre de cinq, n'étaient pas tous identiques. Les trois plus gros, qui étaient demeurés un peu en retrait et dans lesquels les pillards avaient essentiellement embarqué les réserves alimentaires et autres richesses, étaient plus lourds et massifs, et leur quille devait s'enfoncer plus profondément. Ces gros vaisseaux ne possédaient d'ailleurs que quelques paires de rames, actuellement rabattues. Les deux autres, plus fins et légers, devaient être des navires de guerre et être plus rapides et maniables. Ils possédaient de nombreux bancs de nage, des rangées de boucliers colorés accrochés à l'extérieur de la coque, au niveau des plats-bords, et devaient même pouvoir être tirés à terre pour être portés.

Elle comprit alors qu'il y avait très peu de chances qu'elle s'échappe. Ces hommes étaient familiers des raids, des enlèvements, des pillages. Leur organisation en témoignait, leur efficacité en témoignait. Même leurs navires en témoignaient.

Mais elle saisit néanmoins son occasion. Elle ne réagit pas lorsqu'un guerrier dont la chevelure brune tranchait avec la blondeur de ses compagnons lui détacha les mains de la corde commune qui avait relié toutes ses sœurs. L'homme devait d'ailleurs vouloir faire oublier sa couleur capillaire car, contrairement aux autres, il ne portait pas de barbe et sa crinière était presque tondue. Seules ses racines sombres tranchaient avec son teint pâle. Il était d'ailleurs plus fin que les autres et possédait une épée elle aussi moins lourde et massive. Elle n'en demeura pas moins méfiante, ayant déjà vu, lors des duels et tournois que son père affectionnait, des combattants à l'apparence moins effrayante terrasser des adversaires bien plus conséquents qu'eux, induits en erreur par l'aspect inoffensif qu'on leur opposait. Elle ne ferait pas cette erreur.

Sans lever les yeux, elle se massa les poignets et guetta une ouverture, faisant jouer ses pieds dans le sable et ses chevilles pour tester la souplesse du sol. Puis elle afficha une mine désespérée et commença à se tortiller sur elle-même.

Les regards des trois soldats se portèrent aussitôt sur elle.

Jugulant la honte qu'elle éprouvait à simuler ainsi un besoin naturel que toute son éducation lui avait appris à dissimuler et faire en privé, elle mima une envie pressante et lança des regards paniqués un peu partout, comme si elle recherchait un coin discret. Voyant que personne ne réagissait, elle commença à retrousser sa robe. Celle-ci n'était pas à elle – du moins elle ne la considérait pas comme telle : c'était la tenue de novice qu'on lui avait imposée au monastère à son arrivée, après lui avoir confisqué toutes les robes qu'elle avait pu emporter – bien que celles-ci aient été parmi les plus modestes de sa garde-robe. Elle avait juste eu le temps, avant d'être privée de ses habits, d'en ôter la paire de boucles d'oreilles qu'elle avait réussi à cacher dans l'un des ourlets.

Elle remonta ainsi sa jupe jusqu'à ce qu'elle soit à mi-cuisses et en coinça les ourlets dans les liens de sa ceinture de corde pour éviter d'en avoir les mains encombrées. Elle jeta ensuite un regard suppliant au jeune homme brun, le plus proche d'elle, et surtout le seul qui n'avait pas commencé à rire de sa pantomime. Derrière elle, les autres moniales s'agitaient un peu, craignant que son comportement ne leur attire des réprimandes, voire des coups, même si jusque-là elles n'avaient pas été maltraitées.

Enfin, elle héla son gardien en galicien, pour l'implorer de la laisser se soulager avant de monter à bord. Elle savait qu'il ne parlait pas sa langue, mais elle espérait que sa gestuelle et son ton lui feraient comprendre sa demande et qu'il y accéderait, pour l'emmener tout seul se soulager à l'écart tandis que les autres continueraient l'embarquement. C'était le plan le plus téméraire et le plus sûr qu'elle ait pu trouver en si peu de temps, mais c'était le seul qui lui conférerait un peu d'intimité et moins de surveillance pour s'enfuir.

Et par miracle, cela marcha.

Tandis que les deux autres guerriers secouaient la tête et lançaient ce qui devait être des quolibets à l'intention de son geôlier attiré, celui-ci la saisit par le poignet et commença à l'attirer à l'écart, vers ce qui semblait être un renfoncement rocheux.

Iria se reprit à espérer.

Son cœur se mit à battre la chamade.

Puis, alors qu'elle accélérait le pas pour y parvenir plus vite, le chef de son groupe de Nordiques alpagua son gardien. Dès qu'il lui jeta un ordre, de sa voix grave et rauque, plus abrupte que l'aboiement d'un chien, le jeune soldat se figea et se raidit. Iria comprit qu'il allait changer d'avis. Son chef avait dû lui demander ce qu'il faisait, voire lui interdire d'emmener une femme à l'écart. Il allait la faire retourner sur ses pas, tous les regards seraient rivés sur eux, elle n'aurait plus la moindre occasion de fuir. Dans quelques minutes, elle serait à bord et ce serait trop tard.

Elle coula un regard subreptice au grand barbu qui semblait invectiver le plus jeune.

Ils ne la regardaient pas.

En fait, tous les yeux, y compris ceux des autres pillards, étaient rivés sur le duel qui se profilait – et qui n'en serait pas un, elle n'en doutait pas. Ce jeune homme qui avait eu pitié d'elle devait être de basse extraction, ou sans expérience, et il n'oserait jamais s'opposer à son supérieur. Mais, si tous faisaient passer leur attention de l'un à l'autre, personne ne se préoccupait d'elle. Elle n'était qu'un objet, un bien parmi d'autres.

Elle devait le faire.

Maintenant.

Prenant son courage à deux mains, elle s'élança à pleine vitesse en direction de la roche sur laquelle elle pourrait courir plus vite. Le sable humide la ralentit. Il collait à ses chausses en cuir et en bois, il l'alourdissait. Mais elle poussa plus fort sur ses jambes et continua. Sa robe se défit et retomba l'entraver. Elle continua.

Derrière elle, elle entendait des cris. Les hommes du Nord appelaient, protestaient, beuglaient. Les femmes huaient et l'encourageaient, certaines la suppliaient de se rendre, de se coucher. Elles craignaient pour sa vie.

Soudain, un poids incommensurable s'abattit sur elle et, sans qu'elle ait eu le temps de comprendre ce qui s'était passé, elle se retrouva écrasée au sol, le nez dans le sable, à moins de deux longueurs d'homme du but qu'elle avait visé. Sa fuite s'était achevée encore plus vite qu'elle ne l'avait imaginé.

Et à présent elle était perdue. Sans douceur, elle fut retournée sur elle-même et ses yeux plongèrent dans ceux de l'homme qui l'avait si facilement rattrapée et fait tomber.

Le chef du navire. L'homme cruel qui aimait se moquer de la panique qu'il inspirait. De près, il était encore plus effrayant. Ses dents, qu'elle supposait noircies au charbon, étaient aiguës et ses joues rouges, probablement échauffées par sa course. Ses tatouages ressortaient sur sa peau, en marques bleutées, et une cicatrice fendait en deux son sourcil droit et sa paupière, avant de se poursuivre sur le haut de sa joue. Il avait l'air d'un ogre.

Avec un rire mauvais, il déchira le bas de sa robe, dévoilant ses jambes, et la souleva par la taille comme si elle ne pesait rien. Sans paraître avoir conscience de ses cris et de sa lutte, sans paraître sentir les coups de poing et de pied qu'elle s'efforçait de lui donner, il la jeta sur son épaule à la façon d'un sac de farine et la ramena, hurlant et gesticulant, auprès des autres.

Mais, au lieu de la remettre dans la file pour monter à bord, il la lâcha de toute sa hauteur dans le sable et l'écrasa de nouveau, cette fois de son pied. Iria ouvrit des yeux horrifiés.

Il avait posé sa lourde botte sur son ventre pour avoir les mains libres et, de la dextre, il saisit le col de sa robe et l'arracha à moitié, dévoilant sa chainse fine qui ne cachait presque rien de sa poitrine.

Il se lécha les lèvres.

Iria était paralysée de peur. Elle savait ce qui arrivait aux femmes lors des guerres, des raids, et parfois même lors des sièges. Elles étaient prises, déshonorées, avilies par l'envahisseur. Parfois, elles en mouraient. Parfois, elles se retrouvaient grosses d'un enfant né hors mariage et leur vie s'achevait. Parfois, elles étaient rejetées, tuées, bannies. Toujours, leur vie était brisée.

Elle voulut fermer les yeux, mais elle ne put le faire.

Avec horreur, elle vit l'homme porter les mains à sa ceinture et commencer à la défaire. Un sourire concupiscent lui barrait le visage.

Son cœur s'arrêta de battre. Puis, soudain, alors qu'elle priait désespérément pour pouvoir fermer les yeux et attendre la mort, tout s'arrêta.

Chapitre 6

— Rolf, tu ne la touches pas.

L'ordre avait claqué sans même que Bjorn se rende compte qu'il l'avait émis.

Il était revenu à terre presque par hasard, mû par un désir subit de vérifier si l'embarquement des prisonnières se passait bien.

Il n'y avait aucune raison pour le moindre problème, les femmes n'avaient fait preuve d'aucune initiative depuis leur capture, et la docilité des plus âgées, un peu radoucies par le traitement de faveur qu'il leur avait accordé dès la première nuit et sa promesse de ne pas les maltraiter, les avait induites en confiance. Qui plus est, Rolf, le capitaine de l'autre *längskip* après lui, était un guerrier d'envergure et d'expérience, un marin réputé, et un bon chef. Il n'avait aucun prétexte à douter de lui.

Mais il ne l'aimait pas. Rolf n'avait jamais fait mystère de sa préférence pour Harald, son frère aîné, et Bjorn n'avait jamais compris pourquoi il s'était attaché à le servir, lui, plutôt que le roi du Vestfold à qui son allégeance allait. Il soupçonnait que l'ambition et l'avidité de Wolf l'avaient incité à partir tenter sa chance avec lui, au loin, dans des expéditions où il pourrait faire plus facilement fortune et monter en grade, plutôt que de stagner dans le château de Harald où les occasions de briller et d'amasser titres, richesses et réputation seraient plus rares et plus disputées.

C'était la troisième expédition que Rolf et lui faisaient ensemble, et jusqu'à présent, tout s'était bien passé. Au retour de la précédente, il avait même ouvertement recommandé à Harald de conférer le titre de jarl et un petit domaine à Rolf pour le récompenser de sa fidélité et s'assurer sa loyauté. Harald avait suivi son conseil, et Rolf avait remercié Bjorn de ses recommandations et juré de l'accompagner lors de son prochain raid. Il avait tenu parole et s'était embarqué avec lui, alimentant la flotte de trois *längskips* récents et de tout leur équipage.

Pourtant, malgré ses preuves, Bjorn ne lui faisait pas confiance. Il ignorait ce qui le faisait douter. Peut-être le regard vairon de Rolf, à demi dissimulé derrière ses sourcils broussailleux, lui faisait-il penser à la traîtrise de Loki, le dieu fourbe. Peut-être ses dents teintées de charbon, comme le voulait la tradition que peu, à présent, suivaient encore, pour effrayer l'ennemi, l'incitaient-elles à se défier de lui. Peut-être ressemblait-il trop aux *jötnar*[1], les fils d'Ymir et ennemis des dieux.

Quoi qu'il en soit, il préférait toujours garder un œil sur lui, et c'était même pour cela qu'il avait proposé à Rolf de mener ce raid à ses côtés.

Il n'avait néanmoins pas prévu d'intervenir lorsqu'il avait vu son capitaine en second se ruer sur une prisonnière en fuite pour l'arrêter. C'était son rôle, et il en avait le

1. Les *jötnar*, ou *jötunn*, sont les géants primordiaux, fils du géant hermaphrodite Ymir à l'origine de l'univers. Ils vivent à Jötunheim et c'est l'un d'eux, Surt, qui est censé détruire le monde lors du Ragnarök.

droit. Tout comme il aurait le droit ensuite de châtier la fugitive comme son geôlier, l'une pour sa tentative, l'autre pour son imprudence, les deux pour servir d'exemple.

Soudain, quelque chose l'avait figé. Un détail, un souvenir, un coup au cœur.

Cette femme qui courait à perdre haleine sur la plage, sa robe relevée jusqu'aux cuisses et sa chevelure volant derrière elle comme un drapeau.

Elle avait le teint doré, les cheveux acajou, la silhouette gracile.

Elle lui rappelait… impossible.

Sa sauveteuse n'était ni une nonne ni une novice. Elle avait été libre et fière lorsqu'il l'avait rencontrée, elle n'était pas brisée par de règles cruelles, soumise à un culte punitif, restreinte par de hauts murs, des robes étouffantes et tondue par humilité. Pourtant, là, il n'avait aucun doute : dans cette tenue grise et blanche austère, fuyant en vain, c'était elle. Si ses yeux ne le lui avaient pas hurlé, le rugissement de son cœur ne lui aurait pas laissé le choix.

Son sang ne fit qu'un tour. Alors qu'il avait été sur le point de regagner son navire, confiant en la capacité de Rolf d'achever l'embarquement du dernier groupe de prisonnières à bord de son *längskip*, il fit demi-tour et se dirigea en courant vers son capitaine, qui revenait déjà vers les autres, portant la femme qui se débattait comme si elle ne pesait rien.

Une seule pensée traversa Bjorn en voyant Rolf faire s'abattre sa captive au sol et l'écraser de sa botte.

Mienne.

Il n'avait aucun doute non plus sur les intentions de son capitaine.

En temps normal, il l'aurait laissé faire. Il avait beau réprouver les violences faites aux femmes, fussent-elles prisonnières, et inciter ses hommes à se modérer, Rolf était dans son droit. La captive avait tenté de s'enfuir et devait être mise au pas ; son châtiment servirait d'exemple et de leçon, à elle comme aux autres. Rolf l'avait en outre capturée. Tout dans leurs règles, tacites comme traditionnelles, faisait que Rolf était en mesure d'appliquer n'importe quelle sentence. Il pouvait faire ce que bon lui semblait de cette femme. Et, en le voyant lâcher son arme et défaire sa ceinture, ses intentions étaient claires. La captive allait être forcée. C'était dans l'ordre des choses, et Bjorn n'avait rien à dire.

Il n'aurait pas dû s'y opposer, ni même intervenir.

Il courait pourtant de toutes ses forces, à perdre haleine, et dut se forcer à enfoncer ses pieds dans le sable pour s'arrêter avant de percuter Rolf de plein fouet comme il en avait eu l'intention. Il voulait lui arracher cette femme des mains, l'éloigner d'elle, par la force s'il le fallait, s'interposer entre eux, quitte à le tuer.

Il s'immobilisa à moins de trois pas de lui, les poings crispés, le souffle rauque, à l'instant où Rolf portait les mains à ses braies pour les baisser.

La femme était figée devant lui, la robe à moitié déchirée, remontée sur ses cuisses blanches et vulnérables, l'air terrifié. Bjorn remarqua trois choses.

La vue de son corps exposé le rendait fou de rage. Lui seul aurait dû avoir le droit de la contempler.

La vue de l'air concupiscent de Rolf le rendait fou de rage aussi.

La femme était paralysée de terreur, mais malgré tout, sa bouche se tordait en une grimace de défi, de colère, de haine. Sa peur n'était pas assez forte pour lui faire dissimuler ses véritables sentiments, tout comme elle n'avait pas été soumise à sa peur lorsqu'ils s'étaient rencontrés et qu'elle l'avait comparé à un chien.

Il voulait savoir pourquoi. Il voulait connaître cette femme, découvrir ce qui la rendait si forte, si indomptable. Il voulait rabattre sa robe, refermer son col, la cacher aux regards, la protéger de son corps, la piéger sous son corps, la faire gémir de sa bouche.

— Rolf, ne la touche pas, gronda-t-il en s'efforçant de museler son ton. Elle est à moi.

Durant un instant, il crut que son capitaine ne l'avait pas entendu tant son absence de réaction fut flagrante.

Néanmoins, les autres l'avaient entendu et se figèrent. Bjorn n'était jamais intervenu dans ce genre de situation et tous se demandaient ce qui se passait et, surtout, comment le fier capitaine allait réagir à ce manquement ouvert à ses droits.

Bjorn le vit carrer les épaules et se redresser. Ses mains lâchèrent ses braies et se portèrent à sa taille, où pendait encore un poignard, figé à sa tunique par une cordelette indépendante de sa ceinture, qui gisait à présent dans le sable, avec son épée et sa hache. Lentement, le jarl se retourna, étrécissant les yeux et retroussant les lèvres pour dévoiler ses dents noires.

Bjorn remarqua que ses iris, loin d'être bicolores, étaient en fait dénaturés par une dilatation extrême de la pupille du côté gauche, comme si un coup à l'œil le lui avait abîmé.

— Pardon ? grommela Rolf.

Il était plus grand que Bjorn, plus massif, et avait bonne réputation. Il était également plus vieux de presque vingt ans, et Bjorn songea un instant que si Rolf se rebellait et appelait ses marins à la mutinerie, ceux-ci préféreraient peut-être suivre ce jarl aguerri et expérimenté. Il n'en demeura pas moins fermement campé sur sa décision. Quand bien même il aurait regretté son choix, ce qui n'était pas le cas, il ne pouvait plus reculer, au risque de perdre la face et le respect de ses hommes.

— Je revendique cette femme, comme mon titre et mon lignage me le permettent. Je te demande donc de reculer et de me laisser prendre possession d'elle.

Rolf attendit quelques secondes avant de répondre, comme s'il méditait la conduite à tenir.

Puis un sourire cruel joua sur ses traits et sa main vint caresser la garde de son poignard. Bjorn comprit que sa réaction serait mauvaise. Il s'attendait à moitié à ce que son capitaine dégaine son arme pour l'attaquer, voire poignarder sans hésiter la captive pour que, ne pouvant la posséder, elle n'appartienne à personne. Mais il n'en fit rien.

Il se contenta de s'approcher de Bjorn, s'éloignant donc de la prisonnière, jusqu'à se retrouver face à lui, bien trop près. À cette distance, il dominait Bjorn d'une coudée.

— Non, cracha Rolf avec fermeté. Je l'ai capturée, elle est à moi.

Bjorn secoua la tête.

— Je la veux, je la prends. Le partage n'a pas encore été fait, je la réclame pour moi. Tu pourras en prendre d'autres.

Un rire mesquin échappa à Rolf, qui afficha un air amusé.

— Cela fait longtemps que je guette une erreur de ta part, mon prince, et je crois que tu viens de la faire. J'en suis presque désolé. C'est bête, de perdre la vie comme ça, pour une simple femme.

Bjorn porta la main à son tour à ses armes. Lui aussi avait son poignard, dont il ne se séparait jamais. Il avait juste espéré qu'il n'aurait pas à s'en servir aujourd'hui, qui plus est contre l'un de ses meilleurs hommes.

— Reste à savoir qui de nous deux perdra la vie aussi bêtement, pour une simple question d'orgueil. Je te le demande une dernière fois : cède-moi cette femme, et je saurai compenser ta perte et te remercier. Défie-moi, et tu perdras tout le bénéfice de cette expédition, ainsi que tout ce pour quoi tu te bats depuis des années à mes côtés.

Pour toute réponse, Rolf se pencha, comme s'il voulait récupérer sa ceinture, et au lieu de quoi, lui envoya une poignée de sable à la tête. Mais il n'atteignit pas Bjorn. Ce dernier avait envisagé une traîtrise de ce style, Rolf était coutumier de ce genre de coup vicieux au combat, sans moralité, mais très efficace à la guerre comme en duel. Il n'avait juste pas prévu que, par-derrière, sa prisonnière tendrait les jambes et entraverait de la sorte le guerrier qui lui tournait le dos.

Aussitôt, le jeune homme qui l'avait laissée s'échapper au début se précipita et la saisit par les bras pour la forcer à reculer. Sans douceur, il la releva et la maintint plaquée contre lui pour l'empêcher de s'immiscer davantage dans le combat. Bjorn se désintéressa d'elle. Il savait que Rurik n'oserait ni rudoyer la femme que ses deux supérieurs convoitaient ni la saccager. C'était un guerrier exemplaire, obéissant et plein de bonne volonté, mais sans esprit d'initiative ni cruauté. Il attendrait de savoir quel était le gagnant de ce duel pour lui remettre la captive. Toute son attention était focalisée sur Rolf, l'ennemi, le danger. Il avait trébuché grâce à la femme, mais s'était vite repris.

Mais Bjorn n'avait pas attendu qu'il regagne son équilibre pour profiter de l'occasion. Dégainant son poignard, il avait plongé en avant, visant le ventre de son adversaire, là où la couture épaisse de sa broigne créait une faiblesse. En un clin d'œil, il cisailla les cordelettes qui fermaient les pans de cuir et inséra sa lame à l'intérieur, fouillant pour faire le plus de dégâts dans la chair. Mais Rolf réagit vite, si vite que Bjorn n'eut pas le temps d'enfoncer son arme assez profond. Il se décala sur le côté, faisant glisser le poignard le long de ses côtes, et en profita pour asséner un coup de poing magistral dans le flanc de Bjorn, lui coupant le souffle. Bjorn roula au sol et se releva dans le dos de son ennemi. Il lança la jambe en ciseau, lui fauchant les pieds. Rolf s'effondra à son tour et plongea vers sa hache. Il ne devait pas l'atteindre. Bjorn savait que son adversaire le surpassait avec cette arme, qui lui conférerait l'avantage tant en force qu'en portée, et il donna un coup de pied dedans pour l'écarter, tout en tendant la main vers l'avant. Il saisit ce qu'il avait visé depuis le début : l'épée de son opposant. La lame de Rolf était plus longue et plus lourde que la sienne, accordée à la stature du géant, mais il avait déjà eu l'occasion de manier des saxes imposants et avait appris à se servir de leur taille. Sans le soulever, ce qui l'aurait affaibli et aurait nui à sa précision, il le fit tourner au sol, jouant de sa pointe comme d'une faux, et cisailla ainsi l'arrière de la cheville gauche de Rolf.

À cet instant, il sut qu'il avait gagné.

Avec un hurlement de douleur, le géant s'effondra sur un genou. Le tendon qui supportait son poids de ce côté-là avait été tranché, et même s'il pourrait poursuivre le combat de la sorte, il ne ferait que retarder l'inévitable. Rolf avait perdu.

Il ne s'avoua néanmoins pas vaincu pour autant. Le souffle court, la broigne tachée de sang et les poings crispés sur son poignard, il pivota sur son genou dans le sable pour rester en face de Bjorn.

Celui-ci se releva et, veillant à rester hors de portée, il souleva cette fois son épée pour la braquer sur son ennemi, la longueur de la lame lui permettant d'effleurer sa tête sans être à sa merci. Il gardait néanmoins un œil rivé à ses mains. En désespoir de cause, Rolf aurait pu décider soudain de lancer son poignard, contre Bjorn ou contre la femme, pour lui voler la victoire, quitte à mourir juste après.

— Rends-toi, Rolf. Tu es un bon guerrier, un bon marin, un bon capitaine. Je n'ai pas envie de perdre un jarl de valeur pour une simple prisonnière.

— Alors, accorde-la-moi, prince, car je ne te la donnerai pas. Je l'ai capturée, je la veux.

Bjorn haussa un sourcil.

— Tu préfères mourir que de renoncer à cette femme ? Qu'a-t -elle donc de si extraordinaire que tu la préfères à ton butin, à ton fief, à ton titre ?

Rolf émit un rire amer.

— Je pourrais te poser la même question, mon prince. Qu'a-t -elle donc, cette étrangère insignifiante, pour que tu sois prêt à tuer l'un de tes capitaines pour elle ?

Bjorn secoua la tête. Il refusait d'admettre que Rolf avait raison. Mais cette idée, une fois émise, était difficilement réfutable. Il faudrait néanmoins qu'il y réfléchisse plus tard, s'il ne voulait pas perdre la face devant ses hommes.

— Elle n'a rien de particulier si ce n'est que je la veux et que je suis ton prince, c'est tout. Tu m'as défié, tu m'as désobéi, tu as perdu. Et je vais la prendre.

Et, sur ces mots, Bjorn se détourna de son adversaire vaincu. Il avait pris soin de tendre l'oreille, pour guetter si un coup sournois risquait de lui ôter la vie par-derrière, mais ce ne fut pas le cas. Alors qu'il approchait vivement de la captive, retenue contre Rurik, qui semblait éberlué par ce que son acte avait provoqué, il entendit une dernière fois la voix de Rolf, qui le défiait encore.

— Tu ne vas même pas me tuer, petit prince ? Es-tu si peu un homme que tu n'es pas capable de m'ôter la vie ?

Bjorn haussa les épaules sans daigner se retourner pour offrir un regard au vaincu.

— Cette femme pourra témoigner très bientôt que je suis un homme. Et je suis également un prince et un chef d'expédition. Je ne galvaude pas la vie de mes hommes. Je ne te tuerai pas, et tu vivras en sachant que tu dois la vie à ma pitié.

Il était arrivé au niveau de la prisonnière, dont le haut du crâne atteignait à peine le menton de Rurik. Elle leva vers lui son regard de miel. Bjorn en oublia le reste du monde en se plongeant dans ses yeux.

Il s'était attendu à y lire de la peur, de la reconnaissance, de la résignation. Il y lut du défi, de la colère, de la curiosité. Il y avait bien de la peur, oui, mais elle était mêlée à tant d'autres sentiments complexes qu'il retrouvait en lui qu'il ne put réfléchir davantage.

Sans penser aux conséquences de son geste, il rengaina son poignard pour avoir les mains libres, prit le menton de la captive pour lui maintenir le visage et l'embrassa à pleine bouche, forçant ses lèvres à s'ouvrir. Il l'arracha à la prise de Rurik et, glissant sa main libre autour d'elle, la pressa contre son corps.

Il ne pensa plus. Toute réflexion cohérente le déserta tandis qu'il explorait sa bouche charnue, plus délicieuse que le miel, plus fruitée que l'hydromel à l'orange de la veille, plus douce que la soie.

Il aurait pu l'embrasser des heures entières de la sorte.

Finalement, il n'avait peut-être pas menti en disant à Rolf qu'il la ferait sienne. Elle l'emplissait d'un tel désir qu'il ne voyait pas comment il pourrait lui résister.

Sauf qu'elle ne réagit pas. Était -elle figée d'horreur, de peur, de stupeur ? L'avait-on déjà embrassée ne serait -ce qu'une seule fois. Après quelques instants à savourer son goût, il la relâcha enfin et s'écarta pour comprendre pourquoi elle ne bougeait plus. Il fronça les sourcils en voyant son expression. La jeune femme… le toisait de haut. Malgré ses vêtements de nonne déchirés, sa joue marquée d'une meurtrissure, certainement due à sa chute durant sa fuite, et sa saleté, elle parvenait à le fixer d'un air méprisant comme si, en la sauvant, il l'avait avilie.

Les mains sur ses épaules, il la secoua doucement pour lui tirer une réaction. Était -elle traumatisée ? Imbécile ?

Puis sa mine changea et elle émit, enfin, un son. Un aboiement.

Encore.

Il en resta à son tour figé de stupeur. Elle venait à la fois de lui prouver qu'elle se souvenait de lui et se remémorait les circonstances de leur rencontre, mais qu'elle était bien plus intelligente et fière qu'il ne l'avait cru. Ce qui confirmait son hypothèse : cette femme n'était pas de basse extraction.

Mais, alors qu'il allait l'interroger, des mouvements

autour d'eux lui firent reprendre conscience de la réalité. Ils étaient entourés de ses hommes, sur le point d'embarquer, et tous l'avaient vu s'approprier cette femme au détriment de Rolf, un capitaine et jarl respecté, alors que ce dernier s'apprêtait à la châtier pour une tentative de fuite.

Il ne pouvait laisser passer ce crime impuni.

Avec un regard d'excuses – qui n'avait pas lieu d'être, mais qu'il ne put réprimer –, il porta le bras en arrière et gifla sa prisonnière sans ménagement. Il savait viser et doser sa force et fit en sorte de ne pas employer une violence excessive qui l'assommerait ou la marquerait. Il voulait juste l'humilier en public, et prouver à ses marins comme aux autres captifs qu'une évasion serait punie.

Le coup la projeta au sol, où elle resta étendue quelques instants sans bouger. Puis elle se releva et, sans prononcer un mot, une goutte de sang perlant à sa lèvre, se campa de nouveau face à lui et croisa les bras en relevant la tête avec morgue.

Cette fois, il vit rouge. Autour de lui, ses hommes commençaient à s'agiter et à marmonner. Visiblement, ils s'interrogeaient sur son comportement – à elle – et sur sa mansuétude – à lui.

À contrecœur, il se résigna à prendre des mesures plus fortes.

Tirant son poignard, il saisit le bas de la robe de la jeune femme, que Rolf avait déjà déchirée, et finit d'en couper les longueurs. Puis, sans attendre, il trancha de la même manière les manches de la robe, et le tissu à son abdomen, prenant juste garde à ne pas entailler la peau tendre de son ventre. La prisonnière ne réagit pas. L'espace d'une seconde, il se demanda si, malgré son apparente noblesse, elle ne faisait pas partie de cette sorte de femmes qui vendaient leurs charmes, pour ne pas s'offusquer d'être ainsi dénudée en public. Mais il chassa cette pensée de son esprit en remarquant que, malgré sa raideur et sa fierté affichée, des frissons parcouraient la peau de ses bras tandis que ses joues et sa gorge se couvraient d'une rougeur témoignant de sa honte. Mais elle ne baissa pas les yeux.

Alors, il se résigna à faire ce qu'il n'avait pas voulu faire depuis le début.

Empoignant ses longues tresses acajou, il en savoura un instant l'épaisseur et la douceur, puis tira dessus pour lui faire incliner la tête en arrière. La prisonnière ne résista pas. Mais, quand elle le vit hausser sa lame et la pointer vers sa tête, elle écarquilla des yeux terrorisés et un gémissement étranglé lui échappa. Elle se raidit d'un coup, puis, lorsqu'il passa derrière elle, elle ne put réprimer un mouvement de recul et se mit à se débattre à gestes désespérés.

Tout d'abord, il crut qu'elle avait saisi ce qu'il avait prévu et resserra sa prise sur ses lourdes nattes, puis, voyant à quel point elle semblait paniquée, il comprit.

Elle n'imaginait pas qu'il allait se contenter de lui couper les cheveux, comme il l'avait envisagé. Elle croyait qu'il s'apprêtait à lui trancher la gorge. Elle se battait pour sa vie. Et comme ses hommes savouraient la scène, ravis de voir leur chef discipliner enfin la rebelle, il ne pouvait prendre le temps de la rassurer, de tenter de lui expliquer qu'il ne l'avait pas arrachée à un sort horrible juste pour l'abattre comme un animal. Il se résolut donc à poursuivre au plus vite, sans faire traîner, pour ne pas prolonger la terreur de sa victime.

À regret, car il avait pris cette décision sur un coup

de tête. Maintenant qu'il avait les doigts plongés dans l'épaisseur soyeuse de sa chevelure, qu'il l'imaginait étalée autour de sa tête, glissant sur son corps dénudé, qu'il sentait leur odeur et appréciait leur riche couleur ambrée, il regrettait. Mais il n'avait pas le choix.

Il posa sa lame sur la tresse de gauche, qui s'était enroulée autour de son poignet suite aux mouvements chaotiques de la jeune femme, et la trancha d'un coup sec. Il réitéra l'opération sans traîner, les regrets l'assaillant, à peine vit-il les deux serpents acajou tomber dans le sable où ils restèrent inertes.

Il n'avait pas coupé trop haut, se refusant à avilir ainsi l'esclave à la magnifique chevelure. Ses cheveux, libérés des tresses, s'étaient défaits et s'étalaient à présent autour d'elle en lourdes vagues souples dans lesquelles des grains de sable s'étaient immiscés.

Les hommes se mirent à ricaner en voyant la femme se figer, puis baisser la tête pour contempler sa perte.

Elle affichait une mine à la fois soulagée – elle avait vraiment cru mourir – et horrifiée. Lentement, elle porta la main à ses cheveux, qui atteignaient à présent ses épaules, puis leva les yeux vers lui.

Bjorn comprit ce qu'elle allait faire à la lueur dans ses yeux. Il ne lui laissa pas le temps de passer à l'action et intercepta sa main avant la gifle qu'il avait vue arriver. Il utilisa le mouvement de la jeune femme et la fit basculer sur son épaule pour la soulever comme un sac de farine. Passé le premier choc de surprise, elle se remit à se débattre, mais il resserra sa prise sur elle et en profita pour lui asséner une claque sur les fesses qui résonna et fit éclater de rire les hommes les plus proches.

La prisonnière poussa un cri indigné et tenta de lui

donner un coup de pied, mais elle était trop petite, et il passa son autre bras derrière ses genoux pour l'empêcher de gigoter. Elle avait un corps généreux, mais ferme, et il supposa qu'elle était bien nourrie et habituée à faire de l'exercice physique. Pas des travaux éreintants, des corvées ou autres labeurs des champs, elle n'avait pas le teint bistre des paysans ni les mains abîmées des servantes et domestiques d'artisans, mais elle devait appartenir à cette aristocratie qui pouvait s'offrir le luxe de longues promenades à pied ou à cheval, d'arpenter les marchés et échoppes ou d'errer dans les allées bien entretenues d'un jardin ou de ruelles commerçantes.

Il prit le chemin de son bateau. Normalement, cette femme aurait dû être embarquée à bord du vaisseau de Rolf, mais il l'avait réclamée et, comme il avait gagné ce combat, il refusait de la laisser lui échapper. Qui plus est, il ne faisait plus confiance à Rolf pour accepter son échec et la perte de cette esclave.

Une idée lui vint. Parvenu au bord de l'eau, avant de plonger ses bottes dedans et sans lâcher sa captive, il pivota vers le dernier groupe de femmes qui devait monter à bord. Rolf s'était remis de sa défaite et les houspillait avec brutalité pour les inciter à embarquer au plus vite.

Bjorn haussa la voix.

— Rurik ?

Le jeune homme, qui se tenait, penaud et la joue cuisante d'une gifle assénée du plat de la main par Rolf, au passage, pour le punir et se défouler, se tourna vers lui, la mine basse d'un chien qui sait qu'il va être châtié.

— Oui, mon prince ?

— Tu fais monter ce groupe à bord de mon navire et

tu les accompagnes. Dorénavant, elles m'appartiennent et tu es sous mes ordres directs.

Rurik afficha une mine ahurie, qui se transforma vite en expression soulagée. Il hocha la tête avec empressement et ne traîna pas pour récupérer la corde qui liait les dernières prisonnières entre elles et la tirer à lui pour les entraîner vers le *längskip* de Bjorn, à gauche de l'autre.

Derrière lui, Rolf poussa un cri de rage.

— Prince Bjorn, cet acte est…

Il n'eut pas le loisir de terminer.

— Cet acte est mon droit. J'ai gagné notre duel et tu as perdu, Rolf. Si tu tiens à te faire humilier une fois de plus, fais-le pour quelque chose qui en vaut la peine, pas pour une poignée de prisonnières sans valeur.

Et, sans attendre, Bjorn s'engagea dans l'eau, la prisonnière toujours sur son épaule. En entendant sa voix, elle avait cessé de se débattre.

Une fois à bord, la femme hissée par ses hommes avant de lui être rendue, Bjorn ne s'attarda pas. Il lança l'ordre de départ et se dirigea aussitôt vers sa tente, située au pied du mât. C'était la seule du *längskip*, mais, si elle lui servait de refuge contre les intempéries et de couchage, elle composait avant tout un abri pour les biens fragiles qu'il avait récupérés, livres, épices, bougies et tissus rares, mais également pour les cartes qu'il dessinait au fur et à mesure de leur expédition. Quand une décision devait être prise, c'était ici qu'il convoquait ses jarls pour étudier les plans avec eux et discuter des possibilités.

Et c'était à présent là qu'il abritait son bien le plus précieux : cette femme.

Il ne savait rien d'elle, et chaque instant passé en sa compagnie ne faisait que densifier le mystère qu'elle représentait, mais il était sûr d'une chose : il la voulait. Il voulait qu'elle lui appartienne, il voulait la découvrir, la faire sienne, et, surtout, il refusait qu'on la lui vole ou qu'elle lui échappe. Il avait eu la chance d'être remis en sa présence alors qu'il avait cru qu'il ne la reverrait jamais et, si les Nornes lui avaient fait ce présent, il ne comptait pas le rejeter.

Peut-être cette obsession se dissiperait -elle quand il l'aurait possédée ou aurait décrypté l'énigme qu'elle représentait, mais en attendant il tenait à la garder avec lui, sous ses yeux, en permanence.

Une fois le rabat de sa tente retombé derrière eux, l'espace intérieur redevint plongé dans la pénombre rouge et blanche familière. Il posa sa prisonnière sur ses pieds et recula d'un pas – il s'attendait à une nouvelle tentative de violence de sa part.

Mais une fois de plus elle le surprit.

Croisant les bras sur sa poitrine, elle leva le menton avec morgue, sans chercher à cacher les parties de son corps qu'il avait dénudées. Il remarqua, sur sa poitrine à peine couverte, un fin bijou, une petite croix en or, si fine et délicate qu'elle en était presque invisible, à peine une goutte brillante sur sa peau de miel, attachée par une chaîne encore plus éthérée. Son regard se riva dessus. Là aussi, la captive, si elle remarqua son attention, ne s'en offusqua pas.

— Pourquoi as-tu fait ça, barbare ? gronda-t -elle soudain en latin.

— Pourquoi je t'ai sauvé la vie ? s'amusa-t-il dans la même langue. Je m'attendais plutôt à des remerciements.

— Je devrais te remercier de m'avoir capturée, humiliée,

embrassée de force, frappée et tondue ? Est-ce comme ça que tu me récompenses de ma bonté ?

Il réprima un sourire. Décidément, chaque conversation avec elle tournait en joute verbale. À sa manière, elle était aussi dangereuse que Rolf, même si le géant n'aurait pas apprécié la comparaison.

— Oui, tu devrais. Sans moi, mon capitaine t'aurait violentée sur cette plage, devant tes compagnes et mes hommes. Il l'aurait fait avec brutalité et force, il t'aurait malmenée, peut-être blessée, et tu aurais été soumise à lui jusqu'à ta mort. Qui n'aurait peut-être pas tardé, car il s'est pris d'une haine immédiate pour toi, et j'ai ouï-dire que les femmes ne survivaient pas longtemps à ses attentions ni ses ires.

La femme haussa un sourcil moqueur.

— Crois-tu que je me soucie de la mort ?

— De quoi te soucies-tu, alors, si tu es aussi dénuée de peur qu'un guerrier danois ?

— De mon honneur. De ma liberté. De mes cheveux. Tu m'as dépouillée des trois.

— Je t'ai épargnée, protégée, et je t'ai coupé les cheveux pour éviter de devoir t'arracher la peau du dos à coups de fouet. Mes hommes auraient préféré.

— Alors pourquoi ne l'as-tu pas fait ? La douleur ne m'effraye pas.

Cette fois, il secoua la tête avec mépris.

— Tu n'as donc jamais connu de véritable douleur ni de flagellation. Quant à mes raisons, elles n'appartiennent qu'à moi. Mais sache que si je refuse d'abîmer une belle marchandise comme toi, je suis impitoyable quand il s'agit de l'obéissance et du respect qui me sont dus. Je n'hésiterai pas à te châtier si tu retentes de t'enfuir, mais ta punition ne sera peut-être pas celle que tu imaginais.

Cette fois, il crut voir un éclair de peur traverser son regard fier, ce qui lui fit supposer que si elle n'avait jamais été physiquement maltraitée, elle devait néanmoins avoir subi des châtiments injustes ou des brimades retorses. Il remarqua soudain que, malgré l'obstacle de la langue, ils parvenaient de mieux en mieux à communiquer. Elle était visiblement plus habituée que lui à pratiquer le latin, mais il se remémorait ce qu'Ågot et son prêtre lui avaient enseigné avec plus de facilité au fil de leurs échanges.

— D'où viens-tu, femme ?

Elle pinça les lèvres et haussa encore plus le menton, mais n'ouvrit pas la bouche.

Il réprima un soupir d'agacement.

— Tu ne veux rien me dire ? Tu as bien conscience que si tu as de la valeur, une famille qui tient à toi, un époux noble ou un titre à ton nom, tu deviendrais une otage utile ou qui pourrait être rendue aux siens plus vite ?

Elle détourna la tête, mais pas assez vite pour qu'il ne décèle pas la brillance de ses yeux. Elle s'efforçait de ne pas pleurer. Était -elle une fiancée qui avait fui un mariage la veille de la cérémonie, ou qui s'était sauvée au matin de ses noces ? L'idée qu'un homme ait pu la prendre, la forcer, la blesser de cette façon lui fit l'effet d'un coup de poignard. Non. Elle ignorait la brutalité, donc elle n'avait pas été déflorée de la sorte. Peut-être avait -elle fui les brimades d'une marâtre ou d'une mère supérieure trop dure.

Il continua.

— Pourquoi étais-tu dans ce monastère ? Je sais que tu n'es pas une moniale, tu ne portais pas l'habit lors de notre première rencontre, et les nonnes ne se promènent pas en liberté toutes seules sur la plage.

De nouveau, elle haussa les épaules. Il s'efforça de ne pas s'irriter de son silence. Elle gardait un secret, mais son mutisme la desservait – et l'énervait.

— Et ton nom ? Dis-moi au moins ton nom !

— Appelle-moi comme tu le souhaites. Après tout, je suis une esclave, tu peux me nommer à ta guise, cracha-t-elle avec morgue.

Il haussa un sourcil.

— Est-ce vraiment ce que tu souhaites ? Je pourrais t'appeler… Gunnhilde, Ermentrude ou Radegonde.

Un éclair amusé brilla dans ses pupilles.

— Hormis la première dont les consonances sont clairement barbares et inconvenantes, je serais honorée d'être nommée en hommage à sainte Ermentrude et sainte Radegonde, que je prie chaque jour comme tous les saints et martyrs.

Enfin il en savait un peu plus sur elle. Sauf que cette réponse ne lui convenait pas. Elle priait tous les jours ? Il savait que ces chrétiens avaient tendance à se confire dans leurs oraisons, sa mère avait passé ses journées en mortifications et litanies, avant de décider finalement de vivre presque jour et nuit dans sa chapelle, et cela lui rappelait de mauvais souvenirs. Il ne voulait pas d'une esclave qui déclamerait des psaumes chaque nuit ou se mortifierait à la moindre occasion.

— Je ne veux pas que tu pries.

— Tu ne pourras pas m'en empêcher. Même si tu possèdes mon corps, mon esprit reste libre et je prierai comme bon me semble.

La mention de posséder son corps le fit frémir. Il pensait

déjà trop à cette idée pour que le fait qu'elle l'évoque ne le fasse pas réagir. Son sexe se tendit aussitôt, et un frisson d'anticipation le parcourut. Il brûlait d'envie de la déshabiller plus qu'elle ne l'était déjà, de révéler davantage de peau de miel, de découvrir la douceur de son corps, la souplesse de ses courbes, le goût de sa chair, de…

Il se força à revenir à leur discussion et se focalisa sur ses propos au lieu de ses pensées. Il riva son regard à ses lèvres. Mauvaise idée. Elle avait la bouche la plus tentante du monde, charnue, rose foncé, humide. Elle devait être délicieuse…

— Si tu le dis, marmonna-t-il avec peine, sommant son corps de se calmer. Je pourrais aussi t'ensevelir de corvées à tel point que tu seras si épuisée que tu n'auras plus la force ni le loisir de prier, tu t'écrouleras sur ta couche pour dormir aussitôt.

— Au moins, je n'aurai pas à m'écrouler sur la tienne, barbare.

Il afficha un air ouvertement moqueur et détourna son esprit de cette pensée si affriolante. Elle, nue sur sa couche, offerte, chaude…

— Est-ce une invitation ?

— Non !

Cette fois, elle avait crié.

— Alors je te propose un marché. Je n'aime pas forcer les femmes, mais tu me plais et tu m'amuses. Si tu me dis ton nom, ton vrai nom, je t'autoriserai à prier comme bon te semble.

Elle réfléchit quelques instants, la tête inclinée sur le côté. Puis elle opina.

— Lúa. Je m'appelle Lúa.

Il lui adressa une semi-courbette et fit l'erreur de

relever les yeux sur elle. Elle avait plissé les lèvres en une grimace moqueuse et cela faisait ressortir leur ampleur, leur beauté. Il brûlait de les embrasser, de les posséder, de les faire s'ouvrir pour lui. Peu importait qu'elle lui ait menti sur son prénom, car c'était un mensonge, bien sûr. Personne n'hésitait à ce point avant de révéler son identité, et cette appellation, Lúa, certes jolie, ne lui convenait pas. C'était un prénom trop court, trop courant, trop banal pour une jeune noble. Car elle était noble, là aussi, encore une évidence. Il décida de lui faire payer le juste prix pour ce mensonge – et, comme il le lui avait promis, sa punition ne serait pas celle qu'elle imaginait.

— Alors, bienvenue à mon bord, Lúa. Scellons notre marché.

Et, cette fois, il ne la brusqua pas avant de l'embrasser. Sans lui laisser le temps de reculer, il la prit dans ses bras et pressa son corps contre le sien pour lui faire éprouver l'étendue de son désir. Il avait réussi à se maîtriser, mais son sexe était toujours rigide et tendu dans ses braies, et il brûlait de plonger en elle, de la posséder, de s'enfouir dans sa chaleur et de l'entendre gémir et crier son nom. Il la serra contre lui sans violence, mais avec fermeté, et passa un bras autour de sa taille et l'autre main derrière sa nuque pour lui faire incliner la tête. Elle ne résista pas, se contentant de subir sans réagir, une fois de plus.

Mais, une fois sa bouche sur la sienne, il déploya toute sa douceur et sa persuasion pour qu'elle y prenne autant de plaisir que lui. Il lui caressa les lèvres de sa langue, la léchant avec délicatesse, jouant avec les commissures de sa bouche pour l'inciter à répondre à son baiser. Tout d'abord, elle demeura froide, comme inerte, puis, lentement, il la sentit se ramollir contre lui, se détendre. Elle s'abandonna enfin, son corps souple fléchissant contre le sien. Ses mains voletèrent contre lui, comme deux oiseaux ne sachant où se poser. Elle effleura ses hanches, puis remonta contre son torse. Ses doigts frôlèrent ses pectoraux, lui arrachant un frisson malgré l'épaisseur de tissu et de cuir qui les séparaient, et, enfin, vinrent se poser sur ses épaules. Il sentit leur fraîcheur à travers le lin qui couvrait ses bras – sa broigne ne protégeait que son torse, il en avait défait les coutures pour ôter les manches, refusant de subir cette constriction inutile sous un soleil de plomb – et banda les muscles sous l'effet du plaisir qui le parcourut. Mais sa bouche demeurait toujours inerte, sa tête rigide. Il accentua son baiser.

Lâchant ses lèvres, il se mit à la picorer de baisers sur la mâchoire, puis fondit vers son oreille, dont il taquina le lobe tendre, avant de descendre dans son cou, où il déposa une traînée brûlante avant d'enfouir le visage dans le creux de son épaule, là où la chair était fine et tendre, et si sensible. Il crut percevoir un frisson durant un instant et, encouragé par ce début de réaction, s'affaira à la parsemer de baisers ardents, y mettant tout son talent et toute sa passion.

Soudain, alors qu'il allait renoncer à lui soutirer une réponse, elle s'anima dans ses bras. Ses doigts se croisèrent derrière sa nuque pour l'attirer à elle, et elle émit un gémissement furtif. Il leva les yeux un instant pour la voir se mordre les lèvres et comprit qu'elle s'efforçait de réprimer ses réactions, son plaisir. Mais elle ne pouvait plus. Il replongea la bouche dans son cou et remonta, mettant plus de pression et d'intensité dans ses baisers, et la sentit enfoncer les doigts dans ses cheveux pour attirer sa tête à lui.

Enfin, il remonta jusqu'à ses lèvres et l'embrassa de nouveau là. Cette fois, elle ouvrit la bouche sans résister et leurs langues se rencontrèrent. Bjorn s'immergea à plein cœur, à pleine âme, dans ce baiser. À présent qu'elle avait abandonné toute inhibition, il n'avait jamais embrassé femme plus ardente, plus passionnée. Il comprit que c'était la première fois qu'elle avait un contact physique de ce genre, car elle hésitait et semblait gênée, mais elle répondait à chaque coup de langue avec hâte, explorait sa bouche, jouait avec ses dents, mordillait ses lèvres et se pressait contre lui comme si elle avait voulu fusionner avec lui.

Dévoré de désir, il lâcha sa nuque et porta la main à sa poitrine, en une longue caresse qui parcourut son ventre et ses côtes. Elle frissonna à son contact, mais ne résista pas, et poussa un autre soupir dans sa bouche quand il prit son sein gauche en main. Il était ferme et rond, à la taille parfaite pour sa paume, et lui non plus ne put réprimer un grondement de satisfaction en le pressant délicatement entre ses doigts. À présent il était si érigé qu'il en avait mal et son bassin avait commencé à effectuer un mouvement de balancier contre elle, comme s'il brûlait de plonger en elle.

Elle se pressa contre lui, et il donna un coup de reins irrépressible, un nouveau grognement montant en lui.

Ce n'est que lorsqu'il lui pinça un téton qu'elle s'arracha à sa prise. Elle recula d'un pas, le souffle court et le visage empourpré. Ses lèvres gonflées de ses baisers n'en étaient que plus appétissantes, plus charnelles, et il imagina les voir enroulées autour de son sexe. L'idée le fit palpiter dans ses braies, et il crispa les paupières un instant avant de les rouvrir.

Il la regarda.

Elle avait les pommettes cramoisies et respirait avec difficulté. Sa poitrine était fièrement dressée, ses tétons apparents. Même son ventre, exposé, était rouge et témoignait de son excitation.

— Non, chuchota-t -elle d'une voix rauque.

— Non quoi ? Tu en as envie, et moi aussi.

— Non. Je ne suis pas une esclave que l'on possède avant de la prêter, de la donner ou de la vendre. Je n'appartiens à personne.

— Tu m'appartiens, Lúa, corps et âme, comme ce baiser vient de nous le prouver.

Elle secoua la tête avec obstination, toujours cramoisie.

— Si je t'appartiens, alors tu m'appartiens aussi, barbare.

Il ne put réprimer un rire moqueur. Même dans la défaite, elle parvenait encore à vouloir avoir le dernier mot.

— Pour toi, c'est « maître », « mon prince », ou « Bjorn ». Je m'appelle Bjorn et je t'autorise à utiliser mon prénom quand tu t'adresses à moi, mais uniquement en privé et quand nous nous embrassons.

— C'est ça, notre marché ? chuchota-t -elle d'une voix qu'elle devait espérer mordante, mais qui était trop essoufflée pour être crédible. Tu useras de mon corps chaque nuit dans ta tente, et je serai ton esclave en journée ? Oui, maître, bien, maître, comme tu veux, maître ?

— J'adorerais ça, mais on y viendra en temps voulu, nuança Bjorn. Je serai ravi d'utiliser ton corps jour après jour et nuit après nuit, mais uniquement lorsque tu en auras autant envie que moi.

— Et si je n'en ai jamais envie ? cracha-t -elle en se redressant.

Elle lui arrivait à peine au menton, mais possédait

une dignité impressionnante, pour une femme à demi dénudée et en haillons.

— Alors que tu as failli me déshabiller après juste un baiser ? se gaussa Bjorn en montrant les pans de sa tunique, dont elle avait tiré les manches lors de leur étreinte.

— Je… je… je dois prier. J'ai péché et je dois demander pardon. Me repentir.

Bjorn se renfrogna. Cela faisait partie des coutumes des chrétiens qu'il détestait, leur manie de se reprocher le moindre plaisir, la moindre satisfaction, cette prédilection à se punir à chaque transgression bénigne, de considérer toute chose positive comme un péché. Il lui ferait passer cette mauvaise habitude au plus tôt. Il lui prouverait que les plaisirs des sens et de la chair étaient des bienfaits dont il fallait profiter et non se repentir.

Il se rapprocha d'elle, fort de cette certitude, et se pencha jusqu'à ce que sa bouche effleure son oreille. Il nota comment elle frissonnait à son souffle.

— Prie autant que tu veux pour le moment, mais je t'embrasserai à loisir, et tu aimeras ça. Tu aimeras tellement ça que tu ne le regretteras pas. Tu auras hâte de mes baisers et tu seras incapable de t'en passer, de t'en vouloir, de t'en repentir. (Puis il se redressa et déposa un baiser léger sur ses lèvres, juste pour le plaisir, et pour lui rappeler qu'il en avait le droit.) J'en avais envie depuis notre première rencontre, je suis ravi que cela se soit si bien passé.

Il ne vit pas venir la gifle qui lui embrasa la joue.

Quand il retourna la tête vers elle, elle secouait sa main endolorie et affichait un air prudent. Elle savait qu'elle avait dépassé les bornes. Mais, quand leurs regards se croisèrent, elle ne put réprimer un mouvement de défi.

— Moi aussi, j'avais envie de faire ça depuis longtemps. Je suis à ta disposition pour recommencer à loisir.

Il porta sa main à sa pommette et la caressa doucement, savourant la douceur de sa peau, sa finesse, sa chaleur. Après un premier mouvement de recul apeuré, elle se détendit en comprenant qu'il ne lui rendrait pas son coup.

— Je préfère les griffures, ma douce, mais ça aussi, tu le découvriras en temps voulu. Pour le moment, prie tout ton soûl dans cette tente. Et quand tu auras fini, tu la rangeras, tu aéreras mes vêtements, tu me prépareras une collation pour ce soir et tu me la serviras à mon retour.

Il n'attendit pas sa réponse pour sortir de la tente, convaincu qu'il avait remporté cette première bataille.

Mais il savait que d'autres s'annonçaient et fut surpris de constater qu'il s'en réjouissait d'avance.

Chapitre 7

Iria passait ses matinées à prier. Une partie de l'après-midi aussi. Et même la nuit, quand elle ne parvenait pas à dormir.

Elle n'avait jamais autant prié de toute sa vie.

Mais en même temps elle n'avait jamais autant péché.

Pas en actes, non, mais en pensées.

Depuis ce premier jour où elle avait cédé au baiser du barbare – car elle se refusait à l'appeler « maître » –, elle ne cessait de se mortifier d'y avoir pris autant de plaisir. Elle avait d'abord tenté de se convaincre que c'était la surprise, puis la nouveauté, qui l'avaient fait réagir à cette étreinte imprévue, mais plus le temps passait, moins elle parvenait à s'en convaincre.

Il l'avait embrassée, et non seulement elle n'avait pas résisté, mais elle y avait pris plaisir et lui avait répondu.

C'était deux jours plus tôt. Elle s'était attendue à ce que, après ce raid empli de succès – pour eux – au monastère, les Danois s'en reviennent par où ils étaient venus, vers le nord de la Galice, pour retourner auprès des leurs, mais cela n'avait pas été le cas. Au lieu de retraverser la Ría de Arousa pour longer les Dunas de Corrubedo et remonter vers la Ría de Muros y Noia, près de là où ils s'étaient rencontrés la première fois et où elle supposait qu'ils avaient établi leur camp, ils avaient pris par le sud, et dépassé la Ría de Pontevedra pour longer le cap menant à la Ría de Vigo. Elle ignorait leur destination, ni même s'ils en avaient réellement une ou guettaient la première ville à l'air un peu riche qu'ils pourraient piller. Cependant, ils ne s'étaient pas arrêtés à Pontevedra, qui était pourtant commerçante, peu fortifiée et certainement appétissante pour des explorateurs comme eux. Sans doute sa position, au creux de la Ría, la rendait -elle trop enclavée, dangereuse pour s'y aventurer. Peut-être visaient-ils Vigo ou Baiona, qui étaient plus faciles d'accès et moins entourées de terres proéminentes, bien que la seconde soit plus lourdement protégée derrière de gros remparts.

Mais cela ne la concernait pas. Elle n'y pouvait rien. Malgré sa gentillesse apparente et son refus de la maltraiter, Bjorn ne lui confiait rien de ses plans et lui faisait même quitter sa tente pour quelques instants lorsqu'il conférait avec ses capitaines. Il ne la laissait pas libre pour autant. Lorsqu'une réunion s'annonçait, il l'emmenait rejoindre les autres prisonnières à bord et, s'il ne l'enchaînait pas avec elles, lui ordonnait de prendre part à leurs corvées et de ne pas les quitter. Et, pour s'assurer de son obéissance, il réclamait la présence constante de Rurik auprès d'elle pour prévenir toute tentative de fuite. Le jeune Danois ne lui laissait plus passer aucun écart. Sans doute rendu méfiant par la crise que sa négligence avec elle avait déclenchée, il ne la quittait pas d'une semelle ni du regard et la suivait pas à pas, affichant un air réprobateur dès qu'elle échangeait un mot avec ses compagnes.

Non pas que les discussions soient légion.

Les anciennes nonnes et novices embarquées avec elle

se méfiaient d'elle et ne lui adressaient que peu de mots en réponse à ses questions. Elle avait vite compris que le traitement de faveur que lui accordait Bjorn faisait d'elle une paria auprès des moniales. Celles-ci n'avaient pas eu le temps de faire réellement sa connaissance avant leur enlèvement, et tout ce qu'elles savaient d'elle était qu'elle était une jeune noble envoyée au monastère par sa famille et dont la mère supérieure se méfiait.

Le conflit qui avait opposé Bjorn et le géant de l'autre navire, dénommé Rolf, avait exacerbé l'opprobre contre elle. Les captives se méfiaient d'elle, Rurik se méfiait d'elle, les Danois globalement se méfiaient d'elle.

Elle avait deviné que tous la considéraient comme coupable du duel qui s'était noué entre leurs chefs et avaient cristallisé leur ressentiment sur elle. Et, malgré son courroux à l'idée d'être traitée comme responsable de leur querelle alors qu'elle en était la victime, elle craignait surtout que l'un d'eux ne profite d'une inattention de Rurik ou de Bjorn pour s'en prendre à elle, voire se débarrasser d'elle. Il aurait suffi d'un écart pour qu'un marin la précipite par-dessus bord, lui tranche la gorge ou la fasse disparaître de toute autre façon en prétextant une tentative de fuite, une insolence ou une rébellion.

Iria faisait donc son possible pour ne pas faire de vagues ni soulever d'inimitié supplémentaire.

C'était difficile. Son caractère, bien qu'habitué à devoir se modérer pour ne pas s'attirer les réprimandes de Teresa, Elvira ou d'autres personnes à leur solde, était peu enclin à se tempérer à ce point ni à subir brimades et mépris sans réagir. Quelques mots durs lui avaient donc échappé à l'occasion, lorsqu'une remarque l'avait trop blessée pour qu'elle la passe sous silence, ou la fois où Rurik lui avait donné un ordre avilissant – laver son pagne.

Mais cela, en définitive, ne la tracassait guère. C'était la situation tout entière qui la perturbait. Elle n'avait jamais imaginé qu'elle subirait un jour un tel sort, et rien dans son éducation ne l'y avait préparée. Elle avait toujours cru, certes, qu'elle finirait soumise à un homme, mais pas dans ces conditions, et surtout, jamais elle n'avait anticipé ses propres réactions ambivalentes vis-à-vis dudit homme.

Or, tout son corps, voire toute son âme, réagissait à la proximité de Bjorn.

Elle avait bien remarqué que l'équipage dans son ensemble, y compris les prisonnières, se comportait autrement en sa présence. Comme l'astre solaire, il attirait l'attention. Les marins se tournaient vers lui, avides de ses ordres, de ses regards, de ses compliments, les captives se redressaient lorsqu'il se rapprochait et tentaient d'attirer son intérêt, les autres capitaines lui obéissaient au doigt et à l'œil. Même elle, malgré sa révolte apparente, ne pouvait s'empêcher de se tenir plus droite lorsqu'il était là et de vérifier en permanence où il se trouvait et s'il s'intéressait à elle.

D'où ses prières permanentes.

C'était un péché.

Quand bien même elle n'aurait pas été destinée à porter le voile, un tel intérêt envers un homme, d'autant plus un barbare, était répréhensible. Elle se sentait sale, honteuse, dévergondée, et l'avidité avec laquelle elle avait répondu à son baiser ne faisait qu'amplifier son désarroi et sa gêne.

Et pourtant, se remémora-t -elle, elle aurait tout donné pour qu'il recommence. Hélas, il ne l'avait pas fait.

Depuis ce premier jour à bord, il ne l'avait plus touchée,

hormis lui prendre des mains une corne à boire, un vêtement ou une fourrure. Il n'avait eu aucun geste inconvenant, et même ses regards avaient cessé de la déshabiller.

En cet instant même, s'aperçut -elle, il était tout près, juste de l'autre côté du navire, à inspecter un banc de rame qui semblait défectueux. Sans doute abîmé lors de la tempête qui avait provoqué le naufrage d'une partie de leur flotte, l'équipement avait dû être mal réparé et venait de céder sous le poids des trois hommes de bonne taille qui s'y relayaient. Elle s'était d'abord étonnée qu'ils ne naviguent pas à la voile, puis avait réalisé que l'immense carré de tissu rouge et blanc aurait attiré l'attention de loin, tandis que la coque, brune et plus fine, était peu visible depuis la côte. Les trois vaisseaux qui composaient l'avant-garde de cette petite flotte étaient semblables, tandis que deux autres, plus lourds et imposants, progressaient sans rames, mais se maintenaient à distance, tant pour ne pas heurter de récifs que pour rester discrets. Bjorn semblait compétent dans ce qu'il faisait. Pour l'avoir vu se battre, elle savait que c'était un guerrier expérimenté et agressif, même face à un adversaire plus grand et mieux armé que lui. En mer, ses hommes paraissaient lui faire toute confiance et venaient le trouver à la moindre occasion, et ayant aperçu ses capitaines ressortir de leurs réunions l'air serein et résolu, elle avait deviné qu'il devait également être un fin stratège qui avait fait ses preuves. Leur façon de mener l'attaque du monastère l'avait aussi prouvé. Quant à ses talents personnels, elle ne pouvait qu'admettre qu'il embrassait bien, même s'il représentait sa seule expérience en ce domaine.

Elle récita un acte de contrition à voix basse puis, remarquant le regard noir que lui adressait Rurik en l'entendant marmonner toute seule, continua par la prière de none, dédiée au milieu de l'après-midi, dans sa tête. Ensuite, il faudrait qu'elle retourne dans la tente de Bjorn pour préparer la collation qu'il lui avait réclamée. Rien de bien compliqué. Elle lui avait annoncé de prime abord ne pas savoir cuisiner, mais il avait rétorqué qu'un navire en pleine mer n'étant pas le lieu idéal pour concocter un festin, il se contenterait d'un en-cas froid, du moment qu'elle mettait tout son cœur à le confectionner.

Son cœur n'y était pas, mais ses pensées à coup sûr, songea-t -elle en réalisant qu'elle avait une fois de plus détourné son attention de sa tâche en cours, à savoir saler du poisson que les hommes avaient pêché à l'aide de grandes lignes dépliées dans le sillage du navire. Elle n'avait jamais vu ce spectacle et, si elle savait que les côtes galiciennes étaient riches, elle s'était émerveillée en voyant avec quelles dextérité et rapidité les marins avaient rapporté de quoi manger.

Soudain, alors qu'elle prenait une nouvelle prise pour la plonger dans son baquet de sel, elle remarqua que les marins s'apprêtaient à rejeter par-dessus bord trois petits calamars qui s'étaient accrochés à un poisson bien plus gros qu'eux.

— Attendez ! ne put -elle s'empêcher de crier pour les interrompre.

Les deux hommes s'immobilisèrent, mais l'un d'eux jeta un regard noir à Rurik, comme pour lui réclamer de punir l'insolente esclave qui osait s'adresser à eux avec autant de morgue. Elle n'en tint pas compte et, posant son poisson, se dirigea vers leur butin.

— Ces poulpes, vous alliez les rejeter ?

Ils lui lancèrent un regard interloqué, puis se détournèrent d'elle pour jeter les animaux à la mer. Le premier poulpe disparut sans qu'elle ait eu le temps de réagir, mais lorsque le second marin tendit le bras pour se débarrasser des autres, elle l'intercepta au vol.

— Donnez-les-moi. Je peux les préparer.

C'était vrai. C'était même l'un des rares plats qu'Iria savait cuisiner. Lors de l'un de ses premiers séjours après la mort de son père, elle avait passé beaucoup de temps en cuisine, étant interdite d'accès aux appartements d'Elvira comme de Ramire, qui étaient venus passer leur temps de deuil au château côtier, laissant la régence à la nonne Elvira, et pour ne pas subir les remarques et œillades des courtisans, qui spéculaient déjà sur les jeux de pouvoir suite au changement de Couronne. Malgré les remontrances de Catuxa, qui faisait déjà tout son possible pour limiter ses sorties et relations, elle s'était liée avec Mencia.

Catuxa n'aimait pas se quereller avec sa jeune sœur, et celle-ci avait pris la princesse sous son aile, trouvant son aînée trop dure et injuste envers elle. La première fois que Catuxa était venue chercher Iria pour lui faire un reproche quelconque – si les souvenirs d'Iria étaient bons, il s'agissait d'une robe qu'une domestique avait tachée en renversant un verre de vin dessus, et le principe était d'en accuser Iria – et lui infliger quelque pénitence pour ce crime, Mencia n'avait pas hésité à saisir une poêle et à la brandir devant son aînée en lui proposant de lui faire entrer la charité chrétienne dans le crâne en le lui fendant. Il ne s'agissait bien sûr que d'une menace en l'air, les deux sœurs tenaient profondément l'une à l'autre, mais Mencia était toute-puissante dans sa cuisine, et personne n'osait faire la loi sur son territoire, de peur de recevoir, au repas suivant, une soupe trop salée, une tourte à la viande périmée, un hydromel au goût astringent ou, pire, une poignée de gros sel dans son écuelle au lieu du mets alléchant servi aux autres.

Ainsi, Iria avait vite compris que Mencia la protégerait envers et contre tous, et avait passé le maximum de temps en cuisine. Au fil des jours, voyant son intérêt et refusant d'avoir des mains oisives dans son espace alors que les corvées se multipliaient, Mencia avait fini par outrepasser le titre de la princesse et l'avait attelée à la tâche. Iria avait d'abord appris à trancher des légumes, puis à découper des viandes et poissons, puis à touiller les ragoûts et bouillons, jusqu'au jour où Mencia s'était énervée contre elle pour une erreur de débutante – elle avait mis de l'huile d'olive coûteuse dans une friture au lieu de la traditionnelle huile de tournesol, dont le goût ne serait pas gâché par la cuisson – et lui avait ordonné de s'occuper de préparer des beignets de calamar en guise de punition.

Et c'était bel et bien une punition : même des années plus tard, Iria en frémissait toujours. Les poulpes étaient encore vivants, et la simple corvée de les attraper pour les tuer lui avait arraché des haut-le-cœur. Les créatures, gluantes et ondulantes, avaient résisté à chaque manipulation comme si elles savaient quel sort leur était échu, et Iria avait dû s'y reprendre à de nombreuses fois pour réussir à les placer sur le billot et à les occire à grands coups de couteau. Elle avait failli se trancher un doigt et en portait encore la cicatrice, tant la lame aiguisée s'était enfoncée profond dans sa paume droite. Puis il avait fallu nettoyer les mollusques visqueux, les vider, les couper en morceaux, le tout sans les asperger de sang ni vomir.

Mais, au bout du compte, elle avait réussi à préparer des beignets convenables, et Mencia, ayant assisté à toute la scène sans intervenir, à part pour les donner les consignes de préparation et lui tendre un torchon pour éponger sa plaie, avait goûté le résultat. Malgré un aspect peu ragoûtant – les morceaux n'étaient pas réguliers et le tout baignait encore dans la friture –, la cuisinière avait fini par hocher la tête et complimenter son apprentie. Et Iria avait goûté à son tour, malgré sa répugnance et sa rancœur contre les créatures qui lui avaient donné tant de mal. Et elle avait adoré. Le lendemain, Mencia lui avait fait cuisiner de nouveaux poulpes en une autre recette typique de son village natal, un ragoût de poupe à l'ail. Là aussi, même s'il lui avait fallu ôter le bec des créatures et les plonger tout entières dans une grosse marmite de cuivre, où elles avaient flotté comme des cadavres de méduses putréfiées, le résultat avait été à la hauteur de ses attentes.

Iria n'avait pas oublié. Ni la recette, ni le goût, ni la relation qui l'attachait à Mencia, la femme qu'elle considérait à la fois comme une amie et une mère de substitution dans ce palais dénué de tout amour.

Aujourd'hui, en voyant les hommes jeter cette nourriture, elle avait revu Mencia lui enseigner à préparer ces animaux et n'avait pas supporté ce gaspillage. Jeter ces poulpes lui faisait le même effet que s'ils l'avaient jetée à la mer, avec tout ce qu'elle représentait.

— Je sais les cuisiner, je peux les préparer pour votre… chef. Il se régalera, et vous sera reconnaissant de m'avoir permis de lui préparer un festin.

Les hommes la jaugèrent de haut en bas sans répondre, le bras toujours tendu au-dessus du plat-bord, les poulpes rescapés se tortillant comme s'ils sentaient la liberté à quelques hauteurs d'eux. Puis le plus âgé tourna la tête vers Rurik, qui rôdait autour d'Iria comme s'il craignait une quelconque bêtise.

Ils échangèrent dans leur langue rude sans qu'Iria en comprenne un mot. Elle commençait à se dire que s'il fallait qu'elle vive parmi ces rustres, il lui faudrait apprendre leur langue. Même si elle parvenait à leur fausser compagnie ou qu'elle retourne auprès des siens par Dieu savait quel miracle, ce serait toujours utile.

Enfin, après quelques phrases crachées dans leur jargon, Rurik pivota vers elle.

— Tu… cuisiner ? demanda-t-il en latin.

Elle hocha la tête.

— Un peu. Les poulpes, je sais. Votre… prince aimera.

— Si tu… poison, tu meurs, je meurs, la tança-t-il en accentuant sa menace d'un doigt ferme en travers de sa gorge pour illustrer ses propos.

Elle hocha la tête. Cela ne lui était même pas venu à l'idée, mais elle imaginait sans peine qu'ils puissent redouter cette perspective.

— Comment faire… feu… à bord ? s'enquit -elle.

Elle n'avait jamais mis les pieds dans un navire et craignait que toute flamme au milieu d'une telle quantité de bois ne déclenche un incendie, voire leur mort à tous.

— Ce soir, à terre, indiqua-t-il en désignant la côte. Terre, repos, provisions, retour.

C'était plus d'informations qu'elle n'en avait demandé et elle remercia le jeune homme d'un grand sourire, reconnaissante de ce début de confiance qu'il semblait lui accorder. Elle pourrait en faire un bon usage, et encore plus s'il s'amadouait davantage envers elle. Elle envisagea un instant de nouvelles tentatives d'évasion, un adoucissement de ses conditions de vie, peut-être plus de liberté pour prier ou communiquer avec ses compagnes.

Puis elle vit le regard de Rurik s'assombrir et comprit que Bjorn venait de se rapprocher d'eux.

Elle pivota et baissa aussitôt les yeux. Sans qu'elle l'ait prévu, le marin qui tenait les poulpes les lui déposa dans les mains et se sauva immédiatement, craintif de l'ire de son chef. Elle serra les doigts sur les tentacules gluants et ne releva pas la tête.

Bjorn et Rurik échangèrent quelques mots qui lui échappèrent de nouveau, et, poussée par la curiosité, elle guetta entre ses cils.

Mauvaise idée.

Bjorn avait les yeux rivés sur elle, et leurs iris se croisèrent.

Aussitôt, elle se sentit submergée par l'intensité du bleu de son regard et sa profondeur. Ils se scrutèrent quelques instants sans parler.

— Rurik me dit que tu cherches à m'empoisonner ? finit-il par demander de sa voix grave, si grave et chaleureuse.

Mais les mots, eux, n'avaient rien de cordiaux.

— Non, pas… pas du tout. Ces hommes allaient jeter des poulpes parfaitement comestibles. Je leur ai dit de me les donner pour te les préparer au dîner.

— Je croyais que tu ne savais pas cuisiner, lui rappela-t-il.

— C'est l'une des seules recettes que je connais. La cuisinière du palais me l'a apprise.

— Du palais ? Quel palais ?

Iria se mordit la langue. Dans son désir de se disculper, elle venait de fournir une information plus que compromettante sur elle.

— Le palais où je travaillais. J'étais servante dans un château près de l'endroit où nous nous sommes rencontrés…

Puis elle rebaissa les yeux et se tut. Les meilleurs mensonges étaient les plus courts. Plus on en disait, plus on risquait de se trahir. Peut-être était-ce déjà le cas.

Enfin, au bout de ce qui lui sembla une éternité, Bjorn éclata d'un rire grave.

— Bien sûr, une servante… Une servante qui ne sait ni recoudre les lambeaux de ses vêtements, qui ne cuisine qu'un seul plat, qui ignore comment nettoyer un pot de chambre ou faire un lit convenablement. Soit, si tu le dis. En attendant, je suis curieux de goûter ce plat qui a suscité tant d'intérêt. Tu le mangeras avec moi, trancha-t-il. Pour éviter tout risque d'empoisonnement, bien entendu.

Puis il se détourna et repartit de ce pas souple qui lui était familier, et Iria poussa un soupir de soulagement. Il ne l'avait pas crue, évidemment, mais il n'avait pas poussé plus loin et n'était pas plus près de découvrir son secret. Elle était en – relative – sécurité.

Serrant les poulpes, toujours gigotant, dans ses mains, elle retourna auprès de Rurik et gesticula jusqu'à ce qu'il comprenne qu'elle avait besoin du nécessaire pour tuer et nettoyer les animaux afin qu'ils ne se gâtent pas.

Affairée à sa tâche, elle ne remarqua pas que tant les marins de Bjorn que ses compagnes de captivité la regardaient d'un air à la fois empli de haine et de méfiance.

— Je voudrais apprendre ta langue.

Bjorn cessa de mastiquer, et son couteau, muni d'une

bouchée de poulpe frit aux épices, demeura en l'air, entre son écuelle et ses lèvres.

— Pourquoi ? Pour nous espionner ?

— Si tu sais que je comprends ta langue, tu n'auras aucune difficulté à m'empêcher d'espionner, contra Iria en prenant une bouchée supplémentaire de poulpe.

Sans penser à mal, elle avait assaisonné son plat comme elle l'aurait fait pour elle, avec beaucoup d'ail, de la poudre de piment, du paprika et une huile d'olive particulièrement goûtue. Et comme elle avait trouvé, dans les réserves des Danois, de la *cecina* de León[1], elle en avait découpé des petits dés, pour conserver le goût exceptionnel de ces morceaux de bœuf, à côté desquels elle avait disposé des carrés de *manchego*[2] et un bol de *piquillos*[3] à l'huile qu'elle avait farcis aux câpres, le légume traditionnel des paysans, mais dont tous raffolaient du goût un peu amer.

Elle n'avait pas eu l'intention, à la base, de préparer un tel festin pour son ravisseur ; elle avait suffisamment d'orgueil pour ne pas vouloir lui donner l'impression qu'elle lui obéissait ou, pire, s'amadouait. Mais elle avait eu envie de confectionner ce plat à base de poulpes qui lui rappelait des jours plus heureux et, l'idée faisant son chemin, elle s'était dit que si elle parvenait à convaincre

1. Un jambon de bœuf fumé qui fait partie des charcuteries typiques et emblématiques de León. Son goût est proche de la viande des Grisons.

2. Fromage de brebis traditionnel espagnol, si connu qu'on le trouve même dans *Don Quichotte*.

3. Des poivrons doux souvent farcis à la morue, aux câpres ou aux anchois.

Bjorn de sa bonne volonté, peut-être lui ferait-il davantage confiance et se laisserait-il aller à lui faire des confidences. Elle voulait découvrir ses intentions à son égard, elle voulait connaître le but de leur voyage, et ce qu'il comptait faire de ses prisonnières. Plus que tout, elle se demandait s'il ne lui serait pas possible de percer à jour les projets des Danois vis-à-vis de la Galice tout entière – prévoyaient-ils de revenir régulièrement ? D'y établir un comptoir ? D'annexer certaines villes côtières pour en faire des bastions ? – et, si elle parvenait à s'échapper, de monnayer ces informations auprès de Teresa et Elvira, les régentes, pour gagner sa liberté et un peu d'autonomie. Malgré leur antipathie mutuelle, sa tante et sa belle-mère n'étaient pas bêtes et savaient très bien tirer leur avantage de toute situation. Entre le danger potentiel et minime que représentait Iria, qui alimentait leur haine subjective, et la menace d'envahisseurs nordiques, elles n'hésiteraient pas à s'allier à elle pour prévenir toute invasion.

Voilà pourquoi elle se retrouvait à présent face à Bjorn, s'efforçant de maintenir un sourire serein sur son visage, en réclamant à apprendre sa langue. Juste avant, elle lui avait servi un verre de rías baixas, un vin blanc liquoreux typique de la région.

— Attache tes cheveux, rétorqua Bjorn, à sa grande surprise.

Elle ne parvint pas à masquer son étonnement et son expression dut trahir ses sentiments, car il éclata d'un rire grave.

— Si tu veux que je réponde à ta question, attache tes cheveux, je veux voir ta nuque.

Elle s'empourpra de la tête aux pieds, et encore plus en voyant Bjorn se lever pour passer derrière elle. Avant qu'elle n'ait eu le temps de comprendre ce qu'il prévoyait de faire, il passa les mains sous ses mèches désormais horriblement courtes et les releva en une caresse lente.

— Donne-moi un ruban, ordonna-t-il.

— Je n'en ai pas. Les colifichets ne foisonnent pas au monastère, et vous ne nous avez pas laissé le temps d'emporter des bijoux et autres accessoires.

— Alors, heureusement qu'on a tout pris pour vous, plaisanta-t-il en la lâchant.

Il se dirigea vers un coffre placé au pied de sa couche et l'ouvrit, en tirant plusieurs rouleaux de rubans soyeux. Sans lui demander son avis, il en défit quelques longueurs et les plaqua contre sa joue, presque sur la pommette. Le contact lui rappela celui de ses mains, un instant plus tôt, et elle crut qu'elle ne pourrait s'empourprer davantage.

— Que fais-tu, barbare ? gronda-t -elle pour dissimuler son trouble.

— Je regarde celui qui se marie le mieux à ta carnation et à tes cheveux, chuchota-t-il, la bouche presque contre son crâne. Et rappelle-toi, je t'ai demandé de m'appeler par mon prénom. Ou « maître », ou « mon prince », si prononcer mon nom te perturbe.

— Je t'appellerai comme je le voudrai, et je ne suis pas une poupée à décorer par un enfant.

— Crois-moi, tu découvriras bientôt que mes intentions à ton égard sont loin d'être celles d'un enfant. Et si tu espères obtenir des informations ou des privilèges de ma part, tu as tout intérêt à me concéder quelques faveurs. À commencer par m'appeler Bjorn.

— Toutes tes esclaves s'adressent-elles à toi de la sorte ? s'étonna Iria.

— Je n'ai jamais eu d'esclave avant toi, je n'en sais donc rien, Lúa.

Son faux prénom lui fit une impression étrange, comme s'il s'était adressé à une autre, et elle détesta ça. Il dut s'en apercevoir, car elle le vit porter des yeux amusés sur elle, comme s'ils partageaient un secret, puis il reposa tous les rubans à l'exception d'un seul, dont il coupa plusieurs longueurs.

Elle ne commenta pas, mais ne put réprimer son plaisir. Il avait choisi sa couleur préférée, un jaune bouton-d'or, presque doré, qui s'accordait à merveille avec son teint et ses cheveux. Avec le rouge le plus vibrant et le vert émeraude, si difficile à obtenir avec des teintures, c'était de ces nuances que se composait l'intégralité de sa garde-robe.

Sans prononcer un mot, Bjorn retourna derrière elle et souleva de nouveau ses cheveux. Avec une dextérité étonnante, il les releva au-dessus de son crâne, récupérant les mèches volages qui chatouillaient sa nuque, et noua le ruban pour former un chignon perché.

— Voilà qui est bien mieux. Tu as une très jolie nuque, c'est dommage de la cacher.

— Pour un homme qui ne joue pas à la poupée, tu as l'air expert dans l'art de faire des coiffures. Serais-tu donc de ces hommes qui aiment se travestir en femmes et porter maquillage, robes et coiffures extravagantes ?

Elle avait eu l'intention de se moquer, mais, contrairement à ce qu'elle avait prévu, il ne se vexa pas. Au contraire, il se pencha sur elle et effleura sa nuque de sa bouche, laissant son souffle chaud la faire frissonner, promesse de plaisirs qu'elle n'imaginait même pas.

— J'ai trois sœurs au Vestfold, qui raffolaient toutes

que je les coiffe, quand elles étaient petites. Nous étions très proches, tous les six, expliqua-t-il.

Iria fronça les sourcils.

— Trois sœurs et toi, ça fait quatre. Qui étaient les deux autres ? s'enquit -elle.

— Harald, mon frère aîné, qui est devenu depuis le roi du Vestfold à la suite de notre père. Et Hedda.

— Qui est Hedda ?

— La pupille de notre père et ma… fiancée.

Iria ne put retenir un hoquet de stupeur. Ainsi, ce Danois séduisant qui faisait son possible pour la conquérir, car malgré son inexpérience elle avait parfaitement conscience du but de ses efforts, était fiancé. Elle émit un rire dont l'amertume l'étonna elle-même.

— Ainsi, le barbare du Nord qui raffole des moniales est fiancé. Que dira ta fiancée quand tu reviendras dans ton royaume affublé d'une dizaine de nonnes captives, dont l'une aura dormi sous ta tente pendant des lunes ?

— Mon royaume a été attaqué et envahi juste après mon départ. Je sais juste que Harald, mon frère, a fui à temps. J'ignore le sort de mes sœurs. Je ne sais ni si elles ont survécu, ni si Hedda a survécu ou a été mariée de force à un autre.

— Je suis désolée. D'une prisonnière à l'autre, je suis désolée pour tes sœurs et elle. Ce n'est pas un sort enviable, admit -elle avec sincérité. Tu… l'aimais ?

— Oui. Comme une sœur. Hedda et moi avons été élevés ensemble, je ne l'ai jamais envisagée autrement. Depuis la mort de mon père, je prévois d'annoncer la rupture de ces fiançailles à Mikke, le jarl de Buskerud et père de Hedda, un allié et un ami très proche, presque un père pour moi, mais je n'ai jamais eu le courage de le faire, je refuse de l'offenser ou de le vexer. Hedda est une jeune femme adorable, très douce et très belle, mais… c'est ma sœur, pas une femme que je convoite.

Le silence se fit après cette déclaration. Iria ne savait plus que penser. Était-il sincère ? Tentait-il de la convaincre ? Avait-il sous-entendu qu'il la convoitait ?

Soudain, alors qu'elle réfléchissait à ses prochaines paroles, il lui posa une question surprenante.

— Et toi, avais-tu un promis, à la cour de ton père ?

— Non, je n'ai jamais eu… (Puis Iria réalisa ce qu'elle était en train d'avouer et se reprit :) Je veux dire : mon père n'avait pas de cour, c'était un simple palefrenier. Mais je n'avais pas de prétendant au château où je travaillais.

— Soit. Et pourquoi t'ai-je retrouvée dans un monastère, si tu étais servante dans un château ? insista le prince.

Iria commençait à comprendre que Bjorn, sous ses airs de guerrier, était bien plus fin que ce qu'elle avait été prête à admettre de la part d'un barbare. Il savait se montrer subtil et retors, et posait des questions insidieuses dont elle devait se méfier. En outre, pour l'instant, elle n'avait pas réussi à le prendre en défaut. Ni dans son comportement à son égard ni dans celui envers ses hommes ou ses prisonniers. Il semblait être comme il le lui avait dit : honnête, sévère, mais juste, fier et droit. Elle avait l'impression qu'il lisait en elle et la menait où il le voulait. Ce qui faisait qu'elle devait s'en méfier.

Elle avait beau faire tout son possible pour demeurer sur ses gardes, sa prévenance et sa duplicité lui faisaient gagner du terrain, tant dans sa confiance que dans son secret. Elle avait de plus en plus de mal à préserver son identité masquée, notamment quand, la veille au soir, Bjorn avait mentionné le nom de Ramire, son jeune frère. Il l'avait qualifié de « bâtard de Sanche » et sa mère de « nonne opportuniste ». Elle avait dû se mordre les lèvres pour ne pas rétorquer que la nonne en question était Elvira, la tante de Ramire, et que Sanche n'était pas un bâtard – c'était elle, l'enfant illégitime de l'ancien roi. Mais elle s'était tue. Non seulement elle ne devait pas trahir son identité, mais elle ne devait pas non plus trop en dévoiler à Bjorn, qui en apprenait déjà beaucoup trop sur la royauté galicienne.

Elle ne l'avait pourtant pas entendu interroger les prisonnières ni s'éloigner du camp. Comment faisait-il donc pour en savoir autant ?

Elle fronça les sourcils, réfléchissant à ce mystère.

Soudain, une sensation agréable la tira de ses pensées. Sans se poser de question, elle s'abandonna à la caresse qui venait frôler sa nuque avec douceur, la massant et la détendant avec d'infimes pressions. Autrefois, Ramire avait adoré faire cela et lui avait réclamé de lui rendre la pareille chaque soir, jusqu'à ce qu'il s'endorme. C'était quand il était encore petit et avide d'une affection maternelle dont Teresa était avare. Toute bonne mère qu'elle soit, les câlins, embrassades et mots de réconfort dont le petit était friand n'étaient pas innés chez elle, et c'était vers sa sœur aînée que l'enfant délaissé s'était tourné. Ils passaient beaucoup de temps ensemble, à l'époque, avant que Ramire soit confié à des précepteurs, et elle aussi. Elle adorait ses massages, ses caresses. Cela lui avait tant manqué.

Soudain, elle ouvrit les yeux. Elle n'était plus au palais de León, Ramire n'était plus l'enfant qui s'endormait dans ses bras en frottant son pouce dans son cou. Elle était prisonnière d'un navire danois, et la personne qui lui offrait ces sensations n'était autre que le prince barbare qui l'avait capturée.

Elle se releva d'un bond et s'écarta en toute hâte de l'homme qui s'était posté dans son dos et lui caressait la nuque de ses doigts chauds et habiles.

— Qu'est-ce que tu fais ? protesta-t-elle d'un ton plus essoufflé qu'outré.

— Je t'arrache à tes pensées. Tu n'as pas répondu à ma question.

— Qui était ? s'enquit Iria, méfiante.

— Pourquoi veux-tu apprendre ma langue. Nous conversons très bien en latin, tu n'as pas besoin de savoir ce que disent mes hommes.

— Si je dois rester un moment avec vous, je veux pouvoir comprendre ce que l'on me dit.

— Très juste. Ça te sera utile pour ton avenir d'esclave au Vestfold.

Iria fit la grimace. Bjorn n'avait en effet aucun autre motif de lui enseigner sa langue.

— Je te l'apprendrai moi-même, chaque soir, avant le coucher. À une condition.

— Laquelle ?

— Tu l'apprendras au lit avec moi, et chaque erreur te coûtera… un vêtement.

— Hors de question ! se récria Iria en serrant le col de sa robe déchirée contre sa poitrine, comme s'il avait menacé de finir de la lui arracher (malgré ses demandes répétées, Bjorn avait toujours refusé de lui octroyer d'autres vêtements, arguant qu'il la préférait comme ça).

Puis un sourire malin lui vint.

— D'accord, je veux bien, mais j'ai moi aussi ma condition.

Bjorn haussa un sourcil narquois.

— Tu te crois en position de poser des conditions, esclave ?

— Oui.

— Alors, dis-moi.

— Chaque fois que j'oublie un mot ou me trompe dans une phrase, j'enlève un vêtement. Chaque fois que j'apprends un mot et te réponds sans faire d'erreur, j'ai droit à un nouvel habit.

Bjorn éclata d'un rire.

— Je n'ai pas la moindre envie de t'offrir une garde-robe tout entière avant l'hiver, jeune fille. Je pensais que tu me demanderais, à moi, de me déshabiller à chaque réussite.

— Cela signifierait que j'ai envie de te voir nu, ce qui est loin d'être le cas.

— Vraiment ?

Il se rapprocha d'elle à pas lents, la toisant du regard comme s'il la défiait de détourner la tête. Iria s'aperçut qu'en effet elle en était incapable. Elle resta figée sur place, fascinée par ses iris d'un bleu intense, le souffle coupé. Et quand il posa ses mains sur ses épaules et les fit lentement glisser jusqu'à ses mains, pour les soulever et les porter jusqu'à son torse vêtu d'une simple chemise de lin, elle frissonna. Elle sentait sa chaleur corporelle à travers le tissu, elle percevait la force de ses muscles bougeant sous sa peau, elle respirait son odeur, elle… ferma les yeux et s'abandonna à ces sensations délicieuses.

Bjorn la laissa faire, puis elle entendit son souffle tout contre son oreille. Il s'était rapproché. Elle ne bougea pas.

— Tu es sûre que tu n'as pas envie que j'enlève cette chemise ? Tu sembles pourtant apprécier de me toucher…

Elle émit un hoquet étranglé et s'arracha à regret à

son contact. Il la brûlait. Il lui faisait envie, il la tentait comme Lucifer avait tenté Jésus dans le désert.

— Je… je… je dois prier. C'est un péché.

Bjorn recula en levant les yeux au ciel et poussa un soupir résigné.

— Ce n'est pas un péché que d'apprécier la beauté ou d'avoir des besoins charnels. Tu devrais accepter d'être une femme et d'avoir envie d'un homme. Prier autant n'est pas bon pour la santé. Ni pour ton intégration à mon bord. Mes hommes n'aiment pas ça.

Iria se raidit et secoua les épaules pour écarter ses mains.

— En quoi l'opinion de tes hommes m'importerait-elle ? Vous portez tous des bracelets païens, vous invoquez vos faux dieux en permanence, à chaque nuage, à chaque vague, à chaque rayon de soleil. Vous… vous…

— Nous avons nos dieux comme tu as le tien, et ma mère était chrétienne comme toi, contra Bjorn.

Iria leva vers lui des yeux étonnés. Comment était-ce possible ?

— Ta mère est une chrétienne ? Ton père l'a enlevée, ravagée et arrachée à sa foi ? Il la force à vénérer vos idoles et…

— Ma mère était la reine du Vestfold et n'a jamais eu à vénérer d'autres idoles que votre Crucifié. Si quelqu'un a été contraint à prier un autre dieu que ceux en lesquels il croyait, c'est moi. Ågot a tout fait pour nous convertir, mon frère et moi, et malgré des heures d'enseignement, de prières, de génuflexions et de confessions, jamais nous n'avons cédé à son insistance. Je suis et demeure fidèle aux vrais dieux, les dieux de mon enfance, de mon peuple, et je respecte leurs ordres.

Soudain, Iria aperçut une lueur inquiétante dans son

regard bleu. Elle le vit se rapprocher d'elle, qui s'était écartée de lui, et il fit courir ses doigts avec légèreté le long de ses avant-bras dénudés, lui arrachant un frisson.

— Et pour l'instant, reprit-il, mes dieux me disent de te vénérer, de t'adorer et de te glorifier comme la déesse que tu es.

Iria frissonna et voulut se dégager de ses caresses, mais les mains sur ses bras étaient si chaudes, si douces, si enveloppantes, qu'elle brûlait de se blottir contre lui, de savourer sa force, sa chaleur, de se réfugier dedans pour y trouver réconfort et oubli, elle qui avait si peur et était si seule, depuis si longtemps. Elle baissa le regard.

— Je ne suis pas une déesse, c'est un blasphème. Je vais devoir l'expier aussi, chuchota-t -elle.

Bjorn se pencha vers elle, et elle sentit son souffle brûlant quand il lui frôla l'oreille de ses lèvres.

— Toutes les femmes sont des déesses, selon ma *völva*.

— Qu'est-ce qu'une *völva* ? s'enquit Iria, le souffle court.

— Une… guérisseuse, une prêtresse, une sorcière, tu dirais. Tu la rencontreras bientôt. Elle est restée avec l'ensemble de notre flotte pour protéger nos gens. Je te confierai à elle dès notre retour. Nous repartons demain.

Cette fois, toute idée charnelle déserta Iria. Elle s'écarta de lui brusquement et leva vers lui des yeux horrifiés.

— Nous… repartons ? Mais… mais… Que vas-tu faire de moi ?

Il émit un rire bas.

— Je ne sais pas encore. J'avais prévu de vous vendre dès que nous aurions regagné les terres septentrionales, vos cheveux bruns et votre peau dorée sont exotiques, de par chez nous. Mais si je maintiens cette idée pour les autres prisonnières, je n'ai pas envie de me séparer de toi. Tu m'intrigues, tu m'excites. Qui plus est, tu m'as coûté la loyauté de l'un de mes plus importants jarls, je ne veux donc pas te perdre tant que je n'aurai pas compensé cette perte.

Iria baissa la tête.

— Je suis une esclave. Juste un bien que l'on garde ou l'on vend à loisir, dont on s'éprend ou se lasse à volonté, sans se soucier de ses désirs, de ses envies.

— C'est vrai, concéda Bjorn. Mais n'est-ce pas notre cas à tous ? Mon frère, que j'aimais avec tout le cœur et la fidélité d'un enfant et d'un lige, a toléré ma présence tant que je lui ai été utile. Mais dès qu'il s'est avisé que je pouvais représenter une menace, quand bien même je n'en étais pas une, quand bien même je ne lui avais donné aucune raison de se défier de moi, il m'a envoyé au loin comme un objet encombrant, pour éloigner le danger qu'il imaginait tout en me trouvant une nouvelle utilité.

— C'est triste, chuchota Iria, touchée malgré elle par l'affliction qu'elle percevait dans sa voix.

— C'est triste, mais moins que ce qui t'est arrivé, répondit Bjorn en plongeant son regard dans le sien. Que t'est-il arrivé, chez toi, pour que tu fuies ta maison, ta famille ? Pour que tu te retrouves au monastère ?

— Rien.

Avec un nouveau rire, Bjorn s'écarta d'elle, toute idée licencieuse visiblement abandonnée. Iria se surprit à ressentir un mélange de soulagement et de déception. Autant elle craignait son contact, sa proximité, tant il évoquait en elle des plaisirs charnels inconnus et affolants, tant elle en aspirait à plus, toujours plus, et regrettait quand il ne la touchait plus.

Elle se détourna et enroula ses bras autour de son torse.

— J'ai froid, murmura-t -elle.

Aussitôt, elle entendit le pas de Bjorn résonner sur le pont. Malgré l'épais tapis qui recouvrait les planches de vieux bois, il était assez massif pour que le son se répercute jusque dans ses os. Un instant plus tard, une fourrure épaisse à la blancheur étincelante vint se draper sur elle, alourdie par le poids des mains de Bjorn, qui la referma autour de son cou. Puis il lui caressa les épaules, faisant courir ses paumes le long de ses bras. Après s'être assuré qu'elle était enveloppée dans l'hermine immaculée, il resserra sa prise autour d'elle, comme s'il voulait la réchauffer par son propre corps.

En dépit de sa volonté, elle sentit sa résistance se dissiper et elle s'abandonna à son contact rassurant. Il était si fort, si doux, que malgré tout son désir de lui opposer une façade sans faille, elle ne pouvait s'empêcher de s'alanguir contre lui. Avec un soupir, elle ferma les yeux et inclina la tête en arrière jusqu'à ce que son crâne s'appuie contre l'épaule de Bjorn. Durant un instant, elle craignit qu'il n'en profite pour l'embrasser – était-ce une crainte ou un désir ? – mais il se contenta d'effleurer son front de ses lèvres avec une tendresse dénuée de passion.

— J'ai peur, finit -elle par chuchoter, se méprisant elle-même de cet aveu de faiblesse face à son ravisseur.

Mais elle n'avait personne d'autre à qui parler, à qui se confier. Cela faisait si longtemps qu'elle avait peur, qu'elle n'avait plus personne, qu'elle était seule et effrayée, constamment sur la défensive. Même à l'époque où elle vivait encore au château de León, elle n'avait eu que son frère, et Ramire n'avait pas besoin qu'elle l'appesantisse de ses frayeurs, il avait déjà trop de soucis à gérer, et il était si jeune. Et elle n'avait pas voulu faire porter ses angoisses à Mencia de peur d'impliquer cette femme simple et bonne dans des intrigues de palais qui la dépassaient et la mettraient en danger. Avec Bjorn, même s'il représentait l'ennemi et le danger, elle sentait qu'elle pouvait lui faire confiance, qu'il avait la force de porter ce poids supplémentaire sans faillir. Il la défendrait, même – il l'avait déjà fait.

— Viens te coucher, Lúa, chuchota-t-il au bout d'un moment. Abandonne cette haine et cette peur que tu éprouves contre moi pour une nuit, et laisse-moi te serrer dans mes bras. Juste pour dormir.

Elle frissonna et il dut le sentir, car il resserra sa prise contre elle.

Sans ouvrir les yeux, elle posa ses mains sur les siennes, chaudes et calleuses.

— J'ai honte. Tu es l'ennemi et, oui, je te hais.

— C'est normal. Mais tu n'as plus que moi.

— Certes. Mais je ne veux pas céder. Ce serait…

— Un péché, je sais. Mais je te promets que tu pourras faire pénitence demain. Et je n'en soufflerai mot à personne.

— Tu n'abuseras pas de moi ?

— Je n'y prendrais aucun plaisir. J'aime les femmes passionnées et volontaires, pas les victimes terrorisées. Je n'abuserai de toi que si tu me le demandes. En attendant, viens te coucher.

— Avec toi ?

— Avec moi, dans mes bras, dans ma couche. Il ne se passera rien, et nous dormirons mieux tous les deux.

Elle ne résista plus. Sans ouvrir la bouche, elle hocha la tête et le laissa l'emmener vers sa couche, cette couche qu'elle avait aérée, drapée et nettoyée avec soin pour lui, et s'y étendit après avoir rabattu les fourrures. Il la blottit dessous et se redressa. Il ôta sa tunique et ses chausses et, une fois uniquement vêtu de son pagne, se retourna vers elle.

Elle avait retenu un soupir en découvrant son dos nu. Large, musclé, parcouru de quelques cicatrices plus claires accentuées par la lueur des bougies. Mais en voyant son torse massif aux arêtes bien dessinées, ombré d'un fin duvet doré dont la couleur se mêlait à ses longues tresses qui retombaient de chaque côté de ses épaules, elle avala sa salive avec difficulté. Il était si beau, si doré, si fort. Elle imaginait mal comment elle pourrait lui résister, même si elle ignorait ce que céder impliquerait. Tout ce qu'elle savait était qu'il l'emplissait d'un désir inconnu et ardent, une tension qui naissait dans son ventre et se répandait dans tout son corps, entre ses jambes, dans sa poitrine, dans son esprit, et lui donnait envie de le toucher, de l'embrasser, de s'emplir de lui et qu'il s'emplisse d'elle.

Elle ferma les yeux et, malgré elle, ondula des hanches, sans comprendre pourquoi ce mouvement l'apaisait et accentuait ses envies à la fois.

— Regarde-moi, Lúa.

Le prénom fictif l'arracha à sa rêverie. Une once de son désir disparut. Mais quand elle obéit et vit qu'il était tout près d'elle, un genou posé sur le bord de sa couche, prêt à se coucher contre elle, elle déglutit de nouveau et la tension resurgit en elle, encore plus forte.

— Je peux venir ?

— C'est ton bateau, c'est ta couche, je ne peux rien faire pour t'en empêcher.

— Je te le demande néanmoins. Et je te répète que je ne te ferai rien que tu ne souhaiteras pas. Puis-je venir dormir avec toi ?

Incapable de prononcer un mot, elle hocha la tête et roula sur le côté pour lui faire un peu de place. Un instant plus tard, elle sentit son grand corps peser sur le lit et il vint s'enrouler contre elle. Sa chaleur était si réconfortante, si rassurante. Il plaça une jambe sur les siennes et la serra dans ses bras. Durant un instant, le poids inhabituel l'effraya, puis, sans qu'elle comprenne pourquoi ni comment, le plaisir prit le dessus et elle se sentit sombrer dans un sommeil plus profond et serein qu'il ne l'avait été depuis bien longtemps.

Chapitre 8

Le lendemain, les navires firent un nouveau raid.

Quand Iria s'était réveillée, elle était seule dans le lit, mais la chaleur des fourrures lui indiquait que Bjorn n'était pas parti depuis longtemps.

Et, surprise, des vêtements neufs et propres l'attendaient sur le petit trépied qui servait d'habitude à Bjorn à reposer ses chausses et sa broigne. Ce n'étaient pas des habits royaux, elle avait porté des robes bien plus luxueuses, mais cette tenue était sans commune mesure avec sa robe de moniale, et en bien meilleur état que celle-ci depuis ses aventures. Il y avait une chainse de lin blanc et fin, qui n'avait visiblement jamais été portée tant le tissu était net et raide, les plis marqués par un long séjour dans un coffre ; une cotte de laine cramoisie à la sobriété élégante, dont seul un galon de broderies dorées ornait le col et le bas, avec des manches amovibles en brocart à lacer par un lien en cuir doré, ainsi qu'une ceinture de cuir tressé et des bas. La seule concession à son statut d'esclave était l'absence de tout élément de coiffure, peigne, ruban ou voile pour nouer ou dissimuler ses cheveux. Elle devrait sortir avec sa crinière taillée comme une sauvageonne, emmêlée et hirsute. Tant pis.

Sans tergiverser, elle enfila les vêtements, se délectant de la sensation retrouvée de décence et de chaleur, et émergea sur le pont.

Les marins s'affairaient déjà et nul ne lui accorda un regard. Elle remarqua tout de suite Bjorn. Il se tenait à la proue, ornée de la silhouette stylisée d'un dragon, et lançait des ordres dans cette langue étrange qu'elle ne comprenait toujours pas. Mais, en voyant les hommes se précipiter à chaque phrase pour accomplir quelque action, elle finit par discerner quelques mots et envisagea ce qu'ils faisaient.

Ils se dirigeaient vers la côte, apparemment vers une crique au-dessus de laquelle trônait un petit monastère de pierre et de bois sans prétention. Mougas. Catuxa, avant de l'enfermer dans la voiture qui devait l'emmener au monastère, avait mentionné que Teresa et Elvira avaient hésité à l'expédier dans le monastère de Santa María de Oia, qui présentait l'avantage d'être encore plus éloigné d'elles que l'autre. Mais Iria ignorait pourquoi cela n'avait pas été le cas. Peut-être la mère supérieure avait -elle été réfractaire à l'idée d'accueillir une novice contre son gré, ou n'avait -elle plus de place – même si Iria ne doutait pas qu'une offrande pécuniaire importante n'aurait pas manqué de la faire changer d'avis. À moins qu'Elvira, sa tante et la régente, n'ait préféré la confier à sa sœur Uxia, la mère supérieure du monastère de Santa María da Armenteira, pour être sûre de sa loyauté.

Quoi qu'il en soit, elle avait conscience que les moines et moniales de Oia ne feraient pas le poids face aux marins des cinq navires qui faisaient voile et rames vers eux.

Elle frissonna. Elle savait ce qui allait se passer. Elle savait que dans quelques heures les Danois reviendraient chargés de butin sacrilège, suivis de cohortes de prisonniers démunis et paniqués, destinés à subir le même sort qu'elle.

Le cœur blessé, elle se détourna et esquissa un signe de croix à cette idée désespérante.

— Tu ne devrais pas faire ça, gronda une voix derrière elle.

Surprise par le son imprévu et la phrase annoncée dans un latin hésitant, elle pivota sur ses talons et tomba nez à nez avec le jeune marin, le dénommé Rurik. Ce dernier la toisait en fronçant les sourcils. Il désigna la petite croix dorée qu'elle venait d'embrasser.

— Mauvais. Mauvais signe. Les marins n'aiment pas. Ils disent tu portes malheur.

Iria secoua la tête. Elle ne comprenait pas. En quoi prier son dieu pouvait-il porter malheur ? Craignaient-ils le courroux du seul et unique dieu ? Dans ce cas, c'était qu'ils reconnaissaient Son existence, non ? Ce qui représentait un pas vers la vraie foi. Mais elle n'eut pas le temps d'essayer de lui expliquer son idée en latin qu'il reprit, l'air toujours grave et réprobateur.

— Tu fais... peur aux hommes. Tes prières. Tes signes. Tes yeux. Ils ne t'aiment pas. Nos chefs se battent pour toi. Notre prince est envoûté par toi. Les hommes, ils disent sorcière. Maudite. Fais attention.

Iria afficha un signe d'incompréhension. Ils la prenaient pour une sorcière, elle ? Alors que c'était eux les païens ? Elle nia une fois de plus et réitéra son geste. Rurik esquissa un mouvement dans sa direction et tendit la main vers elle. Durant un instant, elle craignit qu'il ne la gifle ou ne lui arrache sa croix, mais il se contenta de la rentrer dans le col de sa robe pour la dissimuler aux regards. Puis il hocha la tête.

— Mieux. Tu pries dans la tente. Tu restes dans ta tente. Beaucoup mieux. Prudent. Tora saura quoi faire.

— Qui est… Tora ? demanda-t -elle.

— *Völva*. Notre… sorcière. Elle t'apprendra comment prier, si tu veux prier.

Iria faillit éclater d'un rire amer. Comme si elle allait prier leurs faux dieux ! Elle ne parlerait pas à une sorcière, jamais. Elle refusait d'être damnée.

Elle se détourna en remarquant que Bjorn venait de pointer la côte, la Praia de Rocas. Les navires allaient accoster.

Les hommes reparurent alors que le soleil était au zénith, indiquant à Iria qu'elle devait prier sexte. Elle les vit revenir en silence. Ils étaient suivis, comme elle l'avait prévu, d'un lourd chargement de butin et de prisonniers. Le contraste entre les Danois et les captifs était impressionnant.

Les uns chantaient dans leur langue barbare et échangeaient des gestes véhéments, des accolades et se tapaient dans le dos, tandis que les autres marchaient enchaînés, la tête basse et l'air terrifié. Les quelques femmes, en tenue noire et blanche, titubaient dans leurs liens tandis que les hommes avaient été chargés comme des mules de bât, leurs épaules alourdies de sacs de farine, de tonneaux d'eau douce ou de vin, de ballots de céréales, de légumes séchés. Certaines portaient à deux des coffres devant contenir des bijoux, des pièces de monnaie, des objets liturgiques de valeur, tandis que d'autres tenaient des malles de vêtements, des jambons, des poulets attachés par groupes de deux ou trois par les pattes. Quelques chèvres et des cochons se dandinaient à leur suite, tirés par leur licol ou une corde attachée à leur cou.

Elle détourna le regard et se décida à rentrer dans la tente pour y attendre Bjorn. Elle avait passé la matinée à s'affairer sur le pont, préférant mettre sa relative solitude à profit pour se débarrasser de ses corvées. Durant ce temps, elle avait reprisé une chemise déchirée à plusieurs endroits, certainement par le frottement de sa broigne, lavé quelques cottes, et séché du poisson avec les autres femmes. N'étant pas une fine cuisinière, les autres l'avaient reléguée à cette mission peu reluisante qui leur permettait en outre, elle s'en doutait, de la maintenir à l'écart.

Durant cette période, elle avait surpris plusieurs regards amers et de nombreuses phrases chuchotées dont elle avait compris quelques mots : « Favorite », « Vendue à l'ennemi », « Parjure », « Traîtresse », « Mécréante », « Sacrilège ». Chacune de ces accusations lui avait fait l'effet d'un coup de poignard.

Elle n'était ni une mécréante ni une traîtresse. Ce n'était pas sa faute si Bjorn s'était entiché d'elle et recherchait sa compagnie, pas plus qu'elle n'était responsable si son capitaine avait voulu se l'approprier avec une telle férocité qu'il avait défié son prince pour la garder.

Elle n'était pas une parjure ou une apostate, elle priait Jésus-Christ avec ferveur en permanence, bien plus qu'elle ne l'avait fait autrefois, tant sa détresse la bousculait dans ses croyances. Mais le doute subsistait en elle. Priait -elle par conviction et amour de Dieu ou par peur ? Priait -elle par foi ou pour se convaincre ? Si Dieu existait, pourquoi permettait-Il de telles exactions ? Pourquoi avait-Il fait subir un tel sort à de bonnes chrétiennes comme elles ? La graine du doute avait été semée en elle, elle existait, en fait, depuis longtemps, mais elle grandissait chaque jour un peu plus, et plus Iria y réfléchissait, plus elle se demandait si ses prières n'étaient pas des prétextes pour se différencier de ses ravisseurs, et si continuer à parler à Dieu n'était pas un péché tant elle n'y croyait plus. Elle avait également conscience de ce paradoxe et en souffrait.

Tout comme elle avait conscience de ses sentiments mitigés envers Bjorn et se reprochait cette attirance, cette fascination pour le beau Danois. Elle avait beau se dire qu'il était normal qu'elle lui soit reconnaissante de sa protection, qui lui avait évité un sort pire que la mort, il n'en demeurait pas moins qu'elle fraternisait avec l'ennemi et culpabilisait de cette faiblesse. Tout le monde la rejetait, ses compatriotes et compagnes de captivité comme les marins danois. Seul Bjorn semblait l'accepter, et Rurik, dans une certaine mesure, et elle s'en voulait de chercher à se rapprocher d'eux, même si c'était normal.

Elle secoua la tête et rentra dans la tente pour prier un peu plus longtemps. Même si sa foi vacillait, les rituels pratiqués depuis sa plus tendre enfance avaient le mérite de la plonger dans une ambiance plus sereine, et cela lui faisait du bien.

Elle récita ainsi plusieurs Je vous salue Marie, ainsi que quelques Ave, quand elle sentit le navire se remettre en mouvement. Ils repartaient. Elle décida de ne pas s'en préoccuper. Mieux valait rester sous l'abri dérisoire de la tente. Si Bjorn avait fini de faire embarquer les prisonniers, il était logique qu'ils repartent, et sans doute les vaisseaux danois faisaient-ils demi-tour pour reprendre le chemin de leur point d'origine, leur campement de base, près de l'endroit où ils s'étaient rencontrés. La navigation durerait probablement plusieurs jours, s'ils ne faisaient pas de halte, et elle ne pourrait envisager ni fuite ni secours tant qu'ils seraient en mer. Elle ferait donc son possible pour se faire discrète et en apprendre plus sur son ennemi dans l'espoir de mettre ces connaissances à profit à l'avenir. Soudain, alors qu'elle s'apprêtait à réciter un nouveau patenôtre, elle fut tirée de ses louanges au Tout-Puissant par une cacophonie, sur le pont, dans laquelle les voix danoises prédominaient. Sans qu'elle comprenne ce qu'ils disaient, elle devina à leur timbre qu'il s'agissait d'un imprévu assez grave, et l'urgence dans leur ton l'incita à se lever de sa génuflexion pour sortir voir ce qui se passait.

Elle apparut en plein jour et cligna des yeux. La grande voile carrée rouge et blanche claquait au vent, et la protégeait en partie d'un soleil de plomb, jetant une ombre cramoisie sur les hommes et les lattes du plancher.

Les Danois semblaient en fureur. L'origine du tumulte était un amoncellement de tonneaux au milieu de la cale, près de là où Iria avait passé une bonne partie de la matinée à saler du poisson. Mais ce n'était pas la réserve qu'elle avait préparée qui était incriminée, mais des tonneaux juste à côté, ceux qui contenaient les réserves d'eau douce. L'un des marins, un petit homme fin doté d'une couronne de tresses rousses hirsutes, brandissait un gobelet de bois sous le nez de Bjorn, en crachant des mots à l'acrimonie impossible à manquer.

Bjorn fit un geste et tous se turent. Iria fronça les sourcils. Il clama une phrase et prit le gobelet pour le porter à ses lèvres. Mais à peine eut-il goûté son contenu qu'il le cracha avec une grimace de dégoût et se dirigea vers les tonneaux. Il puisa à plusieurs reprises dans chacun d'entre eux et réitéra son expérience, renouvelant sa mimique avec répulsion et crachant par terre. Enfin, il jeta le gobelet et s'adressa à ses hommes, secouant la tête.

La cacophonie reprit. Les marins semblaient inquiets et

furieux. Plusieurs se montrèrent du doigt. Ils semblaient s'accuser. Autour d'eux, les prisonniers, hommes et femmes, s'écartaient dans la mesure du possible et arrondissaient les épaules pour éviter de recevoir un coup. Ils devaient craindre d'être pris à partie ou considérés comme responsables.

Iria fronça les sourcils, essayant de se rappeler si elle avait vu quelqu'un s'approcher de ces tonneaux ce matin, puisqu'elle y avait passé un bon moment. Mais elle avait été affairée à sa tâche et n'avait pas remarqué grand-chose. Tout le monde avait vaqué à ses occupations. Plusieurs Danois avaient déambulé juste à côté, certains qu'elle aurait pu désigner, car elle les avait vus à plusieurs reprises, des proches de Bjorn, et d'autres qu'elle aurait été incapable de reconnaître. Rurik en faisait partie. Pour la surveiller, il s'était même assis sur l'un d'entre eux, après avoir testé sa solidité, et avait passé un long moment à sculpter un bout de bois à l'aide de son couteau, avec une concentration qui l'avait étonnée.

Plusieurs de ses compagnes étaient venues puiser de l'eau en quelques occasions dans ces tonneaux. Certaines pour laver des tissus, d'autres pour préparer un bouillon ou ramollir de la viande ou du poisson séché pour le repas. Quelques-unes également avaient bu, ce qui était légitime. Personne n'avait fait quoi que ce soit de déplacé ou d'anormal.

Elle secoua la tête. Il n'y avait rien de grave, après tout. L'eau pouvait croupir d'elle-même, cela arrivait. Il suffisait qu'une fiente soit tombée dans le tonneau, ou un peu de nourriture avariée. Que le couvercle n'ait pas été bien remis en place, que de l'eau salée s'y soit mêlée. Les raisons étaient nombreuses et ce genre de mésaventure était déjà fréquent dans une maisonnée, alors dans un vaisseau soumis aux aléas de la mer et du mauvais temps, autour d'un si grand nombre de personnes, c'était inévitable. Ce n'était la faute de personne.

Soudain, un cri plus véhément que les autres la tira de ses réflexions. Elle leva les yeux.

Un marin la montrait du doigt, beuglant ce qui devait être des insultes – ou des accusations – à son intention.

Elle vit Bjorn secouer la tête avec réprobation, mais le Danois fut aussitôt rejoint par d'autres qui se regroupèrent autour de lui avec une mine furibonde.

Elle recula d'un pas. L'accusaient-ils ? Impossible. Elle n'avait rien fait qui se démarquât des autres, elle ne s'était même pas approchée de ces tonneaux pour boire ou prendre de l'eau. Pourquoi l'aurait-on accusée ?

À grands pas, Bjorn se rapprocha d'elle et la saisit par le coude.

— Que se passe-t-il ? chuchota-t -elle.

— As-tu touché à nos réserves d'eau ?

Paniquée, elle secoua la tête.

— Non, bien sûr que non ! Pourquoi ferais-je ça ?

— Pour nous rendre malades, pour nous porter malheur, pour nous tuer.

— Cela sonnerait mon arrêt de mort, protesta-t -elle. Je ne suis pas bête au point de vouloir mourir avec vous.

— Je m'en doute, mais mes hommes pensent différemment, argua-t-il avec urgence en la secouant.

Puis il se tourna vers ses marins et leur cracha une diatribe enflammée qui ne parut pas les convaincre. Elle sentit ses doigts se resserrer autour de son coude, avec une telle force qu'elle ne put réprimer un cri.

— Rentre dans la tente et n'en sors plus jusqu'à notre

arrivée. Une prisonnière t'apportera tes repas, et Rurik montera la garde en permanence. Je ne veux plus que tu restes seule.

— Je ne le suis jamais. Je n'ai rien fait ! s'exclama-t-elle avec désespoir.

Mais il ne réagit pas. Les doigts désagréablement enfoncés dans sa chair, il la poussa en direction de l'entrée de la tente avec une telle force qu'elle faillit tomber.

Elle se réfugia à l'intérieur sans attendre et laissa le rideau se rabattre derrière elle. La pénombre et la solitude l'apaisèrent un instant, mais elle continuait à entendre les cris à l'extérieur. Bien qu'étouffée par le lourd tissu rouge, elle reconnut la voix de Bjorn, urgent, pressée, autoritaire. Il plaidait sa cause. Il tentait de persuader ses hommes de son innocence.

Mais elle savait qu'il échouerait. Les gens, une fois qu'ils tenaient quelqu'un pour responsable d'un forfait, le condamnaient quelles que soient les preuves.

Avec un frisson, elle s'effondra sur la couche, les jambes faibles. Qu'adviendrait-il d'elle à présent que tous se liguaient contre elle ? La tueraient-ils ? Profiteraient-ils d'une absence de Bjorn ou d'une inattention de Rurik pour l'assassiner, la jeter par-dessus bord ?

Elle n'avait plus rien ni personne, pas même sa foi.

Effondrée et désespérée, elle cacha son visage dans ses fourrures et se laissa aller à pleurer.

Elle sanglota longtemps, s'abandonnant à sa détresse, et finit par s'endormir ainsi, épuisée par ses larmes, et ne reprit pas même conscience quand Bjorn entra dans la tente et l'allongea sur le lit avec douceur avant de la recouvrir d'une fourrure et d'essuyer ses joues trempées.

Iria se réveilla blottie contre la chaleur douce et rassurante de Bjorn.

Comme il l'avait promis, il n'avait pas profité de son sommeil et s'était contenté de s'assoupir, comme la nuit précédente, en la tenant dans ses bras. Un rayon de soleil déjà haut lui indiqua que la journée était bien entamée, et elle profita de sa luminosité pour contempler ses traits, en face d'elle.

Quand il dormait, il semblait beaucoup plus jeune, presque innocent. Les angles acérés de son visage étaient adoucis, et elle avait presque l'impression de découvrir l'enfant qu'il avait été. Un enfant confiant, aimant et doux. Ses paupières closes dissimulaient le bleu surprenant de ses yeux tandis que sa bouche, détendue, était bien plus charnue, un léger sourire jouant sur ses lèvres pleines.

Elle fut saisie de l'envie subite de les embrasser, mais se retint en songeant à la fois où il lui avait dérobé un baiser. La sensation l'avait subjuguée, dévorée, et elle avait peur que cela se reproduise, qu'elle perde le peu de contrôle qu'elle avait encore sur elle-même.

Contrairement à la plupart de ses hommes, il ne portait pas de barbe longue ou tressée, mais juste un chaume court, bien entretenu, qui ombrait ses mâchoires carrées et en adoucissait les angles. Sa teinte était légèrement plus foncée que ses cheveux, et ses tresses, fines et nombreuses, s'enroulaient dans son cou et autour de ses épaules comme une masse de serpents, ornées de perles d'ambre, d'anneaux de bronze et de petits colifichets d'ivoire et de bois clair aux motifs inconnus. Elle en saisit une et joua avec, la faisant glisser entre ses doigts avec une sensualité nouvelle, puis ne put résister davantage et avança la main pour la plonger dans l'épaisseur des nattes pour en éprouver la texture. C'était étrange, elle n'avait jamais touché de cheveux masculins et s'était attendue à ce qu'ils soient rudes et rêches, comme les crins d'un cheval, au lieu de la douceur soyeuse des siens, mais ce n'était pas le cas. Ses tresses étaient lisses et fluides, et elle joua un instant avec avant d'oser aller plus loin et d'effleurer l'endroit où elles naissaient, près de sa tempe, là où des tatouages bleus marbraient sa peau. Celle-ci était chaude et douce, fragile, et le sang y battait avec une vulnérabilité qui l'émut.

Une fois ce premier contact fait, elle n'eut plus de scrupules à continuer et s'aventura plus loin. Elle explora son front d'un doigt précautionneux, suivit la ligne fière de son nez, effleura sa pommette et sa joue, hésitant un instant avant de frôler sa barbe si courte. Celle-ci était rêche, en revanche, et cela la surprit avant de lui arracher un petit rire amusé. Une pensée la traversa. Quel effet cela lui ferait-il de sentir ce chaume se poser sur la peau de son ventre, de la frôler, de la caresser, un contraste extrême entre sa douceur moelleuse et sa rugosité dangereuse ?

Elle se morigéna de cette question, mais celle-ci demeura, et elle reprit sa découverte. Sa mâchoire, son menton, son cou… elle joua avec les courbes de son oreille puis continua vers sa nuque, la caressant d'un index délicat, avant de descendre encore plus bas, là où sa chemise dissimulait la naissance de son épaule. Là, sa chair était encore plus chaude, et des muscles au repos créaient un vallon et des collines où elle rêvait de poser la tête, d'enfouir son visage pour sentir son odeur. Elle remonta ensuite plus haut et, enfin, osa faire le geste qu'elle s'était interdit. Elle effleura ses lèvres d'un doigt.

Elles étaient encore plus douces, endormies, entrouvertes sur son souffle.

Elle retint le sien.

Oserait -elle ?

Elle osa.

Du bout du doigt, elle effleura de nouveau la bouche de Bjorn, cette fois avec plus de courage. Son poignet fut aussitôt capturé dans sa main rapide. Effrayée, tant par la brusquerie du mouvement que par sa propre audace, elle tenta de reculer, mais Bjorn, qui ne la serrait pas avec brutalité, l'attira à lui jusqu'à ce qu'elle se retrouve presque étendue sur son torse. Il ouvrit les yeux.

— Je… je suis désolée, souffla-t -elle.

— Pas moi, contra-t-il avec un sourire lent. Recommence.

Comme il tenait toujours sa main droite, elle tendit l'autre, mais il esquissa un signe négatif.

— Non, pas comme ça. Je veux tes lèvres.

Elle se figea l'espace d'une seconde, le souffle coupé. Puis elle avança sa bouche et la posa, après un soupçon d'hésitation, sur celle de Bjorn. Elle demeura immobile, un instant, surprise par le contact. Il ne la brusqua pas, attendant qu'elle prenne l'initiative. Même, il ferma les paupières, comme s'il savourait l'intimité entre eux. Enhardie, elle recommença, entrouvrant les lèvres, jouant avec les siennes, aspirant son souffle et caressant sa bouche de sa langue.

Soudain, il émit un soupir et elle recula avec hâte en retenant un cri.

— Non, continue, souffla-t-il. J'aime ça.

Elle hésita. C'était un péché, elle le savait, mais c'était si bon. Mais ils étaient seuls, cachés au regard de tous, et le toit cramoisi de la tente les dissimulait même aux regards de Dieu – bien qu'elle sache que Dieu lirait son crime dans son âme et que, plus tard, elle s'en repentirait.

Lentement, elle se réavança et reprit l'exploration de sa bouche. Elle posa ses lèvres sur les siennes et, après une seconde d'immobilité, l'embrassa très légèrement.

Mais cette fois il réagit.

Il resserra imperceptiblement son étreinte sur elle, passant un bras autour de ses épaules pour la plaquer contre son corps dur, et glissa la langue dans sa bouche pour la goûter en profondeur.

Durant un instant, elle demeura figée de surprise tant ce contact l'avait prise au dépourvu, mais bientôt, le plaisir eut raison d'elle et elle répondit à son baiser. Avec une fièvre croissante, ils se fondirent dans leur étreinte et leurs langues s'adonnèrent à une danse féroce tandis qu'ils perdaient toute notion du temps. Iria oublia tout ce qui les séparait, et Bjorn en effaça tout souvenir de sa fiancée et de la *skjaldmö* qu'il avait aimée. Seuls comptaient pour eux leur baiser, leur passion, leurs corps pressés l'un contre l'autre, à peine couverts et dont la chaleur se répandait en eux.

Très vite, Iria sentit les mains de Bjorn s'enhardir sur elle. Ses doigts s'enfoncèrent dans la chair de ses épaules et glissèrent sur ses bras, caressant ses flancs et massant son dos, creusant ses reins pour la serrer contre lui. Il la parcourait avec une fièvre intense, et elle lui répondait avec la même passion, fouillant ses tresses de ses doigts, savourant le contact rêche de sa barbe naissante, palpant les muscles de ses épaules. Elle descendit sur son torse, plaquant les paumes sur ses pectoraux durs avant de glisser sur son sternum pour découvrir son ventre plat. Dessous, il ne portait qu'un pagne, et quand, d'un geste égaré, elle l'effleura, il ne put réprimer un gémissement rauque et un mouvement du bassin auquel elle répondit sans comprendre pourquoi. Elle le voulait, elle le désirait, elle brûlait d'envie d'être avec lui, contre lui, sans imaginer ce que cela signifiait, à part qu'elle en voulait plus.

Ils n'interrompirent leur baiser que pour respirer et restèrent plaqués l'un contre l'autre, haletants, à bout de souffle, sans se lâcher. Bjorn appuya son front contre le sien. Il était humide de transpiration et soufflait comme s'il avait couru. Mais elle sentait la dureté de ses muscles contre elle, il était tendu, rigide, à tel point qu'elle se demanda s'il souffrait.

— Je… je t'ai fait mal ? s'enquit -elle d'une voix hésitante.

Il émit un rire bas, mais dont l'intonation inhabituelle la surprit.

— Tu as fait l'inverse de me faire mal. Tu m'as fait… beaucoup de bien.

— Avec juste… un baiser ?

— Ce n'était pas agréable pour toi ?

Elle reconnut la nuance inquiète dans sa voix, proche de celle qu'elle avait eue un instant plus tôt.

— Si, bien sûr, mais tu avais l'air de souffrir.

— C'est juste que j'ai envie de toi, Lúa. Très envie. Et j'ai du mal à me contenir. J'aimerais…

Elle pressa un doigt sur ses lèvres.

Elle ne voulait pas savoir ce qu'il désirait. Elle ne voulait plus entendre ce nom étranger dans sa bouche. Ce n'était pas elle, et cela lui faisait l'effet d'une tromperie.

— Tu vas m'emmener dans ton camp ? lança-t -elle à la place pour changer de sujet.

— Nous sommes presque arrivés. Je suis venu te

rejoindre quand j'ai été sûr que le cap était bon et que mon capitaine pouvait se passer de moi pour la fin du trajet. On sera bientôt au camp.

— À la Praia do Dique, le corrigea-t -elle.

— Quoi ?

— Ton campement. Là où tu as fait mouiller tes navires et où sont tes hommes. Là où nous nous sommes rencontrés. Je crois que c'est la Praia do Dique. La plage juste au sud de l'Área Longa de Baroña, à côté des ruines de l'ancien village des habitants d'autrefois de la Galice, ceux que l'on appelait les Celtes.

Il fronça les sourcils. Visiblement, il ignorait tout de la région, même le nom de l'endroit où il vivait. Elle se mordit les lèvres avant d'en révéler plus. Elle n'avait pas pu résister à l'envie de lui dire le nom de cet endroit qu'elle affectionnait tant et où ils s'étaient vus pour la première fois, mais c'était un jeu dangereux qui risquait de se retourner contre elle. Hélas, au vu de son expression songeuse et de son regard inquisiteur, elle en avait déjà trop dit.

— Tu connais bien la région ? demanda-t-il d'un ton sérieux.

Elle se força à hausser les épaules avec nonchalance.

— Je connais l'endroit où je vis et celui où je suis née, mais je n'ai jamais voyagé. Pas comme toi.

Ce n'était pas un mensonge. Elle avait juste négligé de lui dire qu'elle était née à León, dans la capitale de la Galice, dans le palais royal, et qu'elle avait énormément vécu à Noia et avait suivi des cours de géographie et d'histoire.

Mais sa mine posée ne le quitta pas pour autant.

Elle comprit que, petit à petit, son mensonge s'effritait. Pourtant, il la surprit une fois de plus.

— Avec moi, tu voyageras, Lúa.

Cela sonnait comme une promesse.

— Pourquoi ? Tu vas me vendre, et je vais voyager au gré de mes maîtres, les suivant pour obéir à leurs lubies jusqu'à ce qu'ils se lassent de moi et m'offrent à un autre possesseur, dans une autre ville, un autre pays ?

Mais il secoua la tête.

— Non. Tu voyageras avec moi. Je vais te garder avec moi, et tu m'accompagneras quand je rentrerai au Danemark. Je veux que tu connaisses mon peuple, mon pays, mes coutumes, ma religion.

— Pourquoi ? insista-t -elle.

— Je ne sais pas.

Il ne put lui en dire plus. Elle eut beau insister, il refusa d'en révéler davantage, éludant toutes ses questions pour les dévier sur d'autres sujets. Comment avait-elle appris à monter à cheval ? Pourquoi ne savait -elle pas cuisiner ? Quelles langues parlait -elle ? D'où lui venait sa croix qui ne la quittait jamais ? Il avait remarqué qu'elle était gravée au revers d'une ligne de caractères, mais il ne savait pas lire cet alphabet, et Iria avait refusé de les lui traduire. Que signifiaient-ils ? Était-ce la moitié d'une paire ? Une protection ? Un titre ? Pourquoi avait-elle été envoyée au monastère ?

Elle s'efforça de mentir le moins possible. Certaines de ces questions étaient simples. Le maître d'écurie du château où son père et elle avaient vécu lui avait appris à monter. Elle n'avait jamais été envoyée en cuisine. Elle parlait galicien et latin. Sa mère lui avait offert cette croix. Elle avait… elle ne sut quoi dire. Comment pouvait -elle parler de sa tante qui craignait qu'elle ne vole le trône, de sa belle-mère qui voyait en elle le fantôme de la femme que son mari avait aimée avant elle ? La vérité lui échappait et les mensonges par omission s'accumulaient. Bjorn semblait avoir perdu toute notion du temps, et toute envie de l'embrasser. Il la harcelait de questions, la laissant à peine répondre avant d'en lancer une autre, et n'était rassasié de rien, comme s'il voulait tout apprendre sur elle. Iria peinait de plus en plus à tenir le compte des semi-vérités qu'elle lui disait et craignait de s'emmêler avec ses dires. Qui plus est, ses interrogations la mettaient mal à l'aise. Elle n'avait jamais aimé mentir et détestait cette dentelle fictive qu'elle tissait autour d'elle.

Au bout d'un moment, elle finit par le couper au beau milieu d'une phrase.

— Parle-moi de ta fiancée.

Le silence se fit.

Le regard de Bjorn se fit blessé, hésitant.

— Pourquoi ?

— Parce que je suis curieuse. Parce que tu me donnes l'impression d'être ouvert et sincère, je ne comprends pas pourquoi tu t'intéresses à moi alors qu'il y a une belle princesse qui t'attend dans ton pays.

— Il n'y a rien de plus à dire sur Hedda que ce que je t'ai dit : je la considère comme ma sœur ; je ne sais pas si elle est encore en vie ; je ferais tout pour qu'elle soit heureuse.

— Y compris l'épouser ? demanda Iria avec une pointe de malice dans la voix.

Puis elle ajouta sans réfléchir :

— Y compris l'embrasser comme tu m'as embrassée ?

Cette fois, la lueur blessée qu'elle lut dans ses yeux lui

souffla aussitôt qu'elle avait dépassé une limite. Il avait beau être un prince né pour nager dans les intrigues de palais, il était plus honnête qu'elle ne l'était avec lui. Ou alors c'était elle qui savait interpréter son regard. Elle vit sa bouche se pincer, puis il lâcha sa main pour se frotter le visage.

— Non. Je ne l'ai jamais embrassée comme je t'ai embrassée. Je te l'ai dit, je ne considère pas Hedda de cette façon. Elle est très belle, je ne te mentirai pas, mais c'est ma sœur, au même titre que Gunnhild, Gudrod et Silje, dont je t'ai déjà parlé.

— Alors qui ? insista Iria, presque énervée devant son incompréhension manifeste.

— Qui... quoi ?

Il avait l'air réellement perdu.

— Qui as-tu embrassée comme... comme un homme embrasse une femme ? J'ai beau être ignorante de ces choses-là, je me doute que ce n'est pas ton cas. Tu as dû embrasser énormément de femmes, expliqua-t -elle avec une hargne qui l'étonna elle-même.

Était-ce réellement de la jalousie qu'elle ressentait ? Mais elle l'avait dit, et en regardant, à la dérobée, Bjorn, à la lumière du soleil qui filtrait par les interstices de la tente, elle vit qu'il avait perçu son envie et s'en amusait. Ses paupières s'étaient plissées, et une moue narquoise ourlait ses lèvres. Il déposa sur les siennes un baiser moqueur.

— Oui, j'ai embrassé d'autres femmes, Lúa jalouse. Je ne suis pas un moine. Mais pas tant que ça non plus.

— Combien ?

Il détourna le regard d'elle et roula sur le dos, croisant les mains derrière sa nuque pour la soutenir. Sans réfléchir, Iria se pelotonna contre lui, calant sa tête sur son torse comme sur un coussin, une paume en travers de sa poitrine, se soulevant au rythme de sa respiration. Elle avait besoin de ce contact pour se rassurer.

— J'ai embrassé Helga, une jeune femme qui élevait des abeilles près du château de mon père. Puis Astrid, qui est partie épouser un chevalier en Normandie. Elle attend son enfant. Ou plutôt, elle a déjà dû le mettre au monde, ajouta-t-il un instant plus tard avec un sourire amusé. J'espère qu'ils vont bien tous les deux. Ensuite, il y a eu Solveig et Liv, qui travaillaient au château. Elles étaient très jalouses, et surtout très malheureuses. Mon frère a été méchant avec elles. Puis…

Il se racla la gorge et se tut pendant quelques instants. Iria fronça les sourcils, hésitant à l'inciter à reprendre. Il avait parlé de ses maîtresses avec une sorte de nostalgie sereine, et une tendresse indéniable, comme s'il avait réellement tenu à elles et souhaitait à présent leur bonheur. Elle n'éprouvait pas, en l'entendant, cette espèce de vindicte que son père, le roi Sanche, avait eue à l'égard de ses nombreuses conquêtes ni la jalousie maladive et la haine qu'elle avait souvent perçues, de toutes parts, lorsque l'on mentionnait sa mère. Pourtant, là, au moment de prononcer un autre nom, il semblait atermoyer, comme si le souvenir était douloureux. Aimait-il encore cette femme inconnue au point de ne pas être capable de parler d'elle ? Dans ce cas, pourquoi l'avait-il embrassée ? Cette attirance qu'il manifestait envers elle n'était -elle peut-être due qu'à une ressemblance de surface avec cette femme du Nord ?

Au bout d'un moment, pourtant, il poussa un profond soupir et tourna la tête vers elle.

— Puis il y a eu Ingebjørg.

— Ingebjørg, répéta Iria avec difficulté, le nom guttural résonnant sur sa bouche. Qui était-ce ?

— Une guerrière, une *skjaldmö*, comme on appelle chez moi les femmes qui se battent avec un bouclier. Elle était grande, forte et courageuse, et très belle. Elle était venue pour protéger Hedda, car des ennemis de mon royaume voulaient la tuer et… nous sommes tombés amoureux. Moi, en tout cas, j'étais amoureux d'elle.

— Et que s'est-il passé ? s'enquit Iria, pressentant, à la douleur de sa voix, que leur histoire s'était mal finie. Elle ne t'aimait pas en retour ?

— Je… si. Mais… elle a été blessée lors d'un combat et la plaie s'est infectée. Elle souffrait énormément. Tora a tout fait pour la sauver, mais Ingebjørg a fini par perdre espoir de guérir et elle a choisi d'en finir, un jour où je n'étais pas là.

— Elle a… elle s'est donné la mort ? lança Iria, horrifiée.

Cette notion lui était inconcevable. Mettre fin à ses jours était un péché capital, qui interdisait au croyant l'accès au royaume céleste à tout jamais, le condamnant à l'enfer pour l'éternité. Les chrétiens qui se tuaient n'avaient même pas droit aux derniers sacrements ni à être enterrés en lieu consacré, leurs corps étaient juste jetés, sommairement enfouis sans une prière, sans une bénédiction.

Elle en frissonna d'horreur. Puis elle se remémora : cette Ingebjørg n'était pas chrétienne. C'était une païenne, une barbare, comme Bjorn l'était, même si sa mère avait été chrétienne. Elle secoua la tête. Elle ne savait pas quoi dire pour consoler Bjorn, qui visiblement pleurait encore cette femme.

— Elle… elle devait avoir beaucoup d'importance à tes yeux.

Il hocha la tête et se racla de nouveau la gorge.

— Je l'aimais de tout mon cœur. J'envisageais d'annuler mes fiançailles avec Hedda pour l'épouser. Mais quand j'ai trouvé son corps sans vie, quand je l'ai serrée, déjà froide, contre moi, je me suis demandé si elle m'aimait vraiment.

— Pourquoi ?

— Parce que si elle m'avait aimé, pour de bon, elle n'aurait pas mis fin à ses jours. Je savais qu'elle pouvait être sauvée. Il aurait fallu que Tora l'ampute de son bras, mais cela lui aurait donné une bonne chance de survie. Elle aurait toujours pu se battre, elle maniait son épée aussi bien de la main gauche que de la droite.

— Elle devait craindre que tu l'aimes moins si elle devenait infirme.

— Je l'aurais aimée même avec un bras en moins, même si elle n'avait plus pu combattre. Je l'aurais aimée envers et contre tout, parce que c'était elle. Mais elle, elle ne m'aimait pas assez pour me faire confiance. Elle ne m'aimait pas assez pour se battre pour vivre, pour nous, pour accepter d'être diminuée.

Iria secoua la tête.

— Il ne faut pas penser ça. Elle devait énormément souffrir pour en venir à une telle décision, et la douleur peut rendre les gens fous. Pour une femme, c'est encore plus dur. Les gens nous voient pour notre apparence, notre beauté, et si celle-ci disparaît ou est diminuée, notre valeur disparaît elle aussi. Pour… Ingebjørg, perdre un bras signifiait à la fois perdre sa valeur en tant que femme, mais aussi perdre sa valeur en tant que guerrière.

Bjorn resta silencieux quelques instants, méditant ses paroles. Puis il hocha la tête, et son visage afficha une expression résolue.

— Je crois que… tu as raison. Je n'avais jamais pensé à cela, mais Tora me l'a suggéré, un peu plus tard, un jour où j'avais du mal à accepter mon deuil.

— Elle me semble très sage, cette Tora, si elle est d'accord avec moi, plaisanta Iria.

— Elle te plaira, je pense. Je te la présenterai, quand nous arriverons, promit Bjorn. Elle te rendra ton adaptation à nos mœurs plus faciles, et c'est une femme d'une grande sagesse. Elle pourra t'apprendre beaucoup.

Iria s'apprêtait à lui demander pourquoi il était si important qu'elle découvre leur mode de vie et pourquoi il tenait tant à l'intégrer à leur groupe. Pourquoi il ne voulait pas la rendre à son peuple, mais, alors qu'elle ouvrait la bouche, une voix masculine héla Bjorn devant l'entrée de la tente.

Ce dernier s'assit dans le lit et remonta les fourrures à lui. Iria eut juste le temps de les tirer sur son corps vêtu de sa seule chemise fine qu'un homme de petite taille aux cheveux presque orange pénétra en trombe dans la tente. Iria le reconnut aussitôt : c'était celui qui avait goûté les tonneaux d'eau et découvert qu'ils étaient gâtés. Ce n'était pas lui qui l'avait montrée du doigt, cependant, et elle se força à réprimer un mouvement de recul en le voyant s'avancer.

L'homme se rapprocha de leur couche jusqu'à se camper devant et jeta à peine un coup d'œil à Iria avant de s'adresser à Bjorn dans leur langue rauque. La jeune femme ne comprit pas un mot et se refit la promesse de réclamer à Bjorn qu'on la lui enseigne.

Les deux Danois échangèrent plusieurs phrases, puis le nouveau venu inclina la tête et, sans un regard de plus à Iria, repartit par là où il était venu.

Iria s'assit dans le lit dès qu'il fut sorti et observa Bjorn. Ce dernier se leva et s'étira.

— Tout va bien ? s'enquit -elle. Je n'ai pas compris un mot de ce que vous disiez…

— Je sais. Tora t'enseignera notre langue, et je n'ai pas oublié notre… jeu. Je vérifierai chaque soir ce que tu as appris, et je me ferai un plaisir de t'enlever tes vêtements à chaque erreur.

Iria se pinça les lèvres. Dans son désir de comprendre les échanges entre les Danois, elle en avait oublié leur pari.

— Et si je ne fais aucune erreur, tu m'enlèveras mes chaînes d'esclave ? osa-t -elle demander.

Il se pencha vers elle et inspecta tour à tour ses poignets, puis tira sur le col de sa chemise pour vérifier son cou.

— Je ne vois ni chaîne ni collier d'esclave, Lúa, chuchota-t-il. Mais si cela te plaît, je me ferai un devoir de t'offrir autant de torques, de bracelets et de colifichets que tu voudras. J'ai hâte de t'entendre massacrer ma langue, pour avoir le plaisir de te voir nue sur ma couche, parée uniquement des bijoux que je t'aurai offerts.

— Je ne veux pas de présent, marmonna Iria. Je veux ma liberté.

— Et c'est la seule chose que je ne te donnerai pas, Lúa, promit Bjorn. Et maintenant, lève-toi. Nous arrivons à proximité du camp. Pardon, de la Praia do Dique. Je sais que même si tu prétends ne pas bien connaître la région, elle t'est bien plus familière que tu ne me l'as avoué, alors tu vas nous guider dans notre approche pour nous faire éviter les écueils.

Iria ouvrit la bouche pour protester, mais il la fit taire d'un doigt levé.

— Cela ne sert à rien, je ne céderai pas. De toute façon, il est dans ton intérêt de nous aider : n'oublie pas que nous sommes à bord du même navire. Si nous faisons naufrage, tu fais naufrage. Alors, laisse tomber ta rancœur contre nous et pense à ta survie.

Chapitre 9

Bjorn regardait le campement avec un sourire satisfait. Durant son absence, les membres restants de son expédition avaient bien travaillé. Au lieu des tentes provisoires façonnées à base de voiles déchiquetées et de fragment de mâts, plusieurs halles de bois et de paille avaient été assemblées sur la plage, en une organisation typique des villages danois, avec une allée centrale planchéiée autour de laquelle se répartissaient les constructions, comme des grains de blé sur un épi.

Il n'y en avait qu'une dizaine, mais elles étaient suffisamment grandes pour abriter tout le monde, ainsi que leurs réserves et les prisonniers. Tout autour, des fortifications rudimentaires avaient été érigées. Ce n'étaient que des assemblages triangulaires de branches et de rondins, d'où dépassaient des épieux tendus vers l'extérieur, mais il n'y avait pas besoin de plus pour repousser des assaillants à pied et s'assurer que personne n'entrerait pas un autre passage que les deux portes qui se trouvaient à chaque extrémité du camp, gardées par plusieurs hommes équipés de grandes cornes pour sonner l'alarme en cas de besoin. Devant chaque halle, de grands portants de bois servaient à sécher les peaux. Derrière, loin de l'entrée pour que les odeurs ne pénétrassent pas dans les habitations, les mêmes équipements hauts comme deux hommes servaient à préparer les poissons et viandes qui seraient ensuite conservés dans de la saumure ou du sel.

Un peu partout dans les espaces libres, des ateliers avaient été mis en place, certains consistant juste en quelques souches en guise de sièges, placées en arc de cercle autour d'un foyer de galets ou d'un établi constitué de deux grosses planches portées par des rochers, d'autres plus complexes, notamment ceux pour la forge des armes, la confection des flèches, la réparation des boucliers ou des instruments de navigation. Mais l'atelier le plus conséquent était celui de Leif, le charpentier maritime. En découvrant, depuis le ponton qui avait lui aussi été fabriqué durant son absence, la silhouette caractéristique d'un petit chantier naval, Bjorn avait compris que Leif avait survécu au naufrage et été retrouvé pendant qu'il était en expédition. Sans doute la tempête avait dû drosser le navire sur lequel il se trouvait beaucoup plus loin, et son capitaine, qui se nommait Guttorm, avait mis plus de temps à revenir près de leur point d'origine. Il avait hâte d'entendre leur histoire, hâte de découvrir qui d'autre avait survécu, hâte de pouvoir trinquer avec eux, échanger de bons mots, une accolade fraternelle.

Puis il reporta son regard sur le petit groupe qui guettait leur arrivée devant la halle la plus éloignée de la plage. Tora les y attendait, en haut des trois marches menant à l'entrée du bâtiment. La plaie qui avait encore saigné à son arrivée au camp n'était plus qu'une fine ligne rouge striant son visage comme une trace de peinture. Ses ecchymoses s'étaient résorbées et, si elle affichait toujours une mine fatiguée, les lourds cernes noirs qui avaient creusé son visage et donné à ses traits l'apparence d'un crâne squelettique s'étaient dissipés. Elle était usée, certes, et leurs mésaventures avaient laissé leur marque sur son corps, mais elle avait repris son allure de reine et sa silhouette présentait la majesté qui l'avait toujours caractérisée. Avec ses cheveux d'un gris d'acier à peine strié de blond polaire et ses yeux si clairs qu'ils en semblaient blancs, ombrés d'un épais contour de charbon, elle n'était pas belle mais elle était charismatique, et la lourde pelisse d'hermine qui élargissait ses épaules lui conférait une stature encore plus majestueuse, accentuée de surcroît par les nombreux bijoux ornés de runes et les poignards rituels qui pendaient à sa taille. La cape en fourrure n'était pas un simple accessoire destiné à indiquer son statut et augmenter son prestige. Pour lui avoir posé la question quelques années plus tôt, un jour où Bjorn, encore enfant, avait été d'humeur insolente, Tora lui avait répondu par la phrase la plus logique qui soit : « Je suis frileuse. » Puis elle avait éclaté de rire et lui avait demandé de ne pas révéler ce secret. Elle préférait que l'on croie en son prestige plutôt que d'avouer une vérité aussi pragmatique. Et, pour avoir passé de nombreuses nuits chez elle à l'époque où elle veillait Ingebjørg, il avait pu constater par lui-même que ce n'était pas un mensonge : la demeure de Tora était toujours fortement chauffée, même en plein été, et sa couche disparaissait sous les fourrures et duvets d'oie des neiges.

En ce pays chaud qu'était la Galice, elle devait enfin apprécier le climat et se contentait donc d'une cape courte qui élargissait juste ses épaules et lui protégeait le cou des rafales les plus fraîches. Mais la cape n'était pas le seul accessoire qui lui conférait un statut et une prestance uniques. Sur ses épaules, de chaque côté de sa tête, deux corbeaux de bonne taille trônaient, leur bec à portée de ses yeux. Hugin et Munin avaient survécu au naufrage et retrouvé leur maîtresse. Ce n'était pas étonnant. Hormis lors des escales et la nuit, les volatiles sacrés vivaient en toute liberté, demeurant avec Tora autant par affection que par devoir. Ils étaient les émissaires des dieux et avaient été nommés, comme tous les corbeaux des *völvas*, du même nom que les corbeaux d'Odin. Une fois la tempête calmée, ils avaient dû écumer la côte à sa recherche jusqu'à la retrouver.

De chaque côté d'elle, Inge et Kjeld étaient campés, la mine sobre et une main sur la garde de leur épée. Deux femmes, les apprenties de Tora, se trouvaient devant elle, deux marches en dessous.

Visiblement, la *völva* avait anticipé leur retour et décrété qu'il était de son devoir de les accueillir de manière formelle.

Une fois la cargaison de son navire descendue, Bjorn hocha la tête à l'intention d'Olaf, le capitaine de son *längskip*, pour lui redonner toute autorité sur son vaisseau et ses marins. Il saurait leur faire finir leurs tâches et mettre le bateau à l'abri en attendant leur départ. Alors que les prisonniers étaient envoyés en direction de la halle où ils seraient parqués, il s'empara du bras de Lúa, qu'il avait maintenue à son côté durant toute la manœuvre, et l'attira à lui. Elle s'était apprêtée à suivre les captives vers la halle.

— Où croyais-tu aller comme ça ?

— Avec les prisonnières, je suis…

— Je t'ai dit que je voulais te confier à Tora, je tiens parole. (Devant la mine confuse – et un peu vexée – de la jeune fille, Bjorn se pencha vers elle pour lui murmurer quelques mots à l'oreille.) Ne t'y trompe pas, Lúa : ce n'est pas parce que je t'apprécie et que tu me plais et m'intrigues que je vais me laisser abuser. Je sais très bien que tu envisages toujours de fuir, et je ne relâcherai pas ma surveillance et ne te laisserai pas divaguer dans le camp. Ni toi ni les autres prisonnières. Qui plus est, si je veux te confier à Tora, c'est à la fois pour que tu apprennes notre mode de vie, mais aussi pour ta propre protection. N'oublie pas que Rolf était prêt à me tuer pour t'avoir, et il te garde rancune pour l'humiliation que je lui ai fait subir. Et mes hommes ne t'aiment pas. La protection de notre *völva* te sera nécessaire si tu veux survivre parmi nous.

La jeune femme fit la moue et tira un peu sur son bras pour se dégager. Devant la fermeté de sa prise, elle lui lança un coup d'œil empli de reproche et cessa de se débattre.

— Pourquoi tiens-tu autant à me garder ? Que suis-je, pour toi ? Pourquoi ne peux-tu pas me rendre à ma famille, à mes proches ? Je ne suis rien ni personne d'important…

Bjorn lâcha son bras pour la saisir par la taille et l'attirer à lui. Elle résista un peu, puis céda en voyant les regards se tourner vers eux. Avec un petit cri effrayé, elle se laissa basculer vers lui et cacha son visage contre son torse.

Bien. Elle a conscience du danger, songea Bjorn. Jusqu'à présent, il avait craint qu'elle ne réalise pas à quel point ses marins, superstitieux et méfiants, la détestaient.

— Pour moi, tu es importante, et tant que je n'aurai pas résolu ce mystère que tu représentes, et étanché la soif que j'ai de toi, je ne te laisserai pas en paix. Mais pour cela, il faut que tu coopères, Lúa. Et Tora saura te faire comprendre la nécessité de cela.

Malgré sa proximité et l'attirance entre leurs corps, il la sentait toujours raide contre lui et il décida d'user d'un argument imparable pour la circonvenir. Faisant glisser sa bouche contre son oreille, il lui lécha délicatement le lobe, puis déposa dans son cou une myriade de baisers qui lui arrachèrent un frisson. Malgré elle, elle se détendit et il sentit son cœur battre comme un oiseau affolé. Elle cessa de résister et émit un halètement rauque.

Il s'écarta légèrement, et s'il ne l'avait pas tenue, elle se serait effondrée au sol. Ses yeux étaient assombris de désir. Bjorn esquissa un sourire. Il aimait qu'elle réagisse autant à ses baisers, qu'elle ne puisse lui résister ni nier le plaisir qu'elle y prenait. Il aurait encore plus adoré qu'elle soit la seule à ressentir cela, être sous son contrôle total. Hélas, son propre corps le trahissait, et il était aussi avide d'elle qu'elle l'était de lui. En cet instant, il peinait même à se retenir de la reprendre dans ses bras, de la dévorer, de l'emmener dans une halle et de la faire sienne sans attendre.

Il se força à inspirer à pleins poumons et, ignorant son sexe tendu de désir qui le lançait dans ses chausses, passa un bras autour de la taille de sa captive pour se diriger vers la halle où Tora les attendait.

Mais, alors qu'ils approchaient de la femme majestueuse, Lúa se raidit et se mit à traîner les pieds. Surpris par cette résistance imprévue, il lui adressa un regard d'avertissement. Il avait toujours été clair avec elle, depuis sa tentative d'évasion : malgré la fascination qu'elle exerçait sur lui, il ne tolérerait aucune insubordination en public, encore moins devant ses hommes. Mais alors qu'il s'apprêtait à la tancer vertement, voire à la forcer à avancer, il surprit son expression. Elle avait le visage blême, la bouche ouverte sur un cri muet et les pupilles dilatées. Il ralentit le pas, inquiet, et elle saisit l'opportunité pour se débattre et s'arracha à sa prise pour bondir en arrière et se recroqueviller contre la paroi en bois de la halle la plus proche, s'accroupissant pour remonter ses jupes au-dessus de sa tête.

Bjorn jeta un coup d'œil d'incompréhension à Tora, mais celle-ci fronçait les sourcils et secoua la tête d'un air aussi surpris que lui. Sur ses épaules, ses corbeaux s'agitaient et croassaient, sans doute en réponse à la réaction de la jeune fille. Ils n'aimaient pas l'agitation et, s'ils étaient habitués aux clameurs des Danois, tout comportement étranger les perturbait.

Avec inquiétude, il se rapprocha de Lúa et s'accroupit devant elle, la saisissant aux poignets pour la forcer à le regarder.

— Lúa ? Qu'y a-t-il ? lui demanda-t-il à voix basse pour que son escorte, restée juste derrière eux, ne surprenne pas la préoccupation dans ses mots.

— Les… les corbeaux…, chuchota-t -elle, bégayant presque.

Les corbeaux. Elle semblait terrifiée par ces oiseaux.

Il secoua de nouveau la tête. Certes, Hugin et Munin étaient plus grands et plus gros que des corbeaux sauvages, mais ils étaient visiblement apprivoisés, et bien moins dangereux que les rapaces de chasse que la plupart des nobles élevaient dans leur château. Sans doute avait -elle fréquenté des animaux bien plus menaçants que ceux-là.

— Hugin et Munin sont les messagers des dieux, tu ne risques rien avec eux. Tora est notre *völva*, elle communique avec eux, et avec les dieux par leur intermédiaire. Tant que tu n'offenses ni les dieux ni la *völva*, et que tu ne tentes pas de les agresser, ils ne te feront rien.

— R… rien ?

Elle avala sa salive avec difficulté. Ses yeux étaient toujours écarquillés et sa respiration superficielle, mais elle semblait s'efforcer de reprendre le contrôle de sa peur.

Il s'apprêtait à parler pour la rassurer un peu plus, mais la présence de Tora derrière lui l'incita à se taire. Il n'avait pas eu besoin de se retourner pour savoir que la *völva* s'était rapprochée. Son aura était si imposante qu'il aurait fallu être aveugle pour ne pas être conscient d'elle. Qui plus est, il émanait d'elle un parfum particulier, mélange de cire d'abeille, de fruits rouges, d'angélique et de pin, ces derniers composant une grande partie des baumes et onguents qu'elle préparait pour tout le monde.

— Dis-moi, jeune fille, ordonna la *völva* de sa voix grave. Aurais-tu eu une mauvaise expérience avec des corbeaux ou des corneilles, dans le passé ?

D'instinct, elle s'était exprimée en latin, et Bjorn se demanda comment elle avait deviné que cette langue lui permettrait de communiquer avec sa captive, puis il se rappela que Tora avait déjà été en contact avec des autochtones, et dû leur parler de cette manière.

Lúa réprima un cri en l'entendant – Tora avait toujours eu un timbre particulier, rauque et bas, et des années de fumigations et de mélopées avaient accentué cet effet –, puis poussa un soupir en constatant que la femme ne l'avait ni tancée ni brutalisée. Au bout de quelques secondes d'hésitation, elle hocha la tête.

— À la cour de mon père… où mon père travaillait, se reprit -elle aussitôt, il y avait des corbeaux.

— De garde ? Pour les cérémonies ? insista Tora.

— Pour manger les yeux des condamnés à mort. Pour picoter leurs plaies, se repaître de leurs cadavres.

Tora secoua la tête.

— Ce n'est guère efficace pour se débarrasser d'un corps, mieux vaut des cochons, pour cela. Y avait-il un autre but ?

Bjorn la vit pâlir de nouveau et hocha la tête. Sa peur revenait à évoquer ce souvenir. Avait -elle perdu un proche ? Assisté à un spectacle atroce ?

— C'était à titre de… d'exemple. Pour décourager les proches de vouloir récupérer la dépouille d'un parent exécuté, pour faire souffrir le plus possible avant la mort dans certains cas.

Bjorn se racla la gorge. En soi, cela n'avait rien d'étonnant. La torture était monnaie courante. Tout le monde y assistait, c'était parfois même une sorte de divertissement, et il avait en mémoire certains cas où des cérémonies expiatoires avaient exigé des volontaires pour subir des souffrances qu'aucun être humain n'aurait dû subir. Il se rappelait notamment un *blóðörn*[1] qu'un cousin éloigné avait subi de son plein gré à la place d'un condamné à mort de sa famille, afin que le crime que ce dernier avait commis ne demeure pas impuni. Cela avait été l'unique fois où Bjorn, qui n'avait alors qu'une dizaine d'années, avait assisté à ce châtiment aussi atroce que cruel – Ivar avait eu le dos fendu, les côtes brisées et déployées vers l'extérieur, jusqu'à former des ailes, sur lesquelles ses poumons encore palpitants avaient été déposés. Bien

1. Terme de vieux norrois pour parler de la torture viking la plus cruelle… et la plus célèbre : l'aigle de sang.

entendu, le jeune homme, qui n'avait qu'une vingtaine d'années à l'époque, n'avait pas survécu jusqu'à la fin de la cérémonie. Son père, qui aurait dû subir cette peine, avait fui, et sa mère était morte de chagrin peu après. Toute cette branche de la famille s'était éteinte, et Bjorn, qui avait dû garder les yeux ouverts durant toute la scène, sur ordre de son père, en avait fait des cauchemars pendant des mois.

Il se rappelait, après être rentré au château, s'être regardé dans le miroir de bronze de sa mère et s'être demandé qui était cet étranger au teint blafard, aux yeux dilatés et à la grimace horrifiée. Aujourd'hui, Lúa affichait la même expression.

Les corbeaux lui inspiraient une terreur irrépressible. Il se demanda comment elle pourrait cohabiter avec Tora dans ces conditions. Mais la *völva* le prit par surprise.

D'un geste, elle indiqua à ses oiseaux de s'envoler et s'accroupit à côté de Bjorn, pour se rapprocher de Lúa, et posa ses mains sur les siennes, toujours maintenues par Bjorn. Puis elle les serra tout en faisant signe à Bjorn de s'écarter.

— Quoi que tu aies vu, quoi que tu aies vécu, jeune fille, tout cela est derrière toi. Désormais, tu es mon apprentie. Sous ma protection, sous ma loi. Nul être vivant ne te fera de mal tant que tu m'obéiras et me respecteras comme si j'étais ta mère. Mes corbeaux seront tes amis, tes confidents, tes protecteurs. Me comprends-tu ?

Elle avait plongé son regard dans celui de la jeune femme et, pendant un moment, le silence se fit. Il dura si longtemps que Bjorn faillit intervenir, ne comprenant pas ce qui se passait entre elles. Mais il se retint. Tora était une *völva*, elle connaissait l'âme des gens et des animaux, elle savait leur parler, elle communiquait avec les dieux. Il lui semblait même, en cet instant, qu'elle était entrée en transe et, à voir la façon dont Lúa la fixait, qu'elles échangeaient d'esprit à esprit, sans prononcer un mot. Ce qui ne l'empêchait pas de s'interroger sur ce qu'elle avait dit.

Elle voulait faire de Lúa son apprentie ? En soi, c'était une bonne idée qui lui permettrait de la protéger, et de placer la jeune femme hors d'atteinte des désirs de ses hommes – ou de la vengeance de certains, même si sa protection à lui aurait dû suffire à cela. Mais cela la mettait également hors d'atteinte de lui, et il n'appréciait pas du tout ça. Qui plus est, Tora avait déjà deux apprenties, Vibeke et Asløg, elle ne pouvait pas en prendre plus. Malgré lui, Bjorn jeta un coup d'œil aux deux femmes qui avaient suivi leur maîtresse, sans se rapprocher davantage de Lúa et lui.

Vibeke était une jeune Danoise qui avait toujours vécu au château de Tønsberg, où elle était apprentie cuisinière, et souvent envoyée dans les champs et forêts pour cueillir des herbes aromatiques, qu'elle cultivait également dans le jardin attenant à la grande halle.

Tora l'avait un jour complimentée pour ses condiments et, s'étant étonnée de ses connaissances avec les plantes, en avait fait son apprentie. Âgée d'à peine vingt ans, cela faisait déjà trois ans qu'elle étudiait pour devenir *völva*, et si sa silhouette ronde et son visage tout aussi rond n'avaient pas gagné en finesse ni en majesté, elle portait ses longues tresses blondes, aussi épaisses qu'un poignet d'homme, avec plus de fierté, et ses yeux d'un bleu intense pétillaient à présent de confiance en elle.

D'après ce que Bjorn avait cru comprendre des quelques

mots que Tora lui avait soufflés, Vibeke était destinée à devenir une très bonne guérisseuse, mais ne serait jamais une prophétesse. Ce rôle échoirait à Asløg. Il reporta avec réticence son regard sur celle-ci. Ce n'était pas qu'il ne l'appréciait pas, il ne la connaissait que peu et Tora ne lui en avait fait que des compliments, mais elle lui rappelait des souvenirs douloureux. Avant de devenir l'apprentie de la *völva*, Asløg avait été une *skjaldmö* et était sœur d'armes d'Ingebjørg, son ancienne maîtresse. Elle était venue de Buskerud avec elle pour protéger Hedda, mais avait été blessée lors de la dernière tentative d'assassinat sur la princesse. Tora l'avait soignée avec brio, mais la guerrière en avait conservé une raideur et une faiblesse dans la jambe qui la faisait boiter et l'empêcherait à vie de charger lors d'une bataille, ou de soutenir un *skjaldborg*[1] sans céder et se faire piétiner. De ce fait, Tora l'avait prise pour sa protection, d'abord en tant que garde du corps personnelle, puis, voyant son efficacité pour rassurer les hommes, avait commencé à lui enseigner ses arts.

Au fil du temps, Asløg s'était également révélée compétente pour préparer les rituels, tatouer les runes sacrées sur les Danois ou les sculpter sur les bijoux cérémoniels, sacrifier les animaux pour les dieux. Jusqu'au jour où, au moment de trancher la gorge d'un sanglier lors d'une offrande à Freyr, le dieu ase de la Fécondité, elle était entrée en transe et avait énoncé une prophétie – laquelle s'était réalisée quelques jours plus tard : Åsta, la femme de Harald Grenke, frère aîné de Bjorn et futur roi du Vestfold, avait appris qu'elle était enceinte de jumeaux.

1. L'une des techniques de combat viking les plus connues : le mur de boucliers.

Lorsqu'elle l'avait su, Tora avait officiellement pris Asløg comme apprentie. C'était deux ans plus tôt. Depuis, les jumelles d'Åsta et Harald étaient nées. Bjorn ignorait ce que les fillettes étaient devenues depuis son départ et cela aussi le chagrinait, les petites Mette et Lone, malgré les dissensions de leurs parents, étaient adorables et il les aimait de tout son cœur.

Il secoua la tête.

Il saurait ce qui leur était arrivé à son retour. Pour le moment, il devait se préoccuper de Lúa, et de Tora.

Il reporta son attention sur elles.

Elles se fixaient toujours, puis, soudain, presque imperceptiblement, Lúa hocha la tête. Elle acceptait. À partir de maintenant, elle était l'apprentie de Tora. Elle logerait avec elle, sous son toit, et vivrait selon ses règles. Et il devrait faire avec.

Il posa néanmoins sa main sur l'épaule de Tora qui, dans la même position que lui, était presque aussi grande.

— Elle dormira dans ma halle, sous ma tente.

La *völva* tourna lentement la tête vers lui, son regard illuminé paraissant presque aussi sombre qu'un puits sans fond. Elle le scruta longuement sans parler, puis hocha la tête.

— Ce n'est pas traditionnel, mais cette situation n'est pas traditionnelle. Je te l'accorde. Asløg veillera à la porte de votre chambre afin de préserver votre intimité.

— Notre intimité ou ta curiosité ?

Cette fois, le sourire qu'elle lui adressa fut celui d'une femme bien plus jeune qu'elle ne l'était réellement, et non celui de la devineresse sans âge qu'il connaissait.

— Crois-tu vraiment que j'aie besoin d'espionner

pour savoir ce qui se passe dans une chambre entre un homme et une femme ?

Il éclata de rire à cette idée. Elle avait raison. Puis il tourna le regard vers Lúa et constata que celle-ci s'était empourprée. Ils avaient échangé en latin, aussi avait -elle compris l'allusion. Il se réjouit de cette réaction. Au moins, la jeune femme imaginait la même chose que lui – et que Tora, de toute évidence.

— Bien. Maintenant que les présentations sont faites, j'aimerais que ma nouvelle apprentie fasse la connaissance de Hugin et Munin, annonça la *völva* en se remettant debout.

Lúa crispa les doigts sur la main de Bjorn, mais ce fut la seule marque de peur qu'elle s'autorisa. Soit elle lui faisait déjà confiance, soit, après sa réaction initiale, elle ne souhaitait pas paraître faible. Il opta pour la seconde possibilité.

— Comment vas-tu gérer trois apprenties ? demanda-t-il néanmoins à Tora en se remettant debout à son tour, entraînant Lúa avec lui.

La guérisseuse haussa les épaules.

— Je ne crois pas avoir de comptes à te rendre, mais soit. J'avais l'intention d'accorder le titre de *völva* à Vibeke et Asløg à notre retour de cette expédition. Séparées, elles ne sont pas efficaces, mais ensemble, elles sont complémentaires. Et je leur ai enseigné presque tout ce que je savais. Je réclamerai à ce qu'elles officient toujours de pair lorsque nous serons rentrés chez nous, mais notre voyage de retour me permettra de voir comment elles se débrouillent toutes seules en équipe.

Bjorn hocha la tête, à la fois en remerciement et en

approbation. L'idée lui paraissait bonne. Et avoir trois *völvas* à bord rassurerait les marins.

Tora donna quelques ordres à ses anciennes apprenties, qui s'éloignèrent sans hésiter, comme si leur nomination ne les affectait pas – peut-être Tora leur avait -elle déjà fait part de son intention depuis quelque temps, supposa-t-il –, puis elle s'avança pour se poster au milieu du sentier planchéié qui traçait comme une frontière entre les halles, et elle leva les bras en l'air sans dire un mot.

Lúa la considérait avec un mélange de révérence et de méfiance. Sans doute craignait -elle une sorte de sorcellerie. Bjorn se rappelait bien assez les critiques de sa chrétienne de mère à l'égard des rituels et pratiques ancestrales. Le souvenir lui fit faire la grimace.

Un instant plus tard, dans un bruissement d'ailes noires, Hugin et Munin vinrent se poser sur les mains de la *völva*, qui baissa les bras aussitôt pour ne pas avoir à supporter le poids conséquent des volatiles. Avec lenteur, elle fit demi-tour et les présenta à Lúa. Celle-ci n'eut pas de mouvement de recul, mais Bjorn, qui s'était posté à côté d'elle, une main sur ses reins pour l'empêcher de fuir, prêt tant à la protéger qu'à la retenir, la sentit se raidir et réprimer un cri.

— Reste calme, sinon ils sentiront ta peur et cela les rendra nerveux, voire agressifs. Des gestes lents, une voix apaisante, et tout se passera bien. Et évite de les regarder dans les yeux, ils détestent ça.

Elle frissonna sous ses doigts, puis se racla la gorge.

— Cela me rappelle mon premier cours de fauconnerie, au château. Le maître fauconnier m'avait donné les mêmes consignes.

Bjorn émit un petit rire.

— C'est vrai, les corbeaux et les rapaces ont des comportements assez proches. Mais il est plus rare que les servantes et filles de salle bénéficient de cours de fauconnerie.

Lúa baissa le nez sur ses chausses et tritura ses doigts dans les plis de sa robe. Il s'amusa de la voir aussi gênée et faillit lui demander si elle le croyait vraiment né de la dernière pluie, pour avoir gobé ses mensonges. Mais il serra les dents sur sa question. Il serait amusant de voir quelle explication insensée elle fournirait.

— Mon père était ami avec le maître fauconnier, il lui avait rendu service et a réclamé ça comme une faveur.

— Bien sûr, bien sûr. En tout cas, pense aux rapaces et fais pareil avec les corbeaux.

— Ce n'est pas pa…

Elle se tut.

Durant leur échange, Tora s'était approchée d'eux à pas lents et, sans faire de bruit, avait de nouveau tendu le bras, cette fois à l'horizontale, jusqu'à ce que sa main frôle l'épaule de Lúa. Le corbeau – Hugin, probablement, même si Bjorn peinait à les différencier – sautilla une seconde sur place, puis s'installa sans hésiter sur l'épaule de Lúa avec un naturel déconcertant. Sans attendre, il fourra sa tête sous son aile et commença à se gratter de son bec.

Bjorn sentit Lúa se raidir et la vit plier légèrement les jambes, comme si elle se préparait à s'enfuir en courant – ou à s'agiter pour se débarrasser du volatile –, et il resserra le bras autour de la taille de la jeune fille.

Il s'apprêtait à lui déconseiller de prendre ses jambes à son cou quand il la vit lever une main gauche prudente pour la porter à son épaule.

Après un premier essai avorté, Lúa effleura le dos du

corbeau d'un index prudent. Elle émit un petit rire qui incita l'oiseau à sortir la tête de son aile pour la considérer avec curiosité. Puis, alors qu'elle recommençait, il fit un petit pas en avant et frotta sa tête contre sa main. La jeune femme lâcha un soupir de soulagement – et Bjorn aussi ; il avait terriblement eu peur qu'une réaction affolée de sa part ne déclenche un drame – et reprit sa caresse. De nouveau, le corbeau se frotta à elle.

Tora n'eut pas à inciter son second oiseau à imiter le premier : de lui-même, Munin s'envola et vint se poser sur l'autre épaule de Lúa. Cette fois, la jeune fille n'eut pas de mouvement de recul et ne réagit pas. Elle tourna doucement la tête vers le volatile et siffla deux notes basses. Bjorn s'en étonna. Il avait souvent entendu Tora le faire pour apaiser ou appeler ses oiseaux, mais jamais personne d'autre, pas même Vibeke et Asløg. Il haussa les sourcils et consulta Tora du regard. Celle-ci hocha la tête d'un air sagace et se rapprocha de Lúa pour lui prendre le menton en coupe.

— Hugin et Munin sont sages. C'était la première épreuve pour devenir *völva* : accepter les corbeaux sacrés et être acceptée par eux. Bienvenue dans notre monde, jeune…

— Lúa, proposa Bjorn.

— Iria, le corrigea sa captive sans lui accorder un regard, focalisée sur la *völva*. Je m'appelle Iria, pas Lúa.

— Bienvenue, Iria, mon apprentie.

— Pourquoi m'as-tu menti ? gronda Bjorn en faisant un geste brusque dans sa chambre, manquant de renverser la carafe de vin posée tout à côté.

Lúa… Iria, esquissa un mouvement de recul devant son ire, puis se redressa fièrement et carra les épaules.

— Que voulais-tu que je fasse ? Je suis ta prisonnière, je suis à ta merci. J'ai menti pour me protéger. Tu en aurais fait autant.

— Certes, bougonna-t-il. Mais pourquoi avoir dit la vérité à Tora, alors ?

Elle haussa les épaules.

— Je ne sais pas. J'ai eu… une affinité avec elle. Comme si je pouvais lui faire confiance, qu'elle ne me trahirait jamais.

— Et avec moi, tu n'as pas confiance ? Tu as peur de moi ? Après tout ce que j'ai fait pour te protéger ?

La jeune femme détourna le regard, comme gênée, puis secoua la tête et la releva avec une fierté majestueuse. Bjorn se demanda où elle avait appris à se tenir avec une telle dignité, qu'il n'avait jamais rencontrée chez une servante, voire une esclave, quel qu'ait été son rang d'origine.

— Tu es mon ravisseur, mon geôlier. Que ton comportement envers moi ait été bienveillant ou non ne change rien au fait que je suis ta prisonnière.

— Mon esclave.

— C'est cela. Et le rôle d'une esclave n'est pas de faire confiance à son maître, encore moins de s'abandonner à lui. Tu en ferais autant.

Malgré sa colère et sa frustration, Bjorn dut reconnaître qu'elle n'avait pas tort. Mais lui était un homme, un prince, un guerrier. Il avait un titre, un sang noble, un honneur à protéger. Elle n'était qu'une femme.

Puis il se reprit. Une femme, certes, mais certaines femmes possédaient autant de fierté et de courage que bien des hommes, voire plus. Ingebjørg avait été l'une d'elles. Il était juste étonné de constater, jour après jour, que c'était également le cas de cette captive à l'apparence si fragile et féminine, qu'il aurait pu faire ployer entre ses mains comme une fleur coupée. Cette idée le frustra encore plus et le blessa. Pourquoi pensait-il à sa faiblesse apparente, à la blesser ? Il ne voulait pas la blesser, cette simple possibilité l'emplissait d'horreur. Il était prêt à tuer quiconque lui ferait du mal, s'aperçut-il. Et il était prêt à sacrifier bien des choses pour ne pas lui faire de mal lui-même.

Avec un soupir, il baissa les mains et se rapprocha d'elle à pas lents, pour ne pas l'effrayer. Elle le regarda avec méfiance, mais sans reculer. Elle lui tenait tête.

Après la rencontre avec Tora, Bjorn avait emmené Iria dans sa halle, que Tora lui avait indiquée comme étant celle devant laquelle elle se tenait – la sienne aussi. Cela simplifierait leur arrangement nocturne, nul n'avait besoin de découvrir où dormait cette prisonnière particulière. Il l'avait ensuite entraînée dans la pièce située tout au fond de la halle, derrière la paroi de bois sculpté qui délimitait les espaces privatifs de la grande salle commune où Bjorn tiendrait ses conseils et où les membres de son expédition dormiraient, joueraient, cuisineraient, vivraient. Tora et ses apprenties bénéficiaient d'une autre pièce séparée où elles dormaient toutes les trois, mitoyenne à celle de Bjorn, mais séparée par une autre paroi doublée de peaux de mouton pour éviter au froid nocturne de pénétrer à l'intérieur, car il s'agissait de la pièce située au nord et soumise aux embruns et aux vents – et Tora était très frileuse.

Quand Bjorn était entré, l'espace était plongé dans la pénombre, seuls deux braseros faisaient palpiter des flammes basses et orange, baignant la pièce de lueurs mouvantes. Leur éclat avait encore plus doré le teint mat d'Iria, adoucissant ses pommettes fières et cuivrant ses mèches ébouriffées. Bjorn avait été saisi de l'envie de plonger les mains dedans et de humer leur odeur. Il s'était retenu. Mais là, en la voyant le toiser avec méfiance, il ne résista pas. Tendant les mains avec lenteur pour ne pas l'effrayer, il lui effleura la joue, puis fit glisser ses doigts derrière sa nuque et l'attira à lui.

Elle réprima un halètement, puis émit un soupir quand elle se retrouva plaquée contre lui. Elle posa ses paumes sur son torse, mais pas pour le repousser.

— Iria, c'est ça ? lui demanda-t-il d'une voix rauque, tendu du désir de l'embrasser, de la déguster, de se baigner dans son odeur jusqu'à ce qu'elle l'imprègne totalement.

— Iria. Iria de León, souffla-t -elle.

Et son haleine le fit basculer.

Sans plus hésiter, il se rapprocha encore d'elle et l'embrassa doucement, avec ferveur, sans la forcer. Il relâcha sa prise sur sa nuque pour la laisser reculer si elle le souhaitait, mais elle ne semblait pas en avoir envie. Bien qu'elle ne lui rendît pas son baiser, elle ne le repoussa pas, et ses doigts se firent fébriles sur sa broigne, comme si elle résistait à l'envie de le caresser. Il saisit son poignet et l'incita à enrouler sa main au creux de son cou. Puis, après avoir goûté ses lèvres avec ferveur, il tourna la tête et porta sa main à sa bouche. Il lui embrassa le creux de la paume, puis les doigts, et lui fit caresser sa joue barbue, à la fois pour l'habituer à son contact et savourer le sien. De nouveau, elle gémit. Elle prenait plaisir à ce qu'il lui faisait, constata-t-il en baissant les yeux sur son visage enfiévré. Elle avait le teint rosi, la respiration courte, et les paupières mi-closes.

— Ne ferme pas les yeux, Iria. Regarde-moi. Je veux que tu me voies…

— Je te vois, Bjorn. Je te vois, et cela me fait peur.

— Pourquoi ?

— Parce que tu es un étranger, un barbare, un païen. Tout nous oppose, et j'ai peur de la réprobation…

— De ton père ? – Non, mon père est mort.

— Alors de qui ?

— De Dieu. Du Tout-Puissant qui nous regarde et nous juge. Je vais être damnée, condamnée à l'enfer éternel, et…

— Et non, trancha Bjorn, à bout de patience.

Il savait comment cela se passait : ces chrétiens étaient tous les mêmes. Il avait vu sa mère se lancer dans ces diatribes enflammées, parlant de péché, de damnation. En général, ce qui commençait par des explications contrites dégénérait en châtiments, pénitences, flagellations et mortifications que nul autre qu'elle ne lui imposait. Il ne comprenait pas cela. Il ne comprenait pas pourquoi quelque chose d'aussi naturel, d'aussi sain, d'aussi bon que l'amour et le plaisir entre un homme et une femme devait conduire à de tels extrêmes. Et, surtout, il ne voulait pas le comprendre. Et il était à la fois outré et frustré de retrouver ce genre de comportement aberrant chez la femme qu'il désirait.

— Non, tu ne vas pas être punie ni damnée pour cela. Et je t'interdis de te mortifier ou de te châtier de quelque manière que ce soit. Est-ce bien clair ?

La jeune femme pinça les lèvres et il s'attendit à ce

qu'elle explose de colère, mais, après quelques secondes de réflexion, elle baissa la tête et l'inclina légèrement.

— Je n'ai jamais aimé les mortifications, marmonna-t-elle. J'ai toujours eu l'impression que l'on s'achetait les faveurs de Dieu à coups de fouet et non de bonne volonté.

— C'est cela. Si une faute est commise, on l'assume, on la répare, et on s'efforce d'en tirer une leçon. Et c'est pour cela que dès demain tu iras retrouver Tora. Elle t'apprendra tout ce que tu dois savoir sur notre mode de vie, notre religion, nos coutumes. Comme ça, tu cesseras de nous considérer comme des barbares incultes, des païens à civiliser et christianiser, ou je ne sais quoi.

— Je ne veux pas devenir votre… sorcière ! protesta Iria en relevant la tête.

Elle affichait un air indigné, mais il crut lire dans son regard une panique qui ne lui plut pas. Sa foi en sa religion était peut-être poussée à l'extrême, confinant au fanatisme, et si c'était le cas il lui serait impossible de l'atténuer, encore moins de la convertir. Durant un instant, il se demanda en quoi cela était important. Puis il haussa les épaules. Les raisons n'étaient pas importantes.

C'était ce qu'il ressentait qui comptait, son désir de faire cette femme sienne, et de la garder à ses côtés. Mais pour cela il fallait qu'elle vienne à lui sans se braquer, en femme libre et non en esclave contrainte et forcée. Il faudrait donc qu'elle fasse preuve d'une ouverture d'esprit qu'elle ne possédait pas pour l'instant et ne posséderait peut-être jamais.

— Je ne te demande pas de devenir une sorcière ni de pratiquer quoi que ce soit qui te semble incompatible avec ta religion – « pour l'instant », ajouta-t-il en son for intérieur. Juste d'écouter, de comprendre, d'apprendre.

De nous découvrir en tant que peuple, et non en tant que danger. N'as-tu pas envie de découvrir en quoi nous nous ressemblons, à quoi nous croyons, ce que nous aimons ? N'est-ce pas toi qui demandais à apprendre notre langue ? Tora t'enseignera ça aussi. Une langue ne sert pas seulement à espionner des conversations, mais aussi à avoir un aperçu du peuple qui la pratique. Je te demande seulement ça. Est-ce possible ?

Il avait mis tout son cœur dans sa plaidoirie et s'était étonné lui-même de sa sincérité et de son désir de la convaincre. Plus ils échangeaient, plus il s'ouvrait à elle, et plus son désir de l'amadouer, de l'inciter à faire un pas vers lui, l'effrayait tant il devenait fort. Il prenait chaque jour un peu plus d'importance, malgré la réticence visible de la jeune femme à obtempérer.

Las, il passa une main sur son visage, tout désir disparu.

Il indiqua la grande couche, bien plus moelleuse et confortable que celle du navire, d'un geste résigné.

— Couche-toi, Iria. Je ne t'importunerai pas, et tu as besoin de te reposer pour être en mesure d'apprendre ce que Tora t'enseignera demain.

— Je n'ai pas accepté, souligna la jeune femme d'un ton hautain.

— Tu n'en as pas besoin, c'était un ordre. Si tu ne fais pas d'efforts, à notre retour, je te vendrai au premier port marchand où nous ferons escale. Hors de ton pays, bien entendu, sinon ce serait trop facile.

Puis il se détourna. Proférer cette menace le brisait, littéralement, mais il était à bout de forces comme de patience. Il ne s'était jamais montré aussi conciliant, aussi compréhensif vis-à-vis d'une femme, surtout sans rien attendre en retour qu'une simple preuve de bonne volonté. Et jamais il n'avait essuyé pareil échec.

Sans se retourner, il se dirigea vers la sortie de la chambre. Ce soir, il avait l'intention de s'enivrer jusqu'à tout oublier. Cette maudite expédition, ce maudit naufrage, cette maudite femme.

Mais, alors qu'il s'apprêtait à pousser le battant de bois ajouré qui laissait filtrer un peu de la lumière plus vive de la pièce centrale, la voix d'Iria le retint.

— Bjorn ?

— Quoi…, marmonna-t-il sans un geste, s'arrêtant juste dans l'encadrement.

— Je… je suis désolée. C'est effrayant pour moi, tout ça. Je ferai de mon mieux avec Tora.

— Tu as peur d'être vendue ? cracha-t-il avec une hargne qu'il n'avait pas pensé ressentir.

— Oui. Non. J'ai… j'ai envie de vous découvrir, aussi. De vous connaître.

Il esquissa un demi-sourire, veillant à ce qu'elle ne le voie pas. Il avait conscience à quel point cet aveu devait lui coûter, mais c'était, il le savait, ce qui se rapprochait le plus d'excuses de sa part.

Il hocha la tête et ouvrit la bouche.

— Je ne t'aurais pas vendue loin de chez toi juste parce que tu as peur de l'inconnu. Je peux le comprendre. (Puis il ouvrit la porte.) Au fait ?

— Oui ?

— Iria… c'est un très joli prénom. Il te va beaucoup mieux que Lúa.

— Ça vient du latin *Irene*, ça veut dire « paix », souligna-t -elle d'une voix timide.

— Je le sais. Comme tu as pu le remarquer, je parle assez bien le latin.

— J'ai vu. Ta mère, tu disais.

Il lui tournait le dos, et Bjorn fut satisfait qu'elle ne puisse voir comme son visage s'était renfrogné à la mention d'Ågot.

— Oui, ma mère. Je préfère le parler avec toi, même si j'ai hâte que nous puissions communiquer dans ma langue. Nous nous comprendrons mieux.

— J'essayerai, promit -elle, une intonation sincère dans la voix. Je te le promets : j'essayerai d'apprendre ta langue. Et toi…

— Oui ?

— Voudrais-tu apprendre la mienne ?

La question l'étonna. Depuis quand les maîtres apprenaient-ils la langue des esclaves ? Cette idée ne l'avait jamais effleuré, et elle l'emplissait même d'une certaine indignation. Il était un conquérant, un guerrier. Il n'avait pas à apprendre la langue des vaincus.

Puis il jeta un coup d'œil par-dessus son épaule et vit l'expression d'Iria. Elle avait les larmes aux yeux et semblait prête à pleurer. Pour elle, cela semblait important. Et soudain il comprit en quoi cela l'était. Elle avait tout perdu et s'accrochait à ce genre de détail futile pour conserver un semblant de dignité. Et après tout, songea-t-il, pourquoi pas ? Cela lui serait utile s'il en venait à devoir négocier avec des nobles sur place ou à signer des traités, cela lui permettrait de mieux communiquer avec les locaux, de vendre des marchandises sans crainte de se faire arnaquer, de questionner des indigènes lors des expéditions. Après tout, oui, c'était plutôt une bonne idée.

Il hocha la tête.

— C'est d'accord. Chaque soir, avant de nous coucher, tu me parleras de ce que tu as appris, et je t'interrogerai sur tes progrès dans notre langue. Si je suis satisfait de tes connaissances, tu pourras m'enseigner ta langue jusqu'à ce que nous nous couchions. Cela te convient-il ?

Elle hésita un instant, puis un sourire presque imperceptible joua sur ses lèvres pleines. Cette vision lui donna aussitôt envie de la caresser de nouveau, de l'embrasser, de lui faire plaisir. Mais il se contenta de répondre à son sourire.

— Je te recommande donc de trouver des sujets de conversation qui ne m'endorment pas trop vite, si tu veux que je progresse…

— Veux-tu que je te parle de l'agriculture et de la cuisine galicienne ? proposa-t -elle avec malice.

— Pourquoi pas. Il est toujours utile de connaître les forces d'un pays que… (Il avait failli dire « que l'on conquiert », mais il se retint. Il n'était pas malin de sa part de souligner sa position d'envahisseur.) D'un pays que je découvre. Mais tu pourrais aussi me décrire tes vêtements en les enlevant l'un après l'autre, puis ton corps, me parler de…

— De rien de tout ça. Je te parlerai en galicien de ce que Tora m'aura parlé en… Comment s'appelle ta langue ?

— Le norrois.

— Bien. Je te répéterai en galicien ce que Tora m'aura appris en norrois, et comme ça, je pourrai te poser des questions sur ce que je n'ai pas compris, et tu pourras m'interroger en galicien sur ce que tu ne comprends pas.

— Alors c'est d'accord. Et maintenant, couche-toi. Je vais faire envoyer une servante pour qu'elle t'apporte un repas léger. Je tiens à ce que tu te reposes ce soir. Pas de bêtises.

Et, cette fois, il s'en alla sans traîner. L'idée qu'Iria allait se déshabiller et qu'il ne verrait pas ce spectacle le taraudait, et il tenait à ne pas s'attarder avant d'être incapable de partir.

Chapitre 10

La première journée d'Iria comme apprentie de la *völva* danoise fut à la fois épuisante, surprenante et inattendue. Elle avait anticipé la préparation de potions magiques, la confection de philtres, d'amulettes ; elle avait imaginé des sorts, des malédictions, des transes païennes. Or, rien de tout cela ne s'était produit.

Dès son arrivée, Tora l'avait fait asseoir autour du feu central de sa grande chambre, encore plus vaste que la pièce de Bjorn, car elle servait non seulement d'espace à coucher, mais aussi d'étude pour les quatre femmes qui y cousaient, lisaient, discutaient, faisaient sécher des herbes ou les broyaient dans des bols en bois avant de les mélanger ou les dissoudre dans des liquides. Le foyer était délimité par des galets clairs ramassés sur la plage, et un trépied de cuivre permettait de suspendre au-dessus un grand chaudron du même matériau dans lequel un breuvage à l'odeur délicieuse mijotait.

Dès qu'elle fut assise, Vibeke lui lança un sourire avenant, tandis qu'Asløg lui adressait un hochement de tête plus réservé, mais courtois. Elle s'étonna de ne pas sentir de rivalité en elles, mais le comportement de Tora lui semblait serein et elle se rasséréna. Celle-ci, qui était la seule debout, vint se placer derrière elle et, sans lui laisser le temps d'avoir peur, lui passa autour du cou une chaîne agrémentée d'un pendentif rond en ivoire poli jusqu'à en devenir brillant, au milieu duquel était gravée la silhouette d'un oiseau dont le centre avait été teint en noir, certainement avec du charbon.

Vibeke et Asløg réitérèrent leur salut.

Tora vint s'asseoir entre elles.

— Bonjour, Iria. Ce pendentif est à toi. Vibeke l'a taillé pour toi, et Asløg l'a sculpté. Je l'ai béni. Il représente ton acceptation par les corbeaux sacrés et ton statut d'apprentie. Tu ne dois jamais le quitter. Est-ce clair ?

Intimidée, Iria hocha la tête. Elle se demandait si porter ce talisman païen représentait un péché, ou si le Tout-Puissant comprendrait qu'elle ne le gardait que pour rester en sécurité. Il symbolisait, à ses yeux, la protection que Tora avait promis de lui offrir.

— Connais-tu cette boisson ? reprit la devineresse en désignant la marmite dont le contenu bouillait.

Iria se pencha vers le liquide fumant et le huma avec précaution. Elle reconnut l'odeur du miel, ainsi que celle d'un fruit rouge, mais c'était tout. Elle secoua la tête.

— Tu ne connais pas les plantes guérisseuses ? l'interrogea la femme.

Iria répondit de nouveau par la négative.

— Il y a là du miel de sapin, pour empêcher la toux et la fatigue, des myrtilles et des mûres séchées, que nous avons emportées du Danemark, pour leurs vertus digestives, du genévrier cade pour éviter d'avoir mal aux os, je ne suis plus toute jeune, et de la valériane, pour apaiser l'esprit et détendre le corps.

— C'est tout ? s'étonna Iria, qui avait imaginé des

ingrédients bien plus inquiétants, comme elle avait vu certains médecins en user à la cour de León.

Certains faisaient ingérer à leurs patients de la poudre d'os, du crottin de cheval, des blattes ou de l'urine…

— Il y a aussi quelques épices que nos marchands rapportent de leurs voyages lointains, qui renforcent les effets positifs des herbes, ou donnent meilleur goût, comme le gingembre. Veux-tu goûter ?

Sans attendre sa réponse, Tora fit signe à Asløg, qui se leva et utilisa la louche accrochée au trépied pour remplir quatre gobelets en bois du breuvage. Une fois la boisson dans sa main, Iria pouvait difficilement refuser d'y toucher, sous peine d'offenser les femmes.

Elle baissa la tête au-dessus du récipient et le huma. Cela sentait bon. Cela lui rappelait même certaines odeurs de la cuisine de Mencia, qui recelait toujours de trésors gustatifs. Le souvenir de la gentillesse de la femme lui fit monter les larmes aux yeux. Tout cela lui semblait si loin, à présent.

Mais Tora ne lui laissa pas le temps de s'apitoyer sur son sort ni de se plonger dans ses souvenirs. Elle claqua les mains avec autorité.

— Vibeke, Asløg, comme vous allez bientôt devenir des *völvas* à part entière, je tiens à m'assurer que vous possédiez bien toutes les connaissances nécessaires. Et, comme Iria a besoin d'apprendre les bases, vous allez me parler de nos dieux. Qui sont-ils, quels sont leurs liens entre eux, que nous apportent-ils, quelle est leur histoire, quelles offrandes peut-on leur faire ? Je veux tout savoir.

Les deux femmes hochèrent la tête de concert.

Iria remarqua, alors qu'elles se mettaient à parler, l'une en latin, l'autre dans ce qui devait être du norrois, qu'elles étaient parfaitement complémentaires : l'une expliquait le début, l'autre développait le sujet, et elles changeaient régulièrement de langue pour s'assurer qu'Iria comprendrait tout. Elles étaient, en cela, meilleures pédagogues que ne l'avaient été ses précepteurs. À moins que ce ne soit Tora qui ait été la meilleure enseignante à l'origine, pour leur avoir aussi bien appris.

La matinée s'écoula de la sorte. Iria fut choquée par bien des points. Le polythéisme l'offensait, les sacrifices d'animaux la perturbaient – ceux humains, bien qu'à peine mentionnés, l'horrifièrent –, les mœurs des dieux lui évoquèrent les anciennes religions primitives des Grecs et des Romains avant qu'on leur enseigne la seule et vraie foi. Tout cela lui donnait l'impression de plonger dans un océan de paganisme affolant. Mais en même temps, c'était fascinant et émouvant. Ces femmes croyaient réellement en leurs divinités et étaient persuadées de communiquer avec elles. Leur foi était pure, sincère, naturelle, et dénuée de tout le décorum et de la corruption qu'elle avait parfois constatés chez les prêtres de la cour de León. Ceux-ci se préoccupaient plus du pouvoir, des titres et des richesses qu'ils pouvaient acquérir grâce à leurs prières et messes basses. Leur vœu de piété n'était parfois qu'un lointain souvenir, comme ceux de pauvreté et de chasteté.

Le midi, elles sortirent sur la plage pour prendre un peu l'air et se changer les idées après des heures passées à parler dans une pièce sombre et renfermée. Quand Iria mit le pied dehors, elle fut quasiment aveuglée par la lumière, et prise à la gorge par l'air vif et salin. À côté d'elle, Tora inspirait à pleins poumons. Puis elle se tourna vers elle.

— Veux-tu revoir les corbeaux sacrés ?

Iria se figea. Sa peur initiale était encore toute proche.

Mais Tora avait été bonne avec elle, dès le début, et lui avait promis qu'il ne lui arriverait rien. Les corbeaux eux-mêmes, une fois sur ses épaules, n'avaient pas été agressifs. Elle devait faire un effort.

En guise de réponse, elle leva les bras en l'air et siffla comme elle l'avait fait la veille.

Et tout se figea.

Autour du quatuor, les Danois, qui s'étaient affairés à leurs tâches sans se préoccuper d'elles, s'immobilisèrent et se tournèrent vers elles, l'air effaré. Une femme en lâcha même le panier plein de poissons qu'elle portait. Vibeke écarquilla ses grands yeux bleus, et Asløg porta la main à son épée comme si elle anticipait une attaque. Tora posa une main ferme sur son poignet, puis hocha la tête.

— Tu es téméraire. Voyons ce que cela va donner.

Iria baissa le nez. Elle ne comprenait pas pourquoi elle avait fait ça. Elle avait seulement souhaité faire preuve de bonne volonté et se rappelait que les corbeaux avaient semblé apprécier son sifflement.

Mais une seconde plus tard, elle comprit.

Les deux volatiles apparurent au-dessus des toits des halles et tournoyèrent un instant en cercle dans le ciel, avant de s'abattre vers elle. Elle eut juste le temps de lever son autre bras que Hugin et Munin se posaient sur ses poings fermés. Elle serra les dents devant la douleur que leurs serres provoquaient sur sa peau nue. Une goutte de sang perla à chaque emplacement piqué par les pointes acérées, et la vivacité de sa teinte la marqua.

Elle détourna la tête pour ne plus voir cette couleur dérangeante et, par mégarde, croisa le regard de l'un des oiseaux. Hugin, certainement. Il lui avait semblé, la veille, qu'il était plus gros que son frère et son plumage encore plus foncé, sa noirceur confinant au bleu. Leurs yeux se trouvèrent et ne se quittèrent plus, les billes sombres et sagaces du volatile réfléchissant ses iris chauds, plus curieux qu'inquiets.

Étonnamment, elle crut lire une sorte d'intérêt dans les siens, comme s'il l'étudiait autant qu'elle le scrutait. Puis elle réalisa leur proximité. Sans réfléchir, sous l'effet de leur poids, elle avait replié les bras et les tenait devant sa tête. Les becs noirs et pointus se trouvaient donc à moins de deux mains de son visage. S'ils l'avaient souhaité, ils auraient pu la picoter, lui crever les yeux, la défigurer. Mais ils n'en avaient rien fait. Ils pouvaient toujours. Et ils en étaient capables, elle se rappelait la férocité avec laquelle ceux de son père déchiquetaient les corps des condamnés, parfois encore quand ceux-ci étaient encore en vie. Au moindre mouvement brusque, au moindre cri, à la moindre réaction de rejet, ils n'hésiteraient pas et l'attaqueraient. Elle retint son souffle, puis elle comprit. Ils ne le feraient pas, pas plus qu'elle ne les repousserait ni ne les ferait fuir. Ils l'avaient acceptée. Lentement, elle exhala l'air qu'elle retenait, et Munin, qui avait contemplé son jumeau, comme s'il guettait son approbation pour l'imiter, tourna la tête vers elle et sautilla le long de son bras pour se rapprocher. Il ouvrit le bec et émit un long cri rauque, auquel, instinctivement, elle répondit d'un sifflement doux.

Elle sourit.

Elle n'avait plus peur. Le reste du monde ne comptait plus. Ni Vibeke et Asløg qui la contemplaient avec un mélange d'effarement et de révérence, ni Tora qui affichait un sourire de connivence, ni Bjorn qui, sans qu'elle le sache, se tenait quelques foulées plus loin, dans l'ombre de l'entrée d'une halle voisine, et avait surveillé la scène avec une terreur à peine voilée.

Hugin et Munin l'avaient acceptée, elle, l'étrangère. Elle savait que pour eux, comme pour les Danois, elle n'était ni la croyante, ni la princesse, ni la compatriote. À leurs yeux, c'était elle l'étrangère, la païenne, l'esclave ; tout comme pour elle, ils étaient l'opposé, les barbares, les envahisseurs, les étrangers venus de loin pour semer le chaos et la panique. Mais les corbeaux lui soufflaient un autre message. Il y avait de l'espoir. L'espoir d'une entente, d'une compréhension au-delà de la barrière du langage, de la culture et de la religion, l'espoir d'une acceptation.

Après un instant de recueillement, elle leva les yeux vers Tora et s'étonna de découvrir chez la femme une expression de satisfaction sereine, comme si celle-ci s'était attendue à ce résultat et l'approuvait.

— J'écouterai ce que vous avez à me dire sur votre peuple, énonça-t -elle d'une voix sonore en latin. Je ne promets pas d'accepter et de me soumettre à vos lois et votre foi, mais je ferai de mon mieux pour vous comprendre. J'assimilerai votre enseignement et votre langue.

Tora hocha la tête. Mais, alors qu'elle ouvrait la bouche pour répondre, une voix belliqueuse résonna derrière elle, surgie d'un peu plus loin, de la halle d'où Bjorn émergeait à l'instant pour venir vers elles.

Un grand homme blond et bedonnant, d'une cinquantaine d'années, à la barbe dorée comme les blés à peine grisonnante et au teint rougeoyant, venait de sortir des entrailles du bâtiment, sa broigne de cuir noir parsemée de clous d'argent qui étincelaient au soleil comme s'ils étaient en feu.

— Tu vas apprendre à nous connaître, dis-tu, esclave ?

Pourquoi ? Pour nous espionner ? Découvrir nos faiblesses ? Apprendre nos plans, nos secrets, nos tactiques, et les rapporter plus tard à tes maîtres ?

L'homme, qui avait dans les cheveux un bandeau d'un métal gris mat qui semblait avoir été martelé sans égard, tant il portait de traces de coups, était visiblement un noble, songea Iria en le voyant s'avancer vers elles d'un pas martial. Il en avait la stature, le charisme, l'autorité. En fait, réalisa-t -elle en le voyant approcher, il lui rappelait fort son père, le roi Sanche, durant les dernières années de son règne. Il était aussi imposant que lui et possédait une voix tout aussi impérieuse, de celles qui avaient l'habitude d'être obéies et n'imaginaient pas qu'il puisse en être autrement. En son for intérieur, elle se recroquevilla sur elle-même à cette idée.

Au fil des ans, Sanche, qui n'avait jamais été le plus aimant des pères, avait perdu toute douceur pour ne plus penser qu'à préserver la moindre miette de pouvoir et écrasait tout sur son passage pour obtenir ce qu'il voulait, ou réprimer la moindre étincelle de résistance, fût -elle imaginaire. Malgré sa loyauté envers lui, il avait fini par la soupçonner de vouloir le manipuler comme sa mère l'avait fait en son temps – si tant est qu'elle l'ait fait, là aussi, Iria n'avait eu que les dires de Sanche et les médisances rancunières d'Elvira et Teresa pour le savoir – afin de gagner quelque bénéfice.

Puis, après avoir fait un pas en arrière, elle leva subrepticement les yeux pour guetter la progression de son ennemi et croisa le regard du corbeau de droite, toujours sur sa main. Lui aussi la fixait. Mais elle ne lut aucune accusation dans son expression, aucune méfiance. Il était avec elle, lui soufflait ses mimiques. Il la protégerait, il resterait à ses côtés. Pour toujours, crut -elle même deviner.

Elle cessa de reculer et carra les épaules pour affronter son adversaire.

— Je ne suis ni une espionne ni une femme vénale. Si je veux comprendre votre peuple, c'est parce qu'il est sur mes côtes, sur mes terres, sur mon pays, et je ne crois pas que vous en repartirez de sitôt. Alors plutôt que de vous affronter en vain, au risque de tuer quantité des vôtres et autant des miens, je préfère vous étudier, vous comprendre, découvrir vos buts et vos aspirations, pour tenter de les intégrer et de les partager avec les miens. Je suis sûre qu'il y a un terrain d'entente entre nous, il suffit de le découvrir.

Un silence stupéfait se fit.

Autour du petit groupe, les Danoises qui s'étaient arrêtées dans leurs tâches, au début, pour assister au spectacle de l'étrangère livrée aux corbeaux, s'étaient remises à l'ouvrage et ne prêtaient qu'une attention modérée à l'altercation. Mais les hommes, eux, s'étaient tous tournés vers le nouveau venu et guettaient sa réaction.

Iria comprit qu'outre être de sang noble, il était certainement très important, peut-être même un capitaine, ou un prince, comme Bjorn. Elle se surprit à prier de ne pas avoir offensé un chef, un « jarl », qui risquerait de chercher des noises à Bjorn pour se venger d'elle ou réclamer un châtiment exemplaire. Mais elle planta les talons dans le sol et se raidit dans l'attente de la réprimande qui ne manquerait pas de suivre. Elle n'avait pas peur des coups ni des brimades. Elle en avait subi plus que sa part autrefois. Mais elle craignait d'être ravagée par un de ces barbares, violentée, défigurée, humiliée. Cependant, elle ne céderait pas.

L'homme se campa devant elle et croisa les bras, la toisant de haut en bas, un sourire mauvais au visage. Il était plus grand qu'elle de deux têtes, devait même dépasser Bjorn. De plus près, elle remarqua une cicatrice qui lui barrait le front et découpait son sourcil gauche en deux. Une de ses dents de devant, révélées par son sourire mauvais, était gâtée. Mais il subsistait en lui une noblesse de traits, une régularité dans les méplats de son visage, qui indiqua les vestiges d'une certaine beauté qui n'aurait pas déparé sur une statue antique. Elle chercha des traces d'une humanité, d'une compassion, sur son expression, sans en trouver.

Puis il tourna la tête et cracha un long jet de salive presque sur ses pieds.

— Hmpf. Mon beau-fils m'a soufflé mot d'une esclave qu'il s'était appropriée et dont la langue bien pendue et le comportement rebelle lui avaient déjà causé des soucis. Je crois avoir compris qu'il s'agit de toi. Tu ferais mieux d'apprendre à rester à ta place, esclave, sinon je le ferai. Que Bjorn s'entiche d'une esclave durant une expédition est une chose, mais je ne le laisserai pas humilier ma fille par une gueuse aussi brune qu'un pain trop cuit.

Iria baissa la tête. L'homme devait être le père de Hedda, cette fiancée restée au pays dont Bjorn lui avait parlé. Il accompagnait donc l'expédition de son futur gendre. Elle pinça les lèvres. Bjorn lui aurait-il menti ? Hedda elle-même était -elle présente ? S'agissait-il d'un piège, dès le début, pour la circonvenir et trahir sa véritable identité ?

Elle secoua la tête dans le vide, incapable de comprendre. Mais, alors qu'elle tentait désespérément de démêler tant ses idées que ses sentiments, une main douce vint se poser sur son coude, juste à côté de l'endroit où le corbeau se trouvait. Celui-ci sautilla jusqu'à se poster près d'elle.

— Bjorn m'a confié cette jeune fille, qui est à présent mon apprentie. En tant que telle, elle sera un jour une *völva*, et il est de son devoir d'apprendre nos coutumes, notre religion, notre langue. Et il est de mon ressort de veiller à ce que mes apprenties soient respectées autant que moi, Mikke. Est-ce clair ?

Tora avait parlé d'un ton doux mais ferme, et Iria leva vers elle des yeux pleins d'espoir. Elle découvrit ainsi que Bjorn ne s'était pas contenté de suivre la confrontation de loin. Profitant de leur face-à-face, il avait contourné les quatre femmes et s'était posté derrière elles, juste entre Vibeke et Tora, à la gauche de celle-ci, qu'il dominait de sa stature. Elle le vit adresser un signe d'approbation à la femme, puis se tourner vers le guerrier plus âgé et lui adresser un salut respectueux qui ressemblait presque à une courbette.

— Mikke, mon ami, ne t'offense pas de l'intérêt que je porte à cette jeune femme, et ne t'inquiète pas du respect que je porte et porterai toujours à Hedda, que j'aime comme j'aime mes sœurs. Depuis le début, j'ai senti que cette esclave était particulière et jouerait un rôle spécial pour notre peuple, dans nos relations avec son peuple. C'est pour cela que je l'ai confiée à Tora, et non par imprudence envers notre sécurité. Tora est responsable d'elle et de son enseignement en journée, et quant à moi, je me porte garant de sa sécurité et de sa présence la nuit. Elle ne fuira pas, elle ne nous trahira pas, elle ne mènera pas d'armée de soldats galiciens ici, je m'en porte garant.

L'homme parut réfléchir un instant. Ses yeux passèrent de Bjorn à Tora, puis à Iria, et celle-ci perçut le doute et la colère dans ses prunelles. Mais il semblait plus réfléchi que sa colère du début ne l'avait laissé présager, et au fil des secondes, elle sentit le risque de violence se dissiper. Il ne l'aimait pas, il se méfiait d'elle, mais il ne l'agresserait pas, elle en avait l'intime conviction. Elle se rasséréna un peu et, pour se prouver sa confiance, elle leva la main gauche, avec toujours un corbeau dessus, pour caresser l'autre sur la tête. Hugin rauqua de plaisir et gonfla le jabot.

Elle surprit un sourire de Tora, qui se tourna vers Mikke et Bjorn, toujours face à face.

— Regardez. Les corbeaux l'ont acceptée, sans la moindre ambiguïté. Ne doute pas de leur choix, Mikke, car il reflète celui des dieux.

Le dénommé Mikke pinça les lèvres et hocha la tête avec une résignation mêlée de réticence. Il n'était pas ravi, de toute évidence, mais il semblait admettre la véracité des propos de la *völva*, à moins que ce ne soit son autorité.

— N'oublie pas tes engagements, Bjorn, marmonna-t-il enfin. Je veillerai à ce que l'honneur de ma fille soit sauf, et les promesses tenues.

— Elles le seront, Mikke, souffla Bjorn d'un ton aussi désabusé que Mikke l'avait eu. Elles le seront, je ne suis pas homme à renier mes serments.

— Bien. Alors, qu'il en soit ainsi, l'esclave étudiera avec notre *völva*, et vous serez tous deux garants de sa loyauté.

Puis, avec un dernier grommellement peu amène adressé à Bjorn, il tourna les talons et disparut dans la halle d'où il avait émergé.

À son départ, Iria exhala un souffle qu'elle n'avait pas

réalisé retenir et ses épaules s'affaissèrent. La main de Tora, s'appuya un instant sur elle avant de la lâcher et de lui caresser la joue.

— J'étais sincère dans ce que j'ai dit, jeune apprentie, dit la prophétesse d'une voix moins solennelle, mais tout aussi grave. Les dieux t'ont choisie et t'ont amenée parmi nous. Mais fais en sorte d'être digne de cet honneur, et ne me fais pas mentir. Je suis juste et loyale, moi aussi, mais sans pitié envers les traîtres et les parjures.

Iria perçut la menace dans ces mots et secoua la tête.

— Je ne suis ni une traîtresse ni une parjure, promit -elle.

Et c'était sincère. Jamais elle n'avait trahi un serment. Mais sa première loyauté était envers son pays, sa foi et son roi. Et elle avait, depuis sa naissance, juré fidélité à Ramire, son frère. C'était ce serment-là qu'elle ne renierait jamais.

Mais cela, les Danois ne le découvriraient que lorsqu'elle serait retournée auprès des siens et que, s'ils envoyaient un jour des émissaires – Bjorn, qui sait – à la cour de Ramire, ils la découvriraient assise aux côtés du jeune roi, en digne sœur qu'elle était.

Forte de cette résolution, elle leva la tête… et croisa le regard de Bjorn qui l'observait. Ils ne parlèrent pas. Leur communication se fit à un tout autre niveau. Elle comprit, à la gravité de son expression, qu'il savait qu'elle n'avait pas renoncé à retourner auprès des siens, et il avait compris, de toute évidence, qu'elle avait été sincère dans son acceptation des corbeaux et de l'enseignement de Tora. Elle était déchirée entre ses aspirations et ses loyautés, mais elle s'efforcerait de respecter les deux, sans pour autant nier qui elle était.

Le silence entre eux se prolongea. Vibeke et Asløg profitèrent de son immobilité pour prendre les corbeaux sur ses poignets. Les deux volatiles criaillèrent d'abord avec indignation, mais ils étaient habitués aux apprenties et il suffit de leur présenter un peu de nourriture pour qu'ils se laissent circonvenir. Iria ne s'en préoccupa pas. Elle était comme fascinée par Bjorn, et ce dernier ne semblait pas vouloir mettre fin à leur duel.

Puis ses yeux se baissèrent sur sa bouche, qu'il contempla longuement, avec une sorte de faim qui la laissa haletante. Il continua son exploration, descendant le long de son cou, sur sa poitrine, la faisant respirer plus fort, sur ses hanches, et jusqu'à ses jambes, pourtant invisibles sous sa robe. Son examen paraissait infini. Il semblait voir à travers ses vêtements, voire à travers sa peau, pour la scruter au plus profond d'elle-même, jusqu'à son âme. Son cœur se mit à battre la chamade, et une bouffée de chaleur inconnue, comparable à celle qu'elle ressentait souvent la nuit, quand ils dormaient côte à côte et s'effleuraient, ou que son souffle caressait sa nuque ou sa gorge, la parcourut. Elle rompit l'échange, et, machinalement, porta la main à sa petite croix dorée, qui pendait à côté du médaillon, plus gros que Tora lui avait donné un peu plus tôt. Elle prit les deux dans sa main et serra très fort, comme pour se les approprier.

Bjorn s'approcha d'elle et tendit le bras. Sans la toucher, il saisit les chaînes jumelles et la força à ouvrir les doigts pour inspecter les bijoux. La croix chrétienne. Le pendentif danois.

Une rougeur irrépressible s'empara d'elle. Ça aussi, c'était une trahison, une hérésie. Mais que pouvait-elle y faire ? Elle baissa les yeux, incapable de supporter le regard de Bjorn, incapable de supporter sa propre dualité et les choix déchirants qui lui étaient imposés.

Soudain, une main calleuse, mais douce, la prit par le menton et la força à relever le visage.

— N'aie pas peur de nous, Iria, souffla-t-il, d'une voix si basse qu'elle comprit que ces mots n'étaient destinés qu'à elle seule, pas même à Tora, qui donnait des consignes à ses apprenties, un peu plus loin. Je ne laisserai personne te faire du mal.

— Pas même toi ? chuchota-t -elle.

— Pas même moi. Personne.

Puis sur ce dernier mot sibyllin, il se détourna, comme surpris par ses propres dires, et s'éloigna à grands pas en direction de la plage. Iria se rappela qu'il lui avait dit devoir établir le plan de la suite de leur voyage et vérifier l'avancement des préparations des navires. Elle se demanda comment les Danois, qui avaient subi de nombreuses avaries sur leurs vaisseaux, prévoyaient de les réparer. Puis elle haussa les épaules. S'ils faisaient cela, au moins, pendant ce temps, ils n'écumaient pas les côtes et ne pillaient pas les églises.

— *Skilja* ? répéta Iria en trébuchant sur les consonances étranges. Qu'est-ce que cela veut dire ?

Depuis le début de la matinée, la conversation avait tourné sur le rôle des *völvas* et leur place dans la société danoise. De fil en aiguille, l'échange s'était élargi sur la place des femmes en général, et Vibeke et Asløg, qui avaient laissé Tora parler sans l'interrompre au début, avaient de plus en plus participé pour donner des exemples concrets des différents modes de vie.

Iria avait déjà été surprise de découvrir qu'Asløg, qu'elle avait imaginée être une devineresse promise à cette vie depuis toujours, tant sa majesté et sa taille en imposaient, avait été une guerrière qui, même maintenant, serait capable de vaincre de nombreux guerriers au combat. Jusqu'à présent, elle avait cru que le poignard et l'épée que la femme portait en permanence n'étaient que des armes cérémonielles qu'Asløg serait incapable d'utiliser en dehors des sacrifices. Elle n'avait même pas cru celle-ci quand elle lui avait expliqué son parcours et raconté quelques anecdotes de son passé. Il avait fallu qu'Asløg remonte sa jupe aux magnifiques broderies blanches sur fond écarlate pour qu'elle voie la cicatrice qui striait sa chair, créant une crevasse sur toute la longueur de sa cuisse, où une partie du muscle manquait. Elle avait bien remarqué la profonde boiterie qui rendait la démarche d'Asløg si inhabituelle, mais elle avait pensé à un pied bot ou une maladie, pas à ça. C'était visiblement la trace d'un coup d'épée, qui avait tranché peau, chair et peut-être entaillé l'os, tant cela semblait profond.

Une femme guerrière, cela lui semblait si étrange, presque blasphématoire. La place des femmes n'était pas sur le champ de bataille. Les femmes donnaient la vie, élevaient les enfants, géraient la maison. Quand elle avait émis ces idées, Asløg avait ouvertement ricané.

— Et tu crois que mourir en couches après avoir passé des jours à tenter de mettre au monde un enfant n'est pas un autre combat ? avait -elle demandé. Bien des hommes seraient pourtant incapables de le remporter.

Tora avait lâché un rire plus doux, mais tout aussi critique.

— La plupart des hommes défailleraient plutôt à cette

idée. Ils aiment jouer les héros et exhiber leurs blessures, mais la douleur et l'impuissance les rendent fous. Ils ne supporteraient ni les contraintes d'une grossesse ni les affres d'un accouchement.

Même Vibeke s'y était mise.

— Il suffit de les voir blêmir et gémir à la moindre écorchure ! Ce sont de grands enfants, en plus douillets !

Iria s'était ahurie de les voir si complices et si critiques. Puis elle avait froncé les sourcils.

— Qu'en savez-vous ? Aucun homme n'a jamais accouché, et vous non plus ! avait -elle protesté.

Les trois femmes l'avaient alors scrutée d'un œil inquisiteur.

— Toi, qu'en sais-tu, plutôt ? Qu'est-ce qui te dit qu'on n'a pas cinq enfants chacune ? avait lancé Tora de sa voix inquisitrice.

Iria, à ce stade, avait déjà compris que quand Tora employait ce ton, c'était pour souligner que son interlocutrice se trompait et qu'elle allait bientôt en avoir la preuve.

— Vous avez… ? avait -elle bredouillé.

— Moi, non, avait aussitôt corrigé Vibeke en rougissant. J'ai eu des amants, bien sûr, mais je n'ai jamais voulu d'enfants d'eux. Je veux me consacrer à ma médecine et à soigner les gens, je n'ai pas de temps à perdre avec un nourrisson.

Iria avait froncé les sourcils. La notion d'une femme ayant des amants lui était étrangère, tout comme celle de choisir d'avoir ou non des enfants. Ce n'était pas un choix, c'était Dieu qui accordait la fertilité aux femmes et décidait si une union était bénie d'une naissance.

Elle avait consulté Tora du regard pour avoir la confirmation de ses mots. Celle-ci lui avait souri.

— Je n'en ai pas eu cinq, mais quatre, dont un seul a survécu à l'enfance. Ma fille Hillevi aura bientôt trente ans, et elle a elle-même trois enfants. Le dernier n'avait pas trois mois quand nous sommes partis, j'ai hâte de le revoir, Eluf doit avoir grandi.

— Ce doit être dur, d'être éloignée de sa famille, avait marmonné Iria, perplexe par cette voie étrange qu'avait choisie la *völva*.

Ses réponses soulevaient plus de questions qu'elles n'apporteraient d'explications. Puis elle s'était tournée vers Asløg.

— Et toi ? Tu n'as pas enfants, bien sûr ?

— Pourquoi supposes-tu cela ? Parce que j'étais une guerrière ?

— Eh bien… oui. Qui se serait occupé des enfants en ton absence ? Qui aurait pris soin d'eux si leur mère était morte au combat ?

Asløg avait souri.

— Les mêmes personnes qui s'occupent d'eux maintenant que je suis apprentie de la *völva* et partie en expédition : ma mère, mes sœurs, et leurs pères.

Iria avait froncé les sourcils.

— Tu as des enfants ?

— Trois, de deux pères différents. Je n'ai jamais réussi à choisir entre Jørn et Jorck, qui étaient frères, aussi les ai-je pris tous les deux dans mon lit. Mais quand j'ai eu mes enfants, à deux ans d'intervalle, j'ai vu qu'ils avaient chacun des caractéristiques de leur géniteur. Impossible de les confondre : Erland a les yeux noirs de Jørn, tandis que mes jumelles, Lærke et Jytte, possèdent toutes deux la même marque de naissance que Jorck, une tache brune en forme de demi-lune. Lærke l'a sur le bras droit, près de l'aisselle, comme lui, tandis que Jytte l'a sur le dessus de l'épaule. C'est comme ça que je les différencie.

Iria en était restée bouche bée. Deux maris différents, qui restaient à la maison et s'occupaient ensemble des enfants tandis que leur femme partait au combat. C'était... elle n'avait même plus de mots pour ça.

— Et vous vivez tous ensemble, comme ça ? Votre religion vous autorise à vous marier à trois et à élever les enfants d'un autre, même si ce sont des bâtards ?

La notion d'enfants illégitimes était un sujet sensible pour elle, et les mœurs des Danois lui paraissaient aussi sauvages que barbares, voire contre nature. Elle n'imaginait pas des hommes accepter de subir la loi d'une femme aussi volage et libertine, et s'occuper de la progéniture d'un autre, fût-il un frère.

Mais cette fois Asløg avait prononcé un autre mot. « *Skilja* ».

— « *Skilja* » ? Qu'est-ce que cela veut dire ? répéta Iria en secouant la tête.

Cela faisait trop de nouvelles notions, trop d'incompréhensions, trop d'hérésie pour qu'elle l'accepte.

Tora réfléchit un instant. Les quatre femmes commençaient à atteindre les limites de leur latin et devaient de plus en plus souvent user de périphrases pour expliquer aux autres les termes inconnus dans leur langue. Mais Iria, de la sorte, apprenait de nombreux mots danois, même si leurs notions lui étaient parfois plus difficiles à assimiler que leur sens.

— *Skilja* veut dire..., hésita Tora. *Repudium*. Divorce.

Iria secoua de nouveau la tête. Le mot était clair, mais l'idée étrangère.

— Quand l'homme ne veut plus de sa femme et la rejette ? tenta-t -elle.

Mais Tora ne céda pas.

— Non, quand la femme n'est pas satisfaite de l'homme et le renvoie. C'est l'inverse, expliqua-t -elle.

— Cela ne se peut pas.

— Chez nous, si. Si la femme n'est pas satisfaite de son mari, qu'il ne couche plus avec elle depuis longtemps, qu'il se moque d'elle, ou qu'il l'a frappée en public, elle a le droit de le répudier. De même pour l'homme, ou si les deux époux ne s'entendent plus et sont malheureux. Ou si l'un d'eux abuse des enfants ou maltraite l'autre, ce dernier peut aussi demander la séparation.

Iria écarquilla les yeux.

— Et la femme est renvoyée chez ses parents humiliée ? supposa-t -elle.

Tora et Asløg échangèrent un regard perplexe.

— Non, pourquoi ? Pourquoi serait -elle renvoyée et humiliée si c'est elle qui réclame la dissolution du mariage ? C'est déjà bien assez difficile à vivre comme ça.

Iria se focalisa sur Asløg.

— Tu as dit que c'était ton cas, que s'est-il passé ?

— Jørn s'est mis à jalouser Jorck, parce que je passais plus de temps avec lui. C'était normal, Jorck était un guerrier, comme moi, et nous nous entraînions ensemble, c'était un adversaire à ma hauteur. Et quand j'ai été blessée, il a compris ce que je traverserais et m'a soutenue. Jørn n'a pas supporté notre complicité et s'en est mis à en vouloir à son frère, et à moi. Il nous reprochait des choses, souvent. Nous nous gâchions la vie, et je ne pouvais plus supporter ça, alors que nous nous aimions tant. Je lui ai dit que s'il ne se reprenait pas, je demanderais le *skilja*, et j'ai fini par le faire, à contrecœur.

— Et ça s'est arrangé ?

— Oui. Jørn est parti en voyage, il était marchand de tissus, et à son retour, j'avais guéri et j'étais devenue apprentie de la *völva*. Lui avait accepté que notre relation ait changé et ne redeviendrait jamais comme avant. Nous en avons discuté, tous les trois, et nous avons décidé de nous séparer aussi, Jorck et moi, pour ne pas réveiller cette jalousie, afin de préserver notre entente et pouvoir continuer à élever les enfants ensemble, sous le même toit. Quand l'un de nous est en voyage, c'est beaucoup plus simple, il y a toujours un ou deux autres parents pour gérer.

Vibeke haussa les sourcils.

— Sans parler des *frillas* qui sont très heureuses de participer.

— Les « *frillas* » ? insista de nouveau Iria, qui se sentait noyée dans cette avalanche d'idées et de concepts étrangers.

— Les compagnes illégitimes, les maîtresses. Bien que si la relation est assez longue, le couple devienne officiel, mari et femme, et les enfants sont reconnus légitimes. La situation d'Asløg est assez particulière, mais elle illustre assez bien notre mode de vie et la liberté de choix que nous possédons. Je crois que ce n'est pas pareil chez toi.

Iria baissa le nez. C'était le moins que l'on puisse dire.

Soudain, la main de Tora la força à relever le menton.

— Avais-tu un mari, ou un fiancé, chez toi, quand tu as quitté les tiens ? lui demanda-t -elle d'une voix douce. Quelqu'un de particulier qui te manque ?

— Oui, il y a quelqu'un, répondit -elle d'un ton méditatif. Mais pas un mari ou un père, je n'ai ni l'un ni l'autre.

— Qui alors ?

— Mon frère, Ramire. Le plus gentil et le plus intelligent des petits garçons. Il est ma seule famille.

— Je suis désolée, souffla Vibeke avec une sincérité vibrante d'émotion. Ce doit être difficile pour toi.

— C'est vrai. Mais je le retrouverai un jour, déclara Iria sans réfléchir. Je refuse de l'abandonner, je veux retourner auprès de lui.

Elle n'avait pas pesé ses mots avant de les prononcer, et ne réalisa ce qu'elle avait dit qu'en entendant le silence lui répondre.

Tora, Vibeke et Asløg s'étaient pétrifiées en l'écoutant et la scrutaient. Même Vibeke, d'habitude si rieuse et légère, semblait plus grave, presque inquiète.

Puis la *völva*, avec son éternelle sagesse, esquissa une grimace peinée.

— Je sais que tu es sincère, Iria, et je ferais pareil si j'étais à ta place. Mais il est de mon devoir de te donner ce conseil : oublie tes idées de fuite. Tu échoueras. Et non seulement tu seras ramenée ici, mais ce faisant, tu perdras tout ce que tu as acquis : ton statut auprès de moi, la protection de Bjorn, et même le peu de respect que tu as gagné auprès de Rurik et des quelques autres hommes qui tolèrent ta présence.

Mais Iria secoua la tête avec obstination.

— Tu l'as dit toi-même : tu ferais pareil à ma place. Ne me demande pas d'avoir moins d'honneur et de loyauté que toi.

— Je comprends, et j'en suis désolée, conclut Tora

avec un soupir résigné. J'espère juste que tu sauras en supporter les conséquences, elles risquent de t'être lourdes et douloureuses.

— Qui vivra verra.

La discussion était close et plus aucune des femmes n'avait envie de rester enfermée à parler de sujets aussi graves après ces aveux pénibles. Elles demeurèrent quelques instants assises autour du chaudron, à réfléchir à ce qu'elles avaient dit et à la portée de leurs mots, humant les effluves de la tisane que Tora avait préparée au petit matin et qui infusait.

Depuis quelques jours, Tora avait décidé d'expérimenter les fruits, légumes et plantes locales et testait de nouvelles recettes, qu'elle ingurgitait avec ses apprenties, pour en découvrir les bienfaits – ou les inconvénients. Iria avait déjà eu l'occasion de la mettre en garde sur l'excès d'ail dans une infusion – outre le goût très fort, sa présence en si grande quantité risquait de créer des brûlures d'estomac.

Mais aujourd'hui, quand elle avait vu le plateau de fruits près du chaudron, elle avait compris qu'elle ne risquait rien : oranges, prunes, pêches et abricots attendaient d'être découpés et mis à tremper dans l'eau chaude, déjà agrémentée de feuilles séchées. L'odeur en était appétissante et, désireuse d'alléger la tension que ses aveux avaient causée, elle se leva et versa trois tasses à ses compagnes. Elle s'apprêtait à en préparer une pour elle quand Tora l'arrêta.

— Non, va rejoindre Bjorn.

Iria s'interrompit en plein geste, sa louche de bois à la main.

— Tu me… chasses ?

— Non, je veux que tu ailles rejoindre Bjorn. Ce n'est

pas une punition, au contraire. Tu as besoin de passer du temps avec lui.

— Pourquoi ? protesta la jeune fille.

— Cela vous fera du bien à tous les deux, et cela te permettra de réfléchir.

— Je n'ai pas besoin de lui pour savoir où est ma place ! s'indigna Iria.

— Je crois que si, justement. Tu es aveuglée par certaines choses et tu ne vois pas ce que nous voyons, nous. Bjorn est plus conscient que toi de ce qui se passe entre vous, mais lui aussi n'est pas encore prêt pour l'admettre.

— Il n'y a rien à admettre ! s'emporta Iria. Il m'a enlevée et emprisonnée, enlevée aux miens. Il est normal que je veuille retourner chez moi.

Tora secoua la tête.

— C'est vrai. Mais à mon âge et avec mon savoir, on voit plus de choses. Tu es autant attirée par Bjorn qu'il est attiré par toi, et votre lien ne fait que se renforcer chaque jour. Vous vous épuisez à le nier et à vous repousser. Toi avec ta religion, lui avec son expédition. Si vous continuez comme ça et que personne ne vous force à regarder la vérité en face, viendra un jour où vous regretterez de ne pas avoir fait preuve de plus de compréhension l'un envers l'autre. Donc cesse de discuter et va.

La guérisseuse avait parlé d'un ton péremptoire et plongea ensuite le nez dans la buée qui émanait de son bol. Iria comprit qu'elle n'en tirerait rien de plus et, après s'être inclinée, sortit de la halle pour partir en quête du prince viking.

Chapitre 11

Bjorn vit Iria sortir de la grande halle et cligner des yeux en plein soleil, mais il ne se révéla pas.

Malgré lui – et il s'en morigénait – et malgré ses nombreuses responsabilités, il ne pouvait s'empêcher de traîner aux abords de la pièce sombre où Tora, Vibeke et Asløg enseignaient leur savoir à Iria. Bien que, chaque soir, il lui soutire tout ce qu'elle avait appris et continuait à discuter avec elle pour voir l'évolution de sa maîtrise de sa langue, c'était comme s'il n'en avait jamais assez.

Iria était devenue une obsession, et cela le perturbait.

Pire, cela l'indifférait.

Il savait qu'il courait à la catastrophe.

L'altercation avec Mikke, une semaine plus tôt, n'avait fait que pointer un problème latent depuis des mois, mais que l'existence d'Iria n'avait fait que mettre en valeur : il ne voulait pas se fiancer avec Hedda. Il en était même arrivé au stade où, l'autre jour, voyant Iria se déshabiller dans leur chambre pour enfiler une chainse propre pour la nuit, il s'était surpris à espérer que Hedda ait été tuée lors de la prise de Tønsberg, lui rendant ainsi sa liberté.

Quand il avait réalisé le cours qu'avaient pris ses pensées, il s'était détourné et était allé se baigner dans l'océan. Tout habillé. Mais, en ce début de soirée, l'eau était encore chaude des heures de soleil et cela ne lui avait fait aucun bien, en plus de susciter de nombreuses interrogations de la part de ses hommes.

Il ne savait plus que faire.

Le départ des rives galiciennes approchait, et il était de plus en plus partagé. Les réparations des navires étaient presque finies, et Leif lui avait promis qu'ils pourraient tous reprendre la mer à la fin de cette lune, dans moins de six jours, soit pour laugardagr[1]. Emmènerait-il Iria avec lui pour la suite de ce voyage, afin de la ramener un jour au Vestfold ? Mais qu'en ferait-il ? Il savait que, s'il parvenait à Tønsberg et que Hedda s'y trouvait, il lui faudrait respecter ses fiançailles et l'épouser, et que garder Iria serait impossible. Beaucoup d'hommes, nobles comme roturiers, conservaient, en plus de leur épouse, des maîtresses qui, au fil du temps, devenaient aussi légitimes que les compagnes officielles, et leurs enfants également. Mais il ne s'en sentait pas capable. Son cœur, bien qu'il lui répugnât de l'admettre, appartenait déjà à Iria, et il pressentait en outre que son absence ne changerait pas ce fait. Et, quand bien même cela n'aurait pas été le cas, il connaissait bien assez Hedda pour se douter que celle-ci n'accepterait pas la présence d'une rivale au charme exotique. Déjà, elle avait souffert d'apprendre la liaison entre sa skjaldmö Ingebjørg et lui, alors qu'ils n'étaient même pas encore mariés, donc il ne faisait aucun doute qu'Iria, l'étrangère, serait rejetée de prime abord.

1. *Laugardargr* est le dernier jour de la semaine viking (qui comportait, comme de nos jours, sept jours). Ce mot signifie, littéralement, le « jour de lessive ».

Il poussa un soupir et laissa son regard errer sur la ville provisoire qu'était devenu leur campement d'origine.

Au fil des jours, les tentes composées de voiles rafistolées avaient disparu, au profit de halles en bois, certes, précaires et bâties des planches volées aux navires irréparables et aux troncs des bosquets alentour, mais le site ressemblait déjà à un véritable village danois, avec ses quelques bâtiments proprement répartis autour d'allées planchéiées qui les reliaient, ses portants à viande, poisson et peaux, ses étals de cuisinières, ses forges et fonderies improvisées devant les entrées. Même le chantier naval de Leif, au plus près de la grève, où il finissait de réparer le dernier navire, rappelait les origines maritimes des Danois et leur proximité avec la mer.

Bjorn savait qu'il aurait dû être fier de lui. Malgré les avanies et les embûches, il avait réussi à faire de cette mésaventure une réussite. Voire plus : s'il le souhaitait, il pouvait laisser une partie de ses compagnons ici, pour qu'ils fassent perdurer cette ébauche de colonie et qu'elle devienne un fief danois en plein territoire ennemi, où ils pourraient se reposer et préparer de futures expéditions. C'était une bonne idée, en fait. Une idée qu'il aurait dû développer.

Mais il n'y parvenait pas. Tout ce qui l'intéressait, c'était de savoir si Iria l'accompagnerait ou non. Si elle serait heureuse ou malheureuse de venir avec lui, de découvrir son pays, sa ville, sa famille, si loin des siens et de tout ce qu'elle connaissait. Tout ce qui le tracassait, c'était de résoudre le problème de ses fiançailles et de son cœur déchiré entre devoir et amour. Tout ce qui l'obnubilait, c'était la silhouette de la jeune femme qui se faufilait entre les bâtiments en quête de…

En quête de quoi ? Que faisait donc Iria derrière la halle des esclaves ? se demanda-t-il soudain en réalisant que, durant sa rêverie où il l'avait suivie des yeux sans vraiment la regarder, sa captive avait profité de l'inattention de tout le monde pour récupérer un sac apparemment bien garni qu'elle portait à l'épaule, et se dirigeait vers l'extrémité nord du camp, en direction des falaises.

Il comprit aussitôt ce qu'elle prévoyait. Une nouvelle tentative d'évasion.

Mais il était curieux de découvrir comment elle envisageait de s'y prendre.

Sans réfléchir davantage, il jeta un coup d'œil autour pour voir si quelqu'un d'autre l'avait repérée ou s'apprêtait à le solliciter, et il se rua à sa suite.

Iria marchait vite, malgré son attitude nonchalante, et elle portait dans sa main gauche un bouquet de poissons, réunis par une ficelle nouée à leur queue, qui donnait l'impression qu'elle accomplissait une tâche basique qu'on lui aurait confiée – mettre des prises à sécher à l'écart pour que l'odeur n'incommode pas les gens, nourrir les esclaves, préparer un plat.

Mais il savait que ce n'était pas le cas. Iria avait l'interdiction de s'approcher des esclaves, elle ne savait pas cuisiner – à part le poulpe –, et s'occuper des prises ne faisait pas partie de ses corvées. Ce n'était donc qu'un prétexte évident.

Il sourit intérieurement et se plaqua contre la paroi latérale de la halle qu'il venait de contourner en voyant la jeune femme pivoter pour guetter derrière elle. Son regard passa sur lui sans s'y arrêter, et il poussa un soupir de soulagement. Le trépied qui portait une rangée de carquois remplis de flèches en hauteur, et d'épées pointe en bas au niveau inférieur, l'avait dissimulé. Puis il remarqua autre chose. Un des logements était vide. Il manquait une arme. Or, il savait pertinemment que tout à l'heure le stock était complet – et pour cause, il avait vérifié. De toute façon, ces armes étaient neuves, ses hommes ne quittant jamais les leurs. Elles ne serviraient qu'en cas d'attaque. Iria avait -elle profité d'une seconde d'inattention de sa part pour en subtiliser une au passage ?

Il devait la rattraper et l'arrêter au plus vite.

Tant qu'elle était désarmée, elle était inoffensive, et même si un Danois la capturait, elle ne risquait pas grand-chose. Elle serait châtiée pour son évasion, certes, mais personne n'oserait s'en prendre à l'esclave personnelle de Bjorn, et elle ne serait pas accusée d'avoir tenté de tuer un homme libre. Mais, une arme à la main, ce serait différent.

Il quitta l'ombre de la halle et se dirigea à grands pas derrière la suivante, contournant le bâtiment derrière lequel Iria avait disparu.

Il pila net en la revoyant.

Elle était bel et bien là, effectivement en possession de l'arme qui avait disparu.

Mais elle ne la tenait pas. Ou plus.

Le poignard long qu'elle avait dû dérober n'était plus dans ses mains, mais plaqué en travers de sa gorge, tenu dans les serres ridées et tavelées d'une autre prisonnière que Bjorn reconnut.

La mère supérieure du monastère où Iria avait été capturée.

Le Mosteiro de Santa María da Armenteira, qui se trouvait, en définitive, pas loin d'ici.

La jeune femme était blême, la tête rejetée en arrière

pour éviter le tranchant de la lame, et ses cheveux irréguliers tirés dans le poing de la religieuse. Elle ne bougeait pas. Ses yeux étaient exorbités, et son visage tout entier affichait un mélange de peur et d'incompréhension.

Bjorn cessa presque de respirer en voyant, alors que le bras de la nonne tremblait pour maintenir l'arme à cette hauteur, un filet de sang couler sur la gorge d'Iria. Il n'osait plus bouger de crainte de déclencher un drame. Qu'avait voulu faire cette petite idiote ? À coup sûr, elle avait décidé que quitte à s'enfuir, autant libérer ses compagnes d'infortune. Cela indiquait un grand cœur, mais également une certaine bêtise tant il était évident pour Bjorn, depuis le premier jour, que ces femmes la haïssaient. La seule inconnue, pour lui, était la raison de cette antipathie. Iria était pourtant de leur peuple. Il savait que quelque chose couvait entre elles, peut-être dû au passé mystérieux d'Iria, ou à son lignage inconnu, mais il se doutait qu'elle ferait tout pour le lui cacher. Mais s'il parvenait à interroger la mère supérieure…

Il s'apprêtait à avancer, toujours à couvert de l'ombre induite par les débords de toiture de la halle, quand la voix de la quinquagénaire retentit.

Les mots lui parurent d'abord étranges – la femme s'était, forcément, exprimée en galicien –, puis son esprit se mit à analyser la phrase et il reconnut quelques bribes grâce aux leçons qu'Iria lui avait données chaque soir. Il perçut les termes « traînée », « péché », « favorite » et « bâtarde ». Les premiers le firent pincer les lèvres. Iria avait -elle été envoyée au couvent suite à une liaison amoureuse avec un homme marié, un noble, ou un prêtre ? Était -elle une de ces femmes vénales qui négociaient leurs charmes pour vivre ? Avait -elle trompé un mari, un fiancé ? Déshonoré un père en refusant l'alliance qu'il avait organisée, ou en perdant sa vertu dans un champ ? L'idée le fit grincer des dents, puis il se reprit.

Impossible ! Iria était la pureté, la pudeur incarnées. Elle priait en permanence, considérait les plaisirs de la chair, et même un simple baiser, comme un péché. Jamais elle n'aurait pu commettre ce qu'il imaginait. Même ses réactions, lorsqu'il la prenait dans ses bras, qu'il l'embrassait, qu'il la titillait ou la provoquait, témoignaient d'une innocence totale. Si ça se trouvait, elle ignorait peut-être même ce qui se passait entre un homme et une femme. Puis le dernier mot parvint à son esprit. Bâtarde. Était-ce donc cela, le secret d'Iria ? Une jeune femme de noble extraction, mais au lignage impur, et que sa famille avait rejetée ? L'avait-on cantonnée quelques années aux tâches serviles du château avant de l'expédier dans un couvent quand sa présence était devenue gênante ? Cette théorie avait le mérite d'expliquer tant les propos d'Iria sur sa vie passée que de confirmer tout ce qu'elle avait dit, et de justifier sa présence dans un monastère. Cela concordait. Mais l'instinct de Bjorn lui soufflait que ce n'était pas tout. Il y avait autre chose. Mais comment le découvrir ?

Il grimaça en voyant la mère supérieure pivoter sur le côté, tirant encore plus la tête d'Iria en arrière, ce qui accentua la pression du poignard sur sa gorge. Il craignait que la vieille femme, qui ne devait pas avoir l'habitude de manier une arme, n'appuie davantage et ne tue sa protégée. Mais, s'il intervenait, elle risquait de mourir aussi.

Alors qu'il se demandait que faire, il réalisa que le mouvement de sa ravisseuse l'avait décalée sur le côté, et qu'Iria était à présent face à lui. La mère supérieure avait la tête tournée vers ses compagnes, dont seules deux d'entre elles étaient détachées et s'affairaient à tenter de libérer les autres – sans couteau ni arme, il leur serait difficile de défaire les nœuds experts des Danois.

Sans faire le moindre bruit, il porta la main à son cou et se mit à jouer avec son pendentif d'Odin. Il l'inclina de manière à ce qu'il capte la lumière du soleil, l'écartant de son cou pour rester dans l'ombre, et envoya un reflet brillant sur le visage d'Iria, puis dans ses yeux. Surprise, la jeune femme cligna des paupières et se raidit, avant de porter le regard vers lui. Il vit sa bouche s'ouvrir en un O de stupéfaction, puis son corps se détendre. Sa réaction lui plut. Elle lui faisait confiance, elle n'avait pas peur de lui.

Soudain, sa geôlière resserra sa prise et l'attira en arrière, certainement pour tenter de libérer elle-même les autres femmes. Iria trébucha et Bjorn craignit un instant qu'elle ne tombe sur la lame, mais elle balança les bras et parvint à se rééquilibrer. La mère supérieure lui cracha un ordre en galicien, auquel Iria répondit en latin.

— Lâche-moi !

La femme émit un rire moqueur.

— Tu ne parles même plus ta langue maternelle, mécréante ? Ne souille pas le langage de Dieu avec ta bouche impie !

— Je ne suis ni impie ni mécréante, protesta Iria, toujours en latin. Et je parle la langue de Dieu pour me rassurer. Tu me fais peur ! Pourquoi veux-tu me tuer ?

— Je ne veux pas te tuer, petite idiote, pas tout de suite. Mais ces barbares tiennent visiblement à toi, même si j'ignore pourquoi, et tu vas m'être utile pour protéger notre fuite. Si tu me sers de bouclier, ils n'oseront pas nous tirer dessus.

— Tu te trompes, plaida Iria en reculant toujours

pour suivre la femme. Ils me détestent, Rolf a tenté de me ravager, puis de me tuer, et Mikke me hait, car il craint que je ne vole le fiancé de sa fille. Il n'y a que Bjorn qui me protège.

La mère supérieure cracha un jet de salive qui atterrit sur la joue d'Iria. Bjorn fut saisi de l'envie subite de foncer l'arracher à sa ravisseuse, de décapiter celle-ci à mains nues pour cet outrage et de nettoyer Iria lui-même.

— Et qu'as-tu fait à ce païen pour qu'il tienne à toi, hein ? Tu lui as révélé nos faiblesses ? Les emplacements de nos trésors ? La taille de nos armées ? Maudite ! Tu vas nous servir, et quand nous serons en sécurité, je te trancherai la tête et la rapporterai à la régente. Elle sera certainement satisfaite de ce service, et peut-être me nommera-t -elle préceptrice de son fils, ou à la tête d'un monastère plus riche et plus important, où je mènerai enfin la vie que je mérite.

— Je ne t'ai rien fait…, gémit Iria, qui ne parvenait presque plus à marcher tant elle était courbée en arrière, sur la pointe des pieds. Pitié, pitié !

Bjorn réagit.

Il avait vu les doigts de la mère supérieure se crisper sur son arme, l'expression de son visage se durcir, et il avait réagi sans réfléchir, son instinct lui hurlant que dans moins d'une seconde Iria serait morte. Plus vite que l'éclair, il avait dégainé son poignard et l'avait lancé vers la main qui tenait l'arme mortelle. Il ne voulait pas tuer la mère supérieure, et de toute façon sa tête était trop proche de celle d'Iria, il aurait risqué de la blesser aussi, ou pire.

Son arme traversa le poignet veiné de bleu de part en part, et la femme poussa un cri de douleur en ouvrant les doigts, sa main devenue inutilisable.

Iria s'effondra au sol, peinant à respirer comme si elle avait été étranglée.

La mère supérieure était toujours derrière elle, se tenant le poignet, pliée en deux de douleur.

Bjorn fonça les rejoindre et, sans attendre, récupéra le poignard qui était tombé à terre et plaqua de son autre main la religieuse contre la paroi de la halle. Du coin de l'œil, il surveillait les deux moniales qui avaient réussi à en libérer trois de plus. Il ne fallait pas qu'elles capturent à leur tour la rescapée.

— Iria, lève-toi ! ordonna-t-il à sa prisonnière sans les lâcher du regard.

Son cri fit réagir les esclaves. Quatre d'entre elles s'enfuirent en courant en direction des falaises, remontant leurs jupes déchirées pour avancer plus vite, tandis que la dernière, curieusement, se ruait vers une autre femme pour se blottir contre elle.

Iria ne bougea pas.

— Iria, viens ! répéta-t-il.

Elle leva vers lui un regard angoissé. Il comprit qu'elle avait eu peur, très peur. Elle avait dû croire sa dernière heure arriver. Sous sa main, la mère supérieure continuait à se débattre, mais il avait plus de force et d'allonge qu'elle, et il pourrait la maintenir longtemps de la sorte. Il remit son arme dans son fourreau et tendit sa main libre à la jeune femme.

— Tu n'as rien ? demanda-t-il d'un ton plus doux. Viens plus près, je veux voir ton cou.

Cette fois-ci, elle obtempéra et se releva, avant de s'avancer vers lui. Elle resta néanmoins à une distance prudente. Il la vit jeter un coup d'œil vers les quatre autres femmes qui disparaissaient au loin, progressant plus vite maintenant qu'elles avaient quitté le sol mou de sable.

Sans réfléchir, il émit un sifflement.

Une seconde plus tard, Wulf et Olaf apparurent sur l'allée de planches.

Il n'eut pas besoin de parler. D'un signe du menton, il leur indiqua les silhouettes féminines qui s'enfuyaient.

Avec un sourire prédateur, les deux hommes s'élancèrent à leur poursuite, Olaf prenant tout de suite une avance impressionnante sur Wulf, sa stature fine et nerveuse lui donnant l'avantage de la vitesse par rapport au géant massif qui peinait à se mouvoir vite.

Dès qu'ils eurent disparu, l'attention d'Iria se reporta sur Bjorn, qui remarqua qu'elle peinait à dissimuler sa déception.

— Tu espérais tant que ça t'enfuir ? lui demanda-t-il d'un ton moqueur.

— C'est le devoir d'une esclave que de tenter de regagner sa liberté, marmonna-t -elle d'une voix boudeuse. Tu en ferais autant.

— Non. moi, personne ne me capturerait, je préférerais mourir. Mais je suis un homme, un guerrier, et un prince, pas une vulgaire fille de ferme, donc c'est normal.

— Je ne suis pas une… ! protesta Iria avant de se mordre les lèvres et de se taire, le nez baissé sur le sable.

— Tu n'es pas une fille de ferme ? Je l'avais deviné. Tu es une bâtarde, d'après ce que Skuld[1] ici présente a dit dans ta langue.

— Skuld ? répéta Iria, la mine étonnée. Qui est

1. Skud est l'une des trois Nornes du panthéon viking, qui déterminent la destinée des hommes.

Skuld ? Elle, c'est la mère supérieure du monastère où je vivais, elle s'appelle…

— Je n'ai pas besoin que tu parles pour moi, maudite ! cracha la femme écrasée contre la paroi de la halle. (Elle releva la tête avec morgue.) Je m'appelle Uxía Ramírez, je suis la mère supérieure du Mosteiro de Santa María da Armenteira, et la sœur d'Elvira Ramírez, princesse de León et régente du roi Ramire de León. Et cette gueuse mécréante et traîtresse est…

— Qui est Skuld ? l'interrompit Iria d'une voix pressante.

Bjorn lui jeta un regard noir, puis reporta son attention sur la religieuse. Celle-ci le fixa d'air défiant, mais il savait qu'il allait obtenir gain de cause. Elle détestait tant Iria qu'elle n'hésiterait pas à révéler son identité dans le seul but de la briser, de lui faire du mal, même si cela était contraire à ses propres intérêts. Il desserra sa prise sur son cou pour l'encourager et la secoua un peu.

Mais, au même instant, la dernière prisonnière, qui s'était jetée au cou de sa compagne restée dans les liens, poussa un cri déchirant.

— Elle fait une crise !

Aussitôt, toutes les autres, une demi-douzaine de femmes qui, jusqu'alors, étaient restées muettes, sans doute dans l'espoir de ne pas attirer l'attention sur elles, se mirent à s'égosiller et à s'agiter pour s'éloigner d'elles.

Dans les bras de l'esclave, l'autre se tordait et se convulsait, les yeux révulsés, l'écume à la bouche, en émettant des grognements et râles d'agonie.

Des cris retentirent parmi les femmes, dans lesquels Bjorn reconnut les mots « haut mal », « malédiction », « diablerie ».

Il poussa un appel.

— Tora !

Mais la *völva*, qui était certainement trop loin, ne répondit pas.

Iria le fit à sa place.

— Laissez-moi faire, Tora m'a appris ce que c'est et comment le traiter.

Elle s'apprêtait à courir vers l'autre femme, mais Rurik, Inge et Kjeld, les deux derniers qui devaient être en chemin pour rejoindre la *völva* dont ils assuraient la protection en permanence, apparurent au détour de la halle. Ils avaient dû entendre l'appel de leur prince et s'étaient précipités à sa rencontre.

En découvrant la scène, ils s'interrompirent net. Puis, voyant Iria courir vers une femme, ils se ruèrent sur elle et la retinrent. Iria se mit à se débattre de toutes ses forces.

— Tu sais quoi faire ? lui demanda Bjorn sans lâcher la religieuse, qui le fixait, les yeux exorbités et une grimace haineuse aux lèvres.

— Oui, promit la jeune femme d'un ton bien plus assuré.

Il hocha la tête à l'intention de ses hommes, qui la libérèrent. Sans plus s'intéresser à eux, Iria courut vers la femme et l'étendit au sol, avant de lui placer en travers de la bouche un bout de bois pour l'empêcher de se mordre la langue. Puis elle tira de la petite poche qu'elle portait à sa ceinture une fiole remplie d'un liquide rosâtre, qu'elle versa dans la gorge de la femme avant de la masser pour la faire avaler.

À côté d'elle, la religieuse qui n'avait pas tenté de s'enfuir était à genoux et se balançait d'avant en arrière, les bras serrés autour du buste et les joues striées de larmes. Elle priait à voix haute. Après avoir administré son remède, Iria la serra contre elle et répéta ses psalmodies sur le même ton. En l'espace de quelques secondes, la crise sembla diminuer. Bjorn vit ses mouvements convulsifs s'atténuer, ralentir et finir par disparaître. La respiration de la malade se fit plus calme et, au bout d'un long moment, la nonne s'apaisa définitivement et s'endormit. Il poussa un soupir de soulagement.

— Sortilège et satanisme ! grommela la mère supérieure près de lui. Sorcellerie !

Iria avait l'ouïe fine et Bjorn comprit qu'elle avait perçu les insultes, car elle se redressa et vint se camper devant la religieuse.

Bjorn, voyant qu'elle était désarmée, relâcha celle-ci. À présent que ses hommes l'avaient rejoint, il savait qu'il n'aurait pas à maîtriser une révolte de femmes à lui tout seul.

— Je ne suis ni une sorcière ni une mécréante, ma mère. Je vous l'ai dit et je le redirai jusqu'à mon dernier souffle. Je suis une bonne chrétienne, et je prie Dieu chaque jour. Je suis juste…

— C'est vrai, qui es-tu, Iria ? lança Bjorn d'un ton incisif.

Puis, voyant son air buté, il se tourna vers la mère supérieure.

— Qui est -elle ? Vous alliez le dire. Dites-moi qui elle est et je vous libère sur-le-champ.

— Et mes nonnes aussi ? réclama la femme.

Bjorn émit un rire moqueur.

— Non. C'est uniquement vous et avec vous que je négocie. Votre liberté contre son nom.

Derrière lui, Iria émit un petit gémissement. Il tourna

la tête et vit son air suppliant. Elle se tordait les mains de détresse.

Mais, alors que la religieuse ouvrait la bouche, la voix autoritaire de Mikke retentit.

— Que se passe-t-il ici, Bjorn ? Ton esclave ne te suffit plus ? Tu les veux toutes ?

Bjorn se tourna vers son futur beau-père. Il s'apprêtait à répondre quand Wulf et Olf réapparurent, tenant chacun des cordes auxquelles les prisonnières étaient attachées. L'une d'elles affichait une meurtrissure bleuâtre sur tout le côté droit du visage, tandis qu'une autre avait sa jupe déchirée si haut que l'on voyait sa cuisse, marbrée d'une longue estafilade qui saignait. Toutes avaient le regard bas et trois d'entre elles sanglotaient ouvertement.

L'évasion était finie. Leur bref espoir de liberté s'était envolé.

Les épaules d'Iria s'abaissèrent.

Mikke étrécit les paupières.

— Une tentative de fuite, c'est ça ?

Bjorn ne put faire autre chose que hocher la tête. C'était une évidence.

Courroucé, le jarl poursuivit :

— Qui les a libérées ? Elles sont attachées en permanence, et gardées suffisamment distantes les unes des autres pour ne pouvoir se toucher. (Il se tourna vers Rurik.) Encore toi ? Tu n'as toujours pas appris à monter la garde correctement ?

Mais ce coup-ci le jeune Danois protesta vigoureusement. Son manque de vigilance, la première fois, avait failli provoquer un drame, et depuis il veillait à ne jamais être pris en faute.

— Je n'ai rien fait ! J'ai entendu notre prince appeler

la völva, et je suis venu voir si on avait besoin de moi, comme eux, expliqua-t-il en désignant Inge et Kjeld.

Ce dernier pointa Iria du doigt.

— C'était la seule à ne pas être attachée nuit et jour. Il n'y a qu'elle qui a pu libérer les autres. Pourquoi elles s'en sont prises à elle, et pourquoi celle-ci a fait une crise, je l'ignore, mais c'est la seule possibilité.

Mikke tourna son regard vers Iria, qui était toujours agenouillée entre les deux esclaves, serrant l'un d'elles dans ses bras.

— Encore toi, hein ? (Il pivota vers Bjorn.) Quand apprendras-tu, enfin ? Ton obsession pour elle ne nous cause que des ennuis ! Tu humilies ma fille, tu déshonores ton nom, tu ne respectes pas notre accord ! Et tout ça pour quoi ? Pour le cul d'une esclave étrangère ! Si elle te plaît tant que ça, prends-la, amuse-toi avec elle jusqu'à ce qu'elle ne puisse plus marcher, et quand tu t'en seras lassé, revends-la ou donne-la à tes hommes, mais ôte-la-toi du crâne, que tu te comportes enfin comme le prince que tu es !

Bjorn pinça les lèvres. Ces accusations ne lui plaisaient pas, pas plus que la suggestion de Mikke, et encore moins les mots crus qu'il avait utilisés pour parler d'Iria.

Mais il ne pouvait rien dire. Il avait conscience que ce que lui reprochait son futur beau-père n'était pas totalement faux et qu'il était en tort. Et il ne voulait pas l'offenser. Voyant son indécision, Mikke secoua la tête.

— C'est encore pire que ce que je pensais, marmonna-t-il. Je suis désolé, Bjorn, mais je vais te le demander en tant que parent, en tant qu'ami, en tant qu'allié : débarrasse-toi d'elle au plus vite. Punis-la pour cette tentative d'évasion. Un châtiment public, qui servira d'exemple aux autres prisonniers, et rassurera tes hommes sur tes capacités de chef, puis vends-la. Je veux que quand on aura repris la mer, elle ne soit plus à ton bord. Sinon, c'est moi qui quitterai cette expédition, avec tous mes navires et tous mes hommes.

Sur ces mots, il tourna les talons et déserta la scène.

— Je m'enfuirai !

La jeune femme s'était campée sur ses talons et toisait Bjorn, les poings sur les hanches et le menton dressé pour le regarder bien en face, malgré leur différence de taille.

Il réprima un sourire. En dépit de sa frêle stature et de son statut d'esclave, de sa situation plus que périlleuse, son aplomb ne manquait jamais de l'amuser. Elle avait autant de culot que ses sœurs et plus de bagout qu'une poissonnière du marché de Tønsberg. Sauf que c'était une serve, une prisonnière, et elle venait juste de tenter une évasion – en cherchant en outre à emmener avec elle d'autres captives. Il ne pouvait laisser passer ça, quel que soit son désir de lui ébouriffer ses cheveux courts et de l'embrasser – voire de lui claquer les fesses.

Mais Mikke lui avait posé un ultimatum et, quand il y réfléchissait à tête reposée, il savait que le jarl, son futur beau-père, avait raison.

Cette femme était source d'ennuis. Et de dilemmes. Elle n'avait rien à faire dans sa vie, elle ne lui apporterait rien de bon et ne pouvait pas lui servir. Elle ne savait même pas cuisiner !

Il secoua la tête, toute envie de rire réprimée. Il devait s'en séparer, et au plus tôt. Quelle que soit son attirance pour elle, sa raison lui hurlait, bien plus que Mikke ne l'avait fait, de la chasser de son existence. Même ses hommes avaient commencé à le lui suggérer. Olaf ne s'était pas gêné, en tant que second, pour lui rapporter les rumeurs du mécontentement des marins quant à la présence de cette chrétienne qui persistait à réciter ses prières en public, et Rurik avait confirmé ses propos. Même si le jeune homme appréciait ouvertement sa charge, il avait lui aussi remarqué que les marmonnements et signes contre le mauvais œil se multipliaient autour d'elle, et que les accidents, bien qu'anodins, avaient tendance à se multiplier. C'était tantôt des bourrades quand quelqu'un la croisait, tantôt son verre renversé sur sa robe, le tonneau de poisson qu'elle mettait à mariner bousculé, son linge souillé de fientes… Iria ne s'était pas plainte, mais il se doutait qu'elle avait dû en arriver aux mêmes conclusions que Rurik, Olaf et lui. Il ne pouvait garder les yeux fermés : si l'esclave était rejetée dès maintenant, lorsqu'ils auraient repris la mer et se retrouveraient confinés à bord durant les longues semaines de navigation pour rentrer au Vestfold, la situation deviendrait vite intenable et risquait de dégénérer en mutinerie, voire en tentative de meurtre – ou Iria se contenterait de disparaître au hasard d'une vague un jour où Rurik ou lui aurait les yeux tournés.

Il fronça les sourcils. Il n'en avait aucune envie, mais l'évidence le frappait. Il devait la vendre.

Et si… ?

Une idée lui traversa l'esprit en la regardant reporter ses yeux vers le sommet des falaises où ses hommes montaient la garde, à côté de la croix chrétienne qui dominait le site. Iria affichait un air nostalgique.

Et s'il la renvoyait chez les siens ? Pouvait-il tenter de faire d'elle une espionne ? Lui rendre sa liberté en échange de renseignements, d'informations, de contacts parmi la noblesse susceptible d'améliorer ses relations avec les locaux ou de négocier un passe-droit ?

Mais non, elle n'accepterait jamais.

Et il ne lui faisait pas assez confiance pour lui accorder une mission susceptible de mettre ses hommes et lui en péril. Elle risquait tout autant de les envoyer dans un piège ou d'alerter l'armée galicienne.

Décidément, cette situation était inextricable.

Il n'avait qu'une seule certitude : il n'avait aucune envie de se priver d'elle, et c'était de plus en plus clair. Chaque jour qui passait, où il la voyait déambuler et s'affairer sans lui accorder la moindre attention, chaque nuit qui passait où elle s'épanchait avec lui de ses tâches et qu'ils apprenaient mutuellement la langue de l'autre, ne faisait que renforcer son intérêt, sa fascination, son désir de la connaître.

— Tu vas être punie, finit-il par lâcher.

Ça aussi, c'était une évidence. Ses hommes n'accepteraient jamais qu'elle ne soit pas châtiée et leur rejet n'en serait que plus fort.

— Je n'ai rien fait de mal.

— Tu as tenté de t'enfuir, tu as tenté de libérer les prisonnières. Je ne peux pas laisser passer ça.

— Tu as fait de moi une esclave, c'est de mon devoir de chercher à regagner ma liberté. Je recommencerai.

— Alors tu seras de nouveau rattrapée et punie, chaque fois de manière plus sévère. Je n'ai pas le choix.

— Moi non plus.

Il savait qu'elle ne céderait pas. Plus les châtiments seraient durs, plus sa détermination s'en trouverait renforcée. Il en venait même à craindre que cela ne tourne en un duel de volonté où ils perdraient tous les deux.

Il l'attrapa par le bras et l'attira vers lui. À son contact, il l'entendit haleter et son souffle s'accéléra. Ses pupilles se dilatèrent. Craignait -elle d'être battue, ou brûlait -elle de désir pour lui ? L'idée qu'elle puisse avoir envie de lui le traversa et lui donna envie de l'embrasser sauvagement, de plonger la main dans ses cheveux pour l'attirer à lui et presser ses courbes féminines contre son corps dur.

Il ne résista pas.

Il céda à sa pulsion et enroula les bras autour de sa silhouette souple, et la ploya sous sa volonté. Elle ne résista pas, mais poussa un hoquet de surprise.

Derrière eux, les prisonnières, que Wulf et Olaf avaient rattachées, se mirent à marmonner des mots malsonnants dans leur langue étrange. Bjorn en comprit quelques-uns, mais ne s'en préoccupa pas. Seule comptait pour lui la sensation du corps chaud d'Iria dans ses bras, de sa bouche pressée contre la sienne, de ses courbes affolantes qui épousaient ses formes.

Il pressa une main sur sa nuque qui ployait vers lui et l'autre au creux de ses reins, puis descendit encore et effleura la courbe de ses fesses. Iria hoqueta contre lui et se raidit. Il se figea un instant, relâchant sa bouche pour ne pas l'effaroucher davantage, puis il plongea le nez dans son cou et déposa un baiser discret sous son oreille, avant de faire glisser ses lèvres sur la longue colonne douce et lécher délicatement l'attache de sa clavicule.

Avec un soupir, la jeune femme se détendit contre lui, et ses doigts, qui s'étaient enfoncés dans la chair de ses biceps, transformèrent leurs griffes en caresses. Il reprit sa progression et massa sans forcer la chair ronde de son arrière-train, savourant sa fermeté et sa chaleur, se délectant de la façon dont elle frémissait à son contact. Leur proximité lui permit de sentir son pouls accélérer, son souffle se faire plus rapide. Il n'avait pas cessé ses caresses dans son cou et descendit encore plus bas, profitant de l'encolure large de sa robe pour frôler de son nez le creux triangulaire à la base de sa gorge, et arrondit les lèvres pour expirer dessus, créant un courant d'air frais sur sa peau brûlante.

Cette fois, ce fut un gémissement qui s'échappa de ses lèvres. Ses mains se faisaient plus insistantes sur ses bras, il savait qu'elle cédait au plaisir, qu'elle ne pensait plus au péché, à la pénitence, à sa religion de mortifications et de contraintes. Elle s'abandonnait à son étreinte, et lui s'abandonna à espérer qu'elle lui répondrait, en réclamerait davantage, cesserait de lui résister. Il remonta le visage pour reprendre possession de sa bouche. Ses lèvres, cette fois, ne restèrent pas fermées et, à la première caresse de sa langue, elles s'ouvrirent pour exhaler un souffle chaud au parfum de miel et de soleil. Il l'avala goulûment, dansant avec elle avec sensualité, se perdant dans sa chaleur et sa douceur.

Soudain, il sentit ses mains quitter ses bras pour se nouer derrière sa nuque et il comprit qu'il avait gagné. Elle le serrait contre lui, pressait son corps contre le sien et répondait avec avidité à son désir. Ses seins voluptueux, à peine masqués par sa chainse et sa cotte fine, frottaient contre son torse et accentuaient le désir qu'il avait d'elle. Il ne put résister à la pulsion d'onduler des hanches pour lui faire sentir son érection. Sa verge était tellement tendue qu'il savait que même à travers ses braies à lui et ses jupes à elle, elle percevrait la colonne érigée contre son ventre. Et en effet, lorsqu'il pressa son bassin contre son estomac tendre, elle se figea de nouveau un instant. Il se demanda si elle savait seulement ce que cela signifiait. De ce que sa mère et ses prêtres avaient sous-entendu, les jeunes chrétiennes étaient totalement novices et innocentes en matière de plaisir charnel, emmenées au lit nuptial sans la moindre idée de ce qui les attendait – de ce que l'on attendait d'elle –, avec pour toute notion que l'acte d'accouplement était un péché uniquement destiné à la procréation et que le plaisir en était proscrit, voire puni. À ses yeux, c'était un crime.

Il en avait même parlé, un jour, avec Ingebjørg, lorsque celle-ci avait rencontré Ågot, sa mère, et s'était étonnée que la reine du Vestfold se montre si froide et distante envers elle. La *skjaldmö* avait eu une conscience aiguë de leur différence de rang et de son propre statut et, sans espérer que Bjorn, prince de sang, l'épouse un jour – bien qu'à l'époque, il l'ait déjà envisagé –, elle s'était sentie blessée par le rejet absolu d'Ågot envers celle que son fils avait présentée comme sa « compagne de cœur ». Bjorn avait dû la rassurer : ce n'était pas elle, en personne, qu'Ågot avait méprisée, mais la notion d'amante, de maîtresse, de partenaire de lit. Ingebjørg avait d'abord éclaté de rire avant d'écarquiller les yeux quand Bjorn avait expliqué que pour Ågot, toute femme qui partageait la couche d'un homme de son plein gré, sans être mariée à lui, était une pécheresse vouée à la damnation et à l'opprobre. La guerrière avait argumenté un long moment contre ce principe, qu'elle trouvait contraire à toute vie saine et agréable, puis avait fini par hausser les épaules et s'était resservi une corne d'ale[1] aux baies sauvages.

1. Bière douce (moins de 2 % d'alcool) produite dans les régions nordiques, le plus souvent à base d'orge, parfois d'avoine ou de seigle, avec du houblon, des baies et des plantes aromatiques pour l'arôme.

Ils avaient conclu la soirée en faisant l'amour sans inhibitions, comme pour se moquer des préjugés et interdits chrétiens. Ingebjørg était morte quelque temps plus tard, et en voyant le rictus méprisant de sa mère, et en entendant son commentaire sarcastique, qui sous-entendait que la *skjaldmö* avait été punie pour ses péchés, Bjorn s'était demandé si le destin n'avait pas cherché à leur faire payer leur bonheur, et si les chrétiens ne trouvaient pas plus de satisfaction à voir la souffrance de ceux qu'ils considéraient comme des pécheurs qu'à leur propre vie morne.

Mais, en cet instant, ces considérations étaient bien loin. Iria oubliait enfin ses interdits et ses défenses, elle se laissait aller à son étreinte, à ses caresses, et ses gémissements, tandis qu'il caressait sa nuque d'une main, et ses fesses de l'autre, lui prouvaient qu'elle prenait plaisir à leur baiser.

Voyant qu'elle ne résistait plus, les yeux fermés et le corps pressé contre lui, il délaissa sa croupe pour faire glisser sa main sur son flanc, là où la peau était si fine, puis le long de sa hanche pour s'aventurer vers son ventre, entre eux. Elle eut un nouveau frisson et gémit de plus belle, mais ne s'écarta pas. Il continua donc sa progression, profitant du laçage de sa robe sur le côté pour insinuer ses doigts sous le tissu le plus épais et profiter de la douceur et la chaleur de sa peau à travers sa chainse fine. Elle était brûlante. Elle frissonna sous sa caresse, et il laissa sa main se tendre plus bas, encore plus bas, jusqu'à effleurer son bas-ventre.

Cette fois, elle se tendit, mais comme elle ne mettait pas fin à leur baiser, il glissa son doigt entre eux, à la naissance de son sexe, et massa doucement le discret renflement qu'il sentait là. Elle frémit de plus belle et gémit. Soudain, il la sentit vibrer, elle exhala un son plus fort et se tendit davantage, pressant son bassin contre lui en se frottant comme si elle essayait de l'escalader. Il dut réprimer un petit rire devant son ardeur. Son baiser se fit plus sauvage. C'était elle qui prenait les commandes de leur étreinte. Elle avait plongé les doigts dans ses cheveux et lui maintenait la tête comme pour lui interdire de s'écarter d'elle, et l'embrassait avec ferveur, sa langue explorant sa bouche, ses dents raclant parfois contre les siennes.

Alors qu'il glissait un doigt à proximité de sa fente, il fut saisi par l'humidité brûlante qui y régnait et ne put réprimer un coup de bassin. Elle y répondit d'un feulement et se cambra, et lui mordit la lèvre inférieure avec ardeur. Par tous les dieux vanes, cette femme était une furie, quand elle oubliait son christianisme. Il perdit toute modération. Sans ôter sa main droite d'entre eux, il entreprit de la masser avec détermination entre ses jambes, l'incitant à écarter les cuisses de la sienne pour mieux la sentir, et la faisant s'incliner en arrière pour sentir son corps souple ployer contre lui et la tenir totalement à sa merci.

Soudain, une bordée d'invectives lui coupa tous ses effets.

— Traînée ! Fille du diable ! Pécheresse bâtarde ! Tu brûleras en enfer !

Iria se figea d'un coup, se tendant contre lui, et s'arracha à son étreinte.

Il ouvrit les yeux. La jeune femme était raide comme un piquet et affichait, malgré son teint rougi et sa respiration haletante, une mine horrifiée et une expression déchirée. Ses pupilles dilatées témoignaient encore de son ardeur passée, mais elle arborait l'expression de la terreur la plus intense.

Derrière eux, la mère supérieure, que Wulf et Olaf avaient écartée le temps de ramener les prisonnières évadées, était revenue à sa place et de nouveau menottée, et les toisait avec hargne, son regard méprisant et furibond malgré les liens qui la maintenaient accroupie au sol.

En son absence, les captives s'étaient contentées de marmonner des commentaires tout bas, mais la moniale n'avait pas eu leur retenue – ou savait que son rang et son titre, malgré son statut d'esclave, lui conféraient une certaine valeur qui la protégeait des brimades – et les injuriait ouvertement. Ou plutôt, injuriait Iria dans sa langue. Peut-être ignorait -elle que Bjorn commençait à la comprendre, à moins qu'elle ne s'en préoccupe pas.

Voyant que la jeune femme s'était détournée du Danois et la contemplait, elle joua de son avantage et reprit ses invectives.

— Tu vas mourir, maudite catin, et tu passeras l'éternité à subir les violences des démons ! Ils se repaîtront de ta chair, ils te prendront à quatre pattes comme la chienne que tu es, et ces plaisirs sordides que tu recherches de ton vivant, tu les subiras dans la honte et la douleur jusqu'au Jugement dernier !

Avec un cri de détresse, Iria porta les mains à son visage et recula jusqu'à se retrouver adossée à la halle, contre laquelle elle s'accroupit, prostrée, en poussant des gémissements désespérés.

Bjorn vit rouge.

Il n'avait jamais aimé cette tendance des chrétiens à condamner tout comportement leur déplaisant, de préférence quand il apportait du plaisir aux autres, mais là, dans ce cas, alors que cette femme avait gâché le premier moment intime qu'il partageait avec Iria, il ne pouvait l'accepter.

Sans réfléchir, sans hésiter, il avança vers la moniale et dégaina son épée.

Son cerveau enregistra le cri d'Iria.

— Bjorn, non !

Derrière lui, Olaf reprit l'appel.

— Bjorn, c'est une ota…

Sa lame trancha la tête de la vieille femme d'un seul coup.

Sa colère disparut aussitôt en voyant le visage, figé en une expression mêlant triomphe et terreur incrédule, voler dans l'air, sous les yeux horrifiés des autres prisonnières, avant d'atterrir un peu plus loin dans le sable.

Un geyser de sang s'ensuivit, jaillissant du cou décapité, éclaboussant les captives voisines, qui restèrent figées un instant avant de s'écarter en panique en poussant des cris d'orfraie.

Dans un coin de son cerveau, il enregistra différents faits.

Olaf avait tenté de lui dire que la mère supérieure avait de la valeur et qu'il était dans leur intérêt de la garder en vie. Il avait eu raison.

Il avait perdu le contrôle, la maîtrise de son tempérament, et ses hommes l'avaient vu décapiter une prisonnière sans raison.

Iria l'avait vu commettre un meurtre sur un coup de sang, une femme qu'elle connaissait peut-être depuis longtemps, et elle devait avoir peur de lui.

Il avait trahi ses principes.

Il resta immobile ainsi quelques instants, incapable de bouger, conscient du spectacle qu'il offrirait s'il se retournait, le visage et la broigne maculés de sang, l'épée tirée rouge de fluides, le souffle court, le visage hagard.

Pourtant, il le fit. Il pivota lentement et tourna la tête vers Iria. Elle le fixait. Elle n'affichait plus son air horrifié, mais son regard, en le contemplant, était vide. Il n'exprimait plus ni désir, ni passion, ni même dégoût ou rejet. Il n'y lit plus que l'apathie d'une femme brisée, qui avait assisté à une scène insoutenable.

Il n'y avait plus rien à dire, plus rien à faire. C'était inutile. Il avait tout gâché. Il avait envie de hurler à Iria que c'était la faute de sa compagne, que cette maudite religieuse était coupable, que c'était elle qui l'avait poussé à cet acte, qu'il n'avait pas supporté de l'entendre la maudire et l'invectiver de la sorte. Mais, en son for intérieur, il savait que les torts étaient siens. Il n'avait pas su se contrôler, il avait craqué, comme le barbare qu'Iria l'avait accusé d'être à maintes reprises.

Avec un soupir, il essuya son épée sur la robe de la femme défunte étendue à terre, s'attirant de nouveaux cris d'horreur qu'il ignora, puis la remit au fourreau et s'éloigna à grands pas.

En passant devant Rurik, qui était resté en périphérie de la scène, prêt à intervenir si Iria retentait de se sauver, il lui lança froidement :

— Emmène-la à Tora et dis-lui de la garder. Je ne veux plus la voir.

Puis il dépassa Olaf.

— Dis aux hommes de préparer les navires. On reprend le voyage demain pour longer la côte vers le nord. Il est temps qu'on quitte ces maudites régions, elles ne nous ont rien apporté de bon.

Olaf haussa un sourcil surpris.

— On ne poursuit pas l'expédition ? Le butin est maigre, mon prince, les jarls ne seront pas contents qu'on reparte sans avoir les cales remplies.

— Obéis !

Le rugissement de Bjorn, qui ne ralentit ni ne se retourna, suffit à faire taire son second.

Demain, dans la première ville qu'ils croiseraient, il vendrait Iria. Ce serait la fin de toute cette histoire. Mikke serait satisfait, ses hommes se rasséréneraient, les dissensions au sein des prisonnières comme des Danois s'apaiseraient, il pourrait affecter Rurik à d'autres tâches plus utiles, et ses dilemmes comme ses ennuis appartiendraient au passé. Il épouserait Hedda, il fonderait une lignée avec elle, aiderait son frère à reconquérir le trône du Vestfold et obtiendrait un fief en échange, sur lequel il pourrait régner et qu'il pourrait transmettre à ses enfants. Tout serait dit. Iria ne serait plus qu'un lointain souvenir, un épisode doux-amer qui n'aurait ni marqué sa vie ni influé sur son objectif, et, surtout, ne lui ferait plus perdre le contrôle de son existence. Cette femme avait bouleversé sa vie dans le pire des sens, elle lui faisait perdre toute prise sur lui-même, et il détestait ça. Il détestait être en proie à ces sentiments, à ce désordre, à ces pulsions. Même avec Ingebjørg, il n'avait jamais éprouvé ça. Avec elle, il s'était senti en sécurité, apaisée, à égalité. Iria lui donnait l'impression qu'il n'était pas digne d'elle, et il tentait envers et contre tout de changer, de se dépasser, de soulever des montagnes pour elle, et il échouait lamentablement. Il fallait que ça cesse. Il fallait donc qu'elle disparaisse. Mikke avait vu juste. Son futur beau-père était un homme intelligent, logique et avisé. Peut-être avait-il donné ce conseil en pensant à leur alliance et à l'honneur de sa fille, mais son avis n'en était pas moins valable. Il le respecterait. Demain, Iria serait vendue.

Et tant pis s'il se haïssait de faire ça. Tant pis si elle le haïssait. Il lui suffirait de tourner le dos pour ne pas voir ses yeux quand elle découvrirait qu'il l'avait cédée contre monnaie sonnante et trébuchante.

Et en attendant il ne se rendrait plus chez Tora, ne s'arrêterait même plus devant la chambre où elle transmettait son savoir à ses apprenties. Rurik lui annoncerait la nouvelle lui-même, et c'était bien assez. Elle avait beau avoir revendiqué Iria, Bjorn demeurait néanmoins son suzerain et avait tout pouvoir sur ses gens et ses esclaves. Peut-être lui crierait -elle dessus, mais elle finirait par comprendre qu'il avait agi pour le bien collectif.

L'esprit en ébullition et les sens tout aussi bouleversés, il traversa la plage à grands pas pour ne s'arrêter que devant le mannequin de sacs et de bois qui servait à l'entraînement des hommes et à l'essai des nouvelles lames. D'un geste brusque, il dégrafa sa ceinture et la fit tomber à terre pour se délester de ses armes. Puis il ôta sa broigne. Et, enfin, il commença à cogner la quintaine. Gauche, droite. Gauche, droite. Gauche, gauche, droite. Et encore. Jusqu'à ce que ses poings craquent, jusqu'à ce que ses jointures saignent, jusqu'à ce que ses poignets gémissent.

Il avait besoin de se défouler, de faire sortir toute la rage, le dégoût et la frustration qui l'envahissaient, et il ne se faisait pas assez confiance pour affronter un de ses hommes. Dans son état, il aurait risqué de le mutiler, voire de le tuer comme il l'avait fait de cette malheureuse.

Il ne s'arrêta que lorsque le mannequin, avec un grincement de protestation, se brisa en deux sous l'effet de ses coups.

[illegible]

Chapitre 12

Iria pleurait à gros sanglots. Elle ne pouvait ni s'en empêcher ni mettre un terme à cette crise de larmes qui la secouait tout entière dans les bras de Tora.

Elle ignorait même pourquoi elle pleurait. Tora avait tenté de lui extirper la raison de sa détresse, mais elle s'était contentée de bafouiller des mots incohérents, n'ayant elle-même pas la moindre idée de ce qui la bouleversait.

Elle se contentait de laisser sourdre la douleur, la peur, la panique et la crainte de l'avenir qui la malmenaient à chaque instant depuis si longtemps. Elle était déchirée entre son désir et sa religion, entre sa raison et son cœur, sa logique et son âme.

Elle avait su, en le faisant, que Bjorn ne lui pardonnerait jamais cette fuite, encore moins si elle emmenait les autres prisonnières avec elle. Tout comme elle avait su que cette tentative était vouée à l'échec. Mais elle ne pouvait faire autrement. Il était de son devoir, dans sa nature, de tout tenter pour retrouver sa liberté et sauver les chrétiennes qui partageaient son sort.

Mais, à présent qu'elle était confrontée aux conséquences de son échec, elle craignait encore plus l'avenir. Que lui ferait Bjorn ? Quel sort réserverait-il aux autres captives ?

Elle ne craignait pas qu'il la maltraite ni se venge sur elle de sa décision. Elle craignait qu'il ne décide qu'elle ne valait pas tous les tracas qu'elle lui occasionnait et qu'il la vende. Elle craignait… d'être éloignée de lui.

Et c'était, somme toute, ce qui la bouleversait.

Car, même si elle avait tout fait pour mettre de la distance entre elle et lui – oui, en fuyant –, l'idée d'être privée de lui, peut-être à tout jamais, la détruisait.

Elle était désespérée. Il lui semblait ne plus avoir la moindre échappatoire. Pourquoi s'était -elle attachée à ce barbare, ce rustre sanguinaire, païen en outre ?

Tora, qui avait cessé de lui poser des questions depuis un bon moment et se contentait à présent de la serrer dans ses bras en la berçant doucement, finit par perdre patience.

En secouant la tête, elle saisit les épaules d'Iria et l'éloigna d'elle avant de lui relever le menton et de plonger son regard dans le sien.

— C'est Bjorn ? souffla-t -elle d'une voix grave, les yeux incisifs.

Incapable de prononcer un mot, Iria hocha la tête.

— Il t'a…

Iria s'empressa de nier.

— Il n'a… il n'a… il ne m'a… fait aucun mal.

La *völva* éclata d'un rire rauque.

— Je le sais bien, petite oiselle, voyons ! Je connais Bjorn depuis son enfance, et je sais pertinemment qu'il ne ferait aucun mal à une femme, encore moins à une femme à laquelle il tient comme il tient à toi.

Iria écarta les yeux.

— Il… tient à moi ?

La guérisseuse afficha une mine exaspérée ;

— Pourquoi, si ce n'était pas le cas, errerait-il comme

une âme en peine autour de notre chambre dès qu'on s'y enferme ? Pourquoi veillerait-il sur toi comme si tu étais le trésor du Vestfold ? Pourquoi empêcherait-il ses jarls de te clamer ou de te vendre, comme certains le réclament ?

— Alors… il ne va pas me vendre ? chuchota Iria, sans croire qu'elle avait prononcé ces mots inimaginables.

À peine la question avait -elle franchi ses lèvres qu'elle se les mordit, pétrie de culpabilité.

Tora secoua de nouveau la tête et hésita.

— C'est bien ça qui te tourmente vraiment, n'est-ce pas ?

La jeune femme baissa le visage, incapable de soutenir le regard inquisiteur de la devineresse.

— Crois-moi, je sais ce que c'est d'être déchirée entre l'appel du cœur et l'appel du devoir. Je vois bien que, depuis un bon moment, tu hésites entre ta foi et ton amour pour lui. Tu ne devrais pas. Pour le peu que je connais votre religion, votre dieu dit que l'amour est sacré, qu'il devrait être placé au-dessus de tout, et que les péchés doivent être pardonnés. Pourquoi donc devrais-tu te flageller pour un sentiment qu'il porte si haut et qui est, finalement, si naturel ?

Mais Iria n'était plus en état de l'entendre. Elle se remit à balbutier des excuses et à gémir, allant jusqu'à se tirer les cheveux de désespoir.

Elle était trop plongée dans sa détresse, dans sa culpabilité, pour entendre le raisonnement d'une autre, qui plus est une païenne, elle aussi. Elle continua à se balancer sur elle-même, les joues striées de larmes, et hoqueta quelques mots sans suite.

— Je suis… damnée. Perdue…

Au bout d'un moment, Tora sembla hésiter, puis elle afficha une mine résignée et se remit debout, faisant signe à Asløg de la remplacer auprès de sa plus jeune apprentie. Malgré son passé de guerrière et son apparence farouche, son attitude souvent plus rébarbative que celle de Vibeke, qui n'était que rondeurs et douceur, Asløg était mère et savait, sans paroles, consoler, rassurer, apaiser les cœurs brisés et âmes en peine. Il n'y avait pas d'âge pour souffrir, et Tora avait l'impression qu'à ce stade Iria avait plus besoin d'être bercée et choyée comme un tout-petit que raisonnée comme une adulte.

Avec un hochement de tête serein, Asløg délaissa le pilon et le mortier dans lequel elle écrasait des herbes, aux côtés de Vibeke, qui finissait de préparer un autre onguent, et se porta auprès d'Iria. Sans prononcer un mot, elle s'assit derrière elle, la calant entre ses jambes après avoir relevé sa jupe, pour la serrer dans ses bras avec force. Sans réfléchir, Iria s'abandonna à son étreinte et se remit à pleurer.

Tora eut néanmoins l'impression que ses sanglots étaient moins forts, moins dévastateurs, et qu'il s'agissait plus d'un flot de détresse longuement refoulée qui finissait de s'écouler, qu'une nouvelle crise.

Elle échangea un regard avec son apprentie et sortit de la pièce sombre.

Elle devait parler à Bjorn.

Elle n'eut pas à chercher loin : le prince danois trônait juste de l'autre côté de la cloison ajourée, assis dans le grand fauteuil – dont il lui avait confié qu'il le trouvait inconfortable – en bois, entouré de ses jarls.

D'après ce que Tora entendit, ils étaient en train de planifier leur retour. Cela l'étonna. Le voyage ne serait pas rentable. Cela semblait également l'avis des jarls, qui protestaient contre cette décision alors que leurs cales étaient presque vides. Mais, alors que Bjorn hochait la tête avec indifférence, le regard perdu dans le vide, il se leva soudain et frappa du poing sur l'accoudoir de son siège.

— Silence ! hurla-t-il.

Tora sursauta en même temps que les jarls.

Depuis sa naissance, elle ne l'avait jamais entendu hausser le ton de la sorte. Même quand Ingebjørg était morte, il n'avait pas levé la voix, crié, pleuré, sangloté, comme d'autres l'auraient fait, et comme elle s'y était attendue, connaissant l'attachement qu'ils se portaient. Il s'était au contraire muré dans le silence et n'avait plus prononcé un mot jusqu'aux funérailles de la jeune femme. Il avait juste failli craquer lorsque, deux jours plus tard, le roi Gudrœd avait désigné une nouvelle *skjaldmö* pour Hedda, et qu'Ågot avait précisé, un sourire méprisant aux lèvres, de la choisir « laide, cette fois », pour éviter que leur fils ne s'entiche d'une nouvelle traînée. Mais Bjorn n'avait pas eu le temps de réagir, Gudrœd avait giflé sa femme et désigné Lone, une autre guerrière, au physique effectivement quelconque. Lone devait toujours accompagner Hedda, songea Tora. Sauf si elle était morte en la protégeant. Nul ne le savait.

Mais un nouveau coup attira son attention sur la scène devant elle.

Les jarls n'avaient pas obéi à Bjorn et, si un silence stupéfait avait effectivement suivi son ordre, les discussions, qui ressemblaient fort à des disputes, avaient repris de plus belle, chacun donnant ses raisons pour s'attarder un peu plus sur les côtes galiciennes.

Mikke voulait s'enfoncer à l'intérieur des terres, en

profitant des cours d'eau, pour s'immiscer jusqu'à une ville plus importante et la saccager.

Olaf tentait de raisonner son prince et l'incitait à revendre les captifs actuels contre de l'or, et en profiter pour mettre à sac les châteaux dans lesquels ils se seraient infiltrés pour effectuer les transactions.

Rolf plaidait pour continuer à ravager la côte plus avant, voire descendre jusqu'au détroit dont de précédents explorateurs nordiques avaient parlé, pour tenter une percée dans les terres du Sud qui regorgeaient d'épices, de tissus précieux, de jeunes vierges exotiques à la peau brune ou noire.

Les trois parlaient de plus en plus fort, soutenus par l'approbation bruyante de leurs capitaines et de leurs hommes, massés à l'arrière de la salle.

La réunion menaçait de se transformer en charivari, voire en émeute.

Tora secoua la tête.

À sa façon, Bjorn était aussi perturbé qu'Iria. En temps normal, il n'aurait jamais laissé un tel chahut se produire. Mais, en temps normal, il n'aurait jamais pris une décision aussi irrationnelle et dangereuse pour sa position.

Ses hommes risquaient de se mutiner et de quitter l'expédition. Voire, s'ils étaient assez nombreux et furibonds, ils pouvaient aussi persuader ses marins les plus proches de se retourner contre lui et de le renverser, pour le mettre à mort et continuer l'expédition sous l'égide d'un autre chef. Elle voyait bien Mikke dans ce rôle : c'était le plus riche, le plus expérimenté, et le plus retors, même si Rolf était tout aussi ambitieux que lui.

Elle ne devait pas laisser faire ça. Elle devait intervenir.

Vivement, elle tourna les talons et rentra de nouveau dans sa pièce. Sans laisser ses yeux s'habituer à la pénombre, elle se dirigea vers Iria et Asløg. La jeune Galicienne pleurait toujours, et ses yeux étaient gonflés, ses joues rougies et marbrées de larmes.

Tora eut un instant de pitié, mais n'hésita pas. Elle se pencha vers elle et lui asséna deux gifles qui claquèrent dans le silence de la pièce.

Iria émit un cri de douleur, mais cessa de pleurer.

Asløg avait porté la main à son poignard, comme pour défendre la jeune femme. Elle ne s'était pas attendue à cette brimade.

— Cesse de pleurnicher et lève-toi, j'ai besoin de toi ! ordonna Tora à Iria.

Celle-ci leva des yeux bouffis vers elle.

— Q… quoi ?

— Bjorn est en danger, j'ai besoin de toi.

Iria afficha une mine interloquée et esquissa un geste de refus, mais Tora ne lui laissa pas le temps de protester. Elle la saisit par le poignet et la tira sur ses pieds.

— Viens. Bjorn est en très mauvaise posture à côté, et il n'y a que toi qui puisses apaiser la situation avant que ça ne dégénère.

— Moi ? Mais… comment ?

Tora haussa les épaules en la traînant quasiment vers la porte.

— Si je le savais, je le ferais moi-même. Mais c'est à toi de le faire.

Sur ces mots, elle la poussa à travers le rideau qui fermait la pièce.

Iria trébucha et passa le seuil.

De l'autre côté, la pièce n'était pas beaucoup plus

lumineuse, ne comportant que peu d'ouvertures, mais la différence lui fit l'effet d'un coup de poing. Tout était plus clair, plus grand, et surtout plus bruyant.

Le son la frappa comme une nouvelle gifle, si fort qu'elle porta les mains à son visage.

La salle était emplie d'hommes qui beuglaient, frappaient sur leurs boucliers, hurlaient de fureur dans leur langue étrange, proférant ce qui ressemblait fort à des insultes ou des imprécations. Elle vit même une corne de bière voler en direction de là où elle se trouvait.

Non, à côté.

L'un des guerriers au fond de la pièce avait lancé sa boisson, mais il ne l'avait pas vue, il avait cherché à atteindre Bjorn, qui se trouvait sur son trône, à moins de deux longueurs d'homme d'elle. Le prince danois semblait… inerte. Indifférent. Passif. Il aurait aussi bien pu être mort, s'il n'y avait eu son torse qui se soulevait à intervalles réguliers et ses paupières qui clignaient. Même son teint était celui d'un cadavre.

Le jet en provoqua d'autres, et très vite, une pluie de projectiles s'abattit sur Bjorn, qui ne réagit pas plus que ça.

Iria comprit que Tora n'avait pas menti, la réunion risquait de tourner au drame. Mais que pouvait-elle faire ? Elle n'était qu'une faible femme, une esclave, de surcroît, qui ne maîtrisait quasiment pas cette langue ? Quel pouvoir avait -elle sur ces hommes étranges, comment aurait -elle pu les influencer ?

Elle hésita un instant, ses yeux écarquillés prenant en compte l'ampleur du drame.

Puis, elle cessa d'atermoyer et, instinctivement, répéta son geste du premier jour sur cette plage, quand on l'avait présentée à Tora.

Elle écarta les bras et émit un sifflement sonore. Elle ignorait si cela suffirait ni si les hommes interrompraient leur querelle pour un simple bruit, mais ce n'était pas leur attention qu'elle cherchait à attirer. Eux n'étaient pas importants. Ce n'était pas eux qu'elle appelait.

Mais ils entendirent et se tournèrent vers elle.

Les invectives changèrent de cible.

— C'est elle qui rend notre prince fou ! beugla Rolf en pointant son épée vers elle.

— C'est une sorcière, l'une des filles de Fenrir, les Managarm, dévouées au mal !

Un concert de cris et de hurlements suivit cette annonce de Mikke.

Bjorn se leva et se porta au-devant d'Iria pour la protéger, mais elle le repoussa d'un geste.

Elle attendait.

Elle n'attendit pas longtemps.

Ceux qu'elle avait invoqués répondirent à son appel.

Les deux immenses corbeaux sacrés franchirent la grande double porte de la halle dans un bruissement d'ailes noires et traversèrent la vaste pièce en rauquant leur cri perçant.

Un silence révérencieux les accueillit.

Ils tournoyèrent trois fois dans la pièce, survolant les têtes ébahies, leurs grandes ailes effleurant des tresses blondes et rousses, des crânes rasés et tatoués, des fronts plissés, des casques en métal martelé et cuir bouilli, des expressions stupéfaites, émerveillées, furibondes.

Iria écarta les bras, et Hugin et Munin se posèrent dessus, se figeant dans la pose hiératique qui était dans leur habitude.

Les murmures qui avaient accompagné leur entrée

cessèrent devant le spectacle. Cette fois, Iria n'attendit pas avant de rabaisser les poings. La dernière fois, ses poignets lui avaient brûlé tant le poids des oiseaux était pesant, et l'expérience n'avait pas été agréable. Au lieu de quoi, elle porta les mains à son visage et, sans manifester la moindre peur, effleura le crâne dur des volatiles de ses lèvres, l'un après l'autre, en murmurant des mots que nul n'entendit.

À la mine révérencieuse de quelques Danois, dont Rolf, certains durent croire qu'il s'agissait de sortilèges, d'invocations ou d'une incantation magique. Plusieurs d'entre eux esquissèrent des signes contre le mauvais œil dans leur dos, mais la plupart prirent en main le torque ou le bracelet runique symbolisant leur attachement à la foi ancestrale en une prière à Odin ou Freyja.

En fait, il s'agissait juste d'un remerciement qu'Iria leur avait adressé, celui que Tora lui avait conseillé de dire chaque fois que les oiseaux répondaient à une commande et y obéissaient. Ils savaient qu'il s'agissait d'une marque de reconnaissance et cela les encourageait à s'y plier. Mais nul autre que les *völvas* ne le savait.

Après avoir parcouru l'assemblée masculine du regard, Iria reporta son attention sur Bjorn, encadré par les principaux jarls de l'expédition. Mikke et Rolf se tenaient à ses côtés, ainsi que trois autres jarls, dont elle crut se souvenir qu'ils se nommaient Asfrid, Osbern et Njall. Elle ne les connaissait pas, mais Bjorn lui avait montré le dernier, dont la chevelure brune et lisse, coupée aux épaules, tranchait avec celles des Danois. D'après ce qu'elle avait compris de ses explications, malgré son nom danois, Njall[1] était le fils du jarl Rollon de Normandie, qui avait été le premier duc de cet État nordique en terre franque, et le frère de son dirigeant actuel. Njall était donc normand et, bien que né de la *frilla* de Rollon et non de son épouse légitime, il n'en était pas moins de sang royal et destiné à régner à la place de son frère Guillaume si celui-ci décédait. Sa présence au sein de cette expédition était donc lourde de sens : à la fois témoignage de la confiance de Guillaume, un soutien direct à Bjorn, mais également un émissaire, voire un espion et un ambassadeur dans ces contrées du Sud. Bjorn l'appréciait pour ses qualités martiales et diplomatiques, mais s'en méfiait du fait de son allégeance à double tranchant. Il avait fait promettre à Iria de ne pas s'approcher de lui, et surtout de ne pas lui parler, quoi qu'il lui demande, quitte à jouer les idiotes.

Aussi est-ce vers lui que son attention se porta en premier.

— Honte à vous qui doutez de la sagesse de votre prince, que les dieux ont désigné pour mener cette expédition et vous ramener dans votre pays riches et en bonne santé. Honte à vous qui craignez une faible femme et lui faites porter le poids de vos doutes et de vos erreurs. Honte à vous qui invoquez le nom des dieux à mauvais escient pour apaiser votre conscience et servir votre cupidité.

Elle souleva les bras et envoya les corbeaux voler vers

1. Contrairement à Rollon, le premier duc de Normandie, Guillaume Longue-Épée (son fils et successeur) et Richard sans Peur (fils naturel et successeur de Guillaume Longue-Épée), Njall Rollosson est un personnage fictif. Les trois premiers sont des personnages historiques, les premiers ducs de Normandie, même si à l'époque ils se qualifiaient encore de « jarls », les termes de marquis et de duc n'ayant été usités que plus tard.

Bjorn. Les oiseaux n'hésitèrent pas un instant et tournèrent au-dessus de sa tête avant de l'encadrer, se posant sur ses épaules avec majesté. Bjorn ne broncha pas. Les yeux rivés sur ceux d'Iria, il la fixait avec intensité, la mine à la fois inquisitrice et sereine. Iria savait qu'il lui en voulait de ce qui s'était passé, qu'il envisageait de se débarrasser d'elle. Elle se demandait même si, comme ses hommes, il ne la considérait pas comme responsable des déboires qu'ils avaient subis.

Elle n'en avait cure.

Il pouvait la détester, la haïr, autant qu'il le voulait. Cela ne changerait rien. Elle lui avait fait du tort, mais, surtout, elle avait conscience que sa simple présence, sa simple résistance, sa nature même et leur relation l'avaient mis en péril. Et elle ne voulait pas se sentir responsable s'il lui arrivait quelque chose.

Quoi qu'il advienne d'eux, qu'elle fuie, qu'il la libère, la vende ou se serve d'elle comme monnaie d'échange, son âme, son cœur et son cerveau réclamaient qu'elle se libère de sa dette envers lui. Car elle avait une dette. Malgré tout ce qui les opposait, il l'avait protégée et défendue vis-à-vis de ses hommes. Avec sa brusquerie et sa mentalité de guerrier barbare, il s'était occupé d'elle de son mieux, avait veillé sur sa sécurité et lui avait même permis de comprendre sa culture et son peuple à travers Tora et ses apprenties. Elle lui en savait gré. Elle savait ce qui avait dû lui en coûter, et elle tenait à le lui prouver, et à se prouver qu'elle n'était pas la créature sans âme, maléfique et néfaste, que l'on imaginait.

Elle se redressa et plongea son regard dans le sien, iris de miel contre iris de mer.

— Bjorn Gudrœdsson, ces corbeaux sont les envoyés

des dieux, leurs émissaires sur Midgard et leur voix au sein des mortels. En t'accordant leur confiance, ils révèlent celle des Ases et te promettent leur soutien. Tu atteindras ton but et rentreras chez toi auréolé d'or et de gloire.

Elle termina son allocution par une inclinaison du buste qui dissimula son mince sourire.

Elle avait lu la surprise et l'amusement dans le regard de Bjorn. Elle savait qu'il avait compris son jeu et, elle devait l'avouer, son mensonge. Les dieux ne lui avaient pas parlé. De toute façon, ils n'existaient pas ailleurs que dans l'esprit de ces hommes. Mais elle avait également été sincère. Elle était persuadée qu'un homme aussi déterminé, intelligent et rusé que Bjorn parviendrait toujours à ses fins et réussirait à obtenir ce qu'il voulait dans sa vie.

Restait à savoir ce qu'il voulait. Fortune et gloire ou… elle ? Mais ce n'était pas important. Ce qui importait était que ses jarls, ses guerriers et ses marins aient cru en ses dires.

Et d'après le bruissement qui montait peu à peu dans la halle, succédant au silence de mort qui avait accueilli ses paroles, elle avait atteint son but.

Les murmures lui parvinrent.

Elle ne comprit pas tout, les Danois parlaient trop vite, trop bas, tous en même temps, mais elle devina à leur ton et aux quelques mots qu'elle guetta qu'elle avait réussi.

Mikke s'étonnait qu'elle se soit exprimée en norrois, et Rolf, qui avait déjà manifesté une certaine révérence devant les corbeaux, lui affirmait en retour que sa maîtrise de leur langue témoignait d'une magie inconnue, ou d'un don des dieux.

Rolf, derrière ses supérieurs, tentait de se faire entendre de son prince pour l'assurer de son soutien.

Les autres jarls ne parlaient plus de mutinerie, de révocation, de rébellion et faisaient des plans pour remonter le long des côtes en s'arrêtant dans les villes qu'ils n'avaient pas pillées à l'aller. Asfrid et Osbern hochaient la tête de concert et marmonnaient des mots inintelligibles, mais l'approbation peinte sur leurs visages attestait leur assentiment.

Seul Njall demeurait silencieux. Son regard passait de Bjorn à Iria, semblant peser le pour et le contre, jaugeant, inspectant, sondant les leurs.

Iria n'osait détourner les yeux ni prononcer un mot de plus de peur de se trahir. Bjorn finit par s'adresser à lui.

— Qu'en penses-tu, Njall Rollosson, frère de Guillaume Longue-Épée ?

Celui-ci hésita un long instant. La rumeur dans la halle décrut, puis se tut en guettant la réaction du plus important des jarls de l'expédition. Son choix orienterait celui des autres, malgré leur approbation. Si Njall se désolidarisait de Bjorn, il pouvait tout aussi bien quitter la flotte en emportant ses neuf navires et leur équipage – ainsi que sa part du butin – que décider de tuer Bjorn pour prendre sa place.

Njall le toisa un long moment, les lèvres pincées et le visage inexpressif. Iria, malgré ses années à la cour de León, était incapable de lire en lui la moindre décision. L'homme était visiblement lui aussi rompu aux intrigues de cour et savait dissimuler ses sentiments. Elle retint son souffle, n'osant plus bouger.

Malgré son impassibilité, Bjorn devait lui aussi guetter sa réponse, car elle vit ses épaules se raidir, comme sous le poids des oiseaux, et son teint blêmir sensiblement. Mais il ne bougea pas davantage.

Soudain, l'un des corbeaux émit un cri rauque et piétina, forçant Bjorn à changer de position pour éviter un coup d'aile noire. L'oiseau pivota et lui becqueta la joue.

Iria retint un cri. L'espace d'une seconde, elle avait cru qu'il s'apprêtait à lui crever un œil. Mais non. Ce n'était qu'une marque d'affection. Hugin avait frotté sa tête sombre sur la pommette de Bjorn et son bec n'avait même pas entamé la peau fragile.

Le mouvement dut déclencher une réaction chez Njall, ou le décider à faire un choix. D'un geste sec, il hocha la tête et esquissa un sourire prédateur.

— Je suis avec toi, Bjorn Gudrœdsson, et je te suivrai. Ces contrées ne me plaisent pas, j'ai hâte de rentrer chez nous, et de profiter du voyage de retour pour piller ces villes fécondes que nous avons croisées à l'aller sans nous y arrêter. Remontons au nord, saccageons les ports et comptoirs côtiers, chargeons nos cales d'esclaves, d'or, de tissus et d'épices, et retournons en Normandie pour y raconter nos exploits !

— Et au Danemark, compléta Bjorn avec un hochement de tête. Ton frère Richard m'a assuré de son soutien dans la reconquête du Vestfold, et j'ai hâte de retrouver mon frère Harald, mon souverain légitime, pour l'assister dans sa quête de justice avec ton aide.

Cette fois, Njall ne prononça pas un mot. Il dégaina son poignard, qu'ils appelaient « courtsaxe », avait appris Iria, et en frappa la poignée ornée de runes et de cercles sur son bouclier rond qu'il avait fait pivoter autour de son épaule pour le passer devant son torse. Il entama un rythme lent, martelant le bois renforcé de métal pour le faire sonner comme un tambour, jusqu'à ce que tous les hommes l'imitent et que la halle résonne de leur hommage à Bjorn.

Iria comprit que la mutinerie prévue n'aurait pas lieu. Bjorn ne risquait plus rien.

Elle devait à présent se retirer et le laisser gérer la situation. Mais, alors qu'elle faisait demi-tour, la main de Tora, dans son dos, l'empêcha de quitter la pièce.

— Reste, murmura la *völva* dans son oreille. Bjorn te doit ce succès, tu représentes à présent les dieux pour ces hommes. Ton départ détruirait ce que tu viens d'accomplir.

— Mais…, protesta la jeune fille.

— Reste. Tu ne dois pas avoir fait cela en vain.

Iria ne résista pas davantage et pivota de nouveau vers Bjorn.

Celui-ci leva les bras pour faire taire ses hommes, faisant s'envoler les oiseaux. Hugin et Munin reprirent de l'altitude dans la halle, frôlant le plafond, et revinrent s'installer à l'arrière de la salle principale, à proximité de l'entrée de la pièce des *völvas*. Iria soupçonna que les oiseaux guettaient les reliefs des plats que les quatre femmes y préparaient en courant de journée.

Puis elle détourna son attention d'eux.

Bjorn allait parler.

D'une voix sonore, il ordonna aux hommes de retourner à leurs navires pour préparer le départ. Ils devaient rassembler les esclaves, faire embarquer les vivres, détruire tout reste utilisable de leur passage, faire monter les animaux, vérifier une dernière fois l'état des rames, des voiles, des coques, des cordages. Tout devait être paré à prendre la mer.

Puis il se tourna vers les jarls et les remercia de leur soutien – dont il n'avait jamais douté, précisa-t-il – avant de leur lancer toute une série d'autres commandes plus précises. Rolf devait partir en tête de l'expédition avec ses navires pour guider les autres et repérer les villes propices à un raid. Mikke le suivrait et le protégerait d'une attaque par la mer, tout en cartographiant la côte en prévision d'un retour des Danois lors d'une prochaine expédition. Njall, quant à lui, était chargé de profiter de leurs derniers jours sur place pour s'enfoncer dans la Ría de Arousa, juste au sud de leur position au-dessus de la Ría de Muros y Noia, que Bjorn décrivit comme étant l'équivalent d'un « fjord », jusqu'à pouvoir remonter le long de la vallée de la rivière Ulla, avant de bifurquer vers le nord pour emprunter son affluent, la Sar, qui les mènerait jusqu'au site de pèlerinage de Saint-Jacques-de-Compostelle, qui leur assurerait un pillage aussi fructueux que facile.

Iria fut aussi effarée de la connaissance que Bjorn avait de la géographie de son pays que de son sacrilège. Il précisa même à Njall que la navigation sur les deux cours d'eau, qui n'aurait dû lui prendre que deux jours, en nécessiterait probablement quatre, car les nombreux méandres de ces fleuves et leur situation encaissée comme leur faible profondeur les ralentiraient.

Elle en fut aussi outrée que confuse. Comment avait-il appris cela ? D'où tenait-il ces renseignements ? Les lui avait -elle soufflés lors de leurs conversations nocturnes ? Pourtant, elle avait pris soin de ne rien révéler de compromettant pour les siens, et pensait jusque-là avoir réussi ? Avait-il interrogé d'autres prisonnières ? Capturé des marchands, voyageurs ou pêcheurs auxquels il avait pu extorquer ces informations précieuses ? Et d'où savait-il que la ville de Compostelle serait une prise facile ?

Malgré un passé riche en tradition païenne puis

commerciale, Compostelle, autrefois nommée Asseconia, avait toujours été un nœud focal des ports extérieurs et un centre d'échange. Les gens y venaient échanger les produits de la mer contre des spécialités intérieures. Mais sa situation protégée, loin des côtes et de ses dangers, avait incité ses habitants à s'y sentir en sécurité et nul n'avait jamais osé s'en prendre à la vieille cité. Celle-ci n'avait jamais donc vu le besoin d'ériger de remparts dignes de ce nom ni d'entretenir une force armée conséquente. L'ancienne capitale Oviedo n'avait été fortifiée qu'à peine un siècle plus tôt et transformée en siège épiscopal. La nouvelle capitale, León, avait elle aussi reçu ses remparts au début du siècle, tandis que l'antique Iria Flavia, renommée Padrón, serait également pillée, puisqu'elle se trouvait à la confluence entre les rivières Sar et Ulla.

Iria s'en étrangla d'horreur. C'était à Padrón que l'apôtre saint Jacques aurait prêché pour la première fois, et c'était là que son tombeau avait été découvert. Comme pour Oviedo, c'était le roi Alphonse[1] qui lui avait fait ériger des remparts, avant de transférer l'évêché à Saint-Jacques-de-Compostelle. Toutes ces cités, réalisa-t -elle, seraient en effet des cibles idéales pour les Danois. Malgré un passé martial pour certaines, qui avaient été fondées par les militaires romains et se targuaient encore des vestiges de leurs camps, elles n'avaient pas l'expérience des pillages et des sièges, et n'anticiperaient pas une invasion par la mer. Le plan était aussi audacieux qu'horrible, et Iria eut envie de hurler à l'idée qu'elle venait, par son intervention, de sauver l'homme qui en était à l'origine. Soudain, une

1. Alphonse II, dit « Alphonse le Chaste », a été roi des Asturies de 791 à 842. Cinq autres monarques lui succédèrent avant l'accession au trône de Sanche Ier de León, le père d'Iria, en 956.

main posée sur son épaule l'arracha à ses réflexions, la faisant sursauter.

Plongée dans ses pensées troublantes, elle n'avait pas remarqué que l'intégralité des Danois présents dans la salle étaient sortis, certainement pour obéir aux ordres de Bjorn. Tora avait également disparu. Seuls Hugin et Munin demeuraient, perchés sur les poutres de la charpente, comme deux chaperons bienveillants.

Bjorn lui faisait face, sa carrure large rassurante, ses paumes lourdes, mais chaudes, la rappelant à la réalité. Il la scrutait avec insistance, le visage plissé d'incompréhension.

— Pourquoi as-tu fait ça ? lui demanda-t-il en latin.

— Ils t'auraient tué, répondit -elle en norrois, sa langue peinant à articuler les syllabes étranges.

Elle n'avait jamais eu l'occasion de pratiquer en dehors de leurs soirées d'échanges, et de quelques mots avec Tora, et avait craint que personne ne la comprenne. Elle avait toujours eu un don pour les langues et s'était appliquée à mémoriser tout ce que Bjorn lui faisait répéter chaque soir, mais elle n'avait pas imaginé qu'elle deviendrait trilingue aussi vite.

— En quoi cela t'importait-il ? Moi mort, tu aurais eu plus de chances de rester chez toi, d'être rendue aux tiens, échangée contre…

— Vendue comme une assiette ou un lé de soie, échangée comme une brebis ou une chèvre, repassée d'un maître à l'autre, qui aurait usé et abusé de mon corps. Tu ne m'as pas fait de mal, je ne voulais pas qu'ils t'en fassent par ma faute.

Bjorn hocha la tête.

— Tu as donc compris.

— Qu'ils me haïssaient ? Qu'ils me craignaient ? Oui, c'était visible, et tu ne me l'as jamais caché.

— Maintenant, cela risque d'empirer. Il y en aura qui te prendront pour une *völva*, une walkyrie, une émissaire des dieux, au même titre que Hugin et Munin, mais la plupart des autres n'auront de cesse de te tuer par peur, par incompréhension, par méfiance.

— Et toi ? s'enquit Iria, se surprenant elle-même par la véhémence de ses mots. Et toi, comment me considères-tu ? Que veux-tu faire de moi ?

Elle s'étonna de l'importance que cette question prenait en elle et se retrouva suspendue aux lèvres de Bjorn.

Il ne répondit pas tout de suite, baissant les yeux entre eux. Ses mains avaient quitté ses épaules et, glissant le long de ses bras, avaient frôlé sa poitrine et son torse. Ses doigts s'étaient posés aux abords du col profond de sa robe, qui dévoilait le tissu jaune vif de sa chainse fine, et jouaient avec le ruban simple qui rendait l'ouverture plus modeste. Iria ne put réprimer un frisson en percevant la chaleur de sa peau si près de la sienne. Elle s'imagina qu'il écartait les pans du tissu pour caresser sa chair.

— Moi, je… je devrais me débarrasser de toi. On m'a dit de le faire. Je m'étais résolu à le faire. J'avais dit à Rurik d'en donner l'ordre, de prévenir Tora que tu serais vendue au plus tôt.

— Tu ne comptais pas me le dire ? souffla-t -elle d'une voix brisée.

— Je… je n'y parvenais pas. J'en étais incapable. Je suis peut-être lâche. Ou peut-être m'accrochais-je encore à l'idée de te garder.

— Et maintenant ?

— Maintenant, je réalise que c'est impossible.

Iria laissa planer un silence. Les doigts de Bjorn hésitaient à la toucher. Ils volaient au-dessus du tissu délicat, sans la toucher, comme si même son corps hésitait sur la conduite à prendre. Comme si tout en lui hurlait que s'il allait plus loin, il n'y aurait plus de retour en arrière pour eux.

Elle frissonna. Et il la toucha. Le bout de ses doigts effleura sa gorge, et elle émit un gémissement irrépressible à son contact brûlant. Un grondement sourd lui répondit. Bjorn avait fermé les yeux, et une expression presque douloureuse lui tordait les traits.

— Qu'est-ce qui est impossible ? chuchota-t -elle en s'efforçant de conserver un peu de lucidité.

Elle devait savoir. Elle ne pouvait rester dans le doute ainsi plus longtemps, à craindre d'être séparée de lui, à craindre d'être avec lui.

— De te perdre, gémit-il. Je ne peux pas. J'ai perdu Ingebjørg et j'ai cru en mourir. Maintenant, avec toi, je revis, et je refuse de traverser ça de nouveau.

Sans une hésitation de plus, il fondit sur sa bouche et la prit avec violence. Son baiser eut un goût de conquête, de possession, de dominance. Il la faisait sienne, il la ravageait comme ces villes saintes qu'il voulait investir, il la prenait tout entière et jusqu'aux tréfonds de son âme d'un simple baiser.

Iria s'abandonna à ses lèvres. Elle n'hésita pas une seconde et s'enfouit dans ses bras, fondant contre lui jusqu'à ce qu'elle ait l'impression de ne faire qu'un avec lui. Il n'y avait plus de différence entre son corps et le sien, entre sa langue et la sienne. Ses mains la parcouraient, ses doigts pressaient sa nuque, plongeaient dans ses cheveux, la serraient contre lui pour la priver d'une fuite qu'elle n'envisageait même pas. Elle s'offrait corps et âme à lui.

Elle aussi prit l'initiative, ayant eu trop peur de le perdre, trop peur de se perdre, trop peur d'être tuée par ces hommes brutaux et étranges qu'elle ne comprenait pas et qui ne la comprenaient pas. Avec Bjorn, dans ses bras, elle était en sécurité. Il ne lui avait jamais fait de mal, il ne l'avait jamais violentée, jamais menacée, jamais frappée. Il la protégeait, il veillait sur elle, il l'aidait à être elle-même. Enfin, alors qu'elle plongeait sa langue dans sa bouche et entamait une danse sensuelle avec la sienne, elle comprenait ce que Tora avait voulu lui dire en lui parlant de la culture de leur peuple : elle avait tout autant le droit qu'un homme de prendre ce qu'elle voulait, que ce soit sa liberté, son identité, son avenir en main. Et elle se comprenait aussi : elle voulait Bjorn. Elle ne voulait pas retourner à sa vie d'avant, redevenir la marionnette d'Elvira et de Teresa, la belle-fille illégitime que l'on manipulait, que l'on craignait, que l'on écartait de peur qu'elle nuise, intrigue ou spolie. De là où elle venait, seul Ramire, son jeune demi-frère, tenait à elle et l'aimait pour ce qu'elle était, en dépit de sa nature, de sa naissance, de son sexe. De sa différence. C'était ça qui comptait le plus. Malgré leurs cultures et leurs religions étrangères, malgré leurs origines lointaines et leurs incompréhensions, avec Bjorn, elle ne se sentait pas différente. Elle avait l'impression d'avoir trouvé un foyer. C'était cela qui lui faisait le plus peur. Qui l'avait poussée à tenter de fuir, encore et encore.

Et là, dans les bras de Bjorn, elle le comprenait enfin : ce n'était pas Bjorn qu'elle fuyait, ni sa situation d'esclave, ni l'avenir incertain ou une quelconque loyauté envers son pays ou son roi. Elle se fuyait elle-même. Elle fuyait sa peur, ses doutes, ses incertitudes. Mais en cet instant, blottie contre lui et l'embrassant de tout son être, il n'y avait plus place au doute en elle. Elle était chez elle. Elle le savait instinctivement, sans avoir à réfléchir. Il n'y avait aucun autre endroit au monde où elle pourrait se sentir plus protégée, plus « chez elle ».

Avec passion, elle noua les mains autour du cou de Bjorn et fourragea dans ses longues tresses pour l'attirer encore plus contre elle, le serrant contre son corps avec autant de force qu'il la serrait, de peur de le perdre. Elle mordilla sa lèvre inférieure, puis fit courir sa langue dessus, jusqu'à la commissure de sa bouche, le faisant gémir contre elle. Ses doigts, dans son dos, se firent fébriles. Il fit glisser ses mains le long de sa colonne vertébrale, marquant sa peau au fer rouge à travers le tissu de sa cotte et de sa chainse, puis ils s'insinuèrent au creux de ses reins, là où un lacet de cuir resserrait le buste de sa robe par un nœud. Elle le sentit tirer, délicatement, et la ganse se défit sans tarder. Une sorte de carcan qu'elle n'avait pas ressenti se dénoua et elle eut l'impression de respirer plus librement.

Puis les doigts de Bjorn se faufilèrent dans l'ouverture, et elle se sentit plongée dans un bain bouillant tant leur contact l'embrasa. Ils trouvèrent sa peau à travers la fente latérale de la chainse fine, et elle ne put réprimer un halètement de plaisir quand il lui caressa le flanc. Elle bouillait d'impatience, d'ardeur, de joie et de passion. Ignorant ce qu'elle pouvait faire, elle l'imita, mais sa broigne l'empêchait de trouver sa peau. Elle remonta donc vers son cou et planta les ongles dans la chair sensible de sa nuque. Bjorn émit un grognement qui la fit se figer net. Lui avait -elle fait mal ? Mais il resserra aussitôt son emprise sur elle et se remit à l'embrasser comme si sa vie en dépendait. Puis il avança, la faisant reculer sans regarder où elle allait. Elle lui faisait confiance et le laissa la guider sans hésiter, un pas en arrière à la fois, jusqu'à ce que ses talons butent sur une surface verticale dure. Bjorn appuya sur ses épaules et elle s'assit, découvrant qu'il l'avait conduite jusqu'à son siège de bois, dont le fond était drapé de fourrures épaisses. Il n'était pas si inconfortable qu'il en avait l'air, réalisa-t -elle dans un recoin de son esprit, avant que les lèvres de Bjorn, qui traçaient un chemin brûlant le long de sa mâchoire, ne la fassent défaillir et oublier son raisonnement.

Elle gémit quand il l'embrassa dans le cou, puis continua à descendre sur sa gorge, ouvrant peu à peu l'encolure large de sa cotte pour lécher ses clavicules, tracer un sillon ardent à la lisière de sa chainse. Elle ne pouvait rien faire d'autre que plonger ses doigts dans ses épaisses tresses blondes pour le guider plus bas, encore plus bas, et s'accrocher à lui quand elle se sentait sombrer dans les brumes du plaisir. Quand ses mains furent arrêtées par l'ourlet de sa broigne, elle protesta, un son de réprobation qui franchit à peine ses lèvres. Bjorn réagit aussitôt et la lâcha le temps d'arracher les liens de cuir qui ceignaient sa protection de cuir bouilli, et il la passa au-dessus de sa tête, libérant son torse massif à peine couvert par une tunique de lin crème.

Avec un soupir de satisfaction, elle en souleva l'ourlet pour accéder à sa peau et découvrit sa poitrine. Il était large, bardé de muscles et couvert d'un duvet doré à peine plus clair que ses cheveux. Ses tétons étaient roses et petits, et elle les effleura avec étonnement, surprise de découvrir que sa caresse les faisait s'ériger. Bjorn émit un soupir de plaisir et se pressa contre elle, s'agenouillant devant elle, entre ses jambes, pour continuer à l'embrasser. Ses mains étaient partout, sous sa chainse, jouant avec ses côtes, massant ses seins, caressant son ventre sensible et lisse. Elle poussa un halètement quand il lui pinça doucement un téton, et ne put réprimer un cri quand sa bouche, qui s'était aventurée dans l'encolure de sa chainse, tirée vers le bas, l'aspira avec ardeur.

Les sensations qui la parcouraient étaient si intenses qu'elle sentit une brûlure inconnue dans son entrejambe, une palpitation qui lui donnait envie de quelque chose, d'autre chose, d'être comblée, emplie, et elle écarta les jambes sans savoir pourquoi, avide d'obtenir ce que son corps savait mieux qu'elle qu'il désirait. Bjorn poussa un petit rire et accéda à son invitation, pressant sa chair ferme contre la sienne. Elle s'étonna de sentir une protubérance dure contre son bassin, mais ses baisers la rendaient folle. Elle posa les mains dans son dos en le sentant descendre encore plus, et quand ses lèvres trouvèrent son nombril, puis glissèrent davantage vers son entrejambe, elle enfonça les ongles dans ses muscles puissants, qui se tendirent à son contact sauvage.

— Oh Bjorn, s'il te plaît…, chuchota-t -elle sans savoir ce qu'elle réclamait.

— Tu en as envie ? répondit-il aussitôt, tout bas, la bouche contre sa peau.

— Oui…

Mais de quoi avait-elle envie ? Elle l'ignorait, mais elle commençait à deviner que Bjorn le lui montrerait, et qu'avec lui elle ne ressentirait que du plaisir.

Et quel plaisir.

Il posa les mains sur ses cuisses et poussa pour l'inciter à les écarter davantage, et s'inclina. Sur le moment, elle ne comprit pas ce qu'il souhaitait, mais sa tête blonde s'enfonça entre ses jambes et elle le laissa faire.

Il allait… ?

Il le fit.

Il l'embrassa là, entre ses jambes, là où un triangle de poils châtains l'avait toujours intriguée et fascinée, sans qu'elle sache pourquoi. La surprise la fit se figer un instant. Puis la gêna. Mais, une seconde plus tard, elle ressentit une vague de plaisir telle qu'elle crut pousser un cri.

Elle n'avait jamais éprouvé pareil plaisir. Des vagues la parcouraient, la brûlaient, l'incitant à écarter les jambes, à onduler du bassin et à plonger ses doigts dans les cheveux de Bjorn pour l'engager à rester là, à continuer ce qu'il faisait.

Il n'arrêta pas. Il la léchait, l'embrassait, la mordillait, la suçait comme si elle avait été un festin délicieux, et il poussait de petits gémissements en le faisant comme s'il y prenait autant de plaisir qu'elle.

Soudain, les sensations s'amplifièrent encore et une lame brûlante s'abattit sur elle, lui faisant renverser la tête en arrière dans un râle de plaisir. Elle se cambra, traversée d'une flèche de jouissance inconnue, tout en aspirant à plus, à sentir quelque chose en elle, un vide la parcourant, dont elle savait que seul Bjorn pourrait la combler.

Elle crut s'évanouir et supplia Bjorn d'arrêter.

Mais il n'obéit pas.

Il continua encore et encore, se délectant de sa saveur, et, quand elle commença à s'apaiser, ses mains, sur ses cuisses, se mirent à la masser, à palper sa chair frémissante.

L'une d'elles remonta, pétrissant sa peau, caressant, tranquillisant tout en l'excitant encore davantage.

Une onde d'inquiétude la parcourut quand, en plus de sa bouche, ses doigts vinrent explorer sa féminité. Il continuait, de sa langue, à lui lécher un petit bouton sensible en haut de son sexe, qui avait gonflé de plaisir et lui semblait palpiter d'une vie propre.

Et quand, soudain, Bjorn plongea un doigt à l'intérieur d'elle, prenant possession de son corps avec une douceur déterminée, elle ne put s'empêcher de l'attirer à elle pour l'embrasser à pleine bouche.

Elle sentit son goût sur ses lèvres et s'en étonna. Bjorn émit un gémissement d'approbation à son baiser et continua à la caresser de l'intérieur, lui arrachant des frissons de plaisir. Puis il ajouta un deuxième doigt et la sensation s'accentua. Elle ignorait ce qu'il lui faisait, mais cela n'avait aucune importance. C'était trop bon.

— Encore, s'il te plaît. Je veux… plus…, gémit -elle.

— Tu en es sûre ? répondit-il tout contre sa bouche.

— Je n'ai jamais été aussi sûre de toute ma vie.

Il se redressa alors, la faisant se relever contre lui, et rabattit sa chainse sur son corps avant de la soulever dans ses bras.

Elle était encore toute molle de plaisir, brûlante et apaisée, et être portée de la sorte lui donnait l'impression d'être dans un cocon, une bulle de bonheur. Elle savait que Bjorn allait faire d'elle une femme, et elle s'en délectait.

Il se dirigea vers sa chambre, leur chambre, et s'arrêta sur le seuil pour pousser la porte.

Mais, à l'instant où ils se retrouvèrent dans la pénombre de la pièce, des cris à l'extérieur le firent se figer.

Des cris masculins, des appels, des exhortations, des alarmes.

Soudain, un hurlement trancha avec ces premiers sons effrayants. Iria ne comprit que deux mots, mais ceux-ci la paralysèrent dans les bras de Bjorn.

— *Hljóða* ! *Bardagi*[1] !

Ils étaient attaqués.

Bjorn s'immobilisa, aux aguets, puis, avec une imprécation qu'elle ne comprit pas, il la lâcha et dégaina son épée.

Il fit demi-tour, récupérant sa broigne au passage, qu'il enfila à la va-vite.

Iria, qui tenait à peine sur ses jambes, serrait sa chainse au col étiré et élargi contre sa poitrine en un geste de pudeur futile en cet instant dramatique.

Au moment de s'en aller, Bjorn se tourna vers elle et lui fourra de force son poignard dans la main.

— Reste là, et ne sors pas. Défends-toi si nécessaire. Tora et ses corbeaux te protégeront. Je reviens dès que possible.

Puis il fit demi-tour et fonça vers la porte de la halle, beuglant déjà des ordres à ses hommes, qu'Iria devinait postés à l'extérieur.

1. « Alarme » et « Attaque » en vieux norrois.

Chapitre 13

Le combat fut bref, mais féroce.

Malgré la soudaineté de l'attaque, les Danois n'avaient pas été pris au dépourvu. Affairés à préparer le départ des navires, les guerriers nordiques avaient juste laissé tomber les sacs de nourriture, ballots de tissus et coffres de monnaie pour dégainer leurs armes et se ruer à l'assaut.

L'alerte avait été donnée à temps. Les sentinelles, postées en haut des falaises, avaient bien joué leur rôle.

En inspectant la scène, Bjorn songea qu'il lui faudrait les récompenser de leur vigilance. Alors que les cohortes de soldats galiciens s'étaient faufilées sur la plage en profitant des sentiers sinueux entre les crêtes de rochers, rendus presque invisibles par les épaisseurs dentelées de roc, les Danois les avaient repérés d'en haut et avaient lancé des flèches au sol à l'avant des intrus pour indiquer aux guerriers à terre la direction d'où provenait la menace. Puis ils avaient sonné dans leurs cors et hurlé des avertissements.

Cela avait suffi.

À peine les Galiciens étaient-ils parvenus sur la plage que les Danois s'étaient portés à leur rencontre pour les empêcher de progresser plus avant.

Sous les ordres de Bjorn, une partie des marins s'était avancée pour les contrer, tandis que les autres se campaient autour des navires à protéger, et un dernier groupe, celui de Mikke, formait un cercle autour des tas de butin et d'esclaves.

Bjorn avait songé qu'il devait envoyer un homme veiller sur Iria. Il avait guetté autour de lui pour voir s'il repérait Rurik, le seul en qui il avait confiance pour protéger la future *völva* sans tenter de la tuer, mais le jeune Danois était nulle part en vue. Après un coup d'œil désespéré en arrière, Bjorn avait discerné la silhouette aisément identifiable d'Asløg, sa boiterie ne l'empêchant pas de progresser avec rapidité vers la halle où Tora, Vibeke et Iria devaient encore se trouver. Il s'était demandé durant une seconde si l'ancienne blessure de la *skjaldmö* ne l'empêcherait pas de les protéger avec efficacité, mais il l'avait vue progresser parmi les hordes d'assaillants avec aisance, les fendant de sa hache comme la légendaire guerrière Webiorg avait dû le faire lors de la bataille de Bråvalla.

Il avait tout d'abord été soulagé de la voir si féroce au combat, avant de réaliser que Webiorg, après avoir combattu Thorkell le Tenace, avait fini par succomber à ses blessures contre lui. Asløg subirait -elle le même sort, laissant Tora, Vibeke et Iria sans défense ? Puis il s'était rasséréné. Même s'il n'y avait que Vibeke et Tora à se battre, elles étaient formées aux armes et sauraient le faire avec énergie, et Asløg n'hésiterait pas à se retrancher dans leur halle pour les protéger. Sa boiterie la fatiguerait vite, mais il lui suffisait de parvenir à la halle pour y être en sécurité. Il devait leur faire confiance à toutes pour veiller sur Iria.

Il avait alors chassé ces pensées parasites de son esprit

et s'était consacré à la bataille qui faisait rage devant lui. Toute distraction pourrait lui coûter la vie ou, pire, coûter la vie à ses hommes, ce à quoi il se refusait. Quels que soient ses sentiments, son poste comme son titre indiquaient sa priorité. Il devait consacrer sa vie, ses talents et son cœur au bien-être et à la survie des âmes qui lui étaient confiées. Il n'avait pas le choix. Son honneur en dépendait.

Il avait donc tiré son épée et s'était élancé à l'avant. C'était son rôle et son devoir : il tenait, à chaque combat, à être au premier rang de l'affrontement, pour montrer à ses hommes qu'il ne craignait ni la bataille ni la mort, et donnait l'exemple du courage et de l'ardeur au combat.

L'épée au clair et le bouclier dressé – il l'avait récupéré au passage avant de sortir de la halle –, il avait abattu sa part d'ennemis, la grande lame de son langsaxe tranchant les chairs, décapitant, mutilant. À ses côtés, Rolf et Wulf l'avaient rejoint et l'encadraient, jouant tous deux de leur lourde hache de guerre.

Curieusement, des renforts n'avaient pas tardé à se présenter. Alors qu'il avait l'impression que ses guerriers et lui avaient vaincu sans tarder les cohortes de Galiciens venus les affronter, d'autres troupes plus hétéroclites étaient ensuite apparues à leur suite, bien plus surprenantes.

Des hommes, des femmes, parfois même des enfants, en tenue de paysans, parfois dépenaillés, leur avaient succédé, brandissant fourche, fléau, épieu noirci au feu et autres armes improvisées avec une maladresse compensée par leur hargne évidente.

Dents noires dévoilées sur des lèvres parcheminées par le soleil, visages tannés et ridés grimaçant de haine, yeux brillants d'une ire sacrée, ils avaient déboulé, trébuchant sur les rochers inégaux comme une invasion de rats enragés.

Ils n'avaient pas fait long feu. Malgré leur nombre et leur déferlante, les Danois n'avaient pas hésité à les massacrer, conscients que s'ils en épargnaient ne serait -ce qu'un qui s'enfuyait, le récit de ce carnage parviendrait à des oreilles plus fortunées dont le propriétaire ne tarderait pas à envoyer une milice. Il n'y avait pas eu de survivants. Même les enfants avaient été passés au fil de l'épée ou de la hache, leurs cris s'éteignant dans un gargouillis sanglant, leurs corps allant rejoindre ceux de leurs parents ou grands-parents, vu l'âge de certains, que leurs cheveux blancs n'avaient pas protégés.

Bjorn en avait été écœuré.

Il détestait de plus en plus ce genre de carnage. Ce n'était pas ça, à ses yeux, la gloire du combat, la fierté de vaincre un ennemi valeureux, de surpasser un adversaire digne de ce nom. Ce n'était pas lors d'affrontements de ce genre qu'il gagnerait sa place aux côtés d'Odin ni qu'il verrait de ses yeux défunts les fabuleuses walkyries. Ce n'était qu'une… boucherie.

Avec dégoût, il essuya son épée souillée de sang sur la chainse déchirée du dernier corps qu'il venait d'abattre et, après un regard aux alentours pour vérifier que plus aucun ennemi n'était debout, il la remit au fourreau et accrocha son bouclier dans son dos. Lui aussi avait fait les frais de la bataille, et une longue entaille, profonde, le traversait, souvenir d'un coup de faux qui n'aurait pas manqué de le couper en deux s'il ne s'était pas abrité à temps. Il lui faudrait réparer le cercle de bois et de métal, le poncer, le repeindre, jusqu'à lui rendre son intégrité. Il en profiterait pour redessiner dessus son blason. Peut-être l'agrémenter d'un nouveau symbole pour refléter ses aspirations, ses loyautés, ses vertus. Peut-être inscrirait-il la rune Fehu, dédiée au renouveau, au changement. Ou Raidho, peut-être, le signe du voyage, l'évolution, la maturité.

Puis il se rappela autre chose. Tora lui avait expliqué que dans le futhark[1], l'alphabet ancien, chaque signe avait plusieurs sens, dont certains perceptibles uniquement pour les esprits les plus élevés. Chaque rune pouvait donc être caractérisée certes par sa forme, le feu pour Fehu, le chariot pour Raidho, mais aussi par sa symbolique et sa valeur divinatoire. Fehu était vouée à Freyr, le dieu de la Fertilité, et signifiait donc également les sentiments réciproques, le désir de former un couple, l'aspiration à découvrir ses désirs profonds, tandis que Raidho était la rune de la déesse de la Famille, Nerthus, et symbolisait une nouvelle histoire d'amour.

Rien de tout cela ne lui convenait. Iria n'était pas pour lui. Leur histoire était morte avant même de commencer et, dans quelques jours au plus tard, il se séparerait d'elle pour reprendre le cours de sa vie, ce chemin qu'il n'aurait jamais dû quitter.

Soudain, l'euphorie de la victoire, déjà gâchée par le sentiment d'avoir massacré des innocents incapables de se défendre, quand bien même c'était eux qui avaient lancé l'attaque, se dissipa encore plus à la pensée de la jeune femme.

Il devait se séparer d'elle, la vendre. Il ne voulait pas, il ne pouvait pas. Tout en lui lui hurlait de la garder, de

1. L'ancien alphabet germanique date de 50 après J.-C. et comporte vingt-quatre caractères dont le sens est à la fois ésotérique, magique et symbolique, propre à chaque personne.

la faire sienne, corps et âme. Il savait que cette décision allait lui briser le cœur – et il pensait qu'à elle aussi –, mais son esprit lui soufflait qu'il n'avait pas d'autre choix s'il voulait garder ses jarls, son titre, son expédition.

Il était… brisé.

Le cœur lourd, il fit demi-tour et, sans regarder la plage transformée en charnier, retourna à grands pas vers la halle.

Il n'alla pas loin.

— Bjorn, où vas-tu ? lui hurla Mikke en s'interposant.

— Voir Tora pour consulter les augures, marmonna Bjorn en tentant d'esquiver le bras tendu de son futur beau-père.

— Tu mens. Je sais que tu veux voir cette esclave dont tu t'es entiché. N'oublie pas ton rang, Bjorn. N'oublie pas tes serments !

Le prince danois haussa les épaules. Il savait qu'il courait à la catastrophe et, malgré l'estime qu'il avait pour Mikke, il ne pouvait plus faire semblant. Même s'il avait conscience qu'il risquait de tout perdre, y compris la vie, il lui était impossible de se résigner à perdre Iria, encore plus à épouser Hedda. Il éprouvait toujours de doux sentiments envers la jeune fille, qu'il connaissait depuis si longtemps. Mais la répugnance qu'il avait toujours éprouvée à l'idée de faire sienne une personne qu'il considérait comme une sœur s'était transformée en dégoût. Après avoir aimé Ingebjørg, cela lui avait paru une hérésie, et à présent, maintenant qu'il brûlait d'aimer Iria, de se consacrer à elle et de lui dédier sa vie, son corps et son âme, cette possibilité l'écœurait avec autant de force que si on lui avait demandé de s'unir à l'une de ses sœurs. La notion du péché chrétien le percuta de plein fouet.

Malgré leurs différences religieuses, ils partageaient cette conviction et cette idée le rendait malade.

Il recula d'un pas pour se soustraire à l'emprise du vieux jarl.

— Je n'épouserai pas Hedda, Mikke. Quoi qu'il advienne d'Iria, quoi qu'il advienne de moi, je ne m'unirai pas à ta fille. Je la respecte trop pour lui infliger ça.

— Tu ne pourras pas te désister, Bjorn, rétorqua le guerrier trapu aux cheveux grisonnants. Je t'en empêcherai. Tu es ambitieux et intelligent, pense à tout ce que tu perdras si tu renies tes promesses. Avec Hedda, c'est une fortune, un fief, des navires et une légitimité à régner à ma suite qui t'attendent. Es-tu vraiment prêt à perdre tout ça pour une simple esclave ?

Bjorn esquissa un fin sourire.

Dans son cœur, le choix était fait. Il ne doutait plus, il n'hésitait plus. Il ne regrettait rien.

— Oui. Iria vaut bien plus que des biens, un château ou une couronne. Elle est ma vie, et je veux consacrer la mienne à faire son bonheur.

Mikke devint cramoisi. Il enfla comme s'il était prêt à exploser, et ses joues se gonflèrent à la façon du dieu Njörd s'apprêtant à déchaîner les vents sur Midgard.

— Tu le regretteras, Bjorn. Je te ferai payer cette offense et l'injure faite à l'honneur de ma fille dans le sang et les larmes. Le sang de ton esclave et tes larmes.

Bjorn se contenta de hausser une seconde fois les épaules et ne répondit pas. Il comprenait l'ire de Mikke et, même s'il se promettait, en son for intérieur, de tout faire pour obtenir son pardon et trouver un bon parti pour Hedda, ou la compensation que sa sœur adoptive réclamerait si elle ne souhaitait pas se marier, ce n'était pas le moment d'en parler à Mikke. Le vieux jarl avait besoin de temps pour se calmer, réfléchir et comprendre que c'était pour le mieux. Malgré sa cupidité et son arrivisme, Bjorn le savait sincèrement attaché à sa fille et déterminé à lui trouver un époux qui lui assurerait une vie stable et confortable. Il ne tarderait pas à se ressaisir et voir au-delà de l'outrage qu'il imaginait.

Sans prononcer un mot de plus, il contourna Mikke et reprit son chemin en direction de la halle, enjambant les corps. Plus il avançait, plus les dépouilles étaient celles des Galiciens qui avaient été abattus à distance par les flèches des sentinelles danoises postées en hauteur. Il inspecta au passage le sable et les allées de bois. Il y avait peu de pertes dans leurs rangs. Pour un corps danois, il y en avait au moins cinq autochtones. Il lui faudrait, plus tard, faire le compte des défunts et leur assurer une sépulture digne de ce nom.

Il pénétra dans la halle… et découvrit un carnage.

Il pila net et plissa les yeux pour s'assurer que la pénombre ambiante ne lui avait pas fait voir des mirages, mais non. C'était bien, devant lui, une jonchée de cadavres nordiques. Rurik en faisait partie. Le jeune homme avait été égorgé, certainement de dos par un adversaire plus petit que lui, vu l'angle d'attaque et l'aspect déchiqueté de la plaie, qui indiquait que son agresseur avait peiné à atteindre sa cible et n'avait pas eu assez de force pour asséner un coup décisif. Rurik avait dû souffrir, puis agoniser un long moment, se noyant dans son sang sans pouvoir arrêter l'hémorragie. Sa grimace affolée et ses mains crispées indiquaient sa peur et sa lutte pour endiguer l'épanchement.

Le cœur de Bjorn se serra.

D'autres morts entouraient le jeune homme. Il e, connaissait certains de près, d'autres beaucoup moins. Plus loin, il discerna la silhouette rebondie de Vibeke, encore un poignard à la main, immaculé. La jeune *völva* n'avait même pas eu le temps de l'utiliser.

Iria !

Durant un instant, il crut apercevoir son cadavre, à demi caché sous celui de Vibeke.

Il se précipita vers elle et retourna sans cérémonie la dépouille de la jeune femme, avant de pousser un soupir de soulagement.

Non, ce n'était pas Iria. C'était une autre femme, qu'il ne connaissait pas. Certainement une Galicienne, au vu de son teint mat et de ses cheveux couleur de bois brûlé qui, maintenant qu'il était plus proche, étaient trop sombres pour appartenir à sa dulcinée, en qui tout évoquait la chaleur, le miel et l'ambre. La femme avait les yeux écarquillés et le teint livide. Ce n'était pas Vibeke qui l'avait tuée, mais une profonde balafre cisaillait son torse. Elle n'avait pas provoqué la mort. Mais le poignard encore planté dans son abdomen en était certainement responsable.

Bjorn le reconnut tout de suite, et pour cause, il lui appartenait.

C'était le sien. Il l'avait confié avant de partir, aux prémices de l'attaque.

Iria avait -elle été attaquée ? Avait-elle eu besoin de se défendre ? Était -elle seulement encore en vie ?

Le cœur battant la chamade, plus terrifié qu'il ne l'avait jamais été au cours d'une bataille, il parcourut la salle du regard, cherchant avec désespoir un indice de la présence d'Iria… ou son corps. Mais rien. Aucune trace me, aucun débris de vêtement, aucune ux, rien n'indiquait qu'elle avait été ici ipé à la lutte.

Avec frénésie, il se rua dans la salle dans laquelle les *völvas* auraient dû se retrancher.

Asløg était là.

La guérisseuse combattante était toujours en vie, même si une plaie à l'épaule teignait de rouge son manteau blanc. Inconsciente, elle était adossée au poteau central de la pièce où elle avait été ligotée, et son menton reposait sur son torse. Bjorn se précipita vers elle et posa deux doigts dans son cou, avant de soulever doucement sa tête après avoir constaté que son cœur battait encore. Un hématome monumental déformait sa pommette, dont la chair blanche avait viré au noir. Une plaie, plus petite, maculait ses cheveux grisonnants. Mais elle vivait. Quand il la gifla, elle papillonna des paupières, mais il lui fut impossible de la réveiller. Elle devait être sous le choc, et il lui faudrait du temps pour se reprendre.

Mais du temps, Bjorn n'en avait pas. Il devait retrouver Iria, il devait savoir si elle était en vie, si elle avait bien, si elle était blessée.

L'imaginer agoniser dans un fossé, dans le sable, entre les mains d'inconnus qui pouvaient abuser d'elle, la torturer, la maltraiter, lui était intolérable.

Après une série d'imprécations, il fit le tour de la pièce à la recherche de nouveaux indices.

Tora. Il devait retrouver Tora. Elle était la seule capable de le mener à Iria, de lui dire ce qu'il était advenu d'elle.

Soudain, une pensée atroce le frappa.

Et si…

Et si Iria était à l'origine de ce massacre ?

Elle seule était à même d'approcher Rurik en plein combat sans susciter sa méfiance. Si ça se trouvait, le jeune guerrier l'avait lui-même placée dans son dos pour assurer sa protection, et elle aurait pu l'égorger par-derrière. De même, elle avait eu la confiance de Vibeke, qu'elle aurait pu assassiner sans qu'elle anticipe cette agression. Et Asløg aussi n'aurait pas imaginé que la dernière apprentie puisse la trahir, et elle aurait pu la blesser, puis l'assommer en la prenant au dépourvu.

Tout ça pour s'enfuir.

Ses compagnes et son gardien éliminés, plus rien ne s'opposait à sa fuite.

Les avait -elle tous trahis ? Avait -elle abusé de leur confiance, de sa confiance à lui ? Les sentiments et le désir qu'elle affichait à son égard n'avaient-ils été que des ruses pour amoindrir leur méfiance et mieux les trahir au pire moment ?

Si Iria s'était enfuie, profitant du chaos et de la confusion de la bataille, elle pouvait déjà être loin. Elle ne tarderait pas à rejoindre son peuple, un château, et elle possédait suffisamment d'informations sur eux et de connaissances géographiques des lieux pour pouvoir mener une véritable armée ici.

Les Danois ne feraient pas le poids si une troupe bien armée venait les assaillir.

Il devait…

Il devait prévoir cette possibilité, quand bien même elle lui répugnait. Il devait prévenir ses hommes, lever le camp, changer de localisation, faire protéger les navires, le butin, les esclaves, les provisions. Quand bien même son cœur se brisait, son devoir le forçait à penser d'abord à ses guerriers, sa mission.

Après avoir tenté une dernière fois de réveiller Asløg, en vain, il ressortit sur la plage et sonna dans un cor pour alerter ses jarls.

Ceux-ci ne tardèrent pas à apparaître, encore couverts du sang, du sable et de la poussière de la bataille. Les capitaines des navires étaient venus en même temps, eux aussi en sueur et échevelés, certains le regard toujours empreint de la frénésie du combat. Bjorn savait qu'il ne devait pas avoir meilleur aspect, et qu'il devait afficher une expression féroce, mais ils ne savaient pas pourquoi et il ferait tout pour qu'ils ne le découvrent pas.

— Notre position a été révélée, annonça-t-il d'une voix de stentor. Notre *völva* a disparu et ses apprenties sont mortes ou blessées. Notre camp est en danger.

— Qui ? s'indigna Mikke d'un ton belliqueux.

Il lança le menton en avant, comme s'il défiait Bjorn d'avouer que sa protégée était à l'origine de cette trahison. Mais Bjorn refusait de l'admettre. Ses doutes étaient trop profonds, trop blessants, et les partager ne servirait en rien leur expédition.

— Qu'est-ce que cela changerait ? L'urgence est de décider si nous devons nous retrancher ici ou repartir en mer, où nous serons à l'abri. Les Danois sont des marins, des guerriers, des explorateurs. Une fois à bord, nous serons à même de déjouer un éventuel assaut lancé contre nous, voire de prendre un château et de nous l'approprier pour en faire une place forte et une colonie danoise…

L'idée venait juste de lui sauter à l'esprit, mais à peine l'avait-il énoncée qu'elle lui semblait parfaitement pertinente. Lors de leurs divers cabotages, il avait pu repérer plusieurs bâtisses, perchées sur des hauteurs et dotées de remparts imposants, qui constitueraient de parfaits points de ralliement pour eux – ainsi que pour de futures expéditions nordiques. Même certains monastères pourraient convenir. La plupart étaient autonomes et solides, dotés de murailles épaisses et de jardins intérieurs, ainsi que de troupeaux et de basse-cour qui leur permettraient de survivre. Mais pour cela, il leur fallait repérer et conquérir un tel endroit. Plus le lieu leur siérait, plus il serait périlleux à prendre d'assaut, et après cette première bataille imprévue, les hommes rechigneraient peut-être à se battre de sitôt.

Mais il n'aurait pas dû douter.

Les guerriers danois, qui avaient maugréé et marmonné d'un air maussade à l'énoncé d'une possible retraite se mirent aussitôt à l'acclamer et brandir leurs armes à l'idée de repartir à la conquête de nouveaux fiefs. Il esquissa un sourire fier à leur intention, puis se tourna vers Mikke.

— Je te charge de mener tes navires au nord, en quête d'un fief à conquérir. Et j'y adjoins trois des miens, ainsi que leurs hommes, pour prendre la place que tu auras trouvée d'assaut. Tu en deviendras le seigneur et maître, et tu la gouverneras jusqu'à notre retour.

Mikke étrécit les yeux.

— Et à ce moment-là, tu en reprendras le contrôle et m'évinceras comme un cul-terreux ? Je ne crois pas, non. (Mikke se redressa et carra les poings sur ses hanches larges, l'air aussi belliqueux que s'il s'apprêtait à se dresser contre son chef.) Je ne suis pas né de la dernière pluie, petit prince. Je vois très bien que tu cherches à m'éloigner, et cela me convient tout à fait. Mais je ne te laisserai ni me spolier, ni me mettre à l'écart, ni me cacher la vérité. Dis-nous donc où est cette esclave barbare à laquelle tu tiens tant ? Est-ce elle que tu cherches à protéger ? Est-ce elle qui a trahi notre position ?

Bjorn hésita un instant. Devait-il protéger Iria, une fois de plus ? Même lui avait des doutes quant à ses loyautés, et il répugnait à mentir à ses hommes comme à ses pairs, alors même qu'il rechignait à accuser Iria sans preuves ni réelle conviction. Non, la jeune femme ne pouvait l'avoir trahi. Elle avait montré un véritable attachement envers lui, elle semblait honnête, sincère. Il en aurait mis sa main à couper. Elle lui avait confié être rebutée par les mensonges, les faussetés, les non-dits. Il l'avait vue, d'ailleurs, échouer à lui cacher des faits, voire s'empourprer et bafouiller quand elle avait tenté de le faire, avec une telle maladresse que c'en était risible. Même son désir de lui dissimuler son nom, pour une raison qu'il ignorait toujours, n'avait jamais été réellement crédible tant sa ruse avait été malhabile et empreinte de gêne.

Iria était, il en était convaincu jusqu'aux tréfonds de son être, une personne au cœur pur. Et ce cœur lui appartenait. Il refusait d'envisager le contraire, et tant qu'il n'aurait pas eu de preuve de sa duplicité, il ne la trahirait pas non plus ni ne la soumettrait à la vindicte de ses hommes. S'il la dénonçait à tort, il ne se le pardonnerait jamais. Et s'il l'accusait et que l'un des membres de son expédition la retrouvait avant lui, son sort serait scellé. Ça aussi était inacceptable.

Iria était à lui, pour le meilleur et pour le pire. Nul autre que lui ne toucherait à un cheveu de sa tête. Il l'aimait trop pour cela. Et si, par malheur, elle les avait perdus, que ce soit par maladresse, fidélité mal placée ou duplicité, c'était de sa main qu'elle mourrait, même si son cœur en serait brisé.

Il se redressa, imitant inconsciemment la posture de Mikke, et afficha son air le plus déterminé.

— Ma… fiancée n'a rien à voir avec cet assaut imprévu. Elle était avec les autres *völvas*, ainsi qu'avec moi, lorsque l'attaque a débuté et n'a en aucune façon pu y participer ni l'organiser. Certes, elle a disparu, mais c'est aussi le cas de Tora, dont nul ne mettrait la loyauté en cause. Je ne veux plus rien entendre à son sujet. (Puis il darda son regard sur Mikke, dont la mine s'était encore plus assombrie à son discours.) Mikke, je te charge donc de conquérir le fort qui te semblera le plus opportun à notre cause. Et, sur mon anneau d'Odin et mon sang royal, je te fais le serment qu'il t'appartiendra ensuite définitivement, à toi, puis à ta descendance, tant que nous posséderons une colonie en Galice. Tu feras serment d'allégeance au roi du Vestfold, que ce soit mon frère ou son successeur, mais tu régneras en maître ici et accueilleras avec générosité tous les hommes du Nord, qu'ils soient Danois, Norvégiens, Suédois, Finlandais ou Normands, lors de leurs expéditions vers le sud.

Ce discours ne suffit pas à apaiser l'ire du jarl. Mikke affichait toujours sa mine tourmentée, mais l'annonce qu'il demeurerait maître du fief qu'il aurait conquis eut néanmoins le mérite de le faire taire. Bjorn le vit méditer ses paroles, les faire tourner dans sa tête avec plus de réflexion qu'il n'aurait dégusté un bon vin – ce que Mikke n'avait jamais fait : en alcool comme en femme ou en richesse, c'était plus la quantité que la qualité qui avait toujours eu ses faveurs. Puis, au bout d'un long moment durant lequel les hommes ne se gênèrent pas pour commenter à voix basse le conflit naissant et la proposition de Bjorn, spéculant sur les suites à venir et le risque de duel entre les deux nobles antagonistes, piétinant et ronchonnant, il finit par hocher la tête et se détourner pour héler ses guerriers.

Bjorn en profita pour faire signe à trois de ses capitaines de se rapprocher.

— Rolf, tu mèneras les trois drakkars qui accompagneront ceux du jarl Mikke. Je te charge de choisir les hommes qui combattront avec toi.

Le géant aux dents teintes en noir afficha un air ouvertement satisfait. Depuis son duel avec Bjorn, il ne cachait pas son courroux et sa rancune à son égard, et l'idée de s'éloigner de lui et de passer sous la juridiction d'un autre jarl opposé à son prince ne lui déplaisait pas. Bjorn s'efforça de ne pas montrer sa satisfaction en le voyant esquisser un sourire triomphant qui transforma la cicatrice à sa joue en véritable crevasse. Autant il avait eu des doutes en conférant un fief à Mikke dans le seul but de l'éloigner de la localisation possible d'Iria, autant se débarrasser de Rolf lui semblait pertinent. Le capitaine, malgré ses compétences indéniables au combat et en mer, s'était avéré trop ambitieux, trop fourbe et trop cruel pour représenter un atout et il préférait laisser ces deux forbans se liguer contre lui ensemble. Cela les lui rendrait plus faciles à surveiller. Et, avec un peu de chance, leur mesquinerie commune et leur agressivité les pousseraient à s'entre-tuer. Puis, cette tâche faite, il pivota vers les deux autres Danois auxquels il avait fait signe :

— Guttorm, tu commanderas une seconde expédition de trois navires qui partiront, eux, au sud, avec la même mission que Mikke : tu repéreras une place forte convenable et t'en empareras pour que nous ayons un autre point de repli au cas où Mikke échouerait. Je te confie la tâche de sélectionner les deux capitaines qui commanderont les autres navires en plus du tien, ainsi que leurs hommes. Tu partiras à environ trois jours de navigation d'ici pour trouver une ria, puisque c'est ainsi qu'ils nomment les fjords ici, au creux de laquelle un château devrait se trouver. Comme Mikke, l'endroit deviendra tien, à toi et à ta descendance. Je compte sur toi.

Il avait prononcé la dernière phrase à voix basse, conscient qu'il devait plus compter sur la loyauté de Guttorm que sur celle de Mikke et de Rolf. L'homme, qui, bien que moins grand et moins imposant que Rolf, se distinguait par une crinière si rousse et ébouriffée qu'elle ressemblait plus à une torche qu'à de véritables cheveux humains, se rengorgea à l'audition de cette promotion et afficha un grand sourire qui dévoila une dentition irrégulière. Contrairement à la plupart des Danois, qui prenaient grand soin de leur toison, la peignant, la coiffant, la tressant ou la rasant, et l'ornant de colifichets dont certains étaient censés leur porter bonheur, Guttorm s'enorgueillissait de cette teinte orange singulière qui le rendait unique et se targuait de ne l'avoir jamais ni coupée, ni coiffée, ni même peignée. Et en effet, quand l'homme, de taille moyenne, se détourna pour héler ses hommes d'une voix qui portait, Bjorn ne put retenir un sourire en constatant que la masse rousse emmêlée retombait dans son dos comme la toison d'un mouton qui n'aurait jamais été tondu, ressemblant plus à un énorme tapis usé et feutré qu'à une chevelure humaine. Les mèches devaient grouiller de débris, voire d'une vie animale qui lui était propre, et il se demanda comment il était possible que la femme de Guttorm, qui naviguait avec eux, n'ait jamais été tentée de saisir les ciseaux qu'elle maniait si bien, puisque c'était une excellente couturière, pour débarrasser son époux de cette horreur malsaine.

Puis il en revint à l'urgence. L'expédition. Non, Iria. Il devait gérer ses hommes au plus vite pour partir à la recherche de la jeune femme avant qu'elle ne soit trop loin.

Il fronça les sourcils. Que devait-il faire de plus ?

Il secoua la tête. C'était évident. Les Danois ne voulaient pas battre en retraite, ils n'étaient ni des lâches ni des vaincus. Mais, alors que la solution lui apparaissait, il fut interrompu par la voix de Leif.

— Mon prince… (Bjorn se tourna vers la silhouette si fine qu'elle en confinait à la maigreur, dont la broigne de cuir sans manches révélait des bras secs et noueux, aux muscles dénués de la moindre chair superflue, qui appartenait à son charpentier.) Mon prince, tu as parlé de ta fiancée… Je crains d'avoir mal compris. Il ne s'agit évidemment pas de la princesse Hedda, qui n'accompagne pas cette expédition, n'est-ce pas ? Qui est-ce ?

Bjorn savait que Leif était un homme à l'esprit aussi fin et vif que son corps. Pour concevoir des navires aussi parfaits, il fallait une intelligence acérée et méticuleuse, et il n'était pas étonné que ce soit Leif qui en soit venu à cette conclusion. Et l'homme était en outre assez avisé pour ne pas avoir mentionné le nom auquel tous devaient avoir pensé, puisque Bjorn avait parlé d'elle, puisqu'il avait clairement fait comprendre que le sujet était périlleux, tout en posant la question qui devait tarauder la plupart de ses hommes. Le prince hésita un instant. Devait-il confirmer sa décision, puisqu'il n'avait pas réfléchi avant de parler de « fiancée » ou éluder ?

Le choix fut vite fait.

— En effet, il ne s'agit pas de Hedda, dont j'ai rompu

les fiançailles. Vous avez compris que cette décision explique l'ire de Mikke, mais j'ai tenu à lui assurer que la vertu et les qualités de sa fille n'étaient en rien liées à mon choix. J'aime Hedda comme une sœur et je me refuse à la considérer autrement. Le fief que Mikke va conquérir est une façon pour moi de lui témoigner mon respect et mon estime, et de lui demander de me pardonner cet affront.

Mais Leif secoua la tête.

— Sauf mon respect, tu fais une bêtise, mon prince, en refusant d'épouser la princesse Hedda. Tu te prives d'une alliance cruciale, d'une femme belle et avisée au sang noble, et tu te fais un ennemi redoutable qui n'hésitera pas à te poignarder dans le dos. J'espère juste que tu en as conscience, et que nous ne subirons pas tous les conséquences de ton erreur.

Bjorn accusa le coup. Leif était décidément un redoutable stratège. Mais sa décision était prise, et seul l'avenir leur dirait s'il avait bien fait de se mettre le jarl Mikke à dos.

— Je le sais et je l'assume, mon ami, et je loue ton courage et ton honnêteté de m'avoir fait part de tes doutes. Mais l'heure n'est pas à de telles questions. Veillons sur les nôtres, veillons sur notre expédition, veillons sur notre butin. Il n'y a qu'en survivant que nous saurons si les dieux me donnent tort ou raison.

Cette fois, les hommes approuvèrent sa déclaration d'un cri féroce, et nombreux furent ceux qui brandirent leurs poings, leurs épées ou leurs haches pour souligner leur joie.

— Et maintenant, en mer ! Chargez les navires au plus vite, n'oubliez rien sur la plage, et embarquez. Je veux que toute la flotte ait disparu dans l'heure qui vient. Retranchez-vous dans le monastère que nous avons pillé et qui va devenir notre troisième place forte dans cette contrée.

De nouveau, les guerriers approuvèrent. Mais alors que tous se détournaient, se claquant dans le dos et se répartissant les tâches, Leif resta sur place, sourcils froncés et l'air perturbé.

— Qu'y a-t-il, mon ami ? lui demanda Bjorn avec impatience, pressé de partir dans sa propre quête.

— Tu n'as nommé aucun chef pour nous, mon prince. Pourtant, j'ai la conviction que tu ne nous accompagneras pas. Je me trompe ?

— En aucune façon, mon ami. C'est toi qui dirigeras la flotte. Tu connais nos vaisseaux et nos hommes, et tous te respectent. Je te nomme jarl, et ce seront Frode et Aksel qui te seconderont à bord. Ils ont été tes apprentis avant de préférer reprendre les armes plutôt que les ciseaux du charpentier, et tu connais leurs qualités et leurs défauts. Je ne doute pas qu'à vous trois, vous saurez faire face à toutes les éventualités.

Leif hocha la tête et, sans dire un mot de plus, fit signe aux deux hommes qui s'étaient trouvés juste derrière lui de le suivre. Les deux guerriers qui avaient retrouvé Tora après le naufrage s'étaient naturellement portés à ses côtés, comme toujours, et le suivirent sans hésiter. Bjorn connaissait ce trio depuis longtemps et savait qu'il fonctionnait bien. Il pouvait partir l'âme en paix, son expédition était en de bonnes mains.

Il se retourna et prit le chemin planchéié qui sillonnait la plage, entre les halles. Il devait partir au plus vite. Mais, alors qu'il s'éloignait, la voix de Leif le rappela.

— J'espère que tu trouveras celle que tu cherches, mon prince. Et j'espère que tu ne te trompes pas !

Bjorn ne ralentit pas et leva juste son bouclier en l'air en signe d'espoir. Il n'avait pas une seconde à perdre. Mais les mêmes doutes que Leif venait juste d'évoquer résonnaient dans son cœur.

Malgré ses affirmations, malgré sa certitude qu'Iria ne l'avait pas trahi, une voix insidieuse en lui lui susurrait qu'elle pouvait très bien, par un moyen ou un autre, avoir révélé leur présence à des espions galiciens, ou, à tout le moins, avoir profité d'une attaque fortuite pour tuer Rurik et Vibeke, assommer Asløg et kidnapper Tora avant de s'enfuir. Son cœur se serra à cette idée. Rien que pour cette raison, il devait retrouver Iria et découvrir la vérité.

Sans s'en apercevoir, dans sa hâte, il avait pressé le pas et trébucha en descendant du sol de bois sur le sable inégal. Son pied accrocha un objet inattendu, et il se baissa pour le ramasser. Le pendentif étincela dans la lumière du soleil. Son pendentif. Celui qu'il avait passé au cou d'Iria quand il avait été sûr de ses sentiments. Le fermoir en avait été brisé et le médaillon danois était souillé de sable.

Iria l'avait -elle arraché d'elle-même, pour se libérer de tout lien avec les Danois, ou le lui avait-on ôté de force ?

Le doute le saisit de plus belle, si fort qu'il lui noua le ventre au point de lui en donner envie de vomir, et il se remit à marcher encore plus vite. Avec empressement, il se dirigea vers l'endroit où les chevaux étaient attachés et en choisit un, le plus passe-partout qu'il put trouver, un hongre beige à la silhouette trapue, qui ressemblait plus à un cheval de ferme qu'à un étalon de bataille. Il passerait plus inaperçu s'il devait s'enfoncer dans les terres.

Le bijou danois enroulé autour du poignet, il sella la

bête, sauta sur son dos et partit au petit trot sur le sentier sinueux qui menait au sommet de la falaise.

Avec un peu de chance, Iria était partie à pied, que ce soit seule ou avec des agresseurs, et aurait laissé assez de traces pour qu'il puisse la pister sans difficulté.

Chapitre 14

Iria avait froid et peur.

Pour la première fois depuis bien longtemps, elle n'était plus protégée par une expédition entière de guerriers aguerris, à l'abri dans leurs tentes, leurs halles ou leurs navires, et elle avait lourdement conscience qu'elle ne ferait pas le poids si on venait à l'agresser.

Elle avait fui sur un coup de tête, sans réfléchir, profitant du tumulte de la bataille pour libérer une poignée des nonnes du couvent où elle avait vécu si peu de temps et couru à perdre haleine jusqu'à se trouver loin de la plage, du campement danois et des hommes brutaux et païens qui les retenaient prisonnières.

Et maintenant elle le regrettait.

Les femmes de Dieu qu'elle pensait avoir sauvées ne lui adressaient pas la parole, et certaines lui avaient même craché dessus lorsqu'elles avaient fait une pause pour reprendre leur souffle et boire un peu d'eau au ruisseau qu'elles avaient croisé, le premier jour. L'une d'elles, une vieille femme aux cheveux gris de fer et aux mains tavelées, l'avait même maudite, arguant que c'était sa faute si la mère supérieure avait été tuée, et que son simulacre de piété, en les libérant, ne rachèterait pas ce crime.

— Dieu lit dans ton âme, maudite créature ! Il voit ta vilenie, ta corruption, il connaît tes péchés et nulle mascarade de contrition ne te fera éviter l'enfer !

Iria n'avait pas répondu. Cela ne servait à rien.

Ce que la vieillarde ne cessait de répéter en boucle, ahanant les mêmes mots vengeurs au rythme de ses pas, elle le pensait elle-même.

Iria avait même cru l'entendre marmonner ces mots durant son sommeil, quand elles s'étaient toutes blotties les unes contre les autres au pied d'un vieux chêne rouvre particulièrement large et noueux, se calant entre ses racines apparentes pour former des berceaux inconfortables.

Elles avaient passé une mauvaise nuit. Affamées, épuisées par une journée de fuite éperdue sans savoir où aller, assoiffées, elles avaient somnolé plus que dormi, sursautant au moindre bruit, regardant en aveugle dans le noir de crainte de découvrir des intrus ou des bêtes sauvages prêtes à les attaquer.

Au petit matin, elles s'étaient ruées sur les feuilles au vert rendu plus lumineux par la rosée nocturne et avaient léché l'humidité comme si c'était du vin de messe.

Puis elles avaient repris leur route, moins vite que la veille, mais toujours vers le sud, dans l'espoir de rejoindre Noia, qui se trouvait dans cette direction – du moins selon Iria, qui se rappelait que les vaisseaux danois qui les avaient arrachées à leur monastère avaient navigué plusieurs jours vers le nord en repartant. Puis, en fin de journée, harassées et mortes de soif, croyant leur dernière heure venue, elles avaient entendu le bruit d'une cascade.

Une *fervenza*, comme on les appelait en galicien. Certaines d'entre elles étaient immenses, faisant plus de la hauteur de quinze hommes debout.

Mais celle qu'elles avaient découverte au creux d'une futaie fraîche et ombragée était bien plus modeste, à peine trois hommes de haut, mais elle était limpide et riante, retombant dans un petit bassin avenant bordé de mousses et de roches plates brillant au soleil, et les fugitives avaient décidé d'un commun accord de s'y arrêter pour la nuit.

Elles s'étaient abreuvées, lavées, rafraîchies et, petit miracle, avaient eu la chance de trouver, au pied du bassin, des plants de fraises sauvages, plusieurs buissons de framboises bien rouges et un petit amandier qui leur avait fourni ses fruits doux enveloppés dans leur coque verte duveteuse. Les femmes avaient cru faire un festin.

Mais même là, dans ce répit empreint d'espérance, Iria avait été tenue à l'écart et, quand elle avait tendu une poignée de noisettes cueillies lorsqu'elle était allée s'isoler pour assouvir un besoin urgent, sa main avait été repoussée avec mépris et sa récolte s'était dispersée dans l'herbe.

Elle avait failli pleurer de dépit.

Mais, malgré cet énième rejet, elle ne regrettait rien.

Elle avait tenté d'agir selon sa conscience, toujours. En bonne chrétienne au maximum. Elle s'était efforcée de lutter contre leurs ravisseurs, elle avait protégé ses sœurs, même contre leur gré, elle avait protégé sa vertu, même contre son gré, elle avait protégé son pays et sa couronne. Elle n'avait pas trahi les siens.

Et même là, quelques heures plus tôt, malgré les protestations de son cœur, elle avait profité de la première occasion pour s'enfuir, presque contre son gré. Et cela, elle le regrettait.

Entourée de ces femmes qui, au mieux, l'ignoraient et au pire la traitaient comme une paria, elle avait plus l'impression d'être une prisonnière ou une étrangère qu'elle ne l'avait été au milieu des Danois. Même leurs prières, leurs litanies qu'elles marmottaient, les yeux baissés et les doigts égrenant les psaumes sur leurs phalanges à défaut de chapelet, lui semblaient moins sincères que cette foi naïve et innocente que les Danois professaient à chaque instant.

Elle s'écarta du groupe de sept femmes qu'elle avait réussi à entraîner avec elles et s'accroupit un peu en amont du ruisseau pour boire quelques gorgées de son eau. Après s'être désaltérée, elle s'humecta les joues et la nuque, puis plongea son regard dans l'onde, regrettant de ne pouvoir se laisser aller à se jeter dedans et à s'y oublier.

Ce serait si simple…

Mais elle ne pouvait pas.

Ce ne serait ni chrétien ni courageux. Et elle aimait trop la vie, malgré ses difficultés. Elle laissa ses mains traîner dans l'eau, savourant sa fraîcheur qui la rassérénait. Elle peinait à se résoudre à rejoindre ses compagnes. Elle devait le faire, néanmoins. Elle était la seule à avoir eu l'occasion de parcourir la région, avant d'entrer au couvent, et, après leur capture, elle avait été la seule aussi à jouir d'une certaine liberté. Qui plus est, nonobstant leurs récriminations à son égard, elle avait bien remarqué que ces femmes de foi se tournaient malgré elles dans sa direction quand elles ne savaient quoi faire. Toute leur vie, elles avaient eu l'habitude d'obéir à des ordres, d'avoir quelqu'un pour les guider, une routine quotidienne, et livrées à elles-mêmes, elles étaient aussi désemparées que les brebis auxquelles elles aimaient se comparer.

Avec un soupir, elle ôta ses mains et se mira un instant dans l'eau, profitant de son calme.

Son reflet la surprit.

Elle avait changé. Son visage était moins rond, plus clair, plus affiné. Ses joues encore enfantines étaient moins potelées, et ses pommettes, plus proéminentes, lui conféraient un côté exotique qu'elle ne s'était jamais connu. Ses yeux brillaient d'une lueur plus sauvage, plus confiante, qui lui évoquait le feu qui avait brillé dans les prunelles de Tora. Une étincelle de fierté, de dignité, de conscience de sa propre valeur.

Sauf qu'elle, hélas, en doutait toujours. Elle se sentait faible, lâche. Elle avait fui le campement danois non par loyauté envers son pays ou pour protéger sa vertu, mais par peur de ses sentiments envers Bjorn, et surtout de ses sentiments à lui pour elle. Elle avait craint de ne pas trouver sa place dans son peuple ni dans son cœur, que cet amour qu'il professait pour elle ne soit qu'une attirance physique qui s'atténuerait au fil du temps et qu'il finirait par se lasser, ou qu'il serait rebuté par ce qu'elle ne pouvait lui offrir – un titre, une fortune, un royaume – et qu'il la chasserait, voire la vendrait, pour épouser une princesse de son pays, de sa culture.

Et maintenant elle craignait d'être rejetée par les siens. Elle redoutait la mesquinerie et la rancune injuste des nonnes avec lesquelles elle voyageait, et leur mépris, les ragots qu'elles ne manqueraient pas de colporter sur elle et ce qu'elles diraient sur son comportement et ses choix une fois de retour auprès des Galiciens. Elle craignait l'ire de Teresa et d'Elvira si elle parvenait à rejoindre le château de León, elle appréhendait le jugement de son demi-frère Ramire, si son esprit bienveillant et sa gentillesse naturelle avaient été influencés par les médisances de sa mère et de sa tante sur elle.

Elle n'était chez elle nulle part.

Elle avait eu tort de fuir, mais elle n'aurait pas pu rester.

Quel choix avait -elle à présent ?

Elle poussa un soupir et essaya de se forcer à se relever. Elle n'avait aucun choix, aucun avenir ne s'ouvrait à elle, mais elle devait continuer. Parce que sinon elle ne se pardonnerait jamais cette ultime faiblesse. Parce que Bjorn n'aurait jamais abandonné. Les femmes qui dépendaient d'elles pouvaient bien la honnir, elle ne leur ferait pas défaut. Elle était fille de roi, sœur de roi, il était de son devoir de veiller sur elles, quelles que soient leurs rancunes. Si elle se montrait digne de son nom et de sa lignée, peut-être un jour cesseraient-elles de la conspuer. Elle devait y croire.

Avec un nouveau soupir, elle se remit debout et carra les épaules, le regard rivé au bosquet d'arbres rachitiques derrière lesquels les femmes s'étaient assises pour se reposer. Elle crispa les mâchoires et se tança une dernière fois.

— Allez, Iria, courage. Mène-les en sécurité, Dieu te le rendra, se fustigea-t -elle pour se motiver.

Mais, à l'instant où elle allait avancer, une lame froide glissa le long de son cou, la faisant se figer sur place.

— Elles, par contre, ne te le revaudront jamais, tu t'en doutes, j'espère.

La voix était grave et rauque, mais indéniablement féminine, et Iria la reconnut aussitôt. Elle se détendit un instant, persuadée de ne pas être réellement menacée. Mais l'arme sur sa gorge ne faiblit pas.

— Au contraire, elles seraient bien capables de te trancher le cou avec moins d'hésitation que moi, ou à te dénoncer au premier hameau que vous croiserez comme traîtresse, païenne, sorcière ou je ne sais quoi.

— Je le sais, chuchota Iria sans bouger d'un doigt. Mais je dois le faire.

— Tout comme tu devais tuer ma douce Vibeke ? gronda la voix de Tora, devenue plus glaciale que sa lame.

Iria se raidit. L'accusation faisait mal, mais elle comprenait pourquoi Tora la portait. Quand l'attaque avait été lancée, la *völva* se reposait dans sa couche, affligée d'une migraine tenace suite à la préparation d'une potion dont les relents l'avaient rendue malade. Elle n'avait pas assisté à la scène et, quand elle avait dû arriver, elle avait dû sauter aux conclusions les plus logiques en découvrant le cadavre de son apprentie. Iria avait eu la même quand elle avait trébuché dessus dans sa hâte à fuir.

— Je n'ai pas tué Vibeke, plaida-t -elle, espérant que sa sincérité s'entendrait dans sa voix. Jamais je ne lui aurais fait le moindre mal, c'était une femme de bien.

— Selon ta religion, c'était une païenne et une sorcière, et selon ton peuple, c'était une barbare. Selon vos lois, cela mérite la mort. Et tu prétends ne pas l'avoir tuée ? Peut-être pas par conviction, je veux bien l'admettre, mais pour t'enfuir, parce qu'elle te barrait le chemin ?

— Non. Jamais je n'aurais fait ça.

— Alors qui ? s'écria Tora, dont le timbre se brisa sur le dernier mot.

Iria frissonna. La douleur dans la voix de la guérisseuse était réelle, si prégnante qu'elle la bouleversait. Elle n'avait jamais entendu la trace d'une telle affection dans les mots d'Elvira ou de Teresa, que ce soit envers elle ou même envers Ramire, qu'elles entouraient pourtant de tous leurs soins. La *völva* semblait aimer ses apprenties comme des filles.

— Et moi ? demanda-t -elle sans répondre à la

question. Et moi, m'aimais-tu comme tu l'aimais, comme tu aimes Asløg ?

La lame sur son cou frémit, et une brûlure vive fit gémir Iria.

— Je t'aurais aimée, Iria, je te le jure. Je t'aurais aimée comme j'aime ma fille Hillevi, comme j'aime les trois petits-enfants qu'elle m'a donnés. Mais tu m'as trahie. Tu nous as tous trahis, et si je ne te tue pas, c'est Bjorn qui le fera pour le mal que tu nous as fait, et si ce n'est pas lui, ce sera un autre Danois. Tu n'avais que nous pour te protéger, et tu as rejeté notre amour en nous trahissant de la pire façon.

— Je n'avais pas le choix ! hurla à son tour Iria. Je devais fuir. C'est mon devoir ! Mais je n'ai pas tué Vibeke ni Rurik. Ils étaient déjà morts quand je suis entrée dans la pièce, je te le jure. Je les considérais comme des amis. Rurik a été le seul, le premier à se montrer bon avec moi, jamais je ne lui aurais fait ça.

— Alors qui ? répéta Tora avec une détresse teintée de résignation.

— Je ne sais pas, avoua Iria avec désespoir, consciente qu'elle ne pouvait rien expliquer, rien plaider, rien avouer pour se justifier ou prouver son innocence. Tu dois juste me croire. J'aime Bjorn de tout mon cœur, mais j'ai peur, car nous sommes trop différents, et son peuple ne m'acceptera jamais. Et je dois rentrer, je suis…

— Tu es quoi ? Désolée ? Moi aussi, je suis désolée, Iria, pleura Tora. Je suis désolée de m'être autant trompée sur toi, sur nous. Je suis désolée que cela finisse ainsi. Avec toi, je perds une autre fille, mais…

La voix de Tora s'interrompit sur un son étranglé tandis que la pression sur le cou d'Iria disparaissait brusquement.

Elle recula d'un bond, essuyant le sang qui coulait dans son décolleté, et fit demi-tour.

Une nonne se tenait derrière elle, les deux mains brandissant encore le bâton qui avait servi à assommer Tora. Les doigts crispés sur la branche au point d'en avoir les phalanges blanches, elle tremblait de tout son corps et affichait une mine horrifiée, le teint blême. Iria se souvenait de l'avoir déjà vue au couvent, mais uniquement lors des services et prières, et quand elle avait été de corvée de jardinage avec elle. Elles n'avaient pas échangé trois mots, hormis des salutations et leurs prénoms. Caridad. Il s'agissait de sœur Caridad. Une femme d'une quarantaine d'années au visage marqué par des traces de la petite vérole, mais dont les traits demeuraient harmonieux et d'une rondeur maternelle. Iria l'avait vue tenir des légumes dans ses bras avec autant de soin que s'il s'était agi de bébés et elle s'était amusée à s'imaginer la nonne à la tenue monastique porter des enfants sur ses hanches, d'autres accrochés à ses jupes, tandis que des plus grands l'aideraient à tenir une chaumière. Elle y aurait été plus à sa place que dans un couvent, avait -elle songé. Et à présent cette femme se tenait là, pétrifiée d'horreur devant son geste.

— Elle… elle… elle est morte ? balbutia sœur Caridad d'une voix horrifiée. Je… je voulais juste l'empêcher de…

Iria se précipita sur Tora et posa les doigts sur son cou, puis sur sa poitrine, et enfin effleura le dessous de son nez. Elle sentait son cœur battre, son souffle chaud sur sa peau, son sang palpiter dans ses veines. La *völva* était juste inconsciente, même si un filet de sang coulait d'une plaie à la tête. Sans doute aurait -elle une nouvelle migraine à son réveil.

— Non, vous l'avez juste assommée, ma sœur.

La femme en poussa un sanglot de soulagement et laissa tomber la branche qui lui avait servi d'armes. Ses jambes la lâchèrent, et elle s'effondra au sol, l'air effaré par son propre geste.

— Je… j'avais peur qu'elle vous tue. Qu'elle… je ne voulais pas…

— Vous ne l'avez pas tuée, la rassura de nouveau Iria. Mais elle ne m'aurait fait aucun mal. Elle croit que je l'ai trahie, que j'ai tué une amie, mais elle n'aurait jamais fait ça. C'est une personne de bien.

— Une païenne, une sorcière ! protesta Caridad d'une voix blanche.

— Pour son peuple, c'est une prêtresse, une guérisseuse, peut-être une sainte. Elle voulait juste protéger les siens.

— Comme vous avez cherché à nous protéger. Comme j'ai cherché à vous protéger, souffla la nonne avec résignation. Les pires maux surviennent souvent de bonnes intentions, n'est-ce pas ?

Incapable de trouver les mots, Iria hocha la tête.

— Allons-y, ma sœur. Rejoignons les autres et repartons. Il ne faut pas nous attarder ici, les Danois risquent d'envoyer des hommes à notre recherche, ou nous pourrions tomber sur des brigands. Il nous faut nous mettre à l'abri.

Elle se mit en route, espérant que son mouvement inciterait à la nonne à la suivre… et surtout à abandonner Tora sur place sans révéler sa présence aux autres fugitives, dont les intentions à son égard seraient certainement tout aussi mauvaises.

Mais, au bout de quelques pas, elle réalisa que Caridad ne l'imitait pas. Elle fit demi-tour et héla la femme.

— Venez, ma sœur, nous devons y aller.

Caridad se campa sur place et la scruta, les yeux étrécis, la mine méfiante.

— Non.

— Pourquoi ? L'endroit est dangereux…

La nonne secoua la tête et afficha soudain un air mauvais en regardant Iria.

— Mes compagnes avaient donc raison, vous êtes bien une traîtresse, une parjure à notre pays, notre sang, notre sainte foi.

Iria secoua la tête.

— Pas du tout, plaida-t -elle. Je veux juste partir d'ici au plus vite, sans attirer davantage l'attention ni laisser de trace.

— Vous prenez la défense de cette sorcière comme si c'était une bonne chrétienne. Elle vous a pervertie par ses sortilèges démoniaques. La mère supérieure avait vu juste à votre égard, vous êtes possédée par le démon, vous êtes une engeance démoniaque, vous vous êtes offerte à ces barbares pour devenir l'une des leurs, une succube !

Sur ces mots, la femme, une lueur démente dans le regard, se jeta sur Iria, les doigts crochus comme des serres, les yeux fous. Plus aucun mot cohérent ne sortit de sa bouche, mais elle émettait des cris rauques et haineux. Iria avait pressenti que la nonne l'attaquerait, mais elle n'avait pas anticipé sa rapidité et ne put éviter son assaut. Elle subit l'impact de son corps de plein fouet et bascula en arrière avec un cri rauque. Elle savait qu'elle était perdue. Les autres nonnes avaient dû entendre les accusations, ou au moins les cris de Caridad, et elles ne manqueraient pas d'accourir, rameutées par le bruit, et, même si elle parvenait à échapper à la folle, les femmes, ivres de rancœur et de fausseté lui infligeraient le même sort que Caridad lui réservait.

Elle était perdue.

Mais elle n'abandonna pas.

Quelques instants plus tôt, elle avait été prête à se laisser sombrer dans le ruisseau, mais elle s'était résolue à continuer de lutter, et l'altercation avec Tora lui avait redonné le courage de se battre, le désir de prouver sa bonne foi, de trouver sa place, le bonheur qu'elle méritait. En outre, elle voulait protéger Tora. Car, une fois elle morte, les nonnes s'en prendraient également à la Danoise vulnérable. Elle devait donc continuer de se battre, de se rebeller, quitte à y laisser la vie pour sauver la *völva*.

Comment pouvait -elle la sauver ? Comment pouvait -elle empêcher le groupe de femmes de les déchiqueter ? Déjà, elle se sentait faiblir, les doigts de Caridad s'enfonçaient dans sa gorge déjà blessée et elle peinait à respirer. Elle se débattit encore plus fort, donnant des coups de pied, tentant d'écarter les bras de son adversaire.

Des bruits de course lui parvinrent, accompagnés de voix féminines familières. Les nonnes arrivaient.

Un brouillard noir s'abattit sur elle. Tout était perdu.

Elle fut saisie de l'envie d'abandonner, d'en finir au plus vite, de cesser de souffrir.

Puis une ultime pulsion la traversa, et elle puisa dans ses dernières forces pour arracher les bras de Caridad de sa gorge et pousser un hurlement.

— Les Danois ! Les Danois sont là, fuyez !

Puis elle sombra dans le noir.

Chapitre 15

Bjorn avait mis pied à terre, la futaie était trop dense pour lui permettre de progresser entre les troncs. En outre, si, au début, il lui avait été facile de remonter la trace d'Iria et de ses compagnes dans les sentiers sablonneux où les empreintes se lisaient sans difficulté, ici, dans les bois, c'était bien moins aisé.

Il avançait donc moins vite, mais il savait que les fugitives avaient elles aussi ralenti leur allure. Contrairement à lui, elles n'avaient pas commencé leur course à cheval et il avait pu rattraper une grande partie de son retard sur elles. De surcroît, elles avaient dû se hâter et étaient à présent épuisées. D'après leurs détours, il soupçonnait qu'elles étaient perdues, ou à tout le moins qu'elles cherchaient un refuge, ou de l'eau pour se désaltérer avant la nuit.

Il espérait les surprendre à ce moment-là.

Lui aussi était épuisé. L'ivresse du combat s'était dissipée et, après la bataille, le manque de nourriture et de repos commençait à se faire sentir.

Mais sa peur pour Iria était plus forte que tout. Des hypothèses toutes plus dévastatrices les unes que les autres ne cessaient de venir le tourmenter, lui faisant envisager les pires fins pour la jeune femme qu'il considérait à présent comme sa fiancée.

Les traces se faisaient rares. Il se pencha pour examiner une brindille cassée et réfléchit un instant. Devait-il accélérer, au risque de rater un indice, ou poursuivre dans la même direction ?

Soudain, un son l'alerta.

Des cris. Des appels féminins. Des voix qui s'invectivaient en galicien. Il ne connaissait pas assez cette langue pour comprendre le sens de ces mots, mais le ton était furieux, haineux, même si le timbre ne lui était pas familier.

Il envisagea un instant de courir, mais ce pouvait être n'importe qui d'autre.

Puis un autre son.

La voix d'Iria, cette fois. Empreinte de peur, de douleur, rauque peut-être d'avoir crié. Elle était peut-être blessée, souffrante, terrorisée.

Bjorn ne réfléchit plus.

Abandonnant toute idée de prudence et de traces, il dégaina son poignard et fonça à travers la forêt en direction de sa bien-aimée.

Il eut l'impression de courir durant une éternité tant chaque seconde lui parut longue. Il sautait à travers les buissons et bosquets, enjambait les pierres et rochers, dépassa un fin ruisseau qui serpentait entre des massifs de plantes aquatiques, puis, croyant entendre un nouveau cri féminin, il le franchit dans l'autre sens un instant plus tard. Il était au désespoir, tétanisé de peur d'arriver trop tard, convaincu qu'il allait arriver trop tard, qu'il était déjà trop tard.

Puis, au bout d'une décennie d'errance dans les bois,

qui ne dut en réalité durer que quelques minutes, de nouveau, avec certitude cette fois, des cris lui parvinrent.

Toujours en galicien.

Des cris de femmes, des imprécations masculines, des vociférations, des appels désespérés.

Mais rien qui n'était la voix d'Iria.

Il redoubla son allure, perdant son épée, perdant son espoir.

Il faillit tomber tête la première quand, enfin, au détour d'un gros taillis de chênes rouvres – Iria lui avait soufflé que la Galice regorgeait de ces futaies de chênes, nommées *carballeiras* –, il parvint dans une clairière ombragée par la canopée des arbres séculaires qui semblaient se pencher au-dessus d'une petite cascade chantante.

Là ! Au pied du bassin dans lequel la chute d'eau retombait, Iria était là.

Étendue, les vêtements déchirés et sales, le visage tuméfié et hagard. Il remarqua tout en un instant. Sa croix visible sur sa poitrine, son cou marqué par la trace d'une chaîne – il comprit aussitôt que son pendentif danois lui avait été arraché de force –, une entaille précise, certainement due à une lame, des traces de doigts violacées autour de sa gorge aussi. Ses magnifiques cheveux qu'il avait martyrisés ébouriffés, décoiffés, en bataille. Ses yeux clos, gonflés comme si elle avait pleuré. Les traces de larmes, justement, sur ses joues.

Et le corps de Tora, un peu plus loin, une plaie sanguinolente à la tempe, face contre terre, et un poignard à la main.

Il réalisa que Tora avait dû suivre Iria dans sa fuite – si celle-ci avait bien fui. Le collier arraché suggérait qu'elle avait peut-être été une nouvelle fois enlevée – ou

Tora l'avait accompagnée, puis menacée de son couteau avant d'être assommée. Mais par qui ? Qui avait tenté d'étrangler Iria ? Tora ? Mais non, ce n'était pas possible.

Durant une seconde, il se demanda vers quelle femme il devait se tourner en priorité : la *völva* qui avait été son mentor, une seconde mère plus aimante que la première, un guide spirituel, une amie ? Ou la femme qu'il aimait, qu'il brûlait d'épouser, d'honorer, de chérir, à laquelle il voulait vouer sa vie ?

Puis son cœur décida.

Il se précipita vers Iria et s'agenouilla à côté d'elle, repoussant la mèche de cheveux à la teinte de bois brûlé qui barrait son front. Elle émit un gémissement quand il posa les doigts sur sa gorge pour vérifier qu'elle respirait bien, puis, rassuré, il souleva son buste et la serra contre lui.

Enfin, il se sentit en paix.

Il avait retrouvé Iria. Elle était dans ses bras, contre lui. Protégée d'elle-même et du monde entier. Il la sentait respirer, il humait son odeur, il percevait sa chaleur, son souffle. Après une légère plainte, elle devait être percluse de courbatures et d'ecchymoses, elle se blottit contre lui et fourra son nez dans son cou, à la recherche de réconfort. Même dans son sommeil, elle voulait de lui. Il la serra encore plus fort et murmura des mots d'amour.

Enfin, ils étaient réunis. Plus rien ne comptait. Il pouvait tout lui offrir, tout lui promettre, tout lui dire.

Et il le lui dit.

— Je t'aime, Iria. Qu'importe ce que tu as fait, qu'importe ton identité, ton pays, ta langue, ta religion. Je t'aime et rien d'autre ne compte. Je sais que tu as tenté de me fuir, mais je veux croire que c'est la peur qui t'a poussée à le faire et non la haine ou le rejet. Je sais que tu n'as pas tué Vibeke ni Rurik, que ce n'est pas toi qui as fait venir ces hommes pour attaquer notre campement. Je te connais assez pour savoir que si tu avais voulu me tuer, tu l'aurais fait dans mon sommeil, quitte à y laisser la vie. Tu n'aurais pas œuvré en cachette, tu n'aurais pas entraîné d'autres personnes. Tu es une femme honorable, une femme de valeur, et je veux t'honorer et te chérir comme tu le mérites. Et quand tu te réveilleras, je te le redirai, et je le dirai à mes hommes, et tous apprendront à te respecter et à t'obéir comme la femme de leur jarl et de leur prince. Je t'aime, Iria.

Il attendit quelques secondes, guettant sans oser l'espérer une réponse, mais le souffle d'Iria demeura lent et serein. Ses yeux ne s'étaient pas ouverts, sa bouche n'avait pas esquissé un mot. Elle dormait, apaisée.

Il continua donc.

— Quoi que j'aie dit, quoi que j'aie pu promettre à mes jarls et à mes capitaines dans ma colère et mon aveuglement, je ne te vendrai pas. Je ne peux pas me séparer de toi. J'en mourrais. Tu ne demeureras pas mon esclave non plus, je te le promets, parce que je vais te libérer. Le prince du Buskerud ne peut épouser une esclave, aussi vais-je te libérer pour t'offrir une place digne de toi, à côté de moi. Enfin, si tu veux de moi, ajouta-t-il avec un rire d'autodérision.

— Ah, parce que tu t'imagines qu'une esclave étrangère pourrait refuser d'épouser un prince danois ? rauqua la voix graveleuse de Tora, encore pâteuse.

Il ne sursauta pas. Il avait entendu la *völva* bouger durant son monologue et avait compris qu'elle sortait de son évanouissement. Il ne s'était pas arrêté de parler pour autant. Cela ne le gênait pas que la femme qu'il respectait comme une mère et une prêtresse l'entende déclarer sa flamme à sa bien-aimée. Il avait tellement eu peur de la perdre qu'il était enfin prêt à clamer à la face du monde qu'il l'aimait.

— Si elle s'est enfuie alors qu'elle savait que je l'aimais, peut-être refusera-t -elle de m'épouser…

— Elle a libéré un groupe de ses compagnes avec elle, l'avertit Tora en se redressant, le visage tuméfié et l'air mauvais. J'étais à deux doigts de la tuer pour avoir assassiné Vibeke quand j'ai été assommée par-derrière. Elle est partie avec plusieurs prisonnières, des nonnes, et elle les guidait je ne sais où quand je l'ai surprise un peu à l'écart. Apparemment, ces femmes semblaient prêtes à l'occire pour s'être alliée à nous, ou je ne sais ce qu'elles s'imaginaient, mais tout le monde à part toi semble déterminé à faire en sorte qu'elle ne voie pas le prochain jour se lever.

— Je la protégerai ! gronda Bjorn en resserrant sa prise sur Iria.

— Même si elle a tué Vibeke et Rurik ? Même si elle nous a trahis ? insista Tora.

— Elle n'a…

— Je… n'ai… tué… personne, souffla à cet instant la voix épuisée d'Iria.

Bjorn reporta aussitôt son attention sur elle.

Iria avait ouvert ses magnifiques yeux de miel et levait vers lui un regard implorant.

— Je te le jure, Bjorn, comme je l'ai juré à Tora : je n'ai tué personne. Je ne suis pas capable de tuer.

— Je te crois, ma chérie. Je te crois, promit-il. Et tu n'auras jamais à porter ce fardeau. Je t'en préserverai. Tu… tu m'as entendu ?

Le sourire tremblant qu'elle lui adressa lui fit comprendre, avant même qu'elle ne hoche la tête, son accord.

Il se pencha vers elle et, retenant son souffle, lui fit une dernière demande :

— Tu n'auras pas à le faire parce que tu seras ma femme. La princesse du Buskerud. Et tu siégeras à mes côtés au Danemark, tu seras ma compagne, mon égale. Tu veux bien ?

De nouveau, le regard d'Iria étincela, cette fois de larmes. Il douta un instant de sa réponse. Pleurait -elle de peur ? De désespoir ? De détresse ? Puis il vit un sourire naître sur ses lèvres et il cueillit son accord dessus, scellant leur promesse d'un baiser.

Leur étreinte se resserra, se fit passionnée, aimante, charnelle. Bjorn en oublia le monde extérieur. Il se perdit en Iria, savourant son goût de miel qu'il avait cru ne jamais retrouver, se délectant de la sensation de ses courbes contre lui, de sa douceur, de sa chaleur, de son ardeur, de la confiance qu'elle lui accordait en s'abandonnant tout entière à lui.

Il en oublia tout.

De loin, il entendit Tora émettre un cri bref, mais il ne s'en préoccupa pas. Pour la première fois, ses devoirs, ses responsabilités, tout était relégué au second plan, car il embrassait Iria, et plus rien d'autre n'importait.

Jusqu'au moment où la clairière fut soudain envahie d'hommes en armes.

Ils surgirent d'un coup, de toutes parts, portant épées, poignards et lances, vêtus d'uniformes aux couleurs du drapeau galicien, que Bjorn avait vu flotter à l'entrée des villes et des monastères.

Il porta la main à son épée, mais réalisa qu'il l'avait

perdue dans sa course. Avec précipitation, il fit passer Iria derrière lui, puis voulut saisir son poignard, mais les nouveaux venus furent plus rapides que lui.

L'homme qui les menait, un grand gaillard maigre au visage sec et basané, se porta en avant, épée au clair, et se planta devant lui, la mine suspicieuse et une grimace peu amène aux lèvres.

Derrière lui, Bjorn vit d'autres hommes, en plus de ceux qui les avaient encerclés et devaient être des éclaireurs, se rapprocher, certains d'entre eux tenant des nonnes qui se débattaient et protestaient, quelques-uns les maintenant par leurs poignets tirés en arrière, d'autres les forçant à avancer en les tirant par les cheveux. Les femmes semblaient presque aussi effrayées par leurs compatriotes que par leurs premiers ravisseurs danois, s'amusa-t-il presque avant de réaliser que leur sort, s'il s'agissait de brigands, de mercenaires ou de traîtres, serait tout aussi misérable qu'entre leurs mains.

Derrière lui, Iria émit un petit cri effrayé, et quand il tourna la tête, il remarqua qu'ils étaient entourés.

— Eh bien eh bien, qu'avons-nous là ? gronda le chef des soldats d'une voix étonnamment lente et douce.

Si lente que Bjorn put le comprendre sans difficulté, même s'il avait parlé en galicien.

— On dirait un de ces barbares du Nord qui viennent piller nos côtes, mais la présence de nonnes à ses côtés et dans ses bras me chante une autre histoire… Aurions-nous quelque mystère à résoudre ?

— On s'en fiche, Anxo. Tant qu'on peut ravager les femmes et en tirer de l'or.

L'homme qui venait de proférer ces mots presque incompréhensibles tant ils étaient accentués était l'exact opposé de son chef : petit et si gras qu'il en paraissait rond, avec un visage marqué de cicatrices et des dents pourries. Le regard chafouin, il tenait entre ses mains une des nonnes qu'il palpait sans inhibition ni douceur, tandis que la femme gémissait de peur et de honte sous ses doigts brutaux. Le chef éclata d'un rire amer, puis se pencha vers son subalterne.

— Moi, je ne m'en fiche pas, Bieito, et c'est moi qui commande, le menaça-t-il sans hausser le ton. Tu ferais bien de t'en souvenir.

— Oui, chef, comme tu veux, chef, annonça le dénommé Bieito en esquissant une petite courbette rendue maladroite par sa captive qui se débattait et sa taille imposante.

Puis il cracha un long jet de salive noirâtre qui vint tacher les chausses de Bjorn.

Ce dernier ne dit rien. Il se savait en mauvaise posture et préférait jauger ses adversaires pour savoir comment réagir et tirer le meilleur parti d'une faute ou d'une faiblesse. Il n'osait même pas jeter un regard vers Tora pour savoir ce qui lui était arrivé tant il craignait d'attirer l'attention sur elle. Quant à Iria, elle tremblait de peur derrière lui, si fort qu'il avait l'impression de sentir son cœur palpiter dans son dos. Mais il resserra ses doigts sur sa main dans l'espoir de lui transmettre un peu de son courage, et il crut la sentir se rasséréner à son contact.

— Alors, étranger, dis-moi. Qui es-tu, et que fais-tu avec ces femmes ? lui demanda directement le chef des Galiciens en se penchant vers lui, sans pour autant cesser de lui braquer son épée dessus. Dis-moi, as-tu une valeur quelconque ou n'es-tu qu'un futur esclave des champs ? Ces femmes sont -elles des prisonnières, des otages, des compagnes, des épouses, peut-être ? Pourrons-nous en tirer quelque chose ou nous faites-vous perdre notre temps ?

Bjorn passa en revue ses différentes options. Il n'avait pas beaucoup de choix. Il pouvait dire la vérité et énoncer son titre et son rang dans l'espoir que cela lui vaille d'être échangé contre une rançon, mais il ne pourrait pas protéger Tora et Iria, et il perdrait son honneur, son expédition, sa réputation. Il pouvait se faire passer pour un marchand, peut-être un négociant d'esclaves égaré ou à la recherche de fugitives. Peut-être…

Il n'eut pas le temps d'aller plus loin.

Dans son dos, il sentit Iria bouger, glisser une main entre le revers de sa broigne et sa fine chainse, puis se remettre debout. Il voulut l'en empêcher et leva un bras, mais aussitôt, trois épées se dressèrent sur lui, le faisant se figer sur place.

Il dut rester immobile et regarder Iria le contourner pour venir se placer devant lui, l'air digne malgré ses vêtements froissés et déchirés, la démarche royale. Elle devait être terrorisée – lui, il l'était : pour elle –, mais elle possédait plus de dignité que jamais et il l'en admira encore plus.

Puis, une fois face à Anxo, elle se redressa de toute sa taille et haussa le menton avec fierté.

— Je suis la princesse Iria de León, fille du roi Sanche de León, premier du nom, et sœur du roi Ramire de León, le troisième du nom. J'ai été envoyée au Mosteiro de Santa María da Armenteira sur ordre de la reine douairière Teresa de León, ma marâtre, et de la tutrice royale, la nonne Elvira Ramírez. Ces femmes sont mes compagnes au monastère, et cet homme est venu pour me ramener au palais de Noia, où je réside en attendant mon retour au château royal.

Le silence se fit.

Iria de León, princesse de Galice, sœur du roi.

Bjorn peina un moment à assimiler ces mots qui sonnaient si étrangement dans sa tête. Devant lui, le dénommé Anxo semblait éprouver les mêmes difficultés que lui à accepter cette notion. Il ne pouvait l'en blâmer. Qui aurait cru que cette souillon en vêtements étrangers dépenaillés pouvait être une princesse ? Mais pour lui, c'était une évidence. Une certitude qu'il aurait dû comprendre bien plus tôt. Iria avait tout d'une princesse. Elle en avait le courage, l'honneur et la dignité. Elle en avait la culture, l'intelligence, la noblesse. Elle ne savait ni tenir une maison, ni cuisiner, ni coudre ou faire le ménage. Elle savait monter à cheval, lire et écrire, elle connaissait le latin et la géographie de son pays, ainsi que de nombreuses choses que la plupart des femmes, même de haute lignée, ignoraient.

Une princesse…

À cette idée, son cœur se gonfla d'un mélange de peur et d'allégresse.

Il lui serait bien plus facile de faire accepter une princesse à son peuple comme son épouse. Mais il lui serait bien plus difficile d'épouser Iria si elle était liée à son pays par des fiançailles politiques, des accords princiers, un demi-frère roi et bien d'autres contraintes.

Tout se compliquait.

Devant lui, le dénommé Anxo continuait à inspecter Iria de la tête aux pieds, avec une attention qui mit Bjorn mal à l'aise. Il ne la regardait pas à la manière d'un soudard qui aurait convoité sa féminité. Il l'examinait avec méticulosité, comme s'il envisageait de l'écorcher pour voir comme elle était à l'intérieur.

Puis, à sa droite, l'un des hommes qui tenaient Bjorn et Iria en joue de son épée éclata de rire.

L'idée que cette fugitive échevelée puisse être de sang noble semblait susciter son hilarité. Il émit un gros rire gras, puis se tapa sur les cuisses et, sans laisser le temps à quiconque de réagir, il rengaina son arme et attrapa Iria par le cou pour lui imposer un baiser baveux. Elle tenta de le repousser, mais ses bras velus la tenaient contre lui et elle ne put que se tortiller en émettant des cris de dégoût. Bjorn bondit. Il se rua vers elle pour la libérer en poussant un rugissement, mais les pointes des épées se rapprochèrent au point de lui piquer la gorge. Il dut s'arrêter et demeurer là, impuissant, à regarder la jeune femme se débattre en vain. Il crut devenir fou.

Jusqu'à ce qu'Anxo décide que la plaisanterie avait assez duré. D'un mouvement brusque, il saisit la queue-de-cheval longue et sale de son soudard et le tira en arrière, si fort qu'il faillit lui briser le cou. L'homme émit un cri étranglé et bascula sur le dos. Sans hésiter, Anxo récupéra la grande lance qu'il portait dans son dos et, la faisant passer devant lui, il la prit en main et l'abattit sur son homme. La pointe noircie au feu de l'épieu traversa sa gorge sans difficulté. L'homme crispa les doigts sur le manche, gargouilla et cracha un gros filet de sang, les yeux révulsés, et mourut.

Iria était figée sur place, le regard horrifié rivé à l'homme. Lentement, elle porta les mains à sa bouche comme si elle craignait qu'un mouvement brusque ne déclenche une nausée subite.

Avec la même lenteur menaçante, Anxo retira son

épieu, dont l'extrémité émit un bruit de succion écœurant en quittant le corps de sa victime, et en pointa le bout ensanglanté vers Iria, qui recula d'un pas titubant.

— Peux-tu prouver tes dires, jeune fille ? Si tu es bien qui tu prétends être, je te ramènerai au château de Noia intacte, avec toute son escorte, aussi hétéroclite qu'elle soit. Contre monnaie sonnante et trébuchante, bien entendu. Mais si tu n'es pas la princesse Iria de León, tu finiras comme mon pauvre Paio. Ce n'était pas un mauvais bougre, figure-toi. Il était certes rustre et mal dégrossi, mais on n'aurait pas trouvé soldat plus dévoué ni courageux. Nous étions du même village, lui et moi, à Rueda, et avions grandi ensemble. Alors imagine, princesse : vu ce que j'ai fait à un ami d'enfance… imagine ce que je te ferai s'il est mort pour rien par ta faute.

Iria étant devant lui, Bjorn la vit frémir et fléchir, et comprit qu'elle était à deux doigts de s'écrouler de peur. Mais non. Elle résista. Après son moment de faiblesse, elle se redressa encore plus, raidit la colonne vertébrale et porta la main à sa poitrine.

— Regarde cette croix, Anxo de Rueda, et lis ce qui y est inscrit. Tu verras que je ne mens pas.

Anxo fit deux pas vers elle et, sans la moindre hâte ni brutalité, souleva la petite croix pour la retourner et en déchiffrer le verso.

Bjorn retint son souffle. C'était donc ce qui était inscrit dessus ? Le lignage d'Iria ? Depuis tout ce temps qu'il se demandait sa réelle identité, il en avait eu la connaissance sans le savoir ?

Puis Anxo ouvrit la bouche.

— Iria de León, fille de Sanche de León et de Lupa de Castille. (Il lâcha la croix, qui revint se nicher au creux du cou d'Iria.) Princesse, mais bâtarde, donc. J'ai entendu parler de la princesse Iria. L'on dit que la régente Teresa Ansúrez l'a effectivement envoyée au monastère, mais qu'elle y est morte.

— De toute évidence, il ne faut pas croire les ragots, protesta Iria avec hauteur. Je suis bel et bien vivante. Et si tu ne me crois pas, fouille donc l'ourlet de ma robe. J'y ai caché une autre preuve de ma lignée : les boucles d'oreilles que mon père m'a offertes avant sa mort. Elles sont ornées du symbole de notre pays, la coquille Saint-Jacques.

Bjorn ne vit pas le soldat se baisser pour récupérer les boucles et crut qu'il avait déjà condamné Iria. Il fut tenté de se jeter sur elle pour la protéger, mais, alors qu'il bandait ses muscles, le chef des guerriers galiciens éclata d'un rire bref.

— Je ne te ferai pas l'offense de soulever ta robe, bien qu'elle soit déjà en piteux état, princesse, je te crois. Et quand bien même tu mentirais, comme je me dirige vers la cour de León et que je vais t'emmener, ainsi que tous tes compagnons, il me sera facile d'avoir la confirmation de ton identité. (Il lui adressa un sourire cordial.) Comme ça dans tous les cas, j'aurai ma récompense : une fortune en or si tu es bien la princesse disparue… et le plaisir de te réclamer en esclave pour me venger de la mort de mon compagnon et de la perte de temps si tu as menti.

Son sourire se fit cruel.

Mais Bjorn ne s'en soucia pas.

Il venait de repérer, à la lisière du bois, le corps de Tora.

À peine était-il rassuré sur le sort d'Iria qu'une autre détresse le frappait : la *völva* gisait au sol, immobile, l'empennage d'une flèche dépassant de son épaule.

Elle ne bougeait plus, et même sa poitrine semblait ne pas se soulever sous l'effet de sa respiration.

Désespéré, Bjorn ne réagit pas quand les Galiciens s'emparèrent de ses armes et le ligotèrent, avant de l'entraîner à leur suite vers les montures qui les attendaient, avec les nonnes fugitives, un peu plus loin.

Chapitre 16

La mascarade n'avait pas fait long feu.

Il avait suffi qu'une question soit posée à Bjorn et que tous constatent qu'il était incapable d'aligner une phrase en galicien pour qu'Anxo comprenne qu'Iria avait menti.

Il ne l'avait pas frappée ni violentée en aucune façon, comme elle l'avait craint, mais il lui avait annoncé froidement que s'il découvrait d'autres mensonges il l'en punirait sur cet homme auquel, de toute évidence, elle tenait.

Et depuis il s'était vengé sur Bjorn.

D'escorte certes rustre, mais pas rudoyé, il était devenu le souffre-douleur de la cohorte de soldats.

Enchaîné derrière un des chevaux, il était frappé, humilié, souffleté à chaque pas de travers, à chaque maladresse, à chaque regard trop levé. Du matin au soir, ce n'étaient que brimades, crachats, moqueries et vexations. Même la nourriture lui était rationnée – quand Iria s'en était offusquée, Anxo avait rétorqué qu'avec six nonnes en plus et l'urgence de les ramener au plus vite à León, ils n'avaient pas le temps de chasser ni d'acheter de la nourriture et devaient puiser dans des réserves insuffisantes pour tant de bouches supplémentaires. Aussi le prisonnier malvenu n'avait-il que de maigres restes et un peu d'eau croupie chaque soir.

Le cœur d'Iria saignait de le voir être traité ainsi, lui qui avait toujours fait tout son possible pour veiller sur elle lorsque les rôles avaient été inversés.

Elle avait tenté de lui donner en cachette un peu de sa propre nourriture, mais Anxo l'avait surprise et avait, d'un coup de pied, renversé son écuelle, dont le contenu s'était éparpillé dans la poussière du chemin. Pour la punir, cette fois, il ne lui avait pas redonné à manger et s'était contenté de piétiner la nourriture pour s'assurer que ni Iria ni Bjorn ne pourraient en profiter. Elle avait néanmoins réitéré et s'enorgueillissait d'avoir réussi à lui donner à deux reprises du pain et du fromage, et à lui avoir permis de boire quelques gorgées d'eau plus fraîche à sa propre gourde.

Mais elle voyait Bjorn s'affaiblir de jour en jour. Il trébuchait de plus en plus souvent à la suite des chevaux et son regard brillait d'une lueur fiévreuse. Elle craignait en permanence qu'il chute et ne soit plus capable de se relever, et se fasse ainsi traîner sur les cailloux derrière eux jusqu'à ce que mort s'ensuive.

Cela finirait bien par arriver.

Et cela arriva.

Alors qu'ils devaient atteindre León dans quatre jours, en fin de journée, alors qu'ils avaient chevauché sous un soleil ardent pendant de longues heures, Bjorn s'effondra et, cette fois, demeura étendu dans le sable.

Iria, qui chevauchait derrière Enzo en tête de la cohorte, entendit le tumulte dans leur dos et se tortilla sur la selle pour voir ce qui se passait.

Dès qu'elle aperçut Bjorn affaissé au sol, la tête dans

les graviers, gris de poussière et de terre, elle poussa un hurlement et se laissa descendre à terre.

Quand elle arriva, elle dut se frayer un passage entre les soldats galiciens qui s'amusaient à piquer le guerrier danois du bout de leurs épieux pour le faire réagir.

Mais Bjorn ne réagissait presque plus. Privé d'eau comme de nourriture, épuisé par plusieurs jours de mauvais traitements et de marche forcée, il haletait, les joues creusées et les mains crochues agrippées au sable comme pour en tirer une quelconque nourriture.

Iria se fraya un chemin jusqu'à lui et s'agenouilla pour soulever sa tête et la poser sur ses cuisses.

— De l'eau, vite, je vous en prie ! supplia-t -elle.

— Pourquoi ferions-nous ça, princesse ? se gaussa Anxo de sa voix toujours si calme et détachée. Ce n'est qu'un vulgaire pillard nordique. Il ne vaut rien.

— C'est… c'est…

Lors de leur première halte, quand elle avait tenté en vain de lui donner un peu de nourriture, Bjorn l'avait enjointe à ne pas révéler son identité. Il ne voulait pas finir esclave, déshonoré, avili. Il préférait mourir en prince que survivre dans les chaînes. Sa propre fierté l'avait tancée : elle l'avait subi, elle, et y avait survécu. Puis elle avait compris. Bjorn était un homme, un guerrier nordique au sang pur, fils légitime d'un roi. Il avait été éduqué pour gouverner, pour commander. Pour lui, son honneur comptait plus que sa vie et il ne se relèverait pas d'un tel affront. Aussi s'était -elle soumise à sa demande et avait -elle conservé son secret. Jusqu'à présent. Jusqu'à cet instant où elle devait choisir pour lui. Sa vie ou son honneur ? Elle choisit.

— Ce n'est pas un vulgaire pillard. C'est le prince

Bjorn du Buskerud, fils du roi Gudrœd Bjornsson et frère de son successeur Harald Grenke, qui l'a envoyé en mission en Galice pour négocier un traité avec le roi Ramire, mon frère. Un naufrage a mis sa mission en péril, et il est venu trouver refuge dans le monastère où je vivais. C'est pour cela que nous voyageons ensemble, pour forger une alliance entre nos deux peuples.

Anxo, cette fois, ne réfléchit pas. Il haussa les épaules et jeta un ordre bref à ses hommes.

— Qu'importe, princesse. Tu multiplies les mensonges et les cachotteries. Ce soir, cet homme mangera et boira la même chose que nous, le peu qu'il nous reste. Puis nous repartirons et je veux bien faire l'effort de le faire monter à cheval derrière vous. Ligoté, bien entendu. Nous arrivons dans quatre jours et je ferai en sorte qu'il ne meure pas de faim, de soif ou de mauvais traitements. Rien de plus. Ensuite, je vous confierai au roi Ramire, et nous verrons si vous valez bien tous les tracas que vous m'avez occasionnés ou si je pourrai m'amuser un peu avec vos cadavres. Je ne sais même plus quelle perspective m'enchantera le plus.

Le regard froid qu'il posa alors sur Iria la fit frissonner de tout son être. Jamais elle n'avait rencontré quelqu'un comme cet Anxo. Un homme froid, impassible, semblant détaché de toute émotion humaine, aussi glacial qu'il était courtois, aussi serein qu'un lac figé par le gel… et tout aussi dangereux. Elle ne doutait pas qu'il prendrait autant de plaisir à la torturer qu'à la vendre, et que, si elle tombait un jour entre ses griffes, sans défense, les outrages qu'il lui ferait subir dépasseraient toute imagination.

Elle s'efforça de détourner son attention de cet individu effrayant qu'elle n'était pas parvenue à cerner au cours des deux jours de chevauchée avec lui. En fait, elle qui se targuait d'être prompte à discerner le vrai du faux et appréhender le caractère des gens se trouvait trop effrayée par lui pour ne serait -ce que tenter de le faire. Elle limitait au maximum ses interactions avec lui et répondait par monosyllabes chaque fois – et c'était peu souvent – qu'il lui adressait la parole.

Mais, peut-être, était-ce pour cette raison qu'il avait si mal traité Bjorn. Peut-être n'avait-il aucune empathie envers eux parce qu'elle ne lui avait rien donné d'humain en échange, aucun motif de la considérer autrement que comme une rançon, une otage, une prise susceptible de lui rapporter une grosse somme d'argent.

Avec réticence, elle détourna ses yeux de Bjorn, sur le front duquel elle appliquait un linge humide, et reporta son attention sur le guerrier.

— Je ne sais même pas si vous êtes un soldat de la Couronne ou un mercenaire, chuchota-t -elle, la gorge nouée.

Un long silence s'ensuivit.

— Qu'est-ce que ça peut vous faire ? finit-elle par entendre d'une voix qu'elle jugea moins indifférente que d'habitude. Les gens comme vous se fichent des gens comme nous, non ? Tant qu'on sert vos intérêts et qu'on obéit sagement.

— Je ne suis pas comme ça ! protesta-t -elle avec véhémence sans réfléchir. Je m'intéresse aux gens, je n'ai jamais été méprisante, je suis…

— Une princesse. Par définition, vous êtes supérieure.

— Ce n'est pas ce que j'allais dire, plaida-t -elle.

— Ah bon ? Qu'alliez-vous donc dire, princesse ?

— Je suis une bâtarde. Toute ma vie, on m'a fait sentir

que j'étais différente. Moins digne, moins noble, née du mauvais côté du lit, née d'une intrigante, née pour nuire à l'héritier. Je sais ce que c'est d'être rejeté, humilié, ignoré. Je ne le fais donc jamais aux autres.

— Vraiment ? aboya Anxo avec un rire amer. Alors pourquoi avez-vous attendu trois jours pour me poser ces questions ? Est-ce un intérêt subit pour ma personne ou est-ce l'approche du palais qui vous fait chercher un allié ? À moins que ce ne soit votre désir de protéger votre amant qui vous pousse à vouloir m'amadouer.

Il se rapprocha d'elle et se pencha, si près qu'elle put sentir, dans son haleine, des relents d'ail et d'oignon qui la firent grimacer, mêlés à une odeur douceâtre écœurante qui l'étonna. Voyant qu'elle ne répondait pas, il émit un nouveau ricanement empreint de cynisme et se détourna d'elle pour s'éloigner à grands pas. En chemin, il s'arrêta près de son cheval et en décrocha une gourde qu'il lui lança.

— Tenez, princesse, rauqua-t-il. Abreuvez votre protégé. Je ne voudrais surtout pas que vous vous soyez abaissée à m'adresser la parole en vain.

Puis, sur ces mots, il s'éloigna d'elle à grands pas et elle se retrouva seule, avec Bjorn qui, après ce repos, respirait mieux et affichait un air moins cadavérique. Elle continua à lui humecter le front et la bouche, et se mit à lui faire boire de petites gorgées d'eau dès qu'elle eut l'impression qu'il ne s'étranglerait pas avec. Au bout d'un moment, il put prendre la gourde et la vida à longs traits.

Iria, quant à elle, réfléchissait toujours. Qu'était cette odeur qui l'avait tant intriguée et qu'elle ne reconnaissait pas.

— Qu'était-ce donc ? murmura-t -elle pour elle-même

en fronçant les sourcils, le regard perdu sur la silhouette du soldat dont elle ignorait toujours tout et qui s'affairait à vérifier l'état des pieds des chevaux.

— Quoi ? gronda Bjorn, qui lui prit le menton pour lui faire tourner la tête vers lui.

— Rien d'important, dit -elle en secouant la tête. J'ai remarqué une odeur bizarre dans son haleine, quand il s'est rapproché de moi. Ça m'évoque quelque chose, un mauvais souvenir, mais je ne sais pas quoi. Je n'aime pas ça…

— C'est du cannabis, déclara le prince danois. Une drogue venue des Sarrasins. Il doit la boire diluée dans du lait, pour en adoucir le parfum et les effets. C'est une plante malsaine, perverse, qui modifie les gens, qui les transforme et les empêche de ressentir des émotions normales, ou d'en éprouver d'autres. Ton pays est très au sud, je sais que vous connaissez ce peuple et échangez beaucoup avec eux, quand vous ne vous faites pas la guerre. Il doit être facile de s'en procurer.

Iria hocha la tête, songeuse.

— Tu as raison, je me rappelle où j'ai déjà senti cette odeur : mon père, le roi Sanche, en prenait sur ces derniers jours, pour apaiser ses douleurs, en alternance avec du lait de pavot. Les médecins lui en donnaient avant la prière, pour qu'il ne hurle pas de douleur durant la messe.

— Cela explique son comportement, conclut Bjorn. Quand arrivons-nous ?

— Demain, expliqua Iria. Le palais de León est juste à une heure de cheval. Les portes auraient été fermées ce soir, et Teresa et Elvira ne donnent pas audience en fin de journée. Nous arriverons dès prime pour les voir.

— Des femmes ?

Iria réprima un sourire amer.

— Ici aussi, les femmes peuvent avoir du pouvoir. Mais quand tu les rencontreras, tu le regretteras peut-être. Ma marâtre et ma tante ont beau se prétendre bonnes chrétiennes, elles n'ont jamais fait preuve de la moindre charité ni compassion envers leur prochain. Même Ramire, mon demi-frère, le roi et l'être le plus doux qui soit, n'a jamais été traité autrement que comme un symbole de la Couronne, un pion à manipuler. Il est le seul qui… qui… le seul à m'aimer.

À l'idée de revoir son frère, un mélange de peur et d'émotion la saisissait. Elle avait hâte de le retrouver, de le serrer dans ses bras, mais en même temps elle craignait de lire un jugement dans ses yeux, d'être rejetée par lui comme elle l'avait été par sa mère. En outre, affronter Teresa et Elvira la terrorisait. Les deux régentes avaient déjà tenté de l'évincer et avaient prétendu à sa mort. L'étape suivante serait -elle de la faire exécuter ou d'ordonner son meurtre ? Un frisson la parcourut à cette idée.

Bjorn leva un bras et plaqua une paume sur sa joue pour l'attirer à lui et se souleva pour l'embrasser.

— Ce n'est pas vrai. Moi aussi, je t'aime. Je ne mentais pas, Iria. Si nous survivons, je veux t'épouser et faire de toi une princesse du Vestfold. Je t'offrirai un palais, un trône, un foyer, mon amour et ma protection, jusqu'à ton dernier jour ou le mien.

Mais Iria détourna la tête. Elle n'y croyait pas. Elle n'y croyait plus. Ils étaient prisonniers, soumis à l'indifférence méprisante d'hommes d'armes rustres et cupides, et demain ils se retrouveraient prisonniers de deux femmes qui l'avaient toujours détestée et crainte.

— Ce n'est pas si simple, Bjorn. Ce n'est jamais aussi

simple, chuchota-t -elle avant de se relever. Je vais aller chercher de la nourriture pour toi, et une couverture pour la nuit. Il fait chaud en été, mais le froid tombe vite.

Ils arrivèrent le lendemain à la cour de León. Iria s'étonna du sentiment de bonheur qui l'envahit en redécouvrant les rues familières de la capitale de son pays. Les petites maisons collées les unes aux autres comme pour se rassurer, les façades de bois, de pierre beige ou rose, les toits en tuiles, les arcades sous lesquelles des échoppes fleurissaient, riches de fruits et légumes colorés, de plats parfumés et savoureux, de mélanges d'épices et de condiments, de pains croquants à la mie moelleuse, de miels crémeux ou liquides, allant de la teinte ivoire à celle de l'ambre.

Elle retrouvait avec bonheur les vêtements colorés des gens, le bagout des commerçants, les railleries des poissonnières vantant leur criée et les appels des tisserands et des pelletiers pour vendre quelque tissu d'Orient aux couleurs profondes ou aux pelisses chaudes, forcément trop chaudes pour la saison. Elle avait beau connaître tout cela, pour avoir parcouru ces traverses, souvent grimée en servante après avoir quitté le château, parfois avec son frère ou une duègne lors d'une promenade organisée par leur gouvernante, mais cela l'émouvait de les revoir après avoir cru les avoir perdus à jamais.

Puis elle jeta un coup d'œil à Bjorn.

Pour l'occasion – et peut-être pour aller plus vite, ou ne pas présenter un prisonnier à l'agonie –, le prince danois avait été placé, toujours les poignets liés, sur un cheval mené par le licol par celui de devant. L'animal qu'il montait était de loin le plus misérable de tous, mais il suffirait pour éviter l'épuisement ou l'effondrement. Il regardait autour de lui d'un air intéressé, mais sans pour autant afficher la mine fascinée ou émerveillée à laquelle elle s'attendait.

Puis elle réalisa.

Bjorn était un prince. Un noble issu d'une lignée aussi ancienne que la sienne, dans un royaume d'explorateurs et de marins connus pour leurs voyages et conquêtes. Sans nul doute, il avait déjà visité des endroits bien plus riches ou exotiques que son petit pays, niché au-dessus de l'immense califat de Cordoue, bien plus puissant et raffiné, où Anxo devait s'approvisionner en ce cannabis qui dénaturait ses sentiments. Peut-être même Bjorn inspectait-il la ville et ses échoppes pour imaginer quel parti en tirer, voire organiser une nouvelle expédition pour les détrousser. Elle l'imaginait sans peine en être capable. Puis elle se morigéna. Bjorn était certes issu d'un peuple conquérant, mais il avait fait preuve de respect et de gentillesse avec elle, et à présent c'était lui qui se retrouvait captif, prisonnier, risquant sa vie et sa liberté.

Et il s'était mis en danger pour elle.

Quand elle avait compris qu'il s'était lancé seul à sa recherche et que nul secours ne viendrait le sauver, elle avait deviné qu'il n'avait pas osé rameuter ses hommes de crainte qu'ils s'en prennent à elle. Elle lui en avait été reconnaissante, puis l'avait regretté quand elle avait réalisé que des renforts les auraient certainement délivrés. Elle espérait juste, maintenant, que les guerriers de Bjorn, ne le voyant pas revenir, étaient partis à sa recherche et étaient sur leurs traces, voire avaient retrouvé Tora, dont elle ignorait ce qu'elle était devenue.

Il leur fallut près d'une heure pour parcourir les allées étroites où s'amassait déjà une foule de badauds, de domestiques et de chalands, les cris des hommes d'Anxo ne suffisant pas, bien souvent, à faire s'écarter les gens qui s'amoncelaient autour de leurs chevaux pour tenter de leur mettre dans les mains leurs produits, au lieu de prudemment s'éloigner des dangereux sabots.

Enfin, ils franchirent les grandes portes en bois du château, qui était niché sur une petite éminence qui dominait la ville. Les roches, qui servaient de soubassements aux remparts de pierre, surmontés d'une seconde enceinte en bois, étaient d'une magnifique teinte rose qui avait toujours évoqué à Iria son dessert préféré, la *tarta* de Santiago, une spécialité de cette ville, parfumée aux amandes moulues et à la liqueur galicienne, et dont l'étonnante couleur saumonée provenait des pétales de rose dont la cuisinière du palais aimait orner ce gâteau. Le dessus ressemblait aussi à des *bicas*, des génoises à la cannelle, avec les empilements de planches qui encadraient les lourdes portes de chêne. Elle savait néanmoins que, derrière, la construction était moins prestigieuse. La cour intérieure était de terre, rendue poussiéreuse par la multitude de chevaux et animaux de basse-cour qui erraient dedans en permanence. Les servantes en avaient l'ourlet de leurs jupes toujours souillées, ce qui faisait qu'on les surnommait souvent *cenicientas*[1], pour évoquer la cendre et la cheminée dont elles semblaient sortir. Les hommes d'armes n'étaient pas mieux, leurs braies souillées de tabac, de fumier et de nourriture. Elvira et Teresa avaient tenté

1. *Cenicienta* étant le nom du conte de fées *Cendrillon*. Hélas en espagnol, la traduction n'en ayant jamais été faite en galicien…

maintes fois de leur imposer une apparence plus propre, plus apte à représenter le prestige de la couronne, mais sur ce point elles avaient échoué. Malgré leur autorité, les soldats, surtout leurs supérieurs, s'étaient gaussés de ces requêtes féminines et avaient repris leurs habitudes de souillons, essuyant leurs doigts gras sur leurs cottes et nettoyant leurs lames sur leurs braies ou leurs manteaux en hiver.

Bjorn, en traversant la cour, sembla remarquer cette médiocrité, car un rictus moqueur erra sur son visage avant qu'il ne reporte son attention sur la grande porte qui leur faisait face.

Une fois devant, Anxo leva un bras pour indiquer la fin du périple et descendit de selle avant d'aider Iria à mettre pied à terre. Iria se passa de son assistance, elle savait monter aussi bien que lui, même si elle n'avait eu ni l'occasion ni l'envie de lui prouver ses capacités. Bjorn, de son côté, dut démonter seul, les mains liées, mais il se tira de l'exercice avec brio, sa grande taille lui permettant de passer une jambe par-dessus la croupe de sa monture et de mettre pied à terre sans basculer dans la poussière. À peine était-il au sol, néanmoins, qu'Anxo le saisit par le coude pour l'entraîner à sa suite à l'intérieur du château. Sans se retourner, il beugla un ordre dont Iria mit un moment à comprendre qu'il lui était destiné.

— Dedans ! Sans traîner !

Bien que rechignant à se voir rappelée à l'ordre comme un vulgaire chien de ferme, elle se résigna néanmoins à obtempérer en voyant des soldats s'approcher d'elle, prêts, voire déterminés, à la traîner manu militari dans les tréfonds du palais.

Connaissant les lieux, Iria n'eut aucune difficulté à

s'orienter. Même, elle prit un malin plaisir à dépasser Anxo, qui semblait moins familier des couloirs sombres du palais, pour prendre les devants et se diriger droit vers la salle du trône.

Le but n'était pas d'humilier le belliqueux soldat, même si cette perspective lui plaisait, mais elle tenait à se présenter devant son frère – et ses régentes – en femme libre, et non traînée à la suite d'un soudard comme une souillon fugitive. Qui plus est, elle tenait à apparaître au début des audiences, quand la patience et l'humeur de Teresa et Elvira seraient encore amènes, et qu'il n'y aurait pas une foule de quêteurs et querelleurs prêts à rivaliser de rodomontades pour les amadouer ou obtenir un quelconque privilège.

Il ne lui fallut pas longtemps pour parcourir les corridors et elle s'amusa à emprunter plusieurs raccourcis qu'aucun noble ne connaissait, mais qu'elle avait découverts des années plus tôt en espionnant les serviteurs, puis en les explorant pour trouver des moyens de fuir sa duègne et ses gouvernantes. Au passage, elle croisa plusieurs domestiques qu'elle salua par leurs prénoms, et l'un d'eux en fut si surpris qu'il en laissa tomber la torche qu'il tenait pour allumer les flambeaux dans les parties les plus enténébrées du palais. Les plafonds étaient noirs et fuligineux suite aux années de braises et de charbons qu'ils avaient absorbés, et cette obscurité donnait au lieu une allure de caverne.

Nombre de servantes, à leur arrivée, en étaient effrayées et refusaient de parcourir les couloirs, même pour répondre aux ordres d'une noble dame, voire pour leur propre usage durant leur temps libre. Iria se moquait souvent d'elles et de leurs craintes. À ses yeux, cela lui évoquait plutôt le ventre d'une mère : sombre, exigu, arrondi, mais rassurant et réconfortant. Même si elle préférait le château de Noia, plus aéré, moins empesé et ancien, plus éloigné de la vie trépidante et des ragots de la ville, mais les entrailles de celui de León lui rappelaient son enfance et ses explorations dans ses cuisines, où elle pouvait grappiller des trésors savoureux en secret.

Enfin, au bout d'un moment, elle parvint devant la porte de chêne teinte en rouge et bleu, couleurs de la Galice, et renforcée de clous métalliques, et dut s'arrêter devant. Deux gardes croisaient leurs lances devant le battant et lui bloquaient l'entrée.

Anxo, qui avait accéléré l'allure, marchait si près derrière elle qu'il dut piler pour ne pas la percuter, et elle sentit de nouveau l'odeur de cannabis qui émanait de lui quand il émit un grondement de frustration face au barrage. Elle ne lui laissa pas le temps de parler et héla les soldats.

— Écartez-vous. Je suis la princesse Iria de Galice et León, et j'exige de voir mon frère, le roi Ramire, de toute urgence.

Les spadassins se consultèrent du regard, puis tendirent le cou comme pour demander son avis à Anxo. Iria, qui ne connaissait pas le rang de celui-ci, s'en irrita au plus haut point.

Elle fit claquer ses doigts sous le nez des gardes pour attirer leur attention sur elle.

— Ce n'est pas lui qui vous donne un ordre, c'est moi. Et c'est à moi que vous devez obéir. Dégagez le passage !

Son ton fut empreint de suffisamment de colère et d'autorité pour qu'ils tressaillent et se rabattent de chaque côté de la porte, la lance à la verticale devant eux en guise de salut. Iria était furibonde. Ces gardes, même s'ils n'étaient pas des proches, avaient été au service de la famille royale de León bien assez longtemps pour la connaître, et elle n'avait pas tant changé depuis son départ pour Noia, puis le monastère, pour être méconnaissable. Non, elle y voyait là les manigances d'Elvira et de Teresa, qui avaient fait courir le bruit de sa mort pour l'effacer des mémoires.

Quand elle poussa la porte et franchit le seuil de la salle du trône, elle crut entendre derrière elle un rire amusé et reconnut le timbre grave de Bjorn. Il n'avait jamais dû l'entendre si despotique, elle qui s'efforçait d'être toujours aimable et courtoise avec les gens, même les domestiques. Elle traversa la grande salle sombre d'un pas déterminé, reconnaissant avec satisfaction plusieurs têtes familières sur les bancs qui longeaient les murs de pierre rose drapés de tapisseries. Il y avait là plusieurs nobles qui ne s'étaient pas retranchés, pour la saison chaude, dans leur demeure au bord de la côte pour y éviter la fournaise estivale. Aucun n'était réellement un ami, mais certains la connaissaient depuis l'enfance et prendraient peut-être sa défense si Elvira et Teresa tentaient quelque chose. À tout le moins, ils pourraient certifier de son identité si on l'accusait d'être une imitatrice venue prendre la place de la princesse défunte. Elle leur adressa un signe de tête digne, sans ralentir, puis continua sa route vers l'estrade surmontée d'un dais qui indiquait la présence de Ramire.

Son jeune demi-frère détestait siéger. Il préférait, comme elle, vaquer dans les rues de León ou de Noia, se mêler au peuple, partir à l'aventure à cheval ou discuter avec les marchands, commerçants étrangers, négociants marins et autres voyageurs susceptibles de leur décrire contrées lointaines et pays exotiques.

Puis elle vit Ramire.

Seigneur, comme il avait changé.

En l'espace de quelques semaines, le teint basané de son demi-frère était devenu livide et cireux, et ses cheveux autrefois resplendissants de santé pendaient en mèches grasses autour de ses yeux creusés. Sa silhouette dégingandée de garçon encore trop jeune pour avoir la stature d'un homme paraissait encore plus caricaturale qu'avant tant ses membres étaient filiformes et longs par rapport à son buste, et les vêtements empesés qu'il portait, en velours épais et aux couleurs de la Galice et de León, ne faisaient que renforcer cet effet décharné inquiétant chez un enfant de onze ans.

Derrière lui, Elvira et Teresa se tenaient debout, l'encadrant comme deux statues de saintes vengeresses – ou plutôt d'effigies de créatures démoniaques qui auraient sucé son essence, son âme, jusqu'à ne laisser que cette enveloppe rachitique. Elvira, comme d'habitude, bien que princesse de Léon, puisqu'elle était fille du précédent roi Ramire, qui avait précédé sur le trône le père d'Iria et de Ramire, Sanche premier du nom, portait ses vêtements de nonne. Ses voiles noirs et blancs la faisaient ressembler à un oiseau de mauvais augure, cette similitude accentuée par la mine sévère qu'elle affichait en permanence. Néanmoins, pour ses trente-trois ans, Elvira Ramírez demeurait une belle femme qui aurait constitué un beau parti pour n'importe quel noble de Galice. Ses lèvres pleines et rouges, son front haut et son nez aquilin répondaient aux canons de beauté, et ses yeux sombres et inquisiteurs semblaient souvent briller du feu d'une passion que d'aucuns attribuaient à celle de Dieu, là où Iria ne voyait que de l'ambition. Âgée de onze ans lorsque son père, alors roi, l'avait fait entrer dans les ordres, Elvira avait dû ronger son frein dans le monastère de San Salvador, qu'il avait fait ériger pour elle, jusqu'à la mort de son demi-frère Ordoño, qui avait brièvement régné avant Sanche, l'avait déjà fait sortir du couvent et l'avait parfois consultée dans ses décisions. Ses choix politiques avaient eu une incidence favorable pour le pays et, à la mort d'Ordoño, quand Sanche avait accédé au trône, Elvira s'était vu offrir la régence par les nobles du royaume au détriment de Teresa, la mère de Ramire, alors trop petit pour régner à cinq ans. Iria s'était souvent demandé comment il se faisait que les deux femmes s'entendent si bien alors que Teresa aurait dû garder une rancune tenace envers sa belle-sœur de l'avoir dépossédée de ce trône qui aurait dû lui revenir.

Étonnamment, elles ne s'étaient jamais affrontées, du moins en public – et Iria n'avait jamais eu vent, ni par les servantes ni par ses propres espionnages, d'une quelconque dispute entre elles –, et appuyaient mutuellement leurs décisions. L'on parlait même, souvent, d'une régence conjointe entre elles, et il se murmurait que si un jour Elvira décédait avant que Ramire soit assez adulte pour régner, Teresa prendrait sa suite sans heurts ni changements de politique. Teresa, d'ailleurs, avait une main posée sur l'épaule de son fils et lui soufflait quelques mots pressants à l'oreille. Ramire hochait la tête, mais son regard était rivé sur Iria, qui s'était agenouillée au pied de l'estrade et attendait, tête baissée, d'avoir l'autorisation de parler.

Cela pouvait durer longtemps.

Même si les deux femmes dirigeantes le rappelaient parfois à l'ordre quand il abusait de son pouvoir, Ramire adorait faire patienter les gens qui lui demandaient une audience. Un peu par malice enfantine, un peu pour les punir de ces heures qu'ils le forçaient à passer sur ce trône inconfortable alors qu'il aurait été bien mieux à l'air libre sur un cheval.

Elle espérait juste qu'il ne la ferait pas attendre trop longtemps.

Ce ne fut pas le cas.

À peine Teresa eut-elle fini son admonestation que la voix fluette du jeune roi retentit.

— L'on me dit qu'une femme prétendant être ma demi-sœur Iria oserait se présenter devant moi afin de se prévaloir du titre d'une défunte. Il s'agit d'un crime grave, et je ne suis pas sûr qu'il soit judicieux d'entendre cette personne avant de la condamner à la décapitation ou au bûcher.

Iria frémit.

Ce n'était pas son frère qui parlait. C'était Teresa ou Elvira qui lui avait soufflé ces mots. Ramire n'avait jamais condamné qui que ce soit à mort. Il détestait cela – autant par amour de la vie humaine que par détestation des exécutions publiques qui le contraignaient à une apparition formelle.

Elle s'efforça au calme et décida de plaider, bien qu'elle n'eût pas eu l'autorisation de parler. Peut-être, si elle levait la tête, Ramire la reconnaîtrait-il et…

— Votre Majesté, j'ai découvert cet homme et cette femme à la *fervenza* de Leocadia de Mazaricos, à quatre lieues de Noia. La femme prétend être la princesse Iria de Galice, et l'homme serait un prince danois. Je ne peux certifier leur identité à tous les deux, mais la femme a présenté plusieurs bijoux qui semblent appartenir à la princesse.

Teresa se redressa d'un coup et esquissa un geste tranchant de la main. Aussitôt, le garde qui se trouvait derrière elle se mit en branle, la main déjà sur son épée, en direction d'Iria. Celle-ci ne voyait que ses pieds, étant toujours tête baissée, mais elle entendait son pas et elle frémit de terreur en distinguant le crissement de la lame qui sortait de son fourreau.

Mais, alors qu'elle tremblait dans le silence de la pièce, un autre bruit de pas, plus légers, erratiques, précipités, retentit, suivi d'une protestation de Teresa.

— Ramire !

— Iria ? clama le jeune roi. Iria, c'est bien toi ? Cette croix…

Iria leva la tête et vit, devant elle, qu'Anxo l'avait sortie de la poche intérieure dans laquelle il l'avait conservée et la brandissait entre son demi-frère et elle.

Ramire ne pouvait que la reconnaître.

Les larmes aux yeux, à la fois terrorisée et reconnaissante, elle osa enfin croiser le regard de son frère.

Une seconde plus tard, il se jeta dans ses bras en sanglotant.

— J'ai cru que tu étais morte, Iria ! Ils m'avaient dit que tu étais morte ! Mère m'avait dit que le monastère avait été attaqué et qu'on avait retrouvé ton cadavre…

— Chut, chut…, souffla Iria en refermant ses bras sur son frère pour le serrer contre elle. Calme-toi. Je suis là, tout va bien. N'oublie pas que tu es le roi, tu ne dois pas pleurer et hurler en public…

— Je m'en fiche, d'être le roi ! Je suis ton frère et je suis tellement heureux de te retrouver ! Mère m'a dit que les pirates t'avaient violée et tuée, et…

— Je ne suis pas un pirate, et je n'ai jamais violé de femme ! protesta d'un ton indigné Bjorn, derrière Iria.

Dans les bras d'Iria, Ramire émit un hoquet de stupeur et se dégagea d'elle pour se redresser et inspecter l'homme qui venait de s'adresser à lui avec une telle insolence. Puis le jeune roi tourna la tête vers sa sœur.

— Est-ce vrai, Iria ? Tu as été enlevée par des pirates, et cet homme t'a… ?

— Il est vrai que cet homme, Bjorn Gudrœdsson, est le chef d'une expédition danoise, et que ses hommes et lui ont pris d'assaut le monastère où j'avais été enfermée contre mon gré ! (Elle avait clamé ces derniers mots comme son frère et elle avaient toujours eu l'habitude de le faire entre eux pour insister sur un point important.) Mais je n'ai jamais été maltraitée… même si Bjorn m'a coupé les cheveux suite à un… malentendu. Je me suis enfuie avec plusieurs nonnes pour prévenir mon pays, mon royaume, et mon roi, du danger que couraient ses côtes. Mais Bjorn m'a suivie et m'a assuré qu'il ne désirait pas ravager nos villes et nos femmes. Les Danois veulent établir des colonies danoises sur nos côtes, pour commercer et échanger avec nous. Nous y serions tous gagnants. J'ai vu les guerriers danois. Ce sont des marins expérimentés, des tacticiens redoutables, et des combattants valeureux. Si nous devons les affronter, nous ne gagnerons pas, du moins pas sans de lourdes pertes, insista-t -elle. Mais si nous nous allions à eux, non seulement nous pourrons commercer avec eux, mais ils nous protégeront des pillards du Nord et des navires sarrasins qui viennent du califat de Cordoue pour tenter de s'emparer de ce qu'ils n'ont pas réussi à obtenir autrement.

Le silence répondit à son explication. Même Elvira

et Teresa ne réagissaient pas. Iria leur jeta un regard discret et les vit se consulter, l'air méfiant. À présent que Ramire l'avait reconnue, il leur était devenu impossible de la faire passer pour morte, ou pour une imposture. Mais elles pouvaient toujours l'accuser de trahison, voire de sorcellerie, et la faire emprisonner ou tuer pour l'un des deux prétextes. Mais elle osait reprendre espoir. Les hommes du Nord avaient déjà fait plusieurs raids sur les côtes galiciennes ces dernières années, et Elvira avait établi une défense certes efficace, mais coûteuse en hommes et en fortifications, et même si Iria ne l'appréciait pas, elle connaissait bien assez l'intelligence de sa tante pour savoir que celle-ci ne manquerait pas d'apprécier l'argument politique et financier.

Et, en effet, ce fut Elvira qui reprit la parole.

— Retournez à votre place, Votre Majesté. Il ne sied pas à un roi de quitter son trône en pleine audience, fût-ce pour saluer le retour d'une sœur que nous croyions tous morte.

L'air dépité, Ramire adressa un signe complice à Iria et s'éloigna d'elle, après avoir jeté un regard empli de convoitise à Bjorn, qui avait profité de l'altercation pour se rapprocher d'elle, avec toujours Anxo collé à ses braies. Puis Elvira, une fois Ramire sur son trône, descendit de l'estrade pour se rapprocher d'Iria.

— Eh bien, très chère nièce, voici un retour digne d'une épopée héroïque. Il faudra que vous nous racontiez ça, je vous verrais bien nous la chanter, aux côtés des trouvères et des jongleurs, avec un costume bariolé et des grelots dans les cheveux. Vous feriez une parfaite ménestrelle. L'habit vous conviendrait peut-être mieux que la robe de nonne, que vous semblez ne pas avoir portée bien longtemps.

Du haut de l'estrade, Teresa émit un petit rire. Iria déglutit pour digérer les insultes à peine dissimulées et releva la tête avec morgue.

— Je vous remercie de votre accueil si chrétien, ma tante. Je suis en effet heureuse d'être revenue et je me ferai un plaisir de vous narrer mes aventures. Du moins quand l'urgence du moment sera passée. Les Danois n'ont pas dû manquer de partir à la recherche de leur prince, venu en visite chez nous, et nul doute qu'une horde de guerriers nordiques aux portes de notre bonne ville, ou ravageant le sanctuaire de Saint-Jacques-de-Compostelle, ne parlerait pas en faveur de votre régence auprès de nos voisins.

À ces mots, qu'elle avait énoncés assez fort pour qu'ils soient audibles depuis les bancs, une rumeur envahit la salle. Les nobles présents possédaient tous des fiefs sur la côte, côte que les Danois écumeraient à la recherche de leur prince. Et leurs demeures à León seraient également mises en péril lorsque les navigateurs pousseraient leurs expéditions vers l'intérieur des terres.

Du coin de l'œil, Iria vit Anxo et Bjorn lui adresser un signe de tête imperceptible, mais approbateur.

Puis, enfin, Teresa prit la parole.

— Et vous, mon cher Anxo, que pensez-vous de cette éventualité que les Danois viennent mettre notre capitale au siège ? Votre avis nous sera bien plus précieux que celui d'une pucelle tout droit sortie du couvent pour tomber dans les bras d'un pirate nordique.

Iria manqua de s'en étouffer de rage.

Avec componction, Anxo se porta à l'avant de leur groupe et s'inclina profondément devant la mère du roi.

— Hélas, je ne peux que confirmer les propos de la princesse. Bien que l'état de son pucelage soit… discutable, au vu de sa proximité avec ce pillard danois, ses craintes sont fondées : j'ai envoyé une large troupe d'hommes explorer la plage où les Danois avaient établi leur camp, et ces guerriers sont aussi redoutables que bien organisés. Mes hommes ont été décimés, ainsi que les paysans qu'ils avaient recrutés en renfort.

— Et depuis, que sont devenus les pillards ? s'enquit soudain Ramire, interrompant les adultes d'une voix qui, bien que claire, était néanmoins affirmée. Sont-ils toujours là ?

— Non, Votre Majesté. Les sentinelles que j'ai laissées sur les crêtes m'ont envoyé des pigeons pour m'informer que leurs navires ont repris la mer.

— Peut-être sont-ils repartis vers leurs contrées inhospitalières, une fois dénués de chef comme de butin, supposa Teresa.

Iria vit sans nul doute Elvira lever les yeux au ciel à cette assertion.

— Hélas non. Leur flotte s'est répartie en trois parts qui se sont dirigées dans plusieurs directions. Ils ont replié leur camp avec une efficacité redoutable et n'ont rien laissé derrière eux, à part des constructions vides et des feux éteints. Leur butin et leurs esclaves ont disparu. Nous ignorons leur destination, mais leurs navires sont restés près des côtes et n'ont pas pris le large. Je présume qu'ils doivent chercher un ou plusieurs ports d'attache pour élargir les recherches de leur chef ou établir de nouvelles colonies.

Soudain, alors qu'Elvira fronçait les sourcils et méditait ces propos, Ramire souleva son bâton et en frappa plusieurs coups sur le bois de l'estrade pour attirer l'attention sur lui. Puis il se leva et le pointa vers Bjorn.

— Et toi, qu'as-tu à dire, à part des impertinences ? Es-tu un pillard ? Un pirate ? Un prince ? Un explorateur ? Un païen ? Qu'es-tu donc ?

Bjorn émit un petit rire devant l'autorité du gamin et s'inclina avec une adresse qui témoignait d'une longue habitude, malgré ses mains liées.

— Je suis tout cela à la fois, Votre Majesté, et rien de tout cela. Oui, je pourrais être considéré comme un pillard ou un pirate, mais mon peuple a pour tradition de conquérir, de vaincre, de soumettre, et c'est pour nous une fierté et non une honte. Je suis prince de sang, fils cadet du roi Gudrœd Bjornsson, frère du nouveau roi Harald Grenske. Je suis un explorateur et j'aime ça. Quant à être un païen, c'est ce que vous aimez dire de tous ceux qui ne pratiquent pas votre religion. Mais pour moi et les miens, c'est vous les païens et nous qui détenons les principes de la vraie foi.

Il termina ces mots en portant les mains à sa bouche pour embrasser le pendentif enroulé autour d'une chaîne à son poignet droit. Iria reconnut le bijou qu'il lui avait donné et que la première nonne qu'elle avait libérée lui avait arraché dans un moment de colère en la reconnaissant. Son cou portait encore la marque de la violence du geste. Malgré le symbole païen qu'elle avait rechigné à afficher, elle avait regretté de perdre cette marque d'affection et de confiance de Bjorn, qui avait souligné son attachement envers elle.

Pourvu qu'il me le rende, un jour…, se surprit -elle à penser.

Puis Ramire reprit la parole.

— Vos hommes vont venir, prince Bjorn ?

— Oui, Votre Majesté. Les Danois n'abandonnent jamais les leurs, encore moins leur prince. Votre homme d'armes a raison : si mes guerriers ne me retrouvent pas, ils poursuivront leurs recherches, puis les pousseront plus loin, toujours plus loin, et ce tant qu'ils ne m'auront pas trouvé. Et si un jour ils désespèrent et me croient mort, avant de retourner au Vestfold, ils saccageront tout et décimeront la contrée en mon honneur. Ils violeront les femmes, tueront les hommes, emmèneront les enfants en esclaves, et brûleront maisons, champs et monastères pour s'assurer que ma mort ne restera pas impunie.

— Sacrilège ! s'exclama Elvira à ces mots. Ramire, vous ne pouvez tolérer une telle…

— Je ne le tolérerai pas, trancha Ramire de sa voix douce. Mais vous m'avez suffisamment endoctriné sur le danger que représentaient ces hommes du Nord pour que je ne le prenne pas à la légère quand je le vois devant moi. (Puis il tourna la tête vers Iria et celle-ci crut lire, dans ses yeux d'enfant, une lueur de regret.) Je n'ignorerai donc pas les risques pour notre pays. Vous avez tenu en échec les pillards du Nord à de nombreuses reprises, ma tante, durant votre régence. Et aujourd'hui, c'est moi qui vais les tenir en échec. Non par le combat, mais par une alliance.

Iria libéra enfin son souffle. Elle reprenait espoir. La guerre qu'elle avait redoutée ne se produirait peut-être pas. Bjorn ne serait pas tué devant elle, les Danois ne viendraient pas massacrer ses proches, sa famille, son frère, son peuple.

Puis Ramire reprit la parole.

— Prince Bjorn, je t'offre un fief sur les côtes de Galice. Pourquoi pas près de la Ría de Muros y Noia, puisque vous connaissez déjà la zone, ou la Ría de Arousa, ou celle de Pontevedra, à proximité du Mosteiro da Santa María di Armenteira, où tu as rencontré ma sœur.

Bjorn hocha la tête.

— Je te remercie, roi Ramire. Le Mosteiro me conviendrait tout à fait. Il est suffisamment éloigné de vos villes pour que mes hommes comme ton peuple se sentent en sécurité, nous le connaissons déjà pour l'avoir pillé.

Iria réprima un halètement à cette nouvelle impertinence, mais la mention de leur sacrilège ne fit qu'esquisser un sourire moqueur à Ramire, même si Elvira manqua s'en étouffer d'indignation. Comment réagirait -elle, songea la jeune femme, quand elle apprendrait que sa sœur Uxia, la mère supérieure du couvent, avait été tuée par Bjorn lui-même ? Puis l'intéressé reprit :

— Mais comment proposes-tu de sceller cette alliance ?

Iria vit son frère lui jeter un nouveau coup d'œil avant de détourner précipitamment la tête quand leurs regards se croisèrent. Son mouvement furtif l'interloqua. Qu'envisageait-il ?

— C'est très simple, et notre capitaine de la garde, le seigneur Anxo, l'a déjà suggéré : son enlèvement et son séjour parmi vous ont mis l'honneur et la vertu de ma très chère sœur en péril. Elle ne pourra donc ni trouver d'époux digne de son rang ni intégrer un nouveau couvent pour prendre le voile. Tu vas donc l'épouser, en guise de symbole de notre alliance. Bien entendu, je la doterai de manière convenable en fonction de l'affection que je lui porte et de son rang, et…

Iria vit Bjorn afficher un air si rayonnant qu'elle crut qu'il allait s'illuminer. Mais le son suivant la prit par surprise. Un cri de stupeur, de rejet, de refus absolu dont elle ne comprit pas l'origine, tant qu'elle ne réalisa pas que tous les regards se tournaient vers elle.

— Je refuse ! Je n'épouserai pas cet homme !

Elle avait hurlé ces mots avec une telle force qu'elle crut s'être déchiré la gorge.

Puis elle fondit en larmes et s'enfuit de la pièce pour retourner dans le seul refuge qu'elle imaginait dans ce château : la cuisine de Mencia, sa seule amie ici.

Chapitre 17

Bjorn crut que son univers venait d'exploser. Tout devenait soudain clair comme de l'eau de roche.

Il venait d'obtenir tout ce dont il avait toujours rêvé, sans réellement oser l'espérer : il allait détenir son propre fief, indépendant du royaume de son frère, sur lequel il pourrait régner et appliquer ses principes. Cela mettrait fin à sa rivalité avec son frère Harald, qui craignait depuis longtemps qu'il ne cherche à le déposséder du Vesltfold. Ils pourraient établir des relations plus saines, fraternelles et aimantes, fondées sur le respect mutuel et sur une alliance qui leur serait profitable à tous les deux. Il allait fonder sa lignée, sa famille, sa cour. Il allait avoir son blason, sa flotte, son armée. Il allait épouser une princesse. Certes, de demi-sang, une bâtarde, mais cela importait peu par rapport à tout ce que cela lui apporterait en termes de légitimité et de puissance. Et, surtout, il allait épouser la femme qu'il aimait.

Il était passé, en un clin d'œil, grâce à ce gamin rachitique dont il devinait qu'il était sous la coupe des deux femmes à l'air revêche qui veillaient derrière lui, du statut de prisonnier à la vie en suspens à futur roi.

Il allait épouser Iria, princesse du royaume de Galice

et León, dont il voulait faire sa femme alors même qu'il la prenait pour une esclave.

Mais plus rien de tout cela ne l'intéressait.

Il envisageait même de refuser ce rêve éveillé qu'on lui offrait sur un plateau.

Plus rien ne comptait. Une seule pensée tournait en boucle dans son esprit : Iria ne voulait pas de lui. Son cri d'horreur quand elle avait réalisé que son frère et suzerain voulait qu'elle l'épouse avait traversé son cœur comme une flèche et l'avait brisé.

Il sentit soudain le poids des chaînes qui lui liaient les poignets et entravaient ses chevilles comme un étau sur son cœur. Il s'affaissa sur lui-même, peinant à respirer.

Iria ne l'aimait pas. Iria ne l'avait peut-être jamais aimé. Tout ce qu'elle avait cherché, depuis le début, c'était à obtenir sa confiance pour gagner un peu de liberté et s'enfuir, retourner chez elle. Et découvrir, alors que son plan avait été couronné de succès, que son frère lui imposait le sort même auquel elle pensait avoir échappé l'avait horrifiée au point qu'elle n'était même pas parvenue à dissimuler son dégoût et sa détresse.

Iria l'avait fui. Lui. Lui qui avait tout risqué pour elle, tout perdu pour elle. Il baissa les yeux sur ses poignets ligotés et poussa un profond soupir.

Puis il pinça les lèvres et crispa les mâchoires. Il ne devait pas s'effondrer. Il n'en avait pas le droit. Il avait peut-être perdu le but de sa vie, la femme qu'il aimait, et avait été humilié devant une cour entière d'étrangers, mais il n'en demeurait pas moins un prince de sang et le chef d'une expédition de guerriers. Il ne laisserait pas le rejet d'une femme réduire sa vie et sa mission à néant. Il le devait à son frère, à son nom, et à ses hommes.

Fort d'une nouvelle résolution, il carra les épaules et releva la tête, imposant à son visage une expression à la fois indifférente et déterminée.

— Votre Majesté, roi Ramire, je requiers la parole, lança-t-il d'une voix sonore.

Le brouhaha qui avait succédé à la fuite d'Iria augmenta quelques instants avant de se transformer en un silence atterré. Bjorn réalisa que peut-être nul n'avait jamais osé s'adresser à leur souverain de la sorte. Pourtant, cet enfant n'était pas bien imposant et ne devait pas régner depuis longtemps.

Et, en effet, la réponse du souverain galicien ne se fit pas attendre.

— Pour avoir parlé ainsi sans autorisation, mon noble père, le roi Sanche, vous aurait fait couper la langue. Seule ma sœur se permettait de s'adresser à lui de la sorte, et uniquement en privé. Elle a souvent été châtiée pour cette impertinence. Est-ce d'elle que vous tenez votre insolence ?

Bjorn dut reconnaître que malgré son jeune âge – le roi Ramire, demi-frère cadet d'Iria, ne devait pas avoir plus de dix ou douze ans –, l'enfant ne manquait ni d'autorité ni de verve. Sans doute avait-il reçu la meilleure éducation. À moins que les femmes à la posture hiératique derrière lui ne lui aient enseigné depuis longtemps la façon de rabaisser ses interlocuteurs, ou lui aient soufflé ces mots à suffisamment de reprises pour qu'il les ait assimilés. Il n'avait jamais eu affaire à un interlocuteur aussi jeune, et cela le perturbait. Il craignait autant de blesser un enfant que de se faire manipuler par lui.

— Mon insolence me vient de mon sang et de la valeur que je me connais. Je suis fils de roi, moi aussi, et ai été éduqué à diriger, à parler, à défendre et protéger. Comme vous, si j'en crois vos mots, Votre Majesté. Malgré votre jeune âge, je suis impressionné par votre jugement et votre intelligence. Vous ferez, à l'avenir, de grandes choses… si du moins vous survivez, ajouta-t-il après un silence lourd de sens.

— Est-ce des menaces ? glapit aussitôt la femme à la gauche de Ramire, une femme d'une trentaine d'années vêtue d'une robe semblable à celle qu'avait portée Iria lors du sac du monastère.

Une nonne, donc. Bjorn fouilla dans ses souvenirs et se rappela qu'Iria avait mentionné que le souverain de Galice avait pour tutrice sa tante, une moniale, qui avait dépossédé la mère de l'enfant de la régence. Sa dulcinée avait juste négligé de mentionner qu'elle était de la même famille que ces trois figures royales. Le souvenir de leurs discussions nocturnes sous sa tente lui mit autant de baume au cœur qu'il tortura sa plaie. Néanmoins, il ne répondit pas à la nonne, mais se tourna vers l'autre femme.

— Loin de moi l'idée de menacer votre fils, madame, bien au contraire. Si la princesse Iria de León ne veut pas m'épouser, soit, qu'il en soit ainsi. Mais que le reste de l'alliance de Sa Majesté soit respectée me conviendra tout autant. Nous y trouverions tous un avantage : moi, j'y gagnerai un fief indépendant, qui me mettra à égalité avec mon frère et permettra aux Danois d'avoir un port d'attache en Galice pour commercer avec votre peuple et poursuivre ses explorations plus loin, et vous, vous y gagnerez un allié de valeur qui n'hésitera pas à engager ses hommes et ses navires pour la protection de vos côtes, qui veillera sur vos bateaux de commerce, et qui assurera en permanence la protection du jeune roi contre toutes les agressions qui pourraient le menacer. Et vous devez bien vous douter qu'un roi si jeune, conseillé par deux femmes, a de nombreux ennemis et sera victime de nombreuses tentatives d'assassinat, comme vous. Je m'engagerai personnellement à envoyer mes meilleurs hommes à votre cour pour constituer une garde rapprochée digne de votre rang et capable de parer à tous les dangers.

La femme, dont le visage rond affichait les marques d'une profonde déception, striée de rides amères entre les sourcils et autour de la bouche, aurait pu être belle sans ces traces exprimant une vie passée à regretter et envier. Bjorn se demanda si c'était son époux qui l'avait désappointée de la sorte, ou sa relégation au rôle de régente officieuse, ou son statut de femme, qui l'empêchait de régner seule.

Néanmoins, ce n'était pas son problème. Son seul souci était de préserver ses hommes et d'obtenir ce qu'il était venu chercher. S'il parvenait à conquérir ce fief qu'il convoitait, l'expédition qu'il menait fournirait à Harald Gråfell, le roi de Norvège qui avait été à l'initiative de cette mission et avait fourni de nombreux navires, un port d'attache pour mener plus loin encore ses explorations. Déjà, les Danois et les Norvégiens avaient pillé les côtes de Galice à plusieurs reprises depuis le début du siècle et même du précédent, parfois avec succès. Le jeune roi Ramire et ses tutrices savaient donc très bien que sa présence ici n'était ni un hasard ni une occurrence isolée.

Les marins nordiques avaient déjà conquis plusieurs villes dans le passé. La Ría de Arousa et la ville d'Iria Flavia en avaient fait les frais, et même le site de pèlerinage de Saint-Jacques-de-Compostelle, dont Bjorn avait longuement entendu parler par sa mère, avait dû payer un lourd tribut pour ne pas être mis à sac. Ågot avait d'ailleurs cité cette négociation, juste avant le départ de son fils, pour lui indiquer qu'il s'agissait d'un sacrilège envers sa foi qu'elle ne voulait pas qu'il reproduise. À contrecœur, il avait accepté.

Mais, pour avoir discuté avec Harald Gråfell juste avant le départ et Richard sans Peur, jarl de Normandie, son rôle à lui était de continuer plus loin que les précédentes expéditions ne l'avaient fait. De dépasser Gijón, qu'ils connaissaient, A Coruña un peu plus à l'ouest, puis de longer la côte vers le sud pour aller jusqu'à Fisterra, et encore plus loin, le plus loin possible. Son butin, finalement, n'avait été qu'un prétexte. Son frère, le roi de Norvège et le jarl de Normandie voulaient surtout qu'il cartographie, qu'il repère, qu'il analyse et qu'il prépare le terrain pour de nouvelles conquêtes, de nouvelles richesses. Et ce fief qu'on lui offrait permettrait tout cela, et encore plus. La côte nord tout entière leur était déjà familière et, quelques mois plus tôt, une centaine de navires avait remonté la Ría de Arousa pour s'emparer de Xunqueira de Ambía, un peu plus loin dans les terres, jusqu'à ce qu'ils soient repoussés par un évêque guerrier galicien. Mais Bjorn ambitionnait plus : il ne voulait pas conquérir pour être chassé juste après. Si on lui accordait un fief, il resterait là et deviendrait le pont entre Danois et Galiciens, le phare qui permettrait à ses frères de venir jusqu'ici et de rayonner sur toute la côte et au-delà. Il sourit.

— Je veux rester ici, madame, Votre Majesté. Et vous avez suffisamment eu à combattre les miens pour savoir que nous ne renonçons jamais. Vous ne vous débarrasserez pas de nous. Même si vous me tuez, même si vous tuez tous mes hommes jusqu'au dernier et coulez nos navires, mon frère, le roi Harald Grenske, et les autres rois nordiques, de Norvège et de Normandie, continueront à envoyer d'autres guerriers, d'autres navires, jusqu'à ce que vos défenses soient submergées. Alliez-vous à moi, et notre présence inévitable deviendra un atout pour vous au lieu d'une affliction.

Les deux femmes se consultèrent du regard. La nonne avait les lèvres blanches à force de les pincer et l'air courroucé, mais celle qu'il présumait être la mère du roi semblait plus conciliante. Le jeune souverain, quant à lui, paraissait s'être désintéressé de la question et jouait à créer des reflets sur le sol avec la pierre brillante de son sceptre.

Finalement, la nonne ouvrit la bouche, mais sa comparse la doubla.

— Je ne serai bientôt plus là pour voir comment cette alliance que vous proposez se passera, j'entrerai sous peu au monastère de San Pelayo de Oviedo, dont je viens d'être nommée abbesse. Mais je ne cesserai pas pour autant de conseiller mon fils et de m'intéresser à l'avenir de ce royaume. Pour ma part, vous avez ma bénédiction.

Puis elle posa une main sur l'épaule de son fils et la serra brièvement en une accolade que Bjorn interpréta comme un assentiment. Le jeune Ramire haussa une épaule distraite, mais ne lui accorda pas un regard.

Derrière lui, la nonne semblait de plus en plus courroucée.

— Cette alliance est un sacrilège, une trahison envers notre foi, notre pays et notre peuple. Les hommes du Nord assaillent nos côtes depuis des années, et c'est moi, moi seule, qui ai organisé la défense de la Galice. Je connais bien la traîtrise et la bestialité de vous autres barbares, et je me refuse à me compromettre avec vous…

À ces mots, Bjorn sentit que l'idée d'une alliance venait de basculer. Il chercha le regard du jeune roi, mais ce dernier continuait à jouer avec une indifférence flagrante. Il crut déceler en lui une raideur nouvelle, comme si, malgré son apparence puérile, la discussion l'intéressait bien plus qu'il ne le laissait paraître, mais cette impression disparut si vite qu'il finit par songer qu'il l'avait imaginée. Il reporta son attention sur la nonne. Celle-ci le toisait d'un regard empli de flammes haineuses.

— Mais nous avons un autre ennemi, bien plus puissant, plus agressif et plus proche que les Danois et Norvégiens réunis. Le califat de Cordoue, au sud de notre royaume, nous menace de plus en plus, et nous épuisons nos forces à repousser leurs assauts et à contrer des escarmouches à notre frontière. Ils sapent le moral des hommes avec leurs ruses indignes et leurs méthodes barbares, et circonviennent nos femmes et nos religieux avec leurs produits décadents et démoniaques. Nous ne pourrons pas résister longtemps. C'est d'eux que je me méfie. Cette alliance que vous proposez nous sera utile pour les vaincre. C'est donc ce que j'exige pour cette alliance que vous réclamez : je veux que vous nous aidiez à faire respecter le traité que j'ai fait signer avec le califat par mon demi-frère, feu le roi Ordoño. Vos hommes assureront la protection de nos ambassadeurs, convoieront le tribut que nous payons au calife Al-Hakam et feront régner la paix à la frontière sud du pays, en plus d'assurer la protection des côtes au nord. Cela vous convient-il ?

Bjorn réfléchit un instant. C'était bien plus que ce qu'il avait envisagé et il n'aurait pas assez d'hommes pour respecter de telles clauses. Mais Harald de Norvège s'intéressait déjà au califat de Cordoue et voudrait sans nul doute négocier des traités et des échanges commerciaux avec. Il serait donc certainement d'accord pour fournir des renforts afin d'infiltrer ses troupes et entrer en contact avec ses émissaires. Il hocha la tête avec réticence, puis reporta son attention sur Ramire. L'enfant-roi continuait à jouer, mais il remarqua que, du coin de l'œil, le garçon n'avait cessé de suivre la conversation. Un léger sourire errait sur ses lèvres.

— Votre Majesté ? lança-t-il. Cette alliance vous conviendrait -elle ?

Ramire leva la tête comme s'il venait juste de découvrir qu'il avait quelqu'un en face de lui.

— Oh oui, bien sûr. Mais à l'unique condition que vous épousiez Iria. Pas d'Iria, pas d'alliance. Quel que soit le nombre d'hommes et de navires que vous promettez. Allez retrouver ma sœur et annoncez-lui que votre mariage aura lieu dès ce soir dans la chapelle royale. Ainsi ai-je parlé.

Bjorn en resta bouche bée.

Iria, même si elle lui avait tu sa filiation, avait mentionné plusieurs fois un jeune frère qu'elle adorait et qu'elle considérait comme sa seule famille. Or, ce dernier semblait ne pas tenir compte de ses désirs et voulait lui imposer un mariage qui lui faisait horreur. Pourquoi ?

Il fronça les sourcils.

Il irait.

Il irait trouver Iria et plaiderait sa cause. Il s'efforcerait de la convaincre de l'épouser. Il la supplierait, il se mettrait à genoux s'il le fallait, mais il le ferait pour lui, parce qu'il l'aimait, et non pour une alliance.

Iria ne voulait même pas le voir.

Après l'audience avec le roi, Anxo, dont il avait découvert en chemin qu'il était à la fois le garde personnel et l'amant d'Elvira Ramírez, la nonne régente, l'avait mené à la chambre de la jeune femme.

Bjorn avait été intrigué dès le début par ce personnage étrange, à la fois indifférent, rustre, mais élégant, charmeur et puissant, et qui accomplissait néanmoins les basses besognes de sa maîtresse. Qui plus est, maintenant qu'il savait qu'Iria était la fille bâtarde du précédent roi et avait toujours vécu à la cour de León, il ne comprenait pas comment il était possible qu'elle n'ait jamais croisé ce personnage énigmatique.

Il lui avait donc posé la question.

— Jusqu'au mois dernier, j'étais un simple soldat, chargé de la protection de la princesse de León Elvira Ramírez au monastère de San Salvador de León. J'ai veillé sur elle depuis son enfance, depuis que son père, le roi Ramire, deuxième du nom, l'a envoyée là-bas pour se débarrasser d'elle. Toujours dans l'ombre, sans jamais lui adresser la parole, comme un fantôme. Mais quand son demi-frère Ordoño l'a rappelée et qu'elle s'est immiscée dans la vie politique du pays, tout le monde a compris l'intelligence redoutable dissimulée derrière les voiles de la nonne, et elle a commencé à avoir des ennemis. Ma protection est devenue vitale. J'ai déjoué de nombreuses tentatives de meurtre sur elle, j'ai tué pour elle, j'ai dévoilé des complots pour elle. Sans jamais qu'elle me voie ni me parle. Puis un jour, il y a quelques mois, elle a dû se rendre dans un monastère, à Santa María da Armenteira. Elle voulait parler à sa sœur, la mère supérieure Uxía, à propos d'une jeune femme qui lui posait problème. (Il avait jeté un coup d'œil à la fois complice et narquois à Bjorn, qui avait compris aussitôt de qui il s'agissait.) Je l'ai accompagnée, restant à distance. Mais, en chemin, nous avons été attaqués par des Sarrasins qui nous ont capturés. J'ai réussi à endormir leur méfiance en jouant les traîtres. J'ai pris du cannabis avec eux, j'ai prié avec eux, j'ai mangé avec eux. Je me suis agenouillée avec eux... et je les ai tués dans leur sommeil avant de m'enfuir avec Elvira. Ce jour-là, elle m'a enfin vu pour ce que j'étais et je suis devenu ce que je suis aujourd'hui : son homme de main, son confident, son exécuteur, son amant...

Bjorn avait conclu :

— Et vous prenez toujours cette drogue. Je l'ai aussitôt sentie dans votre haleine.

— Elle me tuera, je le sais. Si Elvira ne le fait pas avant. Tant que je lui suis utile, elle me garde. Si elle voit un jour en moi une menace, ou que je l'encombre, je ne passerai pas la nuit.

— Et cela vous convient ? s'était étonné Bjorn, avant de s'arrêter derrière Anxo, qui avait fait halte devant une porte à l'extrémité d'un couloir et s'apprêtait à frapper.

— Vous qui avez tout abandonné pour suivre cette femme en territoire ennemi, vous qui mettez en péril vos hommes et votre mission pour elle... ne seriez-vous pas prêt à devenir son esclave, ou vous leurrez-vous en prétendant que ce n'est pas déjà le cas ?

Bjorn avait souri. Malgré la drogue, Anxo était décidément très observateur. Il avait hoché la tête avec réticence.

— Dès le premier jour. Je lui ai mis le collier d'esclave au cou... et c'est elle qui m'a enchaîné.

— C'est pareil pour moi, avait conclu Anxo. Je vous souhaite bonne chance.

Puis il avait frappé à la porte et ouvert le battant sans attendre.

Bjorn était entré dans la chambre d'Iria.

Il ne la vit pas tout de suite.

La pièce était assez sombre, les pierres roses étant

couvertes de tapisseries aux teintes plus profondes, vert, écarlate et marron, qui dépeignaient des scènes de chasse et de nature. Au fond, néanmoins, deux fenêtres apportaient une touche de lumière autour d'une chaise à haut dossier dans laquelle il devinait que devait se trouver Iria. Une femme se tenait derrière le siège et s'affairait à dénouer les nœuds dans la chevelure écourtée de la jeune femme, tout en se lamentant sur le massacre qui avait été infligé à son épaisse toison.

Bjorn retint un sourire.

C'était lui qui lui avait coupé les cheveux.

Ils repousseraient. Et, quand ils seraient assez longs, il prendrait beaucoup de plaisir à les peigner lui-même, à savourer leur douceur entre ses doigts.

La caméριste s'était retournée en l'entendant entrer et, si Anxo ne lui avait pas fait signe de se taire, elle aurait probablement signalé leur présence d'un cri d'alarme. Mais voyant l'homme d'armes mettre un doigt sur sa bouche, elle avait hoché la tête d'un air inquiet et demeurait à présent fébrile et immobile, son peigne d'ivoire entre les mains, sans oser reprendre sa tâche. Après un dernier signe de tête, Anxo asséna une tape sur l'épaule de Bjorn et referma la porte derrière lui.

— Je demeure en garde dans le couloir, au cas où il te viendrait une idée de meurtre ou de fuite. J'ai l'oreille fine, avertit-il néanmoins Bjorn à voix basse en sortant.

Bjorn se massa les poignets. Anxo avait défait ses liens dès leur sortie de la salle du trône, mais les ligatures avaient été assez serrées pour lui insensibiliser les doigts.

Il se rapprocha de la chaise et prit la brosse des mains de la femme terrifiée. Puis il lui désigna la porte.

Elle hésita. Il réitéra son geste, cette fois de manière

plus autoritaire, et lui adressa une grimace digne d'un ours en colère.

Avec un petit halètement de stupeur, la femme esquissa une génuflexion maladroite et s'empressa de filer sans demander son reste. Bjorn retint un petit rire.

Puis il se tourna vers Iria. La jeune femme était assise sur la chaise, face à un grand miroir de cuivre qui surplombait une vasque d'eau, mais il voyait dans son reflet qu'elle avait les yeux fermés et semblait dormir. Ses traits étaient plus détendus qu'il ne les avait vus depuis longtemps et un fin sourire jouait même sur ses lèvres. Elle semblait presque enfantine, perdue ainsi dans ses songes, et il s'en voulut de ce qu'il allait lui annoncer – lui imposer.

Aussi décida-t-il de ne pas l'arracher à ce bien-être dont elle avait tant besoin et, au lieu de la réveiller comme il en avait eu l'intention au début, il préféra faire bon usage du peigne qu'il avait pris sur un coup de tête des mains de la suivante et reprit sa tâche.

Il plongea l'instrument dans les cheveux de la jeune femme et continua à la peigner. La plupart des nœuds avaient déjà été défaits, et les dents d'ivoire coulèrent entre ses mèches comme dans de l'eau.

Iria poussa un soupir de bien-être et inclina encore plus la tête en arrière. Bjorn continua sa mission, savourant le plaisir de s'occuper d'elle, de lui faire du bien. Malgré leur coupe irrégulière et leur faible longueur, elle avait une crinière magnifique, épaisse et douce, aux reflets roux et dorés dans leur masse châtaine. Au bout d'un moment, il ne put résister davantage et, posant le peigne sur le meuble à côté de la bassine d'eau, il poursuivit sa tâche avec ses doigts. Il les plongea dans la chevelure et se mit à masser le crâne d'Iria, utilisant la force de ses doigts de guerrier pour caresser sa peau, son cuir chevelu, flatter son front et défaire la raideur de sa nuque.

Cette fois, Iria ne contint pas son contentement et émit un petit gémissement. Elle fit rouler sa tête de plaisir et ouvrit la bouche.

— C'est divin, Onneca, continue.

— Ce n'est pas Onneca, ma douce. C'est moi, chuchota Bjorn, désireux de ne pas lui faire peur, mais refusant de lui mentir.

Iria se raidit aussitôt et arracha sa tête à ses mains. Elle repoussa sa chaise et se leva d'un bond, pivotant pour lui faire face.

— Toi ? Mais… que fais-tu ici ?

— Je suis venu pour te retrouver, te protéger, te sauver. Et je suis venu te dire que notre mariage aura lieu ce soir.

— Non !

— Pourquoi ? plaida-t-il. Je croyais que tu m'aimais. Tu me l'as dit. Tu m'as dit que nous… Tu mentais ?

Il s'étonna lui-même de son ton. Il avait juste voulu rétablir la vérité entre eux. Si Ramire insistait pour ce mariage, il s'y résignerait. Il avait conscience qu'il aimerait Iria jusqu'à la fin de ses jours, même si elle ne lui rendait pas ses sentiments. Et il ne lui imposerait pas de devenir sa femme au sens biblique du terme. Cela ne le concernait pas : il se plierait tout simplement aux traditions danoises et, s'il voulait des héritiers – et il en voulait –, il prendrait une *frilla*, certes à contrecœur, mais qu'il honorerait pour avoir des descendants. Iria serait son épouse de nom et pourrait mener la vie qu'elle voulait, en toute liberté. Il devrait juste faire le deuil de son bonheur à lui. Mais il voulait savoir pourquoi. Pourquoi elle lui avait menti. Pourquoi elle lui avait fait croire qu'elle l'aimait, que ses sentiments étaient partagés, qu'ils pourraient un jour être ensemble et fonder un foyer, une famille.

— Pourquoi ? insista-t-il en voyant qu'elle ne répondait pas.

— Parce que…

— Tu ne m'aimes pas ?

— Si, balbutia la jeune fille.

— Alors ?

— Alors je suis promise à Dieu, et je refuse de renier mon serment envers le Tout-Puissant, chuchota-t -elle d'une voix étranglée qui le convainquit mieux que des promesses de sa sincérité.

Puis elle leva les yeux vers lui.

— Quand l'attaque du camp a eu lieu, j'ai eu peur, très peur. J'étais avec Asløg, qui se préparait au combat et j'ai voulu rejoindre Tora que je savais toute seule et en danger. Mais quand je suis sortie dans la halle, j'ai vu Vibeke et Rurik, morts, baignant dans leur sang. Alors, j'ai compris. J'ai compris que si je restais là, je finirais comme eux. Je ne sais pas me battre, je ne sais pas me défendre. Je pouvais juste fuir, et sauver mes compagnes par la même occasion. Et c'est ce que j'ai fait.

— Et en quoi cela t'empêcherait-il de m'épouser, maintenant que tu es hors de danger, et que c'est le souhait de ton frère ?

— Parce que je suis destinée à Dieu ! s'exclama-t -elle d'une voix empreinte de désespoir. Je n'ai jamais voulu ça. Ni entrer dans les ordres ni épouser un homme. Je voulais juste être libre… et heureuse. Mais c'est impossible pour une femme, surtout une femme noble comme moi. Quand j'ai libéré mes compagnes et que j'ai vu à quel point elles me haïssaient et me méprisaient, j'ai compris que je ne faisais pas ça pour elles ni pour moi. Je le faisais pour Dieu. Je n'ai pas voulu me consacrer à lui, mais cela a été fait pour moi, et j'honorerai cette promesse. Celle que mon frère a faite tout à l'heure n'a pas de valeur. Celle faite à Dieu est plus ancienne et plus importante. On ne renie pas un serment prononcé devant le Tout-Puissant.

Bjorn retint un cri de frustration. Il lui semblait entendre les discours de sa mère, et un tel aveuglement le révulsait. Il n'avait pas tant sacrifié, tant voyagé, pour entendre les mêmes inepties sur ce dieu martyr qui avait préféré mourir plutôt que de se battre pour ce en quoi il croyait. Lui, Bjorn Gudrœdsson, n'était pas chrétien et il ne se comporterait pas comme tel. Il ne se laisserait pas sacrifier sur l'autel d'une idole crucifiée, il se battrait pour conquérir ce qu'il voulait, ce en quoi il croyait.

Et il croyait en Iria, il croyait en lui, il croyait en leur amour.

Il se rapprocha d'Iria d'un pas lent, assez doux pour ne pas l'effrayer ni lui donner l'impression qu'il la menaçait, mais assez ferme pour qu'elle sache qu'il ne se laisserait pas repousser. Elle recula d'un pas, puis de deux, et se retrouva adossée au meuble sur lequel reposaient sa bassine de cuivre et ses serviettes. Quand elle ne put plus reculer, elle resta là, à le fixer avec ses grands yeux de biche, avec ce même regard qu'il lui avait vu quand elle lui avait avoué son amour, à mots couverts. Une expression à la fois terrifiée et implorante, celle d'un animal qui se sait acculé. Il n'eut pas pitié.

Il posa les deux mains de chaque côté d'elle et se pencha avec circonspection, sans jamais la lâcher des yeux.

— Dis-moi que tu ne m'aimes pas, Iria, alors. Avoue

que tu m'as menti sur ce point aussi, comme tu m'as menti sur ton nom et ton lignage.

La jeune femme détourna le regard. Il vit ses joues s'empourprer et sa lèvre inférieure se mettre à trembler. Elle papillonna des cils, et ses yeux s'embuèrent. Il s'en voulut aussitôt, mais réprima son désir de poser une main sur sa joue pour la forcer à le regarder et essuyer ses pleurs. Au contraire, il se pencha encore plus et souffla doucement à son oreille.

— Dis-moi que tu m'as menti sur tout, et ce mariage n'aura pas lieu. J'aurai mon fief en Galice, et tu retourneras dans ton monastère. Je suis sûr que ton frère, qui semble tenir à cette alliance, me proposera une autre pucelle pour sceller notre accord. Qui sait, peut-être que dans quelques années, tu seras la mère supérieure du couvent où j'enverrai éduquer les filles que j'aurai eues avec une autre femme…

Cette fois, un sanglot échappa à Iria et elle porta un poing à sa bouche pour réprimer un cri. Il se mordit la lèvre pour ne pas craquer et, au contraire, se pencha encore plus près. Avec lenteur, il déposa un baiser dans le cou de la jeune femme, jusque sous son oreille. Elle frissonna, et il darda sa langue pour lui lécher discrètement le lobe, avant de descendre plus bas et de goûter sa peau si fine, si douce. Il fit couler une myriade de baisers jusqu'à l'attache de son épaule, là où sa clavicule créait une petite dépression et souffla doucement dessus. Iria frissonnait de plus en plus, et il savait que c'était d'un mélange de désir et de peur. Ses doigts lâchèrent le meuble sur lequel il s'appuyait et il les posa sur ses hanches. La jeune femme portait toujours ses habits, qui avaient souffert du voyage, et il perçut sa peau frémissante à travers le tissu déchiré. Elle tremblait. Il glissa une main sous une couture déchirée et lui caressa le flanc. Le gémissement qu'elle poussa, cette fois, ne laissait aucune place au doute, car elle se cambra, et il profita de son avantage pour saisir la masse de tissu de sa jupe et la souleva d'un geste vif.

Dessous, elle ne portait que des chausses fines retenues sur ses cuisses par des liens de cuir, et sa peau mate tranchait avec le jaune moutarde délavé et le marron du ruban. Il fit descendre ses mains et, d'un coup sec, finit de remonter la robe. Iria eut un sursaut de pudeur et leva les bras pour l'en empêcher, mais elle n'eut pas la force de le repousser. Elle posa les paumes sur son torse et, lorsqu'il effleura du bout des doigts l'intérieur de ses cuisses, son geste à elle se fit plus doux, plus tendre, et elle ne put le repousser. Se blottissant contre lui, elle rejeta la tête en arrière lorsqu'il fit remonter ses mains vers son entrejambe et caressa sa peau si fine entre son sexe et ses jambes.

Elle haletait et ondulait de manière incontrôlée et, quand il glissa un doigt entre ses plis, elle poussa un cri de plaisir et se frotta à lui avec une impudeur qui contrastait avec ses propos religieux. Il retint un petit rire. Il brûlait d'envie de la prendre, de l'embrasser, de la faire gémir encore plus et crier. Son sexe lui faisait mal tellement il avait envie de s'enfoncer en elle, de prendre sa féminité et de goûter sa moiteur. À l'idée de l'embrasser là, il faillit jouir dans ses braies, mais il se retint.

Il voulait l'épouser, l'honorer et la chérir. Pas la prendre comme ça, comme une ribaude ou une fille de taverne.

Il la caressa encore quelques instants, savourant autant son contact et ses plaintes que l'idée de la posséder.

Puis il arrêta, et elle émit un cri de frustration.

Il l'embrassa une dernière fois dans le cou pour libérer le tissu de sa robe et le laissa retomber. Elle rouvrit les yeux. Avec ses joues empourprées, ses lèvres rendues encore plus charnues de se les être mordues et ses yeux brillants de désir, elle était encore plus belle, loin de l'image de la nonne prude qu'elle voulait donner.

— Si je le voulais, je te prendrais là, dans ta chambre de jeune fille, et tu ne pourrais m'en empêcher. Tu n'en aurais même pas envie, voire tu me supplierais de t'en donner davantage, se moqua-t-il à son oreille. Je sais que tu en as envie autant que moi. Je pourrais te ruiner pour tout autre mariage et pour le couvent sans que tu me résistes. Je pourrais te forcer à m'épouser de la sorte, et nous le savons tous les deux. Mais je ne le ferai pas. Je ne souhaite pas te déshonorer, t'avilir, ni te posséder de la sorte. Mais maintenant que cela est clair, j'attends toujours ta réponse, Iria : m'as-tu menti ? Est-ce du dégoût, de la haine ou du mépris que tu ressentirais envers moi qui t'empêche de m'épouser, ou est-ce juste cette fausse promesse faite à ton Dieu par deux femmes qui te méprisent et cherchent à se débarrasser de toi ?

Iria ouvrit la bouche, mais la referma aussitôt. Elle cherchait ses mots, elle…

— Je ne te méprise pas, finit-elle par souffler. Je ne te hais pas non plus. Mais…

— Mais tu pourras prier ton dieu tout autant en étant ma femme. Ni Tora, qui a fait de toi son apprentie, ni moi qui veux faire de toi une princesse danoise, ne t'en avons jamais empêchée. Je te demande juste de respecter ma foi comme je respecte la tienne, et de m'accepter comme époux.

Cette fois, elle ne parvint plus à répondre. Elle baissa les yeux, et une unique larme coula sur sa joue. Bjorn l'essuya d'un doigt et en profita pour la caresser avec délicatesse.

— Je comprends ce que tu ressens, Iria. Il est difficile de voir son destin choisi par les autres. Mais tu n'es pas capable de mentir et de prétendre que tu ne m'aimes pas. Alors, accepte ce mariage choisi pour toi. Tu sais que je ferai tout pour te rendre heureuse. (Puis, après une dernière caresse, il se redressa et chercha un objet dans sa poche.) Tiens, tu as perdu ça, ajouta-t-il en lui posant, au creux de la main, le pendentif danois qu'il lui avait offert et qui avait fini dans le sable de la plage. Je veux que tu le portes quand tu me rejoindras dans la chapelle. Ton frère veut que notre mariage ait lieu au plus vite, je t'attends. Et, sans rien ajouter de plus, il sortit. Au passage, il s'arrêta devant la dame de compagnie qui attendait, le regard baissé sur ses mains, de pouvoir de nouveau rentrer.

— Le mariage sera célébré ce soir pour les vêpres. Habillez-la et coiffez-la, je veux épouser ma reine.

La femme bredouilla quelques mots inintelligibles et esquissa une génuflexion maladroite, puis battit en retraite dans la chambre. La porte claqua presque aussitôt derrière elle, mais il avait eu le temps d'entendre un petit cri à l'intérieur. Il sourit. Il avait gagné.

Chapitre 18

Iria était mariée.

C'était fait. Et elle n'en gardait aucun souvenir. Elle savait qu'elle avait passé une éternité à se faire baigner, oindre, parfumer, habiller et coiffer par sa dame de compagnie, qui avait appelé à l'aide plusieurs suivantes pour faire en sorte que la future épouse soit prête dans ce délai si court. Mais elle n'avait rien dit ni décidé de tout ce temps. Elle ne savait même pas qui avait choisi la robe rouge vif brodée de minuscules fleurs de galéga blanches, et ornée de passementeries dorées au col, aux manches et au bas de la jupe, qui reprenaient les motifs chamarrés de sa large ceinture dont les pans retombaient jusqu'à ses pieds.

Avec les manches cousues à ses épaules et le long de ses bras qui laissaient transparaître sa chainse immaculée, laquelle dépassait également autour de son cou, pour accentuer le contraste avec sa peau, elle savait que la personne qui l'avait choisie avait eu à cœur de la présenter sous son meilleur jour. Ce n'était donc ni Elvira ni Teresa, qui n'avaient jamais souhaité son bien ni son bonheur. Mais qui ? Aucune importance.

Elle était mariée.

Tout s'était passé très vite, et en même temps très lentement. On lui avait enfilé des bijoux dignes d'une reine, qu'elle avait reconnus pour les avoir aperçus dans le trésor familial. Certains d'entre eux avaient parfois été portés par Teresa pour les occasions officielles, et elle se demanda si l'ancienne reine avait d'elle-même réclamé à ce qu'ils lui soient confiés pour son mariage afin de prouver que l'union était voulue et reconnue, pour faire honneur au prince danois, ou si c'était Ramire qui avait insisté pour lui faire plaisir. Il y avait même le collier aux coquilles Saint-Jacques que son père lui avait un jour offert et que l'intendante Catuxa lui avait volé lors de son départ au couvent. Comment était-il revenu ? Qui l'avait récupéré ?

Elle n'avait pas eu le temps de se poser la question et s'était contentée de tirer les boucles assorties, cousues dans l'ourlet de sa jupe déchirée, pour les passer à ses oreilles.

Puis il avait fallu se rendre à la chapelle, traverser le château sous les yeux inquisiteurs des domestiques – elle avait réussi à éviter les couloirs plus formels fréquentés par des nobles – et entrer, seule, dans la salle de pierre claire au plafond voûté au bout de laquelle un petit autel l'attendait.

C'était là qu'elle avait prié toute sa vie, et cette chapelle lui était aussi familière que sa chambre. Elle y trouvait toujours un réconfort et la considérait comme le cœur du palais, comme un foyer. La maison de Dieu. Elle ne l'avait néanmoins jamais vue aussi bondée. Tous les nobles présents à León avaient été convoqués pour cette occasion exceptionnelle, et elle comprit que le but était de rendre cette alliance inopinée aussi valide et officielle que possible. La petite chapelle étant réservée à la famille royale, elle ne pouvait contenir qu'une vingtaine de personnes agenouillées, et bon nombre de courtisans s'étaient amassés à ses portes et dans le corridor voûté attenant, dans les alcôves et devant les autels dédiés aux saints anciens longeant les arcades à colonnes de l'espace privatif, pour apercevoir des bribes de la cérémonie ou juste guetter l'entrée des fiancés et la sortie du jeune couple béni.

Quand elle en avait franchi le seuil, dans un brouhaha de galicien qu'elle n'avait ouï, tous les yeux s'étaient rivés sur elle, mais elle n'y avait pas prêté garde. Elle n'avait vu que Bjorn, qui l'attendait devant l'autel, à côté du vieux prêtre, confident de Teresa.

Puis une main avait attrapé la sienne, la faisant sursauter. Elle avait tourné le regard sur la gauche.

— C'est moi, petite sœur, avait chuchoté son demi-frère, le roi de Galice.

— N'oublie pas que de nous deux, c'est toi le cadet.

— Certes, mais je suis le roi et toi, tu es celle qui va se marier. Donc j'ai le droit de t'appeler petite sœur.

Puis il avait commencé à avancer, la tirant par la main.

— Mais qu'est-ce que tu fais ? avait-elle protesté.

— Je t'accompagne à l'autel, pourquoi ? avait-il répondu sur le même ton. Tu ne devrais pas faire ça toute seule, et je suis ta seule famille.

Puis il s'était arrêté à quelques pas de l'autel, juste avant qu'ils ne parviennent au niveau de Bjorn. Malgré l'impression d'immensité qu'elle avait eue en entrant, la chapelle privée du château de León était minuscule. Ramire avait hésité un instant.

— J'ai décidé ce mariage parce que tu es ma sœur et que je t'aime. Je ne veux ni te voir prisonnière d'un couvent, ni à la merci de ma mère et de ma tante qui te détestent. Je sais que si je les laisse faire, elles finiront par te tuer. Cet homme t'aime, c'est visible, et il saura te protéger. Mais je ne te forcerai pas. Il te suffit de dire un mot, et ce mariage n'aura pas lieu. J'ai peur pour toi, mais je respecterai ton choix.

Ramire avait levé des yeux implorants vers elle, et elle avait hésité un instant. Puis elle avait reporté son attention sur Bjorn et, cette fois, leurs regards s'étaient croisés.

Elle en avait eu le souffle coupé. Comme elle, il avait eu le temps de s'apprêter et le prince danois était plus beau que jamais. Il arborait, pour la première fois depuis qu'elle le connaissait, des vêtements d'apparat. Certes galiciens et non danois, mais il n'en demeurait pas moins magnifique. La tunique bleu roi qu'il portait, sur des braies grises, mettait en valeur son torse puissant et la couleur exceptionnelle de ses yeux, et les broderies argentées au col et aux manches accentuaient sa blondeur. Des ajouts d'hermine lui conféraient un statut royal et augmentaient sa stature. Son bracelet runique était bien visible à son poignet, et elle s'était demandé si le sacrilège d'un païen participant à un mariage chrétien leur vaudrait l'enfer à tous les deux.

Elle avait hésité un instant. Puis elle avait plongé les yeux dans les siens et s'était sentie submergée. Qu'importaient la religion de Bjorn et la sienne, qu'importaient les alliances politiques et les désirs des rois, qu'importaient la haine de Teresa et la jalousie d'Elvira. Les yeux de Bjorn brillaient d'un amour pur et sincère, d'une affection évidente, et elle n'avait lu en eux que ce que Ramire lui avait dit : la promesse qu'il l'aimerait et la protégerait. Puis, devant son silence et son immobilité, une expression fugace avait traversé ses traits nobles. La peur. Bjorn Gudrœdsson, fils de roi, prince danois, guerrier émérite et marin vétéran, avait peur. Il craignait qu'elle ne l'aime pas, qu'elle ne veuille pas de lui, qu'elle fasse demi-tour et s'enfuie en courant de cette chapelle où elle était censée l'épouser. Qu'elle l'humilie et le rejette. Elle s'était tournée vers son frère.

— Il n'est pas baptisé, avait -elle chuchoté.

— Je suis le roi, j'ai ordonné une dérogation. Il sera baptisé au plus vite, cela n'invalidera pas le mariage.

Elle s'était donc tournée vers Bjorn et, avec un sourire, avait tendu la main vers lui.

Le sourire qu'il avait eu en la prenant avec révérence avait été plus lumineux que le soleil de Galice.

Ses doutes s'étaient alors éteints et la suite du mariage s'était dissipée. Elle s'était noyée dans le regard fier et aimant de Bjorn et l'avait laissé la guider durant toute la cérémonie et le dîner qui s'était ensuivi.

Seule la prière de complies, qui indiquait l'heure du coucher, l'avait tirée de cette transe.

Elle avait sursauté, une nouvelle peur s'emparant d'elle.

La nuit de noces.

— En es-tu sûre, ma chérie ?

Iria hocha la tête.

— Je ne te forcerai pas. J'attendrai le temps qu'il faudra, le temps que tu sois prête. Je veux que ce moment soit agréable pour toi, qu'il t'apporte du plaisir.

Bjorn était parfait. Mais sa délicatesse n'avait rien fait pour la rassurer.

Ce moment, elle l'avait redouté depuis sa plus tendre jeunesse, depuis que Teresa et Elvira lui avaient ressassé la douleur, la honte et l'humiliation que les femmes subissaient des mains de leur époux et qui déterminait leur avenir.

Elle se mit à frissonner, puis, alors que les secondes passaient, ses craintes se changèrent en une véritable panique, et elle ne put réprimer un sanglot et se mit à trembler de tous ses membres.

— Iria, qu'y a-t-il ? As-tu peur que je te fasse du mal ? Que je te prenne contre ta volonté ? s'inquiéta Bjorn d'une voix pressante. Je n'ai jamais violenté une femme et je ne le ferai jamais, encore moins à ma propre épouse.

Elle hocha péniblement la tête, sans oser lever les yeux vers lui.

— Regarde-moi.

Elle garda le nez délibérément rivé au sol, incapable de fixer autre chose que ses pieds nus. À peine étaient-ils entrés dans ce qui devait être leur chambre nuptiale qu'elle avait ôté ses chausses et bas, trop enfiévrée et bouleversée pour supporter leur contact, avide de sentir le froid du dallage rafraîchir sa peau.

— Parle-moi, Iria. Dis-moi ce qui t'effraye, ce qui te tourmente, et je ferai mon possible pour alléger ton fardeau.

Avec difficulté, elle avala sa salive et ouvrit la bouche. Elle dut s'y reprendre à plusieurs reprises pour articuler quelques mots.

— J'ai peur.

Il émit un petit rire.

— Toi, tu as peur ? Toi, la femme qui vagabonde seule sur des plages infestées de pillards, toi qui sauves des inconnus naufragés, toi qui défies des jarls féroces et commandes aux corbeaux, toi qui t'évades d'un campement danois à la tête d'une compagnie de nonnes et les mènes en sécurité, tu as peur ?

Elle se força à esquisser un petit sourire.

— J'ai peur.

— Pourtant, depuis que tu es devenue ma femme devant ton Dieu, tu es en sécurité, pour la première fois de ta vie. Ta tante et ta tutrice n'ont plus aucun pouvoir sur toi, elles ne peuvent plus te faire de mal ni t'imposer le couvent ou le mariage.

Cette fois, le rire d'Iria se fit cynique.

— Et pour cause, elles m'ont déjà mariée ! À un barbare païen, qui plus est !

— À un prince danois, la corrigea Bjorn avec humour. Le plus beau, le plus fort, le plus courageux prince danois de… de tout le Vestfold.

— Et je suppose qu'il n'y en a qu'un, c'est ça ?

— C'est ça. Le seul et unique prince Bjorn Gudrœdsson, ton époux respecté, bien-aimé, vénéré, que tu as promis de chérir et d'honorer jusqu'à la fin de tes jours.

— Tout ça ? plaisanta-t -elle. Et moi, dans tout ça ?

— Toi, tu es ma femme chérie que j'ai juré de protéger, d'aimer et d'honorer aussi jusqu'à la fin de mes jours.

Elle hocha la tête. L'humour de Bjorn lui prouvait, mieux que ses promesses et ses serments, la sincérité de ses sentiments. Il était toujours l'homme qu'elle avait appris à connaître et à apprécier, l'union forcée devant la cour de Galice, le roi et le Tout-Puissant n'était pas une simple question d'alliance, de fief et de titres, cela ne l'avait pas changé. Il demeurait constant dans sa façon de la traiter et de lui parler. Elle s'autorisa enfin à se détendre un peu.

— Donc si je ne veux pas que l'on consomme ce mariage, tu attendras ? osa-t -elle enfin demander.

— Je ne dis pas que cela me ravira, mais j'attendrai. Nous avons toute la vie pour le faire, je n'ai aucun désir que cette première fois soit une torture ou une corvée pour toi. Ce serait bien mal commencer notre union.

— Et si je veux le faire maintenant ?

— Alors tu n'as qu'un mot à dire, femme, glissa-t-il à son oreille, d'un souffle empli de promesses. Et je m'attellerai à la délicieuse tâche de te prouver que tu as bien fait.

Les larmes lui montèrent aux yeux. Une fois leur mariage consommé, il n'y aurait plus de retour en arrière. Elle serait réellement son épouse, aux yeux de Dieu comme des hommes, et son avenir serait tout tracé. Tout autre choix disparaîtrait.

Elle ferma les paupières un instant et retint son souffle. La proximité de Bjorn la perturbait, l'empêchait de se concentrer, de réfléchir sereinement. Sa présence lui faisait trop d'effet, elle percevait la chaleur de son corps, la force de ses paumes rassurantes sur sa peau, la fébrilité de son souffle contre elle, témoin de son impatience et du désir qu'il refrénait pour elle.

Puis elle se focalisa sur son propre corps. Elle prit conscience des frémissements de sa chair, des palpitations dans son bas-ventre, qui naissaient chaque fois que Bjorn était près d'elle, de l'impatience de son esprit et de sa gorge sèche. De ses lèvres qu'elle ne cessait de lécher et de ses doigts qui parcouraient les bras de Bjorn avec une avidité irrépressible.

Elle ne pouvait davantage le nier. Même si son esprit, sa raison hurlait de terreur, son corps et son cœur savaient déjà que le choix était fait.

Et elle refusait de se laisser guider par sa peur.

Sans rouvrir les yeux, elle se haussa sur la pointe des pieds et, levant les bras pour nouer ses mains sur la nuque de Bjorn, elle le força à s'incliner pour poser ses lèvres sur les siennes.

Puis elle murmura :

— Je le veux.

Pour toute réponse, Bjorn resserra son étreinte sur elle et approfondit son baiser. Ses mains ne s'aventurèrent pas plus bas, mais il la serra fort contre lui, l'enveloppant de sa tendresse et de sa chaleur. Rassurée, elle s'abandonna contre lui, savourant son torse large et son souffle brûlant.

Au bout de quelques secondes à rester blottie contre lui, elle comprit qu'il ne s'aventurerait pas plus loin. Malgré son autorisation, il ne prendrait pas l'initiative de leur union. Il lui laissait, une fois de plus, la liberté de reculer ou d'attendre.

Mais elle ne le voulait pas. Sa décision était prise et elle refusait de laisser sa peur la dominer. Elle avait vécu trop longtemps soumise aux autres et à ses craintes, aujourd'hui, elle faisait le choix de sa vie et de son avenir.

D'un geste délibéré, elle fit glisser ses mains du cou de Bjorn jusqu'à son torse et insinua les doigts dans l'entrebâillement de sa chainse immaculée. Elle dénoua les liens qui en fermaient l'ouverture devant et caressa sa peau, s'amusant de la douceur du duvet doré qui l'ombrait avec délicatesse.

Bjorn émit un soupir de plaisir et appesantit les mains sur ses hanches. Puis il les fit remonter et titilla les lacets qui fermaient les pans de sa robe. Il tiraillа dessus sans les défaire, puis chuchota :

— Je peux ?

— Tu peux..., l'autorisa-t -elle.

— J'ai envie de te voir tout entière. De voir ma femme.

— Tu peux, répéta-t -elle, son souffle se faisant haletant

tandis qu'il ouvrait les plis du tissu et les écartait pour révéler sa peau.

Sans lui laisser le temps de se ressaisir, il défit aussitôt le laçage qui maintenait ses épaules et ses manches, et la splendide robe de cérémonie qu'elle n'avait portée que quelques heures et ne porterait probablement plus jamais glissa à terre, atterrissant en un cercle cramoisi autour d'elle. Elle n'avait même pas remarqué qu'il avait déjà ôté sa ceinture et que plus rien n'avait maintenu sa tenue. Elle se retrouva frissonnante dans sa fine chainse blanche qui révélait ses formes plus qu'elle ne les dissimulait.

Bjorn la délaissa une seconde pour l'imiter et enleva lui aussi son surcot pour se retrouver dans sa tunique légère ouverte sur la poitrine. Puis il baissa les mains et dénoua sa ceinture, prenant soin de déposer son poignard cérémoniel avec méticulosité sur la petite console à côté d'eux. Il en profita pour leur verser deux coupes du vin de Galice qui avait été déposé à l'intention des jeunes mariés. Il en tendit une à Iria, qui la prit avec reconnaissance et la but pour apaiser sa nervosité. Elle tremblait tellement qu'elle faillit en renverser, mais il lui reprit le récipient dès qu'elle en eut vidé quelques gorgées avec un petit rire.

— Pas trop, ma douce. Je n'ai pas envie que ma tendre épouse passe la nuit à ronfler, nous avons bien mieux à faire.

Elle inspira en tremblant et esquissa un sourire.

— Et quoi, mon seigneur ?

— Je vais te montrer.

Certain à présent qu'elle ne voulait plus reculer, il revint près d'elle et effleura sa gorge du bout des doigts, retraçant la lisière du tissu qui accentuait la nuance dorée de sa peau. Elle réprima un soupir.

— Qu'est-ce qu'il y a ?

— Je… j'ai envie de… je ne sais pas…, avoua-t -elle. Ce que tu m'as fait tout à l'heure, c'était… un péché ?

— Non. Il n'y a aucun péché dans ma religion ni dans ma vie, protesta Bjorn. Encore moins dans ce que je fais avec ma femme.

Puis il baissa la tête et fit courir ses lèvres sur le cou d'Iria. Elle gémit de plaisir et inclina la tête en arrière pour s'offrir davantage à lui. Il comprit son invitation et n'hésita pas davantage. Ses mains s'emparèrent de ses flancs et les caressèrent avec avidité, puis remontèrent sur sa poitrine, prenant ses seins en coupe à travers le tissu qui les dissimulait à peine. Iria frémit. Mais cela ne lui suffisait pas. Elle voulait sentir Bjorn contre elle, sentir ses doigts sur sa peau, sans la contrainte et la retenue de ces vêtements qui l'enserraient et l'empêchaient de profiter de lui.

Avec un gémissement pressant, elle agrippa ses poignets et fit remonter ses mains sur les pans de coton fin, et l'invita à en attraper les bords. Bjorn n'hésita pas un instant. Il referma les doigts sur la chainse et tira. Le linge délicat craqua dans un son qui retentit comme un craquement de tonnerre dans le silence de la pièce, révélant le corps de la jeune femme. La fraîcheur nocturne saisit aussitôt Iria, qui frissonna. Mais Bjorn ne la laissa pas avoir froid. Avec une avidité ouverte, il inclina la tête et fit courir sa bouche sur sa poitrine, descendant jusqu'à prendre un téton offert entre ses lèvres pour l'aspirer, le sucer, le lécher, arrachant à la jeune femme un cri d'extase. Iria n'avait jamais imaginé que cela puisse se faire entre un homme et une femme.

En fait, elle ignorait presque totalement ce qui se

passait dans l'intimité d'une chambre conjugale, on lui avait juste parlé de soumission au devoir de procréer, de la douleur d'être femme et d'accoucher. Elle n'avait pas envisagé que du plaisir puisse être pris à sentir son corps être caressé, manipulé, pétri et léché par un homme. Son mari. Sans retenue, elle plongea les mains dans les cheveux de Bjorn et le pressa contre sa poitrine, l'incita à l'embrasser encore plus à cet endroit. Mais Bjorn ne sembla pas se satisfaire de cela. Sans lâcher ses seins, qu'il avait pris dans ses mains en coupe, il s'agenouilla devant elle et fit pleuvoir sur son ventre une myriade de baisers, alternant suçons et coups de langue, mordillant, léchant, aspirant et soufflant sur sa peau brûlante, jusqu'à parvenir au-dessous de son nombril, puis encore plus bas, là où il avait déjà exploré sa chair de sa bouche ardente.

Cette fois, elle savait à quoi s'attendre et ne sursauta pas quand sa langue effleura son entrejambe. Bjorn lâcha ses seins et la saisit par les fesses pour la faire s'asseoir sur la petite commode derrière elle, renversant le broc d'eau disposé pour eux dans l'indifférence la plus totale. Iria nota le son du cuivre qui heurtait les dalles, mais elle était trop absorbée par les sensations délicieuses que sa bouche faisait naître en elle pour se préoccuper d'une flaque d'eau. Il la léchait entre les jambes, écartait de sa langue les plis de son sexe et parcourait son intimité avec une délicatesse mêlée d'une ardeur irrépressible, comme s'il n'avait jamais goûté à pareil délice. Elle savait que les sons qui emplissaient la pièce étaient ses propres cris de plaisir, mêlés aux grognements d'avidité de Bjorn, mais elle était incapable de refréner la jouissance qui montait en elle, et seuls ses doigts, fourrageant dans les cheveux de Bjorn et pressant sa tête entre ses jambes, la maintenaient encore assise tant les ondes de désir qui la parcouraient l'enivraient.

Puis, soudain, alors qu'elle se sentait submergée par les vagues qui menaçaient de la faire basculer, Bjorn se releva et prit sa bouche dans la sienne. Il la dévora avec faim, jouant avec ses lèvres, sa langue, ses dents sans cesser de faire courir ses doigts sur ses hanches et son sexe, caressant le petit bouton si sensible au creux de son entrejambe.

Quand il délaissa sa bouche, ce fut pour mordre le lobe de son oreille.

— Tu sens ton goût dans ma bouche, quand je t'embrasse ? chuchota-t-il d'une voix ardente. J'aime sentir ton plaisir sur mes lèvres, et j'aime entendre tes cris quand je te dévore.

Iria n'aurait pas imaginé entendre un jour cette phrase, pas plus qu'elle n'aurait pu se douter que cela déclencherait en elle une telle vague de désir. Les yeux embrumés de plaisir, elle recula légèrement le visage et força Bjorn à relever la tête. Puis elle plongea son regard dans le sien.

— Tu aimes ça, ou c'est juste pour me plaire ? murmura-t-elle d'une voix rauque et basse qu'elle reconnut à peine.

— J'adore te faire du bien, et je ferai ça chaque jour de notre vie si tu m'y autorises.

Elle écarquilla les yeux.

— C'est comme ça entre un homme et une femme ? On ne m'avait jamais dit…

— C'est comme ça, et ça peut être encore mieux encore…, répondit-il, avant de joindre le geste à la parole.

Sans attendre sa réaction, il lâcha sa cuisse et ses doigts trouvèrent son intimité. Elle était tellement mouillée qu'ils glissèrent en elle comme si c'était leur place prédestinée, et la sensation fut si merveilleuse qu'Iria rejeta la tête en arrière et se sentit basculer dans une déferlante de plaisir.

— Reste avec moi, ma chérie, rauqua Bjorn en la maintenant de son autre bras. Reste avec moi, je n'en ai pas encore fini avec toi.

Elle s'agrippa à lui de toutes ses forces tandis que ses doigts faisaient des allers-retours en elle, la faisant monter au bord du plaisir sans qu'elle puisse résister ni faire autre chose que s'abandonner aux sensations qu'il lui offrait.

Elle savait qu'elle devait donner l'image d'une femme dévergondée, d'une coureuse de remparts de petite vertu, offerte, les cuisses ouvertes et le visage empourpré, mais Bjorn la maintenait sous l'emprise de ses caresses et elle n'avait plus aucune volonté, plus aucune pudeur. Elle était incapable de faire autre chose que s'accrocher à ses épaules larges et attendre qu'il lui offre la jouissance à laquelle son corps aspirait tant. Elle continua à gémir, ondulant des hanches sur la tablette sur laquelle il l'avait installée, tandis qu'il alternait entre caresses intérieures, baisers ardents et cercles intenses sur son intimité, chaque contact faisant monter un peu plus son plaisir.

Mais elle aspirait à plus. Soudain, elle sentit que ce n'était pas assez, qu'elle avait besoin d'autre chose que ses doigts, que son corps réclamait davantage. Elle ignorait quoi, mais elle avait besoin de Bjorn, de lui tout entier, et pas juste de ses mains.

Elle rouvrit les yeux et se redressa, plongeant son regard dans le sien.

— Bjorn, j'ai envie de toi, gémit -elle. J'ai envie que tu… je ne sais pas, mais je veux que tu fasses de moi ta femme, vraiment.

Il émit un rire bas et relâcha son étreinte pour la serrer brièvement contre lui.

— Alors je vais faire de toi ma femme, ma belle. Je vais te donner ce que tu me demandes. Et après, plus rien ne pourra nous séparer.

— Alors, fais-le..., le pressa-t -elle, laissant courir ses doigts sur son torse ferme, avide de découvrir son corps à son tour.

Mais il lui saisit les poignets.

— Pas comme ça. Pas sur un meuble, pas à la va-vite, comme une ribaude ou une servante de taverne. Tu es mon épouse, ma princesse galicienne, ma femme. Je veux t'honorer comme tu le mérites.

— Comment, alors ? se plaignit -elle, croyant qu'il refusait de lui accorder ce soulagement auquel elle aspirait tant.

Sans lui répondre, il la souleva dans ses bras et l'emmena vers le lit, juste à côté. Elle était déjà nue et, lorsqu'il la déposa sur la courtepointe brodée, elle remarqua tout juste qu'il en profitait pour ôter le seul vêtement qu'il lui restait, sa chainse blanche, à peine plus épaisse que la sienne.

Soudain, il fut sur elle, la dominant de toute sa carrure de guerrier nordique. Elle fut abasourdie par sa puissance. Il se maintenait sur les coudes pour ne pas l'écraser de son poids, mais il était si large qu'il obscurcissait la pièce, et elle prit conscience de sa force et de ses cicatrices. Son torse magnifique était ferme et musclé, parcouru d'un fin duvet doré dans lequel les traces d'anciens combats créaient un lacis dentelé qui témoignait d'un passé martial. Ces marques n'enlevaient rien à sa beauté et, au contraire, accentuaient sa virilité, sa puissance.

Autour de ces traces, des tatouages d'un bleu foncé révélaient son allégeance à la foi païenne qu'elle avait eu tant de mal à accepter, mais, sous l'emprise du charme sensuel dans lequel il la tenait, cela ne lui importait plus. Elle ne pouvait qu'admettre qu'elle lui appartînt, corps et âme. Elle était sienne et elle l'acceptait dans son intégralité. Runes déistes, cicatrices, force barbare et amour passionnel. Elle, Iria, était sa femme et elle ne pouvait plus le nier.

Elle ferma les yeux, posa les mains sur son torse, lui arrachant un frisson qu'elle ressentit sans le voir. Elle parcourut les plaines et les vallées de sa poitrine avec délectation, reconnaissant les sinuosités de ses pectoraux bien dessinés, de ses abdominaux marqués, de ses tétons qui témoignaient eux aussi de son excitation. Puis, à son tour, elle fit descendre ses doigts et parcourut son ventre, flattant ses flancs, effleurant ses hanches, et osant enfin prendre en main l'endroit qu'elle n'avait jamais vu, la virilité qui se dressait entre eux comme une tour majestueuse et avide.

Elle ouvrit les yeux et plongea son regard dans le sien. Ses iris étaient d'un bleu intense presque obscurcis tant ses pupilles étaient dilatées, et son désir était indéniable. Elle se sentit submergée par une nouvelle vague de passion. Bjorn retenait son souffle. Elle savait qu'il brûlait de la posséder, de faire d'elle sa femme, et la conscience qu'il se retenait pour elle, pour la respecter et ne pas l'effrayer, ne fit qu'accentuer son désir.

Elle releva la tête.

— Prends-moi, mon époux. Fais de moi ta femme.

Sans un mot de plus, Bjorn lui obéit. Il s'abaissa sur elle, l'enveloppant de sa stature sans l'écarter, et son sexe trouva sa chair. Il glissa contre elle, lui arrachant un hoquet d'impatience mêlée de peur. Il s'arrêta aussitôt.

— Veux-tu que je m'arrête ? demanda-t-il à voix basse, tout en glissant une main entre eux pour lui caresser le ventre, pas plus bas, d'un geste rassurant.

Avec un sourire, elle imita son geste et prit son poignet dans sa main pour le guider vers son intimité.

— Non. Je veux que tu finisses ce que tu as commencé. Je te veux en moi. Je veux que tu soulages cette pulsion que tu as fait naître en moi, que tu combles ce vide que tu as créé et qui va me dévorer.

Ces mots semblèrent libérer Bjorn des dernières hésitations qui l'avaient saisi à l'ultime instant. D'une main déterminée, il reprit ses caresses sur son sexe, trouvant le bouton qu'il avait titillé quelques instants plus tôt, et ondula des hanches, faisant coulisser son sexe le long de la fente d'Iria. La sensation était à la fois brûlante et apaisante, et sans comprendre pourquoi, elle cambra les reins à son tour, répliquant son mouvement avec ardeur, accentuant le frottement qui lui faisait tant de bien. Elle était tellement mouillée qu'elle avait l'impression de se liquéfier, comme si le pénis de Bjorn faisait naître en elle un plaisir inconnu.

Puis, soudain, il ne se retint plus. Il dut sentir qu'elle était prête, et d'un coup de reins puissant, il la pénétra jusqu'à la garde.

La sensation la pétrifia sur place. Une douleur fulgurante, qui la paralysa, mêlée à un plaisir irrépressible. Elle poussa un long cri et planta ses ongles dans les fesses de Bjorn, l'empêchant de se retirer comme il avait tenté de le faire dès qu'il l'avait sentie se raidir.

— Reste en moi, s'il te plaît, le supplia-t -elle. Donne-moi du plaisir, donne-moi ton plaisir.

Il se mit alors à bouger en elle. D'abord doucement, puis, alors qu'elle enfonçait les doigts dans ses reins, le forçant à la pénétrer encore plus profondément, il plongea en elle avec une ardeur nouvelle. Elle ressentit alors une autre vague de plaisir la submerger, plus intense que tout ce qu'elle avait ressenti jusqu'alors, lorsqu'il l'avait embrassée, léchée, caressée, prise de ses doigts et de sa langue. Comme si tout ce qu'ils avaient fait jusqu'à présent n'avait pour autre but que de l'amener à cet état où elle se sentait monter de plus en plus haut, s'envoler jusqu'à ce qu'il la fasse s'évanouir de plaisir.

La prime douleur avait disparu dès qu'il avait commencé à bouger et, à présent, chacun de ses coups de reins ne faisait qu'accentuer sa jouissance, et elle enroula les jambes autour de ses reins pour accompagner ses mouvements. Avide de savoir encore mieux ce qu'il lui faisait, elle faufila une main entre eux, le long de leurs ventres unis, puis la fit descendre jusqu'à trouver l'endroit où ils étaient joints. Elle sentit alors la base de la verge dure et puissante qui s'enfonçait en elle, la sentant glisser entre ses doigts, humide de leurs plaisirs mêlés, et elle serra pour éprouver sa taille et sa force. Elle était émerveillée qu'un membre aussi viril et imposant puisse trouver sa place en elle, et elle éprouva son diamètre et sa raideur. En réponse à son geste, Bjorn émit un râle de plaisir.

— Plus fort, ma chérie. J'adore ce que tu me fais…

Elle obéit, au bord de la jouissance, tandis qu'il continuait à aller et venir en elle avec une énergie renouvelée, la faisant se cambrer et onduler sous lui comme si elle voulait qu'il la pénètre encore mieux.

Puis il se souleva sur une seule main et continua son mouvement tout en guidant ses doigts jusqu'à sa propre entrée, pour l'inciter à se caresser pour accentuer son plaisir. Leurs mains ensemble accompagnèrent leurs derniers va-et-vient. Iria sentait le sexe de Bjorn coulisser en elle, fort et puissant entre ses doigts comme dans son intimité, tandis que sa main à lui pinçait, frôlait et caressait le petit bouton à l'avant de ses plis.

Et, soudain, le plaisir fut trop fort et elle ne put continuer davantage. Elle se mordit les lèvres pour ne pas crier sa jouissance, crispa les paupières et serra les doigts sur la verge de Bjorn.

Il accentua ses mouvements en elle, la labourant de toutes ses forces, tandis que son souffle chaud frôlait sa bouche. Il l'embrassa à en perdre haleine, cueillant ses plaintes de plaisir, avant de glisser jusqu'à son oreille :

— Ne te retiens pas, ma chérie. Ne retiens jamais ton plaisir avec moi. Il n'y a pas de plus beau cadeau que tu puisses me faire que ta jouissance contre moi.

Alors elle se laissa aller.

Elle s'abandonna à l'orgasme qu'il venait de lui offrir et cria son plaisir, plongeant ses ongles dans ses fesses tandis que son autre main sentait la base de son sexe durcir encore plus et gonfler tandis qu'il allait et venait en elle à une cadence infernale. Enfin, elle se sentit basculer et, à son tour, le sexe de Bjorn se libéra en elle. La sensation du sexe de Bjorn se gonflant et se contractant au rythme des vagues de sa jouissance lui procura un plaisir inédit. Lui aussi éprouvait ce qu'elle avait ressenti. Lui aussi jouissait avec elle. Une nouvelle humidité l'emplit, et elle comprit qu'il s'était abandonné à son plaisir.

Puis son rythme ralentit et il se laissa aller sur elle, la couvrant de son corps en sueur.

Leurs respirations étaient haletantes et brûlantes, leurs souffles rauques, leurs yeux fermés.

Enfin, au bout d'une éternité, Iria sentit son cœur s'apaiser, les pulsations dans son sexe se calmer, et la verge de Bjorn diminuer de taille en elle, puis glisser à l'extérieur de son corps, tandis qu'il basculait sur le côté, l'entraînant contre lui, comme si la seule idée de la lâcher lui était insupportable.

Il garda ses bras serrés autour d'elle et, de sa main libre, lui caressa le front pour chasser ses cheveux humides de sueur de son visage.

Elle osa au bout d'un moment tourner les yeux vers lui.

Il avait les paupières closes et une expression sereine, comme si tous ses soucis s'étaient évanouis au cours de leur étreinte.

— Tout… tout va bien ? demanda-t -elle après une hésitation. Tu n'es pas… déçu ?

Il tourna vers elle un regard surpris.

— Déçu ? Par quoi ?

— Par moi. Par… mon inexpérience. Je sais que tu as connu d'autres femmes. Plus expérimentées que moi, plus libres. Des femmes de ton peuple, de ta culture, de ta religion. Des femmes qui ne t'ont pas été imposées pour des raisons politiques, des femmes qui ne se destinaient pas à une vie de réclusion dans un monastère.

Il émit un petit rire rauque, puis la serra encore plus fort contre lui avant de l'embrasser sur le front.

— Ma chérie, tu as été… tu es… parfaite. Tu es la femme que je voulais depuis que je t'ai vue, en ouvrant les yeux, sur cette plage. Aucune autre femme, fût -elle danoise, galicienne, esclave ou reine, ne pourrait me plaire ou me satisfaire autant.

— Tu es sûr ?

— Pourquoi aurais-je risqué ma vie, seul et sans armes, au cœur de ton pays, de ta capitale, pourquoi aurais-je affronté tes prêtres, tes régentes et ton roi, si ce n'est pour toi ? Tout ce que j'ai gagné en t'épousant, j'aurais pu le conquérir par le siège et les armes. Mais c'est toi que je voulais. Toi, sans tuer ton peuple et tes proches, toi tout entière, de ton plein gré.

Elle ferma les yeux et poussa un long soupir de soulagement. Mais il n'en avait pas fini avec elle.

— Et toi, tu n'es pas… déçue ?

Elle poussa un rire surpris.

— Par quoi serais-je déçue ? Tu as été le mari le plus doux, le plus tendre, le plus attentif et prévenant dont j'aurais pu rêver.

— Mais tu ne voulais pas te marier. Tu voulais te consacrer à Dieu, contra-t-il.

— J'avais peur. Peur de nos différences, peur de cet avenir que je n'avais jamais imaginé. Je m'étais résignée à me consacrer à Dieu pour échapper à l'emprise et aux menaces de Teresa et Elvira, pas par foi ni conviction. (Puis elle se reprit.) Ne te méprends pas : je crois en mon Dieu et je demeurerai fidèle à ma foi. Mais ce n'était pas la force de ma religion qui me tenait éloignée de toi et qui me poussait vers mes vœux. J'ai aimé apprendre tes dieux et tes coutumes auprès de Tora et des autres *völvas*, et je respecterai ton peuple et tes croyances si tu m'autorises à rester auprès de toi.

Cette fois, le rire de Bjorn se fit joyeux, dénué de la moindre peur.

— Je n'en espère pas davantage, souffla-t-il en la serrant encore plus fort avant de l'embrasser de nouveau.

— Que fait-on, maintenant ?

Il fit jouer ses sourcils d'un air malicieux.

— Demain, on réclamera une escorte et des chevaux à ton roitelet de frère pour retourner auprès des miens et annoncer la nouvelle de cette alliance inespérée, et du fief qui nous est offert. Je pourrai enfin te présenter en tant que mon épouse et te faire reconnaître comme princesse danoise auprès des miens. Mais en attendant…

Il laissa planer un silence empreint de mystère.

— En attendant… ? reprit -elle.

— En attendant, je vais consacrer cette nuit à faire de toi ma femme, encore et encore, jusqu'à ce que nos forces s'épuisent et que nous nous endormions l'un sur l'autre, l'un dans l'autre. Je compte te faire l'amour jusqu'à ce que l'aube se lève et que les serviteurs pénètrent dans cette pièce et nous découvrent ensemble, unis, comme mari et femme, et puissent témoigner de notre ardeur à nos draps froissés et à ton air satisfait.

Et il mit ses promesses à exécution sans attendre, ne laissant à Iria d'autre choix que de s'offrir à lui encore et encore, découvrant les plaisirs de leur union.

Chapitre 19

Le voyage de retour se fit de manière bien plus paisible et rapide que ne l'avait été le précédent. Ramire avait doté Iria et Bjorn d'une escorte conséquente, menée par le capitaine Anxo qui, au grand dam de la régente Teresa, avait préféré quitter le service de sa reine pour prêter serment d'allégeance au nouveau duc galicien, Bjorn de Pontevedra, comme il tenait à présent à se faire appeler.

Bjorn avait annoncé d'emblée qu'il ne comptait pas détruire le Mosteiro de Santa María da Armenteira et que, au contraire, les nonnes qu'il avait capturées seraient libérées et pourraient y retourner afin de rétablir la sacralité de leur office. Sa seule demande avait été qu'elles acceptent la nonne Elvira, l'autre régente, comme nouvelle abbesse en remplacement de celle qu'il avait tuée, et surtout en punition de la cruauté avec laquelle elle avait traité Iria. La princesse galicienne avait poussé les hauts cris à l'idée de quitter la cour qu'elle avait eu tant de mal à réintégrer à la mort de son frère Ordoño et à l'accession au trône de Sanche.

Mais, quand Bjorn avait précisé qu'il ne souhaitait pas la priver du pouvoir politique qu'elle détenait, et voulait juste l'éloigner physiquement de la cour pour éviter à son épouse de se retrouver face à elle, elle avait fait meilleure figure, comprenant qu'elle pourrait bien mieux asseoir son pouvoir de loin, tant sur les nonnes qui seraient sous ses ordres que sur les nobles qui dépendraient du monastère pour survivre. Elvira, finalement, n'avait jamais réellement aspiré à la vie de cour, quêtant juste à glaner assez de pouvoir pour ne plus dépendre de la bonne volonté ou de la charité d'un roi.

Il avait fallu bien moins de temps pour regagner la Ría de Pontevedra, et Bjorn avait été saisi au cœur de voir, du sommet de la colline qu'ils venaient de gravir et qui dominait la côte, la multitude de navires danois qui mouillaient dans la baie ou qui avaient accosté sur la plage. Certains des drakkars avaient été tirés au sec et étaient entourés d'une nuée d'hommes qui s'affairaient à recalfater, réparer et réassembler les pièces de bois et de métal ayant souffert lors des dernières navigations. Un peu plus loin, des halles étaient en cours de construction, des allées de planches sillonnaient le sable et des ateliers divers et variés avaient été dressés entre les bâtiments, tandis que des perches servaient à tanner des peaux, fumer viandes et poissons, suspendre des sacs de céréales hors de portée des oiseaux et des rongeurs.

Même sans lui, les Danois continuaient leur œuvre. Mais avec lui, avec les nouvelles qu'il apportait, ils ne seraient plus de simples survivants, ils deviendraient des héros, des conquérants, des pionniers.

D'un bras dressé, il donna l'ordre à sa cohorte de se remettre en route et fit s'engager sa monture, magnifique présent de Ramire, sur le sentier étroit qui sillonnait la lande pour descendre vers la plage. D'un regard en arrière, il s'assura qu'Iria le suivait.

Mais il n'aurait pas dû s'inquiéter. Son épouse avait eu la joie de découvrir, lors de leurs derniers jours au palais de León, que Ramire, après avoir lancé des hommes à sa recherche suite à sa disparition, avait retrouvé sa jument Dores, seule et effarouchée, et l'avait fait ramener au château royal afin qu'elle l'y attende si un jour, par miracle, elle revenait. Et Iria avait eu les larmes aux yeux en découvrant le fidèle animal qui, depuis son absence, n'avait accepté aucun autre cavalier. Iria était aussi bonne cavalière qu'il l'avait imaginé et l'avait suivi sans difficulté durant ce nouveau périple, le défiant parfois à la course quand le terrain le leur permettait et surtout pour semer leur escorte, lorsqu'ils désiraient s'octroyer quelques instants de solitude et profiter l'un de l'autre en pleine nature.

Chaque jour avait vu une telle escapade durant laquelle ils avaient goûté au plaisir de s'offrir l'un à l'autre à ciel ouvert, parfois couchés sur des pierres plates, parfois nus dans un bassin naturel, parfois étendus sur de la mousse fraîche. Et la nuit les voyait tout aussi avides, jouissant de leurs corps dans l'intimité de leur tente à la couche luxueuse et aux fourrures accueillantes.

Quand ils ne pouvaient être seuls, c'étaient leurs regards qui témoignaient de leur complicité et de leur désir mutuel, et il n'était pas rare qu'ils chevauchent en se tenant la main, côte à côte.

Anxo, malgré son austérité, se permettait parfois des commentaires cyniques sur la luxure des jeunes mariés et la niaiserie de leurs expressions énamourées. Bjorn savait qu'à leur retour au campement danois ses hommes lui feraient subir autant de moqueries et ne s'en offusquait pas, mais il s'amusait de voir à quel point Iria ne manquait pas de rougir à chaque boutade avant de baisser la tête sur sa petite croix et de l'embrasser d'un air confus en marmonnant une prière de contrition.

Enfin, ils arrivèrent en bas de la colline et pénétrèrent aux abords du campement.

Malgré le peu de réactions des Danois, Bjorn savait qu'ils avaient été repérés depuis bien longtemps et qu'il devait même avoir été reconnu, sans quoi ils auraient déjà été criblés de flèches. Ses hommes attendaient juste de découvrir les circonstances de son retour pour savoir s'ils devaient l'accueillir comme leur prince, ou comme un traître, ou un prisonnier.

Ce n'est que lorsqu'ils parvinrent à l'orée de la première halle qu'un attroupement se forma entre les deux bâtiments les plus extérieurs. Bjorn reconnut la plupart des hommes – après tout, c'était ses guerriers –, mais il s'étonna de voir leurs visages fermés, leurs doigts crispés sur leurs armes prêtes à sévir, leur posture rigide. Peut-être les Danois avaient-ils essuyé une attaque des Galiciens dont il ignorait tout, à moins qu'il n'y ait eu…

Il n'eut pas le temps de s'interroger davantage.

À peine avait-il mis pied à terre que le jarl Mikke apparut au milieu de la première rangée de guerriers, jouant de ses épaules monumentales pour les écarter et se camper au premier plan, la cicatrice qui lui barrait le visage déformé par la haine et le mépris qui teignaient ses traits autrefois avenants.

— Que fais-tu là, Bjorn du Vestfold ? Es-tu revenu nous trahir une fois de plus, maintenant que tu as obtenu ce que tu voulais ?

Bjorn se posta face à lui, ne tenant pas compte de la taille de l'homme qui le dominait de plusieurs pouces.

— Je pourrais te retourner la question, jarl Mikke. Je t'avais envoyé conquérir un fief pour nous servir d'avant-poste et de zone de repli. Je vois que tu as contrevenu à mes ordres. Est-ce dans tes habitudes de désobéir à ton prince, en plus de l'insulter et de l'accuser de trahison ?

— Je ne t'accuse de rien, Bjorn le Galicien, riposta Mikke avec un rictus mauvais qui dévoila sa dent gâtée. Je constate seulement. Tu nous as abandonnés en plein conflit pour courir après une esclave, tu t'es désintéressé de nous, tu t'es allié avec nos ennemis, et tu reviens maintenant, cette chienne de traîtresse à tes côtés, entouré d'une horde de ces autochtones qui n'attendent que de pouvoir nous exterminer. Comment pourrait-il s'agir d'autre chose que d'une trahison ?

— Tu me juges à ton aune, se moqua Bjorn d'une voix assez forte pour que tous l'entendent. Il s'agit d'une alliance. Ce que tu voulais gagner par la guerre et la mort, je l'ai gagné par la diplomatie, la négociation et une alliance. La femme que tu vois à mes côtés est ma femme, une princesse galicienne, et ces hommes qui m'entourent sont une escorte honorable et pacifique offerte par le roi Ramire de Galice pour me ramener auprès des miens en toute sécurité, afin que je puisse vous annoncer la bonne nouvelle.

Mikke haussa un sourcil hautain et rauqua un rire gras.

— Et quelle est cette bonne nouvelle ? Tu as enfin pu prendre la virginité de cette traînée que tu convoitais depuis le début, au détriment de l'honneur de la princesse danoise, ma propre fille, que tu avais promis d'épouser ?

— Je t'ai déjà fait part de mon plus grand respect envers Hedda et de mon intention de réparer mes torts envers elle, et même envers toi, même si ton attitude ne m'incite pas à la clémence. La bonne nouvelle est, en fait, que j'ai obtenu un fief pour nous. Un grand domaine, ici même, à la Ría de Pontevedra, qui inclut une large portion de côte pour nos navires, des terres à cultiver, le monastère même que nous avons pillé et des villages où commercer et établir des colonies pour nos frères nordiques. Tout cela, je l'ai acquis en épousant la princesse Iria de Galice et León, et je suis fier d'avoir gagné sa main, sa confiance et son amour.

Mikke émit un grommellement méprisant et cracha au sol un long jet de salive brunâtre. Il avait pris le tic de mâcher des herbes suite à un voyage dans les terres mauresques, encore plus au sud, où il avait goûté à cette drogue et que les musulmans l'avaient initié au plaisir qui embrumait le cerveau. Cela lui avait gâté les dents, les teignant d'une nuance brunâtre qui évoquait le pourri sans pour autant le rendre plus tolérant ou accommodant. Son comportement, depuis le début de l'expédition, avait ouvert les yeux de Bjorn, qui avait autrefois considéré son futur beau-père comme un ami, un mentor. Mikke s'était alors toujours montré profondément humain, toujours prêt à l'écouter, le conseiller, le soutenir dans les choix les plus difficiles. Une épée fidèle, un jarl dévoué, un compagnon loyal et un homme de responsabilités et au grand cœur.

Mais, depuis que Bjorn s'était détourné de Hedda, Mikke était devenu amer et aigri, reportant sur lui le poids de ses échecs et de son avidité contrariée. Et Bjorn ne croyait pas que ce revirement n'était dû qu'à la fin de leur alliance et son rejet de sa fiancée. Il savait que l'homme était vexé de la rupture du contrat entre sa fille et lui, et n'avait pas apprécié tant l'affront qu'il imaginait envers l'honneur de sa progéniture que la perte des espoirs qu'il s'était fait de la voir devenir princesse du Vestfold – et, pour lui, de se rapprocher du trône et du pouvoir. Mais ce n'était pas suffisant pour justifier un tel courroux. Mikke avait de toute évidence joué un rôle depuis le début pour gagner les faveurs de Bjorn et s'insinuer dans ses bonnes grâces et sa confiance afin de devenir son confident, son mentor, son conseiller favori. Peut-être même avait-il espéré voir Bjorn accéder un jour au titre de roi à la place de son frère.

Soudain, Bjorn se demanda si le jarl qu'il avait tant estimé ne pouvait pas avoir fomenté, à l'insu de tous, le coup d'État qui avait poussé les fils d'Éric Hache sanglante à renverser Harald au point de le forcer à fuir le Vestfold. Cela expliquerait pourquoi l'homme ne semblait pas s'inquiéter davantage du sort de sa fille, restée à la capitale avec le frère et les sœurs de Bjorn. Il pouvait même avoir déjà prévu une protection pour sa progéniture si les usurpateurs parvenaient à tuer Harald Grenske en attendant que Bjorn soit de retour pour reprendre la couronne et épouser sa fille.

Quoi qu'il en soit, Bjorn se rendait à présent compte que le jarl qu'il avait toujours estimé comme un père et à qui il avait confié espoirs et états d'âme depuis des années n'était qu'un serpent fourbe et cupide qui, depuis le début, ne convoitait que le pouvoir auquel il pouvait accéder grâce à sa fille et lui.

Et il savait que, maintenant que Mikke avait dévoilé sa véritable nature, ils étaient destinés à s'affronter.

— Qu'attends-tu de moi, Mikke ? finit-il par se résoudre à lancer. Pourquoi n'es-tu pas dans le fief que je t'ai demandé de conquérir ?

Mikke émit un nouveau marmonnement et haussa le menton d'un geste méprisant.

— Je l'ai conquis, comme tu me l'as ordonné, petit prince. Mais je l'ai confié à Rolf pour qu'il le gouverne pour moi. Je refuse de me contenter de tes restes, tout comme je refuse de subir tes revirements, ta déloyauté et tes caprices. Tu t'allies aux Galiciens au détriment de ton peuple, tu renies nos traditions et notre mode de vie pour gagner les faveurs d'une esclave. Tu n'es plus ni mon prince, ni mon jarl, ni mon chef. À présent, c'est moi qui mène cette expédition et qui recueillerai le mérite de ce que nous rapporterons.

Bjorn esquissa un sourire mesquin et pivota légèrement vers les hommes qui entouraient Mikke.

— Et vous êtes d'accord avec ça, vous autres ? Vous êtes d'accord pour suivre un homme qui trahit ses serments d'allégeance et qui préfère vous mener à la mort plutôt que de gagner des terres, des richesses et des titres grâce à une alliance qui ne fera pas couler votre sang ? Vous faites plus confiance à un jarl qui privilégie sa rancune au détriment de son honneur et qui rompt ses engagements envers son prince et son lige ?

Les guerriers danois se consultèrent du regard. Tous semblaient manifester la même gêne et le même embarras. Puis un homme se démarqua des autres. Il avait été caché derrière les larges statures de ses compagnons, désavantagé par sa silhouette fine et sa taille plus modeste. Seules sa couronne de tresses flamboyantes et sa barbe rousse le distinguaient de ses camarades. Il portait à la ceinture deux poignards longs et fins qui indiquaient, tout autant que sa vivacité, qu'au combat ses atouts étaient la vitesse et l'esquive, et non la force brute.

Il carra les épaules et sa bouche se plissa en une grimace amère.

— Je suis désolé, mon prince, mais le jarl Mikke a raison. Depuis que tu as capturé cette esclave, tu n'as eu d'yeux que pour elle, et toutes tes actions ont été dictées par sa poursuite et pas par notre expédition. (Il pivota vers les autres, tournant ostensiblement le dos à Bjorn.) Je suis avec Mikke ! Qui est avec moi ?

Un brouhaha mêlant assentiment et réprobation se fit entendre, et Bjorn comprit qu'il risquait de perdre la cohésion de son groupe.

La situation était pire que tout ce qu'il avait imaginé. Dans ses scénarios les plus négatifs, Mikke faisait sécession de l'expédition, emmenant avec lui ses drakkars, peut-être les trois de Rolf et quelques autres mécontents. Jamais il n'avait envisagé que ses hommes, fidèles et loyaux, puissent se retourner contre lui, encore moins menés par Olaf, qui avait été un de ses guerriers les plus fidèles.

Il recula discrètement de trois pas, profitant de ce que les Danois étaient focalisés sur Mikke, qui s'était remis à les haranguer, et Olaf, qui les apostrophait à chaque pause du jarl pour achever de les convaincre, pour se rapprocher d'Iria.

Voyant, du coin de l'œil, qu'elle s'apprêtait à descendre de sa monture, il posa une main apaisante sur sa cuisse, à la fois pour la rassurer et pour l'empêcher de mettre pied à terre.

— Surtout, ne bouge pas, lui souffla-t-il, assez bas pour qu'elle seule puisse l'entendre. Reste avec les Galiciens, et tiens-toi prête à repartir au galop.

— Je ne te laisserai pas ! siffla-t -elle sur le même ton. Rappelle-toi, on est ensemble ! C'est ma faute si…

Elle n'eut pas le temps d'achever sa phrase que Mikke s'était retourné et l'avait repérée.

— C'est elle ! s'écria le jarl bourru en pointant son langsaxe vers la jeune femme. C'est elle, la chienne esclave qui a détourné l'attention du prince de ses hommes ! la chrétienne qui nous vole notre prince, qui dénature notre peuple, qui envoûte notre chef par les maléfices de son dieu crucifié, au détriment de notre foi ! Elle a tué nos *völvas*, ensorcelé notre prince, trahi notre hospitalité et volé nos prisonnières !

Alors que Bjorn allait riposter, Iria le surprit en répondant du tac au tac à l'homme qui la menaçait.

— Je n'ai rien fait de tout ça ! Je n'étais pas votre invitée, mais votre captive, et le premier devoir d'un prisonnier est de tenter de s'évader, n'importe qui en aurait fait autant ! Et je n'ai pas tué Rurik et Vibeke, je n'ai fait de mal à personne, je voulais juste regagner mon foyer, mon peuple et mon roi ! Je suis princesse de Galice et c'est grâce à moi que votre prince est encore en vie aujourd'hui, régnant sur un fief ici même et détenteur d'un titre !

— Vous l'entendez ? clama Mikke en apostrophant les Danois. Vous l'entendez ? Elle le dit ! C'est elle qui manipule notre prince, qui le détourne des siens, de sa foi et de sa culture ! Laisserez-vous cette chienne nous voler notre chef ? Notre honneur ? Ou m'accorderez-vous le privilège de la tuer et de mener cette expédition à bien, comme elle aurait dû l'être, par le sang et les armes ?

Derrière lui, les acclamations qui avaient divergé entre accord et désaccord se firent plus brusques. Bjorn comprit que l'affrontement serait inévitable. Malgré leur fidélité à la Couronne, les Danois étaient avant tout des guerriers, et cela faisait trop longtemps qu'ils n'avaient pas eu de combat ni succombé à la fièvre de la bataille.

Un duel était inévitable.

Il ne lui restait d'autre choix que de le provoquer, s'il ne voulait pas que l'opposition entre Mikke et lui ne dégénère en un bain de sang au cours duquel de nombreuses vies seraient perdues, et où Iria serait mise en danger.

Il dégaina avec lenteur sa grande épée, qui lui avait été cérémoniellement rendue par le roi Ramire, le gamin peinant à soulever la lourde lame de ses deux mains enfantines. Le crissement du métal dans son fourreau fit taire les altercations naissantes, et tous les yeux se tournèrent vers lui. Sans la regarder, il entendit Iria émettre un halètement de peur et, d'une main prudente, lui fit signe de reculer au sein de ses hommes.

— Fais-moi confiance, c'est la seule solution, chuchota-t-il avant de s'écarter d'elle pour la protéger.

Puis il reprit, d'une voix tonnante.

— Jarl Mikke, traître à ton prince, traître à ton peuple, usurpateur et parjure, je te défie en combat singulier pour laver l'honneur de mon nom et celui de ma femme, et pour regagner la confiance et l'estime de mes hommes, dont tu as perverti l'esprit de tes mensonges haineux ! Laissons les armes démêler le vrai du faux et montrer qui de nous deux les dieux jugent digne de diriger cette expédition et le fief que j'ai gagné pour vous ! *Hólmganga*[1] !

Mikke ricana, l'air mauvais.

— Sans île, pas de *hólmganga.* Sans *völva*, pas de

1. La *hólmganga* (terme de vieux norrois), est une sorte de duel très fréquent à l'époque médiévale en Scandinavi, et permettait de résoudre les conflits. L'affrontement se déroulait le plus souvent sur une île pour empêcher les belligérants de fuir — ou d'être assistés.

hólmganga. Où est Tora, notre *völva* ? Où sont Vibeke et Asløg, ses apprenties ? Toutes mortes, tuées par celle que tu prétends être une princesse et que tu as épousée, à la plus grande honte de ma noble fille, que tu as déshonorée pour cette esclave !

— Cesse de rabâcher cette histoire, Mikke ! s'emporta Bjorn, excédé par l'obstination de son ex-beau-père à accepter l'inéluctable. Hedda n'a pas été déshonorée et j'ai promis de réparer toute offense qu'elle pourrait trouver à la fin de nos fiançailles et de lui gagner la main d'un mari digne d'elle. Si tu refuses la *hólmganga*, tu dois accepter de renoncer à ce titre que tu t'es approprié en mon absence et reconnaître ma supériorité. Telle est la voie danoise.

— Jamais ! hurla Mikke en balançant sa hache d'avant en arrière comme s'il s'apprêtait à la projeter vers lui.

Sans en avoir l'air, Bjorn surveillait ses mouvements, sachant que le vieux jarl colérique était tout à fait susceptible de l'assaillir sans prévenir.

Et bien lui en prit.

À peine avait-il beuglé son refus qu'il s'élança à l'assaut, courant sur lui de toute la force de ses jambes, après avoir effectué un lancer de hache parfait.

Si Bjorn n'avait pas effectué un saut sur le côté pour esquiver le projectile à la double lame, il serait mort sur le coup, le crâne fendu en deux par l'*øx* dont le manche en bois était déjà taché du sang séché des anciens ennemis de Mikke, qui s'était toujours vanté de refuser d'effacer les traces de ses précédentes victoires. L'arme frôla la tempe de Bjorn qui entendit, dans son dos, le cri de douleur de l'homme qui avait été moins rapide de lui, suivi du son d'un corps qui s'écroulait.

Cela lui fit mal au cœur de penser que l'un de ces

valeureux Galiciens qui avaient accepté de quitter le service de leur roi pour se mettre au sien venait de perdre la vie sans même avoir été récompensé de sa vaillance. Mais cela lui apporta néanmoins une certaine forme de satisfaction : l'impulsivité de Mikke venait de le priver de sa hache, son arme favorite avec laquelle il était redoutable. Le jarl en serait à présent réduit à le combattre uniquement avec son épée et ses poignards – ce qui était déjà non négligeable.

Il répliqua le mouvement que Mikke avait effectué un peu plus tôt avec sa hache et balaya l'espace à sa droite de son épée, prêt à faucher le jarl qui se ruait sur lui. Mais il le connaissait bien et savait que Mikke ne se laisserait pas berner par une attaque aussi frontale. Le vieux guerrier n'avait pas survécu aussi longtemps sans devenir aussi puissant que retors. Aussi, au dernier moment, alors que Mikke s'apprêtait à lui asséner un grand coup au flanc de son scramasaxe large, il changea abruptement de geste et abaissa sa lame en une attaque aux tibias qui força le jarl à rouler à terre sur lui-même, s'empêtrant dans les jambes du cheval le plus proche. Paniquée par ce qu'elle percevait comme une agression, la monture se cabra et rua avec un hennissement terrifié, éjectant son cavalier, un Galicien visiblement peu aguerri aux manœuvres équines, qui tomba au sol et se releva dans un nuage de poussière pour se ruer aussitôt sur Mikke. Le vieux jarl eut à peine le temps de se relever pour contrer un coup de poignard au-dessus de sa tête, tandis que Bjorn passait dans son dos pour lui asséner un coup de son bouclier sur le crâne.

Mikke tomba à genoux et baissa le visage, de toute évidence sonné par le choc. Mais le colosse était encore loin d'être vaincu. Bjorn fit signe au soldat galicien de cesser son assaut et, étonnamment, l'homme lui obéit et recula pour se porter derrière son chef, le capitaine Anxo, qui lui tendit les rênes de sa propre monture et s'avança pour prêter main-forte à Bjorn. Celui-ci lui fit signe de rester en retrait et redressa son épée pour attendre que Mikke se relève.

Quand celui-ci se remit sur ses pieds, il fit demi-tour, cherchant Bjorn du regard, l'air à la fois furibond et égaré.

— Est-ce ainsi que tu pratiques la *hólmganga*, faux prince ? grinça le guerrier. En m'attaquant par-derrière ? En faisant monter tes mercenaires à l'assaut ? En frappant un adversaire à terre ?

Bjorn éclata d'un rire amer.

— De la part de l'homme qui a attendu que je sois parti pour usurper mon titre, qui a refusé la *hólmganga* pour m'assaillir sans hésiter, et qui lance sa hache sans respecter les termes du duel traditionnel, cela prête à rire !

Avec un hurlement de rage, Mikke reprit son assaut. Il attaqua avec une telle rage que Bjorn se demanda un instant si le jarl n'avait pas perdu l'esprit ou s'il n'avait pas ingéré les herbes sacrées que consommaient les *berserkir* pour entrer dans la transe des dieux. Mais non. Mikke n'avait ni les yeux révulsés, ni la bave aux lèvres, ni les grimaces affreuses que faisaient ces guerriers qui se battaient torse nu, sans armes, et possédaient une telle fureur que la peur, la douleur et la mort leur étaient étrangères. Mikke était juste forcené, furibond, et prêt à tout pour éliminer Bjorn.

Celui-ci comprit alors que ce combat serait à mort. Il le regrettait. Il déplorait de devoir effacer tant d'années de loyauté et de complicité dans le sang. Mais Mikke ne se laisserait pas raisonner. Après tant d'aventures ensemble, le jarl avait montré son vrai visage et ne reculerait plus pour obtenir ce qu'il estimait être son droit.

Il se résolut alors à se battre jusqu'au bout. Il refusait de mourir pour épargner Mikke. Il refusait surtout ce qui adviendrait d'Iria s'il cédait aux assauts du jarl. Nul doute que celui-ci accomplirait également sa vengeance sur la jeune femme qu'il considérait comme responsable du revirement de son chef, même s'il s'agissait d'une simple prise de conscience.

Bjorn ferma les yeux un instant et cessa de penser. Maintenant que sa décision était arrêtée, il ne pouvait plus avoir d'états d'âme ni de doutes. Cela pourrait lui coûter la vie.

Il resserra sa prise sur son épée et la souleva dans sa seule main gauche. Il ne pourrait maintenir longtemps cette position tant elle était lourde, mais cela lui permettrait de manier son poignard de la dextre. Il avait eu l'occasion de voir que Mikke n'aimait pas se battre contre des adversaires munis de deux armes. Son bras droit ayant été blessé lors d'un ancien combat, il en conservait des douleurs qui lui rendaient le port du bouclier pénible et préférait généralement frapper un grand coup dès le début des affrontements pour affaiblir, voire vaincre son adversaire, sans tarder, et l'achever ensuite d'un unique coup de hache.

Mikke avait déjà tenté cela avec lui et il avait échoué. À présent, sa hache gisait dans le sable, et il ne pourrait la récupérer sans passer outre Bjorn.

Celui-ci échangea ses armes de main. Mikke suivit le mouvement des yeux. Bjorn recommença. Mikke fronça les sourcils. Une fois de plus. Et encore. Les deux hommes se tournaient autour, Bjorn veillant toujours à bloquer à Mikke l'accès à sa hache. C'était son principal atout au combat, et il refusait de lui concéder cet avantage.

Puis, soudain, il feinta et profita de ce que Mikke se baissait pour parer le coup qui s'annonçait pour lancer son poignard vers lui, imitant sa prime attaque. Le jarl para l'assaut en raidissant l'épaule pour amortir le choc de sa broigne renforcée de plaques de fer. La lame courte heurta l'armure de cuir doublé de métal avec un son clair et tomba au sol. Mikke se pencha pour récupérer l'arme, afin de reconquérir l'avantage qu'il avait perdu avec sa hache, mais Bjorn avait prévu qu'il réagirait de la sorte. C'était l'ouverture qu'il avait espérée. Il saisit l'occasion et, plutôt que d'asséner un coup avec son épée qui, vu la masse de l'arme, serait trop lent et laisserait à Mikke le temps d'esquiver, dégaina son second poignard et le plongea dans le pli gauche de la broigne, là où des liens en cuir fermaient le côté du plastron. C'était la faille la plus connue de ces équipements, celle que tous devaient viser pour franchir cette protection infaillible.

Dans son désir d'abréger le combat et de récupérer une arme, Mikke avait oublié que Bjorn était aussi habile de la main gauche que de la droite. La lame s'enfonça dans son muscle oblique externe, avant de racler à l'intérieur le long des côtes, lui arrachant un cri de douleur. Le jarl se raidit pour combattre la souffrance et tenta de s'écarter, mais Bjorn plongea en avant et poussa encore plus le manche de son arme, la faisant glisser vers le bas, déchirant son flanc jusqu'à parvenir dans les chairs molles de son abdomen, où elle traça un sillon sanglant dans son muscle oblique interne et le gras de ses abdominaux, disparus depuis longtemps sous les effets de la bonne chère.

Puis, sans attendre que Mikke s'effondre, Bjorn retira sa lame et se recula, se mettant hors de portée d'une riposte. Il savait que son coup n'était pas mortel et que, s'il demeurait trop près, Mikke ne manquerait pas de faire fi de la douleur pour lui asséner un assaut dévastateur.

Il contourna son adversaire et l'examina de loin. Mikke n'était pas vaincu, mais la souffrance et la perte de sang ne tarderaient pas à l'affaiblir. Peut-être réfléchirait-il mieux aux conséquences de sa rébellion et serait-il plus à même de se raisonner s'il prenait conscience que la victoire n'était pas aussi acquise qu'il l'avait imaginé. Le risque de perdre tout ce qu'il avait gagné jusque-là pouvait l'inciter à déclarer forfait.

Bjorn l'espérait.

Il profita du répit pour reprendre son souffle et jeta un coup d'œil à Iria. Celle-ci, blême, contemplait le combat d'un œil qui se voulait indifférent et qui, pour un observateur extérieur, devait sembler froid, mais Bjorn savait qu'il n'en était rien. Son épouse était blafarde et ses lèvres pincées, et il savait, pour l'avoir déjà vue afficher une telle expression, qu'elle faisait tout son possible pour dissimuler sa peur et son horreur.

Au cours de leur retour vers la Ría de Pontevedra, elle lui avait enfin parlé de son passé, de sa vraie vie de princesse bâtarde de Galice, et il savait que son père avait été réputé pour sa cruauté et avait toujours réclamé que ses enfants assistent aux supplices qu'il ordonnait. Y compris Iria, qui n'aurait pourtant jamais à ordonner de telles tortures ou exécutions. La jeune femme ne lui avait pas caché son dégoût et son horreur à voir les condamnés se faire fouetter à mort, démembrer, ou arracher les yeux par les corbeaux. Il avait alors compris combien elle était courageuse, elle qui avait surpassé sa peur de ces volatiles au point de les accepter comme alliés et compagnons en arrivant au campement danois, lorsque Tora avait demandé aux messagers divins de tester la loyauté de celle dont elle voulait faire son apprentie. Il avait dû lui en falloir, de la vaillance, pour supporter la proximité de ces oiseaux qu'elle avait vus capables d'aveugler des gens, de supporter le contact de leurs serres sur sa peau sachant qu'elles pourraient sans difficulté la déchirer.

Oui, Iria était plus courageuse que bien des guerriers, et c'était sa femme. Il devait lui faire honneur, la protéger. Fort de cette résolution, il reporta son attention sur Mikke.

Sauf que son inattention faillit lui coûter cher. Durant sa brève introspection, le vieux guerrier s'était redressé et avait profité de ce que son adversaire s'était détourné pour se décaler sur le côté et s'était rapproché de l'endroit où gisait sa hache, aux pieds d'un cheval.

Avec un cri de rage de sa propre faute, Bjorn se rua en avant pour mettre l'arme hors de portée de son opposant, mais Mikke était plus près et plongea pour la saisir. La poignée en bois rougi à la main, il recula aussitôt et reprit son mouvement de balancier d'origine, faisant cette fois alterner les gestes entre son épée et sa hache.

Bjorn secoua la tête.

— Tu n'arriveras à rien avec cela, Mikke, plaida une dernière fois Bjorn en secouant la tête. Tu ne peux gagner, tu le sais. Tu es affaibli, blessé. Tes hommes se détournent de toi et ne tarderont pas à revenir à moi, leur juste chef. Abandonne tes prétentions, abandonne cette vindicte qui nous oppose et ne peut mener qu'à ta défaite, à ta mort. Accepte d'avoir perdu et redeviens le jarl loyal et fidèle que tu étais. Tu peux encore réparer tes erreurs.

Mais Mikke éclata d'un rire amer.

— Jamais ! Plus jamais je ne te prêterai allégeance, petit prince perverti ! Si ma fille n'était pas assez bien pour toi, je suis pour ma part trop bien pour me soumettre à toi, à tes convictions de pleutre, à tes croyances de Crucifié.

Bjorn ne put réprimer un soupir défait.

— Tu sais très bien que je ne pense que du bien de Hedda, que je considère et respecte comme une sœur bien-aimée. Et je te considérais toi aussi comme un second père, jusqu'à ce que tu révèles ton ambition et ta fourberie. Ainsi soit-il, alors.

Et sur ces mots, il repartit à l'assaut, cette fois déterminé à mettre fin au duel le plus vite possible.

Autour d'eux, les hommes avaient fait cercle, scandant le mot « *hólmganga* » d'une voix grave et rythmée qui ne fut pas sans lui rappeler les incantations de Tora. À la pensée de cette dernière, il se demanda ce qui était advenu d'elle. La dernière fois qu'il l'avait vue, elle gisait dans les bois de Galice, sur le chemin de León, une flèche dépassant de sa chair, inerte, peut-être morte. Dans un élan de foi désespéré, plus sincère qu'il ne l'avait été depuis des années, il adressa une prière à la déesse Eira, parente d'Odin et affiliée à Frigg, pour qu'elle la protège et la guérisse de ses blessures, et à Freya, déesse de la Guerre, pour qu'elle l'accueille dans sa halle si la *völva* était décédée. Pourvu que ce ne soit pas le cas.

Mais son inquiétude pour la femme qui l'avait guidé et accompagné depuis tant d'années lui coûta cher. Alors qu'il s'élançait sur Mikke, épée brandie et hache rejetée en arrière pour avoir plus d'élan, il s'attendait à ce que le vieux jarl pare son coup de la dextre et tente de dévier celui de la senestre en passant dessous, pour protéger son flanc blessé et tenter de lui asséner un coup de poignard dans le ventre, ce qui serait le mouvement le plus décisif et le moins risqué pour lui vu son état.

Il n'avait juste pas prévu que Mikke était plus dangereux et retors qu'il ne l'avait imaginé.

Alors qu'il abattait sa lame sur le guerrier massif, celui-ci passa en effet sous son arme, comme il l'avait anticipé, mais, au lieu de plonger vers lui pour franchir ses défenses, il se retourna et, d'une main étonnamment leste, dégaina le dernier poignard qu'il lui restait et le projeta d'un geste vif dans une autre direction.

Bjorn n'eut pas le temps de comprendre que le cri de douleur d'Iria l'alerta du drame qui venait de se produire.

De nouveau, le bruit d'un corps heurtant le sol retentit, mais, cette fois, ce n'était pas un soldat qui était tombé à terre mais sa femme.

Bjorn en oublia immédiatement Mikke. Ce dernier se rua sur lui, son méfait accompli, mais les soldats galiciens s'interposèrent. Les Danois poussèrent des rugissements de protestation face à l'immixtion d'étrangers dans leur combat sacré, mais devant le cercle qui s'était formé autour de Bjorn, et l'amoncellement de gardes, précédé par Anxo, dont la stature et l'air menaçant auraient découragé n'importe qui, autour de Mikke, ils n'osèrent pas avancer davantage. Même en nombre inférieur, les Galiciens étaient suffisamment nombreux pour que tout affrontement se transforme en bain de sang et, privés de leur prince comme de leur jarl, ils n'osaient pas prendre la moindre initiative qui risquerait de les déposséder des deux.

Bjorn ne s'en soucia pas. Mikke était soudain devenu le cadet de ses soucis. Seule comptait Iria. Iria, sa femme, tombée au sol. Iria qui gisait par terre, un poignard dépassant de son ventre, pliée autour de sa plaie, gémissant sourdement.

Il voulut s'approcher d'elle, mais les soldats galiciens s'interposèrent de nouveau.

— Laissez-moi approcher, c'est ma femme ! rugit-il.

— C'est à cause de vous qu'elle est blessée ! protesta l'un d'eux, sans tenir compte du geste d'Anxo, qui s'affairait à immobiliser Mikke, qui se débattait comme un beau diable.

— Laissez-moi au moins appeler une guérisseuse, notre *völva*, ou un de vos médecins ! Soignez-la ! plaida Bjorn en tentant de nouveau d'approcher Iria, mais en vain.

Prostrée, la jeune femme gémissait, des larmes de douleur coulant sur ses joues et son visage mat devenant de plus en plus blême au fur et à mesure que le sang s'enfuyait de son corps. Déjà, sa robe jaune safran était teinte de rouge et l'on n'en distinguait plus les broderies écarlates.

Faute de pouvoir veiller sur elle, Bjorn pivota sur lui-même et s'adressa à ses hommes.

— Où est Tora ? Est -elle revenue ? Où est Asløg ? Je sais que Vibeke est morte, mais Asløg n'était que blessée, elle peut la soigner ! Appelez-la ! Je vous en supplie, faites venir quelqu'un pour sauver ma femme ! Si ce n'est pour moi, faites-le pour vous ! Si la princesse de Galice et León meurt, son frère le roi nous fera exterminer…

Sa plaidoirie eut le mérite de soulever l'inquiétude chez les Danois, et plusieurs hommes partirent en courant chercher une guérisseuse. Mais le vieux Snorre, que Bjorn avait cru décédé lors de leur naufrage sur les côtes de Galice, se rapprocha de lui.

— Asløg a disparu, mon prince. Dès qu'elle a été

soignée et s'est trouvée en état de marcher, elle a pris son épée et un cheval, et a quitté le campement. Personne ne l'a plus revue et nous ignorons ce qu'elle est devenue. Nous n'avons plus de *völva* pour soigner ta princesse…

Bjorn quêta dans les yeux de ses hommes la confirmation de ces propos, mais ils détournèrent la tête et certains esquissèrent un signe d'assentiment.

Le désespoir submergea son cœur. Iria était perdue.

Le cœur brisé, Bjorn se tourna vers Mikke.

— C'est ta faute ! Tout cela est ta faute ! Ta cupidité, ton ambition et ton orgueil causeront notre perte à tous ! Si ma femme meurt, tu mourras aussi !

Maintenu par deux soldats qui lui tenaient les bras, droit comme un I malgré la blessure au sang qui devait le faire souffrir le martyre, Mikke hurla son triomphe.

— Alors tue-moi tout de suite, petit prince traître ! Je sais viser, et je te promets que ton épouse esclave ne verra pas le jour prochain ! Et même si elle survit, jamais elle ne pourra porter d'enfant. Jamais tu n'auras d'héritier, jamais elle ne sera une vraie femme pour toi ! Tu m'as peut-être privé du statut auquel j'aspirai, mais toi aussi tu as tout perdu ! Ma vengeance est complète !

Le cri de rage de Bjorn surmonta le piaillement rauque des mouettes qui tournaient au-dessus d'eux, attirées par l'odeur du sang qui montait de la plage.

— Alors meurs ! pleura-t-il.

Cette fois, il ne réfléchit pas.

Arrachant son arme des mains d'un des soldats qui le maintenaient, il brandit son poignard orné du coquillage de la Galice et le brandit au-dessus de Mikke, prêt à lui trancher la gorge.

Il suffisait d'un coup, et tout serait fini. Il avait perdu

Iria, il avait tout perdu. Il n'avait plus aucune raison d'épargner Mikke.

Mais il ne put porter le coup, une voix féminine l'arrêta net.

— Bjorn, ne le tue pas !

Iria.

C'était Iria qui l'avait interpellé de la sorte.

Pendant que les deux hommes se défiaient, la jeune femme s'était relevée, sa robe safranée devenue plus rouge que le tablier d'un boucher, les mains plaquées sur son ventre d'où sa vie s'échappait.

Son visage était blafard et ses lèvres pincées, ses joues creusées. Elle semblait le fantôme d'elle-même, mais Bjorn la trouva plus belle que jamais. Elle possédait le port d'une reine, la beauté d'une courtisane, le courage d'une *skjaldmö*. Sa femme.

Son cœur esquissa une ultime prière.

Freya, épargne-la. Sauve-la, et je jure de consacrer notre premier-né à ton service, ou si elle ne peut avoir d'enfant, de te sacrifier chaque année une brebis pleine et une jument et son petit en ton honneur.

Puis il se tourna vers Iria.

— Pourquoi ? Pourquoi devrais-je l'épargner ? Pourquoi veux-tu le sauver, lui qui te tue, lui qui nous tue ?

Iria lui adressa un sourire aussi doux que teinté de douleur.

— Parce que je ne suis pas encore morte, et parce que ce n'est pas à nous de le juger. Il a trahi la *hólmganga,* il a trahi ses serments envers toi, il a trahi son peuple comme sa religion. C'est aux dieux de le juger et non pas aux hommes, et ce sont les dieux qui le jugeront.

Les larmes aux yeux, Bjorn secoua la tête.

— Comment ?

Autour d'eux, les Danois comme les Galiciens les contemplaient, abasourdis devant le drame qui se jouait, ne comprenant rien de ce que la princesse galicienne disait.

— Tora m'a appris. Je suis chrétienne, princesse galicienne, mais je suis aussi une *völva* et une princesse danoise grâce à notre mariage. Et je respecterai cela.

Malgré la souffrance qui devait lui déchirer le ventre, Iria se redressa et écarta les bras, préfigurant le Crucifié dont elle suivait les principes. Puis elle émit un sifflement doux auquel des croassements venus d'en haut répondirent.

Tous levèrent les yeux vers le ciel, où aucun nuage ne souillait l'azur immaculé.

Bjorn ne vit que des mouettes et des goélands tourner au-dessus de leurs têtes.

Iria réitéra son appel.

De nouveau, les cris rauques lui firent écho.

Et, soudain, les corbeaux de Tora s'abattirent en piqué sur elle, fusant entre les volatiles blancs, gris et beige comme deux rapaces. Durant une seconde, Bjorn craignit que, attirés par l'odeur du sang, ils ne la dépècent sans hésitation, mais il n'eut pas le temps de réagir. Déjà, Hugin et Munin s'étaient posés sur ses bras tendus et poussaient de petits cris d'apaisement. Il la vit se mordre les lèvres devant le poids qui s'ajoutait à sa souffrance et sa fatigue, mais elle ne céda pas.

Elle était plus digne qu'une reine, et tous à présent le voyaient. Danois comme Galiciens la contemplaient. Les premiers murmuraient le nom de Freya et embrassaient leur bracelet d'Odin, les autres chuchotaient des prières chrétiennes et effleuraient leur croix de leur bouche.

Durant un instant, nul ne bougea. Même Mikke ne réagissait plus et avait cessé de se débattre.

Iria, d'un pas lent, peut-être suite à sa faiblesse, peut-être pour ne pas effaroucher les oiseaux, vint se porter devant lui. Nul ne s'interposa entre eux, pas même Bjorn, qui était comme transfiguré, pétrifié sur place.

Lorsqu'ils ne furent plus qu'à une longueur d'épée l'un de l'autre, Iria le contempla longuement, puis poussa un long soupir.

— Depuis le début, tu m'as détestée, jarl Mikke du Buskerud. Et je comprends pourquoi. Mais tu as trahi ton allégeance envers ton prince, tu as déshonoré la *hólmganga*, et c'est ce qui te vaut le châtiment d'Odin. Ce n'est pas moi qui te punirai pour tes crimes, ce sont les corbeaux d'Odin qui t'infligeront la peine que tu mérites.

Avec un cri de rage, Mikke s'arracha à la prise des guerriers qui le maintenaient et se rua sur elle avec la fureur et la puissance d'un taureau déchaîné. Iria ne réagit pas. Personne ne bougea.

Elle ne prononça pas un mot.

Les corbeaux prirent la décision.

Sans hésiter, ils s'envolèrent et se ruèrent sur Mikke, visant son visage de leurs serres.

En une seconde, tout fut fini. Le cri de rage du jarl se transforma en hurlement de douleur et de désespoir quand ses yeux lui furent arrachés par les oiseaux divins. Il se recroquevilla au sol, portant les mains à sa tête, tentant d'en chasser les volatiles qui s'acharnaient sur lui.

Personne n'intervint. Les dieux avaient jugé.

Puis, au bout d'une éternité de silence uniquement brisée par les cris de Mikke, un nouveau sifflement retentit.

Tous se figèrent. Les corbeaux, répondant à l'appel

lointain, délaissèrent la proie qu'ils dépeçaient et s'envolèrent en direction du son.

Une trouée se fit dans le cercle d'hommes, Galiciens et Danois mélangés, pour révéler où s'étaient enfuis les oiseaux.

Bjorn faillit se mettre à pleurer.

Devant eux, à la lisière de la plage, encadrés par des rochers crénelés qui leur faisaient comme une haie d'honneur, se trouvaient Asløg et Tora, la première tenant d'une main sûre les rênes du cheval blanc sur lequel la *völva* était installée.

Elles étaient trop loin pour que Bjorn puisse discerner leurs visages, mais leur identité comme leurs intentions ne laissaient pas place au doute. C'était bien les deux guérisseuses danoises qui revenaient. À son réveil, Asløg avait dû partir sur les traces de sa maîtresse et l'avait retrouvée pour la ramener parmi les siens.

Et elles étaient là, apparaissant comme des figures divines, des walkyries venues rétablir l'ordre au sein des guerriers.

Tous les regardèrent approcher avec le même air émerveillé. Seul Mikke ne s'était aperçu de rien et continuait à gémir doucement, prostré et aveuglé, les mains sur son visage, rougies de sang. Il ne comptait plus. Il avait tout perdu. Il n'était plus qu'un vieil homme blessé, brisé, déshonoré.

Les deux femmes avancèrent sans se presser, laissant chacun de leurs pas annoncer leur présence avec majesté et résolution.

Quand elles parvinrent au niveau des premiers Danois qui montaient la garde, ils s'écartèrent avec vénération et mirent un genou à terre. Tour à tour, tous les imitèrent, y compris les Galiciens qui, pourtant, ne connaissaient pas ces femmes et, s'ils avaient su ce qu'elles étaient, les auraient considérées comme des sorcières. Mais il émanait d'elles une telle prestance, une telle dignité qu'il était impossible de faire autre chose que de s'incliner devant elles. Comme Iria, elles avaient la majesté de personnes royales.

Lentement, les corbeaux perchés sur les épaules de Tora, elles remontèrent les hommes jusqu'à se poster aux côtés de Mikke et Iria pour former avec eux un triangle.

Puis Tora mit pied à terre. C'est là que Bjorn remarqua à quel point elle semblait faible et amaigrie. Ses blessures avaient dû puiser dans ses forces et son énergie, et il lui faudrait du temps pour se remettre. Pour la première fois, il réalisa que sa vieille amie était, en fait… vieille. Mais il ne s'avança pas au-devant d'elle pour la soutenir ou l'assister. Cela aurait été une insulte.

Avec des gestes faibles, mais déterminés, elle se porta auprès d'Iria, à sa gauche, tandis qu'Asløg l'imitait sur la droite. Elles formèrent une triade de femmes aussi belles que dignes, toutes blessées, affaiblies, mais si fortes que nul n'aurait pu leur tenir tête – et nul n'imaginait seulement le faire.

Puis Tora prit la parole.

— Cette femme est ma *völva*. Asløg est ma *völva*, Vibeke était ma *völva*, et Iria de Galice et León est ma *völva*. S'en prendre à l'une d'elles revient à s'en prendre à moi. Et s'en prendre à moi est s'en prendre aux choix des dieux. Par leur jugement, les corbeaux d'Odin ont confirmé ma décision et le jarl Mikke est décrété traître envers son peuple, envers ses dieux, envers tous les Danois.

Même un *wergild*[1] ne rachèterait pas ton crime, car tu ne l'as pas commis contre les hommes, mais contre les dieux. Je te déclare sacrilège, impur, banni. Tu n'es plus un jarl, tu n'es plus un Danois, tu n'es même plus un homme. Tu es une chose, que tout un chacun sera libre de chasser, traquer, tuer, capturer comme esclave. Pars, Mikke de nulle part, et que nul ne te revoie ici sous peine d'être abattu comme un chien.

Malgré sa haine envers cet homme qui lui avait tout pris, Bjorn sentit son cœur se serrer. Pour un Danois, un bannissement à vie était la pire sentence. Mikke ne serait plus rien. Aveugle, il ne pourrait ni chasser ni travailler pour se nourrir. Banni, il n'aurait plus de famille, de biens, de statut. Comme l'avait dit Tora, n'importe qui pourrait le tuer sans que cela soit un crime.

Puis il se tourna vers Iria, et toute compassion qu'il avait éprouvée envers son ancien beau-père disparut. Son épouse était blanche comme un linceul et s'appuyait lourdement sur Asløg, qui la retenait d'un bras passé autour de sa taille. Lorsque leurs regards se croisèrent, la *völva* aux cheveux gris lui adressa un signe du menton pressant, alors il oublia tout et se précipita au-devant de sa compagne pour la soulever dans ses bras, lui arrachant un gémissement.

Maintenant qu'Asløg et Tora étaient revenues, Iria avait une chance de survivre – si du moins elle n'avait pas perdu trop de sang, et que sa blessure ne s'infectait pas.

1. Le *wergild* était une somme d'argent versée en « compensation » d'un crime, généralement une blessure ou un meurtre. Le prix était décidé en fonction de l'âge et du sexe de la victime.

Chapitre 20

Iria délirait.

Elle avait cru perdre Bjorn lors de son duel avec Mikke et n'avait pas un instant pensé à sa propre sécurité.

C'était la peur que son époux se fasse tuer qui l'avait poussée à intervenir malgré la blessure qui lui rongeait le ventre, et c'était son désir de mettre fin à ce conflit et de quitter ce monde en laissant son époux en sécurité qui l'avait fait ignorer la gravité de son état.

Mais, à présent, seule la douleur comptait. Lancinante, dévorante, comme si un renard lui rongeait le ventre. Parfois, elle se croyait dans les douleurs de l'enfantement, puis elle se rappelait les mots de Mikke. Même si elle survivait, il avait visé de telle sorte qu'elle ne puisse jamais porter d'enfant.

Si elle ne succombait pas à ses blessures, Bjorn la renierait. Quel prince voudrait d'une épouse incapable de s'offrir à lui, incapable de lui donner un héritier ? Elle n'avait donc plus de raison de vivre.

C'était pour cela que, durant les rares instants de lucidité que la fièvre lui accordait, elle rejetait Bjorn.

Chaque fois qu'elle ouvrait les yeux, elle le trouvait à ses côtés, lui tenant la main, baignant son front, la nourrissant de gruau au miel à petites bouchées ou lui chantant des chansons en norrois dont elle ne comprenait pas les paroles, mais dont la mélodie l'apaisait. Et, chaque fois, elle le chassait.

Elle ne lui avait pas dit qu'elle ne l'aimait pas, elle refusait de mentir en prononçant ces mots, mais elle se détournait de lui. Refusait de croiser son regard, refusait de laisser sa main dans la sienne, refusait de le laisser la nourrir ou la baigner. Elle faisait tout pour adoucir la séparation qui ne manquerait pas de survenir, que ce soit par la mort ou par le divorce.

Car Tora lui avait dit que pour les Danois, les époux pouvaient se séparer si l'un d'eux ne trouvait pas son bonheur dans cette union. Tout comme, selon la foi chrétienne, un prince pouvait réclamer l'annulation d'un mariage auprès du pape en plaidant l'infertilité avérée de son épouse. Il ne serait pas difficile de prouver la sienne au vu de sa blessure, à laquelle tant de gens avaient assisté.

Elle n'était plus une femme. Elle ne serait donc ni mère ni épouse. Même le monastère refuserait de la reprendre, après qu'elle avait épousé un païen.

Il ne lui restait plus qu'à mourir.

C'était pourquoi, après être restée les premiers jours trop faible pour résister, elle refusait à présent d'avaler les simples, tisanes et potions que Tora et Asløg s'efforçaient de lui faire ingurgiter. Aucune de leurs plaidoiries ne l'avait fait céder, et les deux femmes avaient dû se résoudre à se contenter de soigner sa plaie sans pouvoir lui faire ingérer la moindre substance apaisante ou médicinale. Seuls les emplâtres et fumigations fonctionnaient, et malgré les herbes soporifiques dont elles emplissaient la pièce de fumée, Iria serrait les dents et pinçait les narines lorsqu'elles tentaient de la forcer à prendre leurs remèdes.

Bjorn l'avait suppliée de les accepter, mais elle avait détourné la tête avec obstination, le laissant désolé.

Puis elle s'était affaiblie, étiolée, et à présent la fièvre la faisait délirer. Des visions de son père Sanche se mêlaient à des réminiscences de Mikke, les faisant se confondre en un monstre de cruauté et de vengeance. Le poignard revenait la tourmenter dans son ventre, la faisant se tordre de douleur et de peur. Les corbeaux se ruaient sur elle et l'aveuglaient.

Iria se mourait, elle le savait, et elle se dirigeait vers sa fin avec bonheur, sachant que cette vie n'avait plus rien à lui offrir.

Bjorn était au bord du gouffre.

Depuis dix jours qu'Iria avait été blessée, elle avait obstinément refusé de prendre le moindre remède et le rejetait sans coup férir, qu'elle soit éveillée ou endormie, lucide ou délirante, en proie à des cauchemars ou des illusions.

Il avait fini par se rendre à l'évidence : l'amour qu'il avait cru partager avec elle n'avait été qu'une illusion de sa part. malgré une faiblesse charnelle qu'il avait confondue avec de la passion, la jeune femme avait été contrainte à ce mariage et ne voyait à présent qu'une seule issue pour y échapper : la mort. Tout ce qu'il avait pris pour des marques d'affection n'était que mensonges destinés à jouer le rôle de la bonne épouse.

Il en souffrait horriblement, mais le désespoir avait élu domicile en son sein et il finissait par se résigner, malgré l'impression horrible qu'il avait de se vider de son sang par une plaie invisible chaque fois qu'Iria refusait de le regarder, de lui parler, de lui tenir la main.

Quand elle mourrait, il n'aurait plus aucune raison de vivre et en finirait lui aussi avec ses jours. Il avait fait de cette expédition un succès. Il avait gagné un fief, un titre, des terres. Tout ce dont ses hommes avaient besoin, tout ce que son frère avait réclamé de lui. Il pourrait donc partir en paix, sachant qu'il n'avait pas démérité et qu'il ne manquerait à personne. Même Hedda se porterait mieux le sachant châtié de l'avoir rejetée.

Alors qu'il contemplait son épouse prostrée sur sa couche, amaigrie et affaiblie, et qu'il envisageait de déposer un dernier baiser sur son front, il se retint et poussa un soupir las. Il n'avait plus le moindre espoir. Il se demandait même s'il était sage de demeurer au chevet d'Iria tant il avait l'impression que sa présence lui pesait.

Il se leva avec lenteur et la regarda une dernière fois. Puis il fit demi-tour.

Il allait quitter la pièce quand un timbre rauque l'arrêta sur place.

— Elle ne cesse de murmurer ton nom quand elle se croit seule, chuchota Asløg de sa voix brisée.

— Elle ne m'aime pas, répondit Bjorn avec désespoir. Elle me rejette. Elle n'a jamais voulu de ce mariage et cherche à le fuir dans la mort.

— Elle a mal, elle a peur, elle se croit stérile. J'ai déjà vu des femmes blessées perdre toute capacité à enfanter et être répudiées pour cela. C'est ce que Mikke a dit : qu'il l'avait blessée pour qu'elle ne puisse jamais avoir d'enfants. Et son peuple considère que c'est la seule utilité des femmes et du mariage. Tu es un prince, tu voudras des héritiers. Elle cherche juste à t'offrir ce qu'elle ne pourra pas te donner.

Incrédule, Bjorn pivota sur ses talons et scruta Asløg avec ébahissement.

— Je… je n'ai jamais envisagé de la répudier, qu'elle puisse ou non avoir d'enfants, enfin ! Je l'aime. Je l'ai aimée depuis le premier jour, et j'envisage de m'installer en Galice pour qu'elle puisse rester dans ce pays qu'elle aime tant. Jamais je ne pourrais la rejeter !

— Alors dis-lui, plaida Asløg. Dis-lui, répète-le-lui autant de fois qu'il le faudra pour percer les brumes de son délire. Il faut qu'elle t'entende, il faut qu'elle te croie, il faut qu'elle soit persuadée que tu l'aimes assez pour te moquer de ne pas avoir d'enfants. Sinon, elle ne passera pas cette lune.

— Sa blessure… ? hasarda Bjorn.

— Sa blessure est grave, mais elle aurait déjà guéri si elle avait accepté d'être soignée, si elle avait encore goût à la vie. C'est à toi de le lui rendre.

— Alors je le ferai, promit Bjorn. Je resterai jour et nuit à son chevet, et je lui jurerai mon amour et ma fidélité jusqu'à ne plus avoir de voix. Je lui prouverai qu'elle compte plus que tout à mes yeux, et elle ne pourra faire autrement que me croire.

— Bien, conclut la guerrière boiteuse.

Puis elle fit demi-tour et repartit par là où elle était venue, dans la petite pièce qui servait d'antre aux deux *völvas*. Mais, sur le pas de la porte masquée par une tenture en peau de taureau, elle s'interrompit et prit son souffle.

— Et… Bjorn ?

— Oui ?

— Ce n'est pas Iria qui nous a trahis. C'est Olaf, ton

second. C'est lui qui a profité de la confiance que nous lui accordions tous pour tuer Vibeke et Rurik, et qui m'a assommée. J'ignore pourquoi il ne m'a pas tuée, à moins que ce ne soit juste parce qu'il voulait garder au moins une *völva* pour soigner nos hommes s'ils étaient blessés. C'est lui qui a arraché ses bijoux à Iria et qui l'a poussée à s'enfuir avec les nonnes captives en prétendant qu'il avait reçu l'ordre de toutes les tuer, et que c'était le seul moyen de les sauver.

— Pourquoi... pourquoi ne m'a-t -elle rien dit, alors ?

Asløg haussa les épaules.

— Je ne sais pas. Peut-être parce qu'elle ne connaît pas encore assez les Danois et notre langue pour saisir nos mensonges, peut-être parce que c'est ton second et qu'elle craignait que tu ne la croies pas, peut-être parce qu'il semblait sincère et que ses propos étaient crédibles. Cela n'a plus d'importance maintenant. Sauve-la, c'est tout ce qui importe.

— Et Olaf ? gronda Bjorn, le poing sur la garde de son épée, prêt à courir chercher son capitaine pour le décapiter.

Asløg esquissa un sourire cruel.

— Pourquoi crois-tu que mon poignard est souillé de sang ? Pensais-tu vraiment que je laisserais vivre un traître parmi nous, un homme qui a tué ma sœur et mon ami, un homme qui nous a tous dupés et nous aurait de nouveau menacés ?

— Il est mort ?

— Son corps gît dans les rochers, à l'écart du campement, là où personne ne va jamais. Les mouettes et les crabes l'auront dévoré d'ici demain, personne ne saura jamais ce qui est advenu de lui. Il était apprécié et respecté, notre groupe a connu trop de bouleversements pour pouvoir supporter une nouvelle félonie. J'espère que tu ne m'en veux pas…

Bjorn ferma les yeux de soulagement. Olaf avait été un guerrier compétent, un ami fidèle, un capitaine aguerri et un second efficace. Sa perte était dure, sa trahison un nouveau coup de poignard. Mais il était heureux de ne pas avoir eu à accomplir la sentence lui-même.

Il hocha la tête.

— Tu as bien fait, Asløg, tu es aussi compétente que sage et dévouée. Tu feras une magnifique *völva*.

— Je sais. Je le suis déjà.

— Tora t'a…

— Elle m'a accordé le titre de *völva* tout à l'heure, quand je lui ai annoncé ce que je viens de t'expliquer. Je me devais de l'en informer en premier, c'est mon mentor. Elle m'a dit que, comme pour Mikke, je n'avais été que la main des dieux, et la mort d'Olaf était le sacrifice que je faisais aux Ases pour me consacrer comme *völva*. Je suis à ton service, mon prince.

— C'est moi qui suis à ton service, noble *völva*. À présent, laisse-moi avec ma femme. Je dois me consacrer à elle pour qu'elle vive.

Avec un sourire digne, Asløg s'inclina et battit en retraite.

Sans plus attendre, Bjorn se rassit au chevet d'Iria et, sans prêter attention à sa faible résistance, prit sa main dans les siennes, la porta à ses lèvres pour l'embrasser avec ferveur, et se pencha pour lui parler à l'oreille.

Il lui révéla tout.

Ses sentiments pour elle, sa peur de la perdre, sa résolution de rester en Galice si elle le voulait bien, son indifférence de ne pas avoir d'enfants, son amour inconditionnel. Il ne réfléchit pas aux mots, il les prononça. En norrois, en galicien, en latin. Dans toutes les langues qu'il connaissait, du fond du cœur.

Il les répéta jour et nuit, sans s'arrêter, sans quitter la pièce, sans lâcher sa main. Il les répéta jusqu'à en avoir la voix brisée.

Et, quand il s'endormit, au bout d'une éternité de prières à sa femme, il crut avoir perdu. Elle n'avait pas réagi. Peut-être s'était -elle trop enfoncée dans sa fièvre pour l'entendre. Peut-être était -elle trop affaiblie pour se remettre. Peut-être avait-il été trop tard.

— Bjorn…

Il pensa avoir rêvé.

— Bjorn…

La supplique lui fit ouvrir les yeux et, cette fois, il sut qu'il était éveillé.

Iria avait ouvert les paupières et le regardait avec intensité. Dans son visage amaigri, ses yeux couleur d'ambre le scrutaient avec une ferveur de tableau chrétien.

— Iria ?

— Je suis là.

— Moi aussi. Je suis là, avec toi.

— Tu ne m'as… pas quittée ?

— Je ne t'ai pas quittée, et je ne te quitterai jamais. Si tu veux de moi, je serai avec toi jusqu'à la fin de nos jours, et même au-delà.

Les yeux de la jeune femme se mouillèrent de larmes.

— Ne me mens pas. J'ai rêvé… j'ai rêvé que tu me disais que tu m'aimais, que tu te moquais t'avoir des enfants, une épouse stérile. J'ai rêvé que tu voulais vivre ici, avec moi. Mais je suis éveillée, maintenant, et je sais que c'était la fièvre qui me faisait délirer. Tu es un prince du Danemark, tu as une famille, un fief, un titre, et tu as besoin d'héritiers. Tu es resté pour attendre que je me réveille pour me le dire, c'est ça ?

— Non, tu n'as pas rêvé. Je suis resté parce que je t'aime et je refuse de te perdre. Ce que Mikke a dit n'est que la projection de sa vindicte, nul ne sait si tu es devenue stérile ou non. Et si c'est le cas, je me moque d'avoir ou non des enfants. C'est toi que je veux. Juste toi. Ma femme.

Cette fois, Iria ne retint pas ses larmes. Elle émit un hoquet et se souleva sur les coudes pour se jeter dans les bras de Bjorn, qui la serra contre lui, lui aussi les joues mouillées de pleurs.

— Je t'aime, Bjorn. Je t'aime tellement. Je t'aime à tel point que je suis prête à te perdre pour que tu aies ce que tu veux.

— C'est toi que je veux, toi et nulle autre. Je t'aime, Iria de Galice et León.

Puis ils ne parlèrent plus. Leurs bouches se trouvèrent et ils s'embrassèrent avec plus de ferveur que jamais. Là, tout seuls, sans prêtres, ni *völvas* ni témoins, ils se jurèrent leur amour et leurs vœux pour qu'eux seuls et les dieux les entendent.

Et après une éternité de promesses et de serments, quand ils s'endormirent, ce fut dans les bras l'un de l'autre, confiants en leur avenir.

Bjorn savait qu'à présent Iria guérirait, et Iria savait qu'à présent plus rien ne la séparerait de son prince danois.

Épilogue

Trois ans plus tard

La Ría de Pontevedra était florissante. Sous l'égide de la colonie danoise, le commerce avait prospéré et les autochtones qui, au début, avaient été plutôt méfiants envers leurs nouveaux dirigeants, se réjouissaient à présent quand les navires nordiques apparaissaient à l'horizon, porteurs de richesses, de trésors à vendre et à changer, de promesses de prospérité pour tous.

Dans le château que Bjorn, le nouveau duc de Pontevedra, avait fait construire sur la crête opposée à celle où se tenait le Mosteiro de Santa María da Armenteira, l'heureux couple était plus amoureux que jamais.

Bjorn venait d'avoir des nouvelles de son frère Harald Grenke, le roi du Vestfold, et était satisfait d'apprendre que ce dernier avait reconquis son fief et récupéré leurs trois sœurs cadettes qui, si elles avaient eu peur aux mains des fils d'Éric Hache sanglante, n'avaient pas été molestées ni déshonorées. Au contraire, l'aînée, Gunnhild, avait fait tomber sous son charme l'un d'eux, Erling Eriksson, qui l'avait épousée dès que Harald était revenu et avait donné son accord.

L'alliance avait mis un terme à la vindicte entre les deux royaumes, et tout le monde se réjouissait de la naissance imminente de leur premier enfant. Hedda aussi avait survécu à l'invasion du Vestfold. Ayant fui avec Åsta Gudbrandsdatter, l'épouse de Harald, et leurs jumelles, Mette et Lone, elle avait appris la trahison de son père et l'avait vivement condamnée. Désireuse de racheter ses crimes, elle avait refusé la proposition de Bjorn de lui trouver un bon parti et s'était proclamée reine du Bukerud à sa place, et trônait maintenant seule, en lieu et place de son géniteur, et tous s'accordaient à dire qu'en fin de compte la nouvelle souveraine était plus juste et compétente que ne l'avait été Mikke. Peut-être un jour épouserait -elle quelqu'un, mais elle seule déciderait, et en attendant une alliance semblait être hors de question. Tous s'étonnaient de cette décision de la part de cette femme qui avait semblé timide et effacée, mais peut-être cela n'avait-il été qu'une façade pour éviter de s'attirer les foudres de son père et qu'elle donnait à présent la pleine mesure de son intelligence.

Bjorn en était satisfait. Tout semblait paisible et heureux. Les Danois se plaisaient en Galice et peu de membres de son expédition d'origine étaient repartis dans leur contrée natale, certains d'entre eux ne le faisant que pour aller chercher leur famille et revenir avec elle.

Mais ce n'était pas là sa principale préoccupation.

Comme sa sœur Gunnhild et son époux Erling, eux aussi attendaient un heureux événement.

Après trois ans d'efforts, de craintes, et une fausse couche qui avait mis la vie d'Iria en danger et leur avait rappelé la promesse de Mikke, ils étaient parvenus à concevoir un enfant, qu'Iria avait porté à terme et s'apprêtait à présent à mettre au monde.

Lors de sa première grossesse, quand son épouse avait failli mourir, Bjorn s'était fait la promesse de ne plus jamais faire courir le moindre risque à Iria. Il l'aimait trop pour la perdre. Mais la jeune femme avait usé de ruse et de persuasion féminine pour le faire revenir dans son lit, et il avait cédé avec bonheur.

Et aujourd'hui Iria allait donner naissance à son fils. Ou à sa fille, cela lui importait peu, tant que son épouse allait bien.

Il se rongeait les sangs depuis ce matin, quand Iria l'avait bourré de coups de coude au lit en réclamant qu'il fasse chercher Tora de toute urgence.

Il n'avait jamais couru aussi vite et, quand il s'était énervé en voyant avec quelle lenteur la guérisseuse préparait ses affaires et parcourait le château, celle-ci lui avait ri au nez en lui rappelant qu'un premier enfant mettait parfois plusieurs jours à venir au monde et qu'il ne servait à rien de se presser.

Mais il avait peur. Plus que quand il avait affronté Mikke, plus que jamais.

Car sa femme risquait sa vie pour lui donner un héritier, et il ne pouvait rien faire.

Soudain, l'attente fut trop longue et il ne put résister davantage. Bousculant les femmes de chambre qui lui barraient l'accès à la couche de sa femme, il fonça vers la porte… et fut arrêté net par le son d'un vagissement de nouveau-né, bien différent des cris de douleur qu'Iria avait poussés durant des heures.

Un bébé pleurait.

L'accouchement était terminé.

Il poussa la porte si fort qu'elle claqua contre le mur en pierre et se rua au chevet d'Iria.

Celle-ci, le visage marqué et luisant de sueur, tenait dans ses bras un nourrisson rouge et ridé qui s'époumonait. Elle leva vers lui des yeux rayonnants.

— Ton fils, Bjorn. Tu as un fils…

Il ne la laissa pas poursuivre et prit son beau visage fatigué en coupe pour l'embrasser à en perdre haleine.

— Tu es en vie. Tu es ma femme, et tu es en vie, c'est tout ce qui m'importe.

Elle lui sourit avec tendresse et lui rendit son baiser, puis souleva le bébé pour le lui tendre.

— Je te présente ton fils, Bjorn. Notre fils. À toi de le nommer. Trouve-lui un nom qui fasse le lien entre nos deux mondes, et moi, je nommerai notre fille, notre première-née.

— Notre… fille ? Nous avons aussi une fille ?

— Des jumeaux, mon époux. Nous avons des jumeaux, déclara-t-elle.

Cette fois, le sourire de Bjorn fut tel qu'Iria crut voir le soleil se lever. C'était le sourire de l'espoir, du renouveau, de l'alliance entre Danois et Galiciens. Le sourire qui incarnait leur bonheur passé, présent et futur, qui continuerait à travers leurs enfants bien après leur mort.

Remerciements

Un grand merci à mon monsieur pour son soutien indéfectible « pour le meilleur et pour le pire », même si ce n'est pas pour nous. 2022 aura tendu vers le pire et je ne sais pas comment j'aurais fait sans toi. On espère le meilleur pour 2023. Je t'aime.

Merci à toute l'équipe de HarperCollins pour son super accompagnement dans ce nouveau roman, en particulier à Marianne Durand pour sa présence, ses conseils et ses encouragements. Ravie de t'avoir enfin rencontrée « en vrai ».

Un grand merci aussi à mes poilus de service pour leur soutien au quotidien : Cognac, Sheeran, Mu et Scarlett. Heureusement que vous êtes là pour me ronronner aux oreilles, pisser sur ma documentation, squatter mon clavier, chauffer mes cuisses et couver mes lunettes.

Et un plus grand merci encore à mes saucissons préférés, Nieve, Freja, Axel et Louane, pour apprendre doucement que je ne suis pas forcément disponible à la seconde quand je suis sur mon ordi, et que je peux me transformer en bersekr assez vite si on me dérange toutes les trois minutes. Je vous aime très fort.

Un immense merci à mes augustes géniteurs pour leur soutien sans faille. On souffre, mais on est forts.